許蘭雪軒像

孫連七 謹寫

강릉 초당동 생가 안채에 모신 난설헌 허초희 영정

가운데 난설헌 동상 뒤에 생가가 보이고,
왼쪽에 오문장가의 시비가 보인다.

〈주대중 사진〉

생가 사랑채

(위) 광주 난설헌 묘와 시비
(아래) 난설헌 옆에 모신 두 자녀 묘

夢遊廣桑山詩
碧海浸瑤海
靑鸞倚彩鸞
芙蓉三九朵
紅墮月霜寒

난설헌 시비의 글씨
허난설헌이 8세에 지은
광한전백옥루상량문
중의 한 구절이다

(위) 교산난설헌기념관
(아래) 오누이공원 난설헌시비

난설헌이 그리고 썼다고 전하는 서화. 허경 교수 소장.

2018년 문화올림픽 라이트 아트쇼 달빛호수

난설헌 시를 수집하여 중국에 소개하고 시집을 간행해 준
아우 교산 허균 표준영정

許蘭雪軒全集

①

허균 《난설헌시》(1608년 목판본) 이전 시집

# 허난설헌전집 1

초판 1쇄 발행일   2024년 12월 30일

옮기고 엮은 이 : 허경진
발행인 : 이정옥
발행처 : 평민사
주소 : 서울시 은평구 수색로 340, 202호
전화 : 02-375-8571
팩스 : 02-375-8573
        http://blog/naver.com/pyung1976
        e-mail: pyung1976@naver.com
등록번호 : 제25100-2015-000102호

ISBN   978-89-7115-872-2   93810
       978-89-7115-035-1(set)

값 : 44,000원

허난설헌전집

허균 《난설헌시》
(1608년 목판본) 이전 시집

①

허경진 엮고 옮김

평민사

# 머리말

　우리나라 최초의 여성 시집인 난설헌 허초희의 『난설헌 시』는 아우 허균이 1590년에 유고를 수집하여 편집을 마치고 스승인 서애 유성룡의 서문을 받아 출판 준비를 마쳤지만, 곧이어 임진왜란이 일어나 간행되지 못하였다. 왜군을 격퇴하기 위해 조선에 왔던 명나라 장수들과 사신들에게 다양한 방법으로 난설헌 시의 일부가 전해졌으며, 상업출판의 중심 지역인 절강 일대에서 여러 차례 간행되었다.

　전쟁이 마무리되고 허균이 지방 목민관으로 부임하게 되자, 1605년 황해도 수안에서 중형 허봉의 『하곡시초』를 목판으로 간행하고, 1608년 공주에서 누이 허초희의 『난설헌 시』도 목판으로 간행하였다.

　목판본 『난설헌시』가 간행된 이후에도 중국과 일본에서 여러 가지 형태로 난설헌 시가 간행되었는데, 글자가 달라진 예가 많고, 제목이 달라진 경우도 많았으며, 목판본 『난설헌시』에 없는 작품도 많았다.

　난설헌의 시가 이같이 다른 형태로 전해져, 난설헌 시 연구에 문제가 생겼다. 일부 시집의 편집자가 제기한 표절 시비가 그것이다. '몇 글자가 같다고 해서 과연 표절인가?'하는 문제도 검토해야겠지만, '표절이란 무엇인가'하는 문제도 짚어봐야 한다. 그래서 이번에 전집을 편집하면서 표절 전문가의 논문도 함께 소개한다.

난설헌 시에서 표절을 논하려면 현대의 표절 개념과는 다른 차원에서 논의가 필요하다. 난설헌의 원작이 남아 있지 않은 상태에서 원래의 작품 모습도 재구성하고, 책마다 달라진 편집 경우에 누가 표절했는지도 언젠가는 검토해볼 필요가 있다. 이번 『허난설헌전집』의 편집은 전근대시기 한국 중국 일본에서 모두 출판된 우리나라의 유일한 시집을 국제적인 차원에서 공동 연구를 하기 위해 시도하였다. 정본화 작업의 첫 걸음인 셈이기도 하다.

전집 간행을 위해서 오랫동안 지원해주신 양천허씨강릉종중의 허세광 회장님과 강릉시, 강원도, 그리고 여러 도서관, 중간에서 도와주신 여러분들께 감사드린다. 우연이지만 난설헌 시를 164수나 편집하여 중국에 널리 소개했던 『조선시선전집』이 간행된 지 420주년 되는 해에 『허난설헌전집』이 나오게 되어 더욱 뜻깊다.

2024년 12월 1일
허경진

# 일러두기

1. 난설헌의 이름으로 19세기 말까지 국내외에서 출판된 다양한 형태의 시집과 시선집의 모습을 있는 그대로 보여주기 위해 『허난설헌전집』을 편찬하였다.
2. 난설헌의 아우 허균이 1608년 공주에서 목판본으로 간행한 『난설헌시(蘭雪軒詩)』를 기본으로 번역하고, 영인본과 함께 편집하였다.
3. 허균이 1590년에 편집했던 초고가 아닌 원고들이 다양한 형태로 명나라에 전해져 간행되었으므로, 정본화작업을 시도하고자 한다.
4. 간행된 순서대로 편집하였는데, 『양천허씨세고속전집(陽川許氏世稿續前集)』은 1869년에 간행되었지만 1606년 편집 형태가 그대로 전해졌기에 제1권에 편집하였다.
5. 초기의 선집이나 시집들은 1608년 『난설헌시』와 어떻게 다른지 대조하여 각주로 설명하였다. 그러나 같은 저본으로 출판된 사례가 이어지기에 중간부터는 각주를 적게 달았다.
6. 각 시집이나 시선집 별로 해제, 번역, 원문, 영인본 순으로 편집하였다.
7. 복잡해지는 것을 피하기 위해 각주에서는 『蘭雪軒詩』와 작품명을 한자 그대로 썼다.

# 목차

오희문(吳希文)

쇄미록(瑣尾錄) 1594년

# 해제

오희문(吳希文, 1539-1613)이 임진왜란 중에 기록한 일기인 『쇄미록(瑣尾錄)』은 필사본 7책으로, 장서각과 국립진주박물 관에 소장되어 있다. 1591년 11월부터 1601년 2월 27일까 지 10년 동안 난을 피해 다니며 생활하던 일상을 거의 날마 다 기록한 일기이다. 1601년 2월 27일에 일기를 마치면서 "이제부터는 종이도 떨어지고 붓도 부러진 데다가 또 서울 에 도착하여 더 이상 떠돌아다니지 않기 때문이다."라고 이 유를 썼다.

제목 '쇄미록(瑣尾錄)'은 초라한 행색으로 타지를 떠도는 어려운 처지를 기록했다는 뜻으로, 『시경(詩經) 패풍(邶風) 모 구(旄丘)』의 "초라하고 초라하여, 떠돌아다니는 사람이로다. [瑣兮尾兮, 流離之子.]"라는 구절에서 온 말이다. 이 시는 춘추 시대 여(黎)나라 신자(臣子)들이 나라를 잃고 위(衛)나라에 몸 을 붙이고 있으면서, 위나라가 구원병을 빨리 보내 주지 않 는 것을 원망하는 내용이다.

일기는 기본적으로 자신이 보고 들은 일들을 기록하였으 며, 전해들은 이야기나 조보(朝報) 등도 기록하였다. 각 책의 끝에는 왕과 세자의 교서(敎書), 의병들의 격문(檄文), 과거 시험 합격자의 방목(榜目), 다양한 공문서들을 베껴 넣었다. 그는 친지들이 수령으로 있는 고을을 주로 찾아다녔으므로 여러 수령들로부터 비교적 정확한 정보를 얻었으며, 후세에 전하기 위해 써 놓았다. 이 가운데 제3권 『갑오일록(甲午日 錄)』의 잡록편에는 격문이나 통문, 편지글 등과 더불어 8명의 시 18제 24수가 기재되어 있다.

허난설헌의 시는 8제 11수가 실려 있는데, 그 가운데 6수는 허균이 1608년에 간행한 『난설헌시(蘭雪軒詩)』에도 실려 있는 것으로 글자 한두 자가 약간 다를 뿐 전체적으로는 같다. 「규원(閨怨)」은 같은 제목으로 되어 있고, 「문중씨적갑산(聞仲氏謫甲山)」은 『난설헌시』에 「송하곡적갑산(送荷谷謫甲山)」이라고 되어 있는데, 같은 의미의 제목이다. 「차중씨함관기운(次仲氏咸關寄韻)」은 『난설헌시』에 「차중씨고원망고대운(次仲氏高原望高臺韻)」으로 되어 있는데, 고원(高原)은 함경도의 지명으로 함관(咸關)과 같은 지역을 나타내므로 역시 같은 제목으로 볼 수 있다. 「등하(燈下)」 역시 「야좌(夜坐)」와 같은 상황을 나타내므로 의미상 같은 제목이다.

『난설헌시』와 비교하여 제목이 아주 다른 시는 「기단보독서산방(寄端甫讀書山房)」으로 허균에게 보낸 것으로 되어 있으나 『난설헌집』에는 「차중씨견성암운(次仲氏見星庵韻)」으로 오빠인 허봉의 시를 차운한 것으로 되어 있다. 문집이 간행되기 이전이므로, 유통과정에서 제목에 몇 글자 출입이 있었는데, 이 시는 오라버니 허봉의 시에 차운하여 동생 허균에게 지어 보낸 시라고 볼 수 있다. 그 외에 『난설헌시』에 보이지 않으나 다른 문헌에 보이는 작품으로는 「규원(閨怨)」의 제2수가 있다.

이 가운데 『난설헌시』에서 발견되지 않은 시는 「규원(閨怨) 2」, 「차중씨기위지작(次仲氏寄慰之作)」, 「문중씨적재회산(聞仲氏謫宰會山)」 2수, 「단보예업산사유기(端甫隸業山寺有寄)」 등 모두 4제 5수이다.

난설헌의 한시는 제3책 『갑오일록(甲午日錄)』 끝에 실려 있으니, 1594년 연말에 어디에선가 보고 옮겨 쓴 것이다. 난설헌은 1589년에 세상을 떠나면서 유고(遺稿)를 불태우라고 유언하였지만, 허균은 누이의 분신인 시작품을 다 태워 없애기 아까워 친정에 남아있던 유고와 자신이 외우던 시를 합하여 1590년에 유고를 편집하고, 몇 부를 필사하여 지인들에게 돌렸다. 허균이 작은형 허봉(許篈)의 친구인 유성룡에게 부탁하여 발문을 받았는데, 유성룡의 문집인 『서애선생별집(西厓先生別集)』 권4에 실려 있는 「발난설헌집(跋蘭雪軒集)」에 "만력(萬曆) 경인년(1590) 11월 서애는 한양의 우사(寓舍)에서 쓴다."고 일자를 기록하였다. 그러나 곧바로 왜란이 일어나서 난설헌집은 간행되지 못하고, 함경도를 거쳐 강릉으로 피난길에 오른 허균은 이 유고를 잃어버렸다. 허균이 『난설헌시』라는 제목으로 목판본을 간행했던 것은 1608년 공주목사로 가 있을 때이다.

난설헌의 시들이 실린 『쇄미록』 가운데 『갑오일록』은 1594년의 기록으로, 오희문은 당시 충청도 임천에 왜란을 피해 있었다. 이 시기에 허균은 문과에 급제한 후 승문원에서 벼슬을 하고 있었다. 오희문의 집안과 허균의 집안은 아무런 친인척 관계가 없으며, 개인적 교분도 없었던 것으로 보인다. 따라서 『쇄미록』의 성격상 여기에 실린 시들은 허균에게 『난설헌시』 초고를 받았다기보다, 당시 유전하던 시문들을 오희문이 임천에서 보거나 듣고서 기록한 것으로 볼 수밖에 없다.

『쇄미록』의 『갑오일록』은 허난설헌이 죽은 지 5년밖에 되지 않은 때이고, 「문중씨적갑산(聞仲氏謫甲山)」이라는 제목을 보면 허봉이 갑산으로 유배되었던 1583년으로부터 11년밖에 되지 않았을 때이다. 시간상의 거리를 따져본다면 다른 사람의 작품이 허난설헌의 작품으로 기록될 가능성은 매우 희박하다. 또 11수의 작품 중 6수가 『난설헌시』에 수록되어 있고, 1수는 이미 다른 여러 문헌에 그의 작품으로 언급되었으므로 난설헌의 작품임을 의심할 수 없다.

나머지 제목을 살펴보면, 「단보예업산사유기(端甫隸業山寺有寄)」에는 허균의 자가 언급되었고, 「문중씨적재회산(聞仲氏謫宰會山)」은 허봉이 창원부사로 좌천되자마자 다시 갑산으로 유배당하였던 일과 연관이 있으므로 허난설헌의 작품이 확실하다. 다른 사람이 이런 시를 쓸 수 없거니와, 쓸 필요도 없다.

난설헌의 시에 표절 시비가 생긴 것은 그가 세상을 떠나면서 자신의 시를 다 불태우라고 유언했기 때문이다. 그 뒤에 허균의 기억에서 재구성되어 나온 시에 오류가 있을 가능성이 있다. 이에 비하면 이 시들이 기재된 『쇄미록』은 시기적으로 난설헌이 살았던 때와 거의 비슷한 시기에 기록되고 유전되었으므로, 이 일기에 실린 시들이 와전될 가능성이 비교적 적다.

또 『쇄미록』 전체를 통해 보이는 오희문의 꼼꼼하고 치밀한 기록 습관을 미루어 보아, 기재된 시들 역시 매우 믿을 만 하다. 그러므로 이 기록은 허난설헌의 시가 문헌상 기록된 가장 앞선 자료라 할 수 있다. 이 작품들은 표절시비에 오르내리는 악부체(樂府體) 시가 아니라, 난설헌 주변의 인물들에게 지어준 시로 자신의 실제 생활과 감정을 읊은 것들이다. 따라서 난설헌 시의 참모습을 보여주는 매우 중요한 작품들이다.

허난설헌은 살아 있을 때부터 이미 시재(詩才)가 세상에 드러났으므로, 그의 시가 세상사람들에 의해 읊어지고 필사되었을 것이 분명하다. 『쇄미록』의 난설헌 시가 그 좋은 증거이다. 『쇄미록』의 기록은 허난설헌의 시가 문자로 간행되어 국내에 알려지기 전에, 또 오명제에 의해 중국으로 소개되기 전에 이미 세간에 널리 알려졌음을 보여주는 중요한 증거이며, 가장 시대가 앞선 허난설헌의 작품 형태를 볼 수 있는 자료라 하겠다.

오희문은 마지막 해 11월 7일 일기에 "조수(潮叟, 남상문)가 절구(絶句) 1수를 지어 보냈다."고 기록했지만, 매제(妹弟) 남상문(南尚文)이 보낸 절구는 정작 기록하지 않았다. 그날 있었던 일 가운데 중요한 내용만 기록했는데, 남상문이 보내온 절구 자체는 중요하다고 생각지 않은 듯하다. 그러나 자신과 관계가 없는 난설헌의 시를 11수나 기록한 것을 보면 그 시는 중요하다고 판단한 셈이다.

『쇄미록』은 보물 1096호로 지정된 귀중본인데, 사진을 제공해주신 국립진주박물관 학예연구실 허문행 선생에게 감사드린다.

## 번역 및 원문

### 규원(閨怨)

1.

錦帶羅裙積淚痕。 비단 띠 비단 치마에 눈물자국 겹쳤으니
一年芳草怨王孫。 해마다 봄풀을 보며 왕손을 원망해서랍니다
瑤箏彈罷江南曲、 아쟁을 끌어다 「강남곡」을 끝까지 타고나자
雨打梨花晝掩門。 빗줄기가 배꽃을 쳐서 낮에도 문 닫았답니다

○ 閨怨

錦帶羅裙積淚痕。 一年芳草怨[1]王孫。 瑤箏彈罷[2]江南曲、 雨打梨花晝掩門。

2.

燕掠斜簷兩兩飛。 제비는 처마 비스듬히 짝 지어 날고
落花撩亂撲羅衣。 지는 꽃이 어지럽게 비단옷 위를 스치네요.
洞房無限傷春意、 동방에서 봄날에 끝없이 마음 아픈데
草綠江南人未歸。 풀은 푸르러도 강남에 가신 임은 돌아오시지 않네요.

○ 燕掠斜簷兩兩飛。 落花撩亂撲羅衣。 洞房無限[3]傷春意、 草綠江南人未歸。 [4]

---

1) 1608년 목판본 『난설헌시(蘭雪軒詩)』에는 '怨'이 '恨'으로 되어 있다.
2) 1608년 목판본 『蘭雪軒詩』에는 '罷'이 '盡'으로 되어 있다.
3) 『지봉유설(芝峯類說)』에는 '無限'이 '極目'으로 되어 있다.
4) 이 시는 1608년 목판본 『蘭雪軒詩』에는 없고, 허균의 동서인 이수광(李睟光)이 지은 『지봉유설(芝峯類說)』에 제목 없이 실려 있다. 「채련곡(采蓮曲)」 뒤에 싣고, "이 두 작품은 유탕(遊蕩)한 데

# 중씨의 시에 차운하여 위로하는 마음을 부치다

秋心一倍作沉痾。 가을 시름 갑절로 늘어 고질병이 되었는데

芳草連天別恨多。 방초5)는 하늘에 닿아 이별의 한 많기도
해라.

咏罷綠衣還自惜、 「녹의」6)를 읊고 나니 도리어 내가 안쓰러
워져

肯將憂樂橫天和。 걱정과 즐거움을 하늘의 뜻에 맡기리라.

○ 次仲氏寄慰之作7)

秋心一倍作沉痾。芳草連天別恨多。咏罷綠衣還自惜、肯將憂
樂橫天和。

---

가까우므로 문집 속에 싣지 않았다.[此兩作近於流蕩, 故不載集中
云.]"라고 하였다.

5) 한(漢)나라 회남 소산(淮南小山)의 「초은사(招隱士)」에 "왕손이 떠
나가 돌아오지 않음이여, 봄풀은 자라서 무성하도다.[王孫遊兮不
歸, 春草生兮萋萋.]"라고 하였는데, 전하여 '춘초(春草)', '방초(芳草)'
등의 풀은 떠난 사람에 대한 그리움을 상징하게 되었다. 『초사
(楚辭) 권12 초은사(招隱士)』

6) 『시경(詩經) 패풍(邶風) 녹의(綠衣)』에 "녹색 저고리여, 녹색이 윗
옷이요 황색이 속옷이로다.[綠兮衣兮, 綠衣黃裏]"라고 하였는데,
그 주에, "녹색은 간색(間色)이고 황색은 정색(正色)인데, 천박한
간색으로 윗옷을 만들고 귀중한 정색으로 속옷을 만들었으니,
둘 다 제자리를 잃었음을 말한다."라고 하였다. 또 "위(衛)나라
장공(莊公)이 총애하는 궁첩(宮妾)에게 빠져, 현명한 부인 장강(莊
姜)이 지위를 잃었으므로 이 시를 지어 풍자한 것이다."라고 하
였다.

7) 1608년 목판본 『蘭雪軒詩』에 없는 시이다.

## 등불 아래에서

金刀剪下機中素。 금칼로 베틀 속의 깁을 베어 내어서

縫就寒衣手屢呵。 겨울 옷 바느질하느라고 손을 여러 번 호호 불었네.

斜拔玉釵燈影畔、 옥비녀 등잔 그림자에 비스듬히 뽑아서

剔開紅焰救飛蛾。 붉은 불꽃 잘라내 날아가는 나방을 구하네.

## ○ 燈下

金刀剪下機中素。 縫就寒衣手屢呵。 斜拔玉釵燈影畔、 剔開紅焰救飛蛾。

## 중씨께서 회산 수령으로 좌천되신다는 소식을 듣고

1.

病裡除書下九天。 병중에 벼슬 받아 구천[8])으로 내려가시니

一官迢遞瘴雲邊。 관아 가는 길 험난하여 장기 품은 구름 끝일세.

漢文不是懷王比、 한나라 문제께서는 초나라 회왕에 비할 수 없으시건만[9])

---

8) 구중(九重)의 땅 밑이라는 뜻으로, 구천지하(九天地下)·구경(九京)·구천(九天)·황천(黃泉) 등과 같은 말이다.

9) 한나라 문제(文帝)가 20세밖에 안 된 가의(賈誼 B.C. 201-169)를 대중대부에 올리고 다시 공경(公卿)으로 등용하려 했는데, 중신들이 모함하여 실각하였다. 그래서 장사왕과 양회왕의 태부로 밀려났다가, 슬퍼한 끝에 32세 젊은 나이로 죽었다. 초나라 회왕(懷王)이 진나라 유세객 장의(張儀)의 연횡술책에 빠지는 것을 간하여 굴원이 장의를 죽이고자 하였으나 실패하고, 대부들의 참소를 받았다. 그래서 「이소(離騷)」를 지어 왕이 깨우치기를 기

何事湘江謫少年。 무슨 일로 상강에 젊은이를 유배 보내시나
요.10)

○ 聞仲氏謫宰會山11)

病裡除書下九天。一官迢遞瘴雲邊。漢文不是懷王比、何事湘
江謫少年。

2.

專城猶可養偏親。 고을 수령12) 정도면 홀어머니 봉양할 수
있으니

別淚休揮去國晨。 서울 떠나는 새벽에 이별 눈물 뿌리지 마
세요.

從此玉堂無藥石、 이제부터 옥당에는 약석13)이 없으리니

---

대하였으나 이루지 못하였다. 그 뒤 회왕의 아들 양왕(襄王)이
즉위하자 장사(長沙)에 좌천되었다가 「어부사(漁父辭)」 등 여러
편(篇)을 지어 뜻을 표시하고, 멱라수(汨羅水)에 빠져 죽었다. 『사
기(史記) 권84 굴원열전(屈原列傳)』

10) 가의(賈誼)가 장사왕 태부(長沙王太傅)로 좌천되어 나가다가, 굴
원이 죽은 상강(湘江)에 이르러 「조굴원부(弔屈原賦)」를 지어 물에
던졌다.

11) 1608년 목판본 『蘭雪軒詩』에 없는 시이다. '會山'은 '檜山'을
잘못 쓴 것인데, 창원(昌原)의 옛이름이다. 1583년 윤2월 1일에
경기도 순무어사로 나갔던 허봉이 병조판서 이이(李珥)를 탄핵하
다가 7월 16일에 창원부사(昌原府使)로 좌천되었으나 곧이어 8월
28일에 함경도 갑산(甲山)으로 유배되었다.

12) 원문의 '전성(專城)'은 한 고을을 전담하여 다스리는 것을 말한
다. 예전에는 고을 수령이 되어 그 녹봉으로 부모를 봉양하는 것
을 '전성지양(專城之養)'이라 하여 매우 영광스러운 일로 여겼다.

13) 약석은 병을 치료하는 약제(藥劑)와 폄석(砭石, 돌침)의 준말로,
충성스러운 말을 뜻한다. 당(唐)나라의 정원준(貞元濬)이 당시 재

夜中前席更何人。 한밤중 다가앉게[14] 할 사람이 또 누가 있
겠어요.

○ 專城猶可養偏親。 別淚休揮去國晨。 從此玉堂無藥石、 夜中
前席更何人。 [15]

## 산방에서 글을 읽는 단보(端甫)에게 부치다

雲生高頂濕芙蓉。 구름이 높은 산마루에 나서 연꽃을 적시니
琪樹丹崖露氣濃。 옥나무 붉은 벼랑에 이슬 기운 짙구나.
板閣梵殘僧入定、 판잣집 절이 쇠잔하고 스님은 선정에 들었
는데
講堂齋罷鶴歸松。 강당에 재가 끝나니 학은 소나무로 돌아
가네.
蘿縈古壁啼山鬼、 담장이가 낡은 벽에 얽히니 산귀신이 울고

---

상인 적인걸(狄仁傑)에게 한 말에서 나온 말이다. "신하가 임금
섬기는 일이 마치 부잣집에서 많은 물건들을 골고루 쌓아 두고
필요에 따라 꺼내서 쓰는 것과 같습니다. 맛있는 반찬을 위해서
는 육포 같은 것이 필요하고, 질병에 대비하려면 인삼·백출(白
朮) 등 약재도 필요한데, 문하에게는 맛있는 것들이 많이 있으니
소인이 문하에 들어가 일개 약석(藥石) 노릇을 하면 어떻겠습니
까?[下之事上, 譬富家儲積以自資也, 脯腊奚胰以供滋膳, 參頴芝桂以防疾
疢. 門下充旨味者多矣, 願以小人備一藥石, 可乎?]"하니, 인걸이 웃으
며 대답하기를 "그대야말로 우리 약상자 속에 꼭 있어야 할 물
건으로 하루도 없어서는 안 될 존재일세."라고 하였다. 『신당서
(新唐書) 권200 원행충열전(元行沖列傳)』
14) 원문의 '전석(前席)'은 임금이 신하의 이야기를 더 잘 들으려고
앞으로 나와 바짝 다가앉는다는 뜻으로, 임금의 총애를 받음을
가리킨다.
15) 제2수도 1608년 목판본 『蘭雪軒詩』에 없는 시이다.

霧鎭秋潭臥燭龍。 안개가 가을 못을 누르니 촉룡이 누웠구나.
向夜香燈明石榻、 밤새도록 향기로운 등불이 석탑을 밝히는데
東林月黑有疎鍾。 동쪽 숲에 달 어두워지고 종소리 드물어라.
○ **寄端甫讀書山房16)**
雲生高頂濕芙蓉。 琪樹丹崖露氣濃。 板閣梵殘僧入定、 講堂齋
罷鶴歸松。 蘿綮古壁啼山鬼、 霧鎭秋潭臥燭龍。 向夜香燈明石
榻、 東林月黑有疎鍾。

## 중씨가 함관(咸關)에서 부쳐준 시에 차운하여

1.
層臺一柱壓嵯峩。 층대의 한 기둥이 높은 산을 누르고
西北浮雲接塞多。 서북에 뜬 구름이 변방이라 많구나.
鐵峽伯圖龍已去、 철령 골짜기의 패도17)는 용이 이미 떠났고
穆陵秋色鷹初過。 목릉18) 가을빛에 매가 처음 지나가네.
山連大陸蟠三郡、 산이 대륙에 이어져 세 고을이 서려 있고
水割平原納九河。 물은 평원을 가르면서 구하로 들어가네.
萬里登臨日將暮、 만릿길에 올라와 보니 해가 저물려고 해
醉憑長劍獨悲歌。 취해서 긴 칼에 기대어 슬픈 노래 홀로 부
르시네.

---

16) 1608년 목판본 『蘭雪軒詩』에는 「次仲氏見星庵韻」 제1수로 실
려 있다.
17) 패도(伯圖)는 패업(覇業)의 책략으로 패도(覇圖)와 같다.
18) 태조 이성계의 고조부로 원나라에 귀화하여 여진을 다스리다
가 조선 개국 이후 목조(穆祖)로 추존된 이안사(李安社, ?-1274)의
덕릉(德陵)을 가리킨다. 처음 경흥성(慶興城) 남쪽에 있었으나
1410년에 함흥 서북쪽으로 옮겼다.

## ○ 次仲氏咸關寄韻19)

層臺一柱壓嵯峩。西北浮雲接塞多。鐵峽伯圖龍已去、穆陵秋
色鷹初過。山連大陸蟠三郡、水割平原納九河。萬里登臨日將
暮、醉憑長劒獨悲歌。20)

2.

龍嵸危棧切雲霄。까마득히 높다란 길 하늘에 끊어지고
峰勢侵天揷漢標。산봉우리 하늘에 침입해 은하수의 표지로
꽂혔네.
山脈北臨三水絶、산맥이 북쪽으로 나가 세 강물이 끊어졌고
地形西壓九河遙。지형은 서쪽을 눌러 구하가 아득하구나.
烟塵晚捲孤城出、저녁나절에 안개 걷혀 외로운 성 나서니
苜蓿秋肥萬馬驕。거여목이 가을에 살쪄 만 마리 말 날뛰네.
東望戍樓鼕鼓急、동쪽으로 수루를 바라보니 북소리가 급한데
塞垣何日虜氛消。변방 성채21)에서 어느 날에 오랑캐 기운
씻으시려나.

○ 龍嵸危棧切雲霄。峰勢侵天揷漢標。山脈北臨三水絶、地形

---

19) 2수가 모두 1608년 목판본 『蘭雪軒詩』에 실리지 않은 시이다.
20) 이 시를 『명시별재(明詩別裁)』에 몇 글자 다르게 싣고 심덕잠
(沈德潛)이 말하기를, "풍격(風格)과 의도(意度)가 모두 좋은데도
전목재(錢牧齋)가 칠자(七子)의 시체(詩體)에 가깝다는 이유로 폄하
하였다."라고 하였다.
21) 원문의 '새원(塞垣)'은 본래 한(漢)나라가 선비(鮮卑)의 침범을
막기 위해 설치한 변새를 가리킨 것이었는데, 후세에 이르러 장
성(長城)이나 변새의 관문을 지칭하는 데 사용하였다. 『후한서(後
漢書)』권90 「선비열전(鮮卑列傳)」에 "진(秦)나라가 장성을 쌓고
한나라가 새원(塞垣)을 세운 이유는 중원과 변방을 구분하고 풍
속이 다른 이민족을 격리하려고 한 것이다."라고 하였다.

西壓九河遙。烟塵晚捲孤城出、苜蓿秋肥萬馬驕。 東望戍樓鼙
鼓急、塞垣何日虜氛消。

## 산속 절에서 글을 읽는 단보에게 부치다

新月吐東林。 새 달이 동쪽 숲에서 떠오르고
磬聲山殿陰。 풍경 소리가 산속 불전 그늘에 울리겠지.
高風初落葉、 높은 바람에 처음 나뭇잎 지고
多雨未歸心。 비 많이 내려 돌아올 마음 없으리.
海岳幽期遠、 바다와 산으로 돌아가겠다던 기약은 멀고
江湖酒病深。 강호에서 술병만 깊어갈 텐데,
咸關歸鴈少、 함관에서 돌아오는 기러기 적으니
何處得回音。 어느 곳에서 회답을 얻을 수 있으랴.
○ 端甫隷業山寺有寄[22]
新月吐東林。磬聲山殿陰。高風初落葉、多雨未歸心。海岳幽
期遠、江湖酒病深。咸關歸鴈少、何處得回音。

## 중씨께서 갑산으로 유배 가신다는 소식을 듣고

遠謫甲山客、 멀리 갑산으로 귀양가시는 나그네여
咸關行色忙。 함관령[23] 가느라고 마음 더욱 바쁘시네.
臣同賈太傅、 쫓겨나는 신하야 가태부시지만
主豈楚懷王。 임금이야 어찌 초나라 회왕이시랴.
河水平秋岸、 가을 비낀 언덕엔 강물이 찰랑이고

---

22) 이 시는 1608년 목판본 『蘭雪軒詩』에 없다.
23) 함관령(咸關嶺)은 함경남도 함주군(咸州郡) 덕산면(德山面)과 홍원
군(洪原郡) 용운면(龍雲面) 사이에 있는 고개이다.

關門欲夕陽。 관문에는 저녁노을 물드는데,

霜風吹鴈去、 서릿바람 받으며 기러기 울어 예니

中斷不成行。 걸음이 멎어진 채 차마 길을 못 가시겠네.[24]

○ **聞仲氏謫甲山[25]**

遠謫甲山客、咸關行色忙。臣同賈太傳、主豈楚懷王。河水平秋岸、關門[26]欲夕陽。霜風吹鴈去、中斷不成行。

---

24) 원문은 '불성행(不成行)'인데, '불성항(不成行)'으로 읽으면 '줄지어 날아가던 기러기 떼의 줄이 흐트러진다'는 뜻이 된다. 항렬은 형제의 순서이기도 하니, 초당(草堂) 슬하의 6남매 가운데 넷째인 허봉이 유배가면서 항렬이 흐트러졌다는 뜻이다.

25) 1608년 목판본 『蘭雪軒詩』에는 제목이 「送荷谷謫甲山」으로 되어 있다.

26) 1608년 목판본 『蘭雪軒詩』에는 '門'이 '雲'으로 되어 있다.

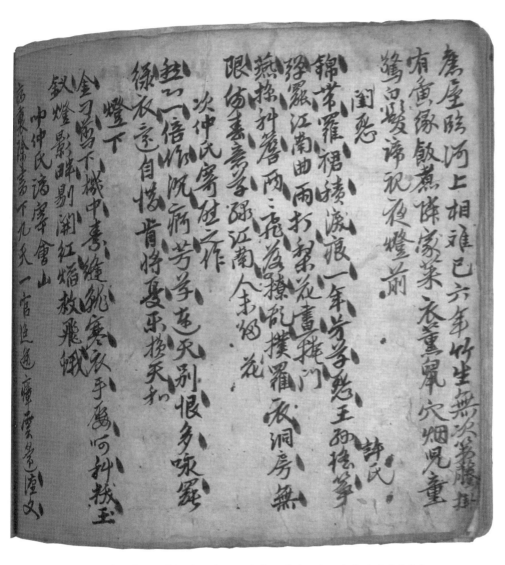

출전 : 해주오씨 추탄공파 문중에서 국립진주박물관에 대여한 『쇄미록』

不是懷玉此何意湘江諸少年

壽城形可慕偏觀別派休揮去國晨送此玉

堂無萊石夜中前席更何人

壽端甫讀山山房

雲生高頂涅芙蓉琪樹丹崖露氣濃极洄

梵殘僧入定諸堂齋羅鶴歸松蘿縈古壁啼

山兒霧鬖秋潭卧熠熠向夜多燈吟石楊東甘

月黑有踈鐘

次仲氏咸閣寄顏

層甚一柱壓崖截西北浮雲接塞多鐵峽怡

圖就已玄襦陵秋色召初禹山連陸大壚三郡

水割平原納九河萬里燈臨日悽暮路湯長鋼

招悲歌

巍造危機功雲霄峯形侵天揮漢標山嶽北

巘三水絶地船西壁九河遍烟莖晚孫城出

首崙秋肥萬馬騰東望玉戌懱馨平敦危塞垣

何日霽氣消

端甫肄業山寺有寄

新月吐東枝磬韻山巌陰高風鸚鵡塞雲多

雨来帰心海岳画邛遠江湖消病隔嵗帰

愿少何愛得田音

仲仲氏詩甲山

遠話甲山客咸閣行色恠居閭賈太傳主堂

楚懐王河水平秋岸閣門欲夕陽霜風吟夢余

中斷不成行

# 난설시한 (蘭雪詩翰) 1597년

# 해제

　중국 천진도서관에 소장되어 있는 『난설시한(蘭雪詩翰)』은 4면 분량의 작은 선집이지만, 허균이 직접 편집하여 중국에 전달한 형태를 볼 수 있다는 점에서 가치가 있다. 『난설시한(蘭雪詩翰)』은 유정(劉婧) 교수가 2016년 2월 16일 동방비교연구회와 일한비교문학연구회가 일본 천리대학에서 공동 개최한 '아시아의 교류와 문학' 국제학술대회에서 발표하며 공개되었고, 비슷한 시기인 2월 28일 근역한문학회에서 간행한 『한문학논집』 제43집에 박현규 교수가 논문을 게재하여 구체적인 내용이 알려졌다. 이 두 편의 논문을 요약하여 『난설시한(蘭雪詩翰)』이 천진도서관(天津圖書館) 고적실(古籍室)에 소장된 경위와 그 내용을 소개한다.

　절강성 해령(海寧)의 장서가 관정분(管庭芬 1797-1880)이 편집한 『대청서옥잡초(待淸書屋雜鈔)』에 허균이 정유재란 당시 명나라 인사에게 보낸 『난설시한(蘭雪詩翰)』이 실려 있다. 『대청서옥잡초(待淸書屋雜鈔)』는 초편(6책) 206종, 속편 89종, 재속편 70종, 보편(4책) 104종, 부록 34종, 습유(2책) 33종. 총 536종으로 구성되었는데, 『난설시한(蘭雪詩翰)』은 이 가운데 1862년 11월에 엮은 보편(補編)에 4장 분량으로 실려 있다.

　이 책은 관정분(管庭芬) 사후에 외부로 산실되었다가 민국 초에 천전도서관 전신인 천진특별시시립제2도서관(天津特別市市立第二圖書館)에 들어가 1926년에 주임 유건수(劉乾梓)에 의해 다시 장정되었다. 1949년에 도서관명이 천진시인민도서관(天津市人民圖書館)으로 변경되었다가, 1982년에 천진도서관으로 다시 변경되었다. 따라서 이 책에는 도서관 명칭이 바뀔 때마다 장서인이 다시 찍혔다.

현재 전하는 『난설시한(蘭雪詩翰)』은 허균의 친필이 아니라 총서를 만들면서 옮겨 적은 것이어서 정확하게 옮겨 적은 것인지는 알 수 없지만, 내용 그대로라면 허균은 1597년 8월에 난설헌의 시 「유소사(有所思)」, 「봉대곡(鳳臺曲)」, 「고별리(古別離)」, 「농조아(弄潮兒)」, 「산자고사(山鷓鴣詞)」, 「산람(山嵐)」, 「차백씨봉(次伯氏韻)」, 「송백씨봉(送伯氏韻)」, 「보허사(步虛詞)」, 「망고대차백씨(望高臺次伯氏)」, 「장간행(長干行)」, 「고객사(賈客詞)」, 「상봉행(相逢行)」, 「강남곡(江南曲)」, 「규정(閨情)」, 「영일루(映日樓)」 등 16수를 적어서 명나라 인사에게 보냈다.

관정분(管庭芬)은 이 시편을 1862년 11월에 엮은 『대청서옥잡초(待淸書屋雜鈔) 보편(補編)』에 베껴 넣었는데, 『난설시한(蘭雪詩翰)』이라는 제목 밑에 "조선 여자 허경번 묵적(朝鮮女子許景樊墨迹)"이라고 써서 허난설헌 작품임을 밝혔다. 시 끝에 "위의 여러 편은 누이 경번이 지은 것인데, 삼가 보내드리니 바로잡아 주시기를 빕니다. 만력 정유년(1597) 8월에 조선 예조정랑 허균이 머리를 조아리며 두 번 절하고 씁니다.[右諸篇舍妹景樊氏所作, 漫呈郢政, 萬曆丁酉仲秋, 朝鮮禮曹正郎許筠, 頓首再拜書]"라고 적혀 있어서, 허균이 1597년 4월 문과(文科) 중시(重試)에 장원급제한 뒤에 기록한 것이 확인된다.

예조(禮曹)는 외교를 담당하는 관서였는데, 정유재란 시기에 가장 중요한 외교 임무는 당연히 조선을 도와주러 온 명나라 장수들을 접대하는 임무였다. 『난설시한(蘭雪詩翰)』이라는 제목을 보면 예조정랑 허균이 명나라 인사에게 편지와 함께 난설헌의 시를 적어 보낸 것인데, 편지를 받는 인물의 이름은 밝혀져 있지 않다.

  허균이 난설헌의 시를 명나라 인물에게 보낸 대표적인 사례가 1598년 조선에 원군으로 파견된 오명제에게 편집해준 『조선시선』과 1606년 황태손이 탄생한 경사를 반포하러 사신으로 온 한림원(翰林院) 수찬(修撰) 주지번(朱之蕃)에게 『난설헌집』을 전달한 것이다. 천진도서관에 소장된 『난설시한』은 명나라에 전달된 최초의 시선으로 가치가 있으며, 1608년에 간행한 『난설헌시』와 차이나는 글자나 제목을 고증할 문헌으로도 중요하다. 그러나 여러 편의 제목에 중씨(仲氏) 봉(篈)을 백씨(伯氏) 봉(篈)으로 쓴 것을 보면, 허균이 보냈던 글을 그대로 옮겨 적었는지에 대해서는 검증이 필요하다.

## 번역 및 원문

### 난설시한(蘭雪詩翰)

  조선(朝鮮) 여사(女士) 허경번(許景樊) 묵적(墨迹)

### 유소사(有所思)

朝亦有所思。 아침에도 임 생각
暮亦有所思。 저녁에도 임 생각
所思在何處、 그리운 임은 어디에 계신지
萬里路無涯。 만리 길이라 끝이 없구나.
風波苦難越、 풍파에 건너기 어렵고
雲雁杳何期。 구름길 아득하니 어찌 기약하랴.

素書不可託、편지[1]도 부칠 수 없으니
中情亂若絲。속마음 헝클어진 실과 같구나.

○ 有所思[2]

朝亦有所思。暮亦有所思[3]。所思在何處、萬里路無涯。風波
苦難越、雲雁杳何期。素書不可託、中情亂若絲。


## 봉대곡(鳳臺曲)

秦女侶蕭史、진나라의 농옥이 소사와 짝이 되어
日夕吹參差。아침저녁으로 봉대에서 퉁소 불었네.[4]

---

1) 원문의 '소서(素書)'는 흰 명주에 쓴 편지이다. 진(晉)나라 육기(陸
機)의 「음마장성굴행(飲馬長城窟行)」에, "나그네가 먼 곳에서 와
서, 내게 한 쌍의 잉어를 주었지. 아이 불러 잉어를 삶게 했더
니, 뱃속에 편지가 들어 있었네.[客從遠方來, 遺我雙鯉魚. 呼童烹鯉
魚. 中有尺素書.]"하였다. 『고문진보(古文眞寶) 전집(前集)』
2) 1608년 목판본 『蘭雪軒詩』에는 이 시가 없다. 1727년에 간행된
이정(李婷, 1454-1488)의 『풍월정집(風月亭集)』에 같은 제목으로
비슷한 시가 실려 있는데, 제4구의 '萬'이 '千'으로 되어 있고,
제5구부터는 글자가 많이 다르다. "風潮望難越, 雲鴈託無期. 欲
寄音情久, 中心亂如絲."
3) 제1구와 제2구는 당나라 시인 유운(劉雲)의 「유소사(有所思)」에서
차용하였다.
4) 소사(蕭史)는 진나라 목공(穆公) 때 사람이다. 퉁소를 잘 불어 공
작과 백학을 뜰에 불러들일 수 있었다. 목공에게는 자를 농옥(弄
玉)이라고 하는 딸이 있었는데, 그녀가 그를 좋아하자 목공이 마
침내 딸을 소사에게 시집보냈다. (소사는) 날마다 농옥에게 (퉁소
로) 봉황의 울음소리 내는 법을 가르쳤다. 몇 년이 지난 뒤에
(농옥이) 봉황 소리와 비슷하게 (퉁소를) 불었더니, 봉황이 그 집
지붕에 날아와 머물렀다. 목공이 (그들에게) 봉대(鳳臺)를 지어 주
자, 부부는 그 위에 머물면서 몇 년 동안 내려오지 않았다. 그러

崇臺騎彩鳳、 높은 누대에서 봉새 타고 가니
渺渺不可追。 아득하여 쫓아갈 수가 없었네.
天地以永久、 하늘과 땅이 영구하다지만
那識人間悲。 인간 세상의 슬픔이야 어떻게 알리.
妾淚不可忍、 이내 몸의 눈물을 참을 수 없으니
此生長別離。 이 세상에서 오래 이별해서일세.

○ 鳳臺曲5)

秦女侶蕭史、 日夕吹參差。 崇臺騎彩鳳、 渺渺不可追。 天地以
永久、 那識人間悲。 妾淚不可忍、 此生長別離。

## 고별리(古別離)

轔轔雙車輪、 삐걱삐걱 두 개의 수레바퀴
一日千萬轉。 하루에도 천만번 돌아가누나.
同心不同車、 마음은 같건만 수레 같이 타지 못해
別離時屢變。 헤어지고 여러 세월 변하였네.
車輪尙有迹、 수레바퀴 자국이 아직 남아 있건만
相思獨不見。 그리운 님은 홀로 보이지 않네.

○ 古別離6)

轔轔雙車輪、 一日千萬轉。 同心不同車、 別離時屢變。 車輪尙

---

다가 어느날 봉황을 따라서 함께 날아가 버렸다. 그래서 진나라
사람들이 옹궁(雍宮) 안에 봉녀사(鳳女祠)를 지었는데, 이따금 통
소 소리가 들리곤 했다. -유향 『열선전(列仙傳)』
5) 1608년 목판본 『蘭雪軒詩』에는 이 시가 없다.
6) 1608년 목판본 『蘭雪軒詩』에는 이 시가 없다. 최경창(崔慶昌)의
   『고죽유고(孤竹遺稿)』에 실린 「고의(古意)」 제1수와 같은데, 제6구
   의 '獨'이 '人'으로 되어 있다.

有迹、相思獨不見。

## 농조아(弄潮兒)

妾身嫁與弄潮兒。　내가 뱃사람에게 시집가서
妾夢依依江水湄。　아련한 강가에서 꿈을 꾸었지요.
南風北風吹五兩、　남풍과 북풍을 오량[7]으로 점치고
上船下船齊盪槳。　배에 오르고 내리며 다같이 노를 저었어요.
桃花高浪接煙空。　복사꽃 높은 물결이 하늘에 닿고
杳杳歸帆夕照中。　아득하게 저녁노을 속으로 배가 돌아왔지요.
愼勿沙歸候風色。　백사장에 가서 바람 기색을 살피지 마세요
佳期不來愁殺儂。　좋은 기약 오지 않아 시름겨워 죽겠어요
○　弄潮兒[8]
妾身嫁與弄潮兒。妾夢依依江水湄。南風北風吹五兩、上船下
船齊盪槳。桃花高浪接煙空。杳杳歸帆夕照中。愼勿沙歸候風
色。佳期不來愁殺儂。

## 산자고사(山鷓鴣詞)[9]

山鷓鴣長太息。　산자고새가 길게 탄식하니
碧霄翠霧浮。　푸른 하늘에 푸른 안개가 뜨고

---

7) 곽박(郭璞)의 「강부(江賦)」에 "5냥으로 동정을 점친다.[占五兩之動
靜]"이라 했는데, 그 주에 "닭깃으로 만들되 무게가 닷냥이 되게
해서 돛대 끝에 달고 바람을 기다린다." 하였다.
8) 허균이 1605년 황해도 수안군에서 편집 간행한 『하곡선생시초
(荷谷先生詩鈔)』에는 「탕장사(盪槳詞)」라는 제목으로 실려 있다. 혼
동한 듯하다.
9) 「자고사」는 당나라 기생학교인 교방(敎坊)에서 가르치던 가곡 이

綠蘿寒月黑。 푸른 등라에 차가운 달도 어두워지네.
苦竹嶺上秋聲催。 고죽령 위에 가을 소리 재촉하니
苦竹嶺下行人稀。 고죽령 아래에 다니는 사람 드물구나.
蒼梧煙凝雁門冷。 창오산에 안개 어리고 안문[10]이 차가우니
南禽北禽相背飛。 남쪽 새 북쪽 새가 서로 등지고 날아가네.
關塞迢迢幾千里。 관새가 아득하니 몇천 리던가
腸斷行人淚滿衣。 애끓는 나그네 눈물이 옷에 가득해라.
憑君莫問南與北。 그대여 남과 북을 묻지 마오
迢遞雲山行不得。 구름 덮힌 산 아득해서 갈 수가 없다오.

○ 山鷓鴣行[11]

山鷓鴣長太息。 碧霄翠霧浮。 綠蘿寒月黑。 苦竹嶺上秋聲催。
苦竹嶺下行人稀。 蒼梧煙凝雁門冷。 南禽北禽相背飛。 關塞迢
迢幾千里。 腸斷行人淚滿衣。 憑君莫問南與北。 迢遞雲山行不
得。


## 산람(山嵐)

暮雨侵江曉初闢。 저녁 비가 강에 내렸다가 새벽에야 개자
朝日染成嵐氣碧。 아침 햇살이 물을 들여 이내가 푸르구나.

---

름이다. 이섭(李涉)의 「자고사」에 "자고새 이별을 슬퍼해 우는
곳에, 서로 마주하여 눈물로 옷깃을 적신다.[鷓鴣啼別處, 相對淚沾
衣.]" 하였다.
10) 안문은 안문관(雁門關)으로 산서성(山西省) 대현(代縣) 서북부에
있는데, 만리장성의 중요한 관문 중의 하나이다.
11) 허균이 1605년 황해도 수안군에서 편집 간행한 『하곡선생시초
(荷谷先生詩鈔)』에는 실린 「山鷓鴣詞」와 상당한 부분이 겹친다.
혼동한 듯하다.

經雲緯霧錦陸離、 구름과 안개로 얽으니 비단처럼 눈부신데
織破瀟湘秋水色。 다 짜고 나니 소상강의 가을 물빛 같구나.
隨風宛轉學佳人、 바람 따라 생긴 풍경이 미인을 닮아
畫出雙蛾半成蹙。 어여쁜 한 쌍 눈썹을 반쯤 찡그린 듯하네.
俄然散作雨霏霏、 갑자기 흩어져 비 되어 부슬부슬 내리니
青山忽起如新沐。 홀연히 솟은 청산이 막 머리 감은 듯해라.

○ 山嵐[12]

暮雨侵江曉初闢。朝日染成嵐氣碧。經雲緯霧錦陸離、織破瀟
湘秋水色。隨風宛轉學佳人、畫出雙蛾半成蹙。俄然散作雨霏
霏、青山忽起如新沐。


## 백씨 봉의 시에 차운하다[次伯氏韻][13]

甲山東望鬱嵯峨。 갑산[14]에서 동쪽을 바라보니 울창하고도
가파르구나.

遷客悲吟意若何。 유배되는 나그네 슬프게 읊조리시니 그 뜻
이 어떠하랴.

孤雁忍分清漢影、 외로운 기러기가 맑은 하늘 그림자와 차마
나뉘랴

---

12) 1608년 목판본『蘭雪軒詩』에는 없는 시이다.
13) 허봉의 『하곡선생시초(荷谷先生詩鈔)』에 실린 「次舍兄韻」에 차
   운하며, 몇 글자를 가져다 지은 시이다. "夢闌姜被意如何. 回望
   嚴城候曉過. 孤鴈忍分清渭影, 朔風偏起漢江波, 關河死棄情曾任,
   稼圃生成寵已多. 只恨庭闈無路入, 淚痕和雨共滂沱."
14) 1583년 7월에 허봉(許篈)이 박근원(朴謹元)·송응개(宋應漑)와 함
   께 이이(李珥)·심의겸(沈義謙)을 비판한 일로 16일에 창원부사로
   좌천되어 나가던 도중, 8월 28일에 갑산으로 유배되었다.

朔風偏起大江波。 삭풍에 큰 강의 파도가 유달리 일어나네.
重關曉角征衣薄、 깊은 관새 새벽 호각에 나그네 옷 얇은데
塞路驚心落葉多。 변방 길 놀란 마음에 낙엽이 많구나.
銀燭夜闌成悵立、 은빛 촛불이 밤새도록 서글프게 서 있어
庭闈歸夢好經過。 부모님 집에[15] 돌아가는 꿈을 꾸기 좋네.
○ 次伯氏韻[16]

甲山東望鬱嵯峨。 遷客悲吟意若何。 孤雁忍分淸漢影、 朔風偏
起大江波。 重關曉角征衣薄、 塞路驚心落葉多。 銀燭夜闌成悵
立、 庭闈歸夢好經過。

## 백씨 봉을 송별하면서[送伯氏封][17]

六年離思倦登樓。 육년 이별 그립기에 누각 오르기 싫었는데
落日凉風又別愁。 지는 해 찬바람에 또 이별일세.
湘浦淚痕還入楚、 상포의 눈물 자국은 초나라로 다시 들어가고

---

15) 원문의 '정위(庭闈)'는 어버이가 거처하시는 곳을 이른다. 진(晉)
나라 속석(束晳)이 가사가 없어져버린 『시경(詩經)』 「소아(小雅)
남해(南陔)」의 시를 보완하여 만든 「보망시(補亡詩)」에 "어버이
계신 곳 돌아보며 생각하느라 마음이 편안할 틈이 없다오.[眷戀
庭闈, 心不遑安.]"라고 하였는데, 당나라 학자 이선(李善)이 "정위
는 어버이가 거처하는 곳이다."라고 주하였다. 『문선주(文選註)
권19 시(詩)』
16) 1608년 목판본 『蘭雪軒詩』에는 없는 시이다. 제목에 '封'을
'伯氏'로 쓴 것도 의문이다.
17) 『하곡선생시초』에 실려 있는 「送舍兄朝天」 제1수에 차운하며
여러 글자들을 가져다 지은 시이다. "六年離合倦登樓. 誰料西風
又別愁. 湘浦淚痕還入楚, 帝鄕行色後觀周. 銅壺暗促雞人曉, 玉塞
驚飛鴈陣秋. 怊悵急難無伴侶, 幾回延佇立沙頭."

帝鄕行色早觀周。 제향의 행색은 일찍이 주나라를 돌아보네.

銅壺暗促鷄人曉、 구리 시계는 은근히 계인(鷄人)에게 새벽이라 재촉하고

紫塞寒飛鶴夢秋。 자색 요새에 가을 꿈꾸려 학이 차갑게 날아가네.

歸路正看萱草碧、 돌아가는 길에 원추리 푸르게 보이더니

畵欄西畔繫驊騮。 화각 난간 서쪽 두둑에 화류마가 묶여 있네.

○ 送伯氏筍[18]

六年離思倦登樓。落日涼風又別愁。湘浦淚痕還入楚、帝鄕行色早觀周。銅壺暗促鷄人曉、紫塞寒飛鶴夢秋。歸路正看萱草碧、畵欄西畔繫驊騮。


## 보허사(步虛詞)

橫海高峯壓巨鼇。 바다 뻗은 높은 봉우리 큰 자라[19] 누르고

六龍齊嘉九河濤。 여섯 용[20]이 구강[21]의 파도를 함께 높였네.

中天飛閣星辰迥。 하늘에 솟은 다락이라 별에 가깝고

下界流霞歲月遙。 하계에 흐르는 노을에 세월이 아득하구나.

金鼎曉炊涼露液。 차가운 이슬 부은 금솥에 새벽부터 불 지피고

---

18) 1608년 목판본 『蘭雪軒詩』에는 없는 시이다.

19) 상상 속의 큰 자라인데, 삼신산(三神山)을 지고 있다고 한다.

20) 마치는 것과 시작하는 것을 크게 밝히면 6효(爻)가 때때로 이뤄지니, 때때로 여섯 용[六龍]을 타고 하늘에 오른다. -『주역』「중천건(重天乾)」

21) 하(夏)나라 우(禹)임금이 황하의 홍수를 막기 위하여 하류를 아홉 갈래로 나누었다.

玉壇夜動赤霜毫。 옥단에선 밤에 적상(赤霜)의 붓을 움직이네.

蓬萊鶴駕歸何晚。 봉래에서 학 타고 돌아오기 어찌 더딘지

一曲鸞笙老碧桃。 난생[22] 한 곡조에 벽도가 늙어가네.

○ 步虛詞[23]

橫海高峯壓巨鰲。六龍齊嘉九河濤。中天飛閣星辰迴。下界流
霞歲月遙。金鼎曉炊凉露液。玉壇夜動赤霜毫。蓬萊鶴駕歸何
晚。一曲鸞笙老碧桃。

## 백씨의 망고대 시를 차운하다[望高臺次伯氏]

幾載行遊一劍光。 여러 해 지니고 다닌 한 자루 칼 빛이

倚天危閣俯斜陽。 하늘 가까운 다락에서 석양을 내려다보네.

河流西去迴雄郡、 강물은 서쪽 큰 고을로 돌아가고

山勢南來隔大荒。 산줄기는 남쪽 먼 곳에서 들어오네.

島外暮雲飛漠漠、 섬 너머로 저녁 구름이 짙게 끼어 날아오고

樽前靑海入茫茫。 잔 앞에 푸른 바다가 아득히 들어오네.

---

22) 원문의 난생은 선인(仙人)이 부는 생소(笙簫)이다. 이백(李白)의 「고
풍(古風)」에 "학의 등에 걸터탄 한 선객이, 날고 날아 하늘을 올라
가서, 구름 속에서 소리 높이 외치어, 내가 바로 안기생이라고 하
네. 좌우에는 백옥 같은 동자가 있어, 나란히 자란생을 불어 대누
나.[客有鶴上仙, 飛飛淩太淸. 揚言碧雲裏, 自道安期名. 兩兩白玉童, 雙吹紫鸞
笙.]"라고 하였다.

23) 1608년 목판본 『蘭雪軒詩』에는 제목이 「夢作」으로 실리고, 제
1구에서 '高'가 '靈'으로, 제2구에서 '齊嘉'가 '晨吸'으로, 제3구에
서 '飛'가 '樓'로, '迴'이 '近'으로, 제4구에서 '下界流霞歲月遙'가
'上界煙霞日月高'로, 제5구에서 '曉炊凉露液'이 '滿盛丹井水'로,
제6구에서 '夜動'이 '晴晒'로, '毫'가 '袍'로, 제8구에서 '鸞'이 '吹'
로 되어 있다.

碧天極目時回首、푸른 하늘 끝까지 되돌아보니
塞馬嘶風殺氣黃。변방 말 달리는 소리에 살기가 넘치는구나.
○ 望高臺次伯氏[24]
幾載行遊一劍光。倚天危閣俯斜陽。河流西去迴雄郡、山勢南
來隔大荒。島外暮雲飛漠漠、樽前靑海入茫茫。碧天極目時回
首、塞馬嘶風殺氣黃。

## 장간행(長干行)

昨夜南風興、간밤에 남풍이 일어
船郞指巴水。뱃사람이 파수[25]를 향했지요.
逢着北來人、북에서 온 사람을 만나게 되어
知君在楊子。님께서는 양자강에 계신 걸 알았지요.
○ 長干行[26]
昨夜南風興、船郞指巴水。逢着北來人、知君在楊子。

---

24) 1608년 목판본 『蘭雪軒詩』에는 「次仲氏高原望高臺韻」 제4수
로 실렸으며, 제1구에서 '幾載行遊'가 '萬里翩翩'으로, '光'이 '裝'
으로, 제2구에서 '俯'가 '掛'로, 제3구에서 '去迴雄'이 '坼連三'으
로, 제4구에서 '來'가 '回'로, 제5구에서 '島外暮雲飛漠漠'이 '脚
下片雲生冉冉'으로, 제6구에서 '樽前靑'이 '眼中溟'으로, 제7구에
서 '碧天極目'이 '登高落日'로 되어 있다.
25) 사천성 삼협(三峽) 일대의 양자강 상류를 가리키는데, 무산(巫
山)이나 무협(巫峽)도 이곳이다. 강물이 파(巴)자로 굽이돌아 파수
(巴水)라고 이름지었다.
26) 1608년 목판본 『蘭雪軒詩』에 「長干行」 제2수로 실려 있는데,
제2구의 '船郞'이 '船旗'로 되어 있다.

## 장사꾼의 노래[賈客詞]

朝發宜都渚、 아침나절 의주성 물가를 떠나자

北風吹五兩。 북풍이 오량27)에 불어 왔지요.

船郎各澆酒、 뱃사람들 저마다 술을 붓고는28)

月下齊盪漿。 달밤에 일제히 노 저어 왔지요.

○ 賈客詞29)

朝發宜都渚、 北風吹五兩。 船郎各澆酒、 月下齊盪漿。

## 상봉행(相逢行)

相逢靑樓下、 기생집 앞에서 서로 만났지요.

繫馬門前柳。 문앞 수양버들에 말을 매었지요.

笑脫錦貂裘、 비단옷에다 가죽옷까지 웃으며 벗어

試取新豐酒。 신풍주30)를 마셔보았지요.

○ 相逢行31)

---

27) 오량(五兩)은 측풍기(測風器)이다. 닭 털 5냥 혹은 8냥을 장대 위에 매달아 풍향(風向)과 풍력(風力)을 가늠했기에, 고대의 측풍기(測風器)를 오량(五兩)이라고 하였다.

28) 원문의 요주(澆酒)는 강신주(降神酒)를 붓는 것이다.

29) 1608년 목판본 『蘭雪軒詩』에 「賈客詞」 3수 가운데 제1수로 실려 있는데, 제3구의 '船郎'이 '船頭'로 되어 있다.

30) 신풍은 한(漢)나라 고을의 이름이다. 고조(高祖)의 아버지가 동쪽으로 돌아가고자 하니 고조가 성시(城市)와 거리를 개축하여 풍(豊) 땅의 형상과 같이 만들고, 풍의 백성을 옮겨 거주하게 한 뒤에 신풍(新豊)이라 하였다. 예로부터 이곳에서 나는 술이 맛이 좋아 시에 자주 등장하였다. 왕유(王維)의 「소년행(少年行)」에 "신풍의 맛 좋은 술은 한 말에 십천인데, 함양의 유협들은 대부분 소년들일세.[新豊美酒斗十千, 咸陽游俠多少年.]"라는 구절이 유명하다.

相逢靑樓下、繫馬門前柳。笑脫錦貂裘、試取新豐酒。

## 강남곡(江南曲)

生長江南村、강남 마을에서 낳고 자랐으니
何曾識別離。이별을 어찌 알았겠어요.
可憐年十五、가련하게도 열다섯 나이에
嫁與弄潮兒。뱃사람에게 시집왔답니다.

○ 江南曲[32]

生長江南村、何曾識別離。可憐年十五、嫁與弄潮兒。

## 규방의 정한[閨情]

五月櫻桃熟、오월이라 앵두가 익더니
千山蜀魄啼。온 산에 두견새도 울어대네요.
思君空有淚、님 그리워 부질없이 눈물 흘리다 보니
芳草又萋萋。방초가 또 무성해졌네요.

○ 閨情[33]

五月櫻桃熟、千山蜀魄啼。思君空有淚、芳草又萋萋。

---

31) 1608년 목판본 『蘭雪軒詩』에 「相逢行」 2수 가운데 제2수로
   실렸는데, 제2구의 '門前'이 '垂楊'으로, 제4구의 '試取'가 '留當'
   으로 되어 있다

32) 1608년 목판본 『蘭雪軒詩』에 「江南曲」 5수 가운데 제4수로
   실렸는데, 제2구의 '何曾識'이 '少年無'로, 제3구의 '可憐'이 '那
   知'로 되어 있다.

33) 이 시는 1608년 목판본 『蘭雪軒詩』에 없다. 허균이 1618년에
   편집한 목판본 『손곡시집(蓀谷詩集)』 권5에 「送人」이라는 제목으
   로 실려 있으며, 제3구의 '思'가 '送'으로 되어 있다.

## 영월루(映月樓)

玉檻秋風露葉淸。 옥난간 가을바람에 이슬 내린 잎 맑아지자
水晶簾冷桂花明。 수정 주렴 차갑고 계수나무 꽃 환해졌네.
鸞驂不返銀橋斷。 난새 수레 돌아오지 않고 은빛 다리[34]는
끊어져
惆悵僊郎白髮生。 서글픈 신선 낭군은 흰머리가 생겼구나.
○ **映月樓**[35]
玉檻秋風露葉淸。 水晶簾冷桂花明。 鸞驂不返銀橋斷。 惆悵僊
郎白髮生。


○ 위의 여러 편은 누이 경번씨(景樊氏)가 지은 것입니다.
삼가 드리니, 바로잡아 주십시오.
○ 右諸篇, 舍妹景樊氏所作, 漫呈郢政。
만력(萬曆) 정유년(1597) 중추(仲秋)에 조선 예조정랑 허균
이 머리를 조아리며 절하고 씁니다.
萬曆丁酉仲秋、 朝鮮禮曹正郎許筠、 頓首再拜書。

---

34) 원문의 '은교(銀橋)'는 당나라 도사(道士) 나공원(羅公遠)의 고사
이다. 나공원이 중추절에 계수나무 석장을 공중에 던져 은빛 다
리를 만들고, 현종(玄宗)과 함께 이 다리를 타고 월궁(月宮)에 올
라 선녀들의 춤을 구경하고 「예상우의곡(霓裳羽衣曲)」을 들었다.
음률에 밝은 현종이 이 곡조를 몰래 기억하였다가 뒤에 「예상우
의곡」을 지었다고 한다. 『설부(說郛)』
35) 이 시는 1608년 목판본 『蘭雪軒詩』에 없다. 1683년에 목판본
으로 간행된 최경창(崔慶昌)의 『고죽유고(孤竹遺稿)』에 「映月樓」
제4수로 실렸으며, 제1구의 '風'이 '來'로, '葉'이 '氣'로, '제3구
의 '返'이 '至'로 되어 있다.

○ 아래에 '대유보(大有父)'라는 백문(白文)의 네모난 인장이
찍혀 있다.
○ 下鈐大有父、 白文方印。

蘭雪詩翰　朝鮮女士許景樊　墨迹

有所思　朝亦有所思　暮亦有所思　所思在何如　萬里路名違風波

若難越　雲雁杳　何期素書不可託　中情那若然

鳳其圖　秦女侶蕭史　日夕吹參差　崇其盡驕彩鳳翙翙　不可追天

地久久　那識人間悲喜淚　不可思　此生長別離

方別離　轔轔雙車輪　一日千萬轉　同心不同車　別離吋屢變車

輪尚有迹　相思獨不見

弄潮兒　盍身嫁与弄潮兒　妾夢依依江水湄　南風北風吹五兩

上船下船齊溫槳　桃花高浪捲煙雲　杳杳歸帆夕興申慎勿

沙歸候風色佳期不來悲殺儂

山鷓鴣詞　山鷓鴣長太息碧雲翠霧深綠蘿寒月黑鳲竹

蘭雪詩翰一

〈난설시한〉을 소장하고 있는 중국 천진도서관(天津図书馆)이 폐쇄 중이어서 실물을 열람하지 못하고, 유정 교수가 예전에 연구용으로 받아놓았던 사진을 보고 원문을 입력하였다. 첫 장만 참고삼아 공개한다.

오명제(吳明濟)

# 조선시선(朝鮮詩選) 1600년

# 해제

　1597년　정유재란에　명나라　찬획주사(贊畫主事)로　조선에
파견되었던　서중소(徐中素)의　빈객으로　참전한　오명제(吳明濟)
가　조선　한시　340수를　수집하여　1599년에　편집을　마치고
1600년에　목판본으로　간행한　시선집(詩選集)이다.　오명제의
자는　자어(子魚),　호는　현포산인(玄圃山人)이며,　회계(會稽)사람
으로　지금의　절강성(浙江省)　소흥현(紹興縣)　일대에　살았던　문
인이다.

　권1에　오언고시　12명　28수,　권2에　오언고체　15명　27수,
권3에　오언율시　34명　56수,　권4에　오언배율　3명　3수,　권5
에　칠언배율　27명　59수,　권6에　오언절구　28명　46수,　권7에
칠언절구　55명　121수,　합계　112명의　시　340수가　7권　2책
에　실려　있다.　이　가운데　허난설헌의　시가　가장　많아서　58
수나　실린　것을　보면,　그가　허균(許筠)에게　1차　자료를　받았
기에　많이　실리기도　하였겠지만　중국　출판시장에서　많이　팔
릴　것이라고　기대했기에　많이　수록했을　가능성도　있다.

　조선시대　한중　문인의　한시　창화(唱和)　교류는　명나라　사
신과　접반사(接伴使)　일행에　의해　이뤄지고,　그　결과물이『황
화집(皇華集)』으로　25회나　간행되었다.　그러나　사신과　관반
(館伴)　사이의　한시　창화는　일정한　기간,　일정한　장소에서만
수행되었다.　그에　비해　임진왜란　중에는　조선의　문인과　명
나라　장군들이　7년간　창화할　기회가　많았다.　특히　오명제는
여러　시인들을　찾아다니며　적극적으로　창화하였을　뿐만　아
니라,　신라시대　최치원(崔致遠)　이래　당대　시인에　이르기까지

역대 시인들의 작품을 수집하였다. 그가 서문에서 밝힌 것처럼, 병조(兵曹)의 관원이었던 허성(許筬)과 허균 형제의 집에 머물면서 체계적으로 한시를 수집하였다.

오명제가 쓴 서문에 의하면 처음에는 이정귀(李廷龜)를 만나서 시를 수집하였고, 허균을 통해 본격적으로 수집하는 과정에서 난설헌의 시 이백 편을 얻었다고 한다. 그 뒤에 윤근수(尹根壽)와 이덕형(李德馨)을 통해 역대 시를 수집하고 1598년에 편집을 마치고 서문을 썼다. 이 과정에서 가유약(賈維鑰), 한초명(韓初命), 왕세종(汪世鍾)이 함께 교정을 보았다. 이 가운데 한초명의 인적사항이 비교적 자세히 전해지는데, 신흠의 기록에 따르면 자가 강후(康侯), 호는 견우(見宇)로 산동(山東) 동래부(萊州府) 액현(掖縣) 사람이며, 1579년 거인(擧人) 향시(鄕試)에 급제하였다. 1598년 8월에 관량동지(管糧同知)로 나왔다가 1600년 10월에 중국으로 돌아갔다. 남방위(藍芳威)가 편찬한 『조선시선전집』의 교열자이기도 하다. 이들은 중국 출판문화의 중심인 강남 출신 종군문인들이어서 조선의 한시를 중국에 알리기 위해 수집과 교정에 참여하였으며, 이들 가운데 한초명(韓初命)이 서문을 썼다.

오명제가 서문에서 밝힌 것처럼, 허균이 난설헌의 시를 비롯한 많은 작품을 구해준 것은 사실이다. 권7 본문 끝에 "조선장원허균서(朝鮮壯元許筠書)"라는 글이 덧붙어 있어서 안진경체(顔眞卿體)로 쓴 본문이 허균의 글씨라는 주장도 있지만, 확실치는 않다. 난설헌의 시 제목에 백형(伯兄)과 중형(仲兄), 성(筬)과 봉(篈)이 바뀐 것만 보아도 허균의 친필은 아닌 듯하다. 허균이 난설헌의 시를 비롯한 상당수 원고를 써준 사실을 근거로 하여, 중국 출판시장에서 신용을 얻기 위하여 "조선장원허균서(朝鮮壯元許筠書)"라고 광고하였을 가능성도 있다.

신라의 최치원(崔致遠)부터 조선 당대 허균까지 여러 시인들의 시를 골고루 편집했지만, 오명제 자신에게 지어 준 시들은 수준에 관계없이 모두 실어서 선시(選詩)의 기준이 뒤섞인 흠이 있다. 허균이 편집에 깊이 참여했다고 하는데, 정작 그가 가장 높이 평가했던 삼당시인(三唐詩人)의 시가 하나도 실리지 않은 이유도 궁금하다. 편집과 출판 사이에 알지 못할 변개가 있었을 가능성도 있다.

이 책이 나오자 명말(明末) 청초(淸初)에 여러 종류의 '조선시선'이 간행되었는데, 남방위(藍芳威)의 『조선시선전집』이 1604년에 간행되고, 반지항(潘之恒)의 『취사원창(聚沙元倡)』이 1608년에 편집되었으며, 특히 전겸익(錢謙益)의 『열조시집(列朝詩集)』 조선편에 많은 영향을 주었다. 중국으로 돌아가는 오명제에게 허균이 지어 준 시 「송送오吳참參군軍ᄌ子어魚대大형兄환還텬天됴朝」는 한자 앞에다 정음을 쓴 한시여서 중국에 정음의 존재를 알리기도 했는데, 이 시가 『열조시집』이나 『명시종(明詩綜)』에 그대로 실린 것도 그 영향 가운데 하나이다.

## 번역 및 원문

## ○ 『조선시선』을 판각한 데 대한 서문

옛날 내가 약관(弱冠)1) 때 태사공(太史公)2)의 『사기(史記)』
를 읽다가 기자(箕子)의 「맥수가(麥秀歌)」3)에 이르러서는 책
을 덮고 크게 탄식하면서 그 풍모를 상상해 보았다. 그러다
한(漢)나라와 진(晉)나라의 글을 보았는데 모두 조선은 예의
와 문학이 성대한 나라라고 말하였지만, 그 명성을 계승한
자가 있다는 말을 듣지 못하였다.

---

1) 약관(弱冠)은 20세를 뜻한다. 이수광(李睟光)의 『지봉유설(芝峯類
   說)』에 "사람이 처음 태어나면 영아라고 하고, 3세를 소아, 10세
   를 동자, 15세를 성동, 16세를 정, 20세를 약관, 30세를 장, 40
   세를 강, 50세를 애, 60세를 기, 70세를 모, 80세를 질, 90세를
   황구, 100세를 기이라고 한다.[人始生曰嬰兒, 三歲曰小兒, 十歲曰童
   子, 十五歲曰成童, 十六曰丁, 二十曰弱冠, 三十曰壯, 四十曰彊, 五十曰艾,
   六十曰耆, 七十曰耄, 八十曰耋, 九十曰黃耇, 百歲曰期頤.]"라고 하였다.
   『芝峯類說 卷17 人事部 生産』
   『예기(禮記) 곡례 상(曲禮上)』에 "스물을 약이라 하는데 관을 쓴
   다.[二十曰弱冠]"라고 하였다. 남자가 스무 살이 되면 관례(冠禮)
   를 올리기 때문에 약관(弱冠)이라 한 것이다.
2) 태사공(太史公)은 사마천(司馬遷)을 가리킨다. 아버지 사마담(司馬
   談)의 뒤를 이어 한(漢)나라의 태사령(太史令)을 지냈기 때문에 태
   사공으로 불렸다.
3) 「맥수가(麥秀歌)」는 은(殷)나라가 멸망한 뒤 기자(箕子)가 주(周)나
   라에 조회하러 가는 길에 은허(殷墟)를 지나다가 부른 노래이다.
   『사기』 「송미자세가(宋微子世家)」에 "기자가 주나라로 조빙하러
   가는 길에 은나라의 옛 도읍 터를 지나다가 궁실이 모두 무너지
   고 그 자리에 벼와 기장이 자라는 것을 보았다. 기자가 몹시 상
   심하여 이에 「맥수」 시를 짓고는 노래를 불렀다."라고 하였다

정유년(1597)[4] 가을에 나는 왜노(倭奴)와의 전쟁으로 조선에 군량을 보급하고 조달하는 일을 맡아 한 번 방문하기를 바랐으나, 이때는 바쁜 전쟁 통이라 경황이 없었다. 그러다 다음 해에 왜노가 평정되어 천천히 조선에 왔더니, 조선은 패망한 뒤여서 가시덤불이 들에 가득한 듯하였으므로, 나라 사람들이 그 왕을 근심하여 한으로 여겼다.

회계(會稽)의 오군(吳君 오명제)이 백악산(白岳山) 남쪽으로 나를 찾아와서는 자신이 뽑은 조선의 시를 꺼내었는데, 나는 읽으면서 지친 줄도 몰랐다. 예전에 내가 압록강을 건너면서 의주성(義州城)을 바라보고 감탄하기를

"이곳이 기자가 봉해진 강역인가?"

하였고, 살수(薩水)를 건너고 낙랑(樂浪)의 터를 지나면서 감탄하기를

"이곳이 기자의 옛 도읍인가?"

하였다. 그러다 백악산에 이르러서는 임금과 신하의 예절이 전아(典雅)함을 보고 감탄하기를

"이분이 기자의 후대 임금인가?"

하였는데, 또 이제 오군을 통해 기자의 유풍(遺風)을 보게

---

4) 정유재란이 일어난 1597년을 가리킨다. 1592년에 일어난 임진 왜란이 명·일 강화 교섭으로 수그러들었다가, 도요토미 히데요시[豊臣秀吉]가 요구한 화평조건 7개조가 명나라 황녀를 후비(后妃)로 보낼 것, 조선 남부 4개 도를 일본에 할양할 것 등 조선과 명나라가 용납할 수 없는 것들임을 알고 1596년 9월에 그 기만성이 드러나면서 결렬되자, 1597년에 왜군이 14만 병력으로 다시 침략하였다. 정유재란은 도요토미 히데요시의 사망으로 일본군이 철수하면서 1598년에 끝이 났다.

되었다. 예전에 품었던 한을 지금에야 풀게 되었으니 다행이다.

조선은 예의의 나라라고 일컬어진 지 오래이다. 그러나 그 가사(歌辭)는 태사(太史)가 싣지 않았고 전기(傳記)에서 채집하지 않았으며 야사(野史)에서도 언급하지 않았으니, 기자의 유풍이 중국에 알려지지 않아 거의 실리지 않았다. 중국에 알려지지 않았기 때문에 그에 대한 칭찬이 거의 다 끊긴 것이다. 그런데 이제 오군이 가시덤불을 헤치고 잿가루를 뒤지며 썩은 것을 베고 순수한 것을 뽑아, 분류하여 기록해서 장차 천하에 배포하려고 하였다. 그래서 천하의 사대부와 문학이 뛰어난 선비들이 이것을 보고서, '바다 부상(扶桑) 밖에서도 성인의 교화로 인해 「맥수가」를 이어서 글을 짓는 자가 이처럼 많구나!'라고 생각하게 하였으니, 기양(箕壤)5)의 산천에 아마도 생기가 돌 것이다.

매미가 무성한 숲에서 가지를 안고 울면 그 소리가 광야(曠野) 너머에까지 퍼지고, 또 "학이 깊은 웅덩이에서 울면 그 소리가 하늘에까지 들린다."6)라고 하였는데, 압록강과 패강(浿江)의 한 줄기 깊은 물이 혹 막힌 것인가? 게다가 조선은 한(漢)나라와 당(唐)나라가 모두 군현으로 만들어 신하

---

5) 기양(箕壤)은 평양부(平壤府)에 도읍했던 기자 조선(箕子朝鮮)을 말하는 것으로, 여기서는 우리나라를 말한다.
6) 『시경』「소아(小雅) 학명(鶴鳴)」에 이르기를, "학이 구고에서 우니, 그 소리가 하늘에 들리도다.[鶴鳴九皐, 聲聞于天.]" 하였는데, 이는 선비가 시골에서 학문을 쌓고 수행하여 명성이 임금에게 알려지는 것을 비유한 말이다. 이 글에서는 조선의 시가 중국까지 알려지는 것을 뜻한다.

로 삼았는데, 도리어 전기에 한 번도 보이지 않은 것은 어째서인가?

옛날 주(周)나라에는 지액(砥厄), 송(宋)나라에는 결록(結綠), 양(梁)나라에는 현려(懸黎), 초(楚)나라에는 화박(和璞)이라는 이름난 옥(玉)들이 있었다. 이 네 가지 보물은 처음에는 옥인(玉人)들이 옥인 줄 몰랐다가 뒤에 천하의 명기(名器)가 되었다.[7] 이 선집도 뛰어난 옥인이 놓친 지 오래였는데, 이제 오군 덕분에 천하의 명기가 되었으니, 사물이 운수를 만나는 것이 참으로 때가 있는 법이다. 오군이 기뻐하며 말하기를

"아! 선생은 나의 동지(同志)[8]이니, 나를 위해 교정해 주십시오."

하였다. 이때 계문(薊門)[9]의 가사마(賈司馬)와 신안(新安)의

---

7) 범자(范子, 范雎)가 왕계(王稽)의 도움으로 진(秦)나라에 들어와서 소왕(昭王)에게 글을 올렸다. (줄임) "제가 듣건대 주(周)나라에는 지액(砥厄), 송(宋)나라에는 결록(結綠), 양(梁)나라에는 현려(懸黎), 초(楚)나라에는 화박(和璞)이라는 이름난 옥들이 있다고 합니다. 이 네 가지 보물은 처음에는 옥공(玉工)들이 전혀 옥인 줄 모르던 것이 뒤에 천하 명기(名器)가 된 것들입니다." -『전국책(戰國策)』제5권「진책(秦策) 3」

8) 북송 때의 사마광(司馬光)과 범진(范鎭)은 서로 교분이 매우 두터웠으며, 서로 지기가 된 뒤에는 "나와 너는 살아서는 뜻을 같이 하고 죽어서는 전을 같이 할 것이다.[吾與子, 生同志, 死當同傳.]"라고 하였다. 『송명신언행록(宋名臣言行錄) 후집(後集) 권5』

9) 북경(北京)의 덕승문(德勝門) 바깥 지역으로, 조선 사신들이 북경에 들어갈 때 반드시 거쳐야 하는 곳이다. 이곳의 토성관(土城關) 주변으로 수목이 무성한데 안개 자욱한 풍경이 무척이나 아름다워 '계문연수(薊門煙樹)'라 불렸다. 계문연수는 황도팔경(皇都八景) 가운데 하나로 꼽힌다.

왕백영(汪伯英)10)이 모두 조선에 손님으로 와 있어서 서로
함께 교정하였다. 나는 곧 서문을 지어 판각하는11) 사람에
게 맡겼다.

명 만력 경자년(1600) 봄 하순에 동래(東萊) 한초명(韓初
命)12) 짓다.

조선 양경우(梁慶遇)13) 쓰다.

## ○ 刻朝鮮詩選序

昔余弱冠時, 讀太史公紀, 至箕子「麥秀歌」, 未嘗不掩卷太息,
想見其風. 及觀漢晉書, 咸稱朝鮮禮義文學之盛, 然未聞有繼其
響者. 丁酉秋, 余以倭奴之役, 督餉朝鮮, 冀一訪之, 時率率戎
馬間未遑及. 次歲倭奴旣平, 徐及之, 朝鮮以敗亡餘, 荊棘盈野,
國人難其王以爲恨. 會稽吳君訪余于白岳之陽, 出其所選朝鮮
詩, 余讀之忘倦焉. 昔余濟鴨綠而望義城, 歎曰:"此箕子之封
疆乎?" 濟薩水而過樂浪之墟, 歎曰:"此箕子之古都乎?" 比

---

10) 백영은 왕세종(汪世鐘)의 자이다. 『조선고금시(朝鮮古今詩)』라는
   저술이 있으나, 현재는 전하지 않는다
11) 원문의 '기궐(剞劂)'은 조각칼로, 곧 인쇄를 하기 위하여 나무판
   에 글자를 새기는 일이다. 여기서는 책으로 만든다는 말이다.
12) 한초명(韓初命)의 자는 강후(康侯), 호는 견우(見宇)로, 산동(山東)
   내주부(萊州府) 액현(掖縣) 사람이다.
13) 양경우(梁慶遇, 1568-?)의 자는 자점(子漸). 호는 제호(霽湖) · 점
   역재(點易齋) · 요정(蓼汀) · 태암(泰巖)이다. 1597년 참봉(參奉)으로
   별시문과(別試文科)에 급제하고, 죽산(竹山) · 연산(連山)의 현감에
   이어 판관(判官)이 되었다. 1616년 문과중시(文科重試)에 병과로
   급제하고, 교리(校理)를 거쳐 봉상시첨정(奉常寺僉正)에 이르렀다.
   이조참의가 추증되었으며, 문집에 『제호시화(霽湖詩話)』가 있다.

至白岳, 見其君臣揖遜之雅, 歎曰："此箕子之後王乎?"又今于吳君而得箕子之遺響焉. 抱恨于昔, 快志于今, 幸哉!

　朝鮮以禮義稱尙矣. 然其歌辭, 太史不載, 傳紀不採, 野史不及, 箕子遺響不聞于華夏, 幾不載. 夫不聞于華夏, 其稱不絶也幾希. 今吳君披荊棘, 發煨燼, 剪其朽, 拔其粹, 類而書之, 將布天下, 使天下薦紳先生文學士見之, 謂海天扶桑外, 以聖人之教, 繼「麥秀歌」而作者, 若是其盛, 箕壤山川, 其起色矣. 蟬控枝鳴于幽林中, 其響係于曠野之外. 又曰：'鶴鳴九皐, 聲聞于天.' 鴨綠浿江一泓之流, 其或間之耶? 況朝鮮漢唐皆郡縣而臣妾之, 乃不一見于傳紀, 何哉? 故周有砥厄, 宋有結綠, 梁有懸黎, 楚有和璞, 此四寶者, 工所失也, 而爲天下名器. 是選也, 爲良工失久矣. 今以吳君而爲天下名器, 物之遇固以時哉! 吳君喜曰："嘻! 先生我同志也, 爲我校之." 時薊門賈司馬、新安汪伯英, 咸客朝鮮, 相與校政. 余復序其首, 而屬剞劂氏.

　明萬曆庚子仲春下浣 東萊韓初命撰

　朝鮮梁慶遇書

# 『조선시선』 서

　정유년(1597)에　서사마공(徐司馬公)[14]이　찬획사(贊畫使)로
출군(出軍)하여 동쪽으로 가서 조선을 구원할 때 나는 빈객
(賓客)으로 따라갔다. 다음 해 무술년(1598) 3월에 압록강을
건너 의주(義州)에 주둔하였다. 4월에 사마공이 의주성 남쪽
20리쯤에서 사냥할 때 나도 고삐를 나란히 하고 달렸는데
구덩이에 빠져 말이 넘어지자 마침내 하직하고 돌아가다가
비를 만나 시골집에서 쉬었다. 이때 조선의 이문학(李文
學)[15]이 있었는데 시(詩)를 잘하고 중국어도 할 줄 알아서

14) 정유재란에 찬획주사(贊畫主事)로 조선에 파견되었던 서중소(徐
　　中素)를 가리키는데, 호는 왕연(王淵)으로, 강남(江南) 남강부(南康
　　府) 건창현(建昌縣) 사람이다. 1598년에 정응태(丁應泰)를 대신하
　　여 찬획주사 직책으로 조선에 왔다.
　　"정응태(丁應泰)가 돌아가 요동에 이르러 또 글을 올려 여러 장
　　관을 탄핵하는데, 경리의 죄상을 극도로 아뢰었다. 중국에서 흠
　　차어왜동로감군병비 산동안찰사 사첨사찬획주사(欽差御倭東路監軍
　　兵備山東按察使司僉使贊畫主事) 서중소(徐中素)를 응태의 대신으로
　　오게 하여 군무를 겸하여 감독하게 하였다. 중소는 호는 왕연(王
　　淵)이고 강서 남강부(南康府) 건창현(建昌縣) 사람인데, 만력(萬曆)
　　을미년(1595)에 진사가 되었다. 그의 중군 추양신(鄒良臣)도 또한
　　강서 남창위(南昌衛) 사람인데, 마병(馬兵) 2천 7백을 거느리고
　　왔다."-신경(申炅),『재조번방지(再造藩邦志) 5』
15) 월사(月沙) 이정귀(李廷龜)를 가리킨다. 문신 가운데 중국어를
　　잘했으므로, 정유재란이 일어나자 병조 정랑이 되어 승문원 교
　　리, 한학(漢學) 교수(教授)를 겸하며 중국 관원들을 상대하였다. 9
　　월에 경리(經理) 양호(楊鎬)가 평양에 도착하자 명을 받고 나아가
　　각조(各曹)의 일을 대답하였으며, 접반사 장운익(張雲翼)의 종사관

앉아 오래도록 이야기한 뒤, 이어 시를 지어 주고받았다.

　다음날 의주의 관사(館舍)로 나를 찾아오겠다고 약속하기에, 우선 행장을 꾸리고 기다렸다. 과연 약속대로 오자, 마침내 살구꽃 아래에서 함께 술에 취하여 다시 시를 지어 주고받았다. 이때 이 문학 일행을 조금씩 불러들여 만나보았는데 날이 갈수록 많아졌다. 그 사람들은 대부분 겸손하고 겸양하며 그 문장은 모두 고아하고 담박하여 볼 만하였다. 내가 이로 인하여 해동(海東)의 명사(名士) 최치원(崔致遠) 등 여러 사람의 문집을 찾자, 모두 거절하며 말하기를,

　"없습니다. 소국(小國)이 난리를 당해 임금과 신하가 초야로 피난한 지가 거의 7년입니다. 목숨도 보존하기 어려운데 하물며 이것을 가지고 다니겠습니까."

하였다. 하지만 기억하고 있는 사람들이 있어 바로 써서 주었는데, 점점 쌓여 1, 2백 편이 되었다.

　서울에 도착하자 문학이 뛰어난 선비가 많다는 말을 듣고서 서너 차례 사마공(司馬公)에게 청하였다.

　"밖에 잠시 머물면서 그들과 교제한 뒤에 다시 연화막(蓮花幕)16)으로 들어오기를 원합니다."

　공이 허락하기에 나는 나가서 허씨(許氏)의 집에 머물렀다.

---

이 되었다. 1598년 2월에 동부승지가 되었지만 승문원 부제조를 겸하면서 외교 임무를 담당하였다.
16) 진(晉)나라 때 재신(宰臣) 왕검(王儉)이 유경행(庾景行)을 위장군(衛將軍)으로 삼으니 사람들이 유경행을, "푸른 물에 부용(芙蓉)이니 얼마나 아름다운가." 하였다. 당시 왕검의 군막(軍幕)에 들어가는 것을 연화막(蓮花幕)이라 하였다. 이 글에서는 서중소(徐中素)의 막부를 가리킨다.

허씨 형제 세 사람은 허봉(許篈)·허성(許筬)·허균(許筠)으로, 모두 문장으로 해동에 이름이 났다. 허봉과 허균은 모두 장원급제하였고, 허균은 더욱 기억력이 뛰어나 한 번 보면 잊지 않아 해동의 시 수백 편을 능히 외웠다. 이에 내가 축적한 글이 날로 풍부해졌는데, 다시 그들 누이의 시 2백 편을 얻었고 판서 윤근수(尹根壽)와 문학이 뛰어난 여러 선비에게서도 잔편(殘編)들을 많이 찾아내어 마침내 책 상자에 가득하였다.

얼마 후에 사마공이 부친상을 당해17) 예장(豫章)18)으로 돌아가기에, 나도 서쪽 장안(長安)으로 돌아왔다. 그러자 장안의 사대부들이 이 소식을 듣고 모두 해동(海東) 시인의 시와 허매씨(許妹氏)의 「유선(遊仙)」 등 여러 편을 보고 싶어했다. 읽어본 사람들이 모두 기뻐하며 말하였다.

"훌륭하다. 오백자(吳伯子 오명제)가 해동에서 막 돌아왔는데, 주머니에 담긴 것이 다른 사람들과는 달라서 바로 수많은 주옥 같은 시편이구나!"

얼마 되지 않아 나는 다시 조선으로 가서 이씨(李氏) 집에 머물렀다. 이씨는 조선의 정승 이덕형(李德馨)인데, 평소 시문(詩文)에 능하였다. 나는 더욱 청하여 여러 이름난 사람의 문집을 찾아 모았는데, 전후로 얻은 것이 신라(新羅) 때부터 지금의 조선에 이르기까지 모두 백여 사람의 글이었다. 펼쳐 보느라 무릇 두 달 동안 문지방을 넘어가지 않았는데,

---

17) "6월에 중소(中素)가 부친상을 듣고 돌아갔다." -신경(申炅), 『재조번방지(再造藩邦志) 5』
18) 군명(郡名). 지금의 강서성(江西省) 남창시(南昌市)

가작(佳作) 약간 편을 얻은 다음 종류별로 모아 기록하였
다.[19] 그러나 그들의 세가(世家)와 연보(年譜)를 듣지 못해
조금 차서가 없었고, 얻은 것은 대부분 전란을 겪고 남은
것이라 전질(全帙)로 있는 것은 두어 명이 되지 않았으니,
주옥 같은 글을 누락한 탄식이 없을 수 있겠는가. 하지만
거듭 말하기를 "성대하다. 기자(箕子)의 교화여!" 하였다.

옛날 단군(檀君)이 탄강(誕降)하여 비로소 조선을 다스려
이로써 구이(九夷)[20]의 군주가 되었다. 요(堯)임금 때부터 상
(商)나라 때까지 천여 년 동안 훌륭한 인물이 없었다가 기자
가 상나라 태사(太師)로서 주(周)나라 봉지(封地)로 가서 가장
먼저 풍교(風敎)를 시행하여 그 풍속을 교화하였으므로,[21]

---

19) 오명제(吳明濟)의 『조선시선(朝鮮詩選)』은 전체 7권으로, 오언고
시·오언고체·오언율시·오언배율·칠언율시·오언절구·칠언절
구 순의 문체별로 편집되어 있다.
20) 고대 동방에 실던 아홉 종류의 민족을 일컫는 말이다. 『후한서』
권85 「동이열전(東夷列傳)」에 "오랑캐가 9종이 있는데, 견이(畎夷)
·우이(于夷)·방이(方夷)·황이(黃夷)·백이(白夷)·적이(赤夷)·현이
(玄夷)·풍이(風夷)·양이(陽夷)이다."라고 하였다. 동방을 가리키는
말로도 썼다. 『논어』 「자한(子罕)」에 "공자께서 구이(九夷)에 살려
고 하시니, 혹자가 말하기를 '그곳은 누추하니, 어떻게 하시렵니
까?' 하였다. 공자가 대답하기를 '군자가 거처한다면 무슨 누추함
이 있겠는가.[子欲居九夷, 或曰, 陋, 如之何, 子曰, 君子居之, 何陋之
有.]'"라는 말에서 유래하였다.
21) 『한서(漢書)』 권28 「지리지(地理志)」에 기자가 정했다는 '기자팔
교(箕子八敎)', 또는 '범금팔조(犯禁八條)' 가운데 3개 조가 전한다.
살인자는 사형에 처하고, 남을 상해한 자는 곡물로 보상하며, 남
의 물건을 도둑질하면 그 주인의 노예가 되는 것이 원칙이나 속
죄(贖罪)하고자 하면 50만 전을 내놓아야 한다.

밤에도 대문을 닫지 않고 길에 떨어진 물건도 줍지 않았다.22)

그러다 박혁거세(朴赫居世)가 이어서 일어났는데 성덕(聖德)이 있었다. -박혁거세는 알에서 태어났는데 성덕이 있어 사람들이 서간(西干)으로 세웠다. 서간은 방언(方言)에 왕(王)을 뜻한다. 진한(辰韓)에 도읍하였는데 지금의 경주(慶州)이다.- 기자의 교화를 잘 닦아 천년 백년에 이르도록 교화가 쇠하지 않았다.

우리 중국은 비록 부인과 여자, 삼척동자라도 조선이 예의와 문학이 성대한 나라라는 것을 듣지 않은 이가 없었다. 아! 조선에 기자(箕子)가 있는 것은 중국에 요순(堯舜)이 있는 것과 같다. 중국에서 성대한 치세(治世)를 말하는 자는 요순을 논외에 두지 않고, 조선에서 성대한 치세를 말하는 자는 기자를 논외에 두지 않는다. 지금 그 노래를 살펴보면 화평하고 급박하지 않으며 아담(雅淡)하고 화려하지 않으며, 방탄(放誕)하고 괴이한 가사가 없고 음탕하고 요염한 곡조가 없어, 웅건하고 통창(通暢)한 기상이 완연히 그 가운데에 있다.

아름답고도 가득하도다! 비유하자면 강물이 넘실넘실 흐를 때는 그 기이함을 보지 못하지만, 그 속에서 구름과 노

---

22) 『전국책(戰國策)』「진책(秦策)」에, 상군(商君)이 진(秦)나라를 다스리자 법령이 크게 행해지고 공평무사하여 "1년이 지난 뒤에는 길에 떨어진 물건을 주워 가는 사람이 없으며, 백성이 남의 물건을 함부로 가져가는 일도 없어졌다.[期年之後, 道不拾遺, 民不妄取.]"라고 하였다.

을은 흐렸다가 밝게 비치고 연기와 안개는 밝았다가 사라지
며, 들오리와 집오리는 함께 날고 어룡(魚龍)은 출몰하며, 풍
랑은 격렬하게 부딪치고 은하수는 오르내리는 등 기이한 광
경을 이루 말할 수 없는 것과 같다.

자야씨(子野氏)[23]가 거문고를 가져다가 연주하자, 화락하
고 즐거워 마음에서 터득하여 손으로 표현하였고, 손으로
터득하여 소리로 나왔으니, 이는 현학(玄鶴)이 날아와 모이
고 노니는 물고기가 물에서 뛰는 것으로 비유할 수 있다.

옛날 연릉계자(延陵季子)가 노(魯)나라에 빙문(聘問)하여 열
국(列國)의 음악을 듣고 그 정사를 알았던[24] 것처럼, 나는
동국(東國)의 음악을 살펴보고 기자의 유풍을 접하고서 봉황
울음 소리처럼 화락하여[25] 성대하다는 것을 알았다. 기자는
대성인(大聖人)이실 것이다. 훗날 보는 자는 반드시 이 책에
서 더욱 그 성대함을 찬미할 것이다.

명(明) 만력(萬曆) 27년(1599) 기해 여름 4월 임오일 보름
에 현포산인(玄圃山人) 오명제(吳明濟)는 조선의 서울 이씨의
의정당(議政堂)에서 쓴다.

---

23) 자야(子野)는 춘추 시대 진(晉)나라 악사(樂師)인 사광(師曠)의 자
(字)이다. 그는 음률에 밝았고, 새소리까지도 구분하였다고 한다.
24) 연릉계자(延陵季子)는 춘추 시대 오나라 계찰(季札)을 가리킨다.
그는 열국(列國)에 사신으로 나가서 각국의 풍속과 음악을 살펴보
고는 그곳의 치란흥망에 대해 정확하게 품평하였다고 한다. 『춘
추좌씨전(春秋左氏傳) 양공(襄公) 29년』
25) 『시경』 「대아(大雅) 권아(卷阿)」에 "오동나무 무성하니, 봉황의
울음이 화락하네.[菶菶萋萋, 噰噰喈喈.]"라고 하였다.

## ○ 朝鮮詩選序

丁酉之歲, 徐司馬公以贊畫出軍, 東援朝鮮, 濟以客從. 次歲戊戌季春, 涉鴨綠, 軍於義州. 孟夏, 司馬公獵於城南二十里, 濟並轡而馳, 及坎馬敗, 遂辭歸, 值雨, 休於村舍. 有朝鮮李文學者, 能詩, 解華語, 坐語久之, 因賦詩相贈. 次日, 期訪我于龍灣之館, 且治裝26)待之. 果如約, 遂與醉於杏花之下, 復賦詩相贈. 於是文學輩稍稍引見, 日益盛, 其人率謙退揖讓, 其文章皆雅淡可觀. 濟因訪東海名士崔致遠諸君集, 皆辭: "無有. 小國喪亂, 君臣越在草莽間幾七載, 首領且不保, 況於此乎?" 然有能憶者, 輒書以進, 漸至一二百篇. 及抵王京, 聞多文學士, 乃數四請司馬公, 願暫館于外, 得與交, 尋更入蓮花幕也. 許之. 濟乃出館於許氏. 許氏伯仲三人, 曰筬, 曰篈, 曰筠, 以文鳴東海間. 筬・筠皆擧狀元. 筠更敏甚, 一覽不忘, 能誦東詩數百篇. 于是濟所積日富, 復得其妹氏詩二百篇, 而尹判書根壽及諸文學亦多搜殘編, 遂盈篋. 頃之, 司馬公以外艱歸豫章, 濟亦西還長安. 長安縉紳先生聞之, 皆願見東海詩人詠及許妹氏「遊仙」諸篇, 見者皆喜曰: "善哉! 吳伯子自東方還, 橐中裝與衆異, 乃纍纍琳琅乎." 居無何, 濟復征朝鮮, 館于李氏. 李氏, 朝鮮議政德馨也, 雅善詩文. 濟益請搜諸名人集, 前後所得, 自新羅及今朝鮮共百餘家. 披覽之, 凡兩月, 不越戶限, 得佳篇若干篇, 類而書之. 然未聞其世家年譜, 稍有未次, 而所得率燼餘, 其全帙不二三家, 或不能無遺珠之歎? 重之言曰: "盛哉! 箕子之化也." 昔者檀君氏降生, 始治朝鮮, 以君九夷. 自堯迄有商千餘

---

26) 裝 : 대본에는 '漿'으로 되어 있는데, 문맥에 의거하여 바로잡았다.

年，曠不相聞. 箕子以商太師即周之封，首用風教，以化其俗，夜不扃戶，道不拾遺. 及赫居世氏繼作，有聖德.【赫居世卵生有聖德，衆人立爲西干，西干，方言王也. 都辰韓，今慶州也.】克脩箕子之教，垂之千百載不衰.

我中國雖婦人女子，三尺之童，莫不聞朝鮮禮義文學之盛. 嗟乎！朝鮮有箕子，猶中國有堯舜也. 中國言盛治者，莫外乎堯舜，朝鮮言盛治者，莫外乎箕子. 今觀其聲，和平不迫，雅淡不華，無放誕詭異之詞，無靡靡妖豔之曲，而雄健暢博之象宛然其中.

美哉！洋洋乎！譬如江水之流，悠悠揚揚，未見其奇. 然而雲霞晻映，烟霧明滅，鳧鷖與飛，魚龍出沒，風濤衝激，天漢上下，而奇不可勝用矣. 子野氏援琴而鼓，雍雍乎，愉愉乎，得之心而應之手，得之手而發之聲，玄鶴翔集，遊鱗躍波，此其比也. 昔者延陵季子氏聘于魯，聞列國之音而知其政. 濟觀東國之聲而挹箕子之遺風焉，嘽嘽嗜嗜，盛矣哉！箕子其大聖人乎！後之覽者，必于是編而益贊其盛.

時明萬曆二十七年己亥夏四月壬午之望，　玄圃山人吳明濟書於朝鮮王京李氏議政堂.

## 감우(感遇)

1.

盈盈窓下蘭、 하늘거리는 창가의 난초

枝葉何芬芬。 가지와 잎 그리도 향그럽더니,

西風一夕送、 하룻밤 가을바람이 불어오자

零落悲秋霜。 슬프게도 찬 서리에 다 시들었네.

秀色總消歇、 빼어난 모습이 모두 시들어도

淸香終不死。 맑은 향기만은 끝내 죽지 않아,

感物傷我心。 그 모습 보면서 내 마음이 아파져

涕淚沾衣袂。 눈물이 흘러 옷소매를 적시네.

○ 感遇[1]

盈盈窓下蘭、枝葉何芬芬[2]。西風一夕送[3]、零落悲秋霜。秀色
總消歇[4]、淸香終不死。感物傷我心。流涕霑[5]衣袂。

2.

---

[1] 1608년 목판본 『蘭雪軒詩』에 같은 제목으로 실린 시인데, 『조
   선시선』에는 '허매씨(許妹氏)'라는 시인의 이름이 없이 허균(許筠)
   의 시 뒤에 이어져 실려 있다.
[2] 1608년 목판본 『蘭雪軒詩』에 '芬'이 '芳'으로 실려 있는데, 뜻은
   같지만 운을 맞추려면 '芳'이 맞다.
[3] 1608년 목판본 『蘭雪軒詩』에 '一夕送'이 '一披拂'로 되어 있다.
[4] 1608년 목판본 『蘭雪軒詩』에 '總消歇'이 '縱凋悴'로 되어 있다.
[5] 1608년 목판본 『蘭雪軒詩』에 '流涕霑'이 '涕淚沾'으로 되어 있다.

古屋晝無人、 낡은 집이라 대낮에도 사람이 없고
桑樹鳴鵂鶹。 부엉이만 혼자 뽕나무 위에서 우네.
蒼苔蔓玉砌、 섬돌에는 푸른 이끼가 끼고
鳥雀巢空樓。 빈 다락에는 새들만 깃들었구나.
向來車馬地、 전에는 말과 수레들이 몰려들던 곳
今成狐兎丘。 이제는 여우 토끼의 굴이 되었네.
信哉達人言、 달관한 분의 말씀을 이제야 믿겠으니
憮憮復何求。 슬프구나! 다시 무엇을 구하랴.[6]

○ 又

古屋晝無人、 桑樹鳴鵂鶹。 蒼苔蔓玉砌、 鳥雀巢空樓。 向來車
馬地、 今成狐兎丘。 信哉達人言、 憮憮復何求。

3.[7]

梧桐生嶧陽、 오동나무 한 그루가 역산 남쪽[8]에서 자라나
鳳凰翔其傍。 봉황이 그 곁에서 날며,
文章燦五色、 오색 무늬 찬란하게
嗜嗜千仞岡。 천길 언덕에서 우네.

---

6) 원문의 달인(達人)은 진(晉)나라 시인 도잠(陶潛)을 가리킨다. 도잠
   의 「귀거래사(歸去來辭)」에 "부귀는 내가 바라는 바 아니요, 제향
   도 기약할 수 없는 일이라.[富貴非吾願, 帝鄕不可期.]"라고 하였다.
7) 제3수는 1608년 목판본 『蘭雪軒詩』에 실려 있지 않다.
8) 역양(嶧陽)은 산동성에 있는 역산의 남쪽이라는 뜻이다. 『서경』
   「하서(夏書) 우공(禹貢) 서주(徐州)」 편에 "공물은 오색 흙과 우산
   (羽山) 골짜기의 여름철 꿩과 역산(嶧山) 남쪽의 우뚝하게 자라는
   오동나무와 사수(泗水) 가에 떠 있는 석경이다.[厥貢, 惟土五色, 羽
   畎夏翟, 嶧陽孤桐, 泗濱浮磬.]"라고 보인다. 그 주에 "역산의 남쪽에
   특별히 오동나무가 생산되는데, 거문고를 만드는 데 적합하다."
   라고 하였다.

稻粱非所慕、 벼나 조를 사모하는 게 아니라
竹實迺其飱。 대나무 열매만 먹는다네.
奈何梧桐樹、 어쩌다 저 오동나무 위에
棲彼鴟與鳶。 올빼미와 솔개만 깃들어 있단 말인가. -매씨(妹
氏)가 그 남편에게 사랑받지 못하였으므로 이와 같이 말하였다.

○ 又

梧桐生嶧陽、鳳凰翔其傍。 文章燦五色、喈喈千仞岡。 稻粱非
所慕、竹實迺其飱。 奈何梧桐樹、棲彼鴟與鳶。 妹氏不愛于其夫
而言若此[9]

## 백씨 봉(篈)께

暗窓銀燭低、 어두운 창가에 촛불 나직이 흔들리고
流螢度高閣。 반딧불은 높은 지붕을 날아서 넘네요.
悄悄深夜寒、 깊은 밤 시름겨워 더욱 쌀쌀한데
蕭蕭秋葉落。 나뭇잎은 우수수 떨어져 흩날리네요.
關河音信稀、 산과 물이 가로막혀[10] 소식도 뜸하니

---

9) 1608년 목판본 『蘭雪軒詩』에서 찾아볼 수 없는 말투이다. 아
  마도 편집자 오명제(吳明濟)가 지어낸 말이 아닌가 생각된다.
10) 원문의 관하(關河)는 변방 국경지대인데, 허봉이 이때 함경도
  갑산에 유배되어 있었다. 경기도 순무어사로 나갔던 허봉이 병
  조판서 이이의 잘못을 탄핵하였는데, 동인의 선봉이었던 대사간
  송응개·승지 박근원과 함께 탄핵하다가 오히려 선조(宣祖)의 비위
  를 거슬려 유배되었다. 허봉은 창원부사로 좌천되었다가, 수레에
  서 내리자마자 다시 갑산으로 유배되었다. 이 해가 바로 계미년
  (1583년)이었으므로, 역사에서는 이 사건을 계미삼찬(癸未三竄)이
  라고 한다.

沈憂不可釋。 그지없는 이 시름을 풀 길이 없네요.

遙想靑蓮宮、 청련궁[11] 오라버니를 멀리서 그리노라니

山空蘿月白。 산속엔 담쟁이 사이로 달빛만 밝네요.

## ○ 寄伯氏崶[12]

暗窓銀燭低、 流螢度高閣。 悄悄深夜寒、 蕭蕭秋葉落。 關河音
信稀、 沈[13]憂不可釋。 遙想靑蓮宮、 山空蘿月白。

## 막수악(莫愁樂)[14]

家住石城下、 우리 집은 석성[15] 아래에 있어

生長石城頭。 석성 바닥에서 낳아 자랐죠.

---

11) 허봉이 즐겨 읽던 시인 이백의 호가 청련거사였으므로, 시인
   허봉이 귀양간 곳을 청련궁이라고 하였다. 사찰이나 승사(僧舍)
   를 가리키기도 한다.
12) 1608년 목판본 『蘭雪軒詩』에 「寄荷谷」이라는 제목으로 실린
   시인데, 제목이 바뀌어 있다. 하곡(荷谷) 봉(崶)은 난설헌의 중씨
   (仲氏)인데, 편집자 오명제가 혼동한 듯하다.
13) 1608년 목판본 『蘭雪軒詩』에는 '沈'이 '端'으로 되어 있다.
14) 막수는 당나라 석성, 또는 낙양에 살았던 여자인데 가요를 잘
   불렀다고 한다. 남조(南朝) 양무제(梁武帝)의 「하중지수가(河中之水
   歌)」에 "하중의 물은 동쪽으로 흐르는데, 낙양의 여아는 이름이
   막수라네…… 열다섯에 시집가서 노씨 집 부인이 되었고, 열여
   섯에 아이 낳으니 자가 아후로다.[河中之水向東流. 洛陽女兒名莫
   愁.…… 十五嫁爲盧家婦. 十六生兒字阿侯.]"라고 하였고, 『구당서(舊唐
   書)』 「음악지(音樂志)」에서는 "석성에 이름이 막수라는 여자가 있
   어 가요를 잘했다.[石城有女子名莫愁, 善歌謠.]"라고 하였다. 그를
   소재로 한 「막수악(莫愁樂)」이 지어졌으며, 그 뒤에 이 제목으로
   많은 악부체 시가 지어졌다.
15) 호북성 종상현(鐘祥縣) 서쪽에 있던 마을이다. 막수가 노래를
   잘 불러 「막수악」이 유명해졌으므로, 뒤에 막수촌이 생겼다.

嫁得石城壻、시집까지 석성 남정네에게 가고 보니
來往石城遊。오가며 석성에서 놀게 되었지요.
　○ **莫愁樂**16)
家住石城下、生長石城頭。嫁得石城壻、來往石城遊。


## 빈녀음(貧女吟)

豈是無容色、얼굴 맵시야 어찌 남에게 빠지랴
工鍼復工織。바느질에 길쌈 솜씨도 모두 좋건만,
少小長寒門、가난한 집안에서 자라난 탓에
良媒不相識。중매할미 모두 나를 몰라준다오.
　○ **貧女吟**17)
豈是無容色、工鍼復工織。少小長寒門、良媒不相識。


## 축성원(築城怨)

千人齊抱杵、천 사람이 모두들 달공이 쳐들고
土底隆隆響。지경을 다지니 땅 밑까지 쿵쿵거리네.18)
努力好操築、애써 잘들 쌓긴 하지만
雲中無魏尙。운중 땅의 위상19) 같은 사또 없구나.

---

16) 1608년 목판본 『蘭雪軒詩』에 같은 제목 시의 제1수로 실려
　　있다.
17) 1608년 목판본 『蘭雪軒詩』에 같은 제목 시의 제1수로 실려
　　있다. 제1구의 '無'만 '乏'으로 실려 있다.
18) 원문의 '융륭(隆隆)'은 소리가 큰 모양을 나타내는 의성어로, 심
　　하게 진동할 때 나는 꽈르릉, 우르르 따위의 무거운 소리이다.
19) 한나라 문제(文帝) 때에 운중 태수를 지내면서 자기의 태수 녹
　　봉을 내어서 닷새에 소 한 마리씩 잡아 군사들에게 먹였다. 군

○ 築城怨[20]

千人齊抱杆、土底隆隆響。努力好操築、雲中無魏尚。

<br>

## 『조선시선(朝鮮詩選)』 권2
## 칠언고체(七言古體)

<br>

## 망선요(望仙謠)

瓊花風細飛靑鳥。 구슬꽃 산들바람 속에 파랑새[21]가 날더니

王母麟車向蓬島。 서왕모는 기린 수레 타고 봉래섬으로 가네.

蘭旌蘂帔白雉裘、 난초 깃발 꽃배자에다 흰 꿩갖옷[22]을 입고

---

사들의 사기가 높아서, 흉노들이 운중에 가까이 오지 못했다. 운
중은 산서성과 몽고의 일부인데, 흉노들과 맞닿아 있는 변방이
다. 『한서(漢書)』 권50 「풍당전(馮唐傳)」

20) 1608년 목판본 『蘭雪軒詩』에 같은 제목 시의 제1수로 실려 있
다. 제1구의 ‘杆’만 ‘杵’로 실려 있는데, ‘杵’로 써야 뜻이 통한다.

21) 청조(靑鳥)는 서왕모의 심부름꾼인데, 사람 머리에 발이 셋 달
린 새이다. 한(漢)나라 반고(班固)의 『한무고사(漢武故事)』에 "홀연
히 파랑새 한 마리가 서방에서 날아와 전각 앞에 내려앉자, 상
이 동방삭에게 물었다. 동방삭이 서왕모가 오려는 모양이라고
대답하였는데, 과연 얼마 뒤에 서왕모가 도착하였다.[忽有一靑鳥
從西方來, 集殿前, 上問東方朔, 朔曰, "此西王母欲來也." 有頃, 王母至.]"
라는 말이 나온다.

22) 꿩 머리의 아름다운 털로 장식한 사치스러운 갖옷. 진 무제(晉
武帝)가 정치에 힘쓰는데, 사마정거(司馬程據)가 꿩갖옷을 바치자,
무제는 기이한 재주나 이상한 의복은 예서(禮書)에서 금하는 것
이라 하며 궁전 앞에서 불태워 버렸다. 『진서(晉書)』 권3 「무제

唉倚紅欄拾瑤草。 웃으며 난간에 기대 요초를 뜯네.

天風吹擘翠霓裳。 푸른 무지개 치마가 바람에 날리니

玉環金珮聲琅琅。 옥고리와 노리개가 쟁그랑 부딪치네.

素娥兩兩鼓瑤瑟、 달나라 선녀[23]들은 쌍쌍이 거문고를 뜯고

三花珠樹春雲香。 계수나무[24] 위에는 봄구름이 향그러워라.

平明宴罷芙蓉閣。 동틀 무렵에야 부용각 잔치가 끝나

碧海靑童乘白鶴。 벽해의 청동[25]이 백학을 타네.

紫簫聲裡彩雲飛、 붉은 퉁소 소리에 오색 구름이 걷히자

露濕銀河曉星落。 이슬에 젖은 은하수에 새벽별이 지네.

## ○ 望仙謠[26]

瓊花風細[27]飛靑鳥。王母麟車向蓬島。蘭旌蕚帔白雉裘[28]、唉
倚紅欄拾瑤草。天風吹擘翠霓裳。玉環金珮聲琅琅[29]。素娥兩
兩鼓瑤瑟、三花珠樹春雲香。平明宴罷芙蓉閣。碧海靑童乘白
鶴。紫簫聲裡彩雲[30]飛、露濕銀河曉星落。

---

기(武帝紀)」.

23) 원문의 소아(素娥)는 달나라 선녀인데, 흰 옷을 입고 흰 난새를
    탄다고 한다.

24) 삼화주수(三花珠樹)는 선궁에 있는 계수나무인데, 꽃이 일년에
    세 번이나 피고, 오색 열매가 열린다고 한다.

25) 『진서(晉書)』에 "선제(宣帝)의 내구마(內廐馬)가 어느 날 바람이
    자고 하늘이 쾌청할 때 학이 날아오자 청의동자(靑衣童子)로 변
    화하여 두 마리 큰 말을 타고 공중으로 날아갔다."라고 하였다.

26) 1608년 목판본 『蘭雪軒詩』에 같은 제목 시의 제1수로 실려
    있다.

27) 1608년 목판본 『蘭雪軒詩』에는 '細'가 '軟'으로 되어 있다.

28) 1608년 목판본 『蘭雪軒詩』에는 '雉裘'가 '鳳駕'로 되어 있다.

29) 1608년 목판본 『蘭雪軒詩』에는 '金珮聲琅琅'이 '瓊佩聲丁當'으
    로 되어 있는데, 같은 뜻이다.

## 상현곡(湘絃曲)

薰花泣露湘江曲。 향그런 꽃 이슬에 젖은 소상강 물굽이에

點點秋烟天外綠。 아홉 봉우리[31] 가을빛 짙어 하늘 푸르네.

水府涼波龍夜吟、 수궁 찬 물결에 용은 밤마다 울고

蠻娘輕夏玲瓏玉。 남방 아가씨[32] 구슬 구르듯 노래하네.

離鸞別鳳隔蒼梧。 짝 잃은 난새와 봉새는 창오산 가로막히고

雨氣侵江迷曉珠。 빗기운이 강에 스며 새벽달 희미하네.

神絃聲徹石苔冷、 거문고 소리 스러지자 돌이끼 차가운데

雲鬟霧鬢啼江姝。 구름머리 안개 살쩍의 강녀가 우는구나.

瑤空星漢高超忽。 하늘 은하수는 멀고도 높은데

羽蓋金支五雲沒。 일산과 깃대가 오색 구름 속에 가물거리네.

門外漁郎唱竹枝、 문밖에서 어부들이 「죽지사」를 부르는데

銀潭半掛相思月。 은빛 호수에 님 그리는 달이 반쯤 걸렸구나.

○ 湘絃曲[33]

薰[34]花泣露湘江曲。 點[35]點秋烟天外綠。 水府涼波龍夜吟、 蠻娘輕夏玲瓏玉。 離鸞別鳳隔蒼梧。 雨氣侵江迷曉珠。 神絃聲徹石苔冷[36]、 雲鬟霧[37]鬢啼江姝。 瑤空星漢高超忽。 羽蓋金支五

---

30) 1608년 목판본 『蘭雪軒詩』에는 '聲裡彩雲'이 '吹徹彩霞'로 되어 있다.

31) 순임금 사당을 구의산(九疑山)에 모셨는데, 점점(點點)은 그 아홉 봉우리를 가리킨다.

32) 창오산 남쪽 호남성 일대 지역을 만(蠻)이라 하는데, 순임금의 두 왕비인 아황과 여영이 만(蠻) 땅의 아가씨이다.

33) 1608년 목판본 『蘭雪軒詩』에 「湘絃謠」라는 제목으로 실려 있다.

34) 1608년 목판본 『蘭雪軒詩』에는 '薰'이 '蕉'로 되어 있다.

35) 1608년 목판본 『蘭雪軒詩』에는 '點'이 '九'로 되어 있는데, 더 적합하다.

雲沒。門外漁郎唱竹枝、銀潭半掛相思月。

## 사시가(四時歌)

四時歌38)

### 봄노래

院落深深杏花雨。　　그윽히 깊은 뜨락에 비가 내리고39)

鶯聲啼遍辛夷塢。　　목련 핀 언덕에선 꾀꼬리가 우네.

流蘇羅幙春尙寒、　　수실 늘어진 비단 휘장 봄은 아직 추운데

博山輕飄香一縷。　　박산향로40)에 한 줄기 향연 하늘거리네.

鸞鏡曉梳春雲長。　　거울 앞에서 빗질하니 봄 구름이 길고

玉釵寶髻蟠鴛鴦。　　옥비녀에 트레머리 원앙이 수 놓였네.

斜捲重簾帖翡翠、　　겹발을 걷고서 비취이불도 개어 놓고

金勒雕鞍歡何處。　　금 굴레 아름다운 안장 님은 어디 가셨나.

誰家池館咽笙歌、　　누구네 집 못가에서 생황 소리 울리는지

月照淸尊金叵羅。　　맑은 술 금 술잔에 달빛이 비치는구나.

---

36) 1608년 목판본 『蘭雪軒詩』에는 '神絃聲徹石苔冷'이 '閑撥神絃
石壁上'으로 되어 있다.

37) 1608년 목판본 『蘭雪軒詩』에는 '雲鬢霧'이 '花鬢月'로 되어 있다.

38) 1608년 목판본 『蘭雪軒詩』에 「四時詞」라는 제목으로 4수가
실려 있다.

39) 청명절 뒤에 살구꽃이 피는데, 반드시 비가 내린다. 이때 내리
는 비를 행화우(杏花雨)라고 한다.

40) 박산은 바다 속에 있는 선산(仙山)인데, 향로의 뚜껑을 박산 모
습으로 만든 향로를 박산로(博山爐)라고 한다. 『서경잡기(西京雜
記)』 권1에 "장안(長安)에 장인 정완(丁緩)이란 사람이 또 9층의
박산향로를 만들었는데, 거기에 새겨진 기괴한 금수가 매우 영
이(靈異)하여 모두 저절로 움직였다."라고 하였다.

愁人獨坐不成寐、시름겨운 사람 홀로 앉아 잠을 못 이루니
絞綃曉起看紅淚。새벽에 일어나면 깁 수건에 눈물 자국 보
이리.

○ **春歌**

院落深深杏花雨。鸎聲啼遍辛夷塢。流蘇羅幙春尙寒、博山輕
飄香一縷。鸞鏡曉梳春雲長41)。玉釵寶髻42)蟠鴛鴦。斜捲重簾
帖翡翠、金勒雕鞍歡何處。誰家池館咽笙歌、月照淸尊金叵
羅。愁人獨坐不成寐、絞綃曉起看紅淚43)。


여름노래

槐陰滿地花陰薄。느티나무 그늘 땅에 덮여 꽃 그림자 옅은데
玉簟銀牀敞朱閣。옥 대자리 은 침상 붉은 누각 탁 트였네.
白苧新裁染汗香、흰 모시옷 새로 지어 맑은 향기 물들이자
輕風洒洒搖羅幙。미풍이 솔솔 불어 비단 휘장을 흔드네.
瑤階飛盡石榴花。계단의 석류꽃은 다 흩날리고
日輾晶簾影欲斜。햇살이 수정 주렴으로 옮겨 그림자 비꼈네.
雕梁畫永午眠重、대들보에 낮이 길어 낮잠을 실컷 자다가
錦茵扣落釵頭鳳。비단방석에 봉황비녀를 떨어뜨리니,
額上鵝黃膩曉粧、이마 위에 새벽 화장이 촉촉하고

---

41) 1608년 목판본 『蘭雪軒詩』에는 '美人睡罷理新粧'이 '鸞鏡曉梳
春雲長'으로 되어 있다.
42) 1608년 목판본 『蘭雪軒詩』에는 '玉釵寶髻'가 '香羅寶帶'로 되
어 있다.
43) 1608년 목판본 『蘭雪軒詩』에는 '金勒雕鞍歡何處。誰家池館咽
笙歌、月照淸尊金叵羅。愁人獨坐不成寐、絞綃曉起看紅淚'이 '懶
把銀箏彈鳳凰'으로 되어 있다.

鶯聲啼起江南夢。 꾀꼬리 소리가 강남 꿈을 깨워 일으키네.
南塘女伴木蘭舟。 남쪽 연못의 벗들은 목란배를 타고
采蓮何處歸渡頭。 어디에선가 연을 따서 나룻터로 돌아오네.
輕橈漫唱橫塘曲、 천천히 노를 저으며 「횡당곡」을 부르자
波外夕陽山更綠。 물결 너머 석양빛에 산이 더욱 푸르구나.

○ **夏歌**

槐陰滿地花陰薄。玉簟銀牀敞朱閣[44]。白苧新裁染汗香[45]、輕
風洒洒[46]搖羅幕。瑤階飛[47]盡石榴花、日輾晶簾影欲[48]斜。
雕梁晝永午眠重[49]、錦茵扣[50]落釵頭鳳。額上鵝黃膩曉
粧[51]、鶯聲啼[52]起江南夢。南塘女兒木蘭舟。采蓮何處[53]歸
渡頭。輕橈漫唱橫塘[54]曲。波外夕陽山更綠[55]。

---

44) 1608년 목판본『蘭雪軒詩』에는 '朱閣'이 '珠閣'으로 되어 있다.
45) 1608년 목판본『蘭雪軒詩』에는 '新裁染汗香'이 '衣裳汗凝珠'로
    되어 있다.
46) 1608년 목판본『蘭雪軒詩』에는 '輕風洒洒'가 '呼風羅扇'으로
    되어 있다.
47) 1608년 목판본『蘭雪軒詩』에는 '飛'가 '開'로 되어 있다.
48) 1608년 목판본『蘭雪軒詩』에는 '輾晶簾影欲'이 '轉華簷簾影'으
    로 되어 있다.
49) 1608년 목판본『蘭雪軒詩』에는 '午眠重'이 '燕引雛'로 되어 있
    고, '藥欄無人蜂報衙. 刺繡慵來午眠重.'이 더 있다.
50) 1608년 목판본『蘭雪軒詩』에는 '扣'가 '敲'로 되어 있다.
51) 1608년 목판본『蘭雪軒詩』에는 '曉粧'이 '睡痕'으로 되어 있다.
52) 1608년 목판본『蘭雪軒詩』에는 '鶯聲啼'가 '流鸎喚'으로 되어
    있다.
53) 1608년 목판본『蘭雪軒詩』에는 '蓮何處'가 '采荷花'로 되어 있다.
54) 1608년 목판본『蘭雪軒詩』에는 '漫唱橫塘'이 '齊唱采菱'으로
    되어 있다.
55) 1608년 목판본『蘭雪軒詩』에는 '波外夕陽山更綠'이 '驚起波間

## 가을노래

| | |
|---|---|
| 紗廚爽氣殘宵迥。 | 비단 장막[56] 싸늘한 기운 아직도 밤이 긴데 |
| 露滴虛庭玉屛冷。 | 텅 빈 뜰에 이슬 내려 구슬 병풍 차가워라. |
| 池蓮粉落夜有聲、 | 못의 연꽃 지는 소리 밤이라서 들리는데 |
| 井梧葉下秋無影。 | 우물가 오동잎이 져서 가을 그림자가 없네. |
| 金壺漏徹生西風、 | 물시계 소리만 똑똑 하늬바람에 들려오고 |
| 珠簾唧唧鳴寒蟲。 | 발 밖에선 찌륵찌륵 가을벌레 울어대네. |
| 金刀剪取機上素、 | 베틀에 감긴 무명을 가위로 잘라낸 뒤에 |
| 玉關夢斷羅帷空。 | 옥문관[57] 꿈 깨니 비단 장막 쓸쓸하구나. |
| 縫作衣裳寄遠客、 | 님의 옷 지어 변방 길손 편에 부치려니 |
| 蘭燈縈縈明暗壁。 | 등잔불만 쓸쓸하게[58] 어둔 벽을 밝히네. |
| 含啼自草別離難、 | 울음 삼키며 헤어진 어려움을 편지에 써서 |
| 驛使明朝發南陌。 | 날 밝으면 남으로 가는 역인에게 부치려네. |

○ 秋歌

---

雙白鷗'로 되어 있다.

56) "부엌 주(廚)"자로 되어 있는데, 뜻이 통하지 않는다. 한치윤(韓致奫)의 『해동역사(海東繹史)』 권49 「예문지(藝文志) 8 본국시(本國詩) 3」에 실린 난설헌의 「사시사(四時詞)」를 참조하여 "장막 주(幬)"자로 고쳐 번역하였다.

57) 만리장성에서 서역(西域)으로 나가는 길목의 이름난 관문인데, 감숙성 돈황현 서쪽, 양관의 서북쪽에 있다. 한나라 무제(武帝) 때에 곽거병(郭去病)이 월지(月氏)를 치고 옥문관을 열어 서역과 통하게 했다. 장안으로부터 3,600리 떨어져 있다. 악부시에 많이 나오는 관문인데, 사신이나 군사들이 이곳을 한 번 나가면 살아서 돌아오기 힘든 곳으로 여겼다.

58) 원문의 '縈縈'은 문맥에 맞지 않는다. 글자 모양으로만 보면 『열조시집(列朝詩集)』에 실린 「秋歌」의 '熒熒'으로 쓰는 것이 맞다.

紗廚爽氣殘宵迥 59)。露滴60)虛庭玉屛冷。池蓮粉落夜有
聲61)、井梧葉下秋無影。金壺漏徹生62)西風。珠簾唧唧鳴
寒63)蟲。金刀剪取64)機上素、玉關夢斷羅帷空。縫65)作衣裳
寄遠客。蘭燈縈縈66)明暗壁。含啼自草別離難67)、驛使明朝發
南陌68)。


## 겨울노래

銅壺一夜聞寒枕。 한밤이라 동호69) 소리 찬 침상에 들리는데

---

59) 1608년 목판본 『蘭雪軒詩』에는 '爽氣殘宵迥'이 '寒逼殘宵永'으
로 되어 있다.
60) 1608년 목판본 『蘭雪軒詩』에는 '滴'이 '下'로 되어 있다.
61) 1608년 목판본 『蘭雪軒詩』에는 '蓮粉落夜有聲'이 '荷粉褪夜有
香'으로 되어 있다.
62) 1608년 목판본 『蘭雪軒詩』에는 '金壺漏徹生'이 '丁東玉漏響'으
로 되어 있다.
63) 1608년 목판본 『蘭雪軒詩』에는 '珠簾唧唧鳴寒'이 '簾外霜多啼
夕'으로 되어 있다.
64) 1608년 목판본 『蘭雪軒詩』에는 '剪取'가 '翦下'로 되어 있다.
65) 1608년 목판본 『蘭雪軒詩』에는 '縫'이 '裁'로 되어 있다.
66) 1608년 목판본 『蘭雪軒詩』에는 '蘭燈縈縈'이 '悄悄蘭燈'으로 되
어 있다.
67) 1608년 목판본 『蘭雪軒詩』에는 '自草別離難'이 '寫得一封書'로
되어 있다.
68) 1608년 목판본 『蘭雪軒詩』에는 이 뒤에 "裁封已就步中庭. 耿
耿銀河明曉星. 寒衾轉輾不成寐, 落月多情窺畫屛."이 더 있다.
69) 동호(銅壺)는 구리로 병을 만든 물시계이다. 구리병에 물을 채
운 다음 아래 구멍을 열어 놓으면 양쪽 병으로 물이 떨어지는
데, 오른쪽 병은 밤에 해당하고 왼쪽 병은 낮에 해당한다. 규룡
이 동호에서 떨어진 물의 양에 따라 화살을 뻗어 시각을 알린
다. 『초학기(初學記)』「누각(漏刻)」

紗牕月落鴛鴦錦。 깁 창으로 스민 달빛 원앙 금침을 비추네.
烏鴉驚飛轆轤長。 까막까치 녹로[70] 도는 소리에 놀라 날고
樓前倏忽生曙光。 누각 앞엔 어느 새 새벽빛이 밝아 오네.
侍婢金瓶瀉鳴玉、 여종이 금병에서 얼음 쏟아 내니
曉簾水澁胭脂香。 주렴에는 성에 꼈고 연지는 향기롭구나.
春山欲描描不得、 눈썹을 그리려나 그려지지가 않아
欄干佇立寒霜白。 난간에 올라서니 찬 서리가 하얗네.
去年照鏡看花柳、 지난해엔 거울에 비친 꽃과 버들 보면서
琥珀光深傾夜酒。 호박빛 짙은 술을 한밤중에 기울였지.
羅帳重重圍鳳笙、 겹겹 비단 휘장을 생황 소리가 감싸는데
玉容今爲相思瘦。 아름다운 얼굴 이제는 그리움에 시들었네.
靑驄一別春復春、 말 타고 헤어진 뒤 봄 가고 또 봄 오건만
金戈鐵馬瀚海濱。 군마 타고 쇠창 잡고 한해[71]의 가에 있네.
驚沙吹雪冷黑貂、 모래 바람에 눈 날려 초피 갖옷 차가우니
香閨良夜何迢迢。 규방의 좋은 밤이 어찌 이다지 아득한가.

## ○ 冬歌

銅壺一夜聞寒枕。紗牕月落鴛鴦錦。烏鴉驚飛轆轤長。樓前倏
忽生曙光。侍婢金瓶瀉鳴玉、曉簾水澁胭脂香。春山欲描描不

---

70) 도르레로 물을 긷는 두레박.

71) 한해(瀚海)는 사막(沙漠), 또는 북해(北海)를 이르는 말로 북방을
    가리킨다. 시대마다 이설이 분분한 지명인데, 『동사강목(東史綱
    目)』에는 이렇게 설명하였다. "대방으로 해서 왜국에 이르자면,
    바다를 따라가서 조선을 지나 남쪽으로 가다 동쪽으로 가다 하
    며 7천여 리를 지나서 한 바다를 건너고, 다시 남쪽으로 1천여
    리를 가 한 바다를 건너면 1천여 리나 되는 넓은 곳이 있는데
    이것이 한해(瀚海)이다."

得、欄干佇立寒霜白。去年照鏡看花柳、琥珀光深傾夜酒。羅帳重重圍鳳笙、玉容今爲相思瘦。靑驄一別春復春、金戈鐵馬瀚海濱。驚沙吹雪冷黑貂、香閨良夜何迢迢。[72]

## 『조선시선(朝鮮詩選)』 권3
## 오언율시(五言律詩)

## 친구에게 부치다

結廬臨古道、 예 놀던 길가에 초가집 짓고서

日見大江流。 날마다 큰 강물을 바라만 본다.

鏡匣鸞將老、 거울갑에는 난새가 혼자서 늙어가고[73]

---

72) 1608년 목판본 『蘭雪軒詩』에 실린 「四時詞 冬」과 많은 글자가 겹치기는 하지만 시상(詩想)의 전개가 다르고 압운도 달라서, 다르게 실린 글자들을 일일이 대조하지 않는다.

73) 짝과 사별한 뒤 홀로 슬퍼하며 지냄을 말한다. 옛날에 계빈왕(罽賓王)이 난새 한 마리를 잡았는데, 난새가 우는 소리를 매우 듣고 싶었으나 울게 할 방도가 없었다. 금으로 된 울타리를 쳐주고 진귀한 먹이를 주어도 시름시름 앓기만 하고 3년 동안을 울지 않았다. 그러자 계빈왕의 부인이 말하기를, "새는 자기 무리를 본 뒤에 운다고 들었는데, 어찌하여 거울을 걸어서 비치게 하지 않습니까?"라고 하였다. 왕이 그 말에 따라 거울을 걸어 주었더니, 난새가 거울에 비친 자기 모습을 보고는 하늘에 사무치도록 슬피 울다가 숨이 끊어졌다는 고사가 전한다. 후에 '난경(鸞鏡)' 또는 '고란조경(孤鸞照鏡)'은 금슬 좋던 부부가 배우자와 사별한 뒤 쓸쓸하게 지내는 것을 비유하게 되었다. 『태평어람(太平御

園花蝶已秋。 동산 꽃의 나비도 가을 신세란다.

寒山新過雁、 쓸쓸한 산에 기러기 지나가고

暮雨獨歸舟。 저녁비에 조각배 홀로 돌아오는데,

寂寞窓紗掩、 비단 창문 닫혀져 적막한 신세이니

那堪憶舊遊。 어찌 옛적 놀이를 생각이나 하랴.

## ○ 寄女伴

結廬臨古道、 日見大江流。 鏡匣鸞將老、 園花[74]蝶已秋。 寒山新過[75]雁、 暮雨獨歸舟。 寂寞窓紗掩[76]、 那堪憶舊遊。


## 갑산으로 유배가는 성(筬) 오라버니를 송별하며

遠謫甲山去、 멀리 갑산으로 귀양 가시니

江陵別路長。 강릉에서 헤어지는 길 멀기만 하네.

臣同賈太傅、 쫓겨나는 신하야 가태부[77]시지만

---

覽)』 권916 「난조시서(鸞鳥詩序)」 참조.

74) 1608년 목판본 『蘭雪軒詩』에 같은 제목으로 실린 시에 '園花'가 '花園'으로 되어 있다.

75) 1608년 목판본 『蘭雪軒詩』에는 '山新過'가 '沙初下'로 되어 있다.

76) 1608년 목판본 『蘭雪軒詩』에는 '寂寞窓紗掩'이 '一夕紗窓閉'으로 되어 있다.

77) 한나라 문제(文帝)가 20세 밖에 안된 가의(賈誼 B.C. 201-169)를 대중대부에 올리고 다시 공경(公卿)으로 등용하려 했는데, 중신들이 모함하여 실각하였다. 그래서 장사왕(長沙王)의 태부로 밀려나가면서 상수(湘水)를 건너다가 충신 굴원을 추모하는 「조굴원부(弔屈原賦)」를 지었는데, 그 내용은 대개 자신의 처지를 비유한 것이다. 다시 양 회왕(梁懷王)의 태부로 옮겨졌는데, 양 회왕이 낙마(落馬)하여 죽자, 가의 역시 상심하여 죽으니 그때 나이가 겨우 33세였다. 『사기(史記)』 권84 「굴원가생열전(屈原賈生列傳)」

主豈楚懷王。임금이야 어찌 초나라 회왕[78]이시랴.

河水平秋岸、가을 비낀 언덕엔 강물이 찰랑이고

關門但夕陽。관문에는 석양 빛만 비치는데,

霜風吹雁翼、서릿바람 받으며 기러기 울어 예니

中斷不成行。걸음이 멎어진 채 차마 길을 못가시네.

○ 送兄筬謫甲山[79]

遠謫甲山去[80]、江陵別路長[81]。臣同賈太傅、主豈楚懷王。河
水平秋岸、關門但[82]夕陽。霜風吹雁翼[83]、中斷不成行。


## 이의산을 본받아[84]

1.

鏡暗鸞休舞、거울이 어두워 난새[85]도 춤추지 않고

---

78) 초나라 충신 굴원(屈原)이 회왕(懷王)을 섬겨 벼슬이 좌도(左徒)
   에 이르고 큰 신임을 받았는데, 회왕이 장의(張儀)의 연횡술책에
   빠지는 것을 간하여 장의를 죽이자고 하였으나 실패하였다. 회
   왕은 결국 꾀임에 빠져 진(秦)나라에 갔다가 그 곳에서 죽고, 굴
   원은 대부들의 시기를 받아 쫓겨나 장사(長沙)의 멱라수(汨羅水)
   에 투신자살하였다.
79) 같은 시가 1608년 목판본 『蘭雪軒詩』에는 「送荷谷謫甲山」이라
   는 제목으로 실려 있다. 맏오라버니 성(筬)은 유배간 적이 없으
   므로, 『조선시선』의 제목이 틀렸다.
80) 1608년 목판본 『蘭雪軒詩』에는 '去'가 '客'으로 되어 있다.
81) 1608년 목판본 『蘭雪軒詩』에는 '江陵別路長'이 '咸原行色忙'으
   로 실려 있다.
82) 1608년 목판본 『蘭雪軒詩』에는 '門但'이 '雲欲'으로 되어 있다.
83) 1608년 목판본 『蘭雪軒詩』에는 '翼'이 '去'로 되어 있다.
84) 의산(義山)은 만당(晩唐) 시인 이상은(李商隱 813-858)의 자인데,
   호는 옥계생(玉溪生)이다. 그의 시는 한(漢)·위(魏)·육조시(六朝

樑空燕不歸。 빈 집이라서 제비도 돌아오지 않네.

香殘蜀錦被、 비단 이불[86]엔 아직도 향기가 스며 있건만

淚濕越羅衣。 비단[87] 옷자락에는 눈물 자국이 젖어 있네.

驚夢迷蘭渚、 물가[88]에서 헤매다 꿈을 깨니

輕雲歇彩幃。 가벼운 구름이 채색 휘장에 스러지는데,

江南今夜月、 오늘 밤 강남의 저 달빛은

流影照金微。 흘러 흘러서 임 계신 금미산에 비치리.

效李義山[89]

---

詩)의 정수를 계승하였고, 두보(杜甫)를 배웠으며, 이하(李賀)의 상
징적 기법을 즐겨 사용하였다. 전고(典故)를 자주 인용하고 풍성
하고 화려한 자구를 구사하여 수사문학의 극치를 보여주었다. 송
나라 때에 양억(楊億) 유균(劉筠) 등이 그의 시를 본받아 지으면서
『서곤창수집(西崑唱酬集)』을 간행했으므로, 이러한 시를 서곤체(西
崑體)라고 했다. 『이의산시집』이 남아 전하며, 『당서(唐書)』 권190
에 그의 전기가 실려 있다. 서곤체를 이상은체, 또는 이의산체라
고 하는데, 난설헌의 이 시도 이의산체이다.

85) 거울에 난새를 새겼는데, 남녀간의 사랑을 뜻한다. 님이 없어
서 거울을 볼 필요가 없으므로 오랫동안 거울을 닦지 않았기 때
문에, 난새의 모습이 먼지에 덮혀 보이지 않은 것이다.

86) 원문 촉금피(蜀錦被)는 촉(蜀 사천성)에서 난 비단으로 만든 이불
이다. 촉에서 이름난 비단이 많이 만들어져서 『촉금보(蜀錦譜)』라
는 책까지 만들어졌다.

87) 원문 월라(越羅)는 월(越) 땅에서 만들어진 비단으로, 가볍고 부
드러우며 섬세한 것으로 유명하다. 화려한 무늬와 색감으로 이
름난 촉금(蜀錦)과 함께 귀하고 값비싼 보화이다.

88) 원문 난저(蘭渚)는 난초가 핀 물가이다. 이 시에서는 상강(湘江)
에 살다가 선녀가 되어 올라간 두난향(杜蘭香) 이야기인 듯하다.

89) 1608년 목판본 『蘭雪軒詩』에는 「效李義山體」라는 제목으로 실
려 있다.

鏡暗90)鸞休舞、梁空燕不歸。香殘蜀錦被、淚濕越羅衣。驚91)
夢迷蘭渚、輕雲歇彩幰92)。江南93)今夜月、流影照金微。

2.

月隱驂鸞扇、달같은 얼굴을 난새 가리개94)로 가렸는데

香生簇蝶裙。향그런 분 내음이 나비 치마에서 나네.

多嬌秦氏女、애교스런 진씨 여인에게

有淚衛將軍。위장군95)인들 어찌 눈물이 없으랴.

玉匣收殘粉、옥갑에 연지분 거둬 치우니

金爐冷舊薰。향로에 옛 향불이 싸늘하구나.

回頭巫峽外、머리를 돌려 무협96) 밖을 바라다보니

行雨雜行雲。지나가는 비와 떠가는 구름97)이 어울려 있네.

○ 又

---

90) 1608년 목판본 『蘭雪軒詩』에는 '暗'이 '晴'으로 실려 있다.

91) 1608년 목판본 『蘭雪軒詩』에는 '驚'이 '楚'로 되어 있다.

92) 1608년 목판본 『蘭雪軒詩』에는 '輕雲歇彩幰'가 '荊雲落粉闈'로 되어 있다.

93) 1608년 목판본 『蘭雪軒詩』에는 '江南'이 '西江'으로 되어 있다.

94) 원문 참란선(驂鸞扇)은 난새를 탄 신선의 가리개인데, 이 시에서는 아름답다는 뜻으로 썼다.

95) 흉노를 일곱 번이나 토벌하여 큰 공을 세웠던 장군 위청(衛青)인데, 그도 출정할 때에는 미인과 헤어지기 아쉬워 눈물 흘린다는 뜻이다. 위청의 열전은 『사기(史記)』 권111과 『전한서(前漢書)』 권55에 실려 있다. "위장군"은 한나라 시대 장군의 직함이기도 한데, 진(晉)나라 이후로도 계속되다가, 당나라 때에 없어졌다.

96) 사천성의 명승인 무산(巫山) 무협(巫峽)을 가리킨다. 초나라 회왕이 무산의 선녀를 만난 곳이다.

97) 행우(行雨)와 행운(行雲)은 무산 선녀의 아침 모습과 저녁 모습이다. 운우(雲雨)가 합쳐지면 남녀의 즐거움을 뜻한다.

月隱驂鸞扇、香生簇蝶裙。多嬌秦氏[98]女、有淚衛將軍。玉匣
收殘粉、金爐冷舊[99]薰。回頭巫峽外、行雨雜行雲。


## 『조선시선(朝鮮詩選)』권5
### 칠언율시(七言律詩)


## 백씨(伯氏)의 망고대[100] 시에 차운하여 짓다

層臺一柱壓嵯峨。한 층대가 높은 산을 누르고 서니
西北浮雲接塞多。서북 하늘 뜬구름이 변방에 닿아 일어나네.
鐵峽霸圖龍已去、철원에서 나라 세운 궁예[101]는 떠나가고
穆陵秋色雁初過。목릉에 가을이 되자 기러기가 날아오네.
山廻大陸呑三郡、산줄기가 대륙을 감돌며 세 고을을 삼키고
水割平原納九河。강물은 벌판 가르며 아홉 물줄기를 삼켰네.
萬里登臨日將暮、만리 나그네 망대에 오르자 날이 저물어
醉憑靑嶂獨悲歌。취해 푸른 산 기대 홀로 슬픈 노래 부르네.

---

98) 1608년 목판본 『蘭雪軒詩』에는 '氏'가 '地'로 되어 있다.
99) 1608년 목판본 『蘭雪軒詩』에는 '冷舊'가 '換夕'으로 되어 있다.
100) 망고대는 서울을 바라볼 수 있는 높은 언덕이다. 강원도 철
    원(鐵原)에 북관정(北寬亭)이 있는데, 북쪽으로 가는 나그네가 이
    곳에서 한양을 바라보며 절했다. 『하곡집』에 망고대 시는 보이
    지 않는다.
101) 원문 패도룡(霸圖龍)은 패권을 도모하던 용, 즉 나라를 세우려
    던 임금을 가리키는데, 이 시에서는 나라를 철원에 세운 것을
    보아 궁예(弓裔)임을 알 수 있다.

○ 次伯氏望高臺[102] 許妹氏

層臺一柱壓嵯峨。西北浮雲接塞多[103]。鐵峽霸圖龍已去、穆
陵秋色雁初過。山廻大陸吞三郡、水割平原納九河。萬里登臨
日將暮、醉憑靑嶂[104]獨悲歌。

## 변방에서 백씨의 시에 차운하다

侵雲石磴馬蹄穿。 구름 서린 돌길에 말발굽 디디며
陟盡重岡若上天。 겹겹 둘린 산에 오르니 하늘 오른 듯해라.
秋晚魚龍滙巨壑、 가을도 저물어 어룡이 큰 구렁을 감돌고
雨晴虹蜺落飛泉。 비 개자 폭포에 무지개 서네.
將軍鼓角行邊急、 장군의 북소리는 출정을 재촉하는데
宮主琵琶說怨偏。 궁주[105] 비파[106]소리 원망스레 호소하네.

---

102) 1608년 목판본 『蘭雪軒詩』에는 「次仲氏高原望高臺韻」 제1수
로 편집되었다.
103) 『명시종』에 실릴 때에는 '接'이 '入'으로 되었다.
104) 1608년 목판본 『蘭雪軒詩』에는 '靑嶂'이 '長劍'으로 되어 있다.
105) 한나라는 고조(高祖) 때부터 흉노와 평화를 이루기 위해 정책
적으로 공주나 궁녀들을 추장에게 출가시켰는데, 무제(武帝)의
화번공주(和藩公主)가 오손국(烏孫國)에 출가하였다.
106) 왕소군(王昭君)은 한나라 효원제(孝元帝)의 궁녀인데, 이름은
장(嬙)이고, 소군은 그의 자이다. 황제가 궁녀들의 초상을 그리게
해서 그 초상을 보고 동침할 궁녀를 골랐으므로, 궁녀들이 화공
에게 뇌물을 주며 잘 그리게 해달라고 부탁하였다. 그러나 왕소
군은 자신이 왕궁 안에서 가장 아름답다고 생각했으므로 굳이
뇌물을 주지 않았고, 그는 끝내 황제의 눈에 띌 기회가 없었다.
한나라가 흉노와 화친하는 조건으로 호한선우(呼韓單于)에게 궁
녀를 시집보내게 되었는데, 왕소군이 뽑혔다. 그가 시집가는 날
에야 그의 아름다운 모습을 본 황제가 화공들을 처벌하였다. 왕

日暮爲君歌出塞、 날 저물며 「출새곡」 부르노라니
劍花騰躍匣中蓮。 칼집에서 연화검107)이 춤을 추는구나.

○ **塞上次伯氏**108)

侵雲石磴馬蹄穿。 陟盡重岡若上天。 秋晩魚龍滙巨壑109)、 雨
晴虹蜺落飛泉。 將軍鼓角行邊急、 宮主110)琵琶說怨偏。 日暮
爲君歌出塞、 劍花騰躍匣中蓮。

## 성암의 여관에게 지어 드리다

淨掃瑤壇揖上仙。 단을 맑게 쓸고 옥황님께 절하자
曉星微隔絳河邊。 희미한 새벽별이 은하수가에 반짝이네.
香生岳女春遊襪、 봄놀이하는 선녀들 버선에서 향내가 나고
水落湘娥夜雨絃。 흐르는 물소리는 상비111)가 비오는 밤 뜯
는 거문고 소릴세.
松響冷侵虛殿夢、 솔바람 서늘해 빈 집의 외로운 꿈을 더하고
天花晴拂碧堦泉。 천화는 푸른 샘물을 맑게 흔드네.

---

소군은 융복(戎服)에 말을 타고 비파(琵琶)를 들고 흉노 땅으로
갔는데, 끝내 돌아오지 못하고 그곳에서 죽었다. 왕소군을 소재
로 한 시와 연극이 많다.

107) 월왕(越王)의 옥검 가운데 순구검(純鉤劍)이 부용(芙蓉)과 같다
고 해서 연화(蓮花)라 하였다.
108) 1608년 목판본 『蘭雪軒詩』에는 「次仲氏高原望高臺韻」 제3수
로 편집되었다.
109) 1608년 목판본 『蘭雪軒詩』에는 '滙巨壑'이 '隊大壑'으로 되어
있다.
110) 1608년 목판본 『蘭雪軒詩』에는 '宮主'가 '公主'로 되어 있다.
111) 순(舜)임금의 두 왕비 아황과 여영이 상강(湘江)에 빠져 죽었
으므로, 흔히 상비(湘妃)라고 하였다.

玄心已悟三三境、그윽한 마음이 삼매경을 깨치고도 남으니
玉塵何年駕紫煙。옥진이 어느 해에야 자연을 타랴.

○ **贈星庵女冠**[112]

淨掃瑤壇揖[113]上仙。曉星微隔絳河邊。香生岳女春遊襪、水
落湘娥夜雨絃。松響[114]冷侵虛殿夢、天花晴拂碧瑤泉[115]。玄
心已悟三三境、玉塵何年駕紫煙[116]。

## 자수궁[117]에서 자며 여관에게 지어주다

燕舞鸎歌字莫愁。제비처럼 춤추고 꾀꼬리처럼 노래하는데
이름은 막수라네.
十三嫁與富平侯。나이 열셋에 부평후[118]에게 시집왔다네.
厭携寶瑟彈朱閣、화려한 집에서 거문고 안고 실컷 타며
喜着花冠禮玉樓。화관을 즐겨 쓰고 옥황께 예를 올렸네.
琳館月明簫鳳下、구슬집에 달이 밝으면 통소 소리에 봉황새

112) 1608년 목판본 『蘭雪軒詩』에는 「次仲氏見星庵韻」 제2수로
    편집되었다.
113) 1608년 목판본 『蘭雪軒詩』에는 '揖'이 '禮'로 되어 있다.
114) 1608년 목판본 『蘭雪軒詩』에는 '響'이 '韻'으로 되어 있다.
115) 1608년 목판본 『蘭雪軒詩』에는 '拂碧瑤泉'이 '濕石樓煙'으로
    되어 있다.
116) 1608년 목판본 『蘭雪軒詩』에는 '盡日交床坐入禪'이 '盡日交床
    坐入禪'으로 되어 있다.
117) 자수궁은 도가의 수도원이고, 여관은 여자 도사이다. 조선에
    서는 후궁들이 왕궁에서 물러난 뒤에 함께 머물던 궁으로, 옥인
    동과 효자동이 만나는 곳에 지금도 자수궁교(慈壽宮橋)가 남아
    있다.
118) 한나라 장안세(張安世)인데, 산동성 부평의 후작에 봉해졌다.

가 내려오고[119]

綺窓雲散鏡鸞收。 창가에 구름 흩어지면 거울에 난새도 쉬네.[120]

松風朝暮空壇上、 아침저녁으로 단 위에 솔바람 부니

鶴背冷冷一陣秋。 학 등이 차가워 어느덧 가을일세.

## ○ 宿慈壽宮贈女冠

燕舞鸞歌字莫愁。 十三嫁與富平侯。 厭携寶瑟彈朱閣[121]、 喜着花冠禮玉樓。 琳館月明簫鳳下、 綺窓雲散鏡鸞休[122]。 松風[123]朝暮空壇上、 鶴背冷冷[124]一陣秋。

## 도 닦으러 가는 궁녀를 배웅하다

早辭淸禁出金鑾。 궁궐[125]에서 일찍 하직하고 금란전[126]에서 물러나와

換却鴉鬟着玉冠。 나인의 큰머리[127]를 옥관으로 바꿔 썼네.

---

119) 이백(李白)의 시 「궁중행락사(宮中行樂詞) 8수」에 "피리를 연주하니 물속의 용이 노래하고, 퉁소를 부니 공중의 봉황이 내려오네.[笛奏龙吟水, 簫鳴鳳下空.]라고 하였다.

120) 부부 사이가 좋지 않게 되었다는 뜻인데, 막수가 자수궁에 들어와 도를 닦게 된 사연을 밝힌 듯하다.

121) 1608년 목판본 『蘭雪軒詩』에 같은 제목으로 실린 시에 '寶瑟彈朱閣'이 '瑤瑟彈珠閣'으로 되어 있다.

122) 1608년 목판본 『蘭雪軒詩』에는 '休'가 '收'로 되어 있다.

123) 1608년 목판본 『蘭雪軒詩』에는 '松風'이 '焚香'으로 되어 있다.

124) 1608년 목판본 『蘭雪軒詩』에는 '冷冷'이 '冷風'으로 되어 있다.

125) 원문의 청금(淸禁)은 궁궐로, 궁궐 안은 청정하고 엄숙하기 때문에 붙여진 이름이다.

126) 황궁(皇宮)의 정전(正殿)인데, 당나라 한림원(翰林院)이 그 곁에 있어 한림원의 별칭도 금란(金鑾)이라 하였다.

滄海有期應駕鳳、 푸른 바다에 기약이 있어 봉황새를 타고
碧城無夢更驂鸞。 벽성에서 꿈을 못 이루어 난새를 탔네.
瑤裾振雪春雲煖、 옷자락으로 눈을 떨치니 봄구름이 따뜻한데
瓊珮鳴空夜月寒。 노리개 소리 하늘에 울려 달빛이 싸늘해라.
幾度步虛霄漢上、 몇번이나 은하수 허공을 거닐었던가[128]
御衣猶似奉宸歡。 주신 옷이 임금님 모시던 것처럼 기뻐라.

## ○ 送宮人入道

早[129]辭淸禁出金鑾。換却鴉鬟着玉冠。滄海有期[130]應駕鳳、
碧城無夢更驂鸞。瑤裾振雪春雲煖[131]、瓊珮[132]鳴空夜月寒。
幾度步虛霄[133]漢上、御衣猶似奉宸歡。

# 손학사[134]의 「북리」[135] 시에 차운하다

127) 원문의 아환(鴉鬟)은 다리꼭지를 넣어 튼 검은 타래머리이다.
128) 원문의 보허(步虛)는 신선이 허공을 걸어다닌다는 뜻이다. 도
　　사를 보허인(步虛人), 또는 보허자(步虛子)라 하고, 도사가 경 읽
　　는 소리를 보허성(步虛聲)이라고 한다.
129) 1608년 목판본 『蘭雪軒詩』에 같은 제목으로 실린 시에 '早'
　　가 '拜'로 되어 있다.
130) 1608년 목판본 『蘭雪軒詩』에 '期'가 '緣'으로 되어 있다.
131) 1608년 목판본 『蘭雪軒詩』에 '裾'와 '煖'이 '裙'과 '暖'으로 되
　　어 있다.
132) 1608년 목판본 『蘭雪軒詩』에 '珮'가 '佩'로 되어 있다.
133) 1608년 목판본 『蘭雪軒詩』에 '霄'가 '銀'으로 되어 있다.
134) 원문의 내한(內翰)은 한림학사인데, 손학사는 당나라 시인 손
　　계(孫棨)이다. 그가 『북리지(北里志)』 1권을 지었는데, 당나라
　　때의 천자, 여러 기생, 사대부·서민들이 주색 즐기는 이야기들
　　을 기록한 책이다.
135) 평강리(平康里)에서 북문으로 들어가 동쪽으로 세 구비를 돌아

初日紅欄上玉鉤。 붉은 난간 발 위로 해가 돋아 오르는데

丁香葉葉結春愁。 정향꽃같이 잎마다 봄 시름이 맺혔네.[136]

新粧滿面猶看鏡、 새로 단장하고도 거울을 더 보다가

殘夢關心懶下樓。 깬 꿈이 걸려 다락에서 못 내려오네.

夜月雕床寒翡翠、 한밤의 달이 상을 비춰 비취가 차가운데

東風羅幙引箜篌。 봄바람 비단 휘장에서 공후를 타네.

嫣紅落粉堪惆悵、 곱게 핀 붉은 분꽃 지는 것이 서럽다고

莫把銀盆洗急流。 은대야를 급류에 씻지 마오.

## ○ 次孫內翰北里韻

初日紅欄上玉鉤。 丁香葉葉結[137]春愁。 新粧滿面猶看鏡、 殘夢關心懶下樓。 夜月雕床寒翡翠[138]、 東風羅幙引[139]箜篌。 嫣紅落粉堪惆悵、 莫把銀盆洗急流。

---

가면 여러 기생들이 모여서 사는 곳이 있다. (이 동네가) 평강리의
북쪽에 있으므로 북리(北里)라고 한다. -『북리지(北里志)』

「북리」는 기생들이 모여 사는 중국 화류가의 풍정을 읊은 시이다.

136) 송나라 하주(賀鑄)가 지방관으로 갔다가 한 여인과 사랑을 나
눈 뒤 관직이 교체되어 그곳을 떠났다. 여인이 하주를 그리워하
며 「기하방회(寄賀芳回)」 시를 보내왔다. "홀로 난간에 기대어 눈
물로 옷깃 적시니, 동산에 봄 왔어도 찾아가기 귀찮아요. 깊은
사랑이 정향꽃처럼 맺혀 있건만 파초의 촌심을 펼칠 길이 없어
요.[獨倚危闌淚滿襟.　小園春色懶追尋.　深恩縱似丁香結，　難展芭蕉一寸
心.]" 『능개재만록(能改齋漫錄)』

137) 1608년 목판본 『蘭雪軒詩』에 같은 제목으로 실린 시에 '葉葉
結'이 '千結織'으로 되어 있다.

138) 1608년 목판본 『蘭雪軒詩』에 '夜月雕床寒翡翠'가 '誰鎖彤籠護
鸚鵡'로 되어 있다.

139) 1608년 목판본 『蘭雪軒詩』에 '東風羅幙引'이 '自垂羅幕倚'로
되어 있다.

## 최국보(崔國輔)[140]를 본받아 짓다

1.
妾有黃金釵、 제게[141] 금비녀 하나 있어요
嫁時爲首餙。 시집올 때 머리에다 꽂고 온 거죠.
今日送君行、 오늘 님을 보내드리니
千里長相憶。 천리길 멀리서도 날 생각하세요.

○ 效崔國輔[142]
妾有黃金釵、嫁時爲首餙[143]。今日送[144]君行、千里長相憶。

---

140) 최국보는 당나라 현종(玄宗) 때의 시인인데, 여인의 정한(情恨)을 즐겨 노래했다. 시를 잘 지어 집현직학사(集賢直學士)와 예부원외랑(禮部員外郎)에 올랐지만, 그의 시집은 지금 남아 있지 않다. 『당시품휘(唐詩品彙)』에는 그의 시가 많이 실려 있는데, 은번(殷璠)은 평하기를, "국보의 시는 아름답고도 청초해서, 깊이 읊어볼 만하다. 악부(樂府) 몇 장은 옛사람들도 따라올 수가 없다"고 하였다. 화려하고도 환상적인 최국보의 시를 많은 사람들이 좋아하여, 오랫동안 많은 시인들이 이를 모방하여 지었다. 당나라 때에 이미 「효최국보체(效崔國輔體)」라는 제목의 시들이 지어졌다.
141) 원문의 첩(妾)은 소실(小室)이라는 뜻이 아니라, 여인이 자신을 낮춰 부르는 말이다. 아내가 남편에게, 또는 딸이 아버지에게도 자신을 첩이라고 말하였다.
142) 1608년 목판본 『蘭雪軒詩』에 「效崔國輔體」라는 제목으로 실렸다.
143) 1608년 목판본 『蘭雪軒詩』에 '餙'가 '飾'으로 되어 있는데,

2.

池頭楊柳疏、 못가의 버들잎은 몇 남지 않고
井上梧桐落。 오동 잎사귀도 우물에 떨어지네요.
簾外候蟲聲、 발 밖에 가을 벌레 우는 철 되었건만
天寒錦衾薄。 날씨가 쌀쌀한데다 이불까지도 얇네요.

○ 又

池頭楊柳踈、井上梧桐落。簾外侯[145]蟲聲、天寒錦衾薄。

3.

卷雨暗西池、 비가 멎어 연못이 어두워지고
輕寒襲羅幕。 서늘한 기운이 비단 휘장에 스며드네요.
愁倚小屛風、 시름겹게 병풍에 기대 바라보니
墻頭杏花落。 담장 위에 살구꽃이 떨어지네요.

○ 又

卷[146]雨暗西池、輕寒襲羅幕。愁倚小屛風、墻頭杏花落。


## 강남곡(江南曲)

1.

江南風日好、 강남의 날씨는 언제나 좋은데다
綺羅金翠翹。 비단옷에 머리꽂이까지 곱기도 해요.

---

운(韻)을 맞추려면 '飾'이 맞다.
144) 1608년 목판본 『蘭雪軒詩』에 '送'이 '贈'으로 되어 있다.
145) 1608년 목판본 『蘭雪軒詩』에 '侯'가 '候'로 되어 있는데, '候'
　　가 맞다.
146) 1608년 목판본 『蘭雪軒詩』에 '卷'이 '春'으로 되어 있는데,
　　'春'이 자연스럽다.

相將採菱去、서로들 어울리며 마름밥을 따러[147]

齊盪木蘭橈。나란히 목란배[148]의 노를 저었죠.

○ **江南曲**[149]

江南風日好、綺羅金翠翹。相將採菱去、齊盪木蘭橈。

2.

紅藕間寶釵、붉은 연꽃으로 치마 만들고

白蘋爲雜珮。새하얀 마름꽃으로 노리개를 만들었죠.

停舟下渚口、배를 세우고 물가로 내려가

共待寒潮退。둘이서 물[150] 빠지기를 기다렸었죠.

○ **又**

紅藕間寶釵[151]、白蘋爲雜珮[152]。停舟下渚口[153]、共待寒潮
退。

## 잡시(雜詩)

1.

梧桐生嶧陽、오동나무 한 그루 역산 남쪽[154]에서 자랐기에

---

147) 릉(菱)은 마름밥인데, 채릉(採菱)은 연밥을 따는 것과 마찬가지
  로 남녀의 만남을 뜻한다. 젊은 남녀들이 마름밥을 딴다는 핑계
  로 함께 어울려 놀았던 것이다.
148) 강남의 심양강(潯陽江) 기슭에 교목인 목란이 많아, 그 나무로
  배와 노를 만들었다.
149) 1608년 목판본 『蘭雪軒詩』에 같은 제목의 제1수와 제5수로
  실렸다.
150) 새로 들어오는 바닷물이라 차가운 조수[寒潮]라고 하였다.
151) 1608년 목판본 『蘭雪軒詩』에 '間寶釵'가 '作裙衩'로 되어 있다.
152) 1608년 목판본 『蘭雪軒詩』에 '珮'가 '佩'로 되어 있다.
153) 1608년 목판본 『蘭雪軒詩』에 '口'가 '邊'으로 되어 있다.

劚取爲鳴琴。 베어다가 거문고를 만들었네.

一彈再三歎、 한번 타고 두세 번 감탄했건만

擧世無知音。 온 세상에 알아들을 사람이 없네.

○ **雜詩**155)

梧桐生嶧陽、劚取爲鳴琴。一彈再三歎、擧世無知音。

2.

我有一端綺、 내게 아름다운 비단 한 필이 있어

今日持贈郎。 오늘 님에게 정표로 드립니다.

不惜作君袴、 님의 바지 짓는 거야 아깝지 않지만

莫作他人裳。 다른 여인 치맛감으론 주지 마세요.

○ **又**156)

我有一端綺、今日持贈郎。不惜作君袴、莫作他人裳。

3.

精金明月光、 달같이 빛나는 정금을

贈君爲雜佩。 서방님 노리개로 정표 삼아 드립니다.

---

154) 역양(嶧陽)은 산동성에 있는 역산의 남쪽이라는 뜻이다. 『서
경』 「하서(夏書) 우공(禹貢) 서주(徐州)」 편에 "공물은 오색 흙과
우산(羽山) 골짜기의 여름철 꿩과 역산(嶧山) 남쪽의 우뚝하게 자
라는 오동나무와 사수(泗水) 가에 떠 있는 석경이다.[厥貢, 惟土五
色, 羽畎夏翟, 嶧陽孤桐, 泗濱浮磬.]"라고 보인다. 그 주에 "역산의
남쪽에 특별히 오동나무가 생산되는데, 거문고를 만드는 데 적
합하다."라고 하였다.

155) 이 시의 제1수 가운데 제1구, 제2구, 제4구가 1608년 목판
본 『蘭雪軒詩』 오언고시 「遣興」 제1수에 제1구, 제4구, 제6구
로 실렸다.

156) 이 시의 제2수가 1608년 목판본 『蘭雪軒詩』 오언고시 「遣興」
제3수에 제1구, 제6구, 제7구, 제8구로 실렸다.

不惜棄道上、 길가에 버리셔도 아깝지는 않지만
莫結新人帶。 새 여인 허리띠에만은 달아 주지 마셔요.
○ 又[157]
精金明月光、 贈君爲雜佩。 不惜棄道上、 莫結新人帶。


# 『조선시선(朝鮮詩選)』 권7
## 칠언절구


## 유선곡(遊仙曲)

　　모두 300수인데 내가 그의 수서(手書) 81수를 얻었다.

### 1.

瑞風吹破翠霞裙。 상서로운 바람이 불어 푸른 치마 날리며
手把天花倚五雲。 손에 천화를 잡고 오색 구름에 비껴 있네.
雲外玉童鞭白虎、 구름 너머 동자는 백호를 채찍질하며
碧城邀取小茅君。 벽성에서 소모군[158]을 맞아들이네.

---

157) 이 시의 제3수가 1608년 목판본 『蘭雪軒詩』 오언고시 「遣興」
　　제4수에 제1구, 제6구, 제7구, 제8구로 실렸다. 제1구의 '明月光'
　　이 '凝寶氣'로 되어 있고, 제2구의 '贈'이 '願'으로 되어 있다.
158) 한나라 함양 사람 모영(茅盈)이 18세에 항산(恒山)에 들어가
　　도를 닦고 신선이 되었다. 그의 아우 고(固)와 충(衷)도 모두 벼
　　슬을 버리고 형을 따라 신선이 되었다. 모영은 사명진군(司命眞
　　君), 모고는 정록진군(定錄眞君), 모충은 보생진군(保生眞君)이
　　되었으니, 세상 사람들이 이들을 삼모군(三茅君)이라고 하였다.
　　소모군은 막내인 모충을 가리킨다.

○ **遊仙曲**[159] 凡三百首，余得其手書八十一首

瑞風吹破翠霞裙。手把天花[160]倚五雲。雲[161]外玉童鞭白虎、
碧城邀取小茅君。

2.

氷屋珠扉鎖一春。얼음집 구슬문은 봄 내내 닫혀 있는데
落花烟露滿綸巾。지는 꽃 이슬이 비단 수건에 가득하구나.
東皇近日無巡幸、동황님[162]께선 요즘 순행이 없으시어
閑殺瑤池五色麟。요지의 오색 기린이 한가하기 그지없네.

○ **又**[163]

氷屋珠扉鎖一春。落花烟露滿[164]綸巾。東皇近日無巡幸、閑
殺瑤池五色麟。

3.

青苑紅堂閉寂寥。푸른 동산에 붉은 집 닫혀 고즈넉한데
鶴眠丹竈夜迢迢。학은 단약 화덕[165]에서 졸고 밤은 길구나.
仙翁曉起喚明月、늙은 신선 새벽에 일어나 밝은 달 부르자
微隔海霞聞洞簫。바다 노을 자욱한 건너편에서 퉁소 소리
들리네.

---

159) 1608년 목판본 『蘭雪軒詩』에는 「遊仙詞」라는 제목으로 87수
　　가 실려 있는데, 이 시는 그 가운데 제4수이다.
160) 1608년 목판본 『蘭雪軒詩』에는 '天花'가 '鸞簫'로 되어 있다.
161) 1608년 목판본 『蘭雪軒詩』에는 '雲'이 '花'로 되어 있다.
162) 하늘의 신인데, 사당이 초나라 동쪽에 있어 동제(東帝), 또는
　　동황(東皇)이라고 한다. 불을 맡은 신도 동황인데, 청제(靑帝)라고
　　도 한다.
163) 1608년 목판본 『蘭雪軒詩』에는 「遊仙詞」 제7수로 실려 있다.
164) 1608년 목판본 『蘭雪軒詩』에는 '滿'이 '濕'으로 되어 있다.
165) 단조(丹竈)는 단사(丹砂)를 달여서 선약을 만드는 화로이다.

○ 又<sup>166)</sup>

靑苑紅堂閉寂寥<sup>167)</sup>。鶴眠丹竈夜迢迢。仙翁曉起喚明月、微
隔海霞聞洞簫。

4.

烟淨瑤空鶴未歸。  하늘엔 안개 맑고 학은 돌아오지 않는데
白楡陰裡閉珠扉。  흰 느릅나무 그늘 속에 구슬문도 닫혔구나.
溪頭盡日神靈雨、  시냇가엔 하루 종일 신령스런 비가 내려
滿地香雲濕不飛。  땅에 뒤덮힌 향그런 구름이 날지 못하네.

○ 又<sup>168)</sup>

烟淨<sup>169)</sup>瑤空鶴未歸。 白楡<sup>170)</sup>陰裡閉珠扉。 溪頭盡日神靈雨、
滿地香雲濕不飛。

5.

閑住瑤池吸彩霞。  한가롭게 요지에 살며 노을을 마시는데
瑞風吹折碧桃花。  상서로운 바람 불어와 벽도화 가지를 꺾네.
東皇長女時相訪、  동황의 맏따님을 이따금 찾아뵙느라
盡日簾前卓鳳車。  주렴 앞에다 종일 봉황 수레를 세워 두네.

○ 又<sup>171)</sup>

閑住瑤池吸彩霞。 瑞風吹折碧桃花。 東皇長女時相訪、盡日簾
前卓鳳車。

---

166) 1608년 목판본 『蘭雪軒詩』에는 「遊仙詞」 제11수로 실려 있다.
167) 1608년 목판본 『蘭雪軒詩』에는 '閉寂寥'가 '鎖沈寥'로 되어
    있다.
168) 1608년 목판본 『蘭雪軒詩』에는 「遊仙詞」 제10수로 실려 있다.
169) 1608년 목판본 『蘭雪軒詩』에는 '淨'이 '鎖'로 되어 있다.
170) 1608년 목판본 『蘭雪軒詩』에는 '白楡'가 '桂花'로 되어 있다.
171) 1608년 목판본 『蘭雪軒詩』에는 「遊仙詞」 제18수로 실려 있다.

6.

廣寒宮裡玉爲梁。 광한전[172]은 옥으로 대들보 만들었는데
銀燭金屛夜正長。 은촛대 금병풍에 밤이 참으로 길어라.
闌外桂花凉露濕、 난간 밖 계수나무 꽃은 차가운 이슬에 젖고
步虛聲裡五雲香。 하늘 거니는 소리에 오색 구름 향기롭네.

○ 又

廣寒宮裡[173]玉爲梁。銀燭金屛夜正長。闌外桂花凉露濕、步
虛[174]聲裡五雲香。

7.

催呼騰六出天關。 서둘러 등륙[175]을 불러 하늘문 나오는데
脚踏風龍徹骨寒。 풍용을 밟고 가려니 추위가 뼈에 스미네.

---

172) 달나라 백옥경에 있다는 옥황상제의 궁전인데, 광한궁이라고
  도 한다. 난설헌이 여덟 살 때에 「광한전 백옥루 상량문」을 지
  어 일시에 이름이 널리 알려졌다지만, 중국에서 지어낸 이야기
  이다.
173) 1608년 목판본 『蘭雪軒詩』에는 '裡'가 '殿'으로 되어 있다.
174) 1608년 목판본 『蘭雪軒詩』에는 '步虛'가 '紫簫'로 되어 있다.
175) 눈의 신이다. 『고금사문유취(古今事文類聚)』 전집(前集) 권4 「등
  육강설(滕六降雪)」 조에 "진주자사(晉州刺史) 소지충(蕭至忠)이 납
  일(臘日)에 사냥하려고 하였다. 그 전날 한 나무꾼이 곽산(霍山)에
  서 보니, 늙은 사슴 한 마리가 황관(黃冠)을 쓴 사람에게 애걸하
  자 그가 말하기를 '만약 등륙을 시켜 눈을 내리게 하고 손이(巽
  二)를 시켜 바람을 일으키면, 소군(蕭君)이 다시 사냥하지 않을
  것이다.' 하였다. 나뭇꾼은 집으로 돌아왔는데, 다음 날 새벽부터
  종일토록 눈보라가 쳤으므로 소자사(蕭刺史)는 사냥하러 가지 못
  하였다.[晉州蕭刺史至忠, 將以臘日畋遊, 有樵者於霍山, 見一老麋哀請黃
  冠者, 黃冠曰, 若令滕六降雪, 巽二起風, 即蕭君不復獵矣. 薪者囘, 未明風
  雪竟日, 蕭刺史竟不出.]"라고 하였다.

袖裏玉塵三百斛、 소매 속에 들었던 옥티끌 삼백 섬이
散爲飛雪向人間。 흩날리는 눈 되어 인간 세상에 떨어지네.
○ 又[176)]
催呼騰六[177)]出天關。 脚踏風龍徹骨寒。 袖裡玉塵三百斛、散
爲飛雪向[178)]人間。

8.
簾玲無語閉珠宮。 주렴 구슬은 고요하고 대궐문은 닫혔는데
紫閣涼生玉簞風。 돗자리에 바람 이니 다락이 서늘하네.
獨鶴夜驚滄海月、 외로운 학은 바다에 뜬 달 보고 놀라는데
仙人歸去綠雲中。 선인이 푸른 구름 속으로 돌아오네.
○ 又[179)]
簾玲[180)]無語閉珠宮。 紫閣涼生玉簞風。 獨鶴[181)]夜驚滄海月、
仙人歸去[182)]綠雲中。

9.
閑隨弄玉步天街。 한가롭게 농옥을 따라 하늘 길을 걷는데
脚下香塵不染鞋。 발 아래 향그런 티끌이 신에 묻지 않네.
前導白麟三十六、 앞에서 이끄는 서른여섯 마리 흰 기린들이
角端都掛小金牌。 뿔 끝에 모두들 조그만 금패를 달았네.

---

176) 1608년 목판본 『蘭雪軒詩』에는 「遊仙詞」 제27수로 실려 있다.
177) 1608년 목판본 『蘭雪軒詩』에는 '騰六'이 '滕六'으로 실려 있다.
178) 1608년 목판본 『蘭雪軒詩』에는 '向'이 '落'으로 실려 있다.
179) 1608년 목판본 『蘭雪軒詩』에는 「遊仙詞」 제65수로 실려 있다.
180) 1608년 목판본 『蘭雪軒詩』에는 '簾玲'이 '簷鈴'으로 되어 있다.
181) 1608년 목판본 『蘭雪軒詩』에는 '獨鶴'이 '孤鶴'으로 되어 있다.
182) 1608년 목판본 『蘭雪軒詩』에는 '仙人歸去'가 '洞簫聲在'로 되
   어 있다.

○ 又[183]

閑隨弄玉步天街。脚下香塵不染鞋。前導白麟三十六[184]、角
端都掛[185]小金牌。

10.

六葉羅裙色曳烟。여섯 폭 비단치마를 노을에 끌면서
阮郎相喚上芝田。완랑[186]을 불러서 난초밭으로 올라가네.
笙歌暫向花間歇、피리 소리가 홀연히 꽃 사이에 스러지니
便是人間一萬年。그 사이 인간세상에선 일만년이 흘렀네.

○ 又[187]

六葉羅裙色曳烟。阮郎相喚上芝田。笙歌暫向花間歇[188]、便
是人間[189]一萬年。

11.

千載瑤池別穆王。천년 고인 요지에서 목왕[190]과 헤어져

183) 1608년 목판본『蘭雪軒詩』에는「遊仙詞」제67수로 실려 있다.
184) 1608년 목판본『蘭雪軒詩』에는 '六'이 '八'로 되어 있다.
185) 1608년 목판본『蘭雪軒詩』에는 '掛'가 '挂'로 되어 있다. 뜻
   은 같다.
186) 유신(劉晨)과 완조(阮肇)가 천태산에 들어가 약초를 캐다가 복
   숭아를 먹고 선녀를 만나 반년이나 머물다가 고향 집으로 돌아
   왔는데, 이미 7대나 지나 있었다고 한다. 완조가 완랑(阮郎)이다.
   이 시에서는 난설헌이 신선세계에서 노닐며「유선사」87수를 짓
   는 동안, 인간 세상에서는 오랜 세월이 흘렀을 것이라는 뜻으로
   썼다.
187) 1608년 목판본『蘭雪軒詩』에는「遊仙詞」제87수로 실려 있다.
188) 1608년 목판본『蘭雪軒詩』에는 '歇'이 '盡'으로 되어 있다.
189) 1608년 목판본『蘭雪軒詩』에는 '間'이 '實'으로 되어 있다.
190) 주나라 소왕(昭王)의 아들인데, 성은 희(姬)이고, 이름은 만(滿)
   이다. 55년 동안 임금 자리에 있었다. 서쪽으로 견융(犬戎)을 치

暫敎靑鳥訪劉郎。 파랑새로 하여금 유랑[191]을 찾게 하였네.
平明上界笙歌返, 밝아오는 하늘에 피리와 노래 소리 들리니
侍女爭騎白鳳皇。 시녀들은 다투어 흰 봉황을 탔구나.

○ 又[192]

千載瑤池別穆王。 暫敎靑鳥訪劉郎。 平明上界笙歌[193]返, 侍女
爭騎白鳳皇[194]。

12.

騎鯨學士禮瑤京。 고래 탄 학사[195]가 백옥경에 예를 올리니

---

고, 동쪽으로는 서이(徐夷)를 정벌하여, 주나라를 굳건하게 하였
다. 조보(造父)를 마부로 삼아 팔준마(八駿馬)를 타고 서쪽으로 신
선을 찾아 다니다가, 요지에서 서왕모(西王母)를 만났다고 한다.
서진(西晉) 무제 때인 태강 2년(B.C.281)에 부준이라는 사람이 위
나라 금왕, 또는 양왕의 무덤이라고 전해지는 옛무덤을 도굴하
다가 그를 주인공으로 한 소설『목천자전(穆天子傳)』을 발견하면
서, 목왕과 서왕모의 이야기가 세상에 널리 전해졌다.

191) 유씨 성의 사내라는 뜻인데, 이 시에서는 한나라 무제(武帝)
   유철(劉徹)을 가리킨다. 신선을 좋아하여 칠석날 큰 잔치를 벌였
   는데, 서왕모의 시녀인 청조가 날아온 뒤에 서왕모가 찾아왔다
   고 한다. 서왕모가 무제에게 신선세계 이야기를 들려주었다.

192) 1608년 목판본『蘭雪軒詩』에는「遊仙詞」제1수로 실려 있다.

193) 1608년 목판본『蘭雪軒詩』에는 '笙歌'가 '笙簫'로 되어 있다.

194) 1608년 목판본『蘭雪軒詩』에는 '爭'이 '皆'로, '皇'이 '凰'으로
   되어 있다.

195) 학사는 이백(李白)을 가리킨다. 이태백이 채석강에서 뱃놀이를
   하다가 술에 취해, 강에 비친 달을 잡으려다가 빠졌다는 전설이
   있다. 그래서 고래를 타고 하늘에 올라가 신선이 되었다고 한다.
   그러나 실제로는 61세 되던 해에 안휘성(安徽省) 당도(當塗)의 현
   령(縣令)이었던 종숙 이양빙(李陽冰)의 집에서 죽었으며, 일설에는
   이양빙이 보내준 고기를 먹고 식중독으로 죽었다고 한다.

王母相留宴碧城。 서왕모 반겨하며 벽성에서 잔치 벌렸네.
手握彩毫揮玉字、 무지개붓을 손에 쥐고 옥(玉)자를 쓰니
醉顔彷彿進清平。 취한 얼굴이 「청평조」[196] 바칠 때 같아라.
○ 又[197]
騎鯨學士禮瑤京。 王母相留宴碧城。 手握彩毫揮[198]玉字、醉
顔彷彿[199]進清平。

13.
玉帝初修白玉樓。 옥황께서 처음 백옥루를 지으실 제
壁階琁柱曉霞浮。 구슬계단 옥기둥에 새벽 노을이 떠 있었지.
却傳長吉書天篆、 장길에게 전하여[200] 하늘 전자를 쓰게 해
掛向瓊楣最上頭。 구슬문 상인방[201]에 가장 높이 거셨지.
○ 又[202]
玉[203]帝初修白玉樓。 壁階琁柱曉霞[204]浮。 却傳[205]長吉書天

---

196) 당나라 현종이 침향정에서 양귀비와 함께 모란을 구경하며
    즐기다가 이태백에게 명령하여 시를 짓게 하였는데, 그가 악부
    체 「청평조」 3수를 지어 올렸다.
197) 1608년 목판본 『蘭雪軒詩』에는 「遊仙詞」 제44수로 실려 있다.
198) 1608년 목판본 『蘭雪軒詩』에는 '握'이 '展'으로, '揮'가 '書'로
    되어 있다.
199) 1608년 목판본 『蘭雪軒詩』에는 '彷彿'이 '猶似'로 되어 있다.
200) 당나라 시인 이하(李賀)의 자이다. 선시(仙詩)를 많이 지었으
    며, 헌종 때에 협률랑(協律郎) 벼슬을 했다. 어느날 낮에 붉은 옷
    입은 사람이 나타났는데, 판(板) 하나를 가지고 왔다. 그 판에는
    "옥황상제가 백옥루를 다 짓고, 그대를 불러 기(記)를 짓게 하셨
    다"라고 쓰여 있었다. 그는 곧 죽었는데, 겨우 27세였다.
201) 미(楣)는 문 위에 가로 댄 나무이다. 흔히 상인방이라고 한다.
202) 1608년 목판본 『蘭雪軒詩』에는 「遊仙詞」 제45수로 실려 있다.
203) 1608년 목판본 『蘭雪軒詩』에는 '玉'이 '皇'으로 되어 있다.

篆、掛向[206]瓊楣最上頭。

14.

琴高昨夜寄書來。 어제 밤 금고[207]가 편지를 보내 왔어요.

爲報瓊潭玉蘂開。 연못에 구슬꽃이 피었다고요.

却寫尺牋憑赤鯉、 답장을 써서 붉은 잉어에게 주었지요.

蜀天明月約登臺。 촉천에 달 밝으면 다락에 오르자고 했지요.

○ 又[208]

琴高昨夜[209]寄書來。 爲報[210]瓊潭玉蘂開。 却[211]寫尺牋憑赤
鯉、蜀天明月[212]約登臺。

---

204) 1608년 목판본 『蘭雪軒詩』에는 '壁'이 '璧'으로, '曉霞'가 '五
    雲'으로 되어 있다.
205) 1608년 목판본 『蘭雪軒詩』에는 '却傳'이 '閑呼'로 되어 있다.
206) 1608년 목판본 『蘭雪軒詩』에는 '掛向'이 '挂在'로 되어 있다.
207) 금고는 조(趙)나라 사람이다. 금(琴)을 잘 타서 송나라 강왕의
    사인(舍人)이 되었다. 연자(涓子)와 팽조(彭祖)의 법술을 행하여
    200여 년 동안 기주와 탁군 사이를 떠돌아 다녔다. 그 뒤에 (사
    람들과) 헤어져 용 새끼를 잡으려고 탁수(涿水) 속으로 들어가면
    서 제자들에게 당부하길, "모두 목욕재계하고 물가에서 기다리
    며 사당을 세우도록 하라"고 하였다. (그러더니 금고는) 과연 붉은
    잉어를 타고 (강 속에서) 나와 사당 안에 앉았다. 아침이 되자 수
    많은 사람들이 그 모습을 보았다. (금고는) 한 달 남짓 머물다가
    다시 강으로 들어가더니 그만 사라졌다. - 유향 『열선전』
    그래서 "금고"를 잉어의 뜻으로 쓰기도 한다. 잉어에는 편지라
    는 뜻도 있다.
208) 1608년 목판본 『蘭雪軒詩』에는 「遊仙詞」 제50수로 실려 있다.
209) 1608년 목판본 『蘭雪軒詩』에는 '夜'가 '日'로 되어 있다.
210) 1608년 목판본 『蘭雪軒詩』에는 '爲報'가 '報道'로 되어 있다.
211) 1608년 목판본 『蘭雪軒詩』에는 '却'이 '偸'로 되어 있다.
212) 1608년 목판본 『蘭雪軒詩』에는 '天'이 '中'으로, '月'이 '夜'로

## 새상곡(塞上曲)

1.

前軍吹角出轅門。 선봉이 나팔 불며 원문[213]을 나서는데
雪撲紅旗凍不飜。 눈보라에 얼어붙어 깃발이 펄럭이지 않네.
雲暗磧西看候火、 구름 자욱한 사막 서쪽에 봉화 보고는
夜深遊騎獵平原。 밤 깊었는데도 기병들이 평원으로 달리네.

○ 塞上曲[214]

前軍吹角出轅門。 雪撲紅旗凍不飜。 雲暗磧西看候火。 夜深遊
騎獵平原。

2.

都護防秋掛鐵衣。 도호사[215]가 가을 침입을 막느라[216] 갑옷
을 걸치고서
城南初解十重圍。 성 남쪽 열겹 포위망을 풀어 버렸네.
金戈澡盡單于血、 창칼에 묻은 흉노[217]의 피를 깨끗이 씻고

---

되어 있다.
213) 원문(轅門)은 원래 제왕이 지방을 순수할 때에 임시로 설치했
던 문인데, 뒤에는 군영이나 감영(監營)의 문을 가리켰다. 원(轅)
은 전차(戰車)의 채인데, 예전에 이것을 좌우에 세워서 군영의
문을 만들었기 때문이다.
214) 1608년 목판본 『蘭雪軒詩』에는 「塞下曲」이라는 제목으로 5
수가 실려 있다.
215) 도호(都護)는 점령한 지역을 다스리는 행정관이자 지휘관인데,
이 시에서는 안서도호(安西都護)이다.
216) 흉노가 가을이 되면 겨울 날 준비를 하기 위하여 만리장성
안으로 쳐들어온다. 원문의 방추(防秋)는 흉노들의 가을 침입을
막는다는 뜻이다.
217) 원문의 선우(單于)는 흉노의 추장인데, 선우(鮮于)라고도 한다.

白馬天山踏雪歸。 백마가 천산[218]의 눈을 밟으며 돌아오네.

○ 又[219]

都護防秋掛鐵衣。 城南初解十重圍。 金戈渫盡單于血、 白馬天
山踏雪歸。

3.

彤弓白羽黑貂裘。 붉은 활 흰 화살에 검은 갓옷 입었는데
綠眼胡鷹踏錦韝。 눈 파란 보라매가 비단 토시[220]에 앉았네.
腰下黃金印如斗、 허리에 찬 황금 장군인이 말만큼 크니
將軍初拜北平侯。 장군께서 방금 북평후[221]에 제수되셨네.

○ 又[222]

彤弓白羽黑貂裘。 綠眼胡鷹踏錦韝。 腰下黃金印如斗、 將軍初
拜北平侯。

4.

新復山西十六洲。 화산 서쪽 열여섯 고을[223] 새로 수복하고
馬鞍懸取月支頭。 말안장에 월지[224]의 목 매달고 돌아왔네.

---

218) 천산은 신강성 남쪽에 있는 큰 산맥인데, 여름에도 늘 눈이
　　 덮혀 있어서 설산(雪山)이라고도 한다. 이 산 줄기가 신강성을 둘
　　 로 나누는데, 산 북쪽을 천산북로, 산 남쪽을 천산남로라고 한다.
219) 1608년 목판본 『蘭雪軒詩』에는 「塞下曲」 제5수로 실려 있다.
220) 금구(錦韝)는 비단 팔찌인데, 매사냥을 위해서 끼는 토시이다.
　　 장군이 팔뚝에 보라매를 앉히고 사냥에 나선 모습이다.
221) 진나라 어사 장창(張蒼)이 한나라에 투항했다가, 관중(關中)을
　　 평정하여 북평후에 봉작되었다.
222) 1608년 목판본 『蘭雪軒詩』에는 「入塞曲」 제4수로 실려 있다.
223) 산서(山西)는 만리장성 밖의 화산(華山) 서쪽을 가리키는데, 명
　　 나라 때에 16주로 나누어 다스렸다.
224) 고대의 부족 이름인데, 일찍이 서역에 월지국(月氏國)을 세웠

河邊白骨無人葬、 강가에 뒹구는 해골 장사지내줄 사람 없어
百里沙場戰血流。 백리 모래밭225)에는 붉은 피만 흥건해라.
○ 又226)

新復山西十六洲227)。 馬鞍懸取月支頭。 河邊白骨無人葬、 百
里沙場戰血流。

5.

烟塵晚捲孤城出、 짙은 안개가 느지막이 개어 외로운 성이
나타나고
苜蓿秋肥萬馬驕。 거여목 가을에 우거져 말들은 신이 났네.
東望塞垣鼙鼓急、 동쪽으로 국경을 바라보니 북소리 다급해
何時重起霍嫖姚。 곽장군228) 같은 장수 언제 다시 등용되랴.
○ 又229)

烟塵晚捲孤城出、 苜蓿秋肥萬馬驕。 東望塞垣鼙鼓急、 何230)

---

다. 한 문제(漢文帝) 전원(前元) 3, 4년 무렵에 그 부족이 먼저 돈
황(敦煌)과 기련(祁連) 사이에서 유목을 하다가 흉노의 공격을 받
아 서쪽 색종(塞種)의 옛날 땅으로 이동하였다. 서쪽으로 이동한
월지는 대월지(大月氏)라 하고, 소수는 서쪽으로 이동하지 않고
남산(南山)으로 들어가 강인(姜人)과 섞여 사는데 소월지(小月氏)
라고 한다.

225) 몽고의 고비사막을 뜻한다.
226) 1608년 목판본 『蘭雪軒詩』에는 「入塞曲」 제2수로 실려 있다.
227) 1608년 목판본 『蘭雪軒詩』에는 '洲'가 '州'로 되어 있다.
228) 원문의 곽표요(霍嫖姚)는 흉노를 크게 무찔렀던 한나라 무제
(武帝) 때의 장수 곽거병(郭去病)을 가리킨다. 표요교위(嫖姚校尉)
를 지냈으므로 흔히 곽표요라고도 불렀는데, 표요(嫖姚)는 몸이
날쌘 모습이다. 『한서(漢書)』 권55 「곽거병전(霍去病傳)」
229) 1608년 목판본 『蘭雪軒詩』에는 「次仲氏高原望高臺韻」 제2수
의 제5, 제6, 제7, 제8구로 되어 있다.

時重起霍嫖姚。

## 궁사(宮詞)

1.

千牛閣下放朝初。 천우각231) 대궐 아래 아침해가 비치면
擁帚宮人掃玉除。 궁녀들이 비를 들고 층계를 쓰네.
日午殿前宣鳳詔、 한낮에 대전 앞에서 조서를 내리신다고
隔簾催喚女尚書。 발 너머로 글 쓰는 여관232)을 부르시네.

○ 宮詞233)

千牛閣下放朝初。 擁帚宮人掃玉除。 日午殿前宣鳳詔234)、 隔
簾催喚女尚書。

2.

絳羅褾裡建溪茶。 붉은 보자기에다 건계산235) 차를 싸서

---

230) 1608년 목판본 『蘭雪軒詩』「次仲氏高原望高臺韻」 제2수의
제8구에는 '何'가 '幾'로 되어 있다.
231) 천우(千牛)는 임금을 지키는 벼슬인데, 당나라 때에 천우부(千
牛府)를 두고 대장군을 임명했다. 천우부가 있던 건물이 천우각
인 듯하지만, 확실치 않다. 천우각(天牛閣)이라는 궁전도 있었다.
232) 후한(後漢), 삼국시대 위(魏), 후조(後趙) 등에서 문자를 잘 아
는 여인을 선발하여 장주(章奏) 등을 검열하게 했던 궁내관(宮內
官)이다.
233) 1608년 목판본 『蘭雪軒詩』에 같은 제목으로 20수가 실려 있
는데, 그 가운데 제1수이다.
234) 1608년 목판본 『蘭雪軒詩』에는 '前'이 '頭'로, '鳳詔'가 '詔語'
로 되어 있다.
235) 복건성 건계(建溪)에서 나는 차가 유명했다. 소식(蘇軾)의 「화
전안도기혜건다(和錢安道寄惠建茶)」 시에, "설화차와 우각차를 어
찌 족히 말하랴? 건다를 마시니 진미가 무궁함을 알겠네.[雪花

侍女封緘結綵花。 시녀가 봉함하여 비단꽃으로 맺음하네.236)
斜押紫泥書勅字、 비스듬히 인주를 찍어 칙(勅)자를 누르고는
內官分送五侯家。 내관들이 오후237) 댁으로 나눠 보내네.
○ 又238)
絳239)羅襍裡建溪茶。 侍女封緘結綵240)花。 斜押紫泥書勅字、
內官分送五侯241)家。

3.
綵羅帷握紫羅茵。 화려한 비단 장막에 붉은 비단보료
香射霏微暗襲人。 짙은 사향 내음이 은은히 몸에 스며드네.
明日賞花留玉輦、 내일은 꽃구경하려고 가마를 가져다 놓고는
地衣簾額一時新。 깔개에다 발까지 한꺼번에 손질하네.
○ 又242)
綵羅帷握243)紫羅茵。 香射244)霏微暗襲人。 明日賞花留玉輦、

---

雨脚何足道, 啜過始知眞味永.]"라고 하였다.
236) 결출화(結出花)는 선물을 포장하여 겉에다 꽃모양의 맺음을 표
시하는 방법이다.
237) 여러 시대에 오후가 있었다. 가장 유명한 오후는 한나라 성제
(成帝)가 즉위하여 모후 왕씨(王氏)의 오라버니인 왕씨 여덟 형제
가운데 BC 27년에 후작의 지위에 봉해진 평아후(平阿侯) 왕담(王
譚)・성도후(成都侯) 왕상(王商)・홍양후(紅陽侯) 왕립(王立)・곡양후
(曲陽侯) 왕근(王根)・고평후(高平侯) 왕봉시(王逢時)를 일컫는다. 같
은 날에 봉해져서 세상 사람들이 그들을 '오후(五侯)'라고 불렀다.
238) 1608년 목판본『蘭雪軒詩』에는 제3수로 실려 있다.
239) 1608년 목판본『蘭雪軒詩』에는 '絳'이 '紅'으로 되어 있다.
240) 1608년 목판본『蘭雪軒詩』에는 '綵'가 '出'로 되어 있다.
241) 1608년 목판본『蘭雪軒詩』에는 '五侯'가 '大臣'으로 되어 있다.
242) 1608년 목판본『蘭雪軒詩』에는 제14수로 실려 있다.
243) 1608년 목판본『蘭雪軒詩』에는 '握'이 '幕'으로 되어 있다.

地衣簾額一時新。

4.

寶爐新落水沈灰。 향로에다 물 부어 재를 적시고는

愁對紅粧掩鏡臺。 시름겨운 얼굴로 단장하고 경대를 덮네.

西苑近來巡幸少、 서원에는 요즘 임금님의 순행이 드물어

玉簫金瑟半塵埃。 퉁소와 비파에 먼지가 쌓였네.

○ 又[245]

寶爐新落[246]水沈灰。 愁對紅[247]粧掩鏡臺。 西苑近來巡幸少、

玉簫金瑟半塵埃。

## 죽지사(竹枝詞)[248]

---

244) 1608년 목판본 『蘭雪軒詩』에는 '射'가 '麝'로 되어 있다. 같
  은 뜻으로 쓴 용례가 보인다.
245) 1608년 목판본 『蘭雪軒詩』에는 제16수로 실려 있다.
246) 1608년 목판본 『蘭雪軒詩』에는 '寶'가 '鴨'으로, '新落'이 '初
  委'로 되어 있다.
247) 1608년 목판본 『蘭雪軒詩』에는 '愁對紅'이 '侍女休'로 되어
  있다.
248) 당나라 시인 유우석(劉禹錫)이 통주자사로 좌천되었다가 낭주
  사마(朗州司馬)로 옮겨졌는데, 그 지방 민요를 들어보니 너무 저
  속해서 차마 들을 수가 없었다. 그래서 그 지방의 민속을 소재
  로 해서 칠언절구 형태의 「죽지신사(竹枝新辭)」 9장을 지었다. 그
  뒤부터 지방 토속을 소재로 다룬 칠언절구들이 많이 지어졌는
  데, 이러한 시들을 「죽지사」라고 했다. 「죽지사」는 그뒤에 사패
  (詞牌)의 이름으로 바뀌었다가, 악부체 시가 되었다. 후세에는 사
  랑을 소재로 한 「죽지사」도 많이 지어졌으며, 외국의 풍속과 인
  물을 노래한 「외국죽지사」도 많이 지어졌다. 우리나라에는 조선
  후기에 악부시가 유행하였는데, 이때 「죽지사」가 많이 지어졌다.

空舲灘口雨初晴。 공령249) 여울 어구에 비가 막 개고
巫峽蒼蒼烟霧平。 무협에 어스름 안개가 깔렸네.
相憶郎心似潮水。 서로 그리워하는 님의 마음도 저 밀물처럼
早時纔退暮時生。 아침엔 나가더라도 저녁엔 돌아왔으면.
○ 竹枝詞250)
空舲灘口雨初晴。 巫峽蒼蒼烟霧251)平。 相憶252)郎心似潮水、
早時纔退暮時生。


## 버들가지 노래

1.

楊柳靑靑谷岸春。 푸르고 푸른 버들 골짝기와 언덕에 봄이 와
年年攀折贈行人。 길 떠나는 님에게 해마다 꺾어 드리네.
東風不解傷離別、 헤어지는 쓰라림을 봄바람은 모르는지
吹却低枝掃路塵。 늘어진 가지에 불어 길바닥 먼지를 쓰네.
○ 楊柳枝詞253)
楊柳靑靑谷254)岸春。 年年攀折贈行人。 東風不解傷離別、 吹
却低枝掃路塵。

---

249) 공령탄은 호남성 북쪽에 있는 여울이다. 무협은 사천성과 호
    남성 사이에 있는 무산 골짜기이다.
250) 1608년 목판본 『蘭雪軒詩』에는 같은 제목으로 4수가 실렸는
    데, 그 가운데 제1수이다.
251) 1608년 목판본 『蘭雪軒詩』에는 '霧'가 '靄'로 되어 있다.
252) 1608년 목판본 『蘭雪軒詩』에는 '相憶'이 '長恨'으로 되어 있다.
253) 1608년 목판본 『蘭雪軒詩』에는 같은 제목으로 5수가 실렸는
    데, 그 가운데 제1수이다.
254) 1608년 목판본 『蘭雪軒詩』에는 '靑靑谷'이 '含烟灞'로 되어
    있다.

2.

靑樓西畔絮飛揚。 청루 서쪽 언덕에 버들꽃 흩어지자
烟鎖柔條拂檻長。 아지랑이 낀 가지가 난간을 스치네.
何處少年鞭白馬、 어느 집 청년이 백마를 채찍질하며 와서
綠陰來繫紫遊韁。 버드나무 그늘에다 붉은 고삐를 매나.255)
　○ 又

靑樓西畔絮飛揚256)。 烟鎖柔條拂檻長。 何處少年鞭白馬、 綠
陰來繫紫遊韁。

3.

按轡營中次第新。 안비영257) 성안에 새 철이 찾아오니
藏鴉門外幾翻春。 장아문258) 밖에 몇 번이나 봄이 왔던가.
生憎灞水橋邊樹、 밉기도 해라, 파수 다릿목의 버드나무는
不解迎人解送人。 맞을 줄도 모르고 배웅할 줄도 모르네.
　○ 又259)

按轡營中次第新260)。 藏鴉門外幾翻春261)。 生憎灞水橋邊262)

---

255) 첫째 수와 둘째 수가 『역대여자시집』에 명나라 성씨(成氏)의
　　작품으로 실려 있다.
256) 1608년 목판본 『蘭雪軒詩』에는 '揚'이 '楊'으로 되어 있다.
257) 역마를 다스리는 관서이다.
258) 만리장성 성문 가운데 하나이다. 이 문밖 버드나무에 까마귀
　　가 깃들어 살기 때문에 장아문(藏鴉門)이라고 했다.
259) 1608년 목판본 『蘭雪軒詩』에는 「楊柳枝詞」 제5수로 실려 있다.
260) 1608년 목판본 『蘭雪軒詩』에는 '次第新'이 '占一春'으로 되어
　　있다.
261) 1608년 목판본 『蘭雪軒詩』에는 '幾翻春'이 '麴絲新'으로 되어
　　있다.
262) 1608년 목판본 『蘭雪軒詩』에는 '灞'가 '濔'로, '邊'이 '頭'로

樹、不解迎人解送人。

　　조선(朝鮮) 장원(壯元) 허균(許筠) 서(書)263)
　　　　　　『조선시선(朝鮮詩選)』 終


## 『조선시선(朝鮮詩選)』 후서(後序)

　당우(唐虞)의 협화(協和) 정치264)가 동쪽으로 해외에까지
미쳤다. 이때 단군(檀君)이 처음 이 땅에서 생장하였는데265)
전적(典籍)이 전해진 것은 자세하지 않지만 순박한 기상은
대개 상상하여 볼 수 있다. 주(周)나라에서 조선에 태사(太
師) 기자(箕子)를 봉하여266) 백성들에게 예의와 겸양을 가르

---

되어 있다.
263) 이 구절을 "『조선시선』의 원고를 허균이 써서 목판에 새겼
　　다"고 해석하는 학자도 있지만 근거가 약하다.
264) 당우(唐虞)는 요순(堯舜)을 말한다. 『서경』 「요전(堯典)」에 "만
　　방을 화합해서 융화하게 하시니 백성들이 아, 변하여 이에 화목
　　해졌다.[協和萬邦, 黎民於變時雍.]"라고 한 데서 온 말로, 임금의
　　덕정(德政)을 베풀어 모든 백성이 화합하는 것을 뜻한다.
265) 일연(一然)이 지은 『삼국유사(三國遺事)』 첫 부분은 이렇게 시
　　작된다. "지금부터 이천년 전에 단군(檀君) 왕검(王儉)이 아사달
　　(阿斯達)에 도읍을 세우고 나라를 열어 이름을 조선이라고 하니,
　　요(堯) 임금과 같은 때이다. (줄임) 요임금이 즉위한 지 50년이
　　되던 경인년에 평양성에 도읍하고 비로소 조선이라고 했으며,
　　또 백악산 아사달로 도읍을 옮겼는데, 그곳을 궁홀산(弓忽山) 또
　　는 금미달(今彌達)이라고도 한다. 나라를 다스린 것은 1500년간
　　이었다."

쳐 풍화의 미덕이 중국과 나란해졌으니, 옛날 부자(夫子)께서 구이(九夷)에 살고 싶다고 한 것[267]은 진실로 이 때문이다.

한당(漢唐) 이후로 강토가 삼분(三分)되었으나 거의 천 년 동안 여전히 옛 가르침을 삼가 지켰다. 박혁거세(朴赫居世)의 신라는 비록 강성한 고구려와 백제 사이에 끼어 있고 한쪽 모퉁이에 치우쳐 있었지만, 예악(禮樂)이 흥성하고 성대하여 편안하였다.

당(唐)나라 때 비로소 현량과(賢良科)를 통과하기 위해 최치원(崔致遠)과 최광유(崔匡裕) 무리가 모두 중국에 유학해서 잇달아 진사과(進士科)에 급제하여 당시에 이름을 드날렸고, 송원(宋元) 때도 학문을 닦아 폐하지 않았다. 고황제(高皇帝 명 태조)가 천명을 받고 황제의 자리에 오르자, 성은(聖恩)이 사방에 미치고 광택(光澤)이 온 천하에 퍼졌다. 우리 동방이 가장 먼저 공물을 바치자 황제가 장려하여 내복(內服)[268]처

---

266) 『삼국사기』나 『삼국유사』에 이러한 기록은 보이지 않는다.

267) 부자는 공자(孔子)를 가리키고, 구이(九夷)는 동쪽의 오랑캐 지역으로 아홉 종류의 이족이 있어 명명한 것인데 조선도 이 중에 하나라고 한다. 이 내용은 『논어』 「자한(子罕)」에 보인다.

268) 내복(內服)은 '요복(要服) 이내의 땅'이라는 뜻으로, 천자가 직접 통치하는 지역을 가리킨다. 중국 고대의 우(禹) 임금이 9주(州)를 정할 때 왕기(王畿)를 중심으로 전 지역을 전복(甸服)·후복(候服)·유복(綏服)·요복(要服)·황복(荒服)의 다섯 구역으로 나누었는데, 한 구간이 5백 리씩이었다. '요(要)'는 문교(文敎)로 요속(要束)한다는 뜻이며 '황(荒)'은 정교(正敎)가 거칠고 소홀하다는 뜻으로, 이 요복 이내의 땅을 '내복(內服)' 또는 '내지(內地)'라고 하였다.

럼 여겨서, 김도(金濤)269) 같은 무리가 오히려 중국의 과거 시험에 응시하여 진사과에 급제하였다.

우리 강헌왕(康獻王 이성계)이 개국하자 문교(文敎)가 전대(前代)에 비해 더욱 성대해졌다. 그래서 선비들은 의복을 갖추고 예의를 차리는 것을 귀하게 여길 줄 알았고, 백성들은 대국을 섬기고 윗사람을 따르는 것이 충성임을 알게 되었다.

임진왜란 때 국가가 전복되기에 이르자 성스러운 천자께서 중신(重臣) 형개(邢玠)와 만세덕(萬世德)270)에게 명하여 십만의 군사를 거느리고 동쪽으로 가서 7년 동안 구원하자 왜노(倭奴)가 하루아침에 소탕되었다. 이때 비록 군신상하(君臣上下)가 머리가 베이면서도 굽히지 않았기에 예전의 강토를 다시 보게 되었다. 성스러운 천자의 큰 덕이 비할 데 없이 성대하니, 어찌 예의가 이룩한 것이 아니겠는가.

회계(會稽)의 자어(子魚)271) 선생은 박학하고 고아한 선비이다. 동쪽 우리나라에 종군(從軍)하여 왔는데 나는 사적으

---

269) 김도는 공민왕(恭愍王) 때 과거에 급제하여 전주사록(全州司錄)에 임명되었다. 1370년 8월 박실(朴實) · 유백유(柳伯濡) 등과 함께 향공(鄕貢)으로 뽑혀 정조사(正朝使) 권균(權鈞)을 따라 명나라에 갔다. 이듬해 제과(制科)에 급제해 동창부(東昌府) 구현(丘縣)의 승(丞)에 임명되었다. 그러나 중국어에 서투르고 고향에 노친이 있음을 이유로 사퇴하고 돌아왔다. 김도가 귀국하자 공민왕은 김도를 예로 맞이하고 우사간 예문관응교(右司諫藝文館應敎)에 임명하였다.

270) 원문의 형만(邢萬)은 도독 형개(邢玠)와 경리(經理) 만세덕(萬世德)을 줄인 명칭이다.

271) 자어(子魚)는 오명제(吳明濟)의 자이다.

로 친분이 두터웠다. 나에게 이르기를 "그대 동방은 문학이 매우 성대한 나라이니, 최치원 같은 여러 사람의 시가(詩歌)를 나를 위해 가져오면 내가 중국에 전하겠소." 하였다. 이때 병란을 겪은 뒤라 남은 것이 거의 없어 굳게 사양하였으나 요청이 받아들여지지 않았다. 그래서 내가 기억하고 있는 시 수백 편을 올렸고, 이의정(李議政)[272] 또한 잔편(殘編)을 수습하여 도왔다. 모은 것이 약간이었는데 7권으로 엮어졌다. 아! 성대하도다.

말이 순수한 것은 글이 되고, 글이 정결한 것은 시가 된다. 삼대(三代)의 교화는 시(詩)보다 중요한 것이 없으니, 경대부(卿大夫)로부터 여염의 부인과 젖내 나는 어린아이까지 모두 시를 통해 다스려지고 변화를 살피는 자도 시를 통해 알게 된다. 옛날 주(周)나라 관원이 시를 채집할 때 삼한(三韓)의 시가 포함되지 않았고, 부자(夫子 공자)가 시를 산삭(刪削)할 때 삼한의 시가 끼지 못했으니, 멀어서 이르지 못한 것인가? 천년 전에는 누락되었는데 천년 뒤에는 들어가서 소국(小國)의 음악이 선생 덕분에 비로소 성주(成周)와 나란하게 되었으니, 어찌 하늘의 뜻이 아니겠는가. 선생의 공이 크도다.

하지만 해동의 백성들은 매우 애통해하는 점이 있다. 해동의 선비가 천자의 조정에서 과거 시험에 응시한 지가 오래 되었다는 것이다. 홍무(洪武)[273] 연간에 홍륜(洪倫)과 김

---

272) 이 시기에 좌의정(左議政)을 맡았던 이덕형(李德馨)을 가리킨다.
273) 홍무(洪武)는 명나라 태조(太祖)의 연호로, 1368년부터 1398년까지 31년간 사용하였다.

의(金義)의 난리274) 때문에 중간에 쇠하였다가 이후에도 그대로 따르고 바로잡지 않았으니, 이는 소국이 지극히 원통해하는 점이다. 그렇게 보면 최치원과 김도 무리는 유독 얼마나 다행인가. 혹 이 책이 널리 유행함으로 인해 보는 자가 가엾게 여겨 새롭게 고친다면, 삼한의 선비들이 후한 은혜에 절할 것이니, 자어씨(子魚氏)를 잊기 말기를 원하노라. 황명(皇明) 만력(萬曆) 28년 경자(1600) 3월 상순에 조선의 허균(許筠)은 머리를 조아리며 재배하고 쓴다.

## 朝鮮詩選後序

稽唐虞協和之治, 東洽海外, 維時檀君始長茲土, 載籍所傳, 不及其詳, 而純朴之象, 槩可想見. 周封太師于朝鮮, 教民禮讓, 風化之美, 與中國稱, 昔夫子欲居九夷, 良有以也. 漢唐以來, 疆土三分, 幾千載猶恪守舊教. 赫居世氏雖介句麗、百濟之强, 僻處一隅, 而俎豆雍容, 絃歌洋溢自若也. 逮唐始通賢科, 崔致遠、崔匡裕輩咸遊學中華, 接踵擧進士, 顯于當時, 即宋元修之不替. 高皇帝握符乘運, 聖澤旁流, 光澤八表. 維我東方首修厥貢, 嘉獎猶內服然. 若金濤輩, 猶赴闕試, 及進士第. 我康獻王開國, 文教視前代爲尤盛. 士知被服禮義爲貴, 民知事大順上爲

---

274) 명나라와 북원(北元)이 대립하던 1374년에 명나라에서 고려(高麗)에 사신을 보냈는데, 그 사신이 돌아갈 때 공민왕(恭愍王)이 홍륜(洪倫)에게 시해당하는 사건이 발생하였다. 당시 재상 이인임(李仁任)은 명나라의 문책을 당할 것을 두려워하여, 김의(金義)를 사주해서 돌아가던 명나라 사신을 죽이게 하였다. 이 사건으로 인해 명나라 태조의 노여움을 사 고려와 명나라 간의 외교관계가 냉각되었다.

忠. 壬辰之役, 國家覆亡, 聖天子命重臣邢萬勤十萬師　東援七
載, 倭奴一曙掃之, 雖君臣上下, 而折首不屈, 重覩舊日疆土.
聖天子洪德莫比其盛, 孰非禮義致之歟?

會稽子魚先生, 博雅士也, 從戎東土, 筠獲私良厚. 謂筠:"爾
東方文學甚盛, 若崔致遠諸君詠歌, 爲我取來, 我將傳之."　時
以兵燹之餘, 所存無幾, 固辭不得. 以筠所憶數百篇進, 李議政
亦拾斷簡佐之, 所取若干, 爲編者七. 猗歟盛哉! 言之粹者爲文,
文之精者爲詩. 三代之教莫重于詩, 自卿大夫至閭閻婦人、黃口
小兒, 皆因而治, 觀化者亦因此而知. 昔周官採詩, 三韓不與,
夫子刪詩, 三韓不及, 遠莫致乎. 夫遺于千載前而遇于千載後,
小國之音以先生始與成周齒, 豈非天耶? 先生之功盛矣哉!　抑
東民有深痛焉. 東士試于天子之廷尙矣. 洪武中以洪[275]倫、金
義之亂而中衰, 既而循之, 不與釐正, 此小國之至寃也. 崔致
遠、金濤輩獨何幸? 或以是編之盛, 觀者憐而更張之, 三韓之士
拜賜厚矣, 願毋忘子魚氏.

時皇明萬曆廿八年庚子季春上澣, 朝鮮許筠頓首再拜書.

＊〈조선시선〉 원서 순서는 오른쪽에서 왼쪽으로 읽어갑니다.

---

275) '洪'이 대본에는 '供'으로 되어 있는데, 역사적 사실에 의거하
여 바로잡았다.

刻朝鮮詩選序

昔余弱冠好讀太史公紀書其子長
秀發未嘗不攬卷太息想見其風及
觀漢書出咸稱班馬鮮別禮義文學之盛
然未聞其雄之響馬挖根于萁袂
收之般督饷朝鮮萁一訪之時率戎
乎間未違及於歲海泃兄平徐侯之

君為得萁子之遺響馬挖根于萁袂
志于今者我邦朝鮮以禮義稱為天然
其歌詠盲太史公載傳經不採照史小及
萁子之遺響不聞于耳名些多之義夫
而聞于耳友甚暐石紹必柔希今吳
君披萁棘發煨燼剪其朽披其粹類
而為之布之以侯天下縉紳先生文

朝鮮以敗亡餘萁棘盧野固人難其
生以眼會稽吳君訪余于白岳之陽
出其所選朝鮮詩余讀之忘倦馬若
余濟鴨綠与逆旅謀暐別曰此萁子之
封疆乎濟溓水而邇樂浪之墟暐別曰
此萁子之故都東海之岳見其君注輯
此其子之後五弁又今于吳
迎之雜暐曰此萁子之後五弁又今于吳

學士見之謂海天挟桑外以盧人之敝
淮麥為形而作者為若其盛萁壞山
川其邦名美祿披枝停于幽林中立
響源于喉咽之舌又曰鶴鳴九皋聲
中于天朝孤頂之一泓之溪其我間之郇
況朝鮮漢唐以鄰孫而臣高之乃不一
見于濤紀曰就垝圖書砥厄宗之法露

출전 : 중국 국가도서관(中国国家图书馆)

123

明萬曆庚子仲春下浣東萊韓初命撰

朝鮮梁慶遇書

梁子過黎甚善和撰此四賓者五兩失
也公為天下名器毛選也為官工失久矣
今以吳君為為之公名望物之望同時說
吳君喜曰嘻先生我同志也西為家故
乞時剩門賈司之新在汪伯英咸家
朝鮮都与接品金頃序吾曾今屬新
廚氏

## 朝鮮詩選序

丁酉之歲徐司馬公以贊畫出軍東
援朝鮮濟以客從次歲戊戌季春渡
鴨綠軍於萊州孟夏司馬公獵於城
南二十里濟並鸞而馳及坎馬敗遂
辭歸值兩休於村舍有朝鮮李文學
者能詩解華語坐語久之因賦詩相

贈次日期訪我于龍灣之館且治粖
待之果如約遂與醉於杏花之下俄
賦詩相贈於是文學輩稍又引見日
益盛其人率謙退揖讓其文章皆雅
淡可觀濟因訪東海名士崔岦遠諸
君集皆辭無有小國喪亂君臣越在
草萊間綣七載首領且不保況於此

乎熈有能憶者輒書以進漸至一二
百篇及抵王京聞多文學士乃數四
請司馬公願暫館于外得與交尋更
入蓮花幕也許之濟乃出館於許氏
許氏伯仲三人曰篈曰筬曰筠以文
鳴東海間篈筬皆舉狀元筠更敏甚
一覽不忘能誦東詩數百篇于是濟

所積日富復得其妹氏詩二百篇而
尹判書根壽及諸文學亦多搜殘編
遂盈篋頃之司馬公以外艱歸豫章
濟亦西還長安縉紳先生聞之
皆願見東海詩人詠及許妹氏遊仙
諸篇見者皆喜曰善我吳伯子自東
方還橐中裝與衆異乃纍又琳琅乎

居無何濟復征朝鮮館于李氏李氏
朝鮮讜政德馨也雅善詩文濟益請
搜諸名人集前後所得自新羅及今
朝鮮共百餘家披覽之凡兩月不越
戶限得佳篇若干篇題而書之然未
聞其世家年譜稍有未次而所得率
燼餘其全帙不二三家或不能無遺

珠之歎重之言曰盛哉箕子之化也
昔者檀君氏降生始治朝鮮以君九
夷自堯迄有商千餘年曠不相聞箕
子以商太師即周之封首用鳳教以
化其俗夜不扃戶道不拾遺及赫居
岳氏繼作有聖德赫居世卵生有聖
西干方言王也都德居西干立爲西干
辰韓今慶州也克纘箕子之教垂

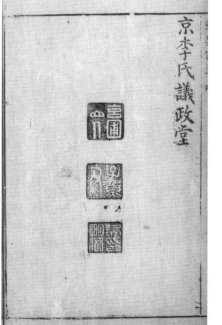

之千百載不衰我中國雖婦人女子
三尺之童莫不聞朝鮮禮義文學之
盛嗟乎朝鮮有箕子猶中國有堯舜
也中國言盛治者莫外乎堯舜朝鮮
言盛治者莫外乎箕子今觀其謦和
平不迫雅淡不藥無放誕詭異之詞
無靡又妖艷之曲而雄健暢博之象

宛然其中美我洋又乎譬如江水之
滺悠又揚又未見其奇然而雲霞曘
映烟霧明滅兔驚與飛魚龍出沒風
濤衝激天漢上下而奇不可勝用矣
子野氏援琴而鼓雛又乎愉又乎浮
之心而應之手得之手而羌之嚴玄
鶴翔集遊鱗躍波興其比也昔者延

陵季子氏聘于魯聞列國之音而知
其政濟觀東國之謦而把箕子之遺
風烏嚏又嗟又盛矣我箕子其大聖
人乎後之覽者必于是編而益贊其
盛岢
明萬曆三十七年己亥夏四月壬午
之望玉玄圃山人吳明濟書於朝鮮云

京李于氏議政堂

會稽吳明濟子魯甫選
東萊韓初命康庾甫仝閱
新都汪世鍾伯英甫校正

五言古詩

江南曲　崔致遠

江南春風動有女嬌且憐妖冶恥鍼線粧罷理
管絃自謂芳菲色長對艷陽年却咲隣家女終
薊門賈維鑰無局甫

蠶秋郊方蠲熱此去慎行休毋令咀回飄東垂
尚用兵海嶠日流血須馮魯連子却秦撙寸舌
勿媿九夷陋勉徇壯夫節

感遇

盈盈窓下蘭枝葉何芬芬西風一夕送零落悲
秋霜秀色總消歇清香終不死感物傷我心流
淚霑衣袂

又

古屋畫無人桑樹鳴鵂鶹蒼苔蔓玉砌鳥雀巢

空懷向來車馬地今成狐兔丘達人言慨
慨後向何求

又

梧桐生嶧陽鳳凰翔其傍文章爛五色嗈嗈千
仍岡稻粱非所慕竹實遞其滄奈何桐樹枝棲
彼鳴與鷔

寄伯氏篈

暗窓銀燭低流螢度高閣悄悄深夜寒蕭蕭秋
葉落關河音信稀沉憂不可釋遙想青蓮宮山

空懷月白

莫愁樂

家住石城下生長石城頭嫁得石城壻來往石
城遊

貧女吟

豈是無容色工針復工織少小生寒門良媒不
相識

築城怨

千人齊抱杵土底隆隆響努力好操築雲中無魏尚

127

逢迎旅開標期識我故抱烟霞姿開囊遺我
幅畫高價已超韓幹馬杏花如咲鳥如歌新詞
爛爛飛天葩近世雖稱七才子如君雅調猶名
家令我徙居忽生色終夕摩挲三歎息虎頭功
合冠烟閣白眼吾堪置立聲功成他日訪玄慶
寫我騎驢入廬霍

望仙謠

瑤花風細飛青鳥王母麟車向蓬島蘭旌羽帔
白雉裳咲倚紅欄拾瑤草天風吹擘翠霞裳玉

許妹氏

環金珮聲琅琅素娥兩兩鼓瑤瑟三花珠樹春
雲香平明宴罷芙蓉閣碧海青童來白鶴紫簫
劈裡彩雲飛露濕銀河曉星落

湘絃曲

薫花泣露湘江曲點點秋烟天外綠水府涼波
龍夜吟螢娘輕戞玲瓏玉離鸞別鳳隔蒼梧雨
氣浸江迷曉珠神絃聲徹石苔冷流雲鬖霧醫啼
江妹瑤空星漢高超忽羽盖金支五雲浚門外
澳即唱竹枝銀潭半掛相思月

四時歌

春歌

院落深深杏花雨斸啼遍辛夷塢沉蕙羅幬
春尚寒悵山輕飄香一縷鸞鏡曉梳春雲長玉
釵寶髻蟠鴉斜捲重簾帖翡翠金勒鞍歎
何處誰家池館咽笙歌月照清尊金叵羅愁人
獨夜不成寐絞綃曉起看紅淚

夏歌

槐陰滿地花陰薄玉簟銀床敞朱閣白学新裁

梁汗香輕風洒洒搖羅幬瑤堦飛盡石榴花日
輾晶簾影欲斜雕梁畫永午眠重錦茵扣落釵
頭鳳額上鵝黃膩曉粧鸞啼起江南夢南塘
女兒木蘭舟采蓮何處歸渡頭輕橈漫唱橫塘
曲波外夕陽山更綠

秋歌

紗厨寒氣殘霄逈露滴虛庭玉屏冷池蓮粉落
夜有驚井梧葉下秋無影金壺漏微生西風珠
薫唧唧鳴寒蟲金刀剪取機上素玉關夢斷羅

惟空縫作衣裳寄遠客蘭燈縈縈明暗壁舍啼
自草別離難驛使明朝發南陌
　冬歌
銅壺一夜聞寒柝紗窻月落鴛鴦錦烏鴉驚飛
轆轤長樓前俟俟忽生曙光侍婢金瓶瀉玉曉
簾水溢胭脂香春山欲描描不浮攔干佇立寒
霜自去年照明鏡看花柳琥珀光深傾夜酒羅帳
重重圍鳳笙玉容今爲相思瘦青鸞一別春後
春金戈鐵馬瀚海濱驚沙吹雪冷黑貂香閨良

夜何遲遲

離巢鷰老視川舟有呂夢大學峭峭吾風
早無期馬首伻西吾風趾換卷單端
奇秋山雁比悲　古丘　朝照明以鐘惘惘青
以費詢定佪成人　綿
　哥女伴
　　　　許妹氏
送兄箴諝甲山
結廬臨古道日見大江流鏡匣鸞將老園花蝶
已秋寒山新過雁暮雨獨歸舟寂寞窻紗擁那
堪憶舊遊

遠諝甲山去江陵別路長臣同賈太傅主巖趐
懷王河水平秋岸關門但夕陽霜風吹雁翼中
斷不成行
　　　効李義山
鏡暗鸞休舞梁空燕不歸香殘蜀錦被淚濕越
羅衣驚夢迷蘭渚輕雲歇彩幃江南今夜月流
影照金微
　　　又
月隱驍鸞扇香生簇蝶裙多嬌秦氏女有庾衛

將軍玉匣收殘粉金爐冷燼薰面頭平峽外行

雨雜行雲

---

悲歌

塞上次伯氏

侵雲石磴馬蹄穿陝盡重崗若上天秋曉魚龍

瀰巨壑兩晴虹蜺落飛泉將軍皷角行邊急宮

主琵琶說怨偏日暮爲君歌出塞劍花騰躍匣

中蓮

贈星庵女冠

淨掃瑤壇揖上仙曉星微隔絳河邊香生岳女

春遊襪水落湘娥夜雨 松智冷侵塵殿臺天

---

遊龍山星吳子魚先生

梁亨遇

桃花開後杏花稀客子來時燕子飛山郭數村

芳草合野籬三面亂峯圍風塵岐路何年盡破

帽長裾豈計非遙憶故鄉歸不得白鷗春水攤

紫靡

次伯氏望高臺

許妹氏

層臺一柱壓嵯峨西北浮雲接塞多鐵峽霸圖

龍已去穆陵秋色雁初過山迴大陸吞三郡冰

割平原納九河萬里登臨日將暮醉憑青嶂獨

---

花晴拂碧瑤泉玄心已悟三三境玉塵何年歸

紫煙

宿慈壽宮贈女冠

燕舞鶯歌字莫愁十三嫁與富平侯嚴攜寶瑟

彈朱閣喜着花冠禮玉樓琳舘月明簫鳳下綺

窗雲散舞鸞休松風朝暮空壇上鶴背冷冷一

津秋

送宮人入道

早辭清禁出金鑾換却鴉鬟著玉冠滄海有期

應駕鳳碧城　無夢更驂鸞瑤裙振雪春風煖瓊
珮鳴空夜月寒幾度步虛霄漢上御衣猶似春

宸徽
　　次孫內翰北里韻
初日紅欄上玉鉤丁香葉結春愁新粧滿面
貪看鏡殘夢關心懶下樓夜月雕床寒翡翠東八
風羅幙引鸞䈏媽紅落粉堪惆悵莫把銀盆洗
急流

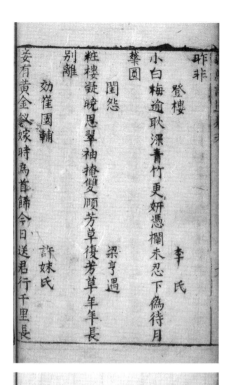

昨非
　　登樓
小白梅逾耿深青竹更妍憑欄未忍下為待月
　　樊圓
　　閨怨　　　　　李氏
粧樓疑曉恩翠袖掩雙顔芳草復芳草年年長
　　別離
　　效崔國輔
妾有黃金釵嫁時為首飾今日送君行千里長

梁亨遇

許妹氏

相憶
　　又
池頭楊柳踈井上梧桐落簾外候蟲聲天寒錦
象簿
　　又
卷雨暗西池輕寒襲羅幙愁倚小屏風墻頭杏
花落
　　江南曲
江南風日好綺羅金翠翹相將採菱去齊蕩木

蘭枕
　　又
紅襦間寶釵白蘋為雜珮停舟下渚口共待潮
潮退
　　雜詩
梧桐生嶧陽嶰竹為鳴琴一彈再三歎樂世無
知音
　　又
我有一端綺今日持贈郎不惜作君袴莫作他

又

精金明月光贈君為雜佩不惜棄道傍莫結花

人蒙

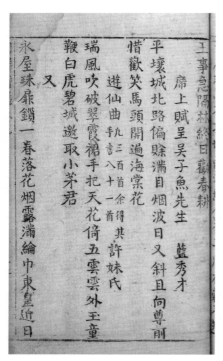

工事急隔林終日觀春耕

席上賦呈吳子魚先生　藍秀才

平壤城北路偏賒滿目烟波日又斜且向尊前

惜歡笑馬頭開遍海棠花

遊仙曲九三百首手書八十一首余得其許妹氏

瑞風吹破翠霞裙手把天花倚五雲雲外玉童

鞭白虎碧城邀取小茅君

又

永屋珠扉鎖一春落花烟露滿綸巾東皇近日

無巡幸閒敞瑤池五色麟

又

青苑紅堂閉寂寥鶴眠丹竈夜迢迢仙翁曉起

嗅明月微隔海霞閒洞簫

又

烟净遙空鶴未歸白榆陰裡閉朱扉溪頭盡日

神霧雨滿地青雲濕不飛

又

閒住瑤池吸彩霞瑞風吹折碧桃花東皇長女

時相訪盡日簾前卓鳳車

又

廣寒宮裡玉烏梁銀燭金屏夜正長閒外桂花

涼露濕步虛歡裡五雲香

又

催呼騰六出夫闢脚踏風龍徹骨寒袖裡玉塵

三百斛散為飛雪向人間

又

簾玲無語閉珠宮紫閣涼生玉簞風獨鶴夜驚

滄海月仙人歸去綠雲中
又
閒隨弄玉步天街腳下香塵不染羅前導白鹿
三十六角端都掛小金牌
又
六葉羅裙色曳煙阮即相喚上芝田笙歌暫向
花間歇便是人間一萬年
又
千載瑤池別穆王暫教青鳥訪劉郎平明上界

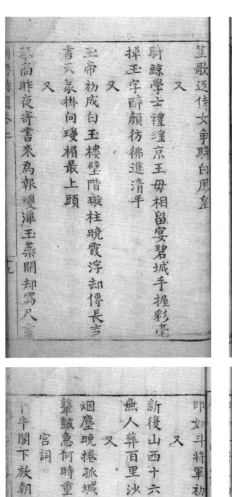

笙歌遙侍女爭騎白鳳皇
又
騎鯨學士禮瑤京王母相留宴碧城手握彩毫
捍玉字醉顏彷彿進清平
又
玉帝初成白玉樓壁階璇柱曉霞浮卻傳長吉
書天象掛向瓊楣最上頭
又
琴高昨夜寄書來為報瓊潭玉葉開卻寫尺書

憑赤鯉蜀天明月約登臺
塞上曲
前軍吹角出轅門雪撲紅旗凍不翻雲暗磧西
看候火夜深進騎獵平原
又
都護防秋掛鐵衣城南初解十重圍金戈渫盡
單于血白馬天山踏雪歸
又
騂弓白羽黑貂裘綠眼胡鷹踏錦鞲腰下貴金

印如斗將軍初拜北平侯
又
新復山西十六洲馬鞍懸取月支頭河邊白骨
無人葬百里沙場戰血流
又
煙塵晚捲孤城出首藉秋肥萬馬驕東望寒垣
聲鼓急何時重起霍嫖姚
宮詞
午閣下放朝初擁帚宮人掃玉除日午殿前

宣鳳詔隔簾催與女尚書

又

絳羅袱裡建溪茶待女封緘結綠花斜押紫泥
書粉字內官分送五侯家

又

綠羅帷幄紫羅茵香射霏微暗襲人明日賞花
留玉輦地衣薰額一時新

又

寶爐新落水沉灰愁對紅粧擁鏡臺西苑近來

鞦白馬綠陰來繫紫遊韁

又

按轡營中次第新荒鴉門外幾番生憎轆水
橋邊桐不解迎人解送人

朝華詩選終

延幸少玉簡金琖半塵埃

竹枝詞

空舲灘口雨初晴巫峽蒼蒼煙霧平相憶即
秋潮水早時縿退暮時生

楊柳枝詞

楊柳青青曲岸年年攀折贈行人東風不解
傷離別吹却低枝掃路塵

又

青樓西畔絮飛揚烟鎖柔條拂檻長何處少年

朝鮮詩選後序

稽唐虞協和之治東洽海外維時檀君始
長茲土載籍所傳不及其詳而純朴之象
猶可想見周封太師于朝鮮教民禮讓風
化之美與中國稱昔夫子欲居九夷良有
以也漢唐以來疆土三分幾千載循恪守
蓍教赫居世氏雖介句麗百濟之強僻廔
一隅而俎豆雍絃歌洋溢自若也遠唐
始通賢科崔致遠崔匡裕輩咸遊學中華

聖天子命重臣
高皇帝握符葉運
接踵舉進士顯于當時即宋元修之不替
聖澤旁流光澤八表維我東方首修厥貢
嘉獎循內脈然若金濤葷擢卦
闕試及進士第我
康獻王開國文教視前代爲尤盛士知被
服禮蒙爲貴民知事
大順上爲忠壬辰之役國家覆亡

邢
萬
　　　勤十萬師東援七載倭奴一曙
掃之雖　君臣上下而折首不屈重觀舊
日疆土
聖天子洪德莫比其盛孰非禮義致之歟會稽
子魚先生博雅士也從我東土獲私良
厚謂爾東方文學甚盛若崔致遠諸君
詠歌爲我取未我將傳之時以兵燹之餘
所存無幾固辭不得以爲爾憶數百篇進

李議政亦拾斷簡佐之所取若干爲編者
七筍歟盛我言之粹者爲文之精者爲
詩三代之教莫重于詩自卿大夫至閭閻
娟人黃口小兒皆因而治觀化者亦因此
而知昔周官採詩三韓不與夫子刪詩三
韓不及遠莫致乎夫遺于千載前而過于
千載後小國之音以先生始與成周齒豈
非天即先生之功盛矣抑東民有深痛
爲東士試于

天子之廷尚矣洪武中以供倫金義之亂而中
衰既而循之不與釐正炷小國之至盛觀
崔致遠金濤葷獨何幸或以是編之盛觀
者懍而更張之三韓之士拜賜厚矣願母
忘子魚氏
　　　　　　　　昔
皇明萬曆廿八年庚子季春上澣朝鮮許筠頓
首丹拜書

남방위(藍芳威)

조선시선전집(朝鮮詩選全集)

1604년

# 해제

   미국 버클리대학 동아시아도서관에 유일본이 소장된 목판본 『조선시선전집(朝鮮詩選全集)』 7권 2책은 정유왜란에 파견되었던 명나라 장수 남방위(藍芳威)가 기자(箕子)의 「맥수가(麥秀歌)」에서 허난설헌(許蘭雪軒), 허균(許筠) 등 조선중기에 이르기까지의 한시 589수를 뽑아 명나라에서 간행한 한시선집이다.

   남방위의 자는 만리(萬里), 호는 운붕(雲鵬)이며, 창강(昌江) 사람이다. 흠차통령절병유격장군(欽差統領浙兵游擊將軍) 서도지휘첨사(署都指揮僉事)로 절강(浙江) 군사 3,300인을 이끌고 1598년 정월에 나왔다가 이듬해 7월에 돌아갔다. 처음에는 제독 유정(劉綎)이 이끄는 서로(西路)에 배속되어 남원으로 내려가 전투를 벌였고, 서로군이 충원되자 동일원(董一元)이 이끄는 중로군에 배속되어 지리산과 남강 전투에서 승리하였다.

   교열자 축세록(祝世祿)은 자가 세공(世功)인데, 『명유학안(明儒學案)』에 수록된 학자로 강서(江西) 덕흥(德興) 사람이다. 상보사경(尚寶司卿) 등의 벼슬을 지냈으며, 『환벽재시집(環碧齋詩集)』 3권과 『척독(尺牘)』 3권이 남아 있다. 한초명(韓初命)은 자가 강후(康侯), 호는 견우(見宇)로, 산동(山東) 동래부(萊州府) 액현(掖縣) 사람이며 1579년 거인(擧人) 향시(鄉試)에 급제하였다. 1598년 8월에 관량동지(管糧同知)로 조선에 나왔다가 1600년 10월에 중국으로 돌아갔다. 오명제(吳明濟)가 편찬한 『조선시선(朝鮮詩選)』에도 교열자로 되어 있다. 오지과(吳知過)는 호가 현치도인(玄癡道人), 자가 경백(更伯)이며, 민중(閩中) 사람이다.

『조선시선전집』 2책은 1권부터 4권까지 '건'으로 묶여 있고, 5권부터 8권까지 '곤'으로 묶여 있다. 7권과 8권은 여러 시인의 선집(選集)이 아니라 대부분 허난설헌의 시를 모아 놓은 것이다. 권수(卷首)에 오지과가 지은 「남장군선각조선시서(藍將軍選刻朝鮮詩序)」와 남방위가 지은 「선각조선시소인(選刻朝鮮詩小引)」이 실려 있다. 이들 서문에는 전통적인 화이관(華夷觀)에 근거하여 조선이 중화의 교화를 입어 문물이 성행하였다는 정도의 내용을 담고 있을 뿐, 시선집의 편찬과 관련한 정보는 별로 없다.

1권에 사언시 3수 및 오언고시 65수, 2권에 칠언고시 42수, 3권에 오언율시 83수 및 오언배율 3수, 4권에 칠언율시 84수, 5권에 오언절구 49수, 6권에 126수가 실려 있다. 7권에 56수의 시가 실려 있는데 시선(詩選)에 관여한 허균(許筠), 양형우(梁亨遇) 등의 시 10여 수를 제외하면 모두 허난설헌의 시이며, 8권에 실려 있는 78수의 한시도 모두 허난설헌의 시이다. 허난설헌의 이름으로 실린 시는 권1에 오언고시 12수, 권2에 칠언고시 9수, 권3에 오언율시 4수, 권4에 칠언율시 10수, 권5에 오언절구 7수, 권7에 칠언절구 44수, 권8에 78수, 모두 164수이다. 그러나 허균이 1608년 공주에서 간행한 목판본 『난설헌시(蘭雪軒詩)』에 없는 시가 많아서 고증이 필요하다.

이 시선집이 오명제의 『조선시선』과 277수나 겹치는 것을 보면, 먼저 간행된 『조선시선』에서 상당한 부분을 가져

온 것임을 짐작케 하는데, 두 책에 함께 교열자로 이름을 올린 한초명(韓初命)이 어떤 역할을 했는지 궁금하다. 남방위는 『조선시선』을 편집한 오명제처럼 조선 문인들, 특히 허균과 만난 기록이 보이지 않기 때문이다. 『조선시선』의 경우에는 오명제의 서문이나 허균의 후서(後序)에 편찬 과정이 설명되어 있는데, 남방위의 서문에는 아무런 언급이 없어서 더욱 궁금하다. 성급하게 편집하는 과정에서 같은 제목의 작품이 몇 군데 나뉘어 실리거나, 같은 시가 위 아래에 중복되어 실리기도 하였다.

당시 강남이 출판문화의 중심이었는데, 임진왜란이나 정유재란에 참여한 강남 출신의 문인들이 조선 문인의 도움을 받아 조선의 시를 수집하고 중국에 돌아가 조선의 한시 선집을 간행하는 것이 하나의 유행처럼 되었다. 오명제(吳明濟)의 『조선시선』뿐만 아니라, 지금 전하지는 않지만 초횡(焦竑)의 『조선시선』이나 왕세종(汪世鐘)의 『조선시』 등도 기록에 보인다. 『조선시선전집』은 그 가운데 분량이 가장 방대하다는 점에서 중요하지만, 이달(李達), 허난설헌(許蘭雪軒), 허균(許筠)의 이름으로 실린 시 가운데 문집에 실리지 않은 시가 많다. 문집에 실려 있더라도 원문과 크게 다른 예가 많다. 이러한 문제는 앞으로 본격적인 연구가 필요하다.

## 번역 및 원문

## ○ 조선의 시를 뽑아 판각한 데 대한 짧은 서문

조선은 옛 고구려 땅에 처음 나라를 세워 기자(箕子)의 봉지(封地)에 속하였다. 그러나 후손이 몰락하여 동이(東夷)가 되자, 당(唐)나라가 정벌하고 수(隋)나라도 누차 정벌하였으나 승부가 나지 않았다. 송(宋)나라는 결국 땅을 떼어 자비를 베풀었고 원(元)나라는 낙랑(樂浪)을 빼앗지 못하였으니, 그 강함을 알 수 있다.

조선은 개국한 이래로 우리 영토 안에 포함되어 우리의 번신(藩臣)이 되었다. 『풍토기(風土記)』에 "그 풍속은 농상(農桑)에 부지런하고 문자를 좋아한다."라고 하였는데, 지금 보고 들은 것으로 따져보면 틀림없이 확실하다. 대개 조선이라는 나라는 예로부터 강하다고 일컬어졌으므로 바로 오랑캐 나라들과 인접해 있어도 오랑캐 나라들이 감히 틈을 타서 공격하지 못하였다. 다만 태평 시대에 경계를 소홀히 하다가 얼마 전에 왜군이 쳐들어와서 평양(平壤)이 함락되고 부산(釜山)이 왜군의 소굴이 되자, 위태로운 상황에 빠져 이 나라의 신하와 임금이 모두 피란하여 달아났다.

나는 일개 병졸로 무기를 들고서 대사마(大司馬)의 뒤를 따라 항오(行伍)에서 지휘를 받았는데, 섬 오랑캐가 날뛰는 것을 보고 머리카락이 문득 관(冠)을 뚫을 듯 치솟았으나 이들을 섬멸한 뒤에 아침을 먹지 못한 것[1]이 한스러웠다. 이

---

1) 짧은 시간에 적을 섬멸하지 못했다는 말이다. 『춘추좌씨전(春秋左氏傳)』「성공(成公) 2년」에 "제후(齊侯)가 이르기를, '내가 우선

번 전쟁에서 천자의 위엄에 의지하고 묘당(廟堂)의 계책을
준행하여, 의당 낙엽을 흔들어 떨어뜨리듯 손쉽게 이 평추
(平酋 풍신수길)를 사로잡으리라 생각했는데 도리어 신속하게
끝내지 못하고 질질 끌자, 목자(牧子)가 양(羊)보다 많아진
셈이 되었다. 내가 비록 충심을 다 바쳐 치열하게 전투에
임했으나 공(功)이 미세하여 기록할 만한 것이 못 되었다.
그래서 병가(兵家)에서 지리적 이점은 향도(嚮導)를 가장 우
선시한 것이다.

근간에 밤낮으로 행군하면서 형세를 살펴보니, 인마(人馬)
의 자취가 거의 반쯤 오랑캐 땅이 되었는데, 전답은 비옥하
고 백성은 소박한 것을 보았다. 하지만 유독 그 언어가 오
랑캐 말인 것이 한스러웠는데, 따져 물을 수 없었다. 만나면
반드시 통인(通引)을 앞세웠으니, 통인은 통역하는 사람이다.
통역하는 사람이 일이 있으면 서면으로 답문(答問)을 부쳤다.

대저 문필(文筆)은 바로 마부와 하인이라도 점획(點畫)에
뛰어나 보잘것없는 글과는 같지 않았다. 선비들은 대부분
시에 통달하였는데, 방외(方外)나 규중(閨中)에 이르기까지 어
디든 다 있었다. 처음에 무관의 신분이었기 때문에 한묵(翰
墨)에 대해 장단을 비교하는 일을 하지 않다가 때때로 군막
(軍幕)에 나아가 시를 서로 주고받았고, 더러 그 나라에서
지은 시를 번갈아 내어 전해 보였는데, 오랠수록 더욱 친숙
하여 집안사람의 정처럼 훈훈하였다. 그리하여 비로소 현인
(賢人) 기자(箕子)의 교화가 오래되어도 시들지 않음을 믿게

---

저들을 섬멸하고서 아침을 먹겠다.' 하고, 말에 갑옷도 입히지
않은 채 내달렸다."라고 한 데서 온 말이다.

되었고, 또 이 강산의 신민들이 왜적의 침입에 방어하는 계책을 잘못하여 미리 대비를 하지 않은 것을 애석하게 여겼으니, 그 잘못을 누가 책임지겠는가.

그러나 시는 응당 추리지 않았으니 지금보다 몇 배나 많았을 텐데, 이때 한창 방비가 엄하여 생각이 여기에 미치지 못하였다. 오랜 시간이 지나 스스로 과문(寡聞)함을 잊고 직접 교정하고 추려서 모두 얼마의 시를 얻어서 사부(四部)로 정리하였으니, 확실한 것만 전하여 특별히 그 잘못된 것을 바로잡으려고 해서였다. 본래 이러한 의도였으므로 우선 확실한 것만 남겨두었고, 바꾸면 문제가 생길 것 같았기 때문에 다 모으지 못한 데 대해 감히 한탄하지 않은 것이니, 조선은 오랑캐 중에 중화(中華)라고 할 만하다. 왜적의 병력이 어찌 당(唐)·수(隋)·송(宋)·원(元)과 같겠는가.

예전에는 뿔이 커서 남았는데 지금은 뿔이 작아서 부족하니 그 까닭을 생각할 만하다. 내가 먼 길을 가고 넓은 곳을 다니면서 삼가 조선이 선국(善國)이 될 만한 나라임에 감동하였다. 씨를 파종한 뒤에는 김매지 않고 물을 대지 않아도 벼가 무럭무럭 자라듯, 중화의 책들이 한우충동(汗牛充棟)에 이를 만큼 많아도 사람들이 읽을 수 있다. 임금과 신하가 이때와 이러한 즈음에 저들이 과연 범 이야기에 대한 담론에 안색이 변하고2) 고통을 겪은 이후의 고통을 생각하여

---

2) 범 이야기를 들을 때 범에게 물려 본 사람이 다른 사람들보다 더 두려움을 느낀다는 뜻으로, 일은 경험해 본 사람이 더 잘 안다는 말이다. 『대학혹문(大學或問)』에 "일찍이 범에게 물린 이야기를 하는 사람을 보았다. 모든 사람이 이 이야기를 듣고 있는

밤에 섶나무를 깔고 자면서[3] 왜적에게 복수하려고 하지 않
겠는가. 또, 기자(箕子)의 발자취를 따라서 크게 오랑캐의 풍
속을 변화시켜 길이 우리의 충직한 번신(藩臣)이 된다면, 어
찌 그저 시(詩)만 오랑캐 나라 중에서 으뜸이겠는가. 오랑캐
들은 감히 미친 짓을 하지 못하고 왜적은 놀라서 달아날 것
이다.

　남방위(藍芳威) 만리(萬里)는 쓴다.


## 選刻朝鮮詩小引

朝鮮, 古高句麗地, 周鼎初卜, 以屬箕封. 胤乃淪胥而爲夷, 唐
有征, 隋屢征, 勝負不相償. 宋竟能割界慈悲, 元不能得志樂浪,
其強可知焉. 開國來居我宇下, 作我藩臣. 『風土記』載其俗桑謹,
喜文字, 質以今耳目睹聽, 亶然不誣. 蓋朝鮮之有國, 自昔稱強,
即鄰於諸夷, 諸夷靡敢乘其釁. 顧承平忽戒, 頃中倭警, 平壤受
烽, 釜山見巢, 岌岌乎斯邦臣主皆播越下. 走以一介夫負韉囊從
大司馬後, 受一麾行伍間, 見島醜陸梁, 髮輒指冠, 恨不滅此朝
食. 是役也, 仗天威, 遵廟謨, 謂宜振落而俘此平酋, 反不速而
久, 則牧多於羊. 走雖殷輪朱趾, 用彈此赤腔, 微細匿足錄. 故
兵家地利, 鄉導最先. 間嘗晝邁宵征, 考覽形勢, 馬蹄人跡, 幾
半夷疆, 則見夫田土肥美, 士民朴秀, 獨恨其厥音侏儷, 莫可致

---

　　데 그중에 한 사람은 얼굴빛이 새파랗게 변했다. 그 까닭을 물
　　으니 그는 곧 호랑이에게 물린 적이 있는 사람이었다.[昔嘗見有談
　　虎傷人者, 衆莫不聞, 而其間一人神色獨變者. 問其所以, 乃嘗傷於虎者也.]"
　　라는 고사에서 유래하였다.
3) 섶나무를 깔고 눕고 쓸개를 맛본다는 와신상담(臥薪嘗膽)의 고사
　　로, 원한을 잊지 않고서 복수할 것을 생각한다는 의미이다.

詰. 見則必先以通引, 通引者, 譯人也. 譯人有故, 則寄答問.
夫楮穎即馬圍重厔, 亦工點畫, 不若類塗鴉者. 士多通詩, 以至
於方之外, 梱之中, 在不乏人. 初不以䩱䩦士於翰墨寡所短長,
時詣軍幕, 以詩相投贈, 或以其國中所爲詩交出而傳示, 久而益
親習, 煦若家人情. 蓋始信箕賢過化, 久久不衰, 而又惜此河山
臣庶委封蛇, 綢繆失計, 豫處未陰, 咎誰執耶? 然詩當未選, 數
倍於今, 時方戒嚴, 念不及此. 久而自忘踈陋, 親爲訂選, 共得
詩如干, 釐爲四部, 欲以傳信, 特正其譌. 本來如是, 是姑存之,
易則有傷, 是以不敢譖譆, 朝鮮可謂夷之華矣. 以倭兵力, 何如
唐, 隋, 宋, 元也? 鄉也角大而有餘, 今則角小而不足, 其故可
思. 而走以爰處長經行廣, 竊感於朝鮮之可爲善國云. 蒔種之後,
不耨不漑, 而禾長以滋, 華夏之書, 充棟汗牛, 而人得以讀. 若
君若臣, 斯時斯際, 彼果色談虎之談, 思痛後之痛, 枕中夜之薪,
而求以中倭不. 且步箕公之武, 以丕變夷風, 永作我忠藩, 豈第
詩甲諸夷乎? 諸夷不敢班狂, 倭辟易矣.

　藍芳威萬里識

# 권1
## 오언고시(五言古詩)

### 유소사(有所思)

朝亦有所思。 아침에도 임 생각

暮亦有所思。 저녁에도 임 생각[4]

所思在何處、 그리운 임은 어디에 계신지

萬里路無涯。 만리 길이라 끝이 없구나.

風波苦難越、 풍파에 건너기 어렵고

雲雁杳何期。 구름길 아득하니 어찌 기약하랴.

素書不可託、 편지[5]도 부칠 수 없으니

中情亂若絲。 속마음 헝클어진 실과 같구나.

○ 有所思[6]

朝亦有所思。 暮亦有所思。 所思在何處、 萬里路無涯。 風波苦

---

4) 제1구와 제2구는 당나라 시인 유운(劉雲)의 「유소사(有所思)」에서 차용하였다.

5) 원문의 '소서(素書)'는 흰 명주에 쓴 편지이다. 진(晉)나라 육기(陸機)의 「음마장성굴행(飮馬長城窟行)」에, "나그네가 먼 곳에서 와서, 내게 한 쌍의 잉어를 주었지. 아이 불러 잉어를 삶게 했더니, 뱃속에 편지가 들어 있었네.[客從遠方來, 遺我雙鯉魚. 呼童烹鯉魚. 中有尺素書.]" 하였다. 『고문진보(古文眞寶) 전집(前集)』

6) 1608년 목판본 『蘭雪軒詩』에는 이 시가 없다. 1727년에 간행된 이정(李婷, 1454-1488)의 『풍월정집(風月亭集)』에 같은 제목으로 비슷한 시가 실려 있는데, 제4구의 '萬'이 '千'으로 되어 있고, 제5구부터는 글자가 많이 다르다. "風潮望難越, 雲鴈託無期. 欲寄音情久, 中心亂如絲."

難越、雲雁杳何期。素書不可託、中情亂若絲。

## 망선요(望仙謠)

王喬招我遊、　왕교가 나를 불러 놀자고 하여
期我崑崙墟。　곤륜산서 만나기로 약속하였네.
朝登玄圃峯、　아침 나절 현포 꼭대기 올라
遙望紫雲車。　저 멀리 자색 구름 수레를 보네.
紫雲何煌煌、　자색 구름 어쩜 그리 빛이 나는가
玉蒲正渺茫。　현포로 가는 길은 아득하기만 하네.
倏忽凌天漢、　어느 사이 은하수를 날아 넘어서
翩飛向扶桑。　해 뜨는 곳 부상 향해 날아가누나.
扶桑幾千里、　부상은 몇천 리나 먼 곳이런가
風波阻且長。　풍파가 길을 막아 멀기만 하네.
我欲舍此去、　이 길 말고 다른 길 가고 싶지만
佳期安可忘。　이처럼 좋은 기회 어찌 놓치랴.
君心知何許、　그대 맘이 어딨는 줄 알고 있기에
賤妾徒悲傷。　소첩 맘은 슬프기만 할 뿐이라오.

○ 望仙謠[7]

王喬招我遊、期我崑崙墟。朝登玄圃峯、遙望紫雲車。紫雲何
煌煌、玉蒲正渺茫。倏忽凌天漢、翩飛向扶桑。扶桑幾千里、
風波阻且長。我欲舍此去、佳期安可忘。君心知何許、賤妾徒
悲傷。

---

7) 1608년 목판본『蘭雪軒詩』에는 이 시가 없다.

## 봉대곡(鳳臺曲)

秦女侶蕭史、 진나라의 농옥이 소사와 짝이 되어
日夕吹參差。 아침저녁으로 봉대에서 퉁소 불었네.[8]
崇臺騎彩鳳、 높은 누대에서 봉새 타고 가니
渺渺不可追。 아득하여 쫓아갈 수가 없었네.
天地以永久、 하늘과 땅이 영구하다지만
那識人間悲。 인간 세상의 슬픔이야 어떻게 알리.
妾淚不可忍、 이내 몸의 눈물을 참을 수 없으니
此生長別離。 이 세상에서 오래 이별해서일세.

○ 鳳臺曲[9]

秦女侶蕭史、 日夕吹參差。 崇臺騎彩鳳、 渺渺不可追。 天地以
永久、 那識人間悲。 妾淚不可忍、 此生長別離。

---

8) 소사(蕭史)는 진나라 목공(穆公) 때 사람이다. 퉁소를 잘 불어 공
    작과 백학을 뜰에 불러들일 수 있었다. 목공에게는 자를 농옥(弄
    玉)이라고 하는 딸이 있었는데, 그녀가 그를 좋아하자 목공이 마
    침내 딸을 소사에게 시집보냈다. (소사는) 날마다 농옥에게 (퉁소
    로) 봉황의 울음소리 내는 법을 가르쳤다. 몇 년이 지난 뒤에
    (농옥이) 봉황 소리와 비슷하게 (퉁소를) 불었더니, 봉황이 그 집
    지붕에 날아와 머물었다. 목공이 (그들에게) 봉대(鳳臺)를 지어 주
    자, 부부는 그 위에 머물면서 몇 년 동안 내려오지 않았다. 그러
    다가 어느날 봉황을 따라서 함께 날아가 버렸다. 그래서 진나라
    사람들이 옹궁(雍宮) 안에 봉녀사(鳳女祠)를 지었는데, 이따금 퉁
    소 소리가 들리곤 했다. -유향『열선전(列仙傳)』
9) 1608년 목판본『蘭雪軒詩』에는 이 시가 없다. 김종직의『점필
    재집(佔畢齋集)』권11에 실린「鳳臺曲」과 상당 부분이 겹친다.

## 고별리(古別離)

轔轔雙車輪、 삐걱삐걱 두 개의 수레바퀴

一日千萬轉。 하루에도 천만번 돌아가누나.

同心不同車、 마음은 같건만 수레 같이 타지 못해

別離時屢變。 헤어지고 여러 세월 변하였네.

車輪尙有跡、 수레바퀴 자국이 아직 남아 있건만

相思獨不見。 그리운 님은 홀로 보이지 않네.

○ 古別離[10]

轔轔雙車輪、一日千萬轉。同心不同車、別離時屢變。車輪尙
有跡、相思獨不見。


## 감우(感遇)

1.

盈盈窓下蘭、 하늘거리는 창가의 난초

枝葉何芬芬。 가지와 잎 그리도 향그럽더니,

西風一夕起、 하룻 밤 가을바람이 일어나자

零落悲秋霜。 슬프게도 찬 서리에 다 시들었네.

秀色總消歇、 빼어난 모습이 모두 시들어도

淸香終不死。 맑은 향기만은 끝내 죽지 않아,

感物傷我心。 그 모습 보면서 내 마음이 아파져

流涕霑衣袂。 눈물이 흘러 옷소매를 적시네.

○ 感遇[11]

---

10) 1608년 목판본 『蘭雪軒詩』에는 이 시가 없다. 최경창(崔慶昌)
의 『고죽유고(孤竹遺稿)』에 실린 「고의(古意)」 제1수와 같은데, 제
6구의 '獨'이 '人'으로 되어 있다.

盈盈窓下蘭、枝葉何芬芬。西風一夕起、零落悲秋霜。秀色總
消歇、清香終不死。感物傷我心。流涕霑衣袂。

2.

古屋晝無人、 낡은 집이라 대낮에도 사람이 없고
桑樹鳴鵂鶹。 부엉이만 혼자 뽕나무 위에서 우네.
蒼苔蔓玉砌、 섬돌에는 푸른 이끼가 끼고
鳥雀巢空樓。 빈 다락에는 새들만 깃들었구나.
向來車馬地、 전에는 말과 수레들이 몰려들던 곳
今成狐兔丘。 이제는 여우 토끼의 굴이 되었네.
信哉達人言、 달관한 분의 말씀을 이제야 믿겠으니
慽慽復何求。 슬프구나! 다시 무엇을 구하랴.

○ 又

古屋晝無人、桑樹鳴鵂鶹。蒼苔蔓玉砌、鳥雀巢空樓。向來車
馬地、今成狐兔丘。信哉達人言、慽慽復何求。

3.[12]

梧桐生嶧陽、 오동나무 한 그루가 역산 남쪽에서 자라나
鳳凰翔其傍。 봉황이 그 곁에서 날며,
文章燦五色、 오색 무늬 찬란하게
嗈嗈千仞岡。 천길 언덕에서 우네.
稻粱非所慕、 벼나 조를 사모하는 게 아니라
竹實迺其飡。 대나무 열매만 먹는다네.
奈何桐樹枝、 어쩌다 저 오동나무 가지에
棲彼鴟與鳶。 올빼미와 솔개만 깃들어 있단 말인가.

---

11) 1608년 목판본 『蘭雪軒詩』에 같은 제목으로 4수가 실려 있다.
12) 제3수는 1608년 목판본 『蘭雪軒詩』에 실려 있지 않다.

## ○ 又

梧桐生嶧陽、鳳凰翔其傍。文章燦五色、喈喈千仞岡。稻梁非
所慕、竹實迺其飡。奈何桐樹枝、棲彼鴟與鳶。

## 백씨 봉(篈)께

暗窓銀燭低、 어두운 창가에 촛불 나직이 흔들리고
流螢度高閣。 반딧불은 높은 지붕을 날아서 넘네요.
悄悄深夜寒、 깊은 밤 시름겨워 더욱 쌀쌀한데
蕭蕭秋葉落。 나뭇잎은 우수수 떨어져 흩날리네요.
關河音信稀、 산과 물이 가로막혀[13] 소식도 뜸하니
沈憂不可釋。 그지없는 이 시름을 풀 길이 없네요.
遙想靑蓮宮、 청련궁[14] 오라버니를 멀리서 그리노라니
山空蘿月白。 산속엔 담쟁이 사이로 달빛만 밝네요.

## ○ 寄伯氏篈

暗窓銀燭低、流螢度高閣。悄悄深夜寒、蕭蕭秋葉落。關河音
信稀、沈憂不可釋。遙想靑蓮宮、山空蘿月白。

## 막수악(莫愁樂)[15]

家住石城下、 우리 집은 석성[16] 아래에 있어

---

13) 『조선시선』 각주 10번 참고.
14) 허봉이 즐겨 읽던 시인 이백의 호가 청련거사였으므로, 시인
    허봉이 귀양간 곳을 청련궁이라고 하였다. 사찰이나 승사(僧舍)
    를 가리키기도 한다.
15) 『구당서(舊唐書)』 「음악지(音樂志)」에 "석성에 이름이 막수라는
    여자가 있어 가요를 잘했다.[石城有女子名莫愁, 善歌謠.]"라고 하였
    다. 그를 소재로 한 「막수악(莫愁樂)」이 지어졌으며, 그 뒤에 이

生長石城頭。석성 바닥에서 낳아 자랐죠.
嫁得石城壻、시집까지 석성 남정네에게 가고 보니
來往石城遊。오가며 석성에서 놀게 되었지요.
○ **莫愁樂**[17]
家住石城下、生長石城頭。嫁得石城壻、來往石城遊。

## 축성원(築城怨)

千人齊抱杵、천 사람이 모두들 달공이 쳐들고
土底隆隆響。지경을 다지니 땅 밑까지 쿵쿵거리네.
努力好操築、애써 잘들 쌓긴 하지만
雲中無魏尙。운중 땅의 위상 같은 사또 없구나.
○ **築城怨**[18]
千人齊抱杵、土底隆隆響。努力好操築、雲中無魏尙。

## 빈녀음(貧女吟)

1.
豈是無容色、얼굴 맵시야 어찌 남에게 빠지랴
工鍼復工織。바느질에 길쌈 솜씨도 모두 좋건만,
少小生寒門、가난한 집안에서 태어난 탓에

제목으로 많은 악부체 시가 지어졌다.
16) 호북성 종상현(鐘祥縣) 서쪽에 있던 마을이다. 막수가 노래를
   잘 불러 「막수악」이 유명해졌으므로, 뒤에 막수촌이 생겼다.
17) 1608년 목판본 『蘭雪軒詩』에 같은 제목 시의 제1수로 실려
   있다.
18) 1608년 목판본 『蘭雪軒詩』에 같은 제목 시의 제1수로 실려
   있다.

良媒不相識。 중매할미 모두 나를 몰라준다오.
○ **貧女吟**[19]
豈是無容色、工鍼復工織。 少小生寒門、良媒不相識。
2.
夜久織未休、 밤 늦도록 쉬지 않고 명주를 짜노라니
戛戛鳴寒機。 베틀 소리만 삐걱삐걱 처량하게 울리네.
機中一疋練、 베틀에는 명주가 한 필 짜여 있지만
終作阿誰衣。 결국 누구의 옷감 되려나.
○ **又**[20]
夜久織未休、戛戛鳴寒機。 機中一疋練、終作阿誰衣。

# 권2
## 칠언고시(七言古詩)

### 망선요(望仙謠)

瓊花風細飛靑鳥。 구슬꽃 산들바람 속에 파랑새가 날더니
王母麟車向蓬島。 서왕모 기린 수레 타고 봉래섬으로 가네.
蘭旌蕙帔白雉裘、 난초 깃발 꽃배자에다 흰 꿩 갖옷을 입고
咲倚紅欄拾瑤草。 웃으며 난간에 기대 요초를 뜯네.

---

19) 1608년 목판본 『蘭雪軒詩』에 같은 제목으로 3수가 실렸는데,
   그 가운데 제1수로 실려 있다.
20) 1608년 목판본 『蘭雪軒詩』에 「貧女吟」 제2수로 실려 있다.

天風輕拂翠霞裙。 푸른 무지개 치마가 천풍에 가볍게 날리니
玉環金珮聲琅琅。 옥고리와 노리개가 소리를 내며 부딪치네.
素娥兩兩鼓琴瑟、 달나라 선녀[21]들은 쌍쌍이 거문고를 뜯고
三花珠樹春雲香。 계수나무[22] 위에는 봄구름이 향그러워라.
平明宴罷芙蓉閣。 동틀 무렵에야 부용각 잔치가 끝나
碧海靑童乘白鶴。 벽해 청동[23]은 흰 학을 타네.
紫簫聲裡彩雲飛、 붉은 퉁소 소리에 오색 구름이 걷히자
露濕銀河曉星落。 이슬에 젖은 은하수에 새벽별이 지네.

○ 望仙謠[24]

瓊花風細飛靑鳥。王母麟車向蓬島。蘭旌蘂帔白雉裘、唉倚紅
欄拾瑤草。天風輕拂翠霞裙。玉環金珮聲琅琅。素娥兩兩鼓琴
瑟、三花珠樹春雲香。平明宴罷芙蓉閣。碧海靑童乘白鶴。紫
簫聲裡彩雲飛、露濕銀河曉星落。.

## 상현곡(湘絃曲)

蕉花泣露湘江曲。 파초꽃 이슬에 젖은 소상강 물굽이에
點點秋烟天外綠。 아홉 봉우리[25]에 가을빛 짙어 하늘 푸르네.

---

21) 원문의 소아(素娥)는 달나라 선녀인데, 흰 옷을 입고 흰 난새를
 탄다고 한다.
22) 삼화주수(三花珠樹)는 선궁에 있는 계수나무인데, 꽃이 일년에
 세 번이나 피고, 오색 열매가 열린다고 한다.
23) 『진서(晉書)』에 "선제(宣帝)의 내구마(內廐馬)가 어느 날 바람이
 자고 하늘이 쾌청할 때 학이 날아오자 청의동자(靑衣童子)로 변
 화하여 두 마리 큰 말을 타고 공중으로 날아갔다."라고 하였다.
24) 1608년 목판본 『蘭雪軒詩』에 같은 제목 시의 제1수로 실려
 있다.
25) 순임금 사당을 구의산(九疑山)에 모셨는데, 점점(點點)은 그 아

水府凉波龍夜吟、 수궁 찬 물결에 용은 밤마다 울고
蠻娘輕夏玲瓏玉。 만랑26) 영롱한 구슬 구르듯 노래하네.
離鸞別鳳隔蒼梧。 짝 잃은 난새와 봉새는 창오산 가로막히고
雨氣浸江迷曉珠。 빗기운이 강에 스며 새벽달 희미하네.
神絃聲徹石苔冷、 거문고 소리 스러지자 돌이끼 차가운데
雲鬟霧鬢啼江姝。 구름머리 안개 살쩍의 강녀가 우는구나.
瑤空星漢高超忽。 하늘 은하수는 멀고도 높은데
羽蓋金支五雲沒。 일산과 깃대가 오색 구름에 가물거리네.
門外漁郎唱竹枝、 문밖에서 어부들이 「죽지사」를 부르는데
銀潭半掛相思月。 은빛 호수에 님 그리는 달이 반쯤 걸렸네.

## ○ 湘絃曲27)

蕉花泣露湘江曲。點點秋烟天外綠。水府凉波龍夜吟、蠻娘輕
夏玲瓏玉。離鸞別鳳隔蒼梧。雨氣浸江迷曉珠。神絃聲徹石苔
冷、雲鬟霧鬢啼江姝。瑤空星漢高超忽。羽蓋金支五雲沒。門
外漁郎唱竹枝、銀潭半掛相思月。


## 사시가(四時歌)

四時歌28)

### 봄노래

院落深深杏花雨。 그윽히 깊은 뜨락에 비가 내리고29)

---

홉 봉우리를 가리킨다.
26) 창오산 남쪽 호남성 일대 지역을 만(蠻)이라 하는데, 순임금의
   두 왕비인 아황과 여영이 만(蠻) 땅의 아가씨이다.
27) 1608년 목판본 『蘭雪軒詩』에 「湘絃謠」라는 제목으로 실려 있다.
28) 1608년 목판본 『蘭雪軒詩』에 「四時詞」라는 제목으로 4수가
   실려 있다.

鸎聲啼遍辛夷塢。 목련 핀 언덕에선 꾀꼬리가 우네.

流蘇羅幙春尙寒、 수실 늘어진 비단 휘장에 봄은 아직 차가운데

博山輕飄香一縷。 박산향로에선 한 줄기 향연기 하늘거리네.

鸞鏡曉梳春雲長。 거울 앞에서 빗질하니 봄 구름이 길고

玉釵寶髻蟠鴛央。 옥비녀에 트레머리 원앙이 수 놓였네.

斜捲重簾帖翡翠、 겹발을 걷고서 비취이불도 개어 놓고

金勒雕鞍歡何處。 금 굴레 아름다운 안장 님은 어디 가셨나.

誰家池館咽笙歌、 누구네 집 못가에서 생황 소리 울리는지

月照淸尊金叵羅。 맑은 술 금 술잔에 달빛이 비치는구나.

愁人獨夜不成寐、 시름겨운 사람 홀로 한밤에 잠을 못 이루니

絞綃曉起看紅淚。 새벽에 일어나면 깁 수건에 눈물 자국 보이리.

## ○ 春歌

院落深深杏花雨。鸎聲啼遍辛夷塢。流蘇羅幙春尙寒、博山輕飄香一縷。鸞鏡曉梳春雲長。玉釵寶髻蟠鴛央。斜捲重簾帖翡翠、金勒雕鞍歡何處。誰家池館咽笙歌、月照淸尊金叵羅。愁人獨夜不成寐、絞綃曉起看紅淚。

## 여름노래

槐陰滿地花陰薄。 느티나무 그늘 땅에 덮여 꽃 그림자 엷은데

玉簟銀牀敞朱閣。 옥 대자리 은 침상 붉은 누각 탁 트였네.

白苧新裁染汗香、 흰 모시옷 새로 지어 맑은 향기 물들이자

---

29) 청명절 뒤에 살구꽃이 피는데, 반드시 비가 내린다. 이때 내리는 비를 행화우(杏花雨)라고 한다.

輕風洒洒搖羅幕。 미풍이 솔솔 불어 비단 휘장을 흔드네.
瑤階飛盡石榴花。 계단의 석류꽃은 다 흩날리고
日輾晶簾影欲斜。 햇살이 수정 주렴으로 옮겨가서 그림자도 비꼈네.
雕梁畫永午眠重、 대들보에 낮이 길어 낮잠을 실컷 자다가
錦茵扣落釵頭鳳、 비단방석에 봉황비녀를 떨어뜨리니,
額上鵝黃膩曉粧、 이마 위에 새벽 화장이 촉촉하고
鶯聲啼起江南夢。 꾀꼬리 소리가 강남 꿈을 깨워 일으키네.
南塘女伴木蘭舟。 남쪽 연못의 벗들은 목란배를 타고
采蓮何處歸渡頭。 어디에선가 연을 따서 나룻터로 돌아오네.
輕橈漫唱橫塘曲、 천천히 노를 저으며 「횡당곡」을 부르자
波外夕陽山更綠。 물결 너머 석양빛에 산이 더욱 푸르구나.

## ○ 夏歌

槐陰滿地花陰薄。玉簟銀牀敞朱閣。白苧新裁染汗香、輕風洒洒搖羅幕。瑤階飛盡石榴花、日輾晶簾影欲斜。雕梁畫永午眠重、錦茵扣落釵頭鳳。額上鵝黃膩曉粧、鶯聲啼起江南夢。南塘女兒木蘭舟。采蓮何處歸渡頭。輕橈漫唱橫塘曲。波外夕陽山更綠。

## 가을노래

紗廚爽氣殘宵逈。 비단 장막[30] 서늘한 기운에 남은 밤 긴데
露滴虛庭玉屏冷。 텅 빈 뜰에 이슬 내려 구슬 병풍 차가워라.
池蓮粉落夜有聲、 못의 연꽃 지는 소리 밤이라서 들리는데

---

30) 『조선시선(朝鮮詩選)』 각주 56번 참고.

井梧葉下秋無影。 우물가 오동잎이 져서 가을 그림자가 없네.
金壺漏徹生西風。 물시계 소리만 똑똑 하늬바람에 들려오고
珠簾喞喞鳴寒蟲。 발 밖에선 찌륵찌륵 가을벌레 울어대네.
金刀剪取機上素、 베틀에 감긴 무명을 가위로 잘라낸 뒤에
玉關夢斷羅帷空。 옥문관 꿈 깨니 비단 장막 쓸쓸해라.
縫作衣裳寄遠客。 님의 옷 지어서 변방 길손 편에 부치려니
蘭燈縈縈明暗壁。 등잔불만 쓸쓸하게 어둔 벽을 밝혀 주네.
含啼自草別離難、 울음을 삼키며 헤어진 어려움을 편지에 써서
驛使明朝發南陌。 날 밝으면 남으로 가는 역인에게 부치려네.

## ○ 秋歌

紗廚爽氣殘宵逈。露滴虛庭玉屛冷。池蓮粉落夜有聲、井梧葉
下秋無影。金壺漏徹生西風。珠簾喞喞鳴寒蟲。金刀剪取機上
素、玉關夢斷羅帷空。縫作衣裳寄遠客。蘭燈縈縈[31]明暗壁。
含啼自草別離難、驛使明朝發南陌。


## 겨울노래

銅壺一夜聞寒枕。 한밤이라 동호 소리 찬 침상에 들리는데
紗窓月落鴛鴦錦。 깁 창으로 스민 달빛 원앙금침을 비추네.
烏鴉驚飛轆轤長。 까막까치 녹로[32] 도는 소리에 놀라 날고
樓前倏忽生曙光。 누각 앞엔 어느 새 새벽빛이 밝아 오네.
侍婢金瓶瀉鳴玉、 여종이 금병에서 얼음 쏟아 내니
曉簾水澁胭脂香。 주렴에는 성에 꼈고 연지는 향기롭구나.

---

31) 원문의 ‘縈縈’은 문맥에 맞지 않는다. 글자 모양으로만 보면 『열
　　조시집(列朝詩集)』에 실린 「秋歌」의 ‘熒熒’으로 쓰는 것이 맞다.
32) 도르레로 물을 긷는 두레박.

春山欲描描不得、 눈썹을 그리려나 그려지지가 않아
欄干佇立寒霜白。 난간에 올라서니 찬 서리가 하얗네.
去年照鏡看花柳、 지난해엔 거울에 비친 꽃과 버들 보면서
琥珀光深傾夜酒。 호박빛 짙은 술을 한밤중에 기울였지.
羅帳重重圍鳳笙、 겹겹 비단 휘장을 생황 소리가 감싸는데
玉容今爲相思瘦。 아름다운 얼굴 이제는 그리움에 시들었네.
靑驄一別春復春、 말 타고 헤어진 뒤 봄 가고 또 봄 오건만
金戈鐵馬瀚海濱。 군마 타고 쇠창 잡고 한해의 가에 있네.
驚沙吹雪冷黑貂、 모래 바람에 눈 날려서 초피 갖옷 차가우니
香閨良夜何迢迢。 규방의 좋은 밤이 어찌 이다지 아득한가.

○ 冬歌33)

銅壺一夜聞寒枕。紗窓月落鴛鴦錦。烏鴉驚飛轆轤長。樓前倐
忽生曙光。侍婢金瓶瀉鳴玉、曉簾水澁胭脂香。春山欲描描不
得、欄干佇立寒霜白。去年照鏡看花柳、琥珀光深傾夜酒。羅
帳重重圍鳳笙、玉容今爲相思瘦。靑驄一別春復春、金戈鐵馬
瀚海濱。驚沙吹雪冷黑貂、香閨良夜何迢迢。


## 농조곡(弄潮曲)

妾身嫁與弄潮兒34)。 내가 뱃사람에게 시집가서

---

33) 1608년 목판본 『蘭雪軒詩』에 실린 「四時詞 冬」과 많은 글자가
    겹치기는 하지만 시상(詩想)의 전개가 다르고 압운도 달라서, 다
    르게 실린 글자들을 일일이 대조하지 않는다.
34) 조수의 성격을 잘 알아서 이를 이용하여 배를 타는 사람을 말
    한다. 여기서는 조류를 타고 일정한 시간에 오는 뱃사공을 지칭
    한 것으로 보인다.

妾夢依依江水湄。 아련한 강가에서 꿈을 꾸었지요.
南風北風吹五兩、 남풍과 북풍을 오량[35]으로 점치고
上船下船齊盪槳。 배에 오르고 내리며 다같이 노를 저었어요.
桃花高浪接烟空。 복사꽃 높은 물결이 하늘에 닿고
杳杳歸帆夕照中。 아득하게 저녁노을 속으로 배가 돌아왔지요.
愼勿沙歸候風色。 백사장에 가서 바람 기색 살피지 마세요.
佳期不來愁殺儂。 좋은 기약 오지 않아 시름겨워 죽겠어요.
○ 弄潮兒[36]
妾身嫁與弄潮兒。 妾夢依依江水湄。 南風北風吹五兩、 上船下
船齊盪槳。 桃花高浪接烟空。 杳杳歸帆夕照中。 愼勿沙頭[37]候
風色。 佳期不來愁殺儂。


## 산자고사(山鷓鴣詞)[38]

山鷓鴣長太息。 산자고새가 길게 탄식하니
碧霄翠霧冷。 푸른 하늘에 푸른 안개가 차가워지고
綠蘿寒月黑。 푸른 등라에 차가운 달도 어두워지네.

---

35) 곽박(郭璞)의 「강부(江賦)」에 "5냥으로 동정을 점친다.[占五兩之
動靜]"이라 했는데, 그 주에 "닭깃으로 만들되 무게가 닷 냥이
되게 해서 돛대 끝에 달고 바람을 기다린다." 하였다.
36) 허균이 1605년 황해도 수안군에서 편집 간행한 『하곡선생시초
(荷谷先生詩鈔)』에는 「탕장사(盪槳詞)」라는 제목으로 실려 있다. 오
명제가 혼동한 듯하다.
37) 1605년 『하곡선생시초』에는 '歸'가 '頭'로 되어 있다.
38) 「자고사」는 당나라 교방(敎坊)에서 가르치던 가곡 이름이다. 이
섭(李涉)의 「자고사」에 "자고새 이별을 슬퍼해 우는 곳에, 서로
마주하여 눈물로 옷깃을 적신다.[鷓鴣啼別處, 相對淚沾衣.]" 하였다.

苦竹嶺上秋聲催。 고죽령 위에 가을 소리 재촉하니

苦竹嶺下行人稀。 고죽령 아래에 다니는 사람 드물구나.

蒼梧烟凝鴈門冷。 창오산에 안개 어리고 안문이 차가우니

南禽北禽相背飛。 남쪽 새와 북쪽 새 서로 등지고 날아가네.

關塞迢迢幾千里。 관새가 아득하니 몇천 리던가

腸斷行人淚滿衣。 애끓는 나그네 눈물이 옷에 가득해라.

憑君莫問南與北。 그대여 남과 북을 묻지 마오

迢遞雲山行不得。 구름 덮힌 산 아득해서 갈 수가 없다오.

○ **山鷓鴣詞**[39]

山鷓鴣長太息。碧霄翠霧冷。綠蘿寒月黑。苦竹嶺上秋聲催。苦
竹嶺下行人稀。蒼梧烟凝鴈門冷。南禽北禽相背飛。關塞迢迢幾
千里。腸斷行人淚滿衣。憑君莫問南與北。迢遞雲山行不得。

## 산람(山嵐)

暮雨侵江曉初闢。 저녁 비가 강에 내렸다가 새벽에야 개자

朝日染成嵐氣碧。 아침 햇살이 물을 들여 이내가 푸르구나

經雲緯霧錦陸離、 구름과 안개로 얽으니 비단처럼 눈부신데

織罷瀟湘秋水色。 다 짜고 나니 소상강의 가을 물빛 같구나

隨風宛轉學佳人、 바람 따라 생긴 멋진 풍경은 미인을 닮아

畵出雙蛾半成蹙。 어여쁜 한 쌍 눈썹을 반쯤 찡그린 듯하네

俄然散作雨霏霏、 갑자기 흩어져 비 되어 부슬부슬 내리니

靑山忽起如新沐。 홀연히 솟은 청산이 막 머리 감은 듯해라

---

39) 허균이 1605년 황해도 수안군에서 편집 간행한 『하곡선생시
초』에 실린 「山鷓鴣詞」와 상당한 부분이 겹친다. 편집자 오명제
가 혼동한 듯하다.

## ○ 山嵐

暮雨侵江曉初闢。朝日染成嵐氣碧。經雲緯霧錦陸離、織罷瀟
湘秋水色。隨風宛轉學佳人、畫出雙蛾半成蹙。俄然散作雨霏
霏、青山忽起如新沐。

# 권3
## 오언율시(五言律詩)

## 친구에게 부치다

結廬臨古道、예 놀던 길가에 초가집 짓고서
日見大江流。날마다 큰 강물을 바라만 본단다.
鏡匣鸞將老、거울갑에는 난새가 혼자서 늙어가고
園花蝶已秋。동산 꽃의 나비도 가을 신세란다.
寒山新過雁、쓸쓸한 산에 기러기 지나가고
暮雨獨歸舟。저녁비에 조각배 홀로 돌아오는데,
寂寞窓紗掩、비단 창문 닫혀져 적막한 신세이니
那堪憶舊遊。어찌 옛적 놀이를 생각이나 하랴.

## ○ 寄女伴

結廬臨古道、日見大江流。鏡匣鸞將老、園花蝶已秋。寒山新
過雁、暮雨獨歸舟。寂寞窓紗掩、那堪憶舊遊。

## 갑산으로 유배가는 성(筬) 오라버니를 송별하며

遠謫甲山客、 멀리 갑산으로 귀양 가는 나그네여
咸原行色忙。 강릉에서 헤어지는 길 멀기만 하네.
臣同賈太傅、 쫓겨나는 신하야 가태부지만
主豈楚懷王。 임금이야 어찌 초나라 회왕이시랴.
河水平秋岸、 가을 비낀 언덕엔 강물이 찰랑이고
關山但夕陽。 관산에는 석양 빛만 비치는데,
霜風吹雁翼、 서릿바람 받으며 기러기 울어 예니
中斷不成行。 걸음이 멎어진 채 차마 길을 못가시네.

○ 送兄筬謫甲山[40]

遠謫甲山去、 江陵別路長。 臣同賈太傅、 主豈楚懷王。 河水平
秋岸、 關山但夕陽。 霜風吹雁翼、 中斷不成行。


## 이의산을 본받아[41]

### 1.

鏡暗鸞休舞、 거울이 어두워 난새[42]도 춤추지 않고

---

40) 같은 시가 1608년 목판본 『蘭雪軒詩』에는 「送荷谷謫甲山」이라
는 제목으로 실려 있다. 맏오라버니 성(筬)은 유배간 적이 없으
므로, 『조선시선전집』의 제목이 틀렸다.

41) 의산(義山)은 만당(晚唐) 시인 이상은(李商隱 813-858)의 자인데,
호는 옥계생(玉溪生)이다. 그의 시는 한(漢)·위(魏)·육조시(六朝
詩)의 정수를 계승하였고, 두보(杜甫)를 배웠으며, 이하(李賀)의 상
징적 기법을 즐겨 사용하였다. 전고(典故)를 자주 인용하고 풍려
(豊麗)한 자구를 구사하여 수사문학(修辭文學)의 극치를 보여준 것
으로 평가받고 있다.

42) 거울에 난새를 새겼는데, 남녀간의 사랑을 뜻한다. 님이 없어
서 거울을 볼 필요가 없으므로 오랫동안 거울을 닦지 않았기 때

樑空燕不歸。 빈 집이라서 제비도 돌아오지 않네.

香殘蜀錦被、 비단 이불엔 아직도 향기가 스며 있건만

淚濕越羅衣。 비단43) 옷자락에는 눈물 자국이 젖어 있네.

楚夢迷蘭渚、 물가44)에서 헤매다 꿈을 깨니

湘雲歇彩幃。 상수의 구름이 채색 휘장에 스러지는데,

江南今夜月、 오늘 밤 강남의 저 달빛은

流影照金微。 그림자 흘러서 임 계신 금미산에 비치리.

○ **效李義山**45)

鏡暗鸞休舞、梁空燕不歸。香殘蜀錦被、淚濕越羅衣。楚夢迷
蘭渚、湘雲歇彩幃。江南今夜月、流影照金微。

2.

月隱驂鸞扇、 달 같은 얼굴을 난새 가리개46)로 가렸는데

香生簇蝶裙。 향그런 분 내음이 나비 치마에서 나네.

多嬌秦氏女、 애교스런 진씨 여인에게

有淚衛將軍。 위장군인들 어찌 눈물이 없으랴.

玉匣收殘粉、 옥갑에 연지분 거둬 치우니

金爐冷舊薰。 향로에 옛 향불이 싸늘하구나.

---

문에, 난새의 모습이 먼지에 덮혀 보이지 않은 것이다.

43) 원문 월라(越羅)는 월(越) 땅에서 만들어진 비단으로, 가볍고 부
  드러우며 섬세한 것으로 유명하다. 화려한 무늬와 색감으로 이
  름난 촉금(蜀錦)과 함께 귀하고 값비싼 보화이다.

44) 원문 난저(蘭渚)는 난초가 핀 물가이다.

45) 1608년 목판본 『蘭雪軒詩』에는 「效李義山體」라는 제목으로 실
  려 있다.

46) 원문 참란선(驂鸞扇)은 난새를 탄 신선의 가리개인데, 이 시에
  서는 아름답다는 뜻으로 썼다.

回頭巫峽外、머리를 돌려 무협47) 밖을 바라다보니
行雨雜行雲。지나가는 비와 떠가는 구름48)이 어울려 있네.
○ 又
月隱驂鸞扇、香生簇蝶裙。多嬌秦氏女、有淚衛將軍。玉匣收
殘粉、金爐冷舊薰。回頭巫峽外、行雨雜行雲。

# 권4
## 칠언율시(七言律詩)


### 백씨(伯氏)의 망고대49) 시에 차운하여 짓다

層臺一柱壓嵯峨。한 층대가 높은 산을 누르고 서니
西北浮雲接塞多。서북 하늘 뜬구름이 변방에 닿아 일어나네.
鐵峽霸圖龍已去、철원에서 나라 세웠던 궁예50)는 떠나가고
穆陵秋色雁初過。목릉관에 가을이 되자 기러기가 날아오네.
山廻大陸吞三郡、산줄기가 대륙을 감돌며 세 고을을 삼키고

---

47) 사천성의 명승인 무산(巫山) 무협(巫峽)을 가리킨다. 초나라 회
왕이 무산의 선녀를 만난 곳이다.
48) 행우(行雨)와 행운(行雲)은 무산 선녀의 아침 모습과 저녁 모습
이다. 운우(雲雨)가 합쳐지면 남녀의 즐거움을 뜻한다.
49) 망고대는 서울을 바라볼 수 있는 높은 언덕이다. 강원도 철원
(鐵原)에 북관정(北寬亭)이 있는데, 북쪽으로 가는 나그네가 이곳
에서 한양을 바라보며 절했다. 『하곡집』에 망고대 시는 보이지
않는다.
50) 『조선시선』 각주 101번 참고.

水割平原納九河。 강물은 벌판을 갈라 아홉 물줄기 삼켰네.

萬里登臨日將暮、 만리 나그네가 망대에 오르자 날이 저무는데

醉憑靑嶂獨悲歌。 취하여 푸른 산에 기대 홀로 슬픈 노래를 부르시네.

## ○ 次伯氏望高臺[51]

層臺一柱壓嵯峨。 西北浮雲接塞多。 鐵峽霸圖龍已去、 穆陵秋色雁初過。 山廻大陸吞三郡、 水割平原納九河。 萬里登臨日將暮、 醉憑靑嶂獨悲歌。


## 변방에서 백씨의 시에 차운하다

侵雲石磴馬蹄穿。 구름 서린 돌길에 말발굽 디디며

陟盡重崗若上天。 겹겹이 둘린 산에 오르니 하늘에 오른 듯해라.

秋晩魚龍滙巨壑、 가을도 저물어 어룡이 큰 구렁을 감돌고

雨晴虹蜺落飛泉。 비 개자 폭포에 무지개 서네.

將軍鼓角行邊急、 장군의 북소리는 출정을 재촉하는데

公主琵琶說怨便。 공주[52]의 비파소리는 원망스럽게 하소연하네.

日暮爲君歌出塞、 날 저물며「출새곡」부르노라니

劍花騰躍匣中蓮。 칼집에서 연화검[53]이 춤을 추는구나.

---

51) 1608년 목판본 『蘭雪軒詩』에는 「次仲氏高原望高臺韻」 제1수로 편집되었다.

52) 한나라는 고조(高祖) 때부터 흉노와 평화를 이루기 위해 정책적으로 공주나 궁녀들을 추장에게 출가시켰는데, 무제(武帝)의 화번공주(和藩公主)가 오손국(烏孫國)에 출가하였다.

53) 월왕(越王)의 옥검 가운데 순구검(純鉤劍)이 부용(芙蓉)과 같다고

## ○ 塞上次伯氏[54)

侵雲石磴馬蹄穿、陟盡重崗若上天。秋晚魚龍滙巨壑、雨晴虹
蜺落飛泉。將軍鼓角行邊急、公主琵琶說怨便。日暮爲君歌出
塞、劍花騰躍匣中蓮。

## 성암의 여관에게 지어 드리다

淨掃瑤壇揖上仙。　단을 맑게 쓸고 옥황님께 절하자
曉星微隔絳河邊。　희미한 새벽별이 은하수가에 반짝이네.
香生岳女春遊襪、　봄놀이하는 선녀들 버선에서 향내가 나고
水落湘娥夜雨絃。　흐르는 물소리는 상비[55)가 비오는 밤 뜯
는 거문고 소릴세.
松色冷侵虛殿夢、　솔빛이 서늘해 빈 집의 외로운 꿈을 더하고
天香晴拂碧堦泉。　천향은 푸른 샘물을 맑게 흔드네.
玄心已悟三三境、　그윽한 마음이 삼매경을 깨치고도 남으니
玉塵何年駕紫煙。　옥진이 어느 해에야 자연을 타랴.

## ○ 贈星庵女冠[56)

淨掃瑤壇揖上仙。曉星微隔絳河邊。香生岳女春遊襪、水落湘
娥夜雨絃。松色冷侵虛殿夢、天香晴拂碧堦泉。玄心已悟三三
境、玉塵何年駕紫煙。

---

해서 연화(蓮花)라 하였다.
54) 1608년 목판본 『蘭雪軒詩』에는 「次仲氏高原望高臺韻」 제3수
　　로 편집되었다.
55) 순(舜)임금의 두 왕비 아황과 여영이 상강(湘江)에 빠져 죽었으
　　므로, 흔히 상비(湘妃)라고 하였다.
56) 1608년 목판본 『蘭雪軒詩』에는 「次仲氏見星庵韻」 제2수로 편
　　집되었다.

# 자수궁에서 자며 여관에게 지어주다

燕舞鶯歌字莫愁。제비처럼 춤추고 꾀꼬리처럼 노래하는데 이름은 막수라네.

十三嫁與富平侯。나이 열셋에 부평후[57]에게 시집왔다네.

厭携寶瑟彈朱閣、화려한 집에서 거문고 안고 실컷 타며

喜着花冠禮玉樓。화관을 즐겨 쓰고 옥황께 예를 올렸네.

琳館月明簫鳳下、구슬집에 달이 밝으면 퉁소 소리에 봉황새가 내려오고[58]

綺窓雲散鏡鸞休。창가에 구름 흩어지면 거울에 난새도 쉬네.[59]

乘風早赴瑤壇會、바람을 타고 이른 아침 요단 모임에 가니

鶴背冷冷一陣秋。학 등이 차가워 어느덧 가을일세.

## ○ 宿慈壽宮贈女冠

燕舞鶯歌字莫愁。十三嫁與富平侯。厭携寶瑟彈朱閣[60]、喜着花冠禮玉樓。琳館月明簫鳳下、綺窓雲散鏡鸞休。乘風早赴瑤壇會、鶴背冷冷一陣秋。

---

57) 한나라 장안세(張安世)인데, 산동성 부평의 후작에 봉해졌다.

58) 이백(李白)의 시 「궁중행락사(宮中行樂詞) 8수」에 "피리를 연주하니 물속의 용이 노래하고, 퉁소를 부니 공중의 봉황이 내려오네.[笛奏龙吟水, 簫鳴鳳下空.]라고 하였다.

59) 부부 사이가 좋지 않게 되었다는 뜻인데, 막수가 자수궁에 들어와 도를 닦게 된 사연을 밝힌 듯하다

60) 1608년 목판본 『蘭雪軒詩』에 같은 제목으로 실린 시에 '寶瑟彈朱閣'이 '瑤瑟彈珠閣'으로 되어 있다.

## 도 닦으러 가는 궁녀를 배웅하다

早辭清禁出金鑾。 궁궐에서 일찍 하직하고 금란전에서 물러나와

換却鴉鬟着玉冠。 나인의 큰머리를 옥관으로 바꿔 썼네.

滄海有期應駕鳳、 푸른 바다에 기약이 있어 봉황새를 타고

碧城無夢不驂鸞。 벽성에서 꿈 못 이루어 난새를 타지 못했네.61)

瑤裾振雪春風煖、 옷자락으로 눈을 떨치니 봄바람이 따뜻한데

瓊珮鳴空夜月寒。 노리개 소리 하늘에 울려 달빛이 싸늘해라.

幾度步虛霄漢上、 몇번이나 은하수 허공을 거닐었던가

御衣猶似捧宸歡。 주신 옷이 임금님 모시던 것처럼 기뻐라.

### ○ 送宮人入道

早辭清禁出金鑾。換却鴉鬟着玉冠。滄海有期應駕鳳、碧城無夢不驂鸞。瑤裾振雪春風煖、瓊珮鳴空夜月寒。幾度步虛霄漢上、御衣猶似捧宸歡。

## 손학사62)의 「북리」63) 시에 차운하다

初日紅欄上玉鉤。 붉은 난간 발 위로 해가 돋아 오르는데

丁香葉葉結春愁。 정향 꽃같이 잎마다 봄 시름이 맺혔네.

---

61) 꿈은 운우(雲雨)의 즐거움을 가리키니, 임금의 사랑을 잃어서 여도사가 되었다는 뜻이다.

62) 원문의 내한(內翰)은 한림학사인데, 손학사는 당나라 시인 손계(孫棨)이다. 그가 『북리지(北里志)』 1권을 지었는데, 당나라 때의 천자, 여러 기생, 사대부·서민들이 주색 즐기는 이야기들을 기록한 책이다.

63) 평강리(平康里)에서 북문으로 들어가 동쪽으로 세 구비를 돌아

新粧滿面貪看鏡、 새로 단장하고도 거울을 더 보려고

殘夢關心懶下樓。 깬 꿈이 걸려 다락에서 내려오질 않네.

夜月雕床寒翡翠、 한밤의 달이 상을 비춰 비취가 차가운데

東風羅幙引箜篌。 봄바람 비단 휘장에서 공후를 타네.

嫣紅落水堪惆悵、 붉은 꽃 물에 떨어지는 게 서럽다고

莫把銀盆洗急流。 은대야를 급류에 씻지 마오.

## ○ 次孫內翰北里韻

初日紅欄上玉鉤。丁香葉葉結春愁。新粧滿面貪看鏡、殘夢關
心懶下樓。夜月雕床寒翡翠、東風羅幙引箜篌。嫣紅落水堪惆
悵、莫把銀盆洗急流。


## 백씨 봉의 시에 차운하다[次伯氏韻][64]

甲山東望鬱嵯峨。 갑산에서 동쪽을 바라보니 울창하고도 가
파르구나.

遷客悲吟意若何。 유배되는 나그네 슬프게 읊조리시니 그 뜻
이 어떠하랴.

孤雁忍分淸漢影、 외로운 기러기가 맑은 하늘 그림자와 차마
나뉘랴

---

가면 여러 기생들이 모여서 사는 곳이 있다. (이 동네가) 평강리
의 북쪽에 있으므로 북리(北里)라고 한다. -『北里志』

「북리(北里)」는 기생들이 모여 사는 중국 화류가의 풍정을 읊은
시이다.

64) 허봉의 『하곡선생시초(荷谷先生詩鈔)』에 실린 「次舍兄韻」에 차
운하며, 몇 글자를 가져다 지은 시이다. "夢闌姜被意如何。回望
巖城候曉過。孤鴈忍分淸渭影、朔風偏起漢江波。關河死棄情曾
任、稼圃生成寵已多。只恨庭闈無路入、淚痕和雨共滂沱。"

朔風偏起大江波. 겨울바람에 큰 강의 파도가 유달리 일어 나네.

關榆曉角征衣薄、 관산 느릅나무65)의 새벽 호각에 나그네 옷이 엷기만 한데

塞路驚心落葉多. 변방 길 놀란 마음에 낙엽이 많기도 해라.

銀燭夜闌成悵立、 은빛 촛불이 밤새도록 서글프게 서 있어

庭闈歸夢好經過. 부모님 집에 돌아가는 꿈꾸기 좋구나.

　　이때 미숙(美叔 허봉)이 참소를 당해 유배되었으므로 이같이 말 하였다. 그리워하는 마음을 시로 지어 부친 것이다.

## ○ 次伯氏鋍66)

甲山東望鬱嵯峨. 遷客悲吟意若何. 孤雁忍分淸漢影、朔風偏 起大江波. 關榆曉角征衣薄、塞路驚心落葉多. 銀燭夜闌成悵 立、庭闈歸夢好經過. 時美叔以讒居謫 故其言若此 盖寄懷之作也

## 중국에 가는 백씨 봉(鋍)을 송별하면서67)

六年離思倦登樓. 육년 헤어져 그리워하느라 누각 오르기 게 을렀는데

---

65) 원문의 '관유(關榆)'는 관산의 느릅나무로, 북방 변경에 자라는 초목을 대표한다. 유관(榆關)이라고 하면 산해관(山海關)의 별칭이 된다.

66) 1608년 목판본으로 간행한 『蘭雪軒詩』에 없는 시이다.

67) 『하곡선생시초』에 실려 있는 「送舍兄朝天」 제1수에 차운하며 여러 글자들을 가져다 지은 시이다. "六年離合倦登樓. 誰料西風 又別愁. 湘浦淚痕還入楚, 帝鄕行色後觀周. 銅壺暗促雞人曉, 玉塞 驚飛鴈陣秋. 怊悵急難無伴侶, 幾回延佇立沙頭." 백씨(伯氏)는 성 (筬)이고 봉(鋍)은 중씨(仲氏)인데, 둘 다 중국에 사신으로 다녀왔 기 때문에 누가 언제 떠날 때 지어준 시인지 알 수 없다.

落日凉風又別愁。 지는 해 찬바람에 또 이별일세.

湘浦淚痕還入楚、 상포의 눈물 자국으로 초나라에 다시 들어가고

帝鄉行色早觀周。 제향의 행색은 일찍이 주나라를 보네.

銅壺暗促鷄人曉、 구리 시계는 은근히 계인(鷄人)68)에게 새벽이라 재촉하고

紫塞寒飛鶴夢秋。 자새69)에 가을 꿈꾸려 학이 차갑게 날아가네.

歸路正看萱草碧、 돌아가는 길에 원추리 푸르게 보이더니

畵欄西畔繫驊騮。 화각 난간 서쪽 두둑에 화류마 묶여 있네.

○ 送伯氏崟朝天70)

六年離思倦登樓。落日凉風又別愁。湘浦淚痕還入楚、帝鄉行色早觀周。銅壺暗促鷄人曉、紫塞寒飛鶴夢秋。歸路正看萱草碧、畵欄西畔繫驊騮。


보허사(步虛詞)

橫海高峯壓巨鰲。 바다에 뻗은 높은 봉우리가 큰 자라71)를 누르고

六龍齊嘉九河濤。 여섯 용이 구강72)의 파도를 함께 높였네.

---

68) 『주례』 춘관(春官)의 소속 벼슬인데, 새벽이 되면 백관을 일깨워 일어나게 하는 직을 맡았다. 왕유(王維)의 시에 "붉은 관 쓴 계인이 새벽을 알린다.[絳幘鷄人報曉籌]" 하였다.
69) 원문의 '자새(紫塞)'는 북방 변경의 요새지를 가리킨다. 만리장성을 쌓을 때 그곳 흙 색깔이 자줏빛이었던 데서 유래하였다.
70) 1608년 목판본으로 간행한 『蘭雪軒詩』에 없는 시이다.
71) 상상 속의 큰 자라인데, 삼신산(三神山)을 지고 있다고 한다.

中天飛閣星辰迥。 하늘에 솟은 다락이라 별에 가깝고

下界烟霞歲月遙。 하계의 연하에 세월이 아득하구나.

金鼎曉炊凉露液。 차가운 이슬 부은 금솥에 새벽 불 지피고

玉壇夜動赤霜毫。 옥단에선 밤에 적상(赤霜)의 붓 움직이네.

蓬萊鶴駕歸何晚。 봉래에서 학 타고 돌아오기 어찌 더딘지

一曲鸞笙獻碧桃。 난생73) 한 곡조에 벽도를 바치네.

## ○ 步虛詞74)

橫海高峯壓巨鰲。 六龍齊嘉九河濤。 中天飛閣星辰迥。 下界烟霞歲月遙。 金鼎曉炊凉露液。 玉壇夜動赤霜毫。 蓬萊鶴駕歸何晚。 一曲鸞笙獻碧桃。

## 백씨의 망고대 시에 차운하다

幾載行遊一劍光。 여러 해 지니고 다닌 한 자루 칼 빛

---

72) 하(夏)나라 우(禹)임금이 황하의 홍수를 막기 위하여 하류를 아홉 갈래로 나누었다.

73) 원문의 난생은 선인(仙人)이 부는 생소(笙簫)이다. 이백(李白)의 「고풍(古風)」에 "학의 등에 걸터탄 한 선객이, 날고 날아 하늘을 올라가서, 구름 속에서 소리 높이 외치어, 내가 바로 안기생이라고 하네. 좌우에는 백옥 같은 동자가 있어, 나란히 자란생을 불어 대누나.[客有鶴上仙, 飛飛凌太淸. 揚言碧雲裏, 自道安期名. 兩兩白玉童, 雙吹紫鸞笙.]"라고 하였다.

74) 1608년 목판본 『蘭雪軒詩』에는 제목이 「夢作」으로 실리고, 제1구에서 '高'가 '靈'으로, 제2구에서 '齊嘉'가 '晨吸'으로, 제3구에서 '飛'가 '樓'로, '迥'이 '近'으로, 제4구에서 '下界流霞歲月遙'가 '上界煙霞日月高'로, 제5구에서 '曉炊凉露液'이 '滿盛丹井水'로, 제6구에서 '夜動'이 '晴晒'로, '毫'가 '袍'로, 제8구에서 '鸞'이 '吹'로 되어 있다.

倚天危閣挂斜陽。 하늘 가까운 다락에 석양이 걸렸네.

河流西去迴雄郡、 강물은 서쪽 큰 고을로 돌아가고

山勢南來隔大荒。 산줄기는 남쪽 먼 곳에서 들어오네.

脚下白雲飛冉冉、 발 아래 흰 구름이 쉬엄쉬엄 날아가고

眼前靑海入茫茫。 눈 앞에 푸른 바다가 아득히 들어오네.

碧天極目時回首、 푸른 하늘 끝까지 되돌아보니

塞馬嘶風殺氣黃。 변방 말 달리는 소리에 살기 넘치는구나.

○ **望高臺次伯氏**[75]

幾載行遊一劍光。倚天危閣挂斜陽。河流西去迴雄郡、山勢南來隔大荒。脚下白雲飛冉冉、眼前靑海入茫茫。碧天極目時回首、塞馬嘶風殺氣黃。

## 권5
### 오언절구(五言絕句)

## 최국보(崔國輔)를 본받아 짓다

1.

---

75) 1608년 목판본 『蘭雪軒詩』에는 「次仲氏高原望高臺韻」 제4수로 실렸으며, 제1구에서 '幾載行遊'가 '萬里翩翩'으로, '光'이 '裝'으로, 제2구에서 '俯'가 '掛'로, 제3구에서 '去迴雄'이 '坼連三'으로, 제4구에서 '來'가 '回'로, 제5구에서 '島外暮雲飛漠漠'이 '脚下片雲生冉冉'으로, 제6구에서 '樽前靑'이 '眼中溟'으로, 제7구에서 '碧天極目'이 '登高落日'로 되어 있다.

妾有黃金釵、 제게 금비녀 하나 있어요

嫁時爲首飾。 시집올 때 머리에다 꽂고 온 거죠.

今日贈君行、 오늘 님 가시는 길에 드리니

千里長相憶。 천리길 멀리서도 날 생각하세요.

## ○ 效崔國輔[76]

妾有黃金釵、 嫁時爲首飾。 今日贈君行、 千里長相憶。

2.

池頭楊柳踈、 못가의 버들잎은 몇 남지 않고

井上梧桐落。 오동 잎사귀도 우물에 떨어지네요.

簾外候蟲吟、 발 밖에 가을벌레 우는 철 되었건만

天寒錦衾薄。 날씨가 쌀쌀한데다 이불까지도 얇네요.

## ○ 又

池頭楊柳踈、 井上梧桐落。 簾外候蟲吟、 天寒錦衾薄。

3.

春雨暗西池、 봄비에 연못이 어두워지고

輕寒襲羅幕。 서늘한 기운이 비단 휘장에 스며드네요.

愁倚小屛風、 시름겹게 병풍에 기대 바라보니

墻頭杏花落。 담장 위에 살구꽃이 떨어지네요.

## ○ 又

春雨暗西池、 輕寒襲羅幕。 愁倚小屛風、 墻頭杏花落。

---

76) 1608년 목판본 『蘭雪軒詩』에 「效崔國輔體」라는 제목으로 실렸
다.

## 강남곡(江南曲)

1.

江南風日好、 강남의 날씨는 언제나 좋은데다
綺羅金翠翹。 비단옷에 머리꽂이까지 곱기도 해요.
相將採菱去、 서로들 어울리며 마름밥을 따러[77]
齊盪木蘭橈。 나란히 목란배의 노를 저었죠.

○ 江南曲[78]

江南風日好、 綺羅金翠翹。 相將採菱去、 齊盪木蘭橈。

2.

朝發宜都渚、 아침나절 의주성 물가를 떠나자
北風吹五兩。 북풍이 맞바람[79]으로 불어 왔지요.
船頭各澆酒、 뱃머리에서 저마다 술을 붓고는[80]
月下齊盪槳。 달밤에 일제히 노 저어 왔지요.

○ 朝發宜都渚、 北風吹五兩。 船頭各澆酒、 月下齊盪槳。 [81]

---

77) 릉(菱)은 마름밥인데, 채릉(採菱)은 연밥을 따는 것과 마찬가지로 남녀의 만남을 뜻한다. 젊은 남녀들이 마름밥을 딴다는 핑계로 함께 어울려 놀았던 것이다.

78) 1608년 목판본 『蘭雪軒詩』에 같은 제목의 제1수로 실렸다.

79) 오량(五兩)은 거슬러 부는 바람인데, 순풍과 반대이다. 닭 털 5냥 혹은 8냥을 장대 위에 매달아 풍향(風向)과 풍력(風力)을 가늠했기에, 고대의 측풍기(測風器)를 오량(五兩)이라고 하였다.

80) 원문의 요주(澆酒)는 강신주(降神酒)를 붓는 것이다.

81) 1608년 목판본 『蘭雪軒詩』에 「賈客詞」 제1수로 실렸는데, 제2구의 '頭'가 '旗'로, 제3구의 '道逢'이 '逢着'으로 되어 있다.

## 상봉행(相逢行)

相逢靑樓下、기생집 앞에서 서로 만났지요.
繫馬門前柳。문 앞 수양버들에 말을 매었지요.
笑脫錦貂裘、비단옷에다 가죽옷까지 웃으며 벗어
試取新豊酒。신풍주를 마셔보았지요.

○ 相逢行

相逢靑樓下、繫馬門前柳。笑脫錦貂裘、試取新豊酒。 82)


## 강남곡(江南曲)

生長江南村、강남 마을에서 낳고 자랐으니
何曾識別離。이별을 어찌 알았겠어요.
可憐年十五、가련하게도 열다섯 나이에
嫁與弄潮兒。뱃사람에게 시집왔답니다.

○ 江南曲83)

生長江南村、何曾識別離。可憐年十五、嫁與弄潮兒。 84)

---

82) 1608년 목판본 『蘭雪軒詩』에 「相逢行」 제2수로 실렸는데, 제2
   구의 '門前'이 '垂楊'으로, 제4구의 '試取'가 '留當'으로 되어 있다
83) 같은 제목의 「강남곡(江南曲)」이 이상하게 떨어져 편집되었다.
84) 1608년 목판본 『蘭雪軒詩』에 「江南曲」 제4수로 실렸는데, 제2
   구의 '何曾識'이 '少年無'로, 제3구의 '可憐'이 '那知'로 되어 있다.

# 권7
## 칠언절구(七言絶句)

### 새상곡(塞上曲)

**1.**

都護防秋掛鐵衣。 도호사가 가을 침입을 막느라 갑옷 걸치고
城南初解十重圍。 성 남쪽 열겹 포위망을 풀어 버렸네.
金戈洗盡單于血、 창칼에 묻은 선우<sup>85)</sup>의 피를 깨끗이 씻고
白馬天山踏雪歸。 백마가 천산의 눈을 밟으며 돌아오네.

○ **塞上曲**<sup>86)</sup>

都護防秋掛鐵衣。 城南初解十重圍。 金戈洗盡單于血、 白馬天
山踏雪歸。

**2.**

騂弓白羽黑貂裘。 붉은 활 흰 화살에 검은 갖옷 입었는데
綠眼胡鷹踏錦鞲。 눈이 파란 보라매가 비단 토시<sup>87)</sup>에 앉았네.
腰下黃金印如斗、 허리에 찬 황금 장군인이 말만큼 크니
將軍初拜北平侯。 장군께서 방금 북평후<sup>88)</sup>에 제수되셨네.

---

85) 원문의 선우(單于)는 흉노의 추장인데, 선우(鮮于)라고도 한다.
86) 1608년 목판본 『蘭雪軒詩』에는 「塞下曲」이라는 제목으로 5수
   가 실려 있는데, 그 가운데 제5수로 실려 있다.
87) 금구(錦鞲)는 비단 팔찌인데, 매사냥을 위해서 끼는 토시이다.
   장군이 팔뚝에 보라매를 앉히고 사냥에 나선 모습이다.
88) 진나라 어사 장창(張蒼)이 한나라에 투항했다가, 관중(關中)을
   평정하여 북평후에 봉작되었다.

○ 又[89)

彫弓白羽黑貂裘。綠眼胡鷹踏錦韛。腰下黃金印如斗、將軍初
拜北平侯。

3.

新復山西十六洲。  화산 서쪽 열여섯 고을[90) 새로 수복하고
馬鞍懸取月支頭。  말안장에 월지의 목을 매달고 돌아왔네.
河邊白骨無人葬、  강가에 뒹구는 해골 장사지낼 사람 없어
百里沙場戰血流。  백리 모래밭에는 붉은 피만 흥건해라.

○ 又[91)

新復山西十六洲[92)。馬鞍懸取月支頭。河邊白骨無人葬、百里
沙場戰血流。

4.

漢家征旆滿陰山。  한나라 군기가 음산에 뒤덮이니
不遣胡兒匹馬還。  오랑캐 필마가 살아가지 못하네.
辛苦總戎班定遠、  국경을 평정하느라 애쓰신 반초 장군[93)
一生猶望玉門關。  한평생 옥문관[94)만 바라보았다네.

○ 又[95)

---

89) 1608년 목판본 『蘭雪軒詩』에는 「入塞曲」 제4수로 실려 있다.
90) 산서(山西)는 만리장성 밖의 화산(華山) 서쪽을 가리키는데, 명
 나라 때에 16주로 나누어 다스렸다.
91) 1608년 목판본 『蘭雪軒詩』에는 「入塞曲」 제2수로 실려 있다.
92) 1608년 목판본 『蘭雪軒詩』에는 '洲'가 '州'로 되어 있다.
93) 한나라 장군 반초(班超)가 서역(西域) 50여 나라를 평정한 공으
 로 정원후(定遠侯)에 봉작되었다.
94) 감숙성 돈황현(敦煌縣) 서쪽에 있는데, 서역으로 통하는 만리장
 성의 관문이다. 한나라 무제 때에 곽거병이 월지국을 치고 옥문
 관을 열어 서역과 통하게 했다.

漢家征旆滿陰山。不遣胡兒匹馬還。辛苦總戎班定遠、一生猶望玉門關。

## 궁사(宮詞)

千牛閣下放朝初。 천우각 대궐 아래 아침해가 비치면
擁箒宮人掃玉除。 궁녀들이 비를 들고 층계를 쓰네.
日午殿前宣鳳詔、 한낮에 대전에서 조서를 내리신다고
隔簾催喚女尙書。 발 너머로 글 쓰는 여상서[96]를 부르시네.
○ 宮詞[97]
千牛閣下放朝初。擁箒宮人掃玉除。日午殿前宣鳳詔、隔簾催喚女尙書。

## 유선곡(遊仙曲)

1.
催呼縢六出天關。 서둘러서 등륙[98]을 불러 하늘문 나오는데

---

95) 1608년 목판본 『蘭雪軒詩』에는 「入塞曲」의 제5수로 편집되어 있다.
96) 후한(後漢), 삼국시대 위(魏), 후조(後趙) 등에서 문자를 잘 아는 여인을 선발하여 장주(章奏) 등을 검열하게 했던 궁내관(宮內官) 이다.
97) 1608년 목판본 『蘭雪軒詩』에는 「宮詞」 20수 가운데 제1수로 편집되어 있다.
98) 눈의 신이다. 『고금사문유취(古今事文類聚)』 전집(前集) 권4 「등 육강설(縢六降雪)」 조에 "진주자사(晉州刺史) 소지충(蕭至忠)이 납 일(臘日)에 사냥하려고 하였다. 그 전날 한 나무꾼이 곽산(霍山)에 서 보니, 늙은 사슴 한 마리가 황관(黃冠)을 쓴 사람에게 애걸하 자 그가 말하기를 '만약 등륙을 시켜 눈을 내리게 하고 손이(巽二

脚踏風龍徹骨寒。 풍룡을 밟고 가려니 추위가 뼈에 스미네.
袖裡玉塵三百斛、 소매 속에 들었던 옥티끌 삼백 섬[99]이
散爲飛雪向人間。 흩날리는 눈 되어 인간 세상에 떨어지네.
○ 又[100]
催呼滕六出天關。 脚踏風龍徹骨寒。 袖裡玉塵三百斛、 散爲飛
雪向人間。

2.
簾玲無語閉珠宮。 주렴 구슬은 고요하고 대궐문은 닫혔는데
紫閣凉生玉簟風。 돗자리에 바람 이니 다락이 서늘하네.
獨鶴夜驚滄海月、 외로운 학은 바다에 뜬 달 보고 놀라는데
仙人歸去綠雲中。 선인이 푸른 구름 속으로 돌아오네.
○ 又[101]
簾玲無語閉珠宮。 紫閣凉生玉簟風。 獨鶴夜驚滄海月、 仙人歸
去綠雲中。

3.

---

二)를 시켜 바람을 일으키면, 소군(蕭君)이 다시 사냥하지 않을
것이다.' 하였다. 나뭇꾼은 집으로 돌아왔는데, 다음 날 새벽부터
종일토록 눈보라가 쳤으므로 소자사(蕭刺史)는 사냥하러 가지 못
하였다.[晉州蕭刺史至忠, 將以臘日畋遊, 有樵者於霍山, 見一老嫠哀請黄
冠者, 黄冠曰, 若令滕六降雪, 巽二起風, 即蕭君不復獵矣. 薪者囘, 未明風
雪竟日, 蕭刺史竟不出.]"라고 하였다.
99) 하늘에서 흩날리는 눈을 가리킨다. 당(唐)나라 우승유(牛僧孺)의
『현괴록(玄怪錄)』 권3에, 귤(橘) 속의 두 신선이 바둑을 두며 내
기한 물건 가운데에 '영주(瀛洲)의 옥가루 아홉 섬[玉塵九斛]'이라
는 말이 나온다.
100) 1608년 목판본 『蘭雪軒詩』에는 「遊仙詞」 제27수로 실려 있다.
101) 1608년 목판본 『蘭雪軒詩』에는 「遊仙詞」 제65수로 실려 있다.

閒隨弄玉步天街。한가롭게 농옥을 따라 하늘 길을 걷는데
脚下香塵不染鞋。발 아래 향그런 티끌이 신에 묻지 않네.
前導白麟三十六、길잡이하는 서른여섯 마리 흰 기린들이
角端都掛小金牌。뿔 끝에 모두들 조그만 금패를 달았네.
○ 又[102]
閒隨弄玉步天街。脚下香塵不染鞋。前導白麟三十六[103]、角
端都掛[104]小金牌。

4.
騎鯨學士禮瑤京。고래 탄 학사가 백옥경에 예를 올리니
王母相留宴碧城。서왕모 반겨하며 벽성에서 잔치 벌렸네.
手握彩毫揮玉字、무지개붓을 손에 쥐고 옥(玉)자를 쓰니
醉顔猶似賦淸平。취한 얼굴이 「청평조」[105] 지을 때 같아라.
○ 又[106]
騎鯨學士禮瑤京。王母相留宴碧城。手握彩毫揮[107]玉字、醉
顔猶似賦淸平。

5.
玉帝初成白玉樓。옥황께서 처음 백옥루를 지으실 제

---

102) 1608년 목판본『蘭雪軒詩』에는「遊仙詞」제67수로 실려 있다.
103) 1608년 목판본『蘭雪軒詩』에는 '六'이 '八'로 되어 있다.
104) 1608년 목판본『蘭雪軒詩』에는 '掛'가 '挂'로 되어 있다. 뜻
    은 같다.
105) 당나라 현종이 침향정에서 양귀비와 함께 모란을 구경하며
    즐기다가 이태백에게 명령하여 시를 짓게 하였는데, 그가 악부
    체「청평조」3수를 지어 올렸다.
106) 1608년 목판본『蘭雪軒詩』에는「遊仙詞」제44수로 실려 있다.
107) 1608년 목판본『蘭雪軒詩』에는 '握'이 '展'으로, '揮'가 '書'로
    되어 있다.

瑤階玙柱曉雲浮。 구슬계단 옥기둥에 새벽 구름이 떠 있었지.
却傳長吉書天篆、 장길에게 전하여[108) 하늘의 전자를 쓰게 해
掛向瓊楣最上頭。 구슬문 상인방에 가장 높이 거셨지.

○ 又[109)

玉帝初成白玉樓。瑤階玙柱曉雲浮。却傳長吉書天篆、掛向瓊
楣最上頭。

6.

琴高昨夜寄書來。 어제 밤 금고[110) 가 편지를 보내 왔어요.
爲報瓊潭玉藥開。 연못에 구슬꽃이 피었다고요.
却寫尺書憑赤鯉、 답장을 써서 붉은 잉어에게 주었지요.
蜀天明月約登臺。 촉천에 달 밝으면 다락에 오르자 했지요.

○ 又[111)

琴高昨夜寄書來。爲報瓊潭玉藥開。却寫尺書憑赤鯉、蜀天明
月約登臺。

7.

寒月冷冷訪述郎。 겨울 달이 싸늘한데 술랑을 찾아가느라

---

108) 당나라 시인 이하(李賀)의 자이다. 선시(仙詩)를 많이 지었으
    며, 헌종 때에 협률랑(協律郞) 벼슬을 했다. 어느 날 낮에 붉은
    옷 입은 사람이 나타났는데, 판(板) 하나를 가지고 왔다. 그 판에
    는 "옥황상제가 백옥루를 다 짓고, 그대를 불러 기(記)를 짓게
    하셨다"라고 쓰여 있었다. 그는 곧 죽었는데, 겨우 27세였다.
109) 1608년 목판본『蘭雪軒詩』에는「遊仙詞」제45수로 실려 있다.
110) 금고는 주나라 말기의 사람인데, 거문고를 잘 탔다. 제자들에
    게 용 새끼를 잡아 오겠다고 약속한 뒤 탁수(涿水)에 들어갔는데,
    과연 붉은 잉어를 타고 나왔다. 그래서 "금고"를 잉어의 뜻으로
    쓰기도 한다. 잉어에는 편지라는 뜻도 있다.
111) 1608년 목판본『蘭雪軒詩』에는「遊仙詞」제50수로 실려 있다.

紫鸞萬里到扶桑。 붉은 난새 만리 길에 부상[112]에 이르렀네.
花前一別三千歲、 꽃 앞에서 한 번 헤어진 지 삼천년이니
惆悵仙家日月長。 신선세상의 해와 달 긴 것이 서글프구나.
○ 又[113]
寒月冷冷訪述郞。紫鸞萬里到扶桑。花前一別三千歲、惆悵仙
家日月長。
8.
氷屋秋回桂有花。 얼음집에 가을 오니 계수나무에 꽃 피어
却驂白鳳出靑霞。 흰 봉새를 타고 푸른 노을에 나섰네.
山前更過安期子、 산 앞을 다시 지나던 안기자가
袖裡携來棗似瓜。 소매 속에 오이만한 대추를 가져 왔네.
○ 又[114]
氷屋秋回桂有花。却驂白鳳出靑霞。山前更過安期子、袖裡携
來棗似瓜。
9.
未央宮闕已黃花。 미앙궁에 이미 국화가 피었고
靑鳥歸飛日欲斜。 파랑새가 날아오니 해도 지려 하는구나.
漢武不知仙吏隱、 한무제가 선리은(仙吏隱)을 알지 못해

---

112) 동해에 있는 신령스런 나무인데, 해가 이 나무에서 솟아오른
   다고 한다. 그래서 동해를 부상이라고도 한다. 『양서(梁書)』권
   54 「제이열전(諸夷列傳) 부상국(扶桑國)」에 "부상은 대한국(大漢國)
   동쪽 2만여 리에 있는데 그 지역이 중국의 동쪽에 있다. 그 땅
   에 부상목(扶桑木)이 많기 때문에 이름한 것이다."라고 하였다.
113) 1608년 목판본 『蘭雪軒詩』에는 「遊仙詞」 제13수로 실려 있
   는데, 제3구만 제외하고 글자가 많이 다르다.
114) 1608년 목판본 『蘭雪軒詩』에 없는 시이다.

武陵松栢冷秋霞。 무릉의 송백이 가을 노을을 추워하네.115)
○ 又116)
未央宮闕已黃花。 靑鳥歸飛日欲斜。 漢武不知仙吏隱、武陵松
栢冷秋霞。

10.
彩雲夜入紫微城。 채운이 한밤중 자미성에 들어가니
桂月光搖白玉京。 계수나무 달빛이 백옥경을 흔드네.
兩袖天風淸徹骨、 두 소매에 천풍이 뼛속 깊이 상쾌한데
泠泠時下步虛聲。 때때로 경 읽는 소리가 시원하게 들리네.
○ 又117)
彩雲夜入紫微城。 桂月光搖白玉京。 兩袖天風淸徹骨、 泠泠時
下步虛聲。


## 새상곡(塞上曲)
前軍吹角出轅門。 선봉이 나팔 불며 원문118)을 나서는데

---

115) 한나라 무제(武帝)가 신선이 되기를 바랐지만 결국 신선이 되
지 못한 채 죽어, 그의 능에 소나무와 잣나무만 무성히 자랐다
는 말이다. 당(唐)나라 이상은(李商隱)의 「무릉(茂陵)」 시에 "누가
소무가 늙어서 귀국할 줄 알았겠는가, 무릉의 송백에 비가 쓸쓸
히 내리네.[誰料蘇卿老歸國, 茂陵松柏雨蕭蕭.]"라고 하였다.
116) 1608년 목판본 『蘭雪軒詩』에는 실려 있지 않다.
117) 1608년 목판본 『蘭雪軒詩』에 실린 「遊仙詞」 제85수와 몇 글
자가 겹친다.
118) 원문(轅門)은 원래 제왕이 지방을 순수할 때에 임시로 설치했
던 문인데, 뒤에는 군영이나 감영(監營)의 문을 가리켰다. 원(轅)
은 전차(戰車)의 채인데, 예전에 이것을 좌우에 세워서 군영의
문을 만들었기 때문이다.

雪撲紅旗凍不飜。 눈보라에 얼어붙어 깃발이 펄럭이지 않네.

雲暗磧西看候火、 구름 자욱한 사막 서쪽에 봉화 보고는

夜深遊騎獵平原。 밤 깊었는데도 기병들이 평원으로 달리네.

○ **塞上曲**[119]

前軍吹角出轅門。 雪撲紅旗凍不飜。 雲暗磧西看候火、 夜深遊
騎獵平原。.

## 보허사(步虛詞)[120]

1.

天花一朶錦屏西。 하늘꽃 한 송이 벼랑[121] 서쪽에 피었는데

路入藍橋匹馬嘶。 길이 남교[122]로 들어서자 말이 우는구나.

---

119) 1608년 목판본 『蘭雪軒詩』에는 「塞下曲」 5수 가운데 제1수
로 실려 있다.

120) 도사를 보허인(步虛人), 또는 보허자(步虛子)라 하고, 도사가 경
읽는 소리를 보허성(步虛聲)이라고 한다. 「보허사」는 악부 잡곡
가사의 하나인데, 여러 신선들의 신비스러운 생활과 경묘한 자
태를 찬미하는 노래이다. 원래는 도관(道觀)에서 제창하였다고
하는데, 많은 시인들이 상상력을 동원하여 이 노래를 지었다. 시
인들이 신선세계에 있다고 생각했던 인물들과 건물들이 이 시
속에 등장한다.

121) 금병(錦屏)은 아름다운 벼랑이다.

122) 배항(裴航)은 당나라 장경(長慶 821-824) 연간에 급제했다. 악
저(鄂渚)에서 놀다가 배를 빌려서 돌아오는데, 경국지색(傾國之色)
인 번부인(樊夫人)과 함께 탔다. 여종 요연(裊煙)을 주면서 시를
지어 전하자, 번부인이 시를 지어 답하였다.

옥즙을 한 번 마시면 온갖 생각이 들리니
선약을 다 찧으면 운영을 보리라.
남교(藍橋)가 바로 신선 되는 길이니

珍重仙郎留玉杵、진중한 선랑이 옥절구를 남겨 두어서
桂香烟月合刀圭。계향 그윽한 어스름 달밤에 선약[123]을 넣
고서 찧네.

○ **步虛詞**[124]

天花一朶錦屛西。路入藍橋匹馬嘶。珍重仙郎留玉杵、桂香煙
月合刀圭。

2.

---

어찌 힘들여 옥경으로 올라가야만 하랴.
一飮瓊漿百感生。元霜擣盡見雲英。
藍橋便是神仙路、何必崎嶇上玉京。
그 뒤에 배항이 남교역을 지나다가 길가 초가집에서 한 할미가
길쌈하는 것을 보았다. 항이 목말라 물을 청했더니, 할미가 운영
을 불러서 물 한 사발을 주어 마시게 했다. 항이 운영을 보니
얼굴 모습이 세상에 뛰어났다. 그 물을 마셨더니, 바로 옥즙이었
다. 그래서 이 여자를 아내로 맞고 싶다고 말하자, 할미가 말했
다. "어제 신선이 약 한 숟갈을 주면서, 반드시 옥절구에 빻으라
고 했소. 그대가 운영에게 장가들고 싶으면, 옥절구를 구해서
100일 동안 약을 빻으시오. 그러면 장가들 수가 있소." 항이 옥
절구를 구해 빻고는, 드디어 운영에게 장가들었다. 그제서야 번
부인의 이름이 운교(雲翹)인데 운영의 언니라는 것과, 유강(劉綱)
의 아내라는 것을 알게 되었다. 그뒤에 배항 부부는 함께 옥봉
(玉峰)으로 들어가 단약을 먹고, 신선이 되어 사라졌다. 『상우록
(尙友錄)』에 이들의 이야기가 실려 있다.

123) 도규(刀圭)는 약숟가락인데, 이 시에서는 토끼가 계수나무 밑
에서 절구를 찧는다는 전설에 따라 선약을 가리킨다.
124) 1608년 목판본 『蘭雪軒詩』에는 「塞下曲」 2수가 실려 있는데,
남방위가 편집한 「步虛詞」과 전혀 다르다. 이 책에 실린 「塞下
曲」 제1수는 1608년 목판본 『蘭雪軒詩』「遊仙詞」의 제38수인
데, 제3구의 '仙郎'이 '玉工'으로 실려 있다.

紫陽宮女捧丹砂。 자양궁[125] 궁녀가 단사를 받들고

王母新過漢帝家。 서왕모가 새로 무제의 집에 찾아갔네.

窓下偶逢方叔笑、 창 밑에서 우연히 방숙을 만나 웃었는데

別來琪樹六開花。 헤어진 뒤 기수가 여섯 번이나 피었다네.

○ 又[126]

紫陽宮女捧丹砂。 王母新[127]過漢帝家。 窓下偶逢方叔[128]笑、

別來琪樹六開花。

3.

一春閒伴玉眞遊。 봄 한 철 한가롭게 옥진과 놀았는데

倏忽西風已報秋。 어느새 서풍이 부니 벌써 가을이구나.

仙子不歸花落盡、 선자[129]는 오지 않고 꽃도 다 져버려

滿天煙霧月當樓。 하늘에는 연무 가득하고 달이 다락에 다가

오네.

○ 又[130]

---

125) 신농씨가 약을 가려내던 곳이 함양산(咸陽山)에 있는데, 후세에
　　자양관(紫陽觀)을 지었다. 자양은 신선들이 즐겨 쓰던 칭호이다.

126) 1608년 목판본 『蘭雪軒詩』 「遊仙詞」의 제68수인데, 제3구의
　　'仙郎'이 '玉工'으로 실려 있다.

127) 원문의 '新'을 '親'으로 쓰는 것이 맞다. 서왕모가 궁녀에게
　　시키지 않고 직접 찾아갔다는 뜻이 된다.

128) 1608년 목판본 『蘭雪軒詩』 「遊仙詞」의 제68수에는 '方朔'으
　　로 되어 있다. 그러면 제4구의 '琪樹'가 복숭아나무가 되어, 동
　　방삭(東方朔)이 서왕모의 복숭아를 세 번이나 훔쳐 먹고 장수하
　　였다는 설화와 이어진다.

129) 마고선자(麻姑仙子)나 물 위를 걷는다는 아름다운 수신(水神)
　　능파선자(凌波仙子)같이 선녀를 가리킨다.

130) 1608년 목판본 『蘭雪軒詩』 「遊仙詞」의 제76수와 몇 글자만
　　다르다.

一春閒伴玉眞遊。倏忽西風已報秋。仙子不歸花落盡、滿天煙
霧月當樓。

4.

毛伯常乘白鹿遊。　부백이 항상 흰 사슴을 타고 노닐다가
相携還上五雲樓。　서로 붙들고 다시 오운루131)에 오르네.
丹經堆案藥堆鼎、　「단경」132)이 책상에 가득하고 탕관에 약
도 쌓였는데
何事仙郎霜滿頭。　무슨 일로 선랑의 머리에 서리 가득한가.

○ 又133)

毛伯常乘白鹿遊。相携還上五雲樓。丹經堆案藥堆鼎、何事仙
郎霜滿頭。

5.

廣寒宮裡玉爲梁。　광한궁 속은 옥으로 대들보 만들었는데
銀燭金屛夜正長。　은촛대 금병풍에 밤이 참으로 길어라.
欄外桂花凉露濕、　난간 밖 계수나무 꽃은 차가운 이슬에 젖고

---

131) 오색영롱한 구름이 누각에서 이는데
　　　그 안에 아름다운 선녀들이 많이 있구나.
　　　樓閣玲瓏五雲紀, 其中婥約多仙子. —백거이 「장한가(長恨歌)」
　　　오운루는 신선세계에 있다는 다락인데, 오색찬란하다.
132) 회남왕(淮南王) 유안(劉安)은 한나라 고조의 손자인데, 도술을
　　　좋아하였다. 그래서 팔공(八公)이 찾아와 『단경(丹經)』을 주었다.
　　　『신선전』
　　　『단경』은 연단(煉丹)의 방법을 기록한 신선의 책인데, 『잡신선단
　　　경(雜神仙丹經)』 10권, 『태극진인구전환단경(太極眞人九轉還丹經)』 1
　　　권, 『태산팔경신단경(太山八景神丹景)』 1권 등이 있다.
133) 1608년 목판본 『蘭雪軒詩』 「遊仙詞」의 제53수와 몇 글자만
　　　다르다.

步虛聲裡五雲香。 보허사 소리에 오색 구름 향기로워라.
○　又[134]
廣寒宮裡玉爲梁。 銀燭金屛夜正長。 欄外桂花凉露濕、 步虛聲
裡五雲香。


## 궁사(宮詞)

寶爐初委水沈灰。 향로에다 물 부어 재를 적시니
愁對紅粧掩鏡臺。 시름겹게 단장 마치고 경대를 덮네.
西苑近來巡幸少、 서원에는 요즘 임금님의 순행이 드물어
玉簫金瑟半塵埃。 퉁소와 비파에 먼지가 쌓였구나.
○　宮詞[135]
寶爐新落水沈灰。 愁對紅粧掩鏡臺。 西苑近來巡幸少、 玉簫金
瑟半塵埃。


## 죽지사(竹枝詞)

空舲灘口雨初晴。 공령[136] 여울 어구에 비가 막 개고
巫峽蒼蒼烟霧平。 무협에 어스름 안개가 깔렸네.
相憶郎心似潮水、 그리운 님의 마음도 저 밀물처럼
早時纔退暮時生。 아침엔 나가더라도 저녁엔 돌아왔으면.

---

134) 1608년 목판본 『蘭雪軒詩』「遊仙詞」의 제26수와 몇 글자만
　　다르다.
135) 1608년 목판본 『蘭雪軒詩』에 「宮詞」 20수 가운데 제16수로
　　편집하였다.
136) 공령탄은 호남성 북쪽에 있는 여울이다. 무협은 사천성과 호
　　남성 사이에 있는 무산 골짜기이다.

## ○ 竹枝詞[137)]

空舲灘口雨初晴。巫峽蒼蒼烟霧平。相憶郎心似潮水、早時纔退暮時生。

## 버들가지 노래

### 1.

楊柳靑靑谷岸春。　버들가지 푸르니 언덕에 봄이 왔구나.
年年攀折贈行人。　길 떠나는 님에게 해마다 꺾어 드리네.
東風不解傷離別、　헤어지는 쓰라림을 봄바람은 모르는지
吹却低枝掃路塵。　늘어진 가지에 불어 길바닥 먼지를 쓰네.

### ○ 楊柳枝詞[138)]

楊柳靑靑谷岸春。年年攀折贈行人。東風不解傷離別、吹却低枝掃路塵。

### 2.

靑樓西畔絮飛楊。　청루 서쪽 언덕에 버들꽃 흩어지자
烟鎖柔條拂檻長。　아지랑이 낀 가지가 난간을 스치네.
何處少年鞭白馬、　어느 집 청년이 백마를 채찍질하며 와서
綠陰來繫紫遊韁。　버드나무 그늘에다 붉은 고삐를 매나.

### ○ 又[139)]

---

137) 1608년 목판본 『蘭雪軒詩』에 「竹枝詞」 4수 가운데 제1수로 편집하였다.
138) 1608년 목판본 『蘭雪軒詩』에 「楊柳枝詞」 5수 가운데 제1수로 편집하였다.
139) 1608년 목판본 『蘭雪軒詩』에 「楊柳枝詞」 5수 가운데 제2수로 편집되었다.

靑樓西畔絮飛楊。烟鎖柔條拂檻長。何處少年鞭白馬、綠陰來
繫紫遊韁。

## 규정(閨情)

燕掠斜陽兩兩飛。 제비들은 석양에 짝지어 날고
落花撩亂撲羅衣。 지는 꽃은 어지러이 비단 옷에 스치누나.
洞房無限傷春思、 동방에서 기다리는 마음 아프기만 한데
草綠江南人未歸。 풀은 푸르러도 강남에 가신 님은 돌아오지
를 않네.
○ 閨情140)
燕掠斜陽兩兩飛。落花撩亂撲羅衣。洞房無限傷春思、草綠江
南人未歸。

## 영월루(映月樓)

玉檻秋風露葉淸。 옥난간 가을바람에 이슬 내린 잎 맑아지자
水晶簾冷桂花明。 수정 주렴 차갑고 계수나무 꽃 환해졌네.
鸞驂不返銀橋斷。 난새 수레 돌아오지 않고 은빛 다리는 끊
어져
惆悵仙郞白髮生。 서글픈 신선 낭군은 흰머리가 생겼구나.
○ 映月樓141)

---

140) 1608년 목판본 『蘭雪軒詩』에는 실려 있지 않고, 이수광(李睟
光)의 『지봉유설(芝峯類說)』 권14 「문장부 7 규수(閨秀)」에 제목
없이 실려 전하는 시이다.
141) 이 시는 1608년 목판본 『蘭雪軒詩』에 없다. 1683년에 목판
본으로 간행된 최경창(崔慶昌)의 『고죽유고(孤竹遺稿)』에 「映月樓」

玉檻秋風露葉清。水晶簾冷桂花明。鸞驂不返銀橋斷。惆悵仙
郎白髮生。

## 피리소리를 듣다

明月關山萬里秋。 달 밝은 관산 만리가 가을인데
玉人橫笛倚高樓。 옥인이 횡적을 들고 높은 다락에 기대었네.
一聲吹入廣寒殿、 한 가락 불자 광한전에 들려
自有知音在上頭。 높은 곳에 절로 지음이 있구나.
○ 聞笛[142]
明月關山萬里秋。玉人橫笛倚高樓。一聲吹入廣寒殿、自有知
音在上頭。

## 궁사(宮詞)

1.
碧紗梅蕊欲回春。 푸른 깁 매화 꽃술이 봄이 온 듯하건만
遠黛輕蛾澁未勻。 팔자 눈썹 맘에 안들고 분도 고루 안발네.
却怪滿身珠翠暖、 몸을 꾸민 구슬 비취가 이상하게 따뜻하니
君王新賜辟寒珍。 군왕께서 추위 막는 보배[143]를 새로 내리
셨다네.
○ 宮詞[144]

---

제4수로 실렸으며, 제1구의 '風'이 '來'로, '葉'이 '氣'로, '제3구의
'返'이 '至'로 되어 있다.
142) 이 시는 1608년 목판본 『蘭雪軒詩』에 없다.
143) 숯이 추위를 막는 보배라고 하여, 벽한진(辟寒珍)이라고도 하
였다.

碧紗梅蕊欲回春。遠黛輕蛾澁未匀。却怪滿身珠翠暖、君王新
賜辟寒珍。

2.

宮墻處處落花飛。 궁궐 뜨락 여기저기 꽃잎이 흩날리는데
侍女燒香對夕暉。 시녀는 향 사르며 저녁 노을을 바라보네.
過盡春風人不見、 봄바람이 다 지나가도록 사람은 뵈지 않고
殿門深鎖綠生衣。 굳게 잠긴 대문 자물쇠에 푸른 녹 슬었네.
○ 又145)

宮墻處處落花飛。侍女燒香對夕暉。過盡春風人不見、殿門深
鎖綠生衣。


## 횡당곡(橫塘曲)

菱刺牽衣菱角大。 연밥과 가시가 커서 옷을 잡아끄는데
日落渚田潮未退。 해 지는 물가에 조수는 빠지지 않네.
蓮葉盖頭當花冠、 연잎으로 머리를 덮어 화관을 하고
藕花結帶爲雜珮。 연꽃으로 띠를 둘러 노리개 삼네.
○ 橫塘曲146)

菱刺牽衣菱角大。日落渚田潮未退。蓮葉盖頭當花冠、藕花結
帶爲雜珮。

---

144) 1608년에 간행한 목판본 『蘭雪軒詩』에 실린 「宮詞」 20수 가
   운데 제7수와 여러 자가 겹친다.
145) 허균이 1618년에 편집하여 목판본으로 간행한 『손곡시집(蓀
   谷詩集)』에 실린 「宮詞」 3수 가운데 제2수이다.
146) 1608년에 간행한 목판본 『蘭雪軒詩』에 「橫塘曲」 2수 가운데
   제1수로 실렸다.

## 죽지사(竹枝詞)[147]

1.

永安宮外是層灘。 영안궁[148] 밖에 험한 여울 층층이 굽이쳐
灘上舟行多少難。 물결 위에 조각배를 노 젓기 어려워요.
潮信有期應自至、 밀물도 기약이 있어 절로 오건만
郎舟一去幾時還。 님 실은 배는 한 번 떠난 뒤 언제 오려나.


## 又 許景樊[149]
## 횡당곡(橫塘曲)

---

147) 당나라 시인 유우석(劉禹錫)이 통주자사로 좌천되었다가 낭주
    사마(朗州司馬)로 옮겨졌는데, 그 지방 민요를 들어보니 너무 저
    속해서 차마 들을 수가 없었다. 그래서 그 지방의 민속을 소재
    로 해서 칠언절구 형태의 「죽지신사(竹枝新辭)」 9장을 지었다. 그
    뒤부터 지방 토속을 소재로 다룬 칠언절구들이 많이 지어졌는
    데, 이러한 시들을 「죽지사」라고 했다. 「죽지사」는 그뒤에 사패
    (詞牌)의 이름으로 바뀌었다가, 악부체 시가 되었다. 후세에는 사
    랑을 소재로 한 「죽지사」도 많이 지어졌으며, 외국의 풍속과 인
    물을 노래한 「외국죽지사」도 많이 지어졌다. 우리나라에는 조선
    후기에 악부시가 유행하였는데, 이때 「죽지사」가 많이 지어졌다.
148) 사천성 기주 어복현에 있는 궁궐이다. 촉나라 유비(劉備)가 오
    나라를 정벌할 때에 지었던 행궁인데, 그는 결국 이곳에서 죽었
    다.
149) 제목에 '又'로 표기한 것은 연작시(連作詩)인데, '許景樊'이라고
    저자 이름을 밝혔지만 이 경우에는 허균의 시 「綵毫詠 次賈司馬
    戲贈吳子魚」에 이어진 시이기에 허균의 연작시라고 보아야 한
    다. 3수 모두 1608년에 간행한 목판본 『蘭雪軒詩』에 없는 시들
    이어서, 입력하지 않는다. 뒤에 이어서 편집된 「橫塘曲」도 난설
    헌의 시가 아니라 이달(李達)의 시이다.

家住橫塘綠水邊。 집이 횡당의 푸른 물가에 있어
相隨女伴採新蓮。 여자 친구 따라서 새 연을 캐었지요.
逢郞始得成佳約、 님을 만나 비로소 아름다운 기약 맺으니
落日雕窓楊柳煙。 지는 해 창가에 버들 안개가 끼었네요.
○ 橫塘曲150)
家住橫塘綠水邊。 相隨女伴採新蓮。 逢郞始得成佳約、 落日雕
窓楊柳煙。

## 의주 산촌

摘來嫩韭新炊飯、 보드라운 부추 베어 와서 새로 밥을 짓고
沽得香醪旋打魚。 향기로운 술을 사다가 생선회를 쳤네.
白髮山翁健如鶴、 흰 머리의 산늙은이 건장하기 학 같건만
只愁賓客不歡娛。 손님이 즐겨하지 않을까 그것만 걱정일세.
○ 義州山村卽事151)
摘來嫩韭新炊飯、 沽得香醪旋打魚。 白髮山翁健如鶴、 只愁賓
客不歡娛。

## 유선곡(遊仙曲)

　모두 300여 수인데, 그의 수서(手書) 81수를 내가 얻었다.

1.

---

150) 허균이 1618년에 편집하여 목판본으로 간행한 『손곡시집(蓀
　　谷詩集)』에 실린 「橫塘曲」 2수 가운데 제1수와 몇 글자 다르다.
151) 1608년 목판본 『蘭雪軒詩』에 없는 시이다. 『동문선(東文選)』
　　권21 칠언절구에 실려 있는 설손(偰遜)의 「莊村醉歸口號」 6수
　　가운데 제2수이다.

瑞風吹破翠霞裙。 바람 불어 푸른 치마 날리며
手把天花倚五雲。 손에 천화를 잡고 오색 구름에 비껴 있네.
雲外玉童鞭白虎、 구름 너머 동자는 백호를 채찍질하며
碧城邀取小茅君。 벽성에서 소모군을 맞아들이네.

○ 遊仙曲[152] 凡三百首, 余得其手書八十一首.

瑞風吹破翠霞裙。 手把天花倚五雲。 雲外玉童鞭白虎、 碧城邀
取小茅君。

2.

氷屋珠扉鎖一春。 얼음집 구슬문은 봄 내내 닫혀 있는데
落花烟露滿綸巾。 지는 꽃 이슬이 비단 수건에 가득하구나.
東皇近日無巡幸、 동황님[153]께선 요즘 순행이 없으시어
閑殺瑤池五色麟。 요지의 오색 기린이 한가하기 그지없네.

○ 又[154]

氷屋珠扉鎖一春。 落花烟露滿綸巾。 東皇近日無巡幸、 閒殺瑤
池五色麟。

3.

青苑紅堂閉寂寥。 푸른 동산에 붉은 집들이 닫혀 맑고 고즈
녁한데
鶴眠丹竈夜迢迢。 학은 단약을 굽는 화덕[155]에서 졸고 밤은

---

152) 1608년 목판본 『蘭雪軒詩』에는 「遊仙詞」라는 제목으로 87수
   가 실려 있는데, 이 시는 그 가운데 제4수이다.
153) 하늘의 신인데, 사당이 초나라 동쪽에 있어 동제(東帝), 또는
   동황(東皇)이라고 한다. 불을 맡은 신도 동황인데, 청제(青帝)라고
   도 한다.
154) 1608년 목판본 『蘭雪軒詩』에는 「遊仙詞」 제7수로 실려 있다.
155) 단조(丹竈)는 단사(丹砂)를 달여서 선약을 만드는 화로이다.

아득하구나.

仙翁曉起喚明月、 늙은 신선 새벽에 일어나 밝은 달 부르자
遙隔海天聞洞簫。 멀리 바다와 하늘 건너편에서 퉁소 소리
들리네.

○ 又[156]

靑苑紅堂閉寂寥。 鶴眠丹竈夜迢迢。 仙翁曉起喚明月、 遙隔海
天聞洞簫。

4.

烟淨遙空鶴未歸。 하늘엔 안개 맑고 학은 돌아오지 않는데
白楡陰裡閉朱扉。 흰 느릅나무 그늘 속에 붉은 문 닫혔구나.
溪頭盡日神靈雨、 시냇가엔 하루 종일 신령스런 비가 내려
滿地靑雲濕不飛。 땅에 뒤덮인 푸른 구름이 날아가질 못하네.

○ 又[157]

烟淨遙空鶴未歸。 白楡陰裡閉朱扉。 溪頭盡日神靈雨、 滿地靑
雲濕不飛。

5.

閒住瑤池吸彩霞。 한가롭게 요지에 살며 노을을 마시는데
瑞風吹折碧桃花。 상서로운 바람 불어와 벽도화 가지를 꺾네.
東皇長女時相訪、 동황의 맏따님을 이따금 찾아뵈느라
盡日簾前卓鳳車。 주렴 앞에 하루 종일 봉황 수레를 세웠네.

○ 又[158]

閒住瑤池吸彩霞。 瑞風吹折碧桃花。 東皇長女時相訪、 盡日簾

---

156) 1608년 목판본 『蘭雪軒詩』에는 「遊仙詞」 제11수로 실려 있다.
157) 1608년 목판본 『蘭雪軒詩』에는 「遊仙詞」 제10수로 실려 있다.
158) 1608년 목판본 『蘭雪軒詩』에는 「遊仙詞」 제18수로 실려 있다.

前卓鳳車。

6.

花冠藥帔九霞裙。 화관에 꽃배자 아홉폭 무지개 치마 입으니
一曲笙歌響碧雲。 한 가락 피리 소리 푸른 구름에 울리네.
龍馬忽嘶滄海月、 창해에 달이 뜨자 용마가 갑자기 울고
十洲還訪上陽君。 신선 사는 십주159)로 상양군을 찾아가네.
○ 又160)
花冠藥帔九霞裙。 一曲笙歌響碧雲。 龍馬忽嘶滄海月、 十洲還
訪上陽君。


○ 宣川雪夜送淸巵。 선천의 눈 오는 밤 맑은 술잔을 보내니
懶向筵前唱竹枝。 술자리 앞에서 죽지사 부르기 게을러지네.
莫惜東風一沈醉、 동풍에 한껏 취하기를 아끼지 마소
相逢正是別離時。 서로 만나자말자 바로 이별이라오,
○ 宣川雪夜送淸巵。 懶向筵前唱竹枝。 莫惜東風一沈醉、 相逢正
是別離時。 161)

---

159) 한나라 무제가 서왕모에게서 (신선세계) 이야기를 들었다. 팔
방(八方) 큰 바다 가운데 조주(祖洲)·영주(瀛洲)·현주(懸洲)·염
주(炎洲)·장주(長洲)·원주(元洲)·유주(流洲)·생주(生洲)·봉린주
(鳳麟洲)·취굴주(聚窟洲)의 열 섬이 있는데, 사람의 자취가 끊어
진 곳이라고 한다. 「해내십주기(海內十洲記)」
160) 1608년 목판본 『蘭雪軒詩』에는 「遊仙詞」 제22수로 실려 있다.
161) 1608년 목판본 『蘭雪軒詩』에 없는 시이다. 제목이 없이 실린
이 시는 許景樊의 「遊仙曲」 제6수 뒷장에 4행을 건너뛰어 편집
되어 있는데, 누구의 시가 난설헌의 시에 이어져 편집되었는지,
어느 문헌에서도 근거를 확인할 수가 없다.

# 권8162)

## 보허사(步虛詞)

1.

乘鸞夜下蓬萊島。 난새를 타고 한밤중 봉래산에 내려서
閑輾麟車踏瑤草。 기린수레 한가히 타고 향그런 풀잎 밟네.
海風吹綻碧桃花、 바닷바람이 불어와 벽도 꽃망울이 터지고
玉盤滿摘安期棗。 옥소반에는 안기의 대추163)를 가득 따다
담았네.

○ 步虛詞164)

乘鸞夜下蓬萊島。 閑輾麟車踏瑤草。 海風吹綻碧桃花、 玉盤滿
摘安期棗。

2.

九霞裙襯六銖衣。 아홉 폭 무지개 치마 가벼운 저고리165)로
鶴背乘風紫府歸。 학 등에서 바람 타고 하늘로 돌아오네.

---

162) 다양한 형식의 시 79수가 실려 있는데, 모두 난설헌의 시이다.
163) 신선 안기(安期)가 대추를 먹고 천년을 살았다고 한다. 한 무
제(漢武帝) 때 방사(方士) 소군(少君)이 무제에게 말하기를 "신이
일찍이 해상(海上)에 노닐면서 신선 안기생을 만나 보았는데, 그
는 크기가 오이만 한 대추를 먹고 있었습니다.[臣嘗游海上, 見安期
生, 食巨棗, 大如瓜.]"라고 했던 데서 온 말이다. 『사기(史記)』 권
28 「봉선서(封禪書)」
164) 1608년 목판본 『蘭雪軒詩』에 「步虛詞」 2수가 다 실려 있다.
165) 원문의 수(銖)는 1냥의 24분의 1인데, 가벼움을 뜻한다. 육수
의(六銖衣)는 신선들이 입는 가벼운 저고리이다.

瑤海月明銀漢落、 요해엔 달빛이 밝고 은하수도 스러졌는데
玉簫聲徹彩雲飛。 옥퉁소 소리에 오색 구름이 날아오르네.
○ 又
九霞裙襯六銖衣。 鶴背乘風紫府歸。 瑤海月明銀漢落、 玉簫聲
徹彩雲飛。

## 유선사(遊仙詞)

1.
千載瑤池別穆王。 천년 고인 요지에서 목왕[166]과 헤어져
暫敎靑鳥訪劉郞。 파랑새로 하여금 유랑[167]을 찾게 하였네.
平明上界笙簫返, 밝아오는 하늘에서 피리 소리 들려오니
侍女皆騎白鳳皇。 시녀들이 모두 흰 봉황을 탔구나.
○ 又[168]
千載瑤池別穆王。 暫敎靑鳥訪劉郞。 平明上界笙簫返,   侍女皆
騎白鳳皇。
2.
瓊洞珠潭貯九龍。 골짜기와 연못에 아홉 용이 잠겨 있고
彩雲寒濕碧芙蓉。 서늘한 오색구름이 부용봉[169]을 물들이네.

---

166) 『조선시선』 각주 190번 참고.
167) 유씨 성의 사내라는 뜻인데, 이 시에서는 한나라 무제(武帝)
    유철(劉徹)을 가리킨다. 신선을 좋아하여 칠석날 큰 잔치를 벌였
    는데, 서왕모의 시녀인 청조가 날아온 뒤에 서왕모가 찾아왔다
    고 한다. 서왕모가 무제에게 신선세계 이야기를 들려주었다.
168) 1608년 목판본 『蘭雪軒詩』에 「遊仙詞」 87수 가운데 제1수로
    실려 있다.
169) 신선세계의 산인데, 봉우리 모양이 연꽃 같아서 부용봉이라고

乘鸞使者西歸路、 난새 탄 동자를 따라 서쪽으로 오는 길에
立在花前禮赤松。 꽃 앞에 선 적송자[170]에게 예를 올렸네.
○ 又[171]
瓊洞珠潭貯九龍。彩雲寒濕碧芙蓉。乘鸞使者西歸路、立在花
前禮赤松。

3.
露濕瑤空桂月明。 하늘에 이슬 촉촉하고 계수나무엔 달빛 밝
은데
九天花落紫簫聲。 꽃 지는 하늘에선 퉁소 소리만 들려오네.
朝元使者騎金虎、 금호랑이 탄 동자는 옥황님께 조회 가느라
赤羽麾幢上玉淸。 붉은 깃발 앞세워 옥청궁으로 올라가네.
○ 又[172]
露濕瑤空桂月明。九天花落紫簫聲。朝元使者騎金虎、赤羽麾
幢上玉淸。

4.
焚香遙夜禮天壇。 긴 밤에 향불 피우고 천단에 예를 올리는데
羽駕翻風鶴氅寒。 수레 깃발 바람에 펄럭이고 학창의는 싸늘

---

한다.
170) 전설시대 신농씨(神農氏) 때에 비를 맡았던 신선인데, 곤륜산
   에 들어가서 수옥(水玉)을 먹고 신선이 되었다고 한다. 한(漢)나
   라의 개국공신 장량(張良)이 고조(高祖)를 도와 천하를 평정한 뒤
   에 유후(留侯)의 봉작을 받고 나서, "바라건대 인간 세상의 일을
   버리고 적송자를 따라 노닐고 싶다.[願棄人間事, 欲從赤松子遊耳.]"
   라고 하고는 벽곡(辟穀)과 도인(導引) 등의 신선술을 닦았다고 한
   다.『사기(史記)』권55「유후세가(留侯世家)」
171) 1608년 목판본『蘭雪軒詩』에「遊仙詞」제2수로 실려 있다.
172) 1608년 목판본『蘭雪軒詩』에「遊仙詞」제3수로 실려 있다.

하네.

淸磬響沈星月冷、 해맑은 풍경 소리 은은하고 달빛 차가운데

桂花烟露濕紅鸞。 계수나무 꽃의 이슬이 붉은 난새를 적시네.

○ 又[173)]

焚香遙夜禮天壇。 羽駕翻風鶴氅寒。 淸磬響沈星月冷、 桂花烟
露濕紅鸞。

5.

宴罷西壇星斗稀。 서단에서 잔치 끝나자 북두칠성도 성글어

赤龍南去鶴東飛。 붉은 용은 남으로 학은 동으로 날아가네.

丹房玉女春眠重、 단방[174)]의 선녀는 봄 졸음에 겨워

倦倚紅闌曉未歸。 난간에 지쳐 기댄 채로 날 밝도록 돌아가
질 않네.

○ 又[175)]

宴罷西壇星斗稀。 赤龍南去鶴東飛。 丹房玉女春眠重、 倦倚紅
闌曉未歸。

6.

瓊樹玲瓏壓瑞烟。 계수나무 영롱하고 상서로운 안개가 뒤덮
였는데

玉鞭龍駕去朝天。 채찍 든 신선이 용을 타고 조회하러 가네.

紅雲塞路無人到、 붉은 구름이 길을 막아 찾아오는 사람도
없으니

短尾靈尨籍草眠。 꼬리 짧은 삽살개[176)]가 풀밭에 주저앉아

---

173) 1608년 목판본 『蘭雪軒詩』에 「遊仙詞」 제5수로 실려 있다.
174) 단약(丹藥)을 굽는 방이다.
175) 1608년 목판본 『蘭雪軒詩』에 「遊仙詞」 제6수로 실려 있다.

조네.

○ 又[177]

瓊樹玲瓏壓瑞烟。玉鞭龍駕去朝天。紅雲塞路無人到、短尾靈
厖籍草眠。

7.

香寒月冷夜沈沈。 날씨 싸늘하고 달빛 차가운데 밤은 캄캄해
哭別嬌妃脫玉簪。 웃으며 교비[178]에게 하직하니 옥비녀를
뽑아 주시네.

更把金鞭指歸路、 다시금 금채찍 잡아 돌아갈 길을 가리키자
碧城西畔五雲深。 벽성 서쪽 언덕에 오색 구름 자욱하네.

○ 又[179]

香寒月冷夜沈沈。哭別嬌妃脫玉簪。更把金鞭指歸路、碧城西
畔五雲深。

8.

閑携姉妹禮玄都。 한가롭게 자매를 데리고 현도관[180]에 예
를 올리니

三洞眞人各見呼。 삼신산 신선들이 저마다 보자고 부르시네.

分付赤龍花下立、 붉은 용에게 분부하여 벽도화 아래 서서
紫皇宮裡看投壺。 자황궁 안에서 투호[181] 놀이를 구경하네.

---

176) 원문의 "방(厖)"자는 "삽살개 방(狵)", 또는 이와 통용되는
"방(尨)"자로 써야 한다.
177) 1608년 목판본 『蘭雪軒詩』에 「遊仙詞」 제9수로 실려 있다.
178) 아리따운 왕비, 또는 여신이다.
179) 1608년 목판본 『蘭雪軒詩』에 「遊仙詞」 제12수로 실려 있다.
180) 신선들의 거처인데, 백옥경 칠보산(七寶山)에 있다고 한다.
181) 화살을 던져서 병에다 넣는 내기인데, 지는 사람이 벌주를 마

○ 又[182]

閑携姉妹禮玄都。三洞眞人各見呼。分付赤龍花下立、紫皇宮
裡看投壺。

9.

滿酌瓊醪綠玉巵。비취 옥잔[183]에 술을 가득 따라
月明花下勸東妃。달 밝은 꽃 아래서 동황비에게 권하네.
丹陵宮主休相妬、단릉궁주님[184]이여 질투하지 마오
一萬年來會面稀。일만년이 지나도 서로 만나기 드무니.

○ 又[185]

滿酌瓊醪綠玉巵。月明花下勸東妃。丹陵宮主休相妬、一萬年
來會面稀。

10.

樓鎖彤霞地絕塵。다락은 붉은 노을에 잠기고 땅에는 먼지
걷혔는데
玉妃春淚濕羅巾。옥비의 눈물이 비단 수건을 적시네.
瑤空月浸星河影、하늘의 달은 은하수 그림자에 잠기고
鸚鵡驚寒夜喚人。추위에 놀란 앵무새는 밤에 사람을 부르네.

○ 又[186]

樓鎖彤霞地絕塵。玉妃春淚濕羅巾。瑤空月浸星河影、鸚鵡驚

---

신다. 우리나라에서도 여자들이 많이 하였다.
182) 1608년 목판본 『蘭雪軒詩』에 「遊仙詞」 제14수로 실려 있다.
183) 치(巵)는 술잔인데, 4되 들이 술그릇도 치(巵)라고 한다.
184) 단릉은 요임금이 태어난 곳이다. 단릉공주는 요임금의 딸이
　　니, 순임금에게 시집간 아황과 여영을 가리키는 듯하다.
185) 1608년 목판본 『蘭雪軒詩』에 「遊仙詞」 제19수로 실려 있다.
186) 1608년 목판본 『蘭雪軒詩』에 「遊仙詞」 제23수로 실려 있다.

寒夜喚人。

11.

新拜眞官上玉都。 새로 진관[187]에 제수되어 옥황궁 올라가니
紫皇親授九靈符。 옥황상제께서 친히 구령부[188]를 내리시네.
歸來桂樹宮中宿、 계수나무 궁전으로 돌아와 잠을 자려니
白鶴閑眠太乙爐。 흰 학이 한가롭게 태을로[189] 앞에서 조네.
○ 又[190]

新拜眞官上玉都。 紫皇親授九靈符。 歸來桂樹宮中宿、 白鶴閑
眠太乙爐。

12.

烟盖飄飆向碧空。 꽃구름이 흩날리며 하늘 향해 올라갔다가
翠幢歸殿玉壇空。 푸른 깃대 궁전에 돌아오니 옥단이 비었네.
靑鸞一隻西飛去、 푸른 난새 한 마리가 서쪽으로 날아가자
露壓桃花月滿宮。 이슬이 벽도화 적시고 달은 궁에 가득하네.
○ 又[191]

烟盖飄飆向碧空。 翠幢歸殿玉壇空。 靑鸞一隻西飛去、 露壓桃
花月滿宮。

13.

瓊海漫漫浸碧空。 구슬 바다는 아득해 푸른 하늘에 잠겼는데

---

187) 벼슬 맡은 신선이다.
188) 구령은 도가의 관 이름이며, 구령부는 신선세계의 증표인 부
    적이다.
189) 태을(太乙)은 만물을 총괄하는 신, 즉 천제인데, 태일(太一)이
    라고도 한다. 태을로는 단약을 조제하는 선궁의 향로이다.
190) 1608년 목판본 『蘭雪軒詩』에 「遊仙詞」 제24수로 실려 있다.
191) 1608년 목판본 『蘭雪軒詩』에 「遊仙詞」 제25수로 실려 있다.

玉妃無語倚東風。 옥비께서 말씀 없이 동풍에 몸을 실으시네.
蓬萊夢覺三千里、 봉래산 삼천리의 꿈을 깨고 났더니
滿袖啼痕一抹紅。 소매 적신 울음 자국에 연지가 묻어났네.
○ 又192)
瓊海漫漫浸碧空。 玉妃無語倚東風。 蓬萊夢覺三千里、 滿袖啼
痕一抹紅。
14.
華表眞人昨夜歸。 화표주193) 신선이 어젯밤에 돌아왔는데
桂香吹滿六銖衣。 계수나무 향기 가벼운 옷자락에 가득하네.
閑回鶴馭瑤壇上、 한가롭게 학을 타고서 단 위로 돌아오니
日出瓊林露未晞。 해가 숲에 떠올랐는데 이슬이 안 말랐네.
○ 又194)
華表眞人昨夜歸。 桂香吹滿六銖衣。 閑回鶴馭瑤壇上、 日出瓊
林露未晞。
15.
笒石金華四十年。 금화산195) 석실에 사십 년 있노라니

---

192) 1608년 목판본 『蘭雪軒詩』에 「遊仙詞」 제28수로 실려 있다.
193) 정령위(丁令威)가 신선이 되어 고향을 떠났다가 천년 뒤에 학
   을 타고 요동으로 돌아와 보니, 성곽과 사람들이 모두 바뀌어
   있었다. 그래서 화표주(華表柱) 위에 앉아서 슬피 울며 노래 불렀
   다고 한다. 이 시에서 말하는 화표주 신선은 정령위를 가리킨다.
   화표(華表)는 성문이나 큰길가에 세운 팻말인데, 백성들이 진정
   할 내용을 쓰면 수령이 들어주었다.
194) 1608년 목판본 『蘭雪軒詩』에 「遊仙詞」 제30수로 실려 있다.
195) 황초평(黃初平)은 단계(丹溪) 사람으로, 나이 열다섯에 양을 치
   다가 도사(道士)를 따라 금화산(金華山) 석실(石室)로 가서 수도(修
   道)하였다. 그 후 40년 만에 그의 형 황초기(黃初起)가 수소문 끝

老兄相訪蔚藍天。노형이 검푸른 하늘[196])로 날 찾아왔네.
烟簑月簁人間事、안개 속에 사립 쓰고 달 아래 피리 불던 인간세상 이야기하다
咲指溪南白玉田。웃으며 시내 남쪽 백옥전[197])을 가리켰네.
○ 又[198])
管石金華四十年。老兄相訪蔚藍天。烟簑月簁人間事、咲指溪南白玉田。
16.
乘鸞來下九重城。난새 타고 아홉겹 성[199])으로 내려와
絳節霓旌別太淸。붉은 깃발[200]) 오색 깃발로 태청궁 떠나네.
逢着周靈王太子、주나라 영왕의 태자를 만나
碧桃花下夜吹笙。벽도화 아래에서 한밤중 생황을 부네.
○ 又[201])
乘鸞來下九重城。絳節霓旌別太淸。逢着周靈王太子、碧桃花下夜吹笙。
17.

---

에 그를 찾아가 만났더니 양은 보이지 않고 흰 돌들만 있었다.
    황초평이 "양들은 일어나라."라고 소리치자, 흰 돌들이 모두 수
    만 마리의 양으로 변했다 한다. 『신선전(神仙傳) 황초평(黃初平)』
196) 울남(蔚藍)은 검푸른 하늘빛인데, 옥황상제가 있는 곳이 울람
    천(蔚藍天)이다.
197) 하늘나라 백옥경에 있는 밭이다.
198) 1608년 목판본『蘭雪軒詩』에는「遊仙詞」제31수로 실려 있다.
199) 궁성(宮城)은 문이 아홉 겹으로 되어 구중궁궐이라고 한다.
200) 절(節)은 임금이 사신에게 하사하는 깃발인데, 신임을 나타낸
    다.
201) 1608년 목판본『蘭雪軒詩』에「遊仙詞」제33수로 실려 있다.

海畔紅桑幾度開。 바닷가 붉은 뽕나무202)가 몇 번이나 피었
던가

羽衣零落暫歸來。 깃옷203)이 다 떨어져 잠간 돌아왔네.

東窓玉樹三枝長、구슬나무 세 그루가 동쪽 창가에 자랐는데

知是眞皇別後栽。 진황204)과 헤어진 뒤에 심은 나무라네.

○ 又205)

海畔紅桑幾度開。 羽衣零落暫歸來。 東窓玉樹三枝長、知是眞
皇別後栽。

18.

催龍促鳳去朝元。 용과 봉황 몰아서 타고 조원궁 떠나206)

路入瑤空敞八門。 하늘로 들어가니 여덟 문207) 활짝 열렸네.

仙史殿頭宣詔語、사관이 옥황 앞에서 조서를 선포하는데

九華王子上崑崙。 구화궁208) 왕자를 곤륜산에 오르게 했네.

○ 又209)

---

202) 동해에 있는 신목(神木)인데, 해가 그 나무에서 돋는다고 한
다. 흔히 부상(扶桑)이라고 한다.

203) 우의(羽衣)는 신선이 입는 옷인데, 새의 깃으로 만들었다.

204) 천지의 조화를 맡아 주재하는 신인데, 진군(眞君)이라고도 한다.

205) 1608년 목판본 『蘭雪軒詩』에 「遊仙詞」 제34수로 실려 있다.

206) 조원(朝元)은 원군(元君)인 옥황상제를 뵙는 것이다. 당나라 때
에 노자(老子)를 모시던 도관을 조원각(朝元閣)이라 했으니, 조원
궁에 올라갔다고 볼 수도 있다.

207) 하늘에 여덟 문이 있다고 한다.

208) 하남성 임장현 서쪽에 있던 궁전 이름인데, 후조(後趙) 석호
(石虎)가 지었다. 예전에 기물이나 궁전의 장식이 화려할 때에
"구화(九華)"라고 표현하였다. 구(九)는 많다는 뜻이다.

209) 1608년 목판본 『蘭雪軒詩』에 「遊仙詞」 제35수로 실려 있다.

催龍促鳳去朝元。路入瑤空敞八門。仙史殿頭宣詔語、九華王子上崑崙。

19.

東宮女伴罷朝回。동궁의 선녀들이 조회를 마치고 나오는데
花下相邀入洞來。꽃 아래서 만나 골짜기로 들어오네.
閑倚玉峰吹鐵笛、한가롭게 봉우리에 의지해 피리[210] 불자
碧雲飛遠望天臺。파란 구름이 일어나 망천대를 에워싸네.
○ 又[211]
東宮女伴罷朝回。花下相邀入洞來。閑倚玉峰吹鐵笛、碧雲飛遠望天臺。

20.

烟盖歸來小有天。구름 타고서 소유천으로 돌아오자
紫芝初長水邊田。새로 돋은 난초가 물가에서 자라네.
瓊筐採得英英實、구슬 바구니에 꽃다운 열매를 따서 담느라
遺却紅綃制鶴鞭。붉은 보자기로 싸다가 학 다룰 채찍을 잊었네.
○ 又[212]
烟盖歸來小有天。紫芝初長水邊田。瓊筐採得英英實、遺却紅綃制鶴鞭。

---

210) 철적(鐵笛)은 신선이 주고 갔다는 쇠피리이다. 주희(朱熹)의 「철적정서(鐵笛亭序)」에서 "무이산에 사는 은자 유군은……철적을 잘 불어서, 구름을 뚫고 돌을 찢는 소리가 난다.[武夷山中隱者劉君……善吹鐵笛, 有穿雲裂石之聲.]"라고 하였다. 『주자대전(朱子大全)』 권9 「철적정서(鐵笛亭序)」

211) 1608년 목판본 『蘭雪軒詩』에 「遊仙詞」 제39수로 실려 있다.

212) 1608년 목판본 『蘭雪軒詩』에 「遊仙詞」 제40수로 실려 있다.

21.

群仙相引陟芝田。신선들 이끌고 불로초 밭213)으로 건너가
暫向珠潭學探蓮。잠시 연못으로 가서 연밥을 따게 하였네.
斜日照花瓊戶閉、지는 해가 꽃에 비끼자 구슬문이 닫겨
碧湙深鎖大羅天。푸른 노을이 대라천214)에 짙게 깔렸네.

○ 又215)

群仙相引陟芝田。暫向珠潭學探蓮。斜日照花瓊戶閉、碧
湙216)深鎖大羅天。

22.

瓊海茫茫月露摶。드넓은 구슬 바다에 달빛과 이슬이 엉겨
十千宮女駕靑鸞。일만 궁녀들이 푸른 난새를 탔네.
平明去赴瑤池宴、날이 밝자 요지 잔치로 날아가는데
一曲笙歌碧落寒。한 가락 피리 소리에 푸른 하늘 차가워라.

○ 又217)

瓊海茫茫月露摶。十千宮女駕靑鸞。平明去赴瑤池宴、一曲笙
歌碧落寒。

23.

---

213) 지전(芝田)은 영지(靈芝)밭인데, 신선세계의 지전은 불로장생의
   약초밭이다.
214) 도가에서 가장 높은 하늘을 대라천(大羅天)이라고 하는데, 도
   교의 최고 신선인 원시천존(元始天尊)이 있는 곳이다. 그 아래에
   옥청(玉淸), 상청(上淸), 태청(太淸)의 삼청(三淸)이 있다.
215) 1608년 목판본 『蘭雪軒詩』에 「遊仙詞」 제41수로 실려 있다.
216) 뜻이 통하지 않아, 목판본 『蘭雪軒詩』에 따라 '碧烟'으로 번
   역하였다.
217) 1608년 목판본 『蘭雪軒詩』에 「遊仙詞」 제59수로 실려 있다.

瓊樹扶疎露氣濃。 구슬나무 우거진 잎새에 이슬이 짙은데

月明簾室影玲瓏。 달빛이 발 사이로 방안에 드니 그림자 영
롱해라.

閑催白兎敲靈藥、 한가롭게 흰 토끼에게 시켜 선약을 찧으니

滿臼天香玉屑紅。 천향의 붉은 옥가루218)가 절구에 가득하네.

○ 又219)

瓊樹扶疎露氣濃。 月明簾室影玲瓏。 閑催白兎敲靈藥、 滿臼天
香玉屑紅。

24.

露盤花影浸三星。 이슬 받는 쟁반220) 꽃그림자가 별에 잠겼고

斜漢初低白玉屏。 기울어진 은하수가 백옥 병풍에 나직해지네.

孤鶴未回人不寐、 학이 돌아오지 않아 신선도 자지 못하고

一條銀浪落珠庭。 한 가닥 하얀 물방울만 뜨락에 떨어지네.

○ 又221)

露盤花影浸三星。 斜漢初低白玉屏。 孤鶴未回人不寐、 一條銀
浪落珠庭。

25.

俊土夫人住馬都。 후토부인222)이 백옥경 궁궐에 살아

---

218) 장생불사의 선약이다.
219) 1608년 목판본 『蘭雪軒詩』에 「遊仙詞」 제60수로 실려 있다.
220) 한나라 무제(武帝)가 불로장생하기 위해서 이슬을 받았던 승
로반(承露盤)이다. 옥가루를 이슬로 개어 선약을 만들었다. 건장
궁(建章宮)에 동(銅)으로 선인장(仙人掌)을 만들어 세워서 이슬을
받게 하여 그 이슬을 마시고 수명을 늘려 보려고 했던 일이 『한
서(漢書)』 권25 「교사지 상(郊祀志上)」에 보인다.
221) 1608년 목판본 『蘭雪軒詩』에 「遊仙詞」 제62수로 실려 있다.

日中笙笛宴麻姑。 한낮에 피리 불며 마고에게 잔치 베푸네.
韋郎年少心慵甚、 위랑은 젊은데도 유난히 게을러서
不寫輕綃五岳圖。 얇은 비단에 오악 모습을 그리다 말았네.
○ 又[223]

俊土夫人[224]住馬都。 日中笙笛宴麻姑。 韋郎年少心慵甚、 不
寫輕綃五岳圖。

26.

朱幡絳節曉霞中。 붉은 깃발이 새벽노을 속에서 나부끼는데
別殿淸齋待五翁。 별전에서 목욕재계하고 오방의 신선[225]을

---

222) 당나라 시대에 「후토부인전(后土夫人傳)」이라는 소설이 있었는
데, 고병(高駢)이 말년에 신선에 미혹된 이야기를 기록하였다. 여
용지(呂用之)·장수일(張守一)·제갈은(諸葛殷) 등이 모두 귀신을
부리고 연단술을 써서 황금과 백은을 변화시킬 수 있다고 했는
데, 그들이 이런 이야기를 했다.
　"후토부인 영우(靈佑)가 사람을 아무개에게 보내어 병마(兵馬)를
빌리고, 아울러 이전(李筌)이 지은 「태백음경(太白陰經)」을 빌렸다.
그런데 고병이 갑자기 두 고을로 내려와 백성들로 하여금 부들
자리 1,000장에다 갑마(甲馬)의 모습을 그리게 하고는 불태워 버
렸다. 또 오색 종이에다 도가의 경전을 열 가지나 베끼게 하여
신(神) 옆에 두었다. 또 후토부인의 장막 안에다 푸른 옷 입은
젊은이의 모습을 흙으로 만들어 세웠는데, 그를 위랑(韋郎)이라
고 하였다."
　당나라 때에 후토부인을 모신 사당이 많았는데, 양주(揚州)에 특
히 많았다. 부인의 모습을 흙으로 만들어 세웠다.
223) 1608년 목판본 『蘭雪軒詩』에 「遊仙詞」 제66수로 실려 있다.
224) 뜻이 통하지 않는다. 제3구의 위랑(韋郎)을 참조하여, 1608년
목판본 『蘭雪軒詩』 「遊仙詞」 제66수에 보이는 후토부인(后土夫
人)으로 번역하였다.
225) 오옹(五翁)은 오방의 신선이다.

기다리네.

秋水一絃輕憂玉、 가을물 한 줄기 맑게 흐르고[226]
碧桃花滿紫陽宮。 푸른 복숭아꽃이 자양궁에 가득 피었네.

○ 又[227]

朱幡絳節曉霞中。別殿清齋待五翁。秋水一絃輕憂玉、碧桃花
滿紫陽宮。

27.

忘却敎人鎖後宮。 사람으로 하여금 후궁 닫는 것을 잊게 하여
還舟失盡玉壺空。 배로 돌아와 다 잃어버리고 옥병은 비었네.
姮娥若不偸靈藥、 항아가 영약을 훔치지 않았더라면
爭得長生在月宮。 다투어 장생을 얻어 월궁에 있었으리.

○ 又[228]

忘却敎人鎖後宮。還舟失盡玉壺空。姮娥若不偸靈藥、爭得長
生在月宮。

28.

絳闕夫人別玉皇。 붉은 대궐에서 부인이 옥황을 하직하고
洞天深閉紫霞房。 동천의 자하방[229]을 굳게 닫았지요.
桃花落盡溪頭樹、 시냇가 복사꽃이 다 떨어졌으니
流水舞情賺阮郎。 흐르는 물이 완랑[230]을 속일 뜻 없었지요.

---

226) 경알옥(輕憂玉)은 옥이 가볍게 맞부딪치는 소리이다.
227) 1608년 목판본 『蘭雪軒詩』에 「遊仙詞」 제75수로 실려 있다.
228) 1608년 목판본 『蘭雪軒詩』에 없는 시이다. 다른 문헌에도 보
    이지 않는다.
229) 신선의 고장이다.
230) 유신(劉晨)과 완조(阮肇)는 섬현(剡縣) 사람이다. 영평(58년-75
    년) 연간에 천태산에 들어가 약을 캐다가 13일이 지나도록 돌아

○ 又[231]

絳闕夫人別玉皇。洞天深閉紫霞房。桃花落盡溪頭樹、流水
舞[232]情賺阮郎。

29.

乘龍長伴九眞遊。 용을 타고 늘 아홉 선녀[233]와 벗삼으니
八島朝行夕已週。 아침에 팔도[234]를 떠나 저녁까지 두루 돌
아다니네.
深夜講壇風雨定、 밤이 깊어 강단에 비바람 멎자
小仙歸去策靑蠅。 작은 신선이 돌아가려고 푸른 용[235]을 채

오지 못했다. 산 위에 있는 복숭아를 따서 먹고, 산을 내려오다
가 잔으로 물을 떠 마셨다. 그 물에 무잎이 떠내려왔는데, 매우
깨끗했고, 참깨밥 한 그릇도 떠내려왔다. 그래서 두 사람이 말하
길, "사람이 사는 곳에서 멀지 않구나"했다. 물을 건너고 또 한
산을 지나가자 두 여인이 있었는데, 용모가 매우 아름다웠다. 유
신과 완조의 이름을 부르더니, "낭군들께서 어찌 이렇게도 늦게
오셨습니까?"라고 물었다. 극진하게 대하며, 술 마시고 즐겼다.
반년을 머물다가 돌아가겠다고 했는데, 집에 왔더니 자손이 벌
써 7대나 되었다. 태강 8년(287년)에 두 사람의 자취가 다시 사
라졌다. 완조가 완랑이다. -『소흥부지(昭興府志)』

231) 1608년 목판본『蘭雪軒詩』에「遊仙詞」제51수로 실려 있다.
232) 원본의 '阮郎' 밑에 '無'라고 수정해 놓았다.
233) 구진산(九眞山)은 호북성 한양현 서남쪽에 있는 산인데, 아홉
봉우리가 마주 바라보아서 "아홉 선녀가 이곳에서 단사(丹砂)를
만든다"는 전설이 있다. 그래서 세상 사람들이 구진산(九眞山)이
라고 했는데, 당나라 때에 선잠산(仙潛山)이라고 이름을 고쳤다.
원문의 구진(九眞)은 구진산(九眞山)인 동시에, 구진산에 살고 있
던 아홉 선녀를 가리킨다.
234) 신선이 사는 여덟 섬이다.
235) 용의 새끼인데, 뿔이 있는 것을 규(虯)라 하고, 뿔이 없는 것

찍질하네.

○ 又<sup>236)</sup>

乘龍長伴九眞遊。八島朝行夕已週。深夜講壇風雨定、小仙歸
去策靑蠅<sup>237)</sup>。

30.

去住樓臺一任風。 누대를 떠나고 머무는 것을 바람에 맡기니
十三天洞暗相通。 십삼 동천이 서로 통하네.
行○侍女炊何物、 시녀가 무슨 음식을 하는지
滿竈無烟玉炭紅。 부엌에 연기도 없이 옥탄이 붉게 타네.

○ 又<sup>238)</sup>

去住樓臺一任風。十三天洞暗相通。行○侍女炊何物、滿竈無
烟玉炭紅。

31.

八馬乘風去不歸。 말 여덟 마리<sup>239)</sup>가 바람 타고 가서는 돌

---

을 이(螭)라 한다.

236) 1608년 목판본 『蘭雪軒詩』에 「遊仙詞」 제52수로 실려 있다.

237) '蠅'자가 뜻이 통하지 않아, 1608년 목판본 『蘭雪軒詩』에 「遊
仙詞」 제52수에 보이는 '蚓'로 번역하였다.

238) 1608년 목판본 『蘭雪軒詩』에 없는 시이다. 다른 문헌에도 근
거가 보이지 않는다.

239) (목천자는) 궁중에서 기르던 팔준마(八駿馬)가 끄는 수레를 타
고 가서, 강물이 나눠진 곳의 작은 섬 중간인 적석산 남쪽 물가
에서 술을 마셨다. 천자의 훌륭한 말은 적기(赤驥)·도려(盜驪)·
백의(白義)·유륜(踰輪)·산자(山子)·거황(渠黃)·화류(華騮)·녹이
(綠耳)이다. 『목천자전(穆天子傳)』 권1
주나라 목왕(穆王)이 팔준마를 타고 서쪽으로 여행하다가, 곤륜
산에 올라가 서왕모를 만났다고 한다.

아오지 않으니

桂枝黃竹怨瑤池。 계수나무 가지와 황죽의 노래240)로 요지
를 원망하네.

昆庭玉瑟雲中響、 곤륜산 뜰의 비파 소리가 구름 속에 울려

傳語凌華罷畵眉。 꽃에 치여서 눈썹 그리기를 그만 두었네.

○ 又241)

八馬乘風去不歸。 桂枝黃竹怨瑤池。 昆庭玉瑟雲中響、 傳語凌
華罷畵眉。

32.

榆葉飄零碧漢流。 느릅나무잎 떨어지고 푸른 은하수는 흐르
는데

金蟾玉露不勝秋。 달빛242)에 구슬 같은 이슬이 가을을 견디
지 못하네.

靈橋鵲散無消息、 신령스런 다리243)에 까치도 흩어져 소식
없기에

隔岸空看飮渚牛。 건너편에서 물 마시는 견우성만 부질없이

---

240) 목천자가 황대(黃臺) 언덕에서 사냥하다가 큰 비가 내려 멈췄
  는데, 갑자기 추위가 닥쳐 많은 백성들이 얼어 죽었다. 이때 목
  천자가 애도하며 지은 노래가 「황죽」인데, 후세 사람들이 그의
  이름을 빌려서 지어 넣었다고도 한다.

241) 1608년 목판본 『蘭雪軒詩』에 「遊仙詞」 제82수로 실려 있다.

242) 원문의 '금섬(金蟾)'은 달의 별칭이다. 상고시대 후예(后羿)의
  아내인 항아(姮娥)가 서왕모(西王母)의 선약(仙藥)을 훔쳐가지고 월
  궁(月宮)에 달아나 두꺼비[蟾蜍]가 되었다는 전설에 의하여 달을
  섬여(蟾蜍)·항아·금섬(金蟾)이라고 부른 데서 유래한 것이다.

243) 칠석날마다 까치와 까마귀들이 은하수에 모여 견우와 직녀가
  만날 수 있도록 놓아주는 다리를 가리킨다.

바라보네.

○ 又[244]

榆葉飄零碧漢流。金蟾玉露不勝秋。靈橋鵲散無消息、隔岸空
看飮渚牛。

33.

珠露金颷上界秋。 이슬에 회오리바람 불어 하늘나라에 가을
이 되자
紫皇高宴五雲樓。 옥황님이 오운루에서 큰 잔치를 벌이시네.
霓裳一曲天風起、 예상우의곡[245] 한 곡조에 바람 일어나니
吹散仙香滿十洲。 신선의 향기 흩어져 온 세상에 가득해라.

○ 又[246]

珠露金颷上界秋。紫皇高宴五雲樓。霓裳一曲天風起、吹散仙
香滿十洲。

34.

六葉羅裙色曳烟。 여섯 폭 비단치마를 노을에 끌면서
阮郎相喚上芝田。 완랑을 불러 영지밭[247]으로 올라가네.

---

244) 1608년 목판본 『蘭雪軒詩』에 「遊仙詞」 제83수로 실려 있다.
245) 당나라 현종이 꿈에 월궁(月宮)에서 노는데, 선녀들이 춤을 즐
  기면서 이 노래를 불렀다고 한다. 그뒤에 양귀비와 사랑을 나눌
  때에는 이 노래를 연주시켰다.
246) 1608년 목판본 『蘭雪軒詩』에 「遊仙詞」 제84수로 실려 있다.
247) 원문의 '지전(芝田)'은 선인(仙人)이 가꾸는 영지(靈芝) 밭과 향
  초 밭인데, 진(晉)나라 왕가(王嘉)의 『습유기(拾遺記)』 「곤륜산(崑
  崙山)」에 보인다. "제9층은 산의 형태가 점점 협소해진다. 그 아
  래에 영지 밭과 향초 밭이 모두 수백 경 있는데, 신선들이 씨
  뿌리고 가꾼 것이다.[第九層, 山形漸小狹, 下有芝田蕙圃, 皆數百頃, 群
  仙種耨焉.]"

笙歌暫相花間歇、 피리 소리가 홀연히 꽃 사이에 스러지니
便是人間一萬年。 그 사이 인간세상에선 일만년이 흘렀네.
○ 又248)
六葉羅裙色曳烟。阮郎相喚上芝田。笙歌暫相花間歇、便是人
間一萬年。

## 규원(閨怨)

1.

錦帶羅衫積淚痕。 비단 띠 비단 적삼에 눈물자국 겹쳤으니
年年芳草恨王孫。 해마다 봄풀을 보며 왕손을 원망해서랍니
다.249)
瑤箏彈盡江南曲、 아쟁 끌어다 강남곡을 끝까지 타자
雨打梨花晝掩門。 빗줄기가 배꽃을 쳐 낮에도 문 닫았지요.
○ 閨怨
錦帶羅衫積淚痕。年年芳草恨王孫。瑤箏彈盡江南曲、雨打梨
花晝掩門。

2.

月樓秋盡玉屏空。 가을 지난 다락에 옥병풍 쓸쓸하고
霜打蘆洲下暮鴻。 갈대밭에 서리 지자 저녁 기러기 내리네.

---

248) 1608년 목판본 『蘭雪軒詩』에 「遊仙詞」 제87수로 실려 있다.
249) 王孫遊兮不歸, 왕손은 가서 돌아오지 않고
     春草生兮萋萋. 봄풀만 무성하게 자랐네. -『초사』 회남소산왕
     (淮南小山王) 「초은사(招隱士)」
   왕손은 귀공자를 가리키는데, 반드시 귀공자가 아니더라도 한 번
   떠났다가 돌아오지 않는 님을 가리키는 관용어로 많이 쓰였다.

瑤瑟一彈人不見、 거문고 다 타도록 님은 보이지 않고
藕花零落野塘中。 들판 연못에는 연꽃만 떨어지네.
○ 又
月樓秋盡玉屛空。 霜打蘆洲下暮鴻。 瑤瑟一彈人不見、 藕花零
落野塘中。

## 추한(秋恨)

絳紗遙隔夜燈紅。 붉은 비단으로 가린 창에 등잔불 붉게 타
夢覺羅衾一半空。 꿈 깨어보니 비단 이불이 절반 비어 있네.
霜冷玉籠鸚鵡語、 서리 차가운 새장에선 앵무새가 지저귀고
滿階梧葉落西風。 섬돌에는 오동잎이 서풍에 가득 떨어졌네.
○ 秋恨
絳紗遙隔夜燈紅。 夢覺羅衾一半空。 霜冷玉籠鸚鵡語、 滿階梧
葉落西風。

## 궁사(宮詞)

1.
龍輿初幸建章臺。 임금의 행차가 건장대250)로 납시자
六部笙歌出院來。 육부의 풍악소리 장악원251)에서 나오네.
試向曲闌催羯鼓、 굽은 난간 향해서 북252)을 치게 하자

---

250) (한나라 무제 때에 백량대가 불타자) 건장궁을 지었다. 그 규모가
     천문만호(千門萬戶)였고, 전전(前殿)이 미앙궁보다도 높았다. -『사
     기』 권12 「효무본기(孝武本紀)」
    건장궁은 장안현 서쪽 20여 리에 있었다.
251) 원(院)은 춤과 노래를 맡은 관서이다.

殿頭宮女報花開。 궁녀들이 대궐에 꽃 피었다고 아뢰네.
○ 宮詞253)

龍興初幸建章臺。 六部笙歌出院來。 試向曲闌催羯鼓、殿頭宮
女報花開。

2.

紅羅袱裏建溪茶。 다홍 보자기에다 건계산 차를 싸서
侍女封緘結作花。 시녀가 봉함하여 꽃으로 맺음하네.254)
斜扣紫泥書勅字、 비스듬히 인주를 찍어 칙(勅)자를 누르고는
內官分送大臣家。 내관들이 대신 댁으로 나누어 보내네.

○ 又255)

紅羅袱裏建溪茶。 侍女封緘結作花。 斜扣紫泥書勅字、 內官分
送大臣家。

3.

鸚鵡新詞羽未齊。 새로 말 배우는 앵무새 아직 길들지 않아
金龍鎖向玉樓西。 새장을 잠근 채 옥루 서쪽에 두었네.
閑回翠首依簾立、 이따금 파란 고개를 돌려 주렴을 향해
却對君王說隴西。 농서지방256) 사투리로 임금께 우짖네.

---

252) 갈고(羯鼓)는 장고처럼 생긴 작은 북이다.
253) 1608년 목판본 『蘭雪軒詩』에 「宮詞」 20수 가운데 제2수로
    실려 있다.
254) 결작화(結作花)는 선물을 포장하여 겉에다 꽃모양의 맺음을 표
    시하는 방법이다.
255) 1608년 목판본 『蘭雪軒詩』에 「宮詞」 제3수로 실려 있다.
256) 『금경(禽經)』에 이르기를, "앵무새는 농서 지방에서 나오는데,
    능히 말을 할 수 있다.[鸚鵡出隴西, 能言鳥也.]"라고 하였다. 농서
    (隴西)는 감숙성의 서쪽 일대인데, 앵무새가 처음 길들여졌던 곳
    에서 그곳 사투리를 먼저 배운 것이다.

○ 又[257)

鸚鵡新詞羽未齊。 金龍鎖向玉樓西[258)。 閑回翠首依簾立、 却
對君王說隴西。

4.

黃昏金鎖鎖千門。 날 저문 뒤 자물쇠로 대궐문[259) 잠그면
一面紅粧侍至尊。 얼굴 단장하고 임금님을 모시네.
阿監殿前持密詔、 아감[260)이 침전 앞에서 비밀쪽지 가지고
問誰還是最承恩。 누가 임금님 은총을 많이 받았느냐 묻네.

○ 又[261)

黃昏金鎖鎖千門。 一面紅粧侍至尊。 阿監殿前持密詔、 問誰還
是最承恩。

5.

清齋秋殿夜初長。 청재[262)하는 가을 대궐은 초저녁이 길어
不放宮人近御床。 궁인이 다가와 임금님을 못 모시게 하네.
時把剪刀裁越錦、 이따금 가위 잡고 월 땅의 비단을 잘라
燈前閑繡紫鴛鴦。 등불 앞에서 한가롭게 원앙새를 수놓네.

---

257) 1608년 목판본 『蘭雪軒詩』에 「宮詞」 제4수로 실려 있다.
258) 목판본 『蘭雪軒詩』에 '龍'은 '籠'으로, '西'는 '栖'로 되어 있어
　　서, 이에 따라 번역하였다.
259) 한나라 무제가 건장궁을 지었는데, 그 규모가 천문만호(千門萬
　　戶)를 헤아렸다. 그래서 후세 사람들이 궁문을 천문(千門)이라고
　　하였다. ─『자치통감』「당기(唐紀)」 주
　　천문(千門)은 대궐문이 천 개라는 뜻이다.
260) 나인을 감독하던 내시인데, 태감(太監)이라고도 한다.
261) 1608년 목판본 『蘭雪軒詩』에 「宮詞」 제6수로 실려 있다.
262) 제사를 거행하기에 앞서 몸과 마음을 청결하게 하여 신령께
　　성경(誠敬)을 보이는 것을 말한다.

○ 又<sup>263)</sup>

清齋秋殿夜初長。不放宮人近御床。時把剪刀裁越錦、燈前閑繡紫鴛鴦。

6.

長信宮門待曉開。 새벽부터 장신궁 문 열리길 기다렸건만
內官金鎖鎖門廻。 내관은 자물쇠로 문 잠그고 돌아가네.
當時曾哂他人到、 예전엔 남들이 입궁한다 비웃었건만
豈識今朝自入來。 오늘 아침 내가 들 줄이야 어찌 알았으랴.

○ 又<sup>264)</sup>

長信宮門待曉開。 內官金鎖鎖門廻。 當時曾哂他人到、 豈識今朝自入來。

7.

披香殿裏會宮粧。 피향전<sup>265)</sup> 안에 단장한 궁녀를 만나보니
新得承恩別作行。 은총을 새로 받아 자리가 높아졌네.<sup>266)</sup>
當座綉琹彈一曲、 임금님 모시고 거문고 한가락 타고 났더니
內家令賜綵羅裳。 나인을 부르셔서 오색 치맛감을 내리시네.

○ 又<sup>267)</sup>

披香殿裏會宮粧。 新得承恩別作行。 當座綉琹彈一曲、 內家令賜綵羅裳。

8.

---

263) 1608년 목판본 『蘭雪軒詩』에 「宮詞」 제8수로 실려 있다.
264) 1608년 목판본 『蘭雪軒詩』에 「宮詞」 제9수로 실려 있다.
265) 한나라 때에 장안에 있던 궁전이다. 허균이 난설헌의 시집을 다 편집한 뒤에 발문을 썼던 곳도 피향당(披香堂)이다.
266) 작항(作行)은 항렬, 또는 높은 반열에 오르는 것이다.
267) 1608년 목판본 『蘭雪軒詩』에 「宮詞」 제10수로 실려 있다.

避暑西宮不受朝。　더위 피해 서궁에서 조회를 받지 않으시고
曲欄初展碧芭蕉。　난간에는 파초 새싹이 새파랗게 퍼졌네.
閑隨尙藥圍碁局、　한가롭게 태의268)를 따라 바둑을 두고는
賭得珠鈿綠玉翹。　구슬 새긴 옥비녀를 내기해서 얻었네.
○ 又269)
避暑西宮不受朝。　曲欄初展碧芭蕉。　閑隨尙藥圍碁局、　賭得珠
鈿綠玉翹。

9.
天廚進食簇金盤。　부엌에서 수라상을 차려 올리자
香果魚羹下筯難。　향그런 과일과 어죽 사이에 머뭇거리시
네.270)
徐喚六宮分退膳、　천천히 육궁 불러 물림상을 나눠 주시자
旋推當直女先飡。　되물려서 당직 나인에게 먼저 먹게 하네.
○ 又271)
天廚進食簇金盤。　香果魚羹下筯難。　徐喚六宮分退膳、　旋推當
直女先飡。

10.
氷簟寒多夢不成。　싸늘한 대자리가 너무 차가워 꿈도 못꾸고

---

268) 송나라 때에 황제가 쓰는 일체의 일용품을 제공하는 여섯 가
지 부서로 상식(尙食), 상약(尙藥), 상의(尙衣), 상사(尙舍), 상온(尙
醞), 상연(尙輦)을 두었다. 이 시에서 상약(尙藥)은 임금이나 왕자
의 치료를 맡은 의원이다.
269) 1608년 목판본 『蘭雪軒詩』에 「宮詞」 제11수로 실려 있다.
270) 하저난(下筯難)은 어느 반찬에 먼저 젓가락이 가야 할지 몰라
서 머뭇거린다는 뜻이다.
271) 1608년 목판본 『蘭雪軒詩』에 「宮詞」 제12수로 실려 있다.

手揮羅扇撲流螢。 비단 부채 부치며 날아가는 반딧불 쫓네.
長門夜夜空明月、 장문궁272)은 밤도 길어 달빛만 밝은데
風送西宮咲語聲。 서궁의 웃음소리가 바람결에 실려오네.
○ 又273)

氷簟寒多夢不成。 手揮羅扇撲流螢。 長門夜夜空明月、風送西
宮咲語聲。

11.
看脩水殿種芙蓉。 수전274) 손질하고 연꽃 심으라 분부하셔
舁下羅函出九重。 비단상자에 받들고 대궐을 나왔네.
試着綵衫迎詔語、 채색 적삼 입고서 조서를 맞으려니
翠眉猶帶睡痕濃。 눈썹에는 아직도 졸던 자국이 짙구나.
○ 又275)

看脩水殿種芙蓉。 舁下羅函出九重。 試着綵衫迎詔語、翠眉猶
帶睡痕濃。

12.
新擇宮人直御床。 새로 간택된 궁녀가 임금님을 모시니
錦屛初賜合歡香。 병풍을 둘러치고 합환의 은총을 내리셨네.
明朝阿監來相問、 날이 밝아 아감님이 어찌 되었냐 물으니
咲指胸前一珮囊。 가슴에 찬 노리개 주머니 웃으며 가리키네.
○ 又276)

---

272) 장문궁은 한나라 때에 황후가 머물던 궁전인데, 사랑을 잃은
　　왕후의 궁전이라는 뜻으로 많이 쓰였다.
273) 1608년 목판본 『蘭雪軒詩』에 「宮詞」 제13수로 실려 있다.
274) 물가에 있는 전각인데, 수각(水閣)이라고도 한다. 황제가 타고
　　다니던 유람선을 가리키기도 한다.
275) 1608년 목판본 『蘭雪軒詩』에 「宮詞」 제15수로 실려 있다.

新擇宮人直御床。錦屛初賜合歡香。明朝阿監來相問、咲指胸
前一珮囊。

13.

金鞍玉勒紫遊韁。 금안장에 옥굴레 붉은 고삐 느슨히 잡고
跨出西宮入未央。 서궁에서 타고 나와 미앙궁으로 들어가네.
遙望午門開稚扇、 멀리서 남문을 바라보니 치미선[277]이 비
껴져
日華初上赭袍光。 햇살이 비치자 곤룡포가 붉게 비치네.
○ 又[278]

金鞍玉勒紫遊韁。跨出西宮入未央。遙望午門開稚扇、日華初
上赭袍光。

14.

西宮近日萬機頻。 서궁은 요즘 정사[279]가 번잡해져
催喚昭容啓殿門。 자주 소용을 불러 궁전 문 열게 하네.
爲報榻前持燭女、 임금님 앞에서 촛불 받든 여관이
漏聲三下紫薇垣。 자미원[280] 물시계가 세 번 울렸다 아뢰네.

---

276) 1608년 목판본『蘭雪軒詩』에「宮詞」제17수로 실려 있다.
277) 치선(稚扇)은 장끼의 꼬리로 만든 부채 치미선(稚尾扇)인데, 이
   시에서는 임금이 얼굴을 가리느라 들고 있었다.
278) 1608년 목판본『蘭雪軒詩』에「宮詞」제18수로 실려 있다.
279) 만기(萬機)는 많은 일인데, 임금의 온갖 정무(政務)를 이르는
   말이다. 『서경』「고요모(皐陶謨)」에 "안일과 욕심으로 제후들을
   다스리지 마시어 경계하고 두려워하소서. 하루 이틀에 기무가
   만 가지나 되나이다.[無敎逸欲有邦, 兢兢業業. 一日二日, 萬幾.]"라고
   한 구절에서 유래하였다.
280) 북두(北斗)의 북쪽에 있는 별이 자미(紫微)인데, 중국 천문학에
   서는 이곳에 천제가 있다고 하였다. 자미성의 별자리를 임금의

○ 又[281]

西宮近日萬機頻。催喚昭容啓殿門。爲報榻前持燭女、漏聲三
下紫薇垣。

## 새하곡(塞下曲)

1.

隴戍悲笳咽不通。 수자리[282] 서글픈 호적 소리 들리지 않고
黃雲萬里塞天空。 황사[283]가 만리에 뒤덮여 하늘마저 막혔네.
明朝蕃帳收殘卒、 내일 아침 오랑캐 군막에 패잔병이 모인
다고
探馬歸來試臂弓。 정탐군이 돌아와서 활을 당겨보네.
○ 塞下曲[284]

隴戍悲笳咽不通。 黃雲萬里塞天空。 明朝蕃帳收殘卒、 探馬歸
來試臂弓。

2.

虜馬千群下磧西。 오랑캐 천여 무리가 사막 서쪽 내려오니
孤山烽火入銅鞮。 고산[285]의 봉화가 동제[286]로 들어가네.

─────────────

자리로 삼아, 자미궁을 왕궁이라는 뜻으로도 썼다. 임금이 거처
하는 궁궐을 자미원이라고도 한다.
281) 1608년 목판본 『蘭雪軒詩』에 「宮詞」 제19수로 실려 있다.
282) 원문의 농수(隴戍)는 감숙성 농(隴) 서쪽의 수자리이다.
283) 황운(黃雲)은 고비사막의 모래가 바람에 불려와 하늘을 누렇
게 뒤덮은 현상을 가리킨다.
284) 1608년 목판본 『蘭雪軒詩』에 「塞下曲」 5수를 편집하였는데,
그 가운데 제2수로 실려 있다.
285) 산서성 만천현(萬泉縣) 서남쪽에 있는 산인데, 다른 산들과 이
어져 있지 않고 이 산만 우뚝 서 있어 고산(孤山)이라고 한다.

將軍夜發龍城北、 장군은 밤새 용성으로 떠나고
戰士連營擊鼓鼙。 군사들은 군영에서 북287)을 둥둥 울리네.
○ 又288)
虜馬千群下磧西。 孤山烽火入銅鞮。 將軍夜發龍城北、 戰士連
營擊鼓鼙。

## 입새곡(入塞曲)

1.
落日狼烟度磧來。 해 지자 사막 서쪽에서 봉화289)가 건너와
塞門吹角探旗開。 요새에 호적 불며 탐정 깃발 펼치네.
傳聲漠北單于破、 사막 북쪽 선우를 부쉈다고 소식 들리더니
白馬將軍入塞廻。 백마 탄 장군이 요새로 돌아오네.
○ 入塞曲
落日狼烟度磧來。 塞門吹角探旗開。 傳聲漠北單于破、 白馬將
軍入塞廻。

2.
漢家征斾滿陰山。 한나라 군기가 음산에 뒤덮이니
不遣胡兒匹馬還。 오랑캐 필마가 살아가지 못하네.

---

다른 이름으로는 개산(介山)이라고도 불린다.
286) 역시 산서성에 있는 요새이다.
287) 원문의 비(鼙)는 말 위에서 치는 작은 북이다. 『예기(禮記)』「악
　　기(樂記)」에 "군자가 고비 소리를 들으면 장수의 신하를 생각한
　　다.[君子聽鼓鼙之聲, 則思將帥之臣.]"라고 하였다.
288) 1608년 목판본 『蘭雪軒詩』「塞下曲」에 제3수로 실려 있다.
289) 사막에서는 말이나 승냥이의 똥을 말려서 연기를 냈으므로
　　낭연(狼煙)이라고 하였다.

辛苦總戎班定遠、 국경을 평정하느라 애쓰신 반초 장군[290]
一生猶望玉門關。 한평생 옥문관[291]만 바라보았다네.
○ 又[292]
漢家征旆滿陰山。 不遣胡兒匹馬還。 辛苦總戎班定遠、一生猶
望玉門關。

## 죽지사(竹枝詞)

1.

瀼東瀼西春水長。 양동과 양서[293]의 봄 물결이 출렁이는데
郎舟去歲向瞿塘。 님 실은 배는 작년 구당[294]으로 떠났어요.
巴江峽裏猿啼苦、 파강 골짜기엔 잔나비 울음만 구슬퍼
不到三聲已斷腸。 세 마디도 채 못 듣고 간장이 끊어져요.
○ 竹枝詞[295]
瀼東瀼西春水長。 郎舟去歲向瞿塘。 巴江峽裏猿啼苦、 不到三
聲已斷腸。

---

290) 한나라 장군 반초(班超)가 서역(西域) 50여 나라를 평정한 공
　　으로 정원후(定遠侯)에 봉작되었다.
291) 감숙성 돈황현(敦煌縣) 서쪽에 있는데, 서역으로 통하는 만리
　　장성의 관문이다. 한나라 무제 때에 곽거병이 월지국을 치고 옥
　　문관을 열어 서역과 통하게 했다.
292) 1608년 목판본『蘭雪軒詩』「入塞曲」에 제5수로 실려 있다.
293) 양자강 상류의 사천성 기주에 양동이 있고, 그 맞은편에 양서
　　가 있다.
294) 물살이 거센 골짜기인데, 기주에 있다. 무협의 상류이다.
295) 원문에 '火枝詞'라고 잘못 되어 있다. 1608년 목판본『蘭雪軒
　　詩』에 「竹枝詞」 4수를 편집하였는데, 이 시가 그 가운데 제2수
　　로 실려 있기에 제목을 바로잡았다.

2.

家住江南積石磯。 우리 집은 강남땅 강가<sup>296)</sup>에 있어

門前流水浣羅衣。 문 앞 흐르는 물에서 비단옷을 빨았지요.

朝來閑繫木蘭棹、 아침에 목란배를 한가히 매어 두고는

貪看鴛鴦作對飛。 짝 지어 나는 원앙새를 부럽게 보았어요.

○ 又<sup>297)</sup>

家住江南積石磯。 門前流水浣羅衣。 朝來閑繫木蘭棹、 貪看鴛
鴦作對飛。


## 버들가지 노래

1.

灞陵橋畔渭城西。 파릉<sup>298)</sup> 다리에서 위성 서쪽까지

雨鎖烟籠十里堤。 빗속에 잠긴 긴 둑이 안개 자욱하네.

繫得王孫歸意切、 말을 매었던 왕손<sup>299)</sup>은 돌아오지 않아

不同芳草綠萋萋。 방초 푸르게 우거진 것만 같지 못하네.

○ **楊柳枝詞**<sup>300)</sup>

---

296) 적석기(積石磯)는 강가에 돌이 무더기로 쌓인 곳인데, 강물이
　　 들이쳐서 저절로 쌓이기도 했고, 빨래터를 만들려고 일부러 쌓
　　 기도 했다.

297) 1608년 목판본 『蘭雪軒詩』에 「竹枝詞」 제3수로 실려 있다.

298) 파수 가에 한나라 문제(文帝)의 능이 있다.

299) 왕손은 노닐며 돌아오지 않는데
　　 봄풀은 무성하게 자랐네.
　　 王孫遊兮不歸, 春草生兮萋萋. ─『초사』 회남소산왕 「초은사(招隱
　　 士)」
　　 왕손은 왕의 자손이나 귀공자만이 아니라, 상대방을 높이는 말
　　 로 많이 썼다.

灞陵橋畔渭城西。雨鎖烟籠十里堤。繫得王孫歸意切、不同芳
草綠萋萋。

2.

按轡營中次第新。 안비영301) 성안에는 새 계절이 찾아와

藏鴉門外幾翻春。 장아문302) 밖에 몇 번이나 봄이던가.

生憎灞水橋邊樹、 밉기도 해라, 파수 다릿가의 버드나무는

不解迎人解送人。 맞을 줄도 모르고 배웅할 줄도 모르네.

○ 又303)

按轡營中次第新。藏鴉門外幾翻春。生憎灞水橋邊樹、不解迎
人解送人。


## 청루곡(靑樓曲)

夾道靑樓十萬家。 좁은 길에 청루304)가 십만 호가 잇달아

家家門巷七香車。 집집마다 골목에 칠향거305) 늘어서 있네.

東風吹折相思柳、 봄바람이 불어와 님 그리는 버들 꺾어버리고

白馬驕行踏落花。 말 탄 손님은 떨어진 꽃잎 밟고 돌아가네.

○ 靑樓曲

---

300) 1608년 목판본 『蘭雪軒詩』에 「楊柳枝詞」 5수를 편집하였는
데, 그 가운데 제3수이다.

301) 역마를 다스리는 관서이다.

302) 만리장성 성문 가운데 하나이다. 이 문밖 버드나무에 까마귀
가 깃들어 살기 때문에 장아문(藏鴉門)이라고 했다.

303) 1608년 목판본 『蘭雪軒詩』에 「楊柳枝詞」 제5수로 실려 있다.

304) 청루(靑樓)는 푸른색으로 칠해 아름답게 장식한 누각으로, 흔
히 기원(妓院)을 뜻하는 말로 쓰인다.

305) 칠향거(七香車)는 각종의 향나무로 만든 화려한 수레로, 여기
서는 미인이 탄 수레를 가리킨다.

夾道靑樓十萬家。家家門巷七香車。東風吹折相思柳、白馬驕
行踏落花。

## 추천(鞦韆)

隣家女伴競秋遷。 이웃집 벗들과 내기 그네를 뛰었지요.
結帶蟠巾學半仙。 띠 매고 수건 쓰니 신선놀음[306] 같았어요.
風送綵繩天上去、 바람 차며 오색 그네줄 하늘로 굴러 오르자
佩聲時落綠楊烟。 노리개 소리 나며 버들에 먼지 일었지요.
○ 鞦韆[307]
隣家女伴競秋遷。結帶蟠巾學半仙。風送綵繩天上去、佩聲時
落綠楊烟。

## 성상행(城上行)

長堤十里柳絲垂。 십리 긴 둑에 실버들가지 늘어졌고
隔水荷香滿客衣。 물 건너 연꽃 향기가 나그네 옷에 가득하
네요.
向夜南湖明月白、 남쪽 호수에 밤새도록 달이 밝아서
女郞爭唱竹枝詞。 아낙네들 다투어 「죽지사」를 부르네요.
○ 城上行[308]

---

306) 신선은 하늘 높은 곳에 산다는 관념에 따라, 공중으로 높이
    도약하는 그네뛰기를 '절반은 신선이 되는 놀이[半仙戲]'라고 한
    다. 당나라 천보(天寶) 연간에 궁중에서 한식날에 그네를 매어
    궁녀들에게 타고 즐기게 하였는데, 현종(玄宗)이 이를 반선지희
    (半仙之戲)라고 불렀다. 『개원유사(開元遺事)』
307) 1608년 목판본 『蘭雪軒詩』에 「鞦韆詞」 2수를 편집하였는데,
    그 가운데 제1수이다.

長堤十里柳絲垂。隔水荷香滿客衣。向夜南湖明月白、女郎爭
唱竹枝詞。

## 동선요(洞仙謠)

紫簫聲裏彤雲散。 자주빛 퉁소 소리에 구름이 흩어지자
簾外霜寒鸚鵡喚。 발 밖에 서리가 차가워 앵무새가 우짖네.
夜闌疎燭照羅帷、 밤 깊어 외로운 촛불이 비단 휘장 비추고
時見疏星度河漢。 이따금 드믓한 별이 은하수를 넘어가네.
丁東銀漏響西風。 똑똑 물시계 소리가 서풍에 메아리치고
露滴梧枝語夕蟲。 이슬지는 오동나무 가지에 밤벌레가 우네.
鮫綃帕上三更淚、 교초 손수건에 밤새도록 눈물 적셨으니
明日應留點點紅。 내일 보면 점점이 붉은 자국 남았으리라.

○ 洞仙謠

紫簫聲裏彤雲散。簾外霜寒鸚鵡喚。夜闌孤燭照羅帷、時見疎
星度河漢。丁東銀漏響西風。露滴梧枝語夕蟲。絞309)綃帕上
三更淚、明日應留點點紅。

---

308) 1608년 목판본 『蘭雪軒詩』에 「堤上行」이라는 제목으로 실렸
  는데, 제1구를 보더라도 「堤上行」이라는 제목이 맞다.
309) 1608년 목판본 『蘭雪軒詩』에 보이는 '鮫'자가 맞다. 전설에
  의하면 교인(鮫人)은 몸의 반이 물고기를 닮았고 반은 사람을 닮
  은 인어를 말하는데, 인어가 짠 오색 비단을 교초(鮫綃)라고 한
  다. 『술이기(述異記)』에 "남해(南海)에 교초사(鮫綃紗)가 나는데, 인
  어가 물속에서 짠 것으로 일명 용사(龍紗)라고도 하며 그 값어치
  는 백여 금(金)이다. 그것으로 옷을 만들어 입고 물에 들어가면
  물에 젖지 않는다."라고 하였다.

## 황제가 일이 있어 천단에 제사를 지내다

羽盖徘徊駐碧壇。 일산 수레가 배회하다 푸른 단에 머무니
璧階淸夜語和鑾。 맑은 밤 계단에 방울 소리 쩔렁거리네.
長生錦誥丁寧說、 불로장생하는 교서를 정중히 내리시고
延壽靈方仔細看。 장수하는 신령한 처방을 자세히 살피시네.
曉露濕花河影斷、 새벽이슬이 꽃을 적시자 은하수 끊어지고
天風吹月鶴聲寒。 천풍이 달에 불자 학 울음소리 차가워라.
齋香燒罷敲鳴磬、 재 올리는 향이 다 타고 풍경 소리 울리는데
玉樹千章遶曲欄。 계수나무가 천겹 만겹 난간을 둘렀네.

○ **皇帝有事天壇**

羽盖徘徊駐碧壇。璧階淸夜語和鑾。長生錦誥丁寧說、延壽靈
方仔細看。曉露濕花河影斷、天風吹月鶴聲寒。齋香燒罷敲鳴
磬、玉樹千章遶曲欄。


## 중씨(仲氏)의 고원 망고대(望高臺) 시에 차운하다

龍嵸危棧接雲霄。 사다리길이 아스라하게 구름에 닿았고
峯勢侵天作漢標。 하늘에 솟은 봉우리는 국경의 이정표[310]
가 되었네.
山脉北臨三水絕、 산맥은 북쪽으로 삼수[311]에서 끊어지고
地形西壓兩河遙。 지형은 서쪽으로 두 강을 눌러 아득하네.
烟塵暮捲孤城出、 안개 늦게 개어 외로운 성이 나타나고

---

310) 원문의 한표(漢標)는 한나라 국경을 표시하던 구리기둥인데,
  이 시에서는 우리 나라의 경계를 가리킨다.
311) 함경도 삼수군인데, 갑산과 함께 가장 험한 산골이다. 조선시
  대에 대표적인 유배지이다.

苜蓿秋肥萬馬驕。 거여목이 가을이라 우거져 말들 신났네.
東望塞垣鼙鼓急、 동쪽으로 국경을 바라보니 북소리 다급해
幾時重起霍嫖姚。 곽장군[312] 같은 분이 언제 다시 등용되랴.
○ 次仲氏高原堂高臺韻[313]
寵從危棧接雲霄。峯勢侵天作漢標。山脉北臨三水絕、地形西
壓兩河遙。烟塵暮捲孤城出、苜蓿秋肥萬馬驕。東望塞垣鼙鼓
急、幾時重起霍嫖姚。

## 중씨의 견성암 시에 차운하다

雲生高嶂溫芙蓉。 높은 산마루에 구름 일어 연꽃 촉촉하고
琪樹丹崖露氣濃。 낭떠러지 나무는 이슬에 젖어 있네.
板閣香殘僧入定、 경판각에 향불 스러져 스님 선정에 들고
講堂齋罷鶴歸松。 강당에 재가 끝나 학도 소나무로 돌아가네.
蘿懸古壁啼山鬼、 다래 덩굴 얽힌 낡은 집에는 도깨비 울고
霧鎖深潭臥獨龍。 안개 자욱한 가을 못에는 독룡 서렸네.
向夜香燈明石榻、 밤 깊어가며 향등이 돌의자에 밝은데
東林月黑有疎鍾。 동쪽 숲에 달 어둡고 종소리만 들리네.
○ 次仲氏見星庵韻
雲生高嶂溫芙蓉。琪樹丹崖露氣濃。板閣香殘僧入定、講堂齋
罷鶴歸松。蘿懸古壁啼山鬼、霧鎖深潭臥獨龍。向夜香燈明石
榻、東林月黑有疎鍾。

---

312)『조선시선』각주 228번 참고.
313) 1608년 목판본 『蘭雪軒詩』에 「次仲氏高原望高臺韻」 2수를
    편집하였는데, 그 가운데 제2수이다. '堂高臺'가 아니라 '望高臺'
    가 맞다.

## 푸른 소매의 눈물 자국

輕籠雪婉[314]裁靑練。 푸른 명주옷으로 흰 살을 살포시 감고
六曲紅欄閑倚遍。 여섯 굽이 붉은 난간에 한가로이 기댔다오
秋波不禁落玉筯、 가을 물결도 떨어지는 옥저[315] 막지 못해
擧袖暗拭殘粧面。 소매 들어 남몰래 닦아도 단장한 얼굴에
남네.
氤氳血淚膩纖羅、 홍건한 피눈물은 아름다운 비단에 얼룩지고
粉惹沽紅春恨多。 분내가 홍주를 사게 만드니 봄 시름이 많네
氷盆瓊液洗不去、 얼음 동이의 옥 진액은 씻어도 사라지지
않는데
曉露半濕西池荷。 새벽이슬이 서지의 연꽃을 반쯤 적시네.

## ○ 翠袖啼痕

輕籠雪婉裁靑練。 六曲紅欄閑倚遍。 秋波不禁落玉筯、 擧袖暗
拭殘粧面。 氤氳血淚膩纖羅、 粉惹沽紅春恨多。 氷盆瓊液洗不
去、 曉露半濕西池荷。


## 소년행(少年行)

少年重然諾、 젊은이는 신의를 소중히 여겨
結交遊俠人。 의협스런 사내들과 사귀어 노네.
腰間白轆轤、 허리에는 흰 녹로검[316]을 차고

---

314) '婉'은 '腕'의 오기인 듯하다.
315) 옥저(玉筯)는 옥 젓가락 모양으로 흘러내리는 눈물을 말한다.
삼국 시대 위(魏) 나라 문제(文帝)의 왕후인 견후(甄后)의 얼굴이
희었는데, 그 위에 두 줄기 눈물이 흐르면 마치 옥저와 같았다
고 한다.

錦袍雙麒麟。 비단도포에는 쌍기린을 수놓았네.

朝辭明光宮、 조회를 마치자 명광궁에서 나와

馳馬長樂坂。 장락궁317) 언덕길로 말을 달리네.

沽得渭城酒、 위성318)의 좋은 술 사 가지고서

花間日將晚。 꽃 속에서 노닐다 해가 저무네.

金鞭宿倡家、 황금 채찍으로 기생집에서 자며

行樂爭留連。 놀기에 정신 팔려 나날 지새네.

誰憐楊子雲、 그 누가 양웅319)을 가련타 하랴

閉門草太玄。 문 닫고 들어앉아 「태현경」이나 짓고 있으니.

## ○ 少年行

---

316) 칼자루에 녹로, 즉 차륜(車輪) 형태의 옥 장식을 붙인 검을 말한다. 당나라 상건(常建)의 「장공자행(張公子行)」에 "협객이 흰 구름 속에 있는데, 허리춤엔 녹로검을 차고 있구나.[俠客白雲中, 腰間懸轆轤.]"하였다.

317) 한나라 고조(高祖)가 장락궁과 미앙궁(未央宮)을 지었다. "장락미앙(長樂未央)"은 "즐거움이 끝없다"는 뜻이다. 혜제(惠帝) 이후로는 장락궁에다 태후를 모시고, 궁녀들을 머물게 했다. 이 시에선 화려한 기생집을 뜻한다.

318) 함양(咸陽)을 가리킨다. 당(唐)나라 왕유(王維)의 「송원이사안서(送元二使安西)」시에 "위성의 아침 비는 가벼운 먼지 적시고, 객사의 버들은 푸르러 정취를 더하는구나. 권하노니 그대여 한 잔 더 드시게나, 서쪽으로 양관을 나서면 아는 친구 없으리라.[渭城朝雨浥輕塵. 客舍青青柳色新. 勸君更盡一杯酒, 西出陽關無故人.]"하였는데, 뒤에 이 시를 악부(樂府)에 올려서 송별곡(送別曲)으로 만들었다.

319) 한나라 학자 양웅(楊雄, 기원전 53-서기 18)의 자가 자운(子雲)인데, 『주역』을 모방하여 천지 만물의 기원을 논한 『태현경』 10권과 『논어』를 모방한 『법언(法言)』을 지었다. 양(楊)자는 양(揚)자로 더 많이 쓴다.

少年重然諾、結交遊俠人。腰間白轆轤、錦袍雙麒麟。朝辭明
光宮、馳馬長樂坂。沽得渭城酒、花間日將晚。金鞭宿倡家、
行樂爭留連。誰憐楊子雲、閉門草太玄。

## 아들 죽음에 곡하다

去年喪愛女、　지난해에는 사랑하는 딸을 여의고
今年喪愛子。　올해에는 사랑하는 아들까지 잃었네.
哀哀廣陵土、　슬프디 슬픈 광릉 땅에
雙墳相對起。　두 무덤이 나란히 마주보고 서 있구나.
蕭蕭白楊風、　사시나무 가지에는 쓸쓸히 바람 불고
鬼火明松楸。　솔숲에선 도깨비불 반짝이는데,
紙錢招汝魄、　지전320)을 날리며 너의 혼을 부르고
玄酒奠汝丘。　네 무덤 앞에다 술잔을 붓는다.
應知弟兄魂、　너희들 남매의 가여운 혼은
夜夜相追游。　밤마다 서로 따르며 놀고 있을 테지.
縱有腹中兒、　비록 뱃속에 아이가 있다지만
安可冀長成。　어찌 제대로 자라나기를 바라랴.
浪吟黃臺詞、　하염없이 슬픈 노래321)를 부르며
血淚悲吞聲。　피눈물 슬픈 울음을 속으로 삼키네.

---

320) 지전은 동전처럼 동그랗게 오린 종이인데, 죽은 넋을 부를 때
　　나 상여 앞에서 뿌린다.
321) 당나라 측천무후(則天武后)에게 네 아들이 있었는데, 무후가
　　장자인 효경태자(孝敬太子) 홍(弘)을 독살하였다. 그러고나서 둘째
　　아들 옹왕(雍王) 현(賢)을 태자로 삼았는데, 현이 또 죽게 될까봐
　　두려워하며 「황대사」를 지었다. 현도 결국 무후에게 배척당하고
　　죽었다.

## ○ 哭子

去年喪愛女、今年喪愛子。哀哀廣陵土、雙墳相對起。蕭蕭白
楊風、鬼火明松楸。紙錢招汝魄、玄酒奠汝丘。應知弟兄魂、
夜夜相追游。縱有腹中兒、安可冀長成。浪吟黃臺詞、血淚悲
吞聲。

## 흥을 달래다

1.

仙人乘彩鳳、　신선께서 알록달록 봉황새를 타고

夜下朝元宮。　한밤중 조원궁에 내려오셨네.

絳幡拂海雲、　붉은 깃발은 바다 구름에 흩날리고

霓裳舞春風。　무지개 치마로 봄바람에 춤 추네.

邀我瑤池吟、　요지322)에서 나를 맞아 읊으며

飮我流霞鍾。　유하주 한 잔을 권하시더니,

借我綠玉枝、　푸른 옥지팡이323)를 빌려주시며

登○芙蓉峯。　부용봉에 오르자고 인도하시네.

---

322) 선녀 서왕모(西王母)가 거주하는 곤륜산(崑崙山)의 선경이다.
『열자』「주목왕(周穆王)」에 "(목왕이) 마침내 서왕모의 빈객이
되어 요지 가에서 연회를 가졌다.[遂賓于西王母, 觴于瑤池之上.]"
라고 하였다.

323) 원문의 녹옥(綠玉)은 대나무를 가리킨다. 당나라 시인 백거이
나 진도(陳陶)가 대나무를 녹옥, 또는 녹옥군이라 하였다. 이백은
「의고시(擬古詩)」에서 천제가 사는 곳에 있는 나무를 녹옥수(綠玉
樹)라 하였고, 「여산요 기노시어허주시(廬山謠寄盧侍御虛舟詩)」에서
"손에 녹옥 지팡이를 짚고 아침에 황학루에서 헤어졌네.[手持綠
玉杖, 朝別黃鶴樓.]"라고 하였다.

○ **遣興**324)

仙人乘彩鳳、夜下朝元宮。絳幡拂海雲、霓裳舞春風。邀我瑤池吟、飮我流霞鍾。借我綠玉枝、登○325)芙蓉峯。

2.

有客自遠方、 멀리서 손님이 오시더니

遺我雙鯉魚。 님께서 보냈다고 잉어 한 쌍326)을 주셨어요.

剖之何所見、 무엇이 들었나 배를 갈라서 보았더니

中有尺素書。 그 속에 편지 한 장이 있었어요.

上言長相思、 첫마디에 늘 생각하노라 말씀하시곤

下問今何如。 요즘 어떻게 지내느냐 물으셨네요.

讀書知君意、 편지를 읽어가며 님의 뜻 알고는

零淚沾衣裾。 눈물이 흘러서 옷자락을 적셨어요.

○ **又**327)

有客自遠方、遺我雙鯉魚。剖之何所見、中有尺素書。上言長相思、下問今何如。讀書知君意、零淚沾衣裾。

3.

芳樹藹初綠、 꽃다운 나무는 물이 올라 푸르고

蘼蕪葉已齊。 궁궁이 싹도 가지런히 돋아났네.

---

324) 1608년 목판본 『蘭雪軒詩』에 「遣興」 8수를 편집하였는데, 그 가운데 제6수이다.

325) 원문에 한 글자가 빠졌는데, 1608년 목판본 『蘭雪軒詩』를 참조하여 '我'를 넣어서 번역하였다. 제5, 제6, 제7, 제8구 두 번째 글자에 모두 '我'자를 반복하여 사용하는 구조이다.

326) 옛부터 잉어는 편지를 뜻하는 말로 쓰였으며, 배를 가른다는 말은 편지 봉투를 뜯는다는 뜻이다.

327) 1608년 목판본 『蘭雪軒詩』「遣興」에 제7수로 실려 있다.

春物自妍華、봄날이라 모두들 꽃 피고 아름다운데
我獨多悲悽。나만 홀로 자꾸만 서글퍼지네.
壁上五岳圖、벽에는 「오악도」를 걸고
牀頭參同契。책상 머리엔 「참동계」를 펼쳐 놓았으니,
煉丹倘有成、혹시라도 단사를 만들어내면
歸謁蒼梧帝。돌아오는 길에 순임금328)을 뵈오리라.

○ 又329)

芳樹藹初綠、蘼蕪葉已齊。春物自妍華、我獨多悲悽。壁上五岳圖、牀頭參同契。煉丹倘有成、歸謁蒼梧帝。

## 출새곡(出塞曲)

1.

烽火照長河。변방의 봉홧불이 황하에 비치니
天兵出漢家。군사들이 서울 집을 떠나가네.
枕戈眠白雪、창을 베고 흰 눈 위에서 자며
驅馬到黃沙。말을 몰아서 사막에 다다르네.
翔吹傳金鐸、쇠방울소리330) 바람결에 들려오고
邊聲入塞笳。오랑캐 소식은 호드기 소리에 들려오네.

---

328) 순임금이 창오산에서 죽었으므로, 창오제라고도 한다. 순임금
   은 아황과 여영 두 왕비 사이에 금실이 좋았다. 그래서 두 왕비
   가 순임금을 찾으러 갔다가, 끝내 찾지 못하자 상수에 빠져 죽
   었다고 한다.
329) 1608년 목판본 『蘭雪軒詩』「遣興」에 제8수로 실려 있다.
330) 추를 나무로 만든 큰 방울. 고대(古代)에 문사(文事) 및 법령을
   전달할 때에 나무 추가 달린 목탁(木鐸)을 흔들고 다녔으며, 무
   사(武事)에 관한 것은 쇠 추가 달린 금탁(金鐸)을 썼다고 한다.

年年長結束、 해마다 잘 지키건만

辛苦逐輕車。 전쟁에 끌려다니기 참으로 괴로워라.

## ○ 出塞曲

烽火照長河。 天兵出漢家。 枕戈眠白雪、 驅馬到黃沙。 翔吹傳
金鐸、 邊聲入塞笳。 年年長結束、 辛苦逐輕車。

2.

昨夜羽書飛。 어제 밤에 급한 격문331)이 날아와

龍城報合圍。 용성332)이 포위되었다고 알렸네.

寒笳吹朔雪。 호적 소리가 눈보라에 울리더니

玉劍赴金微。 칼 차고 금미산333)에 내달리네.

久戍人偏老。 오랜 수자리에 몸은 어느새 늙었고

長征馬不肥。 멀리 출정나오느라 말도 살찌지 못했네.

男兒重義氣。 사나이는 의기를 소중히 여기니

會繫賀蘭歸。 부디 하란334)의 목을 매달고 개선하소서.

## ○ 又

---

331) 원문의 우서(羽書)는 다급할 때에 병정을 소집하는 격문인데,
   화살에다 깃을 달아서 보내기 때문에 우서라고 한다.
332) 흉노(匈奴) 추장이 하늘에 제사지내는 흉노족의 본거지로, 외
   몽골에 있었다. 『한서(漢書)』 권94상 「흉노전(匈奴傳) 상」에 "1월
   에는 대소의 추장들이 선우(單于)의 뜰에 모여서 제사를 지내고,
   5월에는 용성에 모여서 그들의 조상, 천지, 귀신에게 제사를 지
   낸다."라고 하였다.
333) 외몽골에 있는 산인데, 흉노와 자주 싸우던 곳이다.
334) 영하성(寧夏省) 서쪽에서 동북쪽으로 황하까지 이어진 산인데,
   이 지방 사람들은 아랍선산(阿拉善山)이라고 부른다. 이 시에서는
   하란에 출몰하는 흉노의 추장을 가리킨다. 하란산에 사는 선비
   족들이 "하란(賀蘭)" 두 글자를 성(姓)으로 삼았기 때문이다.

昨夜羽書飛。龍城報合圍。寒笳吹朔雪。玉劍赴金微。久戍人偏老。長征馬不肥。男兒重義氣。會繫賀蘭歸。

## 원정(怨情)

1.

夕殿下珠簾、　저녁 전각에 주렴을 내리자

流螢飛復沒。　반딧불이가 날아왔다가 사라지네.

寒夜縫征衣、　추운 밤에 나그네 옷을 바느질하노라니

殘燈映羅幙。　꺼져가는 등불만 비단 휘장을 비추네.

○ 怨情335)

夕殿下珠簾、流螢飛復沒。寒夜縫征衣、殘燈映羅幙。

2.

郎作千里行、　님께서 천리 길 떠나시건만

儂無千里送。　나는 천리 배웅을 못하네.

拔奴頭上釵、　머리 위의 비녀를 뽑아

與郎資路用。　노잣돈 쓰시라고 님에게 드렸네.

○ 又

郎作千里行、儂無千里送。拔奴頭上釵、與郎資路用。

3.

夜久織未休、　밤 늦도록 쉬지 않고 명주를 짜노라니

戛戛鳴寒機。　베틀 소리만 삐걱삐걱 처량하게 울리네.

機中一疋練、　베틀에는 명주가 한 필 짜여 있지만

---

335) 1608년 목판본 『蘭雪軒詩』에 이런 제목이 없으며, 제1수와 제2수도 없다.

終作阿誰衣。 결국 누구의 옷감 되려나.

○ 又[336)

夜久織未休、戛戛鳴寒機。機中一疋練、終作阿誰衣。

---

336) 1608년 목판본 『蘭雪軒詩』에 「貧女吟」 3수 가운데 제2수로
실려 있다. 『조선시선전집』 권1 오언고시 「貧女吟」에 제2수로
이미 실렸는데, 다시 편집되어 있다.

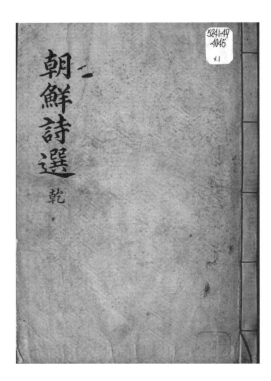

朝鮮詩選

乾

출전 : 미국 버클리대학 스타 동아시아도서관(C.V. Starr East Asian) 소장본
＊원서 순서는 오른쪽에서 왼쪽으로 읽어 갑니다.

選刻朝鮮詩小引

朝鮮古高句麗地周鄷初卜以屬箕封胤
乃淪胥而爲夷唐有征隋屢征員不相
償宋竟能割界慈悲元不能浔志樂浪其
強可知烏
開國來居我宇下作我藩臣風土記載其
浴柔謹喜文字質以今耳目睹聽曹然不
誣盖朝鮮之有國自昔稱強即鄰於諸夷

諸夷靡敢乘其墅碩承平忽戒須中倭警
平壤受烽釜山見巢炭乎斯邦臣主皆
播越下走以一介夫員皸縈從大司馬後
受一麾行伍間見島醜陸梁輒指冠恨
不減此朝食是後也仗
天威導廟誤謂宜振落而俘此平酋反不
速而久則牧多於羊走雖敦輪朱趾用戰
此赤腔微細岡足録故兵家地利鄉尊最

先聞嘗畫邊宵征考覽形勢馬蹄人跡幾
半夷疆則見夫田土肥美士民朴秀獨恨
其厥音侏僞莫可致詰見則必先以通引
通引者人也譯人有故則寄咨問夫楮
頴即馬圍重斷亦工點畫不苦類塗鴉者
士多通詩以至於方之外梱之中在不乏
人初不以鞾鞈士於翰墨寡所短長時諸
軍幕以詩相投贈或以其國中所爲詩交

出而傳示久而益親習照若家人情蓋始
信箕賢過化久久不衰而又惜此河山臣
廢幾委封蛇綢繆失計豫虞未陰咨誰執
即然詩當未選數倍於今時方戒嚴念不
及此久而自志踈陋親爲訂選共得詩如
千篁爲四部欲以傳信特正其譌本來如
是是姑存之易則有傷是以不敢譸譄朝
鮮可謂夷之華矣以倭兵力何如唐隋宋

元也鄉也角大而有餘今則角小而不足
其故可思而走以發慮長經行廣竊感於
朝鮮之可爲善國云蔣種之後不耕不溉
而禾長以滋華夏之書兀棟汗牛而人得
以讀若君臣斯時斯際彼果色談虎之
談思痛後之痛枕中夜之新而求以中倭
不且步箕公之武以正變夷風永作戒忠
藩豈第詩甲諸夷乎諸夷不敢班狂倭群

易矣

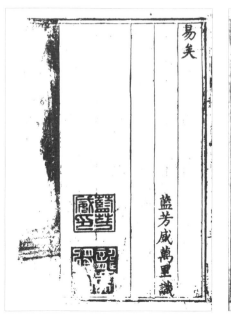

藍芳威萬里識

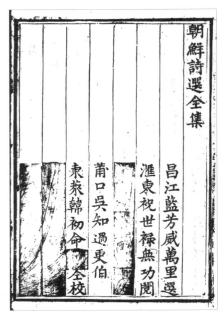

昌江藍芳威萬里選
滙東祝世祿無功閣
莆口吳知過更伯
東萊韓初命　全校

却曲棹貪看鴛鴦飛

有所思　　　許景樊

朝亦有所思暮亦有所思所思在何處萬
里路無涯風波苦難越雲雁杳何期素書
不可託中情亂若絲

望仙謠

王喬呼我遊我崑崙墟朝登玄圃峯遙
望紫雲車紫雲何煌煌玉蒲正渺茫倏忽

古別離

凌天漢翻飛向扶桑扶桑幾千里風波阻
且長我欲舍此去佳期安可忘君心何
許賤妾徒悲傷

鳳臺曲

秦女侶蕭史日夕吹參差崇臺騎彩鳳渺
渺不可追天地以永久那識人間悲妾淶
不可忍此生長別離

轔轔雙車輪一日千萬轉同心不同車別
離時慶變車輪尚有迹相思獨不見

感遇

盈盈窗下蘭枝葉何芬芳西風一夕起零
落悲秋霜秀色總消歇清香終不死感物
傷我心流涕霑衣袂

又

古屋畫無人桑樹鳴鵂鶹蒼苔蔓玉砌鳥

崔巢空樓向来車馬地今成狐兎丘信哉
　又
達人言慨慨復何求
梧桐生嶧陽鳳皇翔其傍文章爛五色嘴
喈千仞岡稻梁非所慕竹實迺其飡柰何
桐樹枝棲彼鷗與鳶
　寄伯氏鶄
暗窓銀燭低流螢度髙閣悄悄深夜寒蕭

蕭秋葉落關河音信稀沉憂不可釋遙想
青蓮宮山空蘿月白
　莫愁樂
家住石城下生長石城頭嫁得石城壻来
徃石城遊
　築城怨
千人齊抱杵土底隆隆響努力好操築雲
中無魏尚

貧女吟
豈是無容色工鍼復工織少小生寒門良
媒不相識
　又
夜久織未休戞戞鳴寒機機中一疋練餘
作阿誰衣

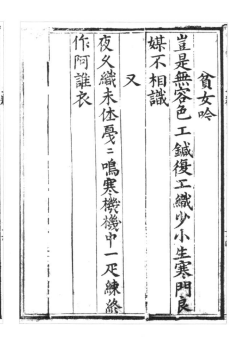

對江水湄妾身恨不似江雁翩翩羽翩遙
　望仙謡
天涯魂夢不識路人生何處慰愁思
相隨粧臺明鏡棄不照春風寧復吹羅帷
　許景樊
瓊花風細飛青鳥王母麟車向蓬島蘭旌
蕊帔白雉衮咲倚紅欄拾瑶草天風輕拂
翠霞裙玉環金珮琅琅素娥兩兩鼓琴
瑟三珠樹春雲香平明宴罷芙蓉閣琴

海青童乘白鶴紫簫聲裡彩雲飛露濕銀
河曉星落

湘絃曲

蕉花泣露湘江曲點點秋烟天外綠水府
凉波龍夜吟蠻娘輕憂玲瓏玉離鸞別鳳
隔蒼梧雨氣浸江迷曉珠神絃聲徹石苔
冷雲裊露聲啼江姝瑤空星漢高超忽羽
蓋金支五雲沒門外漁郎唱竹枝銀潭半

掛相思月

四時歌

春歌

院落深深杏花雨鶯聲啼遍辛夷塢流蘇
羅幙春尚寒慱山輕飄香一縷鸞鏡曉梳
春雲長玉釵寶髻鴛鴦斜捲重簾帖翡
翠金勒雕鞍歎何處誰家池館咽笙歌月
照清尊金巨羅愁人獨夜不成寐絞綃曉

起看紅淚

夏歌

粳陰滿地花陰薄玉簟銀床敲朱閣白晝
新裁染汗香輕風洒洒搖羅幙瑤堦飛盡
石榴花日輾晶簾影欲斜雕梁畫永午眠
重錦茵和落釵頭鳳額上鵶黃膩曉粧鸞
聲啼起江南夢南塘女兒木蘭舟来蓮何
處歸渡頭輕棹漫唱橫塘曲波外夕陽山

更綠

秋歌

紗廚葵氣殘宵迥露滴虛庭玉屏冷池蓮
粉落夜有馨井梧葉下秋無影金壺漏徹
生西風珠簾唧唧鳴寒蟲金刀剪取機上
素玉閨夢斷羅帷縫空作衣裳寄遠客蘭
燈爃爃明暗壁含啼自草別離難驛使明
朝發南陌

冬歌

銅壺一夜聞寒柝紗窻月落驚栖烏鴉
驚飛轆轆長樓前候忽生曙光侍婢金瓶
鳳鳴玉銀盆水澁胭脂香春山欲描描不
得欄干佇立寒霜白去年照鏡看花柳
珀光深傾倒酒羅帳重重圍鳳笙玉琥
為相思瘦青驄一別春復春金戈鐵馬今
海濱驚沙吹雪冷黑貂香閨良夜何迢迢

弄潮曲

妾身嫁與弄潮兒妾依依江水湄南風
北風吹五兩上船下船齊盪槳桃花高浪
接烟空杳杳歸帆夕照中慎勿沙頭候風
色佳期不來愁殺儂

山鷓鴣詞

山鷓鴣長太息碧霄翠霧浮綠羅寒月黑
苦竹嶺上秋聲催苦竹嶺下行人稀蒼梧

烟凝雁門冷南禽北禽相背飛關塞迢迢
幾千里腸斷行人淚滿衣憑君試問南與
北迢遞雲山行不得

山嵐

暮雨侵江曉初開朝日染成嵐氣碧經雲
緯霧錦陸離織破瀟湘秋水色隨風宛轉
學佳人畫出雙蛾半成戲俄然散作雨霏
霏青山忽起如新沐

出塞曲

烽火照長河天兵出漢家桃戈眠白雪驅
馬渡黃沙朔吹傳金柝邊聲入塞笳年年
長結束辛苦逐輕車
昨夜羽書飛龍城報合圍塞笳吹朔雪玉
劍赴金微久成人偏老長征馬不肥男兒
重意氣會繫賀蘭歸

寄女伴　　許景樊

結廬臨古道目見大江流鏡匣鸞將老園
花蝶已秋寒山新過雁暮雨獨歸舟寂寞
窗紗掩那堪憶舊遊

送兄筬謫甲山

遠謫甲山去江陵別路長臣同賈太傅
豈楚懷王河水平秋岸關山但夕陽霜風
吹雁翼中斷不成行

效李義山

鏡暗鸞休舞梁空燕不歸香殘蜀錦被淚
濕越羅衣楚夢迷蘭渚湘雲歇彩幛江南
今夜月流影照金微

又

月隱驂鸞扇香生簇蝶裙多嬌秦氏女有
涙衛將軍玉匣收殘粉金爐冷舊薰回頭
巫峽外行雨雜行雲

五言排律

數村芳草合野籬三面孴峯圍風塵歧路
何年盡破帽長裾此計非遙憶故鄉歸未
得白鷗春水掩紫扉

次伯氏望高臺　許景樊

層臺一柱壓嵯峨西北浮雲接塞多鐵峽
霸圖龍已去穆陵秋色雁初過山迴大陸
吞三郡水割平原納九河萬里登臨日將
暮醉憑青嶂獨悲歌

塞上次伯氏

侵雲石磴馬蹄穿陝畫重岡若上天秋晚
魚龍灑巨壑兩晴虹蜺落飛泉將軍鼓角
行邊急公主琵琶說怨便日暮為君歌出
塞劍花騰羅匣中蓮

贈星庵女冠

净掃瑤壇揖上仙曉星微隔絳河邊香生
岳女春遊襪水落湘娥夜雨絃松色冷侵

鹿蹔夢天香晴拂碧堦泉玄心巳悟三三
境玉塵何年駕紫煙

宿慈壽宮贈女冠

燕舞鸞歌字莫愁十三嫁與富平侯嚴攜
寶瑟彈朱閣喜着花冠禮玉樓琳舘月明
簫鳳下綃寬雲散鏡鸞休兼風早赴瑤壇
會鶴背冷冷一陣秋

送宮人入道

早辭清禁出金鑾換却鴉鬟着玉冠滄海
有期應駕鳳碧城無夢不縈鸞瑤裾振雪
春風煖瓔珮鳴空夜月寒幾度步虛霄漢
上御衣猶似捧宸歡

次孫內翰比里韻

初日紅欄上玉鉤丁香葉結春愁新粧
滿面貪看鏡殘夢關心懶下樓夜雕床
寒翡翠東風羅幌引箜篌嬈紅落水堪惆

悵莫把銀盆洗急流

次伯氏韻

甲山東望巀嵳羞岑遷客悲吟意若孤雁
忍分清漢影朔風偏起大江波關榆曉角
征衣薄塞路驚心落葉多銀燭夜闌成悵
立庭闌歸夢好經過

送伯氏䩄朝天

時美叔以譏居謫故
其言若此盖寄懷之
也作

六年離思倦登樓落日凉風又別愁湘浦
淚痕還入楚帝鄉行色早觀周銅壺暗促
鷄人曉紫塞寒飛鶴夢秋歸路正看萱草
碧畫欄西畔繫驊騮

步虛詞

橫海高峰壓巨鼇六龍齊駕九河溥中天
飛閣星辰逈下界烟霞歲月遙金馬曉炊
凉露液玉壇夜動赤霜毫蓬萊鶴駕歸何

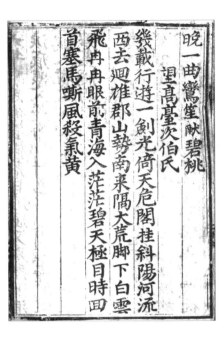

晚一曲鸞笙獻碧桃

望高臺次伯氏

幾載行遊一劍光倚天危閣挂斜陽河流
西去迴雄郡山勢南來隔大荒脚下白雲
飛冉冉眼前青海入茫茫碧天極目時回
首塞馬嘶風殺氣黄

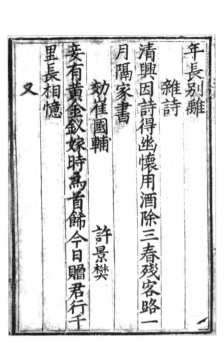

年長別離

雜詩

清與因詩得坐懷用酒除三春殘客路一
月隔家書

劫崔國輔

許景樊

妾有黄金釵嫁時為首飾今日贈君行千
里長相憶

又

池頭楊柳踈井上梧桐落籬外候蟲吟天
寒錦衾薄

又

春雨暗西池輕寒襲羅幕愁倚小屏風墻
頭杏花落

江南曲

江南風日好綺羅金翠翹相將採菱去齊
蕩木蘭橈

朝發宜都渚北風吹五兩船頭各澆酒月
下齊溫槳

相逢行

相逢青樓下繫馬門前柳笑脫錦貂裘試
取新豐酒

江南曲

生長江南村何曾識別離可憐年十五嫁
與弄潮兒

塞上曲　　許景樊

都護防秋掛鐵衣城南初解十重圍金戈
渫盡單于血白馬天山踏雪歸

又

騂弓白羽黑貂裘綠眼胡鷹踏錦鞲腰下
黃金印如斗將軍初拜北平侯

又

新復山西十六州馬鞍懸取月支頭河邊

白骨無人葬百里沙場戰血流

又

漢家征旆滿陰山不遣胡兒匹馬還辛苦
總戒班定遠一生猶望玉門關

宮詞

千牛閣下放朝初擁箒宮人掃玉除日午
殿前宣鳳詔隔簾催喚女尚書

遊仙曲

催呼騰六出天關腳踏風龍徹骨寒袖裡
玉塵三百斛散為飛雪向人間

又

簫玲無語閉珠宮紫閣涼生玉簟風獨鶴
夜驚滄海月仙人歸去綠雲中

又

閒隨弄玉步天街腳下香塵不染鞋前導
白麟三十六角端都掛小金牌

又

騎鯨學士禮瑤京王母相邀宴碧城手握
彩毫揮玉字醉顏猶似賦清平

又

王帝初成白玉樓瑤階璇柱曉雲浮卻傳
長吉書天篆掛向瓊楣最上頭

又

琴高昨夜寄書來為報瑤潭玉蕊開卻寓

尺書憑赤鯉蜀天明月約登臺

又

寒月冷冷訪述郎紫鸞驂鶴萬里到扶桑花前
一別三千歲惆悵仙家日月長

又

氷屋秋回桂有花却騎白鳳出青霞山前
更過安期子袖裡攜來棗似瓜

又

未央宮闕已黃花青鳥啣飛日欲斜漢武
不知仙吏隱茂陵松栢冷秋霞

又

彩雲夜入紫微城桂月光搖白玉京兩袖
天風清徹骨冷冷時下步虛聲

塞上曲

前軍吹角出轅門雪撲紅旗凍不飜雲暗
磧西看候火夜深遊騎獵平原

步虛詞

天花一朵錦屏西路入藍橋匹馬嘶琤重
仙即當玉杵桂香煙月合刀圭

又

紫陽宮女捧丹砂王母新過漢帝家窻下
偶逢方叔笑別来琪樹六開花

又

一春開伴玉真遊倏忽西風已報秋仙子

不歸花落盡滿天煙露月當樓

又

見伯常乘白鹿遊相携還上五雲樓丹經
堆案藥堆門何事仙即霸滿頭

又

廣寒宮裡玉為頭銀燭金屏夜正長欄外
桂花涼露濕步虛轂裡五雲香

宮詞

寶爐新爇水沉灰愁對紅粧掩鏡臺西死

近來涨幸少玉簫金瑟半塵埃

竹枝詞

空艙灘口雨初晴巫峽蒼蒼烟霧平相憶

即心似潮水早時綻退暮時生

楊柳枝詞

楊柳青青曲岸斜年年攀折贈行人東風

不解傷離別吹却低枝掃路塵

又

青樓西畔絮飛揚烟鎖柔條拂檻長

少年鞭白馬綠陰果繫紫遊韁

閨情

燕掠斜陽兩兩飛落花撩亂撲羅衣洞房

無限傷春思草綠江南人未歸

映月樓

玉檻秋風露葉清水晶簾冷桂花明鸞驂

未送銀橋斷帽悵仙郎白髮生

聞笛

明月關山萬里秋玉人橫笛倚高樓一聲

吹入廣寒覺自有知音在上頭

宮詞

碧紗梅蕊歇回春遠嬌輕試澀未勻却悵

滿身珠翠暖君王新賜辟寒珍

又

宮墻處處落花飛侍女燒香對夕暉過畫

春風人不見疑門深鎖綠生衣

橫塘曲

菱剌棹衣菱角大日落渚田潮未退蓮葉

竹枝詞

盖頭當花冠藕花結帶為雜珮

永安宮外是層灘灘上行舟多少難潮信

有時應自至即舟一去幾時還

玉屏迤邐節滿身花氣襲人香

又

鸞扇玲瓏隱醉顏自矜嬌豔出人間天花
滿袖君知否曾到瀛州海上山

又

鬖鬢初捲玉鉤收珠翠穗花插滿頭自愛
嬌嚲傾越女謾將鸞鏡學春愁

橫塘曲

家住橫塘綠水邊相隨女伴採新蓮逢即
始浮成佳約落日雕鞍楊柳煙

義州山村即事

摘來嫩韭新炊飯沽得香醪旋打魚白髮
山翁健如鶴只愁賓客不歡娛

遊仙曲 一首 九三百首余作其手書八十

許景樊

瑞風吹破翠霞裙手把天花倚五雲雲外

玉童鞭白虎碧城邀取小才君

又

青苑紅堂閒寂寥鶴眠丹竈夜迢迢
曉唲唄明月遙隔海天聞洞簫

又

氷屋珠扉鎖一春落花煙鎖滿縑巾東皇
近日無巡幸閒殺瑤池五色麟

又

烟净遥空鶴未歸白榆陰裡開朱扉溪頭
盡日神霧雨滿地青雲溫不飛

又

閒住瑤池吸彩霞瑞風吹折碧桃花東皇
長女時相訪盡日簫前卓鳳車

又

花冠藥帔九霞裙一曲笙歌響碧雲龍馬
忽嘶滄海月十洲還訪上陽君

宣川雪夜送清虛懶向筵前唱竹枝莫惜

贈別

東風一沉醉相逢正是別離時

妓德介氏

琵琶聲急寄離情怨入東風曲不成一夜

---

步虛詞

乘鸞夜下蓬萊島閒輾麟車踏瑤草海風

又

吹綻碧桃花玉盤滿摘安期棗

九霞裙襯六銖衣鶴背乘風燕府歸瑤海

月明銀漢落玉簫聲微彩雲飛

遊仙詞

千載瑤池別穆王慼教青鳥訪劉郎即平明

---

上界笙簫迓侍女皆騎白鳳凰

又

瓊洞珠潭貯九龍彩雲寒溫碧芙蓉來鸞

使者西敁路獨立花前禮赤松

又

露濕瑤空桂月明九天花落紫蕭聲朝元

使者騎金虎赤羽麾幢上玉清

---

焚香遙夜禮天壇羽駕翻風鶴筆寒清磬

綢沉星月冷桂花烟露濕紅鸞

又

宴罷西壇星斗稀赤龍南去鶴東飛丹房

玉女春眠重惓倚紅闌曉未歸

又

瓊樹玲瓏壓瑞烟玉鞭龍駕去朝天紅雲

塞路無人到短尾靈尾籍草眠

又

香寒月冷夜沉沉咲別嬌妃脫玉簪更把

金鞭指歸路碧城西畔五雲溪

又

閬携姊妹禮玄都三洞真人各見呼分付

赤龍花下立紫皇宮裡看校壺

又

蘸酌瓊醲綠玉巵月明花下勸東妃丹陵

宮主休相妬一萬年来會面稀

又

樓鎖彤雲地絕塵玉妃春淚濕羅巾瑤空

月浸星河影鸚鵡驚寒夜喚人

又

新拜真官上玉都紫皇親授九靈符歸来

又

桂樹宮中宿白鶴閒眠太乙爐

又

烟蓋飄颻向碧空翠幢歸去玉壇中青鸞

一隻西飛去露壓桃花月滿宮

又

瓊海湯湯浸碧空玉妃典語倚東風蓬萊

夢覺三千里滿袖啼痕一抹紅

又

華表真人昨夜歸桂香吹滿六銖衣開回

鶴駁瑤壇上日出瓊林露未晞

管石金華四十年老兄相訪蔚藍天烟簑

月邃人間事咲指溪南白玉田

又

乘鸞来下九重城絳節霓旌別太清逢着

周靈王太子碧桃花下夜吹笙

又

海畔扶桑幾度開羽衣零落竟歸来東密

玉樹三枝長知是真皇別後栽

又

催龍促鳳去朝元路入瑤空敞八門仙史
殿頭宣詔語九華王子上崑崙

又

東宮女伴罷朝田花下相邀入洞來閒倚
玉峰吹鐵笛碧雲飛遠望天臺

又

烟盖歸來小有天斸芝初長水邊田璚筐
採得英英實遺却紅綃制鶴鞭

又

群仙相引陟芝田蹔向珠潭學採蓮斜月
照花璚戶閒碧溪溪鎖大羅天

又

璚海茫茫月露摶十千宮女駕青鸞平明
去赴瑤池宴一曲笙歌碧落寒

又

璚樹扶踈露氣濃月明簾室影玲瓏閒催
白兔敲靈藥滿臼天香玉屑紅

又

露盤花影浸三星斜漢初伍白玉屏孤鶴
未田人不寐一條銀浪落珠庭

又

俊土夫人住馬都日中笙簞宴麻姑帝卽

年少心慵甚不寫紅綃五岳圖

又

朱幡絳節曉霞中別殿清齋侍五翁秋水
一紋輕憂玉碧桃花滿紫陽宮

又

忘却教人鎖後宮還舟失盡玉壺空姮娥
若不偷靈藥爭得長生在月宮

又

絳闕夫人別玉皇洞天溪閉熱霞房桃花

落盡溪頭流水舞情賺阮郎

又　　　　　　　　　無

乘龍長伴九真遊八島朝行夕巳週溪夜

講壇風雨定小仙歸去菜青蠅

又

去住樓臺一任風十三天洞暗相通行

侍女炊何物滿竈無烟玉炭紅

又

八馬乘風去不歸桂枝黃竹怨瑤池昆庭

玉瑟雲中緘傳語凌華罷畫眉

又

榆葉飄零碧漢流金蟾五露不勝秋靈橋

鵠散無消息隔岸空省歛渚牛

又

珠露金颷上界秋熱皇高宴五雲樓霓裳

一曲天風起吹散仙香滿十州

又

六葉羅裙色曳烟阮郎相喚上芝田笙歌

甃相花間歇便是人間一萬年

閨怨

錦帶羅衫積淚痕年年芳草恨王孫瑤

彈盡江南曲雨打梨花畫掩門

又

月樓秋盡玉屏空霜打蘆洲下暮鴻瑤瑟

一彈人不見藕花零落野塘中

秋恨

絳紗遙隔夜燈紅夢覺羅衾一半空霜冷

玉籠鸚鵡語滿階梧葉落西風

宮詞

龍輿初年建章臺六部笙歌出院來試問

曲闌催羯鼓殿頭宮女報花開

又

紅羅袱裏建溪茶　侍女封緘作花斜扣

又

熱泥書勅字　內官分送大臣家

又

鸚鵡新詞未齊　金龍鎖向玉樓西閉

翠首依簾立　却對君王說隴西

又

黃昏金鎖鎖千門　一面紅粧侍至尊阿監

---

殿前持密詔　問誰還是最承恩

又

清齋秋殿夜初長　不放宮人近御床時把

又

剪刀裁越錦　燈前閒繡熱鴛鴦

又

長信宮門待曉開　內官金鎖鎖門廻當時

又

曾咲他人到　豈識今朝自入來

---

披香殿裏會宮粧　新得承恩別作行當座

繡琹彈一曲　內家令賜綠羅裳

又

避暑西宮不受朝　曲欄初展碧芭蕉閒隨

尚藥圍棊局　賭得珠鈿綠玉翹

又

天厨進食簇金盤　香果魚羹下筯難徐喚

六宮分退膳　旋推當直女先食

---

又

冰簟寒多夢不成　手揮羅扇撲流螢長門

夜永空明月　風送西宮咲語聲

又

晉脩水殿種芙蓉　舁下羅函出九重試眉

綵衫迎詔語　翠眉猶帶睡痕濃

又

新擇宮人直御床　錦屏初賜合歡香明朝

阿監來相問哄指胸前一珮璫

又

金鞍玉勒熱遊韉跨出西宮入未央遙望
午門開雉扇日華初上赫袍光

又

西宮近日萬機頻催喚貽容啓殿門為報
榻前持燭女淚聲三下熱微垣

塞下曲

隴戍悲笳咽不通黃雲萬里塞人空明朝
蕃帳收殘卒探馬歸來試臂弓

又

虜馬千羣下磧西孤山烽火入銅鞮將軍
夜發龍城北戰士連營擊鼓鼙

入塞曲

落日狼煙度磧來塞門吹角探旗開傳聲
漠北單于破白馬將軍入塞迴

漢家征旆滿陰山不遣胡兒匹馬還辛苦
總戎班定遠一生猶望玉門閞

火枝詞

滾東滾西春水長郎舟去歲向瞿塘巴江
峽裏猿啼苦不到三聲巳斷腸

又

家住江南積石磯門前流水浣羅衣朝來

關繫木蘭棹貪著鴛鴦作對飛

楊柳枝詞

灞陵橋畔渭城西兩鎖烟籠十里堤繫得
王孫歸意切不同芳草綠萋萋

又

按轡營中次第新藏鴉門外幾翻春生憎
灞水橋邊樹不解迎人解送人

青樓曲

夾道青樓十里家家家門巷七香車東風
吹折相思柳白馬驕行蹹落花

　　鞦韆

隣家女伴競秋遷結帶蹣巾學半仙風送
綠繩天上去佩聲時落綠楊烟

　　城上行

長堤十里柳絲垂隔水荷香滿客衣向夜
南湖明月白女郎爭唱竹枝詞

　　洞仙謌

熱簫聲裏彤雲散簾外霜寒鸚鵡喚夜闌
孤燭照羅帷時見踈星度河漢丁東銀漏
緗西風露滴梧枝語夕㕙絞綃帕上三更
淚明日應留點點紅

　　皇帝有事天壇

羽蓋徘徊駐碧壇壁階清夜語和鑾長生
錦詰丁寧說延壽靈方仔細看曉露濕花

河影斷天風吹月崔聲寒齋香燒罷皷鼉
落玉樹千章遶曲欄

　　次仲氏高原堂高臺韻

巃嵸危棧接雲霄峰勢侵天作漢標山脉
北臨三水絕地形西壓兩河遥烟塵蒼捲
孤城出首菊秋肥萬馬驕東塋塞垣鼙皷
幾時重起崔嫖姚

　　次仲氏見星廑韻

雲生高嶂溫英容班樹丹崖露氣濃梵閣
香殘僧入定講堂齋罷鶴歸松蘿懸古壁
啼山兜霧鎖深潭卧獨龍向夜香燈明石
榻東林月黑有踈鍾

　　翠袖啼痕

輕籠雪晚裁青練六曲紅欄閒倚遍秋波
不禁落玉筋擧袖暗拭殘粧面氤氳血淚
膩纖羅粉惹沾紅春恨多氷盆瓂液洗不

少年行

少年重然諾結交遊俠人腰間白轆轤錦
袍雙麒麟朝躃明光宮馳馬長樂坂沽得
渭城酒花間日將晚金鞭宿倡家行樂爭
流連誰憐楊子雲閉門草太玄

哭子

一年喪愛女今年喪愛子哀哀廣陵土雙
墳相對起蕭蕭白楊風鬼火明松楸紙錢
招汝魄玄酒奠汝丘應知弟兄魂夜夜相
追游縱有腹中兒安可冀長成浪吟黃臺
詞血淚悲吞聲

遣興

仙人乘彩鳳夜下朝元宮絳幡拂海雲寬
裳舞春風邀我瑤池吟飲我流霞鐘借我
綠玉枝登芙蓉峰

去曉露半濕西池荷

又

有客自遠方遺我雙鯉魚剖之何所見中
有尺素書上言長相思下問今何如讀書
知君意零淚沾衣裾

又

芳樹鵠初綠蘼蕪已齊春物自妍華我
獨多悲悽壁上五岳圖沐頭來同契煉丹
倘有歲歸謁蒼梧帝

出塞曲

烽火照長河天兵出漢家枕戈眠白雪驅
馬渡黃沙翔吹傳金柝邊聲入塞笳年年
長結束辛苦逐輕車

又

昨夜羽書飛龍城報合圍塞笳吹朝雪玉
銜赴金微父成人偏老長征馬不肥男兒
重義氣會繫賀蘭馼

266

怨情

夕殿下珠簾流螢飛復没寒夜縫征衣殘
燈映羅幌

又

郎作千里行儂無千里送撚奴頭上釵與
即資路用

又

夜又織未休憂憂鳴寒機機中一疋練終
作阿誰衣

한석봉(韓石峯)필사

광한전백옥루상량문

(廣寒殿白玉樓上樑文) 1605년

## 해제 : 명필 한석봉의 마지막 작품

　　조선 중기 최고의 명필이었던 한호(韓濩, 1543-1605)의 자
는 경홍(景洪), 호는 석봉(石峯), 청사(淸沙), 관향은 삼화(三和)
인데, 한석봉이라고 널리 알려졌다. 1567년 진사시에 합격
하여 사자관(寫字官)이나 서사관(書寫官)같이 글씨를 쓰는 직
책만 아니라, 1583년 와서(瓦署) 별제(別提)에 제수되어 흡곡
(歙谷) 현령이나 가평(加平) 군수 같은 목민관도 역임하였다.
　　한석봉은 초당(草堂) 집안과 가깝게 지내면서 초당 신도비
(神道碑)를 비롯하여 여러 형태의 글씨를 썼는데, 허균이
1604년 9월 수안군수로 부임하자 곧바로 한석봉에게 편지
를 보내어 수안으로 오라고 초청하였다.

### 한석봉에게[與韓石峯] 갑진년(1604) 10월
　　서울 집에서 만났을 적에는 아이들 때문에 즐거운 흥취
를 만끽하지 못했습니다. 나는 지금 요산(遼山, 수안군의
옛이름)의 수령으로 나가는데 공도 또한 수령직을 그만두
었습니다. 고도(故都)와 서로 멀지 않으니, 혹 공께서 군
(郡)의 관아에 와주신다면 지각(池閣)에서 소요하면서 인
간이 누리는 즐거움을 다할 수 있을 것입니다. 명주베
펼쳐 놓고 두어 말[斗]쯤 먹을 갈아서, 흥이 나는대로 붓
을 휘두를 수 있도록 준비를 해놓겠습니다. 그렇게 노닌
다면 어찌 왕희지(王羲之)만이 천고에 영예를 독차지하겠
습니까. 애타게 바라는 마음 간절합니다.

사헌부가 윤9월 15일 흡곡현령 한호를 파직하라고 청하였
는데, 허균이 "수안이 고도(故都), 즉 고려의 옛 서울과 멀지
않으니 오라"고 한 것을 보면 파직되어 고향 개성에 와 있
었던 듯하다. 허균은 한석봉을 위로할 겸, 난설헌의 「광한전
백옥루상량문」도 명필의 글씨로 써서 후세에 전할 겸, 수안
군 충천각에 먹을 갈아놓고 초청하였다. 상량문 글씨를 쓴
것은 이듬해인 1605년 여름이다.

### 석봉(石峯)이 찾아오다[石峯來訪]

四海石峯老、천하의 노인 석봉께서
高風能起子。높은 바람으로 나를 일으키시네.
新篇彭澤句、새로 지은 시가 도연명의 글이라면
逸翰右軍書。필치는 왕희지의 글씨라오.
久下南州榻、남주의 의자 내린 지 오래건만
方廻長者車。이제야 장자의 수레를 돌리셨네.
高樓觴詠地、높은 다락 술 마시고 시 읊는 곳에
薰吹動池蕖。더운 바람이 연 향기를 불어 보내네.

한석봉을 환영하며 지은 시 제2수에서 "얼근해지자 문득
붓을 놀리니[酣來却縱筆] 성난 사자가 바윗돌을 찢어 발기네
[醜石抉雙猊]"라고 노래한 것을 보면 난설헌의 상량문 말고
도 다른 글씨까지 쓴 듯하다. 충천각에서 술도 마시고 시도
짓고 글씨도 쓰며 며칠 놀다가 돌아가자마자 석봉이 세상을
떠났다는 부고가 날아왔다. 여름(아마도 5월 중순) 충천각에서
상량문을 썼는데 7월 1일에 죽었다니, 「석봉의 부음을 듣다
[聞石峯訃]」라고 제목을 붙인 시에서 "손 잡고 이별한 지 며

칠 안 되어[摻別無多日] 옥루에 불려갔단 소식에 깜짝 놀랐
네.[驚聞召玉樓]"라고 한 것도 당연하다. 당나라 시인 이하(李
賀)가 백옥루 기문을 짓고 27세에 죽었다더니, 한석봉이야
말로 난설헌의 백옥루 상량문을 써주고 곧바로 세상을 떠난
것이다.

  허균도 얼마 지나지 않아 파직되고 수안을 떠났다. 이듬
해에 명나라 사신 주지번이 온다는 소식이 조정에 미리 전
해지자 장원급제한 문인 주지번을 상대하기 위해 허균을 종
사관으로 발탁하였다. 허균은 주지번을 통해 중국에 널리
알리기 위해 난설헌 시집을 편집하고 상량문을 판각하였다.
한석봉이 반초서로 쓴 글씨를 1면에 5행씩 편집하여 목판
에 음각하고 간행하였다.

  사신과 접반사(接伴使) 일행이 1606년 4월 29일에 가산(嘉
山)을 지나 정주(定州)에 도착하자, 두 사신이 저녁에 한석봉
(韓石峯)의 글씨를 허균에게 부탁했다. 허균이 준비해 두었던
「광한전 백옥루 상량문」을 나누어 주자 주지번이,

  "해서를 쓰는 법이 아주 묘하다. 안진경(顔眞卿)의 위이며,
왕헌지(王獻之)보다는 아래이다. 송설(松雪 조맹부)이나 형산
(衡山 문징명)은 여기에 미치지 못할 것 같다."
라고 칭찬하였다. 이때부터 난설헌의 「광한전백옥루상량문」
과 한석봉의 글씨가 중국에 널리 퍼졌고, 조선에 오는 사신
들마다 요구하게 되었다.

  중간에 세 단락이 빠져 있다. 몇 글자나 한 줄이 아니라
네 구절 문단 단위로 탈락된 것을 보면 한호가 난설헌의 원
고를 외어 쓰다가 건너뛴 것 같다.

## 번역 및 원문

### 광한전 백옥루 상량문(廣寒殿白玉樓上樑文)[1]

述夫、서술한다.

寶盖懸空、보배로운 일산(日傘)이 하늘에 드리워지니

雲軿超色相之界、구름 수레가 색상의 경계를 넘었고,

銀樓耀日、은빛 누각이 햇빛에 빛나니

霞楹出迷塵之壺。노을 기둥이 미혹된 티끌세상을 벗어났다.

雖復仙螺運機、신선의 소라로 베틀을 움직여서

幻作璧瓦之殿、구슬기와 궁전을 짓고,

翠蜃吹霧、푸른 신기루가 안개를 불어서

噓成玉樹之宮。구슬나무 궁전을 입김으로 지었다.[2]

靑城丈人、청성산의 장인(丈人)[3]은

玉帳之術斯殫、옥 휘장[4]의 기술을 다하고,

碧海王子、벽해의 왕자[5]도

---

1) 상량문은 대들보를 올릴 때에 축복하는 글인데, 사륙체(四六體)의 변려문(騈儷文)이다.
2) 광한전이다.
3) 청성산은 사천성(四川省) 도강언시(都江堰市) 서남쪽에 있으며, 장인은 이곳에서 도를 닦았다는 후한(後漢)의 도사 장도릉(張道陵)을 가리킨다. 청성산을 선계에서 제오동천(第五洞天)이라 칭하며, 장도릉은 일명 장천사(張天師)라고 불리는 도교의 교주이다.
4) 옥장(玉帳)은 옥으로 아름답게 꾸민 휘장으로 미인의 장막을 말한다. 서왕모(西王母)가 목천자(穆天子)를 만날 때에 옥장을 설치하고, 한번 먹으면 만세(萬歲)를 누릴 수 있는 빙도(冰桃)를 올렸다고 한다.

金櫃之方畢施。 금궤짝의 묘방을 다 베풀었다.

自天作之、 이는 하늘이 지은 것이지,

非人力也。 사람의 힘이 아니다.

主人名編瑤籍、 (광한전) 주인의 이름은 신선 명부에 오르고,

職綴瓊班、 벼슬도 신선 반열에 들어 있어서,

乘龍太清、 태청궁6)에서 용을 타고

朝發蓬萊、 아침에 봉래산을 떠나

暮宿方丈。 저녁에 방장산에서 묵었다.

駕鶴三島、 학을 타고 삼신산을 향할 때에는

左挹浮丘、 왼쪽에 신선 부구(浮丘)7)를 잡고,

右拍洪厓、 오른쪽에 신선 홍애(洪崖)8)를 잡아

千年玄圃之棲遲、 천년 동안 현포(玄圃)9)에서 살다가

一夢人間之塵土。 한 번 인간의 티끌 세상을 꿈꾼다.

黃庭誤讀、 『황정경(黃庭經)』10)을 잘못 읽어

---

5) 벽해는 동해의 동안(東岸)에 있는 부상(扶桑)에서 육지로 일만리
   를 가면 있다는 전설 속의 바다인데 물이 짜지 않아 달고, 왕자
   는 여기에 사는 신선이다.
6) 태청은 도가(道家)에서 말하는 신선세계로 삼청(三淸) 가운데 하
   나이다.
7) 생황을 잘 불었던 신선인데, 천태산의 도사이다. 부구공(浮邱公)
   이라고도 한다.
8) 악박(樂拍)으로 이름난 신선이다. 곽박(郭璞)의 「유선시」에서도
   왼쪽에 신선 부구를, 오른쪽에는 신선 홍애를 노래하였다.
9) 옥황상제가 사는 선부(仙府)인데, 곤륜산에 있다고 한다.
10) 「황제내정경(黃帝內庭經)」과 「황제외정경」으로 나뉘어져 있는
    도가의 경전인데, 양생서(養生書)이다. 신선이 잘못 읽으면 인간
    세상으로 귀양온다고 한다.

謫下無央之宮、 무앙궁11)으로 귀양왔다가

赤繩結緣、 적승(赤繩) 노파가12) 인연을 맺어주어

悔入有窮之室。 유궁13)의 방에 들어온 것을 뉘우쳤다.

壺中靈藥、 병 속의 신령스러운 약을

纔下指於玄砂、 잠시 현사(玄砂)에 내리자,

脚底銀蟾、 발 아래의 은두꺼비14)가

遽逃形於桂宇。 문득 계수나무 궁전으로 몸을 숨겼다.

咲脫紅埃赤日、 웃으면서 붉은 티끌과 붉은 해를 벗어나

重披紫府丹霞15)、 자부궁16)의 붉은 노을을 거듭 헤치며,

---

11) 무앙(無央)은 도가의 언어로 끝이 없다는 뜻인데, 불가의 무량
(無量)과 같이 쓰인다.

12) 부부의 인연을 맺어주는 신인(神人)인데, 월하노인(月下老人)이라
고도 한다. 붉은 줄로 두 남녀의 발을 묶어주면 부부가 된다고
하였다.

13) 유궁(有窮) 후예(后羿)의 아내가 불사약(不死藥)을 먹고 선녀가
되어 달 속으로 달아났다고 한다. 무앙궁이 "다함이 없는 궁"이
란 뜻이므로, 대구를 이루기 위해서 "다함이 있는 집[有窮之室]"
이라고 한 것이다.

14) 달을 가리킨다. 한유(韓愈)의 「모영전(毛穎傳)」에서 "세상에 전
하는 말에 의하면, 중산(中山)의 토끼가 신선술(神仙術)을 얻어서
항아(姮娥)를 훔쳐 가지고 두꺼비[蟾蜍]를 타고 달 속으로 들어갔
다." 하였다.

15) 1608년 목판본 『蘭雪軒詩』에는 이 아래에 "鸞笙鳳管之神遊,
喜續舊會, 錦幕銀屛之嬌宿, 悔過今宵." 네 구절이 더 편집되었다.

16) 도가(道家)에서 신선이 사는 곳이다. 갈홍(葛洪)의 『포박자(抱朴
子)』 「거혹(祛惑)」에 "천상(天上)에 도착하여 먼저 자부에 들렀는
데, 금상(金床)과 옥궤(玉几)가 휘황찬란하였으니 정말로 귀한 곳
이었다.[及至天上, 先過紫府, 金床玉几, 晃晃昱昱, 眞貴處也.]"라고 하
였다.

胡爲日宮之恩綸、 어찌 일궁(日宮)의 은혜로운 명령을

俾掌月殿之賤奏。 월전(月殿)에까지 아뢰게 할 수 있으랴.

官曹淸切、 관조(官曹)가 몹시 깨끗해서

足踐八霞之司、 발로 팔방 노을의 관청을 밟으며,

地望崇高、 지위와 명망이 숭고하니

名壓五雲之閣。 그 이름이 오색 구름의 전각을 짓눌렀다.

寒生玉斧、 옥도끼에서 차가운 기운이 나니

樹下之吳質無眠、 나무 아래 오질(吳質)이[17] 잠을 못 자고

樂奏霓裳、 예상(霓裳)의 음악[18]을 연주하자,

欄邊之素娥呈舞。 난간에 있던 소아(素娥)가 춤을 추었다.

---

17) 이름은 오강(吳剛)인데, 한나라 서하(西河) 사람이다. 신선을 배
우다가 죄를 지어 달나라로 귀양가서 계수나무를 찍는 벌을 받
았다. 그러나 잠도 잘 수 없는데다, 아무리 도끼질을 해도 계수
나무가 곧 아물어 책임을 다하지 못했다고 한다. 단성식(段成式)
이 지은 『유양잡조(酉陽雜俎)』에 그 전설이 실려 있다.
　"달나라 계수나무는 높이가 오백 길인데, 그 아래에서 한 사람이
언제나 나무를 깎고 있다. 그 사람의 이름은 오강인데, 서하 사
람이다. (신선이 되는) 도를 배운 것이 지나쳐, (계수나무로) 귀양보
내 나무를 깎게 하였다."

18) 예상(霓裳)은 당나라 때에 월궁(月宮)의 음악을 본따서 만든 음
악인 「예상우의곡(霓裳羽衣曲)」인데, 이 글에서는 달나라의 음악을
가리킨다. 『당일서(唐逸書)』에 이 음악을 지은 유래가 실려 있다.
　"나공원(羅公遠)이 비밀스런 기술을 많이 지녔는데, 한 번은 현종
과 함께 월궁(月宮)에 이르렀다. 선녀 수백명이 모두 흰 비단으
로 만든 예의(霓衣 무지개옷)를 입고 넓은 뜨락에서 춤을 추었는
데, 그 곡의 이름을 물었더니 「예상우의곡」이라 하였다. 현종이
그 음조(音調)를 가만히 기억했다가 돌아와서, 이튿날 악공들을
불러다 그 음조에 따라 「예상우의곡」을 짓게 하였다."

玲瓏霞佩、 영롱한 노을빛 노리개와

振霞錦於仙衣、 노을빛 비단이 신선의 옷자락에서 떨쳐지고,

熠燿星冠、 반짝이는 성관(星冠)은

點星珠於人勝。 별빛 구슬로 머리꾸미개를19) 꾸몄다.

仍思列仙之來會、 여러 신선들이 모여들 것을 생각해보니,

尙乏上界之樓居。 상계에 거처할 누각이 아직도 없었다.20)

靑鸞引玉妃之車、 푸른 난새가 옥비(玉妃)의 수레를 끄는데

羽葆前路、 깃으로 만든 일산이 앞서고,

白虎駕朝元之使、 백호가 조회에 참석하는 사신을 태우니

金綬後塵。 황금 수실21)이 그 뒤의 따랐다.

劉安轉經、 유안(劉安)이 경전을 옮겨 전하자22)

---

19) 정월 7일을 인일(人日)이라고 했는데, 비단을 끊어서 사람 모습을 만들거나 금박(金薄)으로 인승(人勝)을 만들었다. 이것을 병풍에 붙이거나, 머리에 꽂았다. 『형초세시기(荊楚歲時記)』
   그해의 길흉을 점 치는 1월 7일을 인일(人日)이라고 했는데, 이날 머리꾸미개를 하사하는 습속이 있었다. 당나라 때에는 정월 7일을 인승절(人勝節)이라고도 했다.

20) 그래서 백옥루를 새로 지을 생각을 하게 된 것이다. 이 뒤부터는 광한전으로 모여드는 신선들을 소개한 글이다.

21) 관원들의 인수(印綬)를 가리킨다. 관원들이 늘어섰다는 뜻이다.

22) 한나라 회남왕(淮南王 B.C.179-122)인데, 고조(高祖) 유방(劉邦)의 손자이다. 도가와 유가·법가(法家)를 망라한 잡가서(雜家書) 『회남자(淮南子)』를 지었는데, 뒷날 모반을 꾀하다가 실패하여 자살하였다. 그의 전기는 『사기』 제118권과 『한서』 제44권에 실려 있다. 『열선전』 교정본에 그가 신선이 되어 하늘로 올라간 이야기가 실려 있다.
   "한나라 회남왕 유안은 신선술과 연금술을 기술하여 『홍보만필』 3권이라 하고, 변화의 이치를 논했다. 그래서 여덟 신선이 회남

拔雙龍於案上、 쌍용을 책상 위에서 빼어내고,

姬滿逐日、 희만(姬滿)23)이 해를 쫓아가자24)

駐八風於山阿。 팔방의 바람이 산비탈에 머물렀다.

宵迎上元、 밤에 상원부인을 맞아들이니

綠髮散三角之鬌、 푸른 머리는 세 갈래 쪽이 흩어졌고,

晝接帝女、 낮에 상제의 손녀25)를 만났더니

金梭織九紋之綃。 황금 북으로 아홉 무늬 비단을 짰다.

瑤池衆眞會南峯、 요지의 신선들은 남쪽 봉우리에 모였고,

玉京羣帝集北斗。 백옥경의 임금들은 북두에 모였다.26)

不有紅樓之高搆、 붉은 누각이 높게 지어지지 않았더라면

何安絳節之來朝。 어찌 편하게 붉은 깃발27)을 세우고 조회

   왕을 찾아가 『단경(丹經)』과 36수의 비방을 전수하였다.”
23) 주나라 목왕(穆王)의 이름인데, 왕실의 성이 희씨(姬氏)였으므로
   희만(姬滿)이라고 하였다. 소왕(昭王)의 아들인데, 55년 동안 임금
   으로 있으면서 태평성대를 누렸다. 서쪽으로는 견융(犬戎)을 치
   고, 동쪽으로는 서이(徐夷)를 정벌하였다. 후세에 지어진 『목천자
   전(穆天子傳)』에 의하면 조보(造父)를 마부로 삼아 팔준마(八駿馬)
   를 타고 서쪽으로 여행하면서 여러 나라를 거치며 이상한 동식
   물들을 구경하고, 서왕모와 인연을 맺었다고 한다.
24) 주나라 목왕이 해가 지는 서쪽으로 여행하였으므로 “해를 쫓
   아갔다”고 표현한 것이다.
25) 직녀성(織女星)을 가리킨다. 『사기(史記)』 권27 「천관서(天官書)」
   에 “무녀성 북쪽이 직녀성이니, 직녀는 천제의 여손이다.[婺女其
   北織女, 織女天帝女孫也.]”라고 하였다
26) 1608년 목판본 『蘭雪軒詩』에는 이 아래에 “唐宗踏公遠之杖、
   得羽衣於三章、水帝對火仙之棋、賭寶宇於一局。” 네 구절이 더
   편집되었다.
27) 원문의 강절(絳節)은 전설 속에 나오는 상제(上帝)나 선군(仙君)
   이 가지고 다니는 일종의 의장(儀仗)을 가리킨다. 여기서는 신선

에 참례할 수 있었으랴.

於是移章十洲、 이에 십주(十洲)[28]에 통문을 보내고

馳檄九海、 구해(九海)[29]에 격문을 급히 보내어,

囚匠星於屋底、 집 속에 장성(匠星)을 가두어 두니[30]

木宿掄材、 목수[31]가 재목을 가려 쓰고,

壓鐵山於楹間、 철산(鐵山)을 기둥 사이에 눌러 놓으니,

金精動色。 황금의 정기가 빛을 낸다.

坤靈揮鑿、 땅의 신령이 끌을 휘두르고

騁巧思於般倕、 반수에게서[32] 교묘한 계획을 얻어내어,

大冶鎔鑪、 큰 대장장이가 용광로를 써서[33]

------

의 뜻으로 쓰였다.

28) 서왕모가 한나라 무제에게 이야기해준 신선세계인데, 열 개의
   섬이다.

29) 구영(九瀛)과 같은 말이다. 전국시대 제(齊)나라 추연(鄒衍)이 중
   국을 적현신주(赤縣神州)고 하고, 중국 밖에 적현신주와 같은 것
   이 아홉 개 있으니 그것을 구주(九州)라고 하며, 구주와 그 바깥
   을 둘러싸고 있는 바다를 영해(瀛海)라고 한다고 하였다. 『사기
   (史記)』 권74 「맹자순경열전(孟子荀卿列傳)」

30) 여기부터는 백옥루를 짓는 모습을 표현하였다.

31) 장성은 장인(匠人)을 맡은 별이고, 목수(木宿)는 나무를 관장하
   는 별이다.

32) 원문의 반수(般倕)는 이름난 장인(匠人)인 공수반(公輸般)과 공수
   (工倕)를 가리킨다. 『맹자』 「이루 상(離婁上)」에 "이루의 밝은 눈
   과 공수자의 공교함[離婁之明, 公輸子之巧.]"이라 하였는데, 그 집
   주(集註)에 "공수자의 이름은 반(班)이며 노나라의 기술자이다.[輸
   子名班, 魯之巧人.]"라 하였으며, 『장자』 「달생」에 "공수가 손을
   움직이면 그림쇠와 곱자를 씌운 듯 딱 들어맞았다.[工倕旋而蓋規
   矩]" 하였다.

33) 천지의 조화를 비유하는 말이다. 『장자』 「대종사(大宗師)」에

運奇智於錘範。 기지(奇智)를 도가니에 부렸다.

靑棭垂尾、 푸르고 붉은 꼬리를 드리우자

雙虹飮星宿之河、 쌍무지개가 은하수 강물을 들이마시고,

赤霓昂頭、 붉은 무지개가 머리를 들자

六鼇戴蓬萊之島。 여섯 마리 자라가 봉래섬을 이었다.

璇題燭日、 구슬 추녀가 햇빛에 비추니

出彤閣於烟中、 붉은 누각이 아지랑이 속에 우뚝하고,

綺綴流星、 비단 창가에 유성이 이어지니

架翠廊於雲表。 푸른 행랑을 구름 너머에 꾸몄다.

魚緝鱗於玉瓦、 옥기와는 물고기 비늘같이 이어졌고,

鴈列齒於瑤階<sup>34)</sup>。 구슬계단은 기러기같이 줄을 지었다.<sup>35)</sup>

金繩結綺戶之流蘇、 비단 창문의 수술을 황금 노끈으로 묶고

珠網護雕欄之阿閣。 아로새긴 난간의 아름다운 누각<sup>36)</sup>을 구

---

"이제 한번 하늘과 땅을 커다란 용광로라 생각하고 조물주를 큰
대장장이라고 생각한다면 어디로 간들 문제될 것이 있겠는가.[今
一以天地爲大鑪, 以造化爲大冶, 惡乎往而不可哉?]"라고 하였다.

34) 1608년 목판본 『蘭雪軒詩』에는 이 아래에 "微連捧旐、下月節
於重霧、梟伯樹蠹、設蘭幄於三辰。" 네 구절이 더 편집되어 있
다.

35) 원문의 안치(雁齒)는 기러기 이빨인데, 계단 주위에 정연하게
배열한 장식품을 말한다. 북주(北周) 유신(庾信)의 글에 "진시황이
쓰고 남은 석재로 안치의 계단을 만들었다.[秦皇餘石, 仍爲雁齒之
階.]"라고 하였다. 『유자산집(庾子山集)』 권13 「온탕비(溫湯碑)」

36) 원문의 아각(阿閣)은 사면에 모두 차양이 있는 누각이다. "옛날
황제 헌원씨 때에 봉황이 아각에 둥지를 틀었다.[昔黃帝軒轅, 鳳凰
巢阿閣.]" 하였다. 『문선(文選)』 「서북유고루(西北有古樓)」 이선(李
善) 주(注)

슬 그물로 보호하였다.

仙人在棟、신선이 마룻대에 있어

氣吹彩鳳之香臺、오색 봉황 향기로운 누대에 기운을 불고,

玉女臨窓、선녀가 창가에 있어

水溢雙鸞之鏡匣。쌍 난새의 거울 갑에 물이 넘친다.

翡翠簾雲母屛靑玉案、비취 발과 운모 병풍과 청옥 책상에는

瑞靄宵凝、상서로운 아지랑이가 밤에 서리고,

芙蓉帳孔雀扇白銀床、부용 휘장 공작 부채 백은 평상에는

祥蜺晝鎖。대낮에도 상서로운 무지개가 둘러쌌다.

爰設鳳儀之宴、이에 봉황이 춤추는 잔치를 베풀어

俾展燕賀之誠、제비가 하례하는 정성을 펼치게 하였으며,

旁招百靈、두루 백여 신령을 초대하고,

廣延千聖。널리 천여 성인을 맞이하였다.37)

邀王母於北海、서왕모를 북해에서 맞아들이자

斑麟踏花、얼룩무늬 기린이 꽃을 밟았고,

接老子於西關、노자를 함곡관에서 영접하자

靑牛臥草。푸른 소가 풀밭에 누웠다.38)

---

37) 백옥루 상량식에 많은 신선들이 초대되었다.

38) 노자의 성은 이씨이고, 이름은 이(耳)이며, 자는 백양(伯陽)인데, 진나라 사람이다. 은나라 때에 태어나 주나라에서 주하사(柱下史) 벼슬을 하였다. 정기를 보양하기 좋아하여, (다른 사람으로부터 정기를) 받아들이고 내보내지 않는 것을 귀하게 여겼다. 수장사로 전임되어 80여 년을 지냈는데, 『사기』에는 "200여 년"이라고 되어 있다. 당시에는 은군자로 불렸으며, 시호는 담(聃)이라고 했다. 공자가 주나라에 이르러 노자를 만나 보고는 그가 성인임을 알아, 곧 그를 스승으로 삼았다. 나중에 주나라의 덕이 쇠하자

瑤軒張錦紋之幕、구슬 난간에는 비단무늬 장막을 펼쳤고,
寶簷低霞色之帷。보배로운 처마에는 노을빛 휘장이 나직하
게 드리웠다.

獻蜜蜂王、꿀을 바치는 왕벌은
紛飛炊玉之室、옥으로 밥을 짓는 방에 어지럽게 날고,
含果鴈帝、과일을 머금은 안제(鴈帝)는
出入薦瓊之廚。경옥을 바치는 부엌에 드나들었다.
雙成鈿管晏香銀箏、쌍성의 나전 피리와 안향의 은쟁은
合鈞天之雅曲、균천(鈞天)[39]의 우아한 곡조[40]에 맞추고,

---

푸른 소가 끄는 수레를 타고 떠나 대진국(大秦國)으로 들어가는
길에 서관(함곡관)을 지나게 되었는데, 관령(關令) 윤희(尹喜)가 기
다렸다가 그를 맞이한 뒤에 진인(眞人)임을 알고는 글을 써 달라
고 억지로 부탁하였다. 그래서 (노자가)『도덕경』상·하 2권을 지
었다. ―유향『열선전(列仙傳)』

39) 균천(鈞天)은 구천(九天)의 한가운데 있는 하늘인데, 상제(上帝)
가 있는 곳이다.

40) 조나라 간자(簡子)가 병이 나서 인사불성이 되자, 대부들이 모
두 크게 걱정하였다. 명의(名醫) 편작(扁鵲)이 진찰하고 나오자,
가신 동안우(董安于)가 병세를 물었다. 그러자 편작이 이렇게 말
했다.
"혈맥이 정상인데, 걱정할 게 뭐 있겠소? 이전에 진나라 목공도
이런 적이 있었는데, 7일만에 깨어났소. 깨어나던 날 (대부) 공손
지와 자여에게 '나는 상제가 사는 곳에 갔었다'고 했소. (줄임)
지금 주군의 병세도 목공의 병세와 같으니, 사흘이 지나지 않아
병세가 반드시 호전될 것이오. 병세가 호전되면 틀림없이 할 말
이 있을 것이오."
이틀 하고도 한나절이 지나자 간자가 깨어났는데, 대부들에게 이
렇게 말했다.
"나는 상제가 사는 곳에 갔었는데, 매우 즐거웠소. 여러 신들과

婉華淸歌飛瓊巧舞、완화(婉華)의 청아한 노래와 비경(飛瓊)[41]
의 아름다운 춤은

雜駁空之靈音。하늘의 신령스런 소리와 어울러졌다.

龍頭瀉鳳髓之醪、용머리 주전자로 봉황의 골수 술을 따르고,

鶴背捧麟脯之饌。학의 등에 탄 신선은 기린 육포를 바쳤다.

琳筵玉席、구슬 자리와 옥방석은

光搖九枝之燈、아홉 갈래[42]의 등불에 흔들리고,

碧藕氷桃、벽우(碧藕)[43]와 빙도(氷桃)[44]는

盤盛八海之影。여덟 바다의 그림자[45]를 소반에 담았다.

獨恨瓊楣之乏句、상인방에 상량문 없는 것만 한스러워

繁致上仙之興嗟。상선들의 탄식을 일으켰다.

---

하늘 한가운데 노닐었고, 여러 악기로 웅장한 음악이 여러 차례
연주되는 것을 들었소.” -『사기』 권43 조세가(趙世家)」
균천(鈞天)에서 여러 가지 악기로 웅장하게 연주하는 음악을 「균
천광악(鈞天廣樂)」이라고 한다.
41) 서왕모(西王母)가 한 무제(漢武帝)와 함께 연회를 할 때에 시녀
(侍女) 허비경에게 진령(震靈)의 피리 음악을 연주하게 하였다 한
다.『한무제내전(漢武帝內傳)』
42) 원문의 구지(九枝)는 옛 등(燈)의 이름으로, 등잔대 하나에 여러
개의 등불을 매단 것을 말한다.
43) 벽우는 신선이 먹는다는 전설상의 연근(蓮根)으로 길이가 7자
라고 한다.『비아(埤雅)』 권17 「석초(釋草) 우(藕)」에 “우는 자라
나는 것이 달에 응하여, 달마다 한 마디가 나고 윤달마다 한 마
디가 더 난다.[藕生應月, 月生一節, 閏輒益一.]”라고 하였다.
44) 벽우(碧藕)와 빙도(氷桃)는 모두 도교(道敎)에서 말하는 선과(仙
果)이다.
45) 원문의 팔해(八海)는 사방(四方)과 사우(四隅)의 바다로 천하를
뜻한다. 팔해의 그림자는 한석봉 필사본에도 ‘영(影)’으로 썼는데,
미상이다.

清平進詞太白、「청평조(清平調)」를 지어 올렸던 이백은

醉鯨背之已久、술에 취해서 고래 등을 탄 지 오래이고[46]

玉臺摛藻長吉、옥대(玉臺)에서 글을 짓던 장길[47]은

咲蛇神之太多。사신(蛇神)이 너무 많다고 웃었다.[48]

新宮勒銘、새로운 궁전에 명(銘)을 새긴 것은

山玄卿之雕琢、산현경(山玄卿)[49]의 문장 솜씨인데,

上界鐫壁、상계의 벽에 아로새길

蔡眞人之寂寥。채진인(蔡眞人)[50]은 적료하구나.

---

46) 이백이 채석강에서 배를 타고 술 마시다가, 달을 건지려고 몸을 기울이는 바람에 물에 빠져 죽었다는 전설이 있다. 그래서 고래를 타고 하늘에 올라갔다는 전설까지 생겼다. 그러나 실제로는 59세 되던 770년에 장개의 난을 피해서 형주로 갔다가, 현령이 보내준 술과 쇠고기를 먹고 죽었다고 한다. 날씨가 너무 더워서 고기가 상했기 때문에 식중독에 걸렸던 것이다.

47) 옥대는 백옥루이고, 장길(長吉)은 당나라 시인 이하의 자이다. 이하가 낮에 졸다가 보니 붉은 관복을 입은 도인이 옥판(玉板)을 들고 있었는데, "상제가 백옥루를 짓고 그대를 불러 기문(記文)을 짓게 하려 한다.[上帝作白玉樓, 召君作記.]"라고 쓰여 있었다. 이것을 보고는 병이 들어 27세에 요절했다.

48) 당(唐)나라 시인 두목(杜牧)이 이하 문집의 서문에서 그의 시를 소개하면서 "큰 입을 벌리는 고래와 뛰어오르는 자라, 소머리를 한 귀신과 뱀의 몸을 한 귀신으로도 그의 시의 허황하고 환상적인 면을 형용하기에는 부족하다.[鯨呿鼇擲, 牛鬼蛇神, 不足爲其虛荒誕幻也.]"라고 하였다. 『번천집(樊川集)』 권7 「이하집서(李賀集序)」

49) 당나라 때 어떤 사람이 꿈에 신궁(新宮)의 명을 짓고 자양진인 산현경(紫陽眞人山玄卿)이 찬(撰)한 것이라고 했다 한다. 소식(蘇軾)의 「유나부산(游羅浮山)」에 "책을 지고 나를 따라 어찌 돌아가지 않는가, 신선들이 신궁(新宮)의 명을 짓고 있다오.[負書從我盍歸去, 群仙正草新宮銘.]" 하였다. 『소동파전집(蘇東坡詩集)』 권38

自慙三生之墮塵、스스로 삼생(三生)의 티끌 세상에 태어난
것이 부끄러운데,

誤登九皇之辟剡。 어쩌다 잘못되어 구황(九皇)[51]의 벽섬[52]에
이름이 올랐다.

江郎才盡、강랑(江郎)의[53] 재주가 다해서

夢退五色之花、꿈에 오색찬란한 꽃[54]이 시들었고,

梁客詩催、양객(梁客)이[55] 시를 재촉하니

---

50) 송(宋)나라 홍매(洪邁)의 「채진인사(蔡眞人詞)」에, "속세에는 이
곡조를 아는 사람이 없어, 문득 황곡을 타고 요경을 날아오르니,
바람은 차고 달빛은 깨끗하구나.[塵世無人知此曲, 却騎黃鵠上瑤京,
風冷月華淸.]"하였다.

51) 중국 고대 전설상의 신인으로, 거방씨(居方氏)·인황씨(人皇氏)라
고도 한다. 형제 9명이 9구(九區, 九州)로 나누어 각각 한 곳씩
다스렸다. 정치와 교화, 식생활과 남녀의 역할이 이때부터 시작
되었고, 형제 9명이 모두 4만 5천 6백 년을 다스렸다. 『역대사
선(歷代史選)』 제1권 「태고기(太古紀) 인황씨(人皇氏)」 참조.

52) 관직을 천거하는 편지나 문서. 중국 섬계(剡溪) 지방에서 생산
된 종이에 추천을 쓴 데에서 유래된 말로, 천섬(薦剡)과 같은 뜻
이다.

53) 양나라 천재 문장가인 강엄(江淹)인데, 말년에 재주가 다하자
더 이상 아름다운 글을 짓지 못했다고 한다.

54) 원문의 '오색지화(五色之花)'은 두 가지 고사가 합쳐진 것이다.
강엄이 야정(冶亭)에서 잠을 자다가 꿈을 꾸니 곽박(郭璞)이라는
노인이 와서 말하기를, "내 붓이 그대에게 가 있은 지 여러 해
이니, 이제는 나에게 돌려다오." 하므로 품속에서 오색필(五色筆)
을 꺼내어 주었는데, 그 후로는 좋은 시문을 전혀 짓지 못하였
다고 한다. 이백이 어릴 적 붓 끝에 꽃이 피는 꿈을 꾼 뒤에 시
가 세상에 유명해졌다는 '몽필생화(夢筆生花)'의 고사가 덧붙었다.

55) 양(梁)나라의 소문염(蕭文琰)을 가리킨다. 남조의 제(齊)나라 때
경릉왕(竟陵王) 소자량(蕭子良)이 우희(虞羲)·구국빈(丘國賓)·소문

鉢徹三聲之響。 바리에 삼성(三聲)의 소리가 메아리쳤다.

徐援彤管、 붉은 붓대를 천천히 잡고

咲展紅牋。 웃으며 붉은 종이를 펼쳤다.

河懸泉湧、 황하수가 쏟아지듯 샘물이 솟아나듯 지으니

不必覆子安之衾、 자안(子安)의 이불을 덮을 필요가 없고56)

句麗文遒、 구절이 아름다운데다 문장도 굳세니

未應頳謫仙之面。 이백의 얼굴을 대해도 부끄러울 게 없었다.

立進錦囊之神語、 그 자리에서 비단 주머니 속에 있던 신령스러운 글을 지어 올리고,

留作瑤宮之盛觀、 두어서 선궁(仙宮)의 장관을 이루게 하니,

置諸雙樑、 두 대들보에 걸어 두고서

資於六偉。 육위(六偉)57)의 자료로 삼는다.

抛梁東。 들보 동쪽으로 떡을 던지네.58)

---

염 등의 학사들을 모아 놓고 촛불이 1촌 탈 동안에 시 짓는 놀이를 하였는데, 소문염이 시간이 너무 길다고 하면서 바리때를 쳐서 울리는 소리가 그치는 사이에 시를 짓는 것으로 고치고서는 그 사이에 즉시 시를 지었다고 한다. 『남사(南史)』 권59 「왕승유열전(王僧儒列傳)」

56) 자안은 언제나 이불 속에서 문장을 구상하던 당나라 시인 왕발(王勃)의 자인데, 난설헌 자신은 그럴 필요가 없다는 뜻이다.

57) 상량식을 마친 뒤에 떡을 던질 동서남북 상하 여섯 방향이 육위이다. 이 글에서는 여섯 방향을 노래한 시이다.

58) 상량문은 우두머리 목수가 들보를 올리면서 송축하는 글이다. 세속에서 집을 지을 때에 반드시 길일을 택하여 들보를 올리는데, 친한 손님들이 떡을 싸가지고 와서 다른 음식들과 함께 축하하였고, 이 음식들로 장인(匠人)들을 먹였다. 이때에 장인의 우

曉騎仙鳳入珠宮。 새벽에 봉황 타고 요궁에 들어갔더니
平明日出扶桑底、 날이 밝으며 해가 부상(扶桑) 밑에서 올라
萬縷丹霞射海紅。 붉은 노을 일만 올이 바다를 붉게 비추네.

抛梁南。 들보 남쪽으로 떡을 던지네.
玉龍無事飲珠潭。 옥룡이 아무 일 없어 연못 물이나 마시고
銀床睡起花陰午、 은평상에서 자다 일어나 꽃그늘 한낮 되니
咲喚瑤姬脫碧衫。 웃으며 요희를 불러 푸른 적삼을 벗겼네.

抛梁西。 들보 서쪽으로 떡을 던지네.
碧花零露彩鸞啼。 푸른 꽃에 이슬 떨어지고 오색 난새 울어
春羅玉字邀王母、 옥자 수놓은 비단옷59) 입고 서왕모 맞아
鶴馭催歸日已低。 학어(鶴馭)60)가 돌아가길 재촉하니 날이 이미 저물었네.

抛梁北。 들보 북쪽으로 떡을 던지네.
溟海茫洋浸斗極。 명해61)가 아득해서 북극성이 잠기고

---

두머리가 떡을 들보에 던지면서 이 글을 외어 축하하였다. -『문체명변(文體明辨)』

동서남북 순서로 떡을 던졌는데, 사방의 지신(地神)들에게 제사를 지내는 것이다.

59) 춘라(春羅)는 봄에 짠 비단이다.
60) 학어(鶴馭)는 학가(鶴駕)와 같은 말로, 흔히 왕세자(王世子)가 타는 수레를 가리킨다.
61) 명해(溟海)는 전설 속의 바다 이름으로, 대해(大海)를 뜻한다.『열자(列子)』「탕문(湯問)」에 "종북의 북쪽에 명해가 있는데, 천지(天池)이다.[終北之北有溟海者, 天池也.]"라고 하였다.

鵬翼擊天風力掀、 붕새 날개가 하늘을 치니 물이 치솟아
九霄雲垂雨氣黑。 구천에 구름 드리워 빗기운 어둑하구나.

抛梁上。 들보 위쪽으로 떡을 던지네.
曙色微明雲錦帳、 새벽빛이 희미하게 비단 장막을 밝히고
仙夢初回白玉床, 신선의 꿈이 백옥 평상에 처음 감도는데
臥聞北斗廻杓響。 북두칠성 자루 돌아가는[62] 소리를 누워서
듣네.

抛梁下。 들보 아래쪽으로 떡을 던지네.
八垓雲黑知昏夜、 팔방에 구름이 어두워 날 저문 것을 알고
侍兒報道水晶寒、 시녀들이 수정궁이[63] 춥다고 아뢰니
曉霜已結鴛鴦瓦。 새벽 서리가 벌써 원앙 기와[64]에 맺혔네.

伏願上樑之後、 엎드려 바라오니 들보를 올린 뒤에
琪花不老、 기화(琪花)[65]는 시들지 말고
瑤草長春、 아름다운 풀도 길이 봄날이어서
曦舒凋光、 희서가 빛을 잃어도
御鸞輿而猶戲、 난새 수레를 몰아 더욱 즐거움 누리시고,
陸海變色、 땅과 바다의 빛이 바뀌어도

---

62) 새벽이 되면 지구가 움직이면서 북두칠성의 자루가 돌아간다.
63) 광한전에 있다는 궁전인데, 수정으로 지었다고 한다.
64) 짝을 이룬 기와로, 암키와와 수키와를 이른다.
65) 곤륜산(崑崙山)의 정상에 있다는 신선의 거처 현포(玄圃)에 금대
(金臺)와 옥루(玉樓)가 있고, 기화요초가 만발해 있다고 한다.

駕飈輪而尙存。 회오리 수레를 타고 더욱 길이 사소서.

銀窓壓霞、 은빛 창문이 노을을 누르면

下視九萬里依微世界、 아래로 구만리 희미한 세계를 내려다 보시고,

璧戶臨海、 구슬문이 바다에 다다르면

咲看三千年淸淺桑田、 삼천년 맑고 얕아진 뽕나무밭[66]을 웃으며 바라보아

手回三霄日星、 손으로 세 하늘[67]의 해와 별을 돌리시고

身遊九天風露。 구천세계의 바람과 이슬 속에 노니소서.

황명(皇明) 만력(萬曆) 기원(紀元) 33년(1605) 을사(乙巳) 하(夏) 중망(仲望)[68]에 석봉(石峯)이 요산군(遼山郡) 충천각(沖天閣)에서 쓰다.


## 廣寒殿白玉樓上樑文

述夫寶盖懸空、 雲軿超色相之界、 銀樓耀日、 霞楹出迷塵之壺。 雖復仙螺運機、 幻作璧瓦之殿、 翠蜃吹霧、 噓成玉樹之宮。 靑城丈人、 玉帳之術斯殫、 碧海王子、 金櫃之方畢施。 自

---

66) 선녀 마고(麻姑)가 왕방평(王方平)에게 이르기를 "만나 뵌 이래로 벌써 동해가 세 차례 상전으로 변하는 것을 보았는데, 지난번에 봉래산에 이르자 물이 또 지난번 만났을 때보다 절반쯤 얕아졌으니, 어찌 장차 다시 육지로 변하지 않겠습니까.[接侍以來, 已見東海三爲桑田, 向到蓬萊, 水又淺于往者會時略半也. 豈將復還爲陵陸乎?]"라고 말하였다. 『神仙傳 卷7 麻姑』

67) 삼소(三霄)는 신선이 산다는 삼청(三淸), 즉 옥청(玉淸)·상청(上淸)·태청(太淸)을 가리킨다.

68) 날짜 표기에 '하(夏) 중망(仲望)'이라는 말은 보이지 않는다. '중하(仲夏 5월) 망(望 보름)'이 아닐까 생각된다.

天作之、非人力也。主人名編瑤籍、職綴瓊班、乘龍太淸、朝
發蓬萊、暮宿方丈。駕鶴三島、左挹浮丘、右拍洪厓、千年玄
圃之棲遲、一夢人間之塵土。黃庭誤讀、謫下無央之宮、赤繩
結緣、悔入有窮之室。壺中靈藥、纔下指於玄砂、脚底銀蟾、
遽逃形於桂宇。唉脫紅埃赤日、重披紫府丹霞。<sup>69)</sup>　　胡爲日宮
之恩綸、俾掌月殿之牋奏。官曹<sup>70)</sup>淸切、足踐八霞之司、地望
崇高、名壓五雲之閣。寒生玉斧、樹下之吳質無眠、樂奏霓
裳、欄邊之素娥呈舞。玲瓏霞佩、振霞錦於仙衣、熠燿星冠、
點星珠於人勝。仍思列仙之來會、尙乏上界之樓居。靑鸞引玉
妃之車、羽葆前路、白虎駕朝元之使、金綬後塵。劉安轉經、
拔雙龍於案上、姬滿逐日、駐八風於山阿。宵迎上元、綠髮散
三角之髻、晝接帝女、金梭織九紋之綃。瑤池衆眞會南峯、玉
京羣帝集北斗。<sup>71)</sup>　　不有紅樓之高搆<sup>72)</sup>、何安絳節之來朝。於
是移章十洲、馳檄九海、囚匠星於屋底、木宿掄材、壓鐵山於

---

69) 1608년 목판본 『蘭雪軒詩』에는 이 아래에 "鸞笙鳳管之神遊、
　　喜續舊會、錦幕銀屏之媚宿、悔過今宵。" 네 구절이 더 편집되었
　　다.

70) 1608년 목판본 『蘭雪軒詩』에는 '曺'자가 '曹'자로 되어 있으며,
　　'曹'자가 맞다. 『사기(史記)』 권27 「천관서(天官書)」의 사마정(司馬
　　貞) 주석에 "천문에 다섯 등급의 관이 있으니, 관은 곧 성관이
　　다. 별자리에도 존비가 있는 것이 마치 인간 세상의 관원의 위
　　차와 같으므로 천관이라 한다.[天文有五官, 官者, 星官也. 星座有尊
　　卑, 若人之官曹列位, 故曰天官.]"라고 하였다.

71) 1608년 목판본 『蘭雪軒詩』에는 이 아래에 "唐宗踏公遠之杖、
　　得羽衣於三章、水帝對火仙之棋、賭寶宇於一局。" 네 구절이 더
　　편집되었다.

72) 1608년 목판본 『蘭雪軒詩』에는 '搆'자가 '構'자로 되어 있다.

楹間、金精動色。坤靈揮鑿、騁巧思於般倕、大冶鎔鑪、運奇智於錘範。靑䡾垂尾、雙虹飮星宿之河、赤霓昂頭、六鼇戴蓬萊之島。璇題爥日、出彤閣於烟中、綺綴流星、架翠廊於雲表。魚緝鱗於玉瓦、鴈列齒於瑤階。<sup>73)</sup> 金繩結綺戶之流蘇、珠網護雕欄之阿閣。仙人在棟、氣吹彩鳳之香臺、玉女臨窻、水溢雙鸞之鏡匣。翡翠簾雲母屛靑玉案、瑞靄宵凝、芙蓉帳孔雀扇白銀床、祥蜺晝鎖。爰設鳳儀之宴、俾展燕賀之誠、旁招百靈、廣延千聖。邀王母於北海、斑麟踏花、接老子於西關、靑牛臥草。瑤軒張錦紋之幕、寶簷低霞色之帷。獻蜜蜂王、紛飛炊玉之室、含果鴈帝、出入薦瓊之廚。雙成鈿管晏香銀箏、合鈞天之雅曲、婉華淸歌飛瓊巧舞、雜駭空之靈音。龍頭瀉鳳髓之醪、鶴背捧麟脯之饌。琳筵玉席、光搖九枝之燈、碧藕氷桃、盤盛八海之影。獨恨瓊楣之乏句、繁致上仙之興嗟。淸平進詞太白、醉鯨背之已久、玉臺摘葉長吉、咲蛇神之太多。新宮勒銘、山玄卿之雕琢、上界鐫壁、蔡眞人之寂寥。自慙三生之墮塵、誤登九皇之辟刹。江郎才盡、夢退五色之花、梁客詩催、鉢徹三聲之響。徐援彤管、咲展紅牋。河懸泉湧、不必覆子安之衾、句麗文遒、未應頮謫仙之面。立進錦囊之神語、留作瑤宮之盛觀、置諸雙樑、資於六偉。

拋梁東。曉騎仙鳳入珠宮。平明日出扶桑底、萬縷丹霞射海紅。
拋梁南。玉龍無事飮珠潭。銀床睡起花陰午、咲喚瑤姬脫碧衫。
拋梁西。碧花零露彩鸞啼。春羅玉字邀王母、鶴馭催歸日已低。

---

73) 1608년 목판본 『蘭雪軒詩』에는 이 아래에 "微連捧旐、下月節於重霧、梟伯樹纛、設蘭幄於三辰。"네 구절이 더 편집되어 있다.

拋梁北。溟海茫洋浸斗極。鵬翼擊天風力掀、九霄雲垂雨氣黑。
拋梁上。曙色微明雲錦帳。仙夢初回白玉床，臥聞北斗廻杓響。
拋梁下。八垓雲黑知昏夜。侍兒報道水晶寒、曉霜已結鴛鴦瓦。
伏願上樑之後、琪花不老、瑤草長春、曦舒凋光、御鸞輿而猶
戲、陸海變色、駕飈輪而尙存。銀窓壓霞、下視九萬里依微世
界、璧戶臨海、唉看三千年淸淺桑田、手回三霄日星、身遊九
天風露。
皇明萬曆紀元之三十三載乙巳夏仲望 石峯書于遼山郡之冲天閣

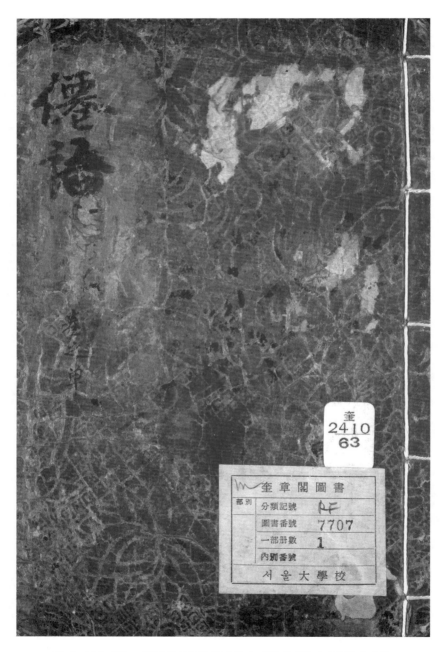

출전 : 서울대학교 규장각한국학연구원 소장본,『광한전백옥루상량문』

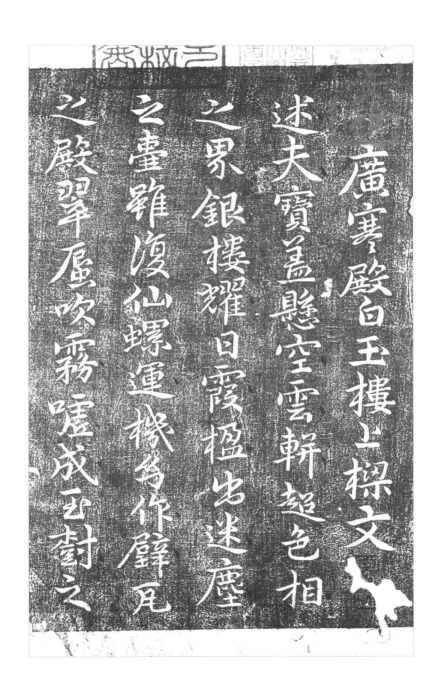

廣寒殿白玉樓之樑文

述夫寶蓋懸空雲軒超色相

之界銀樓耀日霞橋出迷塵

之壺難復仙螺運榫為作辟兒

之殿翠蜃吹霧噓成玉對之

宮青城丈人玉帳之術斯殫
碧海王子金檟之方畢施自
天作之非人力也主人名編瑤
籍職緻瓊班乗訛太清朝
葭蓬萊暮宿方丈駕鶴

島左抱浮丘右抱洪崖千年

玄圃之樓遲一夢人間之塵土

黃庭誤讀謫下無央之宮杰

繩結緣悔入有窮之窒壺中

靈藥繞下指枚玄砂腳底

銀蟾邊進形於桂宇喉脱
紅埃赤日重披嶽府丹霞
胡為日宮之恩綸俾掌月殿
之戚奏官書清切已踐八霞
之司地望崇高名麾五雲

閣賽生一而齊對下之吳質

眠樂奏霓裳欄邊之素娥

呈舞玲瓏霞佩振雲錦

於仙衣熠耀星冠點星珠

於人朕仍思列仙之來會尚

之上累之樓居青鸞引玉
妃之車羽凛前路白布駕
朝元之使金縵後莘劉安
榑絙按霆龍校柰上姬滿
逐日駈八風於山阿宵迁止

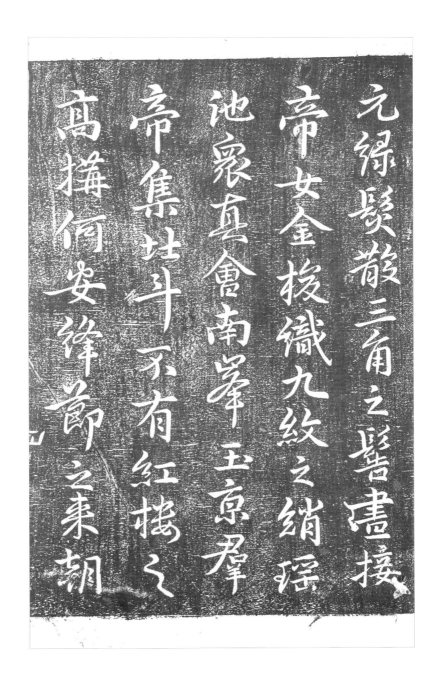

元綠髮散三角之髻盧接

帝女金枝織九紋之綃瑤

池眾真會南峯玉京羣

帝集牛斗不有紅樓之

高搆何安絳節之來朝

於是移章十洲馳檄九海
囚匠呈於屋底木宿掄材
塵鐵山於樞間金精動色
坤靈揮鑿驅巧思於殷偓
大治鎔鑪運奇智於錘範

青軺垂尾孆虹飲星宿之
河赤霞昇頭六鼇戴蓬
萊之島玲瓏題爥日出形閣於
烟中綺緻詠星架翠廊
扵雲表黃絹鱗扵玉尾

鴈列齒於瑤階金鋜結綺

五之流藕珠綱護雕欄之

阿閣仙人在棟氣吹彩鳳

之香臺玉女臨窓水溢雙鸞

之鏡匣翡翠藏雲母侮青

玉案瑞露宵凝芙蓉帳孔
雀扇白銀床祥蜺晝鎖爰
浚鳳儀之宴俾展燕賀之
誠爰招百靈廣延于聖邀
王母於壯海斑麟踏花接

老子於西關青牛卧草瑤
軒張弼之紋之幕寶簷低
霞色之帷獻蟄蜂玉紛飛
炊玉之室含果鳶帝出入
薦瓊之厨霏成鈿管晶香

銀箏合鈞天之雅曲婉孿
清歌飛玅巧舞難駐空
之靈音龍頭鴻鳳髓之醪
鶴背捧麟脯之饌琳琁
玉席光搖九枝之燈碧

藕氷桃盤盛八海之晶羯恨

瓊楣之之句緊致上仙之

興嗟清平進詞太白醉

鯨𦙾之已久玉臺擒藻長吉

咲虵神之大多　新宮勒

銘山玄卿之雕瑑上東鑴

壁蔡真人之窀寮自懃

三生之堕塵誤登九皇之

辟劉江郎才畫夢迴

五色之花梁客詩催鉢徹

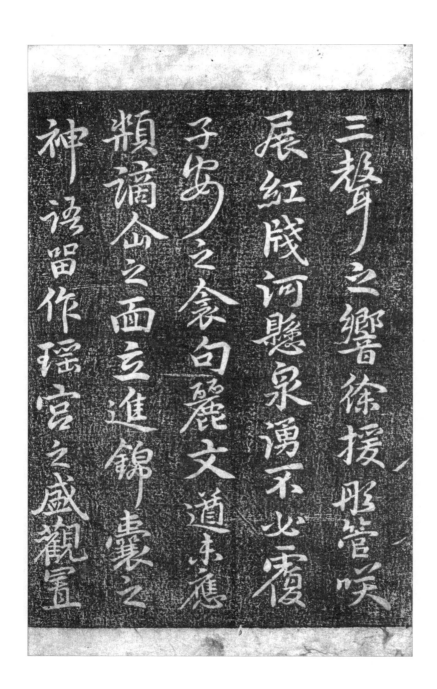

三聲之響徐援形管唉

展紅戚河懸泉湧不必覆

子安之食句麗文道未應

類謫仙之面立進錦囊之

神語留作瑤宮之盛觀置

諸雙樏頂於六傅拋樏東
曉騎仙鳳入珠宮平明日出
扶桑底萬縷丹霞射海
紅抛樏南玉龍無事飲珠
潭狼床睡起花陰午嘆喚

311

瑶姬脫碧衫抛樑西碧花
零露彩鸞啼春羅玉字
邀王母鶴馭催歸日巳
低抛樑坮滇海茫洋浸斗
極鵬翼擊天風力掀九霄

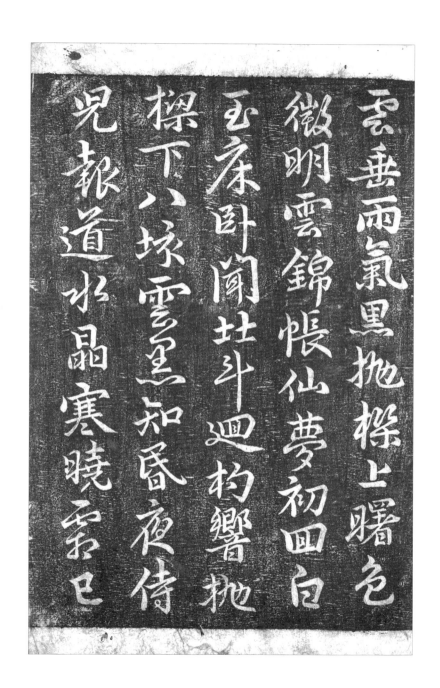

雲垂雨氣黑拋樑上曙色
微明雲錦帳仙夢初回白
玉床卧闻卅斗迴杓響拋
樑下八埭雲色知昏夜侍
兒報道水晶寒曉雲巳

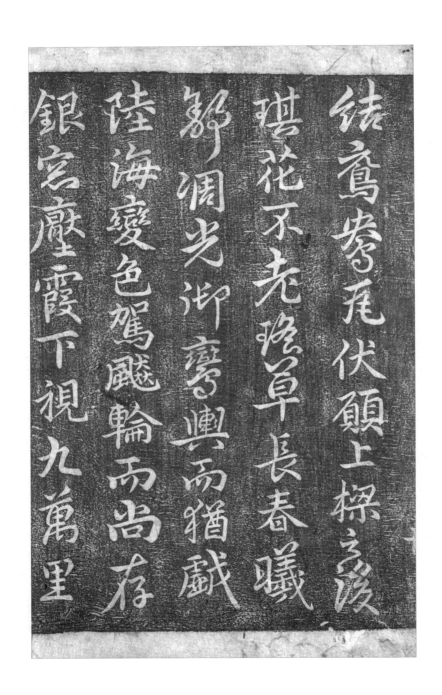

結鸞岑无伏顧上樑之後
琪花不老瑶草長春曦
舒凋光御荤興而猶戲
陸海變色駕飚輪而尚存
銀宫廛座霞下視九萬里

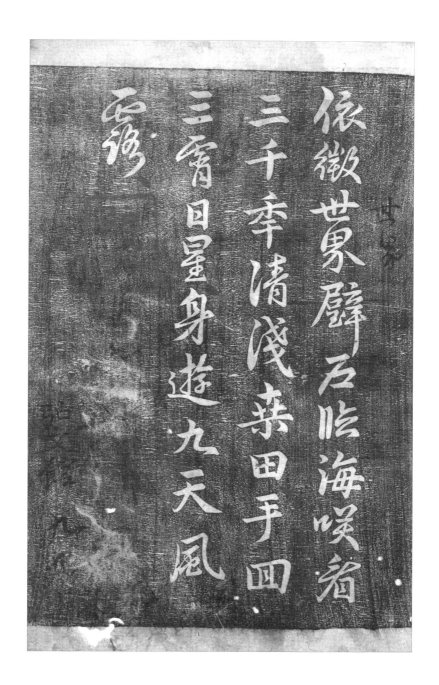

依微世界辟石臨海嘆省

三千季清淺弄田手回

三霄日暈身遊九天風

雲瀞

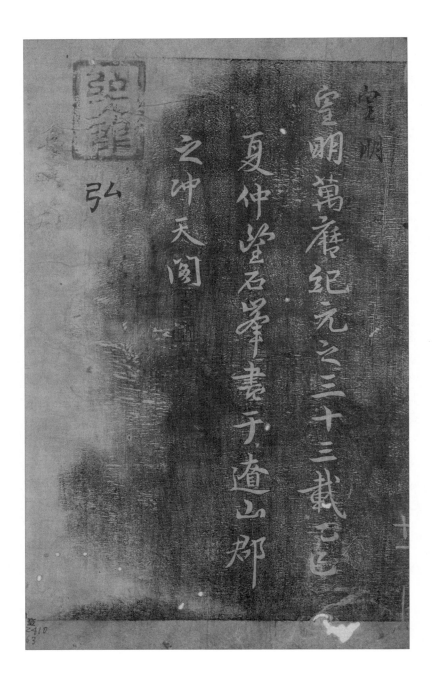

空明

皇明萬曆紀元之三十三載元旦

夏仲望石華書于遼山郡

之冲天閣

弘

허성(許筬)

양천허씨세고(陽川許氏世稿)

속전집(續前集) 1606년

# 해제

1536년 명나라에 황태자가 태어나 사신이 조서를 가지고 오게 되자, 접반(接伴)에 참여하게 된 참찬 허흡(許洽)과 참판 허항(許沆) 형제가 명나라 사신의 서문을 받기 위해 양천허씨(陽川許氏)의 세고(世稿)를 처음 편집하였다. 이듬해에 정사 공용경(龔用卿)과 부사 오희맹(吳希孟)이 임무를 마치고 돌아가는 길에 평양에 도착하자 허흡이 공용경에게 세고를 보여주면서 서문을 부탁하였다. 이들 형제가 세고를 미리 편집해 놓고 명나라 사신에게 부탁하게 된 이유는 왕의 명령으로 접반(接伴)에 참여하여 서로 친숙해졌기 때문에 가능해졌지만, 명나라 사신 동월(董越)이 1488년에 조선에 왔을 때에 이들 형제의 조부인 상우당(尙友堂) 허종(許琮)과 창화(唱和)한 사실이 중국에도 널리 알려졌기 때문에 더더욱 수월했다.

1536년에 양천허씨의 외후손인 경상도관찰사 김안국(金安國)이 미리 서문을 쓰고, 1537년에 명나라 사신 공용경(龔用卿)과 오희맹의 서문까지 받았지만, 허흡이 편집했던 『양천세고』는 이때 간행하지 못하였다. 뒷날 허채(許采)가 다시 초선(鈔選)해 놓고도 그보다 후대에 간행한 『양천세고』에서 허흡이 처음 편집했던 세고를 전집(前集)이라고 분류하였다.

『양천세고 전집(前集)』에는 14세 야당(埜堂) 허금(許錦)의 시 94편, 15세 매헌(梅軒) 허기(許愭)의 시 15편, 18세 상우당(尙友堂) 허종(許琮)의 시 58편, 이헌(頤軒) 허침(許琛)의 시 23편, 모두 3세(世) 4고(稿) 190편이 허흡(許洽) 편집(編輯), 허채(許采) 초선(鈔選)으로 실려 있다. 전집(前集) 목록에는 이

들 4명의 이름과 작품 숫자 밑에 작은 글자로 "또 ○편이 속보유집(續補遺集)에 보인다."고 적어 놓았다. 후대에 추가한 작품을 전집(前集)에 섞어넣지 않아서, 허흡(許洽)이 처음 편집했던 형태를 그대로 보여주려 한 것이다.

난설헌의 시는 2차 편집인 속전집(續前集)에 실려 있다. 1605년 명나라에 황태손이 태어나자 이듬해에 주지번(朱之蕃)을 정사로 파견한다는 소식이 전해졌다. 주지번은 진사에 장원한 중국의 대표적인 문인이었으므로, 허성(許筬)과 허균 형제가 접반(接伴)에 참여하게 되자, 그의 서문을 받기 위해 1차 편집 이후의 시를 선정하여 2차 세고를 편집하였다. 주지번의 서문은 서울에서 임무를 마치고 돌아가던 길에 4월 20일 벽제관에서 썼고, 오희맹의 서문은 4월 28일 대동관(大同館)에서 썼다. 허균이 이때의 일을 기록한 「병오기행(丙午紀行)」에는 '4월 26일 평양 쾌재정에서 부사(오희맹)에게 세고를 전하면서 서문을 부탁하자 그 이튿날(27일) 숙녕(肅寧)에서 서문을 주었다'고 하였다.

후대에 속전집(續前集)으로 편집된 목록은 "20세 초당(草堂) 3편, 21세 하곡(荷谷) 42편, 난설헌(蘭雪軒) 24편"이다. 그 아래에 작은 글자로 "20세부터 시작하여 21세에 이르기까지 모두 2세 3고(稿)이다. 판서공(判書公) 성씨(筬氏)가 이 3고(稿)를 수집하여 기록하고, 전집(前集)의 아래에 붙였으므로 69편이 편집되었다."고 적어 넣었는데, 아마도 후대의 교정자 허채(許采)가 썼을 것이다.

『양천허씨세고 속전집(續全集)』권수제(卷首題) 다음 줄에는 "공암촌주(孔巖村主) 후손(後孫) 판서(判書) 성(筬) 편집(編輯),

정언(正言) 채(采) 교정(校訂)"이라고 적어서, 허성이 아버지와 동생들의 시를 편집했음을 밝혔다. 난설헌 시 가운데 "『명시종』에서 나왔다."는 소주는 후대의 교정자 허채가 이 시집의 명성을 높이기 위해 덧붙인 글임을 짐작할 수 있다. 허성이 속전집(續前集)을 편집한 1606년은 허균이『난설헌시(蘭雪軒詩)』를 편집하여 주지번과 양유년에게 서문을 받은 해이기에, 중국에서 앞서 간행된 난설헌의 시와는 달리 글자 차이가 거의 없다. 제목도 같다. 속전집이 포함된『양천허씨세고』6권 3책은 1869년에 금속활자 전사자(全史字)로 간행되었다.

## 번역 및 원문

### 양천허씨세고(陽川許氏世稿) 속전집(續前集)

#### 「양천세고 머리에 쓰다[題陽川世稿]」

번(蕃)이 동국(東國)에 사신으로 와서 이 시대의 명현(名賢)들과 시를 가장 많이 주고받았는데, 허씨(許氏) 형제인 성(筬)과 균(筠)이 모두 그 대열에 있었다. 서로 만난 지가 오래 되자 그들이 선세(先世)에 지은 증조(曾祖) 고조(高祖) 이래의 휘고(彙稿)를 내어놓고, 장차 아버지 엽(曄)과 아우인 봉(篈), 매씨(妹氏)의 유고(遺稿)를 덧붙이려 하였다.

세대가 멀리 내려갈수록 가문이 더욱 번성해지고 문명을 더욱 떨쳤으니, 참으로 길상(吉祥)의 선사(善事)라고 칭할 만하다. 대대로 그 아름다움을 이어받았으니, 이 어찌 한 집안

의 좋은 경사에 그치겠는가. 원류(源流)가 깊고 머니, 동국의
중흥하는 기업이 참으로 이에 힘입을 것이다. 충정(忠貞)이
대대로 두터워 많은 선비들이 나와서 나라를 편안하게 하였
으니, 문장은 참으로 불후(不朽)의 성사(盛事)[1]요, 아름다운
명성은 더욱 선조를 계승하는 원대한 계책이다.

선조의 덕을 돌아보아 그 자취를 계승할[2] 생각을 더욱
다지고, 가문의 유풍을 보전하여 선조와 같이 되지 못할까
하는 두려움이 더욱 깊을 것이니, 이 어찌 허씨(許氏)의 선
조들이 길이 오늘까지 전해주어 후세에 묵묵히 기원하는 바
가 아니겠는가.

벼슬의 품계(品階)와 가문의 세계(世系)는 세고(世稿)에 자
세하게 갖추어져 있으므로 상세히 서술할 겨를이 없으니,
우선 두 사람(허성·허균)이 가업을 계승하려는[3] 고상한 뜻
을 기록하여 대대로 지켜 실추하지 않기를 기대한다.

---

1) 삼국시대 위(魏)나라 조비(曹丕)의 「전론논문(典論論文)」에 "대개
   문장은 경국의 큰일이요 영원히 썩지 않는 성대한 일이다.[蓋文
   章經國之大業, 不朽之盛事.]"라고 하였다.
2) 원문 '승무(繩武)'는 후손이 조상의 업적을 잇는 것을 말한다.『시
   경』「하무(下武)」에 "앞으로 올 날을 밝히어, 조상의 발자취를 이
   으면, 아, 만년이 되도록, 하늘의 복 받으시리라.[昭茲來許, 繩其祖
   武, 於萬斯年, 受天之祜.]"라고 하였는데, 주희(朱熹)는 『시경집전(詩
   經集傳)』에서, "승(繩)은 잇는 것이고, 무(武)는 자취다.[繩, 繼, 武,
   迹.]"라고 하였다.
3) 원문의 '기구(箕裘)'는 부형으로부터 전하는 가업(家業)을 가리킨
   다.『예기(禮記)』「학기(學記)」에 "야장(冶匠)의 아들은 반드시 가
   죽옷을 만들기를 배우고, 궁장(弓匠)의 아들은 반드시 키를 만들
   기를 배운다.[良冶之子, 必學爲裘; 良弓之子, 必學爲箕.]"라고 하였다.

만력(萬曆) 병오년(1606) 맹하(孟夏 4월) 20일에 사진사급제(賜進士及第) 봉직대부(奉直大夫) 우춘방(右春坊) 우유덕(右諭德) 장남경한림원사(掌南京翰林院事) 전한림원수찬(前翰林院修撰) 기주기거(記注起居) 편찬장주(編纂章奏) 관리제칙(管理制勅) 사일품복(賜一品服) 흠차정사(欽差正使) 금릉(金陵) 주지번(朱之蕃)은 벽제(碧蹄)에서 쓰다4)

## 「題陽川世稿」

蕃役于東藩, 與一時名賢, 唱和最衆, 許氏兄弟筬與筠, 俱在列, 周旋旣久, 乃出其先世所著曾高以來彙稿, 將附以父曄弟䇹及其妹氏遺稿, 世彌遠, 家彌昌, 文名彌益振, 眞稱吉祥善事哉! 世濟其美, 寧惟一家善慶, 遠流深長, 東國中興之業, 實式賴之, 忠貞世篤, 多士寔寧, 文章固不朽之盛事, 令名尤繼述之遠圖. 顧瞻祖德, 益堅繩武之思, 保惜門風, 更深不類之懼, 豈非許之先人永貽于今日, 而默禱於來玆者哉. 其官品世系, 具集中, 不暇詳述, 姑識二君箕裘裴雅志, 而期其世守無斁云.

萬曆丙午孟夏廿日 賜進士及第奉直大夫右春坊右諭德掌南京翰林院事 前翰林院修撰 記注起居編纂章奏管理制勅賜一品服 欽差正使 金陵朱之蕃 書于碧蹄

---

4) 허균의 「병오기행(丙午紀行)」에 이날 서문을 지어준 기사가 보인다. "벽제에서 묵었다. (상사가) 저녁에 우리 세 사람을 불러 만난 자리에서 『양천세고(陽川世藁)』의 서문과 돌아가신 누님의 소인(小引)을 지어 주었다. 이정(李楨)이 그린 불첩(佛帖)을 보고 좋아하며, 이런 그림은 중국에서도 드물다고 하고는 끝에 몇 마디 제(題)를 하여 주었다."

# 「양천세고 제사(陽川世稿題辭)」

뒤에서 주선하는 자가 없으면 아무리 성대했더라도 전해지지 않으니, 후세에 전하는 것은 참으로 쉽지 않으며, 대대로 전하는 것은 더더욱 쉽지 않다.

내가 사신으로 와서 『양천세고(陽川世稿)』를 받아 보니 야당(埜堂)5)의 뒤에 매헌(梅軒)6)이 있고, 매헌의 뒤에 또 상우당(尙友堂)과 문정공(文貞公)7)의 각집(各集) 약간 권이 있어서 대대로 이어져 매우 성대하게 전해졌다. 그런데도 아직 다하지 않았으니, 지금 판서(判書) 성(筬)과 도감(都監) 균(筠)의 형제가 아름다움을 이루어8) 세상에 나란히9) 알려졌다. 장

---

5) 허금(許錦, 1340-1388)의 호로, 자는 재중(在中), 시호는 문정(文定)이다. 1357년 정당문학(政堂文學) 이인복(李仁復)의 문하에서 급제하여 교서교감(敎書校勘)에 제수되었으며, 여러 벼슬을 거쳐 예의정랑(禮儀正郎)이 되었다. 우왕을 옹립하는 데 반대하였으며, 윤소종(尹紹宗)·조준(趙浚) 등 뒷날 조선왕조 개국의 주역들과 친교가 있었다. 성품이 조용하며 권력에 아부하지 않았고, 불교를 좋아하지 않았다.

6) 허금의 아들 허기(許愭, 1365-1431)의 호로, 자는 원덕(原德)이고, 벼슬은 봉상시(奉常寺) 판사에 이르렀으며, 『매헌집(梅軒集)』이 있다. 허종·허침 형제의 증조부이다.

7) 상우당(尙友堂)은 허종(許琮, 1434-1494)의 호이니, 자는 종경(宗卿)·종지(宗之)이다. 1457년 문과에 급제하여 벼슬이 우의정에 이르렀다. 문정공(文貞公)은 허침(許琛, 1444-1505)의 시호로, 자는 헌지(獻之), 호는 이헌(頤軒)이다. 우의정 허종(許琮)의 동생으로, 좌의정을 지냈다.

8) 원문의 '이난(二難)'은 두 어려움이니, 왕발(王勃)의 「등왕각 서(滕王閣序)」에 "네 아름다움이 모두 갖추어지고 두 어려움이 함께 하였다.[四美具, 二難幷.]"라고 보인다. 두 어려움은 훌륭한 주인과 손님이 만나는 것을 뜻하기도 하고, 두 형제가 서로 잘나

래의 문집이 아마도 헤아릴 수 없을 것이다.

이들의 아버지 엽(曄)의 『초당집(草堂集)』과 아우인 봉(篈) 의 『하곡집(荷谷集)』, 이들의 죽은 누이의 『난설집(蘭雪集)』까 지 나라 안팎에서 고상하게 읊어져 한 세상의 아름다운 이 름을 독차지하고 있으니, 모두 야당(埜堂)의 한 줄기를 이어 서 일어난 후손들이다. 이 또한 장차 시편을 모아 구슬을 꿰듯이 이어질 것이니, 어찌 멀어질수록 더욱 성대하고, 성 대할수록 더욱 전해지지 않겠는가.

재자(才子)와 준걸(俊傑)들이 배출되는 것은 하늘이 그 권 한을 주재하고, 가업을 계승하는 것은 사람이 그 권한을 가 지고 있다. 가문 대대로 덕을 계승하는 것은 하늘이 사람에 게 이용되는 것이요, 가정의 교훈10)을 지킬 줄 모르는 것은

---

서 우열을 가리기 어려운 난형난제(難兄難弟)의 경우를 가리키기 도 한다.
9) 원문은 '훈지(塤篪)'이니, 훈(塤)은 질로 만든 나팔이고, 지(篪)는 대로 만든 저이다. 이 두 악기는 소리가 서로 잘 어울린다. 『시 경(詩經)』「소아(小雅) 하인사(何人斯)」에, "형님이 훈을 불면 아우 가 저를 분다."라고 하였는데, 주로 형제간에 화목하고 우애가 돈독함의 비유로 쓰인다.
10) 원문의 '정훈(庭訓)'은 뜰에서 내린 교훈이란 뜻으로, 아버지가 자식에게 내리는 교훈을 말한다. 공자(孔子)의 제자 진강(陳亢)이 공자의 아들 백어(伯魚)에게 "그대는 특이하게 가르침을 들은 것 이 있는가.[子亦有異聞乎]"라고 묻자, 백어가 "없었다. 일찍이 홀 로 서 계실 때, 내가 종종걸음으로 뜰을 지나는데 '시를 배웠느 냐.'고 물으시기에 '아직 배우지 못했습니다.'라고 대답하였더니, '시를 배우지 않으면 말을 할 수 없다.' 하시기에 내가 물러나와 시를 배웠다.[未也, 嘗獨立, 鯉趨而過庭, 曰學詩乎, 對曰未也. 不學詩, 無 以言, 鯉退而學詩.]"라고 한 대답에 보인다. 『논어(論語)』「계씨(季

사람이 하늘에게 지는 것이다. 이를 따르는 자는 창성하고, 이를 어기는 자는 침체하니, 후세에 전하는 것이 참으로 쉽지 않으며, 대대로 서로 전하는 것은 더더욱 쉽지 않다.

이 세고(世稿)를 보는 자들은 허씨(許氏)의 세덕(世德)과 가정 교훈을 알 수 있을 것이다. 이 세고가 각각 일가(一家)를 이루어 각각 그 재주를 다함에 이르면, 보는 자가 마땅히 스스로 알 것이다. 허씨(許氏)를 계승하는 후손들이 이 즐비한 유편(遺編)들을 어루만지면, 비록 분발하지 않으려 해도 어찌 그만둘 수 있겠는가.

사진사출신(賜進士出身) 문림랑(文林郎) 형과도급사중(刑科都給事中) 흠차부사(欽差副使) 사일품복(賜一品服) 전한림원서길사(前翰林院庶吉士) 남해(南海) 양유년(梁有年)은 대동관(大同館)에서 쓰다.

때는 만력(萬曆) 병오년(1606) 맹하(孟夏) 28일이다.[11]


## 陽川世稿題辭

盖有莫爲之後, 雄盛不傳, 甚矣傳世之未易, 而世世相傳者之尤不易也. 余使至, 獲覯陽川世稿, 則埜堂之後有梅軒, 梅軒之

---

氏)」

11) 허균이 기록한 「병오기행(丙午紀行)」에는 4월 26일에 부사에게 부탁했더니 27일에 지어주었다고 기록되어 있다. "저물녘에 이사(二使)는 쾌재정(快哉亭)에 올라가 나를 불러 한참 동안 이야기하였다. 내가 부사(副使)에게 『세고(世稿)』의 서문을 써달라고 부탁하였더니 부사가 허락하였다. (줄임) 27일 (줄임) 저녁에 부사가 나를 불러 직접 세고서(世稿序)를 내주므로 두 번 절하여 사례하고 물러나왔다."

後有尙友堂, 若文貞公巷集若干卷, 世世相承, 綦盛而傳矣. 猶
未也, 若今之判書箴, 都監筠, 二難濟美, 塤篪齊鳴, 將來之集,
蓋未可量. 而其父曄之草堂集, 其弟篈之荷谷集, 甚至其故妹氏
之蘭雪集, 內外高詠, 并擅一時, 皆後埜堂之一脈而興者. 且將
彙編 若貫珠焉, 豈不亦愈遠愈盛, 愈盛愈傳乎. 夫才俊輩出, 天
尸其柄, 箕裘克紹, 人握其權, 家世載德, 天爲人用, 庭訓眇方,
人爲天勝, 循此者昌, 悖此者替, 甚矣傳世之未易, 而世世相傳
者之尤不易也. 觀世稿者, 可以知許氏世德若庭訓矣. 至其集之
各成一家, 各盡其才, 覽者當自如之, 繼許氏者, 撫遺編之纍,
雖欲不奮, 庸能已乎.

賜進士出身文林郎刑科都給事中欽差副使賜一品服前翰林院庶
吉士 南海梁有年 書于大同館 時萬曆丙午孟夏卄八日也

〈양천허씨세고(陽川許氏世稿) 목록(目錄)〉
속전집(續前集)
 20세 초당(草堂)   3편
 21세 하곡(荷谷)   42편
 21세 난설헌(蘭雪軒) 24편
 20세부터 시작하여 21세에 이르기까지 모두 2세 3고(稿)이
다. 판서공(判書公) 성씨(筬氏)가 이 3고(稿)를 수집하여 기록
하고, 전집(前集)의 아래에 붙였으므로 69편이 편집되었다.


〈 陽川許氏世稿目錄〉
 續前集
二十世　　草堂　　　三篇

二十一世 荷谷　四十二篇

二十一世 蘭雪軒 二十四篇

　起自二十世, 訖于二十一世, 凡二世三稿也. 判書公筬氏輯錄
此三稿, 附之前集之下, 故編於六十九篇.


### 21세 허씨(許氏) 호(號) 난설헌(蘭雪軒)

　하곡(荷谷)의 누이인데, 승문원(承文院) 정자(正字) 김성립(金
誠立)에게 시집갔다. 『난설헌집(蘭雪軒集)』이 있다.

　전목재(錢牧齋)[12]가 말하였다. "허씨(許氏)가 8세에 「광한전
백옥루 상량문(廣寒殿白玉樓上樑文)」을 지었으니, 그 재주가 봉
(篈)·균(筠) 두 오라버니보다 낫다. 금릉(金陵) 장원(狀元) 주
지번(朱之蕃)이 동국(東國)에 사신으로 왔다가 그의 시집을 받
아가지고 돌아가, 드디어 중하(中夏)에 널리 전해졌다."

　진와자(陳臥子)[13]가 말하였다. "허씨(許氏)는 성당(盛唐)의 시
풍(詩風)이 있다. 외번(外藩)의 여자(女子)인데도 이와 같으니,
본조(本朝)의 문교(文敎)가 멀리까지 미친 것을 알 수 있다."

　「정지거시화(靜志居詩話)」[14]에 말하였다. "내가 허씨(許氏)

---

12) 목재(牧齋)는 『열조시집(列朝詩集)』을 편집한 전겸익(錢謙益,
　　1582- 1664)의 호이다. 1610년 명나라 조정에서 진사(進士)로 출
　　사하여 예부 우시랑(禮部右侍郎)을 역임하였으며, 청나라 조정에
　　서 다시 예부 우시랑에 임명되어 『명사(明史)』의 편집을 맡았다.
　　『청사(淸史)』 권483 「전겸익열전(錢謙益列傳)」
13) 와자(臥子)는 명나라 문인 진자룡(陳子龍)의 자이다. 시사(詩詞)
　　에 뛰어나 명대제일사인(明代第一詞人)으로 일컬어지기도 하였다.
14) 정지거(靜志居)는 청나라 문인 주이준(朱彝尊, 1629-1709)의 당호
　　(堂號)이다. 「정지거시화(靜志居詩話)」는 『명시종(明詩綜)』을 편집한
　　주이준이 시화(詩話)만 발췌하여 따로 편집한 책으로, 24권이다.

의 시(詩)에 대해 편장(篇章)과 구법(句法)을 보니, 완연히 가정칠자(嘉靖七子)[15]의 체재(體裁)였다. 아마도 풍교(風敎)가 거기까지 미치지는 않았을텐데도 이같이 부합(符合)되었으니, 가짜[16]라는 의심이 없을 수 없다."『명시종(明詩綜)』

천사(天使) 주지번(朱之蕃)과 양유년(梁有年)이 다 서문을 썼다.


### 二十一世 許氏 號蘭雪軒

荷谷之妹, 適承文院正字金誠立, 有蘭雪軒集.

錢牧齋曰, "許氏八歲作「廣寒殿白玉樓上樑文」, 才出篈筬二兄之右. 金陵朱狀元之蕃奉使東國, 得其集以歸, 遂盛傳於中夏."

陳臥子云, "許氏有盛唐之風, 外藩女子能爾, 可見本朝文敎之遠."

「靜志居詩話」曰, "吾於許氏詩, 見篇章句法, 宛然嘉靖七子之體裁, 未應風敎之訖, 符合如是, 不能無贋鼎之疑也."『明詩綜』

天使朱之蕃梁有年皆序之.

---

15) 명나라 가정(嘉靖) 연간에 고문사(古文辭)를 주장하며 복고 풍조를 이끌었던 이반룡(李攀龍)·사진(謝榛)·양유예(梁有譽)·종신(宗臣)·왕세정(王世貞)·서중행(徐中行)·오국륜(吳國倫) 등 7인을 가리킨다.

16) 원문의 '안정(贋鼎)'은 가짜 솥이다. 춘추시대에 제나라가 노나라를 정벌하고 노나라의 보배인 참정(讒鼎)을 요구하자 노나라가 가짜 솥을 내놓았다는 고사에서 유래하였다.『한비자(韓非子)』「설림훈(說林下)」. 안(贋)을 가짜라고 한 것은 안(贋)이 안(贗)의 가차자(假借字)이기 때문이다.『설문해자(說文解字)』

잡시(雜詩)[17] 『명시종(明詩綜)』에서 나왔다
精金明月珠、 정금과 명월주로 만든 노리개
贈君爲雜佩。 그대에게 드리노니 가져 가세요.
不惜棄道傍、 길가에 버려도 아깝지 않으나
莫結新人帶。 새 사람에게는 매어 주지 마세요.
○ 雜詩 出明詩綜
精金明月珠、 贈君爲雜佩。 不惜棄道傍、 莫結新人帶。

대제곡(大堤曲)
淚墮羊公碑、 양공의 비석에 눈물 떨어지고
草沒高陽池。 고양 연못[18]을 봄풀이 메웠네.
何人醉馬上、 그 누가 말 위에서 술 취해
倒着白接羅。 흰 두건 거꾸로 쓰고 갔던가.
○ 大堤曲[19]
淚墮羊公碑、 草沒高陽池。 何人醉馬上[20]、 倒着白接羅。

---

17) 이 시는 허성(許筬)이 1606년에 편집할 때에는 없었는데, 편집
   을 마치고도 간행하지 못하고 기다리다가 1869년 간행할 때에
   추가된 것이다.
18) 호북성 양양(襄陽)에 있는 연못인데, 본래 습가지(習家池)라고
   했다. 진(晉)나라 습욱(習郁)이 양어장으로 만들었는데, 애주가인
   산간(山簡)이 양양태수로 와서 호화롭게 놀았다.
19) 1608년 목판본 『蘭雪軒詩』에는 2수가 실렸는데, 그 가운데 제
   1수만 뽑아 소개하였다.
20) 1608년 목판본 『蘭雪軒詩』에는 '馬上'이 '上馬'로 실려 있다.

## 상봉행(相逢行)

相逢靑樓下、기생집 앞에서 서로 만났죠.

繫馬垂楊柳。수양버들에다 말을 매었죠.

笑脫錦貂裘、비단옷에다 가죽옷까지 웃으며 벗어

留當新豊酒。그것들 잡히고서 신풍주[21]를 마셨죠.

○ 相逢行[22]

相逢靑樓下、繫馬垂楊柳。笑脫錦貂裘、留當新豊酒。

## 장간행(長干行)

昨夜南風興、간밤에 남풍이 일어

船旗指巴水。배 깃발 펄럭이며 파수를 향했지요.

逢着北來人、북에서 온 사람을 만나 물어서

知君在楊子。님께서 양자강 계신 걸 알게 되었지요.

○ 長干行[23]

昨夜南風興、船旗指巴水。逢着北來人、知君在楊子。

---

21) 신풍은 한(漢)나라 고을의 이름이다. 고조(高祖)의 아버지가 동쪽으로 돌아가고자 하니 고조가 성시(城市)와 거리를 개축하여 풍(豊) 땅의 형상과 같이 만들고, 풍의 백성을 옮겨 거주하게 한 뒤에 신풍(新豊)이라 하였다. 예로부터 이곳에서 나는 술이 맛이 좋아 시에 자주 등장하였다. 왕유(王維)의 「소년행(少年行)」에 "신풍의 맛 좋은 술은 한 말에 십천인데, 함양의 유협들은 대부분 소년들일세.[新豊美酒斗十千, 咸陽游俠多少年.]"라는 구절이 유명하다.

22) 1608년 목판본 『蘭雪軒詩』에는 2수가 실렸는데, 그 가운데 제2수만 뽑아 소개하였다.

23) 1608년 목판본 『蘭雪軒詩』에는 2수가 실렸는데, 그 가운데 제2수만 뽑아 소개하였다.

## 축성원(築城怨)24)

築城復築城、 성을 쌓고서 밖에다 또 성을 쌓으니

城高遮得賊。 성이 높아서 도적을 막긴 하겠지.

但恐賊來多、 수많은 도적이 쳐들어와서

有城遮未得。 성을 두고도 막지 못하면 그건 어쩌나.

○ 築城怨25)

築城復築城。 城高遮得賊。 但恐賊來多、 有城遮未得。


## 최국보26) 체를 본받아 짓다

春雨暗西池、 봄비가 자욱히 연못에 내려

輕寒襲羅幕。 서늘한 기운이 비단 휘장에 스며드네요.

愁倚小屛風、 시름겹게 병풍에 기대 바라보니

---

24) 「축성원(築城怨)」은 악부(樂府)의 하나로, 성 쌓는 일에 징발되어 노역하는 괴로움과 국방의 허술함을 원망하거나 풍자하여 시를 짓는 형식이다. 원진(元稹)을 비롯한 당나라 시인들이 많이 지었다.

25) 1608년 목판본 『蘭雪軒詩』에는 2수가 실렸는데, 그 가운데 제2수만 뽑아 소개하였다.

26) 최국보는 당나라 현종(玄宗) 때의 시인인데, 여인의 정한(情恨)을 즐겨 노래했다. 시를 잘 지어 집현직학사(集賢直學士)와 예부원외랑(禮部員外郞)에 올랐지만, 그의 시집은 지금 남아 있지 않다. 『당시품휘(唐詩品彙)』에는 그의 시가 많이 실려 있는데, 은번은 평하기를, "국보의 시는 아름답고도 청초해서, 깊이 읊어볼 만하다. 악부(樂府) 몇 장은 옛사람들도 따라올 수가 없다"고 하였다. 화려하고도 환상적인 최국보의 시를 많은 사람들이 좋아하여, 오랫동안 많은 시인들이 이를 모방하여 지었다. 당나라 때에 이미 「효최국보체(效崔國輔體)」라는 제목의 시들이 지어졌다.

墙頭杏花落。 담장 위에 살구꽃이 떨어지네요.

2. 『명시종(明詩綜)』에서 나왔다.

妾有黃金釵、 제게[27] 금비녀 하나 있어요

嫁時爲首飾。 시집올 때 머리에다 꽂고 온 거죠.

今日贈君行、 오늘 길 떠나시는 님께 드리니

千里長相憶。 천리길 멀리서도 날 생각하세요.

○ 效崔國輔體[28]

春雨暗西池、輕寒襲羅幕。愁倚小屛風、墙頭杏花落。

其二 出明詩綜

妾有黃金釵、嫁時爲首飾。今日贈君行、千里長相憶。

## 보허사(步虛詞)

九霞裙幅六銖衣。 아홉 폭 무지개 치마에 가벼운 저고리로

鶴背泠風紫府歸。 학을 타고 찬바람 내며 하늘로 돌아오네.

瑤海月明星漢落、 요해엔 달빛이 밝고 은하수도 스러졌는데

玉簫聲裏霱雲飛。 옥퉁소 소리에 삼색 구름이 날아오르네[29]

---

27) 원문의 첩(妾)은 소실(小室)이라는 뜻이 아니라, 여인이 자신을 낮춰 부르는 말이다. 아내가 남편에게, 또는 딸이 아버지에게도 자신을 첩이라고 말하였다.

28) 1608년 목판본 『蘭雪軒詩』에는 3수가 실렸는데, 그 가운데 제 1수와 제3수만 뽑아 소개하였다. 제1수는 출전을 『명시종』으로 하여 제2수 위치에 편집하였다. 역시 허성의 최초 편집이 인쇄 과정에서 달라진 것이다.

29) 이 시가 중국판 『역대여자시집』에는 중종 때에 글씨를 잘 쓰 던 시인 유여주(兪汝舟 1480-1519)의 아내 작품으로 실려 있다. 유여주의 아내는 임벽당(林碧堂) 김씨(金氏)인데, 역시 시를 잘 지 었다.

## ○ 步虛詞30)

九霞裙幅六銖衣。鶴背泠風紫府歸。瑤海月明星漢落、玉簫聲
裏霱雲飛。

## 입새곡(入塞曲)

戰罷臨洮敗馬鳴。　임조31)에서 싸움이 끝나 패한 말은 울고
殘軍吹角宿空營。　패잔 군사가 호각을 불며 빈 군영에 묵네.
回中近報邊無事、　회중에선 변방이 무사하다며 알려왔는데
日暮平安火入城。　날 저물자 평안성에 봉화가 들어가네.

## ○ 入塞曲32)

戰罷臨洮敗馬鳴。殘軍吹角宿空營。回中近報邊無事、日暮平
安火入城。

## 서릉행(西陵行)

蘇小門前花正開。　소소33)의 문 앞에 꽃이 활짝 피면
柳香和酒撲金杯。　버들가지가 술에 취해 잔을 스쳤지요.
夜闌留得遊人醉、　밤이 깊어지면 취한 손님을 붙들고

---

30) 1608년 목판본 『蘭雪軒詩』에는 2수가 실렸는데, 그 가운데 제
　　2수만 뽑아 소개하였다.
31) 감숙성에서 안서로 가는 길목에 있는 요새이다.
32) 1608년 목판본 『蘭雪軒詩』에는 5수가 실렸는데, 그 가운데 제
　　1수만 뽑아 소개하였다.
33) 옛날 전당(錢塘)의 이름난 기생 소소소(蘇小小)를 가리키는데,
　　지금도 항주(杭州) 서호(西湖) 가에 소소소의 무덤이 있다. 당나라
　　시인 이하(李賀)가 「소소소묘(蘇小小墓)」라는 시를 지어 그의 생애
　　를 후세에 전하였다.

油壁車輕月裏回。 그림 수레 타고서 달밤에 돌아오지요.
○ 西陵行[34]
蘇小門前花正開。 柳香和酒撲金杯。 夜闌留得遊人醉、油壁車
輕月裏回。


## 유선사(遊仙詞) 9수[35] 2수만 골랐다

露濕瑤空桂月明。 맑은 이슬 함초롬하고 계수나무엔 달빛 밝
은데
九天花落紫簫聲。 꽃 지는 하늘에선 퉁소 소리만 들려오네.
朝元使者騎金虎、 금호를 탄 동자는 옥황님께 조회 가느라
赤羽麾幢上玉淸。 붉은 깃발 앞세우고 옥청궁으로 올라가네.


烟飄盖飆向碧空。 꽃구름이 흩날리며 하늘 향해 올라갔다가
翠幢歸殿玉壇空。 푸른 깃대 궁전에 돌아오니 옥단이 비었네.
靑鸞一隻西飛去、 푸른 난새 한 마리가 서쪽으로 날아가자
露壓桃花月滿空。 이슬이 도화 적시고 달은 하늘 가득하네.
○ 遊仙詞 九首 選二[36]
露濕瑤空桂月明。 九天花落紫簫聲。 朝元使者騎金虎、赤羽麾
幢上玉淸。
烟盖飄飆向碧空。 翠幢歸殿玉壇空。 靑鸞一隻西飛去、露壓桃

---

34) 1608년 목판본 『蘭雪軒詩』에는 2수가 실렸는데, 그 가운데 제
   1수만 뽑아 소개하였다.
35) 1608년 목판본 『蘭雪軒詩』에는 「유선사(遊仙詞)」 87수가 실려
   있는데, '9수'는 어디에서 나온 숫자인지 알 수 없다.
36) 1608년 목판본 『蘭雪軒詩』에는 87수가 실렸는데, 그 가운데
   제3수와 제25수만 뽑아 소개하였다.

花月滿空。

## 친구에게 부치다

結廬臨古道、 예 놀던 길가에 초가집 짓고
日見大江流。 날마다 큰 강물을 바라만 본단다.
鏡匣鸞將老、 거울갑에는 난새가 혼자서 늙어가고
花園蝶已秋。 꽃동산의 나비도 가을 신세란다.
寒沙初下鴈、 쓸쓸한 모래밭에 기러기 내리고
暮雨獨歸舟。 저녁비에 조각배 홀로 돌아오는데,
一夕紗窓閉、 하룻밤에 비단 창문 닫긴 내 신세니
那堪憶舊遊。 어찌 옛적 놀이를 생각이나 하랴.
○ 寄女伴

結廬臨古道、 日見大江流。鏡匣鸞將老、 花園蝶已秋。寒沙初
下鴈、 暮雨獨歸舟。一夕紗窓閉、 那堪憶舊遊。

## 갑산으로 귀양가는 하곡 오라버니께

遠謫甲山客、 멀리 갑산으로 귀양가는 나그네여
咸原行色忙。 함경도 가느라고 마음 더욱 바쁘시네.
臣同賈太傅、 쫓겨나는 신하야 가태부시지만
主豈楚懷王。 임금이야 어찌 초나라 회왕이시랴.
河水平秋岸、 가을 비낀 언덕엔 강물이 찰랑이고
關雲欲夕陽。 변방의 구름은 저녁노을 물드는데,
霜風吹雁去、 서릿바람 받으며 기러기 울어 예니
中斷不成行。 걸음이 멎어진 채 차마 길을 못가시네.
○ 送荷谷謫甲山

遠謫甲山客、咸原行色忙。臣同賈太傅、主豈楚懷王。河水平
秋岸、關雲欲夕陽。霜風吹鴈去、中斷不成行。

## 봄날에 느낌이 있어

章臺迢遞斷腸人。　한양[37]이 까마득해 애타는 나에게
雙鯉傳書漢水濱。　쌍잉어에 편지 넣어 한강 가에 전해왔네.
黃鳥曉啼愁裏雨。　꾀꼬리 새벽에 울고 시름 속에 비 오는데
綠楊晴裊望中春。　푸른 버들은 봄볕 속에 맑게 한들거리네.
瑤階羃歷生靑草。　층계에는 푸른 풀이 얽히고 설켜 자라고
寶瑟凄涼閉素塵。　거문고 처량하게 뽀얀 먼지에 버려졌네.
誰念木蘭舟上客。　그 누가 목란배 위의 나그네를 생각하랴
白蘋花滿廣陵津。　광나루에는 마름꽃만 가득 피어 있구나.

### ○ 春日有懷

章臺迢遞斷腸人。雙鯉傳書漢水濱。黃鳥曉啼愁裏雨。綠楊晴
裊望中春。瑤階羃歷生靑草。寶瑟凄涼閉[38]素塵。誰念木蘭舟
上客。白蘋花滿廣陵津。

## 가운데 오라버니의 견성암 시에 차운하다

1.
雲生高嶂濕芙蓉。　높은 산마루에 구름 일어 연꽃이 촉촉해
琪樹丹崖露氣濃。　낭떠러지 나무는 이슬에 젖어 있네.

---

37) 원문의 장대(章臺)는 전국시대 진왕(秦王)이 함양에 세운 궁전인
데, 그뒤부터 훌륭한 궁전이나 번화한 거리를 뜻하는 말로 쓰였
다. 이 시에서는 남편이 공부하러 가 있는 한양을 뜻한다.
38) 1608년 목판본『蘭雪軒詩』에는 '閉'자가 '閑'자로 실려 있다.

板閣梵殘僧入定、 경판각에서 염불 마친 스님 선정에 들고
講堂齋罷鶴歸松。 강당에서 재가 끝나자 학도 소나무로 돌아
가네.
蘿懸古壁啼山鬼、 다래 덩굴 얽힌 낡은 집에는 도깨비가 울고
霧鎖秋潭臥燭龍。 안개 자욱한 가을 못에는 촉룡이 서렸네.
向夜香燈明石榻、 밤 깊어가며 향등이 돌의자에 밝은데
東林月黑有疏鍾。 동쪽 숲에 달 어둡고 쇠북소리만 울리네.
2.
淨掃瑤壇禮上仙。 단을 맑게 쓸고 옥황님께 절 올리자
曉星微隔絳河邊。 희미한 새벽별이 은하수가에 반짝이네.
香生岳女春遊襪、 봄놀이하는 선녀들 버선에서 향내가 나고
水落湘娥夜雨絃。 흐르는 물소리는 상비[39]가 비오는 밤 뜯
는 거문고 소릴세.
松韻冷侵虛殿夢、 솔바람 서늘해 빈 집의 외로운 꿈을 더하고
天花晴濕石樓烟。 다락의 아지랑이 하늘 꽃을 맑게 적시네.
玄心已悟三三境、 그윽한 마음은 삼매경을 깨치고도 남아
盡日交床坐入禪。 책상 마주하고 하루 내내 참선하며 앉았네.

## ○ 次仲氏見星庵韻

雲生高嶂濕芙蓉。琪樹丹崖露氣濃。板閣梵殘僧入定、講堂齋
罷鶴歸松。蘿懸古壁啼山鬼、霧鎖秋潭臥燭龍。向夜香燈明石
榻、東林月黑有疎鍾。

淨掃瑤壇禮上仙。曉星微隔絳河邊。香生岳女春遊襪、水落湘
娥夜雨絃。松韻冷侵虛殿夢、天花晴濕石樓烟。玄心已悟三三

---

39) 순(舜)임금의 두 왕비 아황과 여영이 상강(湘江)에 빠져 죽었으
므로, 흔히 상비(湘妃)라고 하였다.

境、盡日交床坐入禪。

## 자수궁[40]에서 자며 여관에게 지어주다

燕舞鶯歌字莫愁。제비처럼 춤추고 꾀꼬리처럼 노래하는데
이름은 막수[41]라네.

十三嫁與富平侯。나이 열셋에 부평후에게 시집왔다네.

厭携瑤瑟彈珠閣、화려한 집에서 거문고 안고 실컷 타며

喜着花冠禮玉樓。화관을 즐겨 쓰고 옥황께 예를 올렸네.

琳館月明簫鳳下、구슬집에 달이 밝으면 퉁소 소리에 봉황새
가 내려오고

綺窓雲散鏡鸞收。창가에 구름이 흩어지니 거울에 새긴 난새
도 걷혀졌네.[42]

焚香朝暮空壇上、아침저녁으로 단 위에 향을 피우건만

鶴背泠風一陣秋。학 등에는 찬 바람 일어 어느덧 가을일세.

○ 宿慈壽宮贈女冠

---

40) 자수궁은 도가의 수도원이고, 여관은 여자 도사이다. 조선에서
는 후궁(後宮)들이 왕궁에서 물러난 뒤에 함께 머물던 궁으로,
옥인동과 효자동이 만나는 곳에 지금도 자수궁교(慈壽宮橋)가 남
아 있다.
41) 당나라 석성(石城)에 살던 여자인데, 노래를 잘했다. 그를 소재
로 노래한 「막수악(莫愁樂)」이 악부에 실려 있다. 양나라 시대에
도 낙양에 막수라는 미인이 살았는데, 13세에 길쌈했으며, 15세
에 노가(盧家)에 시집가서, 16세에 아후(阿侯)를 낳았다고 한다.
노래를 잘 불렀으며, 부귀를 누렸다. 악부시에 주인공으로 많이
나오며, 난설헌도 「막수악(莫愁樂)」 2수를 지었다.
42) 부부 사이가 좋지 않게 되었다는 뜻인데, 막수가 자수궁에 들
어와 도를 닦게 된 사연을 밝힌 듯하다

燕舞鶯歌字莫愁。十三嫁與富平侯[43]。厭携瑤瑟彈珠閣、喜着
花冠禮玉樓。琳館月明簫鳳下、綺窓雲散鏡鸞收。焚香朝暮空
壇上、鶴背泠風一陣秋。

## 가운데 오라버니의 고원 망고대[44] 시에 차운하여 짓다

『명시선(明詩選)』·『명시종(明詩綜)』에서 나왔다.

1.

層臺一柱壓嵯峨。한 층대가 높은 산을 누르고 서니
西北浮雲接塞多。서북 하늘 뜬구름이 변방에 일어나네.
鐵峽霸圖龍已去、철원에서 나라 세웠던 궁예[45]는 떠나가고
穆陵秋色鴈初過。목릉관에 가을이 되자 기러기가 날아오네.
山回大陸呑三郡、산줄기가 대륙을 감돌며 세 고을을 삼키고
水割平原納九河。강물은 벌판을 가로지르며 아홉 물줄기를
삼켰네.
萬里登臨日將暮、만리 나그네 망대에 오르자 날이 저물고
醉憑長劍獨悲歌。취하여 긴 칼에 기대 홀로 슬픈 노래를 부
르시네.

2.

龍嵸危棧切雲霄。사다리길이 아스라하게 구름에 닿았고
峯勢侵天作漢標。하늘에 솟은 봉우리는 국경의 이정표가 되

---

43) 1608년 목판본 『蘭雪軒詩』에는 '候'자가 '侯'자로 실려 있다.
   봉작 칭호이니 '侯'자가 맞다.
44) 망고대는 서울을 바라볼 수 있는 높은 언덕이다. 강원도 철원에
   북관정(北寬亭)이 있는데, 북쪽으로 가는 나그네가 이곳에서 한양
   을 바라보며 절했다. 『하곡집』에 망고대 시는 보이지 않는다.
45) 『조선시선』 각주 101번 참고.

었네.

山脈北臨三水絕、 산맥은 북쪽으로 삼수에서 끊어지고

地形西壓兩河遙。 지형은 서쪽으로 두 강을 눌러 아득하네.

烟塵晚捲孤城出、 짙은 안개가 느지막이 개어 외로운 성이
나타나고

苜蓿秋肥萬馬驕。 거여목 가을에 우거져 말들은 신났구나.

東望塞垣鼙鼓急、 동쪽으로 국경을 바라보니 북소리 다급해

幾時重起霍嫖姚。 곽장군[46] 같은 장수 언제 다시 등용되랴.

3.

萬里翩翩一劍裝。 만리 출정길에 칼 차고 훌쩍 나서니

倚天危閣掛斜陽。 하늘 가까운 다락에 석양이 걸렸네.

河流西坼連三郡、 강줄기 서쪽으로 세 고을이 이어졌고

山勢南回隔大荒。 남으로 도는 산줄기 넓은 들판 가로막았네.

脚下片雲生冉冉、 발 아래는 조각구름이 뭉게뭉게 피어나고

眼中溟海入茫茫。 눈에는 큰 바다가 아스라이 들어오는데,

登高落日時回首、 높이 올라가 눈 닿는 곳을 돌아다보니

塞馬嘶風殺氣黃。 변방의 말 울음소리에 살기가 넘치는구나.

○ 次仲氏高原望高臺韻 三首[47] 出『明詩選』・『明詩綜』

層臺一柱壓嵯峨。西北浮雲接塞多。鐵峽霸圖龍已去、穆陵秋
色鴈初過。山回大陸吞三郡、水割平原納九河。萬里登臨日將
暮、醉憑長劍獨悲歌。

巃嵸危棧切雲霄。峰勢侵天作漢標。山脈北臨三水絕、地形西

---

46) 『조선시선』 각주 228번 참고.

47) 1608년 목판본 『蘭雪軒詩』에는 4수가 실렸는데, 그 가운데 제
1수・제2수・제4수만 뽑아 소개하였다.

壓兩河遙。烟塵晚捲孤城出、苜蓿秋肥萬馬驕。東望塞垣鼙鼓
急、幾時重起霍嫖姚。

萬里翩翩一劍裝。倚天危閣掛斜陽。河流西坼連三郡、山勢南
回隔大荒。脚下片雲生冉冉、眼中溟海入茫茫。登高落日時回
首、塞馬嘶風殺氣黃。

## 아들 죽음에 곡하다

去年喪愛女、　지난해에는 사랑하는 딸을 여의고
今年喪愛子。　올해에는 사랑하는 아들까지 잃었네.
哀哀廣陵土、　슬프디 슬픈 광릉 땅에
雙墳相對起。　두 무덤이 나란히 마주보고 서 있구나.
蕭蕭白楊風、　사시나무 가지에는 쓸쓸히 바람 불고
鬼火明松楸。　솔숲에선 도깨비불 반짝이는데,
紙錢招汝魂、　지전을 날리며 너의 혼을 부르고
玄酒奠汝丘。　네 무덤 앞에다 술잔을 붓는다.
應知弟兄魂、　너희들 남매의 가여운 혼은
夜夜相追遊。　밤마다 서로 따르며 놀고 있을 테지.
縱有腹中孩、　비록 뱃속에 아이가 있다지만
安可冀長成。　어찌 제대로 자라나기를 바라랴.48)
浪吟黃臺詞、　하염없이 슬픈 노래49)를 부르며

---

48) 원문이 여기에서 끝나지만, 1608년 목판본 『蘭雪軒詩』에는 이
　아래에 두 구절이 더 실려 있어서 보완하여 번역하였다.
49) 당나라 측천무후(則天武后)에게 네 아들이 있었는데, 무후가 장
　자인 효경태자(孝敬太子) 홍(弘)을 독살하였다. 그러고나서 둘째
　아들 옹왕(雍王) 현(賢)을 태자로 삼았는데, 현이 또 죽게 될까봐

血泣悲吞聲。 피눈물 슬픈 울음을 속으로 삼키네.
○ 哭子

去年喪愛女、今年喪愛子。 哀哀廣陵土、雙墳相對起。 蕭蕭白
楊風、 鬼火明松楸。 紙錢招汝魂[50]、 玄酒奠汝丘。 應知弟兄
魂、 夜夜相追遊。 縱有腹中孩、 安可冀長成。 [51]

## 손가락에 봉선화를 물들이고

金盆夕露凝紅房。 화분에 저녁 이슬 각씨방에 어리니
佳人十指纖纖長。 여인의 열 손가락 어여쁘고도 길어라.
竹碾搗出捲松葉、 대절구에 찧어서 장다리잎으로 말아
燈前勤護雙鳴璫。 귀고리 울리며 등잔 앞에서 동여맸네.
粧樓曉起簾初捲。 새벽에 일어나 발을 걷다가 보니
喜看火星抛鏡面。 반갑게도 붉은 별이 거울에 비치네.
拾草疑飛紅蛺蝶、 풀잎을 뜯을 때는 호랑나비 날아온 듯
彈箏驚落桃花片。 가야금 탈 때는 복사꽃잎 떨어진 듯,
徐勻粉頰整羅鬟、 토닥토닥 분 바르고 큰머리 만질 때면
湘竹臨江淚血斑。 소상반죽 피눈물의 자국처럼 곱구나.
時把彩毫描却月、 이따금 붓을 들어 초승달 그리다보면[52]

---

두려워하며 「황대과사(黃臺瓜辭)」를 지었다. 현도 결국 무후에게
배척당하고 죽었다.
50) 1608년 목판본 『蘭雪軒詩』에는 '魂'자가 '魄'자로 실려 있다. 2
구 아래에 또 '魂'자를 썼기 때문에, 이 구절에는 '魄'자를 쓰는
것이 좋다.
51) 1608년 목판본 『蘭雪軒詩』에는 이 아래에 "浪吟黃臺詞, 血
泣悲吞聲."라는 2구가 더 실려 있다.
52) 붓[彩毫]은 눈썹을 그리는 붓이며, 초승달은 눈썹 모습이다. 춘

只疑紅雨過春山。 붉은 빗방울이 눈썹에 스치는 듯하네.

○ **染指鳳仙花歌**

金盆夕露凝紅房。佳人十指纖纖長。竹碾搗出捲松[53]葉、燈前
勤護雙鳴璫。粧樓曉起簾初捲。喜看火星抛鏡面。拾草疑飛紅
蛺蝶、彈箏驚落桃花片。徐勻粉頰整羅鬟。湘竹臨江淚血斑。
時把彩毫描却月、只疑紅雨過春山。


## 광한전 백옥루 상량문(廣寒殿白玉樓上樑文)

述夫、서술한다.

寶蓋懸空、보배로운 일산(日傘)이 하늘에 드리워지니

雲軿超色相之界、구름 수레가 색상의 경계를 넘었고,

銀樓爍日、은빛 누각이 햇빛에 빛나니

霞楹出迷塵之壺。노을 기둥이 미혹된 티끌세상 벗어났다.

雖復仙螺運機、신선의 소라로 베틀을 움직여서

幻作璧瓦之殿、구슬기와 궁전을 짓고,

翠蜃吹霧、푸른 신기루가 안개를 불어서

噓成玉樹之宮。구슬나무 궁전을 입김으로 지었다.

靑城丈人、청성산의 장인(丈人)은

玉帳之術斯殫、옥 휘장의 기술을 다하고,

碧海王子、벽해의 왕자도

金櫃之方畢施。금궤짝의 묘방을 다 베풀었다.

自天作之、이는 하늘이 지은 것이지,

---

산(春山)도 여인의 아름다운 눈썹 모습이다.

53) 1608년 목판본 『蘭雪軒詩』에는 '松'자가 '崧'자로 실려 있다.
봉숭아 물을 들인 손가락을 솔잎으로 감싸는 것은 어색하다.

非人力也。 사람의 힘이 아니다.

主人名編瑤籍、 (광한전) 주인의 이름은 신선 명부에 오르고,

職綴瓊班、 벼슬도 신선 반열에 들어 있어서,

乘龍太淸、 태청궁에서 용을 타고

朝發蓬萊、 아침에 봉래산을 떠나

暮宿方丈。 저녁에 방장산에서 묵었다.

駕鶴三島、 학을 타고 삼신산을 향할 때에는

左挹浮丘、 왼쪽에 신선 부구(浮丘)를 잡고,

右拍洪厓、 오른쪽에 신선 홍애(洪厓)를 잡아54)

千年玄圃之棲遲、 천년 동안 현포(玄圃)에서 살다가

一夢人間之塵土。 한 번 인간의 티끌세상을 꿈꾼다.

黃庭誤讀、 『황정경(黃庭經)』을 잘못 읽어

謫下無央之宮、 무앙궁55)으로 귀양왔다가

赤繩結緣、 적승(赤繩) 노파가 인연을 맺어주어

悔入有窮之室。 유궁56)의 방에 들어온 것을 뉘우쳤다.

壺中靈藥、 병 속의 신령스러운 약을

纔下指於玄砂、 잠시 현사(玄砂)에 내리자,

脚底銀蟾、 발 아래의 은두꺼비가

---

54) 난상주(欄上注)에 "'拍'자를 '把'자로 쓴 곳도 있다."고 하였다. 글자가 달라져도 같은 뜻으로 번역할 수 있다.

55) 무앙(無央)은 도가의 언어로 끝이 없다는 뜻인데, 불가의 무량 (無量)과 같이 쓰인다.

56) 유궁(有窮) 후예(后羿)의 아내가 불사약(不死藥)을 먹고 선녀가 되어 달 속으로 달아났다고 한다. 무앙궁이 "다함이 없는 궁"이 란 뜻이므로, 대구를 이루기 위해서 "다함이 있는 집[有窮之室]" 이라고 한 것이다.

遽逃形於桂宇。 문득 계수나무 궁전으로 몸을 숨겼다.

哂脫紅埃赤日、 웃으면서 붉은 티끌과 붉은 해를 벗어나

重披紫府丹霞、 자부궁의 붉은 노을을 거듭 헤치며,

鸞笙鳳管之神遊、 난새 봉황이 피리 부는 신령스러운 놀이

喜續舊會、 옛모임을 즐겁게 계속하였다.

錦幕銀屛之孀宿、 비단 장막과 은병풍에 홀로 자는 과부는

悔過今宵、 오늘 밤이 지나가는 것을 아쉬워하니,

胡爲日宮之恩綸、 어찌 일궁(日宮)의 은혜로운 명령을

俾掌月殿之賤奏。 월전(月殿)에까지 아뢰게 할 수 있으랴.

官曹淸切、 관조(官曹)가 몹시 깨끗해서

足踐八霞之司、 발로 팔방 노을의 관청을 밟으며,

地望崇高、 지위와 명망이 숭고하니

名壓五雲之閣。 그 이름이 오색구름의 전각을 짓눌렀다.

寒生玉斧、 옥도끼에서 차가운 기운이 나니

樹下之吳質無眠、 계수나무 밑에서 오질57)이 잠을 못 자고

樂奏霓裳、 예상(霓裳)의 음악58)을 연주하자,

---

57) 이름은 오강(吳剛)인데, 한나라 서하(西河) 사람이다. 신선을 배우다가 죄를 지어 달나라로 귀양가서 계수나무를 찍는 벌을 받았다. 그러나 잠도 잘 수 없는데다, 아무리 도끼질을 해도 계수나무가 곧 아물어 책임을 다하지 못했다고 한다. 단성식(段成式)이 지은 『유양잡조(酉陽雜俎)』에 그 전설이 실려 있다.
"달나라 계수나무는 높이가 오백 길인데, 그 아래에서 한 사람이 언제나 나무를 깎고 있다. 그 사람의 이름은 오강인데, 서하 사람이다. (신선이 되는) 도를 배운 것이 지나쳐, (계수나무로) 귀양보내 나무를 깎게 하였다."

58) 예상(霓裳)은 당나라 때에 월궁(月宮)의 음악을 본따서 만든 음악인 「예상우의곡(霓裳羽衣曲)」인데, 이 글에서는 달나라의 음악을

欄邊之素娥呈舞。 난간에 있던 소아(素娥)가 춤을 추었다.

玲瓏霞佩、 영롱한 노을빛 노리개와

振霞錦於仙衣、 노을빛 비단이 신선의 옷자락에서 떨쳐지고,

熠燿星冠、 반짝이는 성관(星冠)은

點星珠於人勝。 별빛 구슬로 머리꾸미개를 꾸몄다.

仍思列仙之來會、 여러 신선들이 모여들 것을 생각해보니,

尙乏上界之樓居。 상계에 거처할 누각이 아직도 없었다.59)

靑鸞引玉妃之車、 푸른 난새가 옥비(玉妃)의 수레를 끄는데

羽葆前路、 깃으로 만든 일산이 앞서고,

白虎駕朝元之使、 백호가 조회에 참석하는 사신을 태우니

金綬後塵。 황금 수실60)이 그 뒤의 따랐다.

劉安轉經、 유안(劉安)이 경전을 옮겨 전하자

拔雙龍於案上、 쌍용을 책상 위에서 빼어내고,

姬滿逐日、 희만(姬滿)61)이 해를 쫓아가자62)

---

가리킨다. 『당일서(唐逸書)』에 이 음악을 지은 유래가 실려 있다. "나공원(羅公遠)이 비밀스런 기술을 많이 지녔는데, 한 번은 현종과 함께 월궁(月宮)에 이르렀다. 선녀 수백명이 모두 흰 비단으로 만든 예의(霓衣 무지개옷)를 입고 넓은 뜨락에서 춤을 추었는데, 그 곡의 이름을 물었더니 「예상우의곡」이라 하였다. 현종이 그 음조(音調)를 가만히 기억했다가 돌아와서, 이튿날 악공들을 불러다 그 음조에 따라 「예상우의곡」을 짓게 하였다."

59) 그래서 백옥루를 새로 지을 생각을 하게 된 것이다. 이 뒤부터는 광한전으로 모여드는 신선들을 소개한 글이다.

60) 관원들의 인수(印綬)를 가리킨다. 관원들이 늘어섰다는 뜻이다.

61) 주나라 목왕(穆王)의 이름인데, 왕실의 성이 희씨(姬氏)였으므로 희만(姬滿)이라고 하였다. 소왕(昭王)의 아들인데, 55년 동안 임금으로 있으면서 태평성대를 누렸다. 서쪽으로는 견융(犬戎)을 치

駐八風於山阿。 팔방의 바람이 산비탈에 머물렀다.

宵迎上元、 밤에 상원부인을 맞아들이니

綠髮散三角之髻、 푸른 머리는 세 갈래 쪽이 흩어졌고,

畫接帝女、 낮에 상제의 손녀를 만났더니

金梭織九紋之綃。 황금 북으로 아홉 무늬 비단을 짰다.

瑤池衆眞會南峰、 요지의 여러 신선들은 남봉에 모였고,

玉京群帝集北斗。 백옥경의 여러 임금들은 북두에 모였다.

唐宗踏公遠之杖、 당종(唐宗)은 공원63)의 지팡이를 밟아

得羽衣於三章、 삼장(三章)의 우의(羽衣)를 얻었고,

水帝對火仙之碁、 수제(水帝)는 화선(火仙)과 바둑을 두며

賭寰宇於一局。 온 누리를 한 판에 걸었다.

不有紅樓之高搆、 붉은 누각이 높게 지어지지 않았더라면

何安絳節之來朝。 어찌 편하게 붉은 깃발64)을 세우고 조회
에 참례할 수 있었으랴.

於是移章十洲、 이에 십주(十洲)에 통문을 보내고

馳檄九海、 구해(九海)에 격문을 급히 보내어,

---

고, 동쪽으로는 서이(徐夷)를 정벌하였다. 후세에 지어진 『목천자
전(穆天子傳)』에 의하면 조보(造父)를 마부로 삼아 팔준마(八駿馬)
를 타고 서쪽으로 여행하면서 여러 나라를 거치며 이상한 동식
물들을 구경하고, 서왕모와 인연을 맺었다고 한다.

62) 주나라 목왕이 해가 지는 서쪽으로 여행하였으므로 "해를 쫓
아갔다"고 표현한 것이다.

63) 당나라 현종이 나공원과 함께 월궁(月宮)에 이르러 「예상우의곡」
을 얻은 이야기는 앞에 나온다.

64) 원문의 강절(絳節)은 전설 속에 나오는 상제(上帝)나 선군(仙君)
이 가지고 다니는 일종의 의장(儀仗)을 가리킨다. 여기서는 신선
의 뜻으로 쓰였다.

囚匠星於屋底、집 속에 장성(匠星)을 가두어 두니[65]

木宿掄材、목수[66]가 재목을 가려 쓰고,

壓鐵山於楹間、철산(鐵山)을 기둥 사이에 눌러 놓으니,

金精動色。황금의 정기가 빛을 낸다.

坤靈揮鑿、땅의 신령이 끌을 휘두르고

騁巧思於般倕、반수에게서[67] 교묘한 계획을 얻어내어,

大冶鎔爐、큰 대장장이가 용광로를 써서[68]

運奇智於錘範。기지(奇智)를 도가니에 부렸다.

靑棿垂尾、푸르고 붉은 꼬리를 드리우자

雙虹飮星宿之河、쌍무지개가 은하수 강물을 들이마시고,

赤霓仰頭、붉은 무지개가 머리를 들자

六鼇戴蓬萊之島。여섯 마리 자라 봉래섬을 머리에 이었다.

璇題燭日、구슬 추녀가 햇빛에 비추니

出彤閣於烟中、붉은 누각이 아지랑이 속에 우뚝하고,

綺綴流星、비단 창가에 유성이 이어지니

架翠廊於雲表。푸른 행랑을 구름 너머에 꾸몄다.

---

65) 여기부터는 백옥루를 짓는 모습을 표현하였다.

66) 장성은 장인(匠人)을 맡은 별이고, 목수(木宿)는 나무를 관장하는 별이다.

67) 원문의 반수(般倕)는 이름난 장인(匠人)인 공수반(公輸般)과 공수(工倕)를 가리킨다. 『맹자』「이루 상(離婁上)」에 "이루의 밝은 눈과 공수자의 공교함[離婁之明, 公輸子之巧.]"이라 하였는데, 그 집주(集註)에 "공수자의 이름은 반(班)이며 노나라의 기술자이다.[輸子名班, 魯之巧人.]"라 하였으며, 『장자』「달생」에 "공수가 손을 움직이면 그림쇠와 곱자를 씌운 듯 딱 들어맞았다.[工倕旋而蓋規矩]"하였다.

68) 천지의 조화를 비유하는 말이다.

魚緝鱗於玉瓦、옥기와는 물고기 비늘같이 이어졌고,

鴈列齒於瑤階。구슬계단은 기러기같이 줄을 지었다.69)

微連捧旆、미련(微連)이 깃대를 잡아

下月節於重霧、월절(月節)70)을 자욱한 안개 속에 내리고,

鳧伯樹纛、부백(鳧伯)이71) 독(纛)을 세워

設蘭幄於三辰。난초 장막을 삼신(三辰)72)에 펼쳤다.

金繩結綺戶之流蘇、비단 창문 수술을 금 노끈으로 매듭짓고

珠網護雕欄之阿閣。아로새긴 난간의 아름다운 누각73)을 구
슬 그물로 보호하였다.

---

69) 원문의 안치(雁齒)는 기러기 이빨인데, 계단 주위에 정연하게
배열한 장식품을 말한다. 북주(北周) 유신(庾信)의 글에 "진시황이
쓰고 남은 석재로 안치의 계단을 만들었다.[秦皇餘石, 仍爲雁齒之
階.]"라고 하였다. 『유자산집(庾子山集)』 권13 「온탕비(溫湯碑)」

70) 달을 그린 깃발인 듯하다.

71) 한나라 현종 때에 왕교(王喬)가 섭(葉)현령이 되었는데, 왕교는
신기한 기술이 있어 매달 삭망 때마다 조회에 참석하였다. 그가
자주 오는데도 수레가 보이지 않자, 황제가 몰래 태사를 시켜
그가 오는 것을 엿보게 하였다. 그랬더니 그가 동남쪽으로부터
한 쌍의 오리를 타고 오는 것이 보였다. 그러나 그가 온 뒤에
보니, 한 쌍의 신발만 있었다고 한다. 그뒤로 왕교를 부백(鳧伯)
이라고 하였다.

72) 『춘추좌전(春秋左傳)』 「소공(昭公) 32년」에 "하늘에는 삼신이
있고 땅에는 오행이 있다[天有三辰, 地有五行.]"고 하였는데, 삼신
은 해와 달과 별이고, 오행은 금(金), 목(木), 수(水), 화(火), 토
(土)이다.

73) 원문의 아각(阿閣)은 사면에 모두 차양이 있는 누각이다. "옛날
황제 헌원씨 때에 봉황이 아각에 둥지를 틀었다.[昔黃帝軒轅, 鳳凰
巢阿閣.]" 하였다. 『문선(文選)』 「서북유고루(西北有古樓)」 이선(李
善) 주(注)

仙人在棟、신선이 기둥에 있어

氣吹彩鳳之香臺、오색 봉황의 향대에 기운이 불어오고,

玉女臨窓、선녀가 창가에 있어

水溢雙鸞之鏡匣。쌍 난새의 거울 갑에 물이 넘친다.

翡翠簾雲母屏靑玉案、비취 발과 운모 병풍과 청옥 책상에는

瑞靄宵凝、상서로운 아지랑이가 밤에 서리고,

芙蓉帳孔雀扇白銀床、부용 휘장 공작 부채 백은 평상에는

祥霓晝鎖。대낮에도 상서로운 무지개가 둘러쌌다.

爰設鳳儀之宴、이에 봉황이 춤추는 잔치를 베풀어

俾展燕賀之誠、제비가 하례하는 정성을 펼치게 하였으며,

旁招百靈、두루 백여 신령을 초대하고,

廣延千聖。널리 천여 성인을 맞이하였다.

邀王母於北海、서왕모를 북해에서 맞아들이자

斑麟踏花、얼룩무늬 기린이 꽃을 밟았고,

接老子於西關、노자를 함곡관에서 영접하자

靑牛臥草。푸른 소가 풀밭에 누웠다.

瑤軒張錦紋之幕、구슬 난간에는 비단무늬 장막을 펼쳤고,

寶簷低霞色之帷。보배로운 처마에는 노을빛 휘장이 나직하게 드리웠다.

獻蜜蜂王、꿀을 바치는 왕벌은

紛飛炊玉之室、옥으로 밥을 짓는 방에 어지럽게 날고,

含果鴈帝、과일을 머금은 안제(鴈帝)는

出入薦瓊之廚。경옥을 바치는 부엌에 드나들었다.

雙成鈿管晏香銀箏、쌍성의 나전 피리와 안향의 은쟁은

合匀天之雅曲、균천(鈞天)[74]의 우아한 곡조에 맞추고,

婉華淸歌飛瓊巧舞、완화의 청아한 노래와 비경(飛瓊)75)의 아름다운 춤은

雜駁空之靈音。하늘의 신령스런 소리와 어울려졌다.

龍頭瀉鳳髓之醪、용머리 주전자로 봉황의 골수 술을 따르고,

鶴背捧麟脯之饌。학의 등에 탄 신선은 기린의 육포 안주를 바쳤다.

琳筵玉席、구슬 자리와 옥방석은

光搖九枝之燈、아홉 갈래의 등불에 흔들리고,

碧藕氷桃、벽우(碧藕)76)와 빙도(氷桃)는

盤盛八海之影。여덟 바다의 그림자77)를 소반에 담았다.

獨恨瓊楣之乏句、구슬 상인방에 상량문 없는 게 한스러워

緊致上仙之興嗟。상선들의 탄식을 일으켰다.

淸平進詞太白、「청평조(淸平調)」를 지어 올렸던 이백은

醉鯨背之已久、술에 취해서 고래 등을 탄 지 오래이고78)

---

74) 균천(鈞天)은 구천(九天)의 한가운데 있는 하늘인데, 상제(上帝)가 있는 곳이다.

75) 서왕모(西王母)가 한 무제(漢武帝)와 함께 연회를 할 때에 시녀(侍女) 허비경에게 진령(震靈)의 피리 음악을 연주하게 하였다 한다. 『한무제내전(漢武帝內傳)』

76) 벽우는 신선이 먹는다는 전설상의 연근(蓮根)으로 길이가 7자라고 한다. 『비아(埤雅)』권17 「석초(釋草) 우(藕)」에 "우는 자라나는 것이 달에 응하여, 달마다 한 마디가 나고 윤달마다 한 마디가 더 난다.[藕生應月, 月生一節, 閏輒益一.]"라고 하였다.

77) 원문의 팔해(八海)는 사방(四方)과 사우(四隅)의 바다로 천하를 뜻한다. 팔해의 그림자는 한석봉 필사본에도 '영(影)'으로 썼는데, 미상이다.

78) 이백이 채석강에서 배를 타고 술 마시다가, 달을 건지려고 몸을 기울이는 바람에 물에 빠져 죽었다는 전설이 있다. 그래서

玉臺摛藻長吉、옥대(玉臺)에서 글을 짓던 장길79)은

哂蛇神之太多。사신(蛇神)이 너무 많다고 웃었다.80)

新宮勒銘、새로운 궁전에 명(銘)을 새긴 것은

山玄卿之雕琢、산현경(山玄卿)의 문장 솜씨인데,

上界鐫璧、상계의 벽에 아로새길

蔡眞人之寂寥。채진인(蔡眞人)은 적료하구나.

自慚三生之墮塵、 (나는)81) 스스로 삼생(三生)의 티끌 세상에

태어난 것이 부끄러운데,

誤登九皇之辟剡。어쩌다 잘못되어 구황(九皇)의 벽섬82)에 이

---

고래를 타고 하늘에 올라갔다는 전설까지 생겼다. 그러나 실제
로는 59세 되던 770년에 장개의 난을 피해서 형주로 갔다가,
현령이 보내준 술과 쇠고기를 먹고 죽었다고 한다. 날씨가 너무
더워서 고기가 상했기 때문에 식중독에 걸렸던 것이다.

79) 옥대는 백옥루이고, 장길(長吉)은 당나라 시인 이하의 자이다.
이하가 낮에 졸다가 보니 붉은 관복을 입은 도인이 옥판(玉板)을
들고 있었는데, "상제가 백옥루를 짓고 그대를 불러 기문(記文)
을 짓게 하려 한다.[上帝作白玉樓, 召君作記.]"라고 쓰여 있었다.
이것을 보고는 병이 들어 27세에 요절했다.

80) 당(唐)나라 시인 두목(杜牧)이 이하 문집의 서문에서 그의 시를
소개하면서 "큰 입을 벌리는 고래와 뛰어오르는 자라, 소머리를
한 귀신과 뱀의 몸을 한 귀신으로도 그의 시의 허황하고 환상적
인 면을 형용하기에는 부족하다.[鯨呿鰲擲, 牛鬼蛇神, 不足爲其虛荒
誕幻也.]"라고 하였다. 『번천집(樊川集)』 권7 「이하집서(李賀集序)」

81) 난설헌 자신을 가리킨다. 자신은 신선이 아니라 인간인데도,
신선세계 백옥루의 상량문을 지어 달라고 초대받았다고 상상한
것이다.

82) 관직을 천거하는 편지나 문서. 중국 섬계(剡溪) 지방에서 생산
된 종이에 추천을 쓴 데에서 유래된 말로, 천섬(薦剡)과 같은 뜻
이다.

름이 올랐다.

江郎才盡、 강랑(江郎)의[83] 재주가 다해서

夢退五色之筆、 꿈에 오색 붓[84]을 돌려주었고,

梁客詩催、 양객(梁客)이[85] 시를 재촉하니

鉢徹三聲之響。 바리에 삼성(三聲)의 소리가 메아리쳤다.

徐援彤管、 붉은 붓대를 천천히 잡고

咲展紅牋。 웃으며 붉은 종이를 펼쳤다.

河懸泉湧、 황하수가 쏟아지듯 샘물이 솟아나듯 지으니

不必覆子安之衾、 자안(子安)의 이불을 덮을 필요가 없고[86]

句麗文遒、 구절이 아름다운데다 문장도 굳세니

未應頳謫仙之面。 이백의 얼굴을 대해도 부끄러울 게 없었다.

立進錦囊之神語、 그 자리에서 비단 주머니 속에 있던 신령
스러운 글을 지어 올리고,

留作瑤宮之盛觀、 (백옥루에) 두어서 선궁(仙宮)의 장관을 이루
게 하니,

置諸雙樑、 두 대들보에 걸어 두고서

資於六偉。 육위(六偉)[87]의 자료로 삼는다.

---

83) 양나라 천재 문장가인 강엄(江淹)인데, 말년에 재주가 다하자
더 이상 아름다운 글을 짓지 못했다고 한다.

84) 강엄이 야정(冶亭)에서 잠을 자다가 꿈을 꾸니 곽박(郭璞)이라는
노인이 와서 말하기를, "내 붓이 그대에게 가 있은 지 여러 해
이니, 이제는 나에게 돌려다오." 하므로 품속에서 오색필(五色筆)
을 꺼내어 주었는데, 그 후로는 좋은 시문을 전혀 짓지 못하였
다고 한다.

85) 한석봉필사본『광한전백옥루상량문』각주 55번 참조.

86) 자안은 언제나 이불 속에서 문장을 구상하던 당나라 시인 왕
발(王勃)의 자인데, 난설헌 자신은 그럴 필요가 없다는 뜻이다.

抛樑東。 들보 동쪽으로 떡을 던지네.
曉騎仙鳳入珠宮。 새벽에 봉황을 타고 요궁에 들어갔더니
平明日出扶桑底、 날이 밝아 해가 부상 밑에서 솟아올라
萬縷丹霞射海紅。 붉은 노을 일만 올이 바다를 붉게 비추네.


抛樑南。 들보 남쪽으로 떡을 던지네.
玉龍無事飮珠潭。 옥룡이 아무 일 없어 연못 물이나 마시고
銀床睡起花陰午、 은평상에서 자다 일어나 꽃그늘 한낮이니
笑喚瑤姬脫碧衫。 웃으며 요희를 불러 푸른 적삼을 벗기네.


抛樑西。 들보 서쪽으로 떡을 던지네.
碧花零露彩鸞啼。 푸른 꽃에 이슬이 떨어지고 오색 난새가 울어
春羅玉字邀王母、 옥자 수놓은 비단옷 입고 서왕모를 맞아
鶴馭催歸日已低。 학어(鶴馭)[88]가 돌아가길 재촉하니 날이 이미 저물었네.


抛樑北。 들보 북쪽으로 떡을 던지네.
溟海茫洋浸斗極。 명해[89]가 아득해서 북극성이 잠기고

---

87) 상량식을 마친 뒤에 떡을 던질 동서남북 상하 여섯 방향이 육위이다. 이 글에서는 여섯 방향을 노래한 시이다.
88) 학어(鶴馭)는 학가(鶴駕)와 같은 말로, 흔히 왕세자(王世子)가 타는 수레를 가리킨다.
89) 명해(溟海)는 전설 속의 바다 이름으로, 대해(大海)를 뜻한다. 『열자(列子)』 「탕문(湯問)」에 "종북의 북쪽에 명해가 있는데, 천지(天池)이다.[終北之北有溟海者, 天池也.]"라고 하였다.

鵬翼擊天風力掀、붕새의 날개가 하늘을 치니 그 바람에 물이 치솟아
九霄雲垂雨氣黑。구천(九天)에 구름이 드리워 빗기운이 어둑하구나.

拋樑上。들보 위쪽으로 떡을 던지네.
曙色微明雲錦帳。새벽빛이 희미하게 비단 장막을 밝히고
仙夢初回白玉床, 신선의 꿈이 백옥 평상에 처음 감도는데
臥聞北斗廻杓響。북두칠성의 자루 돌아가는[90] 소리를 누워서 듣네.

拋樑下。들보 아래쪽으로 떡을 던지네.
八埃雲黑知昏夜。팔방에 구름이 어두워 날 저문 것을 알고
侍兒報道水晶寒、시녀들이 수정궁이[91] 춥다고 아뢰니
曉霜已結鴛鴦瓦。새벽 서리가 벌써 원앙 기와[92]에 맺혔네.

伏願上樑之後、엎드려 바라오니 들보를 올린 뒤에
琪花不老、기화(琪花)[93]는 시들지 말고
瑤草長春、아름다운 풀도 길이 봄날이어서
曦舒凋光、희서가 빛을 잃어도

---

[90] 새벽이 되면 지구가 움직이면서 북두칠성의 자루가 돌아간다.
[91] 광한전에 있다는 궁전인데, 수정으로 지었다고 한다.
[92] 짝을 이룬 기와로, 암키와와 수키와를 이른다.
[93] 곤륜산의 정상에 있다는 신선의 거처 현포(玄圃)에 금대(金臺)와 옥루(玉樓)가 있고, 기화요초가 만발해 있다고 한다.

御鸞輿而猶戲、난새 수레를 몰아 더욱 즐거움 누리시고,

陸海變色、땅과 바다의 빛이 바뀌어도

駕飆輪而尙存。회오리 수레를 타고 더욱 길이 사소서.

銀窓壓霞、은빛 창문이 노을을 누르면

下視九萬里依微世界、아래로 구만리 희미한 세계를 내려다보시고,

璧戶臨海、구슬문이 바다에 다다르면

咲看三千年淸淺桑田、삼천년 맑고 얕아진 뽕나무밭94)을 웃으며 바라보아

手回三霄日星、손으로 세 하늘95)의 해와 별을 돌리시고

身遊九天風露。몸으로는 구천세계 바람과 이슬에 노니소서.

　　　　　　　　　　　－양천허씨(陽川許氏) 속전집(續前集) 종(終)


## ○ 廣寒殿白玉樓上樑文

述夫寶盖懸空、雲軒超色相之界、銀樓耀燿日、霞楹出迷塵之壺。雖復仙螺運機、幻作璧瓦之殿、翠蜃吹霧、噓成玉樹之宮。靑城丈人、玉帳之術斯殫、碧海王子、金櫝之方畢施。自天作之、非人力也。主人名編瑤籍、　職綴瓊班、乘龍太淸、朝

---

94) 선녀 마고(麻姑)가 왕방평(王方平)에게 이르기를 "만나 뵌 이래로 벌써 동해가 세 차례 상전으로 변하는 것을 보았는데, 지난번에 봉래산에 이르자 물이 또 지난번 만났을 때보다 절반쯤 얕아졌으니, 어찌 장차 다시 육지로 변하지 않겠습니까.[接侍以來, 已見東海三爲桑田,　向到蓬萊,　水又淺于往者會時略半也.　豈將復還爲陵陸乎?]"라고 말하였다.『神仙傳 卷7 麻姑』

95) 삼소(三霄)는 신선이 산다는 삼청(三淸), 즉 옥청(玉淸)·상청(上淸)·태청(太淸)을 가리킨다.

發蓬萊、暮宿方丈。駕鶴三島、左挹浮丘、右拍<sup>96)</sup>洪厓、千年玄圃之棲遲、一夢人間之塵土。黃庭誤讀、謫下無央之宮、赤繩結緣、悔入有窮之室。壺中靈藥、纔下指於玄砂、脚底銀蟾、遽逃形於桂宇。笑脫紅埃赤日、重披紫府丹霞、鸞笙鳳管之神遊、喜續舊會、錦幕銀屛之嫵宿、悔過今宵、胡爲日宮之思綸、俾掌月殿之牋奏。官曹淸切、足踐八霞之司、地望崇高、名壓五雲之閣。寒生玉斧、樹下之吳質無眠、樂奏霓裳、欄邊之素娥呈舞。玲瓏霞佩、振霞錦於仙衣、熠耀星冠、點星珠於人勝。仍思列仙之來會、尙乏上界之樓居。靑鸞引玉妃之車、羽葆前路、白虎駕朝元之使、金綏<sup>97)</sup>後塵。劉安轉經、拔雙龍於案上、姬滿逐日、駐八風於山阿。宵迎上元、綠髮散三角之髻、晝接帝女、金梭織九紋之綃。瑤池衆眞會南峰、玉京羣帝集北斗。唐宗踏公遠之杖、得羽衣於三章、水帝對火仙之碁、賭寰宇於一局。不有紅樓之高搆<sup>98)</sup>、何安絳節之來朝。於是移章十洲、馳檄九海、囚匠星於屋底、木宿掄材、壓鐵山於楹間、金精動色。坤靈揮鑿、騁巧思於般倕、大冶鎔爐<sup>99)</sup>、運奇智於錘範。靑楸垂尾、雙虹飮星宿之河、赤蜺仰<sup>100)</sup>頭、六鼇戴蓬萊之島。璇題燭日、出彤閣於烟中、綺綴流星、架翠廊於雲表。魚緝鱗於玉瓦、鴈列齒於瑤階。微連捧旐、下月節於

---

96) (난상주) ‘拍’자를 ‘把’자로 쓴 곳도 있다.
97) 1608년 목판본 『蘭雪軒詩』에는 ‘綏’자가 ‘綬’자로 실려 있는데, ‘綏’자가 맞다.
98) 1608년 목판본 『蘭雪軒詩』에는 ‘搆’자가 ‘構’자로 실려 있는데, 같은 뜻으로 번역할 수 있다.
99) 1608년 목판본 『蘭雪軒詩』에는 ‘爐’자가 ‘鑢’자로 실려 있다.
100) 1608년 목판본 『蘭雪軒詩』에는 ‘仰’자가 ‘昻’자로 실려 있다.

重霧、鳧伯樹纛、設蘭幄於三辰。金繩結綺戶之流蘇、珠網護雕欄之阿閣。仙人在棟、氣吹彩鳳之香臺、玉女臨窓、水溢雙鸞之鏡匣。翡翠簾雲母屛青玉案、瑞靄宵凝、芙蓉帳孔雀扇白銀床、祥霓[101]畫鎖。爰設鳳儀之宴、俾展燕賀之誠、旁招百靈、廣延千聖。邀王母於北海、斑麟踏花、接老子於西關、青牛臥草。瑤軒張錦紋之幕、寶簷低霞色之帷。獻蜜蜂王、紛飛炊玉之室、含果鴈帝、出入薦瓊之廚。雙成鈿管晏香銀箏、合匀[102]天之雅曲、婉華清歌飛瓊巧舞、雜駭空之靈音。龍頭瀉鳳髓之醪、鶴背捧麟脯之饌。琳筵玉席、光搖九枝之燈、碧藕氷桃、盤盛八海之影。獨恨瓊楣之乏句、緊致上仙之興嗟。清平進詞太白、醉鯨背之已久、玉臺摘藻長吉、笑蛇神之太多。新宮勒銘、山玄卿之雕琢、上界鐫壁[103]、蔡眞人之寂寥。自慚三生之墮塵、誤登九皇之辟刹。江郎才盡、夢退五色之筆[104]、梁客詩催、鉢徹三聲之響。徐援彤管、笑展紅牋。河懸泉湧、不必覆子安之衾、句麗文遒、未應頮謫仙之面。立進錦囊之神語、留作瑤宮之盛觀、置諸雙樑、資於六偉。

抛樑[105]東。曉騎仙鳳入珠宮。平明日出扶桑底、萬縷丹霞射

---

101) 1608년 목판본 『蘭雪軒詩』에는 '霓'자가 '蜺'자로 실려 있다.
102) 1608년 목판본 『蘭雪軒詩』에는 '匀'자가 '鈞'자로 실려 있는데, 통용되는 글자이다.
103) 1608년 목판본 『蘭雪軒詩』에는 '璧'자가 '壁'자로 실려 있는데, '壁'자가 자연스럽다.
104) 1608년 목판본 『蘭雪軒詩』에는 '筆'자가 '花'자로 실려 있는데, 둘 다 고사가 얽혀 있다.
105) 1608년 목판본 『蘭雪軒詩』에는 '樑'자가 모두 '梁'자로 실려 있는데, 통용되는 글자이다.

海紅。

拋樑南。玉龍無事飲珠潭。銀床睡起花陰午、笑喚瑤姬脫碧衫。

拋樑西。碧花零露彩鸞啼。春羅玉字邀王母、鶴馭催歸日已低。

拋樑北。溟海茫洋浸斗極。鵬翼擊天風力掀、九霄雲垂雨氣黑。

拋樑上。曙色微明雲錦帳。仙夢初回白玉床，臥聞北斗廻杓響。

拋樑下。八垓雲黑知昏夜。侍兒報道水晶寒、曉霜已結鴛鴦瓦。

伏願上樑之後、琪花不老、瑤草長春、曦舒凋光、御鸞輿而猶戲、陸海變色、駕飆[106]輪而尙存。銀窓壓霞、下視九萬里依微世界、璧戶臨海、笑看三千年淸淺桑田、手回三霄日星、身遊九天風露。

- 陽川許氏續前集 終

---

106) 1608년 목판본 『蘭雪軒詩』에는 '飆'자가 '飀'자로 실려 있는
데, 통용되는 글자이다.

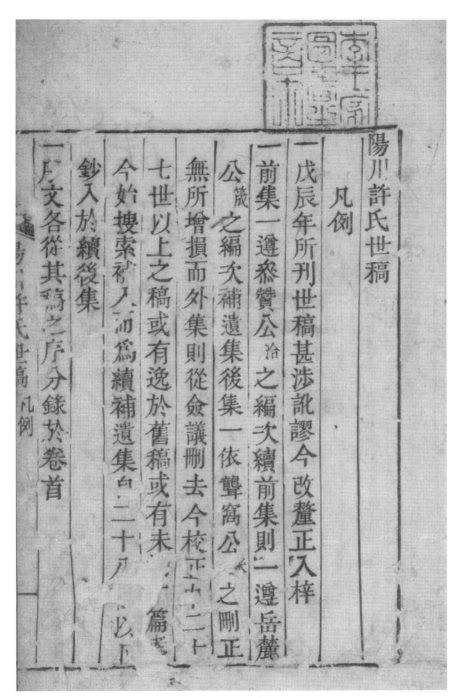

陽川許氏世稿

凡例

一戊辰年所刊世稿甚涉訛謬今改釐正入梓

一前集一遵爲贊公〔冶〕之編次續前集則一遵岳麓

公箴之編次補遺集後集一依聾窩公之刪正

無所增損而外集則從僉議刪去今校正六二十

七世以上之稿或有逸於舊稿或有未　　篇

今始搜索補入而爲續補遺集自二十　　以上

鈔入於續後集

一片文各從其稿之序分錄於卷首

출전 : 문천(文泉) 소장본. 『양천허씨세고』

題陽川世稿

蕃于役東藩與一時名賢唱和最衆許氏兄弟箴與
鈞俱在列周旋既久乃出其先世所著會高以來彙
稿將附以父畢兄鋅及其姝氏遺稿世彌遠家彌昌
文名彌益振眞稱吉祥善事哉世濟其美寧惟一家
善慶流遠深長將東國中興之業實式賴之忠貞世
篤多士寔寧文章固不朽之盛事令名尤繼述之遠
圖願瞻祖德益堅繩武之思保惜門風更深不類之
懼豈非許之先人永賴于今日而黙禱於來茲者哉

其官品世系具集中不暇詳述姑識二君箕裘雅志

而期其世守無斁云

萬曆丙午孟夏廿日　賜進士及第奉直大夫

右春坊右諭德掌南京翰林院事前翰林院修

撰記注起居編纂章奏管理　制勅　賜一品

服欽差正使金陵朱之蕃書于碧蹄

陽川世稿題辭

蓋聞莫爲之後雖盛不傳甚矣傳世之未易而世

相傳者之尤不易也余使至獲觀陽川世稿則塋堂

之後有梅軒梅軒之後有尙友堂若文貞公各集若

干卷世世相承慕盛而傳矣猶未也若今之判書箋
都監鈞二難濟美壞篋齊鳴將來之集盖未可量而
其父曄之草堂集其兄鐇之荷谷集甚至其故妹氏
之蘭雪集內外高詠並擅一時皆後埜堂之一脉而
典者且將彙編若貫珠焉豈不亦愈遠愈盛愈盛愈
傳乎夫才俊輩出天尸其柄箕裘克紹人握其權家
世載德天爲人用庭訓眇方人爲天勝循此者昌悖
此者替甚矣傳世之未易而世世相傳者之尤不易
也觀世稿者可以知許氏世德若庭訓矣至其集之
各成一家各盡其才覽者當自知之繼許氏者撫遺

編之累累雖欲不奮庸能已序

賜進士出身文林郎刑科都給事中　欽差

副使　賜一品服前翰林院庶吉士南海梁有

年書于大同館時萬曆丙午孟夏廿八日也

陽川許氏世稿目錄

續前集

二十世草堂　　三篇

　蘭雪軒　二十四篇

二十一世荷谷　四十二篇

起自二十世訖于二十一世凡二世三稿也判
書公箴氏輯錄此三稿附之前集之下故編於
續前集總
大十九篇

雨空濛聖歷山行人徒倚望京樓風颯颯木蕭蕭歲

云暮矣增離憂

盧江主人婦

城烏啼啞啞城角吹夜半盧江主人婦出門望星漢

星漢微茫北斗斜裁縫白苧寄天涯人生莫作長離

別君在天涯妾在家

二十一世許氏號蘭雪軒　荷谷之娣適承旨金　正字金
氏入歲作廣寒殿白玉樓上樑文
才出翁箎二兄之右金陵朱杜元之蕃使東國
有盛唐之風斗藩女子能用可見本朝文教之
得其集以歸途慱於中夏陳明于云許氏
遠靜志居詩話曰吾於許氏詩見篇章句
婉然嘉靖七子之體裁未應風教之訛符合如法

揚川許氏世高賢前集　十二

367

是不能無贖鼎之疑也

天使朱之蕃梁有年皆序之

雜詩 出明詩綜

精金明月珠贈君爲雜佩不惜棄道傍莫結新人帶

大堤曲

淚墮羊公碑草沒高陽池何人醉馬上倒著白接䍦

相逢行

相逢青樓下繫馬垂楊柳笑脫錦貂裘留當新豐酒

長干行

昨夜南風興船旗指巴水逢著北來人知君在楊子

築城怨

築城復築城城高遮得賊但恐賊來多有城遮未得

效崔國輔體

春雨暗西池輕寒襲羅幕愁倚素屏風牆頭杏花落

其二 出明詩綵

妾有黃金釵嫁時為首飾今日贈君行千里長相憶

步虛詞

九霞裙幅六銖衣鶴背冷風紫府歸瑤海月明星漢

落玉簫聲裏霄雲飛

入塞曲

戰罷臨洮敗馬鳴殘軍吹角宿空營回中近報邊無

十三一

事日暮平安火入城

西陵行

蘇小門前花正開柳香和酒撲金杯夜闌留得遊人

醉油壁車輕月裏回

遊仙詞九首 選二

露濕瑤空桂月明九天花落紫簫聲朝元使者騎金

虎赤羽庵幢上玉清

烟盖飄飄向碧空翠幢歸殿玉壇空青鸞一隻西飛

去露壓桃花月滿空

寄女伴

結廬臨古道日見大江流鏡匣鸞將老花園蝶已秋

寒沙初下鴈暮雨獨歸舟一夕紗窻閉郷堪憶舊遊

送荷谷謫甲山

遠謫甲山客咸原行色忙臣同賈太傅主豈楚懷王

河水平秋岸關雲欲夕陽霜風吹鴈去中斷不成行

春日有懷

章臺迢遞斷腸人雙鯉傳書漢水濱黃鳥曉啼愁裏

雨綠楊晴曉望中春瑤階羃歷生青草寶瑟凄涼閉

素塵誰念木蘭舟上客白蘋花滿廣陵津

次仲氏見星庵韻

雲生高嶂濕芙蓉琪樹丹崖露氣濃版閣梵殘僧入
定講堂齋罷鶴歸松蘿懸古壁啼山鬼霧鎖秋潭臥
燭龍向夜香燈明石榻東林月黑有疎鍾
淨掃瑤壇禮上仙曉星微隔絳河邊香生岳女春遊
祓水落湘娥夜雨絃松韻冷侵虛殿夢天花晴濕石
樓烟玄心已悟三三境盡日交床坐入禪

宿慈壽宮贈女冠

燕舞鶯歌字莫愁十三嫁與富平侯厭攜瑤瑟彈珠
閣喜着花冠禮玉樓琳館月明簫鳳下綺窓雲散鏡
鸞收焚香朝暮空壇上鶴背冷風一陣秋

次仲氏高原望高臺韻 <sub></sub>三首 出明詩選 明詩綜

層臺一柱壓嵯峨西北浮雲接塞多鐵峽覇圖龍已
去穆陵秋色鴈初過山囬大陸吞三郡水割平原納
九河萬里登臨日將暮醉憑長劍獨悲歌
巃嵸危棧切雲霄峰勢侵天作漢標山脉北臨三水
絕地形西壓兩河遙烟塵晚捲孤城出甘藭秋肥萬
馬驕東望塞垣鼙皷急幾時重起霍嫖姚
萬里翩翩一劍裝倚天危閣掛斜陽河流西坼連三
郡山勢南囬隔大荒脚下片雲生冉冉眼中滇海入
茫茫登高落日時囬首塞馬嘶風殺氣黃

哭子

去年喪愛女今年喪愛子哀哀廣陵土雙墳相對起
蕭蕭白楊風鬼火明松楸紙錢招汝魂玄酒奠汝丘
應知弟兄魂夜夜相追遊縱有腹中孩安可冀長成

染指鳳仙花歌

金盆夕露凝紅房佳人十指纖纖長竹碾搗出捲松
葉燈前勤護雙鳴瑯粧樓曉起簾初捲喜看火星抛
鏡面拾草疑飛紅蛺蝶彈箏驚落桃花片徐匀粉頰
整羅鬆湘竹臨江淚血斑時把彩毫描却月只疑紅
雨過春山

廣寒殿白玉樓上樑文

拍一作把

逃夫寶盖懸空雲輧超苊相之界銀樓耀日霞楹出
迷之壺雖復仙螺運機幻作璧无之殿翠屋吹霧
嘘成玉樹之宮青城丈人玉帳之術斯殫碧海王子
金檮之方畢施自天作之非人力也主人名編瑤籍
職綴瓊班乘龍太清朝發蓬萊暮宿方丈駕鶴三島
塵土黃庭誤讀讁下無央之宮赤繩結緣悔入有窮
左把浮丘右拍洪崖千年玄圃之棲遲一夢人間之
之室壺中靈藥繞下指於玄砂脚底銀蟾遽逃形於
桂宇笑脫紅埃赤日重披紫府丹霞鸞笙鳳管之神

十六

遊喜續舊會錦幕雲屏之嬌宿悔過今宵胡為日宮

之恩綸俾掌月殿之牋奏官曹清切足踐八霞之司

地望崇高名壓五雲之閣寒生玉斧樹下之吳質無

眠樂奏霓裳欄邊之素娥呈舞玲瓏霞佩振霞錦於

仙丞熠耀星冠點星珠於人勝仍思列仙之來會尚

乏上京之樓居青鸞引玉妃之車羽葆前路白虎駕

朝元之使金綬後塵劉安轉經拔雙龍於案上姬滿

逐日駐八風於山阿宵迎上元綠髮散三角之鬟畫

接帝女金梭織九紋之綃瑤池眾真會南峰玉京羣

帝集北斗唐宗踏公遠之杖得羽丞於三章水帝對

火仙之碁賭寰宇於一局不有紅樓之高搆何安絳
節之來朝於是移章十洲馳檝九海四匠星於屋底
木宿掄材壓鐵山於欋間金精動色坤靈揮鑒騁巧
思於般倕大冶鎔爐運奇智於錘範青緺垂尾雙虹
飲星宿之河赤霓仰頭六鰲戴蓬萊之島璇題爇日
出彤閣於烟中綺綴流星架翠廊於雲表魚緝鱗於
玉虬鵰列齒於瑤階微連捧旗下月節於重霧梟伯
樹蠧設蘭幄於三辰金繩結綺戶之流蘇珠網護雕
欄之阿閣仙人在棟氣吹彩鳳之香臺玉女臨窓水
溢雙鸞之鏡匣翡翠簾雲母屏青玉案瑞靄宵凝芙

蓉帳孔雀扇白銀床祥霓畫鎖爰設鳳儀之宴俾展
燕賀之誠旁招百靈廣延千聖邀王母於北海班麟
踏花接老子於西關青牛臥草瑤軒張錦綬之幕寶
簷低霞色之幃獻蜜蜂王紛飛炊玉之室含果鴈帝
出入薦瓊之厨雙成鈿管晏香銀箏合句天之雅曲
婉華清歌飛瓊巧舞雜駭空之靈音龍頭瀉鳳髓之
膠鶴背捧麟脯之饌琳筵玉席光搖九枝之燈碧藕
冰桃盤盛八海之影獨恨瓊楣之乏句繫致上仙之
興嗟清平進詞太白醉鯨背之已久玉臺擒藻長吉
笑蛇神之太多新宮勒銘山玄卿之雕琢上界鐫璧

蔡眞人之寂寥自慚三生之墮塵誤登九皇之辟剡

江郎才盡夢退五色之筆梁客詩催鉢徹三聲之響

徐援彤管笑展紅牋河懸泉湧不必覆子安之衾句

麗文遘未應頦譎仙之面立進錦囊之神語留作瑤

宮之盛觀置諸雙樑賫於六偉抛樑東曉騎仙鳳入

珠宮平明日出扶桑底萬縷丹霞射海紅抛樑南玉

龍無事飲珠潭銀床睡起花陰午笑喚瑤姬脫碧彩

抛樑西碧花零露彩鸞啼春羅玉字敎王子鶴駛催

歸日已低抛樑北滇海茫洋浸北極鵬翼擊天風力

掀九霄雲垂雨氣黑抛樑上矖色微明雲錦帳仙夢

楊州于氏出高賫前集

十八

初何自玉床臥日光斗廻枕響地槃下八境雲黒知

昏夜恃兒報道水晶寒曉霜已結□□□龍伏頂上槃

之後其花不論玉草長春曦舒洞光御□□與□水戲

陸海變色駕飆輪而尚存銀窓壓霞下視九萬里依

微世界璧戸臨海笑看三千年清淺桑田手叵三霄

日星身遊九天風露

陽川許氏續前集 終

권필(權韠)

국조시산(國朝詩刪)

허문세고(許門世藁)

1607년

# 해제

허균이 1607년에 『국조시산(國朝詩刪)』을 편찬하면서 양천 허씨 문중 선조들의 시를 직접 선정하거나 비평할 수 없었으므로, 가장 믿을 만한 친구인 석주(石洲) 권필(權韠)에게 비선(批選)을 부탁하였다. 권필은 허균이 『국조시산(國朝詩刪)』을 편찬하던 방식 그대로 시체(詩體) 별로 나누고, 작가의 생애순으로 편집하였으며, 수록 시에 비어(批語)를 붙여서 비평까지 겸하였다.

허균이 권1부터 권10까지 180명의 시 803제(題) 889수를 비선(批選)하고, 권필이 양천허씨 7명의 시 41제(題) 64수를 비선(批選)하였다. 전체로는 187명의 시 844제 953수의 시를 시를 『국조시산(國朝詩刪)』에 실어, 조선 초중기 한시의 성과를 압축적으로 정리하였다. 양천허씨 개인별로는 허종(許琮) 1수, 허침(許琛) 6수, 허집(許輯) 2수, 허한(許澣) 1수, 허엽(許曄) 2수, 허봉 15수, 난설헌 14제 37수이다.

난설헌의 시는 칠언고시 2수, 오언율시 3수, 칠언율시 1수, 오언절구 4제 8수, 칠언절구 4제 23수가 실렸으니, 「궁사(宮詞)」라든가 「유선사(遊仙詞)」 등의 칠언절구에서 뛰어난 솜씨를 보여준 것이 입증되었다. 중국에서 편집할 때에는 「감우(感遇)」를 비롯한 오언고시도 많이 선정되었는데 1편도 보이지 않아, 안목이 다름을 알 수 있다.

전체적인 편수로만 본다면 허균이 선정한 손곡(蓀谷) 이달(李達)이 47수, 용재(容齋) 이행(李荇)이 38수이고, 권필이 선정한 난설헌의 시가 3위로 많았다. 이어서 최경창이 35수로

4위, 권필이 30수로 8위, 백광훈이 21수로 9위에 선정되어, 허균이나 권필 모두 당풍(唐風)을 선호하였음도 알 수 있다.

허균이 1607년에 편집을 마친 『국조시산』은 오랫동안 필사본으로 전해지다가, 1695년 박태순(朴泰淳)에 의해 목판으로 간행되었다. 이화여대 도서관에 소장된 허균 수택본 『국조시산』은 9권 3책이 남아 있는데, 권1 오언고시, 권2 칠언고시, 권3 잡체시, 권4 오언율시, 권5 오언율시와 오언배율, 권6 칠언율시, 권7 칠언율시와 칠언배율, 권8 오언절구와 육언절구, 권9 칠언절구로 되어있다. 칠언율시의 뒷부분인 권10과 부록 『허문세고』가 없다.

『허균전집』 번역 때에는 『국조시산』의 원 모습을 보여주기 위해 이화여대 도서관에 소장된 허균 수택본 『국조시산』으로 번역하였지만, 이번에는 부록 『허문세고』의 이미지와 번역만 보여주는 작업이기 때문에 부록이 없는 수택본을 사용할 수 없어서 박태순이 간행한 목판본으로 번역하였다. 허균이 공주에서 『난설헌시(蘭雪軒詩)』를 목판본으로 간행하기 1년 전이었으므로 다양하게 전해지던 난설헌의 시가 거의 정리된 시기였기에, 『국조시산』과 『蘭雪軒詩』 사이에 다른 글자가 두어 자 밖에 보이지 않는다. 따라서 원문을 별도로 입력하여 대조하지 않고, 서로 다른 글자는 각주에서 설명하였다.

# 번역 및 원문

## 칠언고시(七言古詩)

### 허씨(許氏)
호는 난설헌(蘭雪軒)이니, 봉(篈)의 누이이다.

○ 『지봉유설(芝峯類說)』 난설헌(蘭雪軒)은 정자(正字) 김성립(金誠立)의 아내인데, 근대(近代) 규수(閨秀) 작가 가운데 제일(第一)이다. 일찍 죽었으나 시집이 있어서 세상에 전해지고 있다. 그가 지은 「채련곡(采蓮曲)」은 이러하다. "가을이 깨끗하니 긴 호수에 푸른 옥이 흐르고, 연꽃 깊은 곳에 난주(蘭舟)[1]를 매어 놓았네. 낭군을 만나 물 건너로 연밥을 던져주다가, 멀리 남의 눈에 띄어서 한나절 부끄러웠네." 성립이 젊었을 때 한강에 있는 서재에서 글을 읽었는데, 허씨(許氏)가 시를 지어 보냈다. "제비는 처마 비스듬히 짝 지어 날고, 지는 꽃은 어지러이 비단옷 위를 스치는구나. 동방에서 기다리는 마음 아프기만 한데, 풀은 푸르러도 강남에 가신 님은 돌아오지를 않네." 이 두 작품은 유탕(流蕩)한 데에 가까

---

1) 목란(木蘭)이라는 나무로 만든 배인데, 곱고 작게 꾸몄다. 남조(南朝) 양(梁)나라 임방(任昉)의 『술이기(述異記)』 권하(卷下)에 "목란주(木蘭洲)는 심양강(潯陽江) 가운데에 있는데 목란 나무가 많다. 옛날 오왕(吳王) 합려(閭閭)가 궁전을 짓기 위해서 이곳에 목란을 심었다. 칠리주(七里洲)에서 노반(魯般)이라는 사람이 목란을 깎아 배를 만들었는데, 그 배가 지금까지 그곳에 있다. 시인들이 말하는 '목란주(木蘭舟)'는 여기에서 나왔다."라고 하였다.

윘으므로 난설헌의 시집에 싣지 않았다고 한다. 중국인들이 그의 시집을 사서 『이담(耳談)』에 넣기에 이르렀다.

　許氏 號蘭雪軒, 筠之妹. ○『**芝峯類說**』 蘭雪軒, 正字金誠立妻, 爲近代閨秀第一, 早夭, 有詩集行世.[2] 其采蓮曲曰, "秋淨長湖碧玉流. 荷花深處繫蘭舟. 逢郞隔水投蓮子, 遙被人知半日羞." 誠立少時, 讀書江舍, 許氏寄詩云, "燕掠斜簷兩兩飛. 落花撩亂撲羅衣. 洞房極目傷春意, 草綠江南人未歸." 此兩作近於流蕩, 故不載集中云. 中朝人購其詩集, 至入於耳談.

## 망선요(望仙謠)

瓊花風軟飛靑鳥。　구슬꽃 산들바람 속에 파랑새[3]가 날더니
王母麟車向蓬島。　서왕모 기린 수레 타고 봉래섬에 가시네.
蘭旌蘂帔白鳳駕、　난초 깃발 꽃배자에다 흰 봉황을 타고
笑倚紅闌拾瑤草。　웃으며 난간에 기대 요초를 뜯네.
天風吹擘翠霓裳。　푸른 무지개 치마가 바람에 날리니
玉環瓊佩聲丁當。　옥고리와 노리개가 소리를 내며 부딪치네.
素娥兩兩鼓瑤瑟、　달나라 선녀[4]들은 쌍쌍이 거문고를 뜯고
三花珠樹春雲香。　계수나무[5] 위에는 봄구름이 향그러워라.

---

2) 『지봉유설에』는 이 뒤에 "평소에 부부 금실이 좋지 않아서 원망하고 생각하는 작품이 많다.[平生琴瑟不諧, 故多怨思之作.]"라는 구절이 더 있는데, 『국조시산』에서는 삭제하였다.
3) 청조(靑鳥)는 서왕모의 심부름꾼인데, 사람 머리에 발이 셋 달린 새이다.
4) 원문의 소아(素娥)는 달나라 선녀인데, 흰 옷을 입고 흰 난새를 탄다고 한다.

平明宴罷芙蓉閣。 동틀 무렵에야 부용각 잔치가 끝나
碧海靑童乘白鶴。 청동은 흰 학을 타고 바다를 건너네.
紫簫吹徹彩霞飛、 붉은 퉁소 소리에 오색 노을이 걷히자
露濕銀河曉星落。 이슬 젖은 은하수에 새벽별이 지네.

[批]長吉之後 僅得二篇 [비평] 장길 이후에 겨우 2편을 얻었다.

## 상현요(湘絃謠)

蕉花泣露湘江曲。 소상강 굽이 파초꽃은 이슬에 젖고
九點秋煙天外綠。 아홉 봉우리6)에 가을빛 짙어 하늘 푸르네.
水府涼波龍夜吟、 수궁 찬 물결에 용은 밤마다 울고
蠻娘輕夏玲瓏玉。 남방아가씨 영롱한 구슬 구르듯 노래하네.
離鸞別鳳隔蒼梧。 짝 잃은 난새 봉새는 창오산이 가로막히고
雨氣侵江迷曉珠。 빗기운이 강에 스며 새벽달 희미하구나.
閑撥神絃石壁上、 한가롭게 벼랑 위에서 거문고를 뜯으니
花鬟月鬢啼江姝。 꽃같고 달같은 큰머리의 강아가씨가 우네.
瑤空星漢高超忽。 하늘 은하수는 멀고도 높은데
羽蓋金支五雲沒。 일산과 깃대가 오색구름 속에 가물거리네.
門外漁郎唱竹枝。 문밖에서 어부들이 죽지사를 부르는데
銀潭半掛相思月。 은빛 호수에 조각달이 반쯤 걸려 있구나.

[批]新都王世鍾云 此作非我明以後諸人所可及 假使溫李操翰 亦未必遽過之 [비평] 신도 왕세종이 말했다. "이 시는 우리 명나라

---

5) 원문의 삼화주수(三花珠樹)는 선궁에 있는 계수나무인데, 일년에 세 번이나 꽃이 피고, 오색 열매가 열린다고 한다.
6) 순임금 사당을 구의산(九疑山)에 모셨는데, 구점(九點)은 그 아홉 봉우리를 가리킨다.

이후의 여러 시인들이 따라갈 수 없다. 온정균(溫庭筠)이나 이상
은(李商隱)이 시를 짓더라도 역시 더 낫지는 못할 것이다."


# 오언율시(五言律詩)


## 출새곡(出塞曲)

烽火照長河、 변방의 봉홧불이 황하에 비치니

天兵出漢家。 군사들이 서울 집을 떠나가네.

枕戈眠白雪、 창을 베고 흰 눈 위에서 자며

驅馬到黃沙。 말을 몰아서 사막에 다다르네.

朔氣[7]傳霄柝、 삭풍이 불어 딱따기 소리 전해지고

邊聲入暮笳。 오랑캐 소식은 저녁 호드기 소리에 들려오네.

年年長結束、 해마다 잘 지키건만

辛苦逐輕車。 전쟁에 끌려다니기 참으로 괴로워라.


## 이의산을 본받아[效李義山]

鏡暗[8]鸞休舞、 거울이 맑아 난새도 춤추지 않고[9]

梁空燕不歸。 빈 집이라서 제비도 돌아오지 않네.

---

7) 1608년 목판본 『난설헌시』에는 '氣'가 '吹'로 되어 있다.

8) 1608년 목판본 『난설헌시』에는 '暗'가 '晴'으로 되어 있다.

9) 거울에다 난새를 새겼는데, 남녀간의 사랑을 뜻한다. 님이 없어
서 거울을 볼 필요가 없으므로 오랫동안 거울을 닦지 않았기 때
문에, 난새의 모습이 먼지에 덮여 보이지 않은 것이다.

香殘蜀錦被、비단 이불엔 아직도 향기가 스며 있건만

淚濕越羅衣。옷자락에는 눈물 자국이 젖어 있네.

楚夢迷蘭渚、님 그리는 단꿈은 물가에 헤매고

荊雲落粉闈。형주의 구름은 궁궐10)에 감도는데,

西江今夜月、오늘 밤 서강의 저 달빛은

流影照金微。흘러 흘러서 임 계신 금미산에 비치네.

## 심하현을 본받다[效沈下賢]11)

春雨梨花白、봄비에 배꽃은 하얗게 피고

宵寒12)小燭紅。새벽 추워지자 촛불이 밝구나.

井鴉驚曙色、우물가 갈가마귀는 날이 밝자 놀라 날아가고

梁燕怕晨風。대들보 제비도 새벽 바람에 겁을 내네.

錦幌淒涼捲、비단 휘장 처량해 걷어치웠더니

銀床寂寞空。침상은 쓸쓸하게 비어 있구나.

雲軿回鶴馭、구름 수레에 학 타고 가는 듯한데

星漢綺樓東。다락 동쪽에 은하수가 고와라.

---

10) 원문의 분위(粉闈)는 상서성(尙書省)의 별칭인데, 벽에 분을 발라서 분성(粉省), 또는 화성(畵省)이라고도 불렀다.

11) 1608년 목판본 『난설헌시』에는 제목이 「效沈亞之體」로 되어 있다. 하현(下賢)은 당나라 시인 심아지(沈亞之 781-832)의 자이다. 젊어서 한유의 문하에 들어가 이하(李賀)와 사귀었고, 나중에 두목(杜牧), 장호(張祜), 가도(賈島)와도 친했다. 풍골은 약하지만 신기한 시어와 아름다운 이미지로 이하의 시풍에 가까운 시를 썼다. 이상은(李商隱)이 「심하현을 모의하여」(擬沈下賢)란 시를 지은 데서 알 수 있듯, 후배들에게 일정한 영향을 미쳤다.

12) 1608년 목판본 『난설헌시』에는 '寒'이 '殘'으로 되어 있다.

## 칠언율시(七言律詩)

### 중씨의 고원 망고대 시에 차운하다[次仲氏高原望高臺韻]

層臺一柱壓嵯峨。 한 층대가 높은 산을 누르고 서니
西北浮雲接塞多。 서북 하늘 뜬구름 변방에 닿아 일어나네.
鐵峽霸圖龍已去、 철원에서 나라 세웠던 궁예는 떠나가고
穆陵秋色鴈初過。 목릉에 가을이 되자 기러기가 날아오네.
山連大陸蟠三郡、 산줄기 대륙에 이어져 세 고을에 웅크리고
水割平原納九河。 강물은 벌판을 질러 아홉 물줄기 삼켰네.
萬里登臨日將暮、 만리 나그네가 망대 오르자 날이 저무는데
醉憑長劍獨悲歌。 취해 긴 칼에 기대 홀로 슬픈 노래 부르네.
　[批]一洗萬古脂粉態　[비평] 만고에 화장하는 여인의 자태를
한번에 씻어냈다.

## 오언절구(五言絶句)

### 최국보 체를 본받다[效崔國輔體]

池頭楊柳疎、 못가의 버들잎은 몇 남지 않고
井上梧桐落。 오동 잎사귀도 우물에 떨어지네요.
簾外候虫聲、 발 밖에 가을 벌레 우는 철 되었건만
天寒錦衾薄。 날씨가 쌀쌀한데다 이불까지도 얇네요.

## 막수악(莫愁樂)

家居<sup>13)</sup>石城下、 우리 집은 석성<sup>14)</sup> 아래에 있어
生長石城頭。 석성 바닥에서 낳아 자랐죠.
嫁得石城婿、 시집까지 석성 남정네에게 가고 보니
來往石城遊。 오가며 석성에서 놀게 되었지요.

## 강남악(江南樂)

　咄咄逼唐 아아! 당시에 가깝구나.<sup>15)</sup>

1.
人言江南樂、 남들은 강남이 좋다지마는
我見江南愁。 나는야 강남이 서럽기만 해요.
年年沙浦口、 해마다 모래밭 포구에 나가
腸斷望歸舟。 돌아오는 배가 있나 애타게 바라만 보니.

2.
湖裏月初明、 호수에 달빛이 처음 비치면
采蓮中夜歸。 연밥 따서 한밤중에 돌아왔지요.
輕橈莫近岸、 노 저어서 언덕 가까이 가지 마세요
恐驚鴛鴦飛。 원앙새가 놀라서 날아간답니다.

3.
生長江南村、 강남 마을에서 낳고 자랐기에

---

13) 1608년 목판본 『난설헌시』에는 '居'가 '住'로 되어 있다.
14) 호북성 종상현 서쪽에 있던 마을이다. 막수가 노래를 잘 불러 「막수악(莫愁樂)」이 유명해졌으므로, 뒤에 막수촌이 생겼다.
15) 허균 수택본인 필사본 『국조시산』에 적혀 있는 비어(批語)인데, 목판본에는 없어서 가져 왔다.

少年無別離。 어렸을 적엔 이별이 없었지요.
那知年十五、 어찌 알았겠어요, 열다섯 나이에
嫁與弄潮兒。 뱃사람에게 시집갈 줄이야.

## 빈녀음(貧女吟)

1.
豈是乏容色、 얼굴 맵시야 어찌 남에게 떨어지랴
工鍼復工織。 바느질에 길쌈 솜씨도 모두 좋건만,
少小長寒門、 가난한 집안에서 자라난 탓에
良媒不相識。 중매할미 모두 나를 몰라준다오.
2.
夜久織未休、 밤 늦도록 쉬지 않고 베를 짜노라니
軋軋16)鳴寒機。 베틀 소리만 삐걱삐걱 처량하게 울리네.
機中一匹練、 베틀에는 베가 한 필 짜여 있지만
終作阿誰衣。 결국 누구의 옷감 되려나.
3.
手把金剪刀、 손에다 가위 쥐고 옷감을 마르면
夜寒十指直。 밤도 차가워 열 손가락 곱아오네.
爲人作嫁衣、 남들 위해 시집갈 옷 짓는다지만
年年還獨宿。 해마다 나는 홀로 잠을 잔다오.

---

16) 1608년 목판본 『난설헌시』에는 '軋軋'이 '戛戛'로 되어 있다.

# 칠언절구(七言絕句)

## 새하곡(塞下曲)

**1.**

前軍吹角出轅門。　선봉이 나팔 불며 진영[17]을 나서는데

雪撲紅旗凍不翻。　눈보라에 얼어붙어 깃발이 펄럭이지 않네.

雲暗磧西看候火、　구름 자욱한 사막 서쪽[18] 봉화 보고는

夜深遊騎獵平原。　밤 깊었는데도 기병들이 평원으로 달리네.

**2.**

虜馬千群下磧西。　오랑캐 천여 무리 사막 서쪽으로 내려오니

孤山烽火入銅鞮、　고산의 봉화가 동제로 들어가네.

將軍夜發龍城北。　장군은 밤새 용성으로 떠나고

戰士連營擊鼓鼙。　군사들은 군영에서 북[19]을 둥둥 울리네.

**3.**

寒塞無春不見梅。　추운 변방 봄이 없어 매화도 볼 수 없는데

邊人吹入笛聲來。　누가 부는지 피리 소리만 들려오네.

夜深驚起思鄕夢、　깊은 밤 고향 꿈꾸다 놀라서 깨어나보니

月滿陰山百尺臺。　밝은 달빛 혼자 음산[20]의 망대를 비추네.

---

17) 원문(轅門)은 원래 제왕이 지방을 순수할 때에 임시로 설치했던 문인데, 뒤에는 군영이나 감영(監營)의 문을 가리켰다. 원(轅)은 전차(戰車)의 채인데, 예전에 이것을 좌우에 세워서 군영의 문을 만들었기 때문이다.

18) 적(磧)은 사막이니, 적서(磧西)는 고비사막의 서쪽, 즉 청해성 밖의 안서(安西) 일대를 가리킨다.

19) 원문의 비(鼙)는 말 위에서 치는 작은 북이다.

浙人吳明濟云 王少伯遺韻 절강 사람 오명제가 말했다. "왕소백의 유운이 있다."

## 입새곡(入塞曲)

1.

落日狼煙度磧來。 해가 지자 사막 서쪽에서 봉화[21]가 건너와
塞門吹角探旗開。 요새에 호적 불며 탐정 깃발 펼치네.
傳聲漠北天驕[22]破、 사막 북쪽의 오랑캐[23]를 쳐부쉈다고 소식 들리더니
白馬將軍入塞回。 백마 탄 장군이 요새로 돌아오네.

2.

騂弓白羽黑貂裘。 붉은 활 흰 화살에 검은 갖옷 입었는데
綠眼胡鷹踏錦鞲。 눈이 파란 보라매가 비단 토시에 앉았네.
腰下黃金印如斗、 허리에 찬 황금 장군인이 말만큼 크니
將軍初拜北平侯。 장군께서 이제 방금 북평후에 제수되셨네.

---

20) 곤륜산맥의 한 줄기인데, 중국 서북방에 있다. 이 산으로 흉노가 자주 쳐들어왔다.

21) 사막에서는 말이나 승냥이의 똥을 말려서 연기를 냈으므로 낭연(狼煙)이라고 하였다.

22) 1608년 목판본 『난설헌시』에는 '天驕'가 '單于'로 되어 있다.

23) 천교(天驕)는 강대한 북방의 오랑캐를 가리키는 말이다. 한나라 무제(武帝) 때 흉노의 선우(單于)가 글을 보내면서 "우리 호인은 하늘이 아끼는 아들이다.[胡者, 天之驕子也]"라고 자칭하였다. 『한서(漢書)』권94 「흉노전(匈奴傳)」

# 궁사(宮詞)

## 1.

淸齋秋殿夜初長。　청재하시는 가을 대궐은 초저녁이 길어
不放宮人近御床。　궁인이 다가와서 임금님을 못 모시게 하네.
時把翦刀裁越錦、　이따금 가위 잡고 월 땅의 비단을 잘라
燭前閑繡紫鴛鴦、　촛불 앞에서 한가롭게 원앙새를 수놓네.

## 2.

新擇宮人直御床。　새로 간택된 궁녀가 임금님을 모시니
錦屛初賜合歡香。　병풍을 둘러치고 합환의 은총을 내리셨네.
明朝阿監來相問、　날이 밝아 아감님이 어찌 되었냐 물으니
笑指胸前小佩囊。　가슴에 찬 주머니를 웃으며 가리키네.

# 유선사 16수(遊仙詞 十六首)

篇篇決非煙火食人語. ○ 蘭嵎朱太史之蕃曰, 飄飄乎塵埃之外, 秀
而不靡, 沖而有骨, 遊仙諸作, 更屬當家. ○ 惺田梁黃門有年曰, 颯
颯乎古先, 飄飄乎物外, 誠匪人間世所恒有. 편마다 결코 불 때에
밥을 지어 먹는 사람의 시어가 아니다. ○ 난우(蘭嵎) 주지번(朱
之蕃)태사가 말하였다. "속세의 밖에 표표(飄飄)히 날아 빼어나면
서도 사치하지 않고 화하면서도 골격이 있으며,「유선사(遊仙詞)」
등의 여러 작품은 더욱이 장부의 작품에 해당한다." ○ 성전(惺
田) 양유년(梁有年) 황문(黃門)[24]이 말하였다. "옛사람의 유풍이
물씬 풍기고 물외(物外)에 훨훨 나는 듯하여, 참으로 인간 세상에
항상 있는 글이 아니었다."

## 1.

---

24) 내시(內侍), 내관(內官)이다.

新詔東妃嫁述郞。 동비(東妃)에게 새로 분부하사 술랑에게 시집가라시니

紫鸞煙駕向扶桑。 붉은 난새와 노을 타고 부상으로 향하네.

花前一別三千歲、 벽도화 앞에서 한 번 헤어진 지 삼천 년

却恨仙家日月長。 신선세상의 해와 달 긴 것이 도리어 한스러워라.

2.

烟鎖瑤空鶴未歸。 하늘엔 안개 끼고 학은 돌아오지 않네.

桂花陰裏閉珠扉。 계수나무 꽃그늘 속에 구슬문도 닫혔네.

溪頭盡日神靈雨、 시냇가엔 하루 종일 신령스런 비가 내려

滿地香雲濕不飛。 땅에 덮인 향그런 구름 날아가질 못하네.

3.

閑携姊妹禮玄都。 한가롭게 자매 데리고 현도관에 예 올리니

三洞眞人各見呼。 삼신산 신선들이 저마다 보자고 부르시네.

敎著赤龍花丁立、 붉은 용을 타고 벽도화 밑에 세운 뒤

紫皇宮裏看投壺。 자황궁 안에서 투호 놀이를 구경하였네.

4.

瑞露微微濕玉虛。 상서로운 이슬이 부슬부슬 내려 허공을 적시는데

碧牋偸寫紫皇書。 푸른 종이에 자황의 글을 몰래 베끼네.

靑童睡起捲珠箔、 동자가 잠에서 깨어나 주렴을 걷자

星月滿壇花影疏。 별과 달 단에 가득해 꽃그림자 성글어라.

5.

雲角靑龍玉絡頭。 옥으로 머리 꾸미고 뿔 달린 청룡을

紫皇騎出向丹丘。 옥황께서 타시고 단구로[35] 향하시네.

閑從壁戶窺人世、 한가롭게 문에 기대어 인간 세상을 엿보니
一點秋煙辨九州。 한 점 가을 아지랑이로 천하를 알아보겠네.

6.

催呼滕六出天關。 서둘러서 등륙[25]을 불러 하늘문 나오는데
脚踏風龍徹骨寒。 풍용을 밟고 가려니 추위가 뼈에 스미네.
袖裏玉塵三百斛、 소매 속에 들었던 옥티끌 삼백 섬이
散爲飛雪落人間。 흩날리는 눈송이 되어 인간세상에 떨어지네.

7.

玲瓏花影覆瑤碁。 영롱한 꽃그림자가 바둑판을 덮었는데
日午松陰落子遲。 한낮의 솔 그늘에서 천천히 바둑을 두네.
溪畔白龍新賭得、 시냇가의 흰 용을 내기해서 얻고는
夕陽騎出向天池。 석양에 그를 타고 천지를 향해서 가네.

8.

騎鯨學士禮瑤京。 고래 탄 한림학사[26] 백옥경에 예 올리니
王母相留宴碧城。 서왕모 반겨하며 벽성에서 잔치 벌렸네.
手展彩牋[27]書玉字、 손으로 채색지를 펼치고 옥(玉)자를 쓰니
醉顏猶似進淸平。 취한 얼굴이 마치 「청평조」 바칠 때[28] 같

---

25) 눈을 내리게 하는 신으로, 『유괴록(幽怪錄)』 「등륙강설(滕六降雪)」에 보인다.

26) 한림학사는 이백(李白)을 가리킨다. 이태백이 채석강에서 뱃놀이를 하다가 술에 취해, 강에 비친 달을 잡으려다가 빠졌다는 전설이 있다. 그래서 고래를 타고 하늘에 올라가 신선이 되었다고 한다.

27) 1608년 목판본 『난설헌시』에는 '牋'이 '毫'로 되어 있다.

28) 당나라 현종이 침향정에서 양귀비와 함께 모란을 구경하며 즐기다가 이태백에게 명령하여 시를 짓게 하였는데, 그가 악부체 「청평조」 3수를 지어 올렸다.

아라.

9.

皇帝初修白玉樓。 옥황께서 처음 백옥루를 지으실 제
璧階璇柱五雲浮。 구슬계단 옥기둥에 오색구름이 떠 있었지.
閑呼長吉書天篆、 장길을 부르시어29) 하늘의 전자를 쓰게 해
掛在瓊楣最上頭。 구슬문 상인방에 가장 높이 거셨지.

10.

別詔眞人蔡小霞。 진인 채소하에게 특별히 조서를 내려
八花磚上合丹砂。 여덟 가지 꽃벽돌 위에서 단사를 만들게
하셨네.
金爐壁炭成圓汞、 향로에다 구슬 숯으로 수은을 만들어서
白玉盤盛向帝家。 백옥 소반에 담아 궁궐로 향하네.

11.

彤軒碧瓦飾瑤墀。 붉은 난간 푸른 기와에 구슬로 섬돌 꾸미
고도
不遣靑苔染履綦。 푸른 이끼를 그대로 두어 신을 적시네.
朝罷列仙爭拜賀、 조회 끝나자 여러 신선들이 다투어 하례
올리고
內家新領八霞司。 안에서는 새로이 팔하사30)를 거느리네.

12.

---

29) 장길은 당나라 시인 이하(李賀)의 자이다. 선시(仙詩)를 많이 지
었으며, 헌종 때에 협률랑(協律郞) 벼슬을 했다. 어느날 낮에 붉
은 옷 입은 사람이 나타났는데, 판(板) 하나를 가지고 왔다. 그
판에는 "옥황상제가 백옥루를 다 짓고, 그대를 불러 기(記)를 짓
게 하셨다"라고 쓰여 있었다. 그는 곧 죽었는데, 겨우 27세였다.
30) 팔방의 선계를 다스리는 관아이다.

氷屋春回桂有花。　얼음집에 봄이 와 계수나무에 꽃이 피는데
自騎孤鳳出彤霞。　손수 봉황 타고 붉은 노을 밖으로 나가네.
山前逢着安期子、　산 앞에서 안기생을[31] 만났더니
袖裏携將棗似瓜。　소매 속에 참외만한 대추를 가지고 왔네.

13.
蓬萊歸路海千重。　봉래산 가는 길은 바다가 천겹이어서
五百年中一度逢。　오백년 만에 한 번 건너갈 수가 있네.
花下爲沽瓊液酒、　꽃 아래서 경액주를 사 마시고 싶으니
莫敎靑竹化蒼龍。　푸른 대를 푸른 용으로 변치 않게 하소서.

14.
身騎靑鹿入蓬山。　푸른 사슴을 타고 봉래산으로 들어가니
花下仙人各破顔。　꽃 아래서 신선들이 얼굴을 펴고 웃네.
爭說衆中看易辨、　다투어 말하길, 그대는 가려내기 쉽다네.
七星符在頂毛間。　북두칠성 표지가 이마에 있다네.

15.
六葉羅裙色曳煙。　여섯 폭 비단치마를 노을에 끌면서
阮郞相喚上芝田。　완랑[32]을 불러서 난초밭으로 올라오네.
笙歌暫向花間盡、　피리 소리가 홀연히 꽃 사이에 스러지니

---

31) 안기생은 낭야군 부향 사람인데, 동해 가에서 약을 팔았다. 신
　　선의 대추를 먹고 천년을 살았다고 하여, 사람들이 그를 '천세노
　　인'이라고 불렀다.
32) 완조(阮肇)가 천태산에 들어가 약초를 캐다가 복숭아를 먹고 선
　　녀를 만나 반년 머물다가 고향 집으로 돌아왔는데 이미 7대나
　　지나 있었다는 이야기가 『소흥부지(紹興府志)』에 실려 있다. 이
　　시에서는 난설헌이 신선세계에 노닐며 「유선사」 87수를 짓는 동
　　안, 인간 세상에선 오랜 세월이 흘렀을 것이라는 뜻으로 썼다.

便是人寰一萬年。 그 사이 인간세상에선 일만년이 흘렀네.

16.

簷鈴無語閑33)珠宮。 추녀의 풍경 고요하고 대궐은 한가로워
紫閣涼生玉簟風。 돗자리에 바람 이니 다락이 서늘하구나.
孤鶴夜驚滄海月、 한밤중 외로운 학은 바다에 뜬 달 보고 놀
라는데
洞簫聲在綠雲中。 퉁소 소리가 푸른 구름 속에 울려 퍼지네.

—국조시산(國朝詩刪) 허문세고(許門世藁)

---

33) 1608년 목판본 『난설헌시』에는 '閑'이 '閉'로 되어 있다.

西飛燕東流水人生倏忽春夢裡一夜悲歡未了情

十年契闊無窮事渚烟汀樹曉朦朧曲攔珠箔星在

東蘭臺聽鼓聲鼕鼕風沙減盡浮雲瞵

許氏　蘭雪軒正字　有詩集行

　瓊蘭雪軒筆之妹。世其承立妻為近代閨秀第一早天

　蘭舟逢曲日秋爭長湖碧玉流荷花深處兩兩紫

　少時讀書江畔許氏寄詩云燕掠斜簷兩兩飛

　落花撩亂撲羅衣洞房趂月嬌意草綠江

　中人未歸此兩作近雜流蕩故不載集至入

　於耳談

望仙謠

瓊花風軟飛青鳥玉妥獵卓向蓬島蘭菡蕊娞岐白鳳

駕笑倚紅欄拾瑤草天風吹醒翠霓裳玉瓔瓊佩聲

丁當素娥兩兩鼓瑤瑟三花珠樹春雲杳平明宴罷

芙蓉閣碧海青童乘白鶴紫簫吹徹彩霞瀼露濕銀

河曉星落　長吉之後　得二篇

　湘絃謠

蕉花泣露湘江曲九點秋煙天外綠水府涼波龍夜

吟蠻娘輕鼉玲瓏玉雌鸞別鳳傷蒼梧雨氣侵江迷

曉珠開撥神絃石璧上花鬟月鬢啼江妹瑤空星漢

高超忽羽蓋金支五雲凌門外漁郎唱竹枝銀潭半

掛相思月　所可及也候使寺溫操翰亦未必邅過之
新都汪世盦云此作非我明以後諸人

五言古詩三首

春雲滿西山夕照微當燈欲憑淚不覺已沾衣

許氏 再見

出塞曲

烽火照長河天兵出漢家挽戈眠白雪驅馬渡黃沙

朔氣傳宵柝邊聲𥁞蕃貂年年長結束辛苦逐輕車

效李義山

鏡暗鸞休舞梁空燕不歸香殘蜀錦被淚濕越羅衣

楚夢迷蘭渚荊雲落粉闈西江今夜月流影照金微

效沈下賢

春雨梨花白宵寒小燭紅鴉驚曙色梁燕惻晨風

錦幕凄涼捲銀床寂寞空雲軿回鶴駁星漢綺樓東

七言律詩 七卷

許琛 再見

送任萬戶訓赴知世浦

爛熳春光去路遙羽林初轡紫宸朝韜深虎豹開
閩嶠重湖山可動搖水府晚煙迷蜃市海門殘雨送
鰌潮貂蟬本自塊鏊出努力功名鬢未彫

花園

血射無成便自嗔到頭兵氣繞鈎陳聚車未必能遮
道橫槊空勞殺人運去君臣同掩涕惡浮天地不

許鈞四見

居山驛

長途鼓角帶晨星　捲向青州古驛亭　離下洞深山簇
簇侍中臺迴海冥冥　千年折戟沉沙短　十里平蕪過
兩腥舊事微茫問　無處數聲橫笛不堪聽

杆城詠月樓

危樓高架郡城隅　坐閱瀟翁太極圖　鯨引火珠沉碧
海鶴扶銀闕上清都　寒暉蕩漾開明鏡　下昳微茫瞰
積蘇惆悵秦京一千里　蒲衣涼露楚臣孤

許氏三見

次仲氏高原望高臺韻

層臺一柱壓嵯峨西北浮雲接塞多錢峽霸圖龍巳
去穆陵秋色鴈初過山連大陸蟠三郡水割平原納
九河萬里登臨日將暮醉憑長劍獨悲歌一洗萬古脂粉態

五言絶句 八首

許氏四見

效崔國輔體

池頭楊柳踈井上梧桐落簾外候虫聲天寒錦衾薄

莫愁樂

家居石城下生長石城頭嫁得石城婿來往石城遊

江南樂

人言江南樂我見江南愁年年沙浦口腸斷望歸舟

湖里月初明采蓮中夜歸輕橈莫近岸恐驚鴛鴦飛

生長江南村少年無別離那知年十五嫁與弄潮兒

貧女吟

豈是乏容色工針復工織少小長寒門良媒不相識

夜久織未休軋軋鳴寒機機中一匹練終作阿誰衣

手把金剪刀夜寒十指直為人作嫁衣年年還獨宿

七言絕句 三十三首

許琛 三見

淚漢水南邊草又生

蒙
　敕田題咸原驛

日下歸入肯朔風　聖思如海泣無窮郵亭坐笑六平

生事玉署金華似夢中

許氏五見

塞下曲

前軍吹角出轅門雪搏紅旗凍不飜雲擁磧西看候

火夜深遊騎獵平原

羸馬千群下磧西孤山烽火入銅鍉將軍夜號龍城

壯戰七連營擊鼓聲

寒塞無春不見梅邊人吹夾角聲來夜深驚起思鄉

夢月滿陰山百尺臺

入塞曲

落日狼烟度磧來塞門吹角探旗開傳聲漠北天驕

破白馬將軍入塞廻

驛弓白羽黑貂裘綠眼胡鷹踏錦鞲腰下黃金印如

斗將軍初拜壯平侯

宮詞

清齋秋殿夜初長不放宮人近御床時把剪刀裁越

錦燭前閒綉紫鴛鴦

新擇官人直御床錦屏初賜合歡香明朝阿監來相
問笑指胸前小佩囊

遊仙詞史

　　篇篇排仙
　　之舊曰大食人語
　　日飄飄乎塵猛
命諸作更　之外秀
年日颯屬當　兩不扉
有骨遊家物　惺田梁黃
中兩有　外　　誠扉蘭嶋恭
門有年日颯飆乎　　非　　大
恒問耶　古先飄飆乎物外　人

新詔東妃嫁遂郎紫鸞烟駕向扶桑花前一別三十
歲却恨仙家日月長
烟鎖瑤空鶴未歸桂花陰裡開珠扉溪頭盡日神靈
雨滿地香雲讄不飛
閑攜姝妹禮玄都三洞真人各見呼教着赤龍花下

立紫皇宮裡看授臺

瑞霧微微濕玉虛碧牋偷寫紫皇書青童曉起捲珠箔星月滿壇花影疎

雲角青龍玉絡頭紫皇騎出向丹丘閒從壁戶窺人世一點秋烟辨九州

催呼滕六出天關脚踏風龍徹骨寒袖裡玉塵三百斛散爲飛雪落人間

玲瓏花影覆瑤碁日午松陰落子遲溪畔白龍新賭得夕陽騎出向天池

騎鯨學士禮瑤京王母相留宴碧城手展彩牋書玉

字醉顏猶似進清平

皇帝初修白玉樓碧溪璇柱五雲浮閒呼長吉書天

篆掛在瓊楣最上頭

別詔真人蔡少霞八花磚上合丹砂金爐壁炭成圍

彔白玉盤盛向帝家

彤軒壁瓦篩瑤墀不遣青苔染曩基朝罷列仙爭拜

賀內家新領八霞司

冰屋春迴桂有花自驂孤鳳出彤霞山前送善安期

子袖裡攜將素似瓜

蓬萊歸路海千里五百年中一度逢花下為沽瓊液

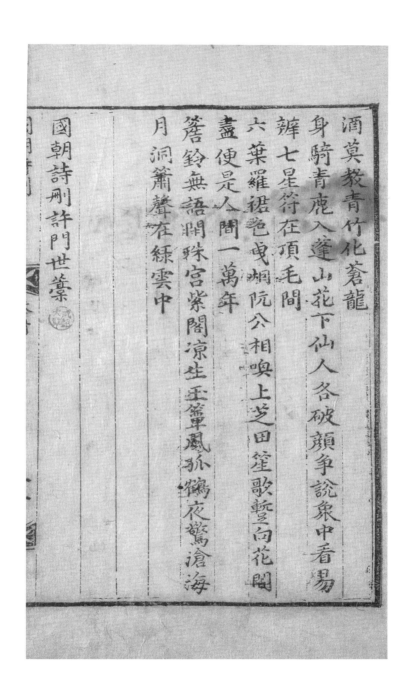

酒莫教青竹化蒼龍

身騎青鹿入蓬山花下仙人各破顏爭說衆中看易

辨七星符在頂毛間

六葉羅裙艶曳烟院公相喚上芝田笙歌輕向花間

盡便是人間一萬年

簥鈴無語閟珠宮紫閣凉生玉簟單鳳孤鶴夜驚滄海

月洞簫聲在綠雲中

반지항(潘之恒)

# 취사원창(聚沙元倡) 1608년

# 해제

명나라에서 최초로 간행된 허난설헌 시집은 심호신(沈虎臣)의 누이가 간행하였다는 『경번집(景樊集)』이지만, 아직까지 실물이 확인되지 않았다. 오명제(吳明濟)의 『조선시선(朝鮮詩選)』이나 남방위(藍芳威)의 『조선시선전집(朝鮮詩選全集)』에 난설헌의 시가 많이 실리기는 하였지만, 개인 시집으로는 반지항(潘之恒, 1556-1622)이 편집 간행한 『취사원창(聚沙元倡)』이 첫 번째 시집이자 작품도 가장 많이 실렸다. 반지항의 자는 경승(景升), 호는 난소생(鸞嘯生), 긍생(亘生), 천도일사(天都逸史) 등으로 흡현(歙縣, 현 안휘성 황산) 사람이다. 향시에 몇 차례 낙방한 뒤에 저술에 뜻을 두었으며, 곡론(曲論)으로 이름이 났다.

시집 제목은 『취사원창(聚沙元倡)』이지만 서문 제목은 「조선혜녀 허경번시집 서(朝鮮慧女許景樊詩集序)」이고, '만력 무신년(1608) 봄날[萬曆戊申春日]'에 썼으니, 허균이 공주에서 『난설헌시(蘭雪軒詩)』 발문을 쓴 '만력 기원 36년(1608) 4월 상순[萬曆紀元之三十六載孟夏上浣]'보다 조금 앞선다. 그러나 이 시집이 편입된 『긍사초(亘史鈔)』보다 먼저 간행되었는지, 아니면 총서에만 편입되어 간행되었는지는 확실치 않다.

『긍사(亘史)』는 만력(萬曆) 임자년(1612)에 116권으로 간행되고, 천계(天啓) 병인년(1626)에 93권으로 간행되었다. 기본적인 내용은 같으며, 난설헌 시집인 『취사원창(聚沙元倡)』은 만력간본 「외편(外篇) 권3 선려(仙侶)」와 천계간본 「외기(外紀) 권2 방부(方部)」에 수록되었는데, 글자 위치까지도 같게 하려고 애썼다.

난설헌의 시는 오언고시 14수, 칠언고시 11수, 오언율시 6수, 칠언율시 14수, 오언절구 20수, 칠언절구 103수, 상량문 1편 순으로 모두 169편이 실려 있다. 남방위가 간행한『조선시선전집』164편보다 더 많은데, 상당한 부분은『조선시선전집』에서 가져 왔으며, 편집 순서도 비슷하다.『조선시선전집』이 같은 제목의 연작시도 두어 군데에 나뉘어 체계 없이 편집한 것에 비하면 체제가 정돈되었지만, 틀린 글자도 그대로 가져온 것이 많다.

『광한전백옥루상량문』 경우에는 1608년 목판본『蘭雪軒詩』에 실린 글에서 몇 줄이 빠졌으며, "雲流蘭浦, 寒生玉簟之秋, 露滴桂花, 香澁瑤衾之夢."이라는 구절이 더 들어갔는데, 출처를 알 수 없다. 난설헌의 생애에 관해 근거없는 기록을 소개하였는데, 역시 출처를 알 수 없다. 난설헌이 상량문을 7세에 지었다는 기록은 상업출판의 성격상 누군가가 만들어낸 듯한데, 이런 과정을 통하여 난설헌 신화가 만들어졌다. 만력간본을 소장한 절강성도서관을 방문하였지만 마침 구관이 연말까지 폐쇄되어 신관에 있는 사고전서 영인본과 천계간본을 대조하였으며, 이미지는 일본 국립공문서관(國立公文書館) 내각문고(內閣文庫) 본을 허락받아 편집하였다.

## 번역 및 원문

### 조선(朝鮮) 혜녀(慧女) 허경번시집(許景樊詩集) 서(序)

반지항(潘之恒)이 말한다.

예전에 심호신(沈虎臣)[1]의 누이동생이 일찍이 『경번집(景樊集)』 1권을 간행하였기에 내가 읽어보고 놀라서 말하였다. '어찌 성조(聲調)가 이렇게 이장길(李長吉)과 비슷한가.' 구장유(丘長孺)[2]가 조선(朝鮮)에 사신으로 갔다가 군신(君臣)들이 시 읊으며 노는 것에 탐닉하고, 절주가 처량하여 망국의 음이 많은 것을 보고, 허씨의 시에는 미치지 못한다고 하였다. 이 나라에 이러한 여성이 있는 것이 한(漢)나라의 반소(班昭)뿐이 아니었으니, 말하자면 사필(史筆)이 게으른 것이다. 저 나라의 군신들이 어찌 한 마디를 더하여 깎아내리겠는가.

황상진(黃上珍)이 금릉(金陵) 총융(總戎) 남만리(藍萬里)의 집에서 일찍이 고려(高麗) 견지(繭紙)에 정사(精寫)한 『백옥루상량문(白玉樓上梁文)』 1권을 꺼내어 손님들에게 자랑하면서, 경번(景樊)이 소시(少時)에 지은 것이라고 자랑하였다. 구전

---

1) 심덕부(沈德符, 1578—1642)의 자가 호신(虎臣), 또는 경천(景倩)이다. 절강(浙江) 가흥부(嘉興府) 수수현(秀水縣) 사람으로, 거인(擧人) 출신의 문학가이다.
2) 1602년에 황태자의 책립(册立) 조서를 반포하기 위하여 명나라 한림원 시강(翰林院侍講) 고천준(顧天埈)과 행인사 행인(行人司行人) 최정건(崔廷健)이 정사와 부사로 조선에 왔는데, 이때 종사관(從事官)으로 동행했던 구탄(丘坦)의 호가 장유(長孺), 자는 탄지(坦之)이다.

(舊傳)에 이하(李賀)가 임종할 때에 천제(天帝)가 불러서 백옥루(白玉樓) 기문을 짓게 하였다는 꿈을 꾸었다고 한다. 이 상량문이 그가 음신(陰身)으로 지은 것이 아니면, 허씨(許氏)의 몸으로 태어나서 그 이채로움을 환하게 발산한 것이 아니겠는가? 그렇지 않으면 어찌 어린 나이에 이같이 지을 수 있었겠는가? 조선의 군신은 물론이고. 중국의 사대부 여성이라도 누가 그와 견줄 수 있겠는가? 그러므로 허경번(許景樊)은 단지 혜녀(慧女)일 뿐만 아니라, 천인(天人)이라고 말하는 것이다. 혜녀라는 것은 이미 시문(詩文)에서 입증되었고, 천인(天人)이라는 것은 참으로 조선이라는 작은 나라에 제한할 수 없기 때문이다.

장유(長孺)는 마성(麻城) 사람이고, 상진(上珍)은 해양(海陽) 사람으로, 모두 박식하고 고아한 군자들이다. 그들이 난설헌의 시집을 전하자고 의논하였다. 내가 난설헌을 이하(李賀)의 후신(後身)이라고 단정한 까닭은 그 풍조(風調)가 서로 비슷하기 때문이니, 상량문(上梁文) 또한 하나의 증거이다.

만력(萬曆) 무신년(1608) 봄날에 쓴다.


○ 朝鮮慧女許景樊詩集序

潘之恒曰, 曩沈虎臣娣氏曾梓『景樊集』一卷, 余讀之駴曰, 何其聲調之似李長吉也. 丘長孺克使朝鮮, 見其君臣日耽游詠, 按節凄楚, 多亡國之音, 而不及許詩, 夫以斯國而有斯女, 不啻漢之班昭, 卽史筆賴焉. 彼國君臣安敢措一辭以相加固宜引郤而遜之矣. 黃上珍在金陵藍總戎萬里宅, 曾出高麗繭一卷, 精寫『白玉樓上梁文』. 詫客稱景樊少時作, 舊傳李賀將歿, 夢天帝召記

白玉樓, 此上梁文非其中陰身所撰, 而假胎許氏, 以昭泄其異
耶? 不然, 何其若夙構也. 毋論朝鮮君臣, 卽域中都人士女, 孰
得與之抗衡哉? 余故曰, 許景樊匪直慧女, 抑天人也. 曰慧女,
蓋徵於詩文, 曰天人, 固不得以朝鮮蕞爾之國而限之矣. 長孺,
麻城人, 上珍, 海陽人, 皆博雅君子, 因謀傳其集, 而余斷以爲
李賀後身者, 謂其風調相近, 於上梁文又一証也.
　萬曆戊申春日敍.


　○『긍사(亘史)』에 기록한다. 내가 신해년(1611) 봄에 방외
(方外)에 노닐다가 총융(摠戎) 남만리(藍萬里)를 해양(海陽) 둔
산(屯山)의 준회원(遵晦園)에서 만나니 먼저 조선 책을 꺼내
어 나에게 보여주었는데, 바로 상진이 예전에 나에게 말했
던 책이었다. 저 나라의 청천자(靑川子) 이반(李盤)이 75세 때
에 쓴 것인데, 글자가 힘이 있고도 아름다웠으며, 하나도 잘
못 쓴 곳이 없었다. 또 선집(選集)한 것도 내 견해와 많이 부
합하였다.

　그가 또 말하였다. "조선에 2년 동안 파견되어 있으면서
허혜녀(許慧女)의 이야기를 매우 많이 들었는데, 그의 오라버
니 봉(篈)과 균(筠)이 모두 장원(壯元)이며, 혜녀(慧女)는 과부
가 되어 문 닫고 들어앉아 오진(悟眞) 양성(養性)하고 있었다.
이미 문자(文字)와의 인연을 끊고 용사(龍沙)를 기약하여 오
백대선교주(五百大仙敎主)가 되었다 그의 『백옥루상량문(白玉
樓上梁文)』은 7세 때에 지은 것이니, 어릴 때부터 혜녀가 아
니었다면 그럴 수 있겠는가? 이름을 경번(景樊)이라고 하였
으니, 유강(劉綱)의 아내 번부인(樊夫人)을 경모한 것이 아니

겠는가?"

○ 亘史云, 辛亥之春, 藍總戎萬里爲方外游, 過海陽, 晤於屯山之邊晦園, 首出朝鮮卷視予, 卽上珍曩爲予言者, 乃彼國老靑川子李盤七十五歲時書. 其字遒媚, 無一敗筆, 所選多與予合. 且云督戎朝鮮二年, 聞許慧女事甚悉, 兄篈·筠, 皆登狀首, 而慧女婺居閉閣, 悟眞養性, 已斷文字緣, 指龍沙期至, 當爲五百大仙敎主. 其『白玉樓上梁文』, 七歲時作, 非夙慧能然哉. 名曰景樊, 豈慕劉綱妻樊夫人乎.

## 『취사원창(聚沙元倡)』
### 조선(朝鮮) 사녀(仕女) 허경번(許景樊) 저(著)

## 오언고시(五言古詩)

### 망선요(望仙謠)

王喬招我游、 왕교가 나를 불러 놀자고 하여
期我崑崙墟。 곤륜산서 만나기로 약속하였네.
朝登玄圃峯、 아침 나절 현포 꼭대기 올라
遙望紫雲車。 저 멀리 자색 구름 수레를 보네.
紫雲何煌煌、 자색 구름 어쩜 그리 빛이 나는가
玉蒲正渺茫。 현포로 가는 길은 아득만 하네.
倏忽凌天漢、 어느 사이 은하수를 날아 넘어서
翻飛向扶桑。 해 뜨는 곳 부상 향해 날아가누나.
扶桑幾千里、 부상은 몇천 리나 먼 곳이런가
風波阻且長。 풍파가 길을 막아 멀기만 하네.
我欲舍此去、 이 길 말고 다른 길 가고 싶지만
佳期安可忘。 이처럼 좋은 기회 어찌 놓치랴.
君心知何許、 그대 맘이 어딨는 줄 알고 있기에
賤妾徒悲傷。 소첩 맘은 슬프기만 할 뿐이라오.
○ 望仙謠[3]

---
3) 1608년 목판본 『蘭雪軒詩』에는 이 시가 없다.

王喬招我游、期我崑崙墟。朝登玄圃峯、遙望紫雲車。紫雲何煌煌、玉蒲正渺茫。倏忽凌天漢、翻飛向扶桑。扶桑幾千里、風波阻且長。我欲舍此去、佳期安可忘。君心知何許、賤妾徒悲傷。

## 유소사(有所思)

朝亦有所思。 아침에도 임 생각
暮亦有所思。 저녁에도 임 생각[4]
所思在何處、 그리운 임은 어디에 계신지
萬里路無涯。 만리 길이라 끝이 없구나.
風波苦難越、 풍파에 건너기 어렵고
雲雁杳何期。 구름길 아득하니 어찌 기약하랴.
素書不可託、 편지도 부칠 수 없으니
中情亂若絲。 속마음 헝클어진 실과 같구나.

○ 有所思[5]

朝亦有所思。 暮亦有所思。 所思在何處、 萬里路無涯。 風波苦難越、 雲雁杳何期。 素書不可託、 中情亂若絲。

---

4) 제1구와 제2구는 당나라 시인 유운(劉雲)의 「유소사(有所思)」에서 차용하였다.
5) 1608년 목판본 『蘭雪軒詩』에는 이 시가 없다. 1727년에 간행된 이정(李婷, 1454-1488)의 『풍월정집(風月亭集)』에 같은 제목으로 비슷한 시가 실려 있는데, 제4구의 '萬'이 '千'으로 되어 있고, 제5구부터는 글자가 많이 다르다. "風潮望難越, 雲鴈託無期. 欲寄音情久, 中心亂如絲."

## 봉대곡(鳳臺曲)

秦女侶簫史、 진나라의 농옥이 소사와 짝이 되어
日夕吹參差。 아침저녁으로 봉대에서 퉁소 불었네.
崇臺騎彩鳳、 높은 누대에서 봉새 타고 가니
渺渺不可追。 아득하여 쫓아갈 수가 없었네.
天地以永久、 하늘과 땅이 영구하다지만
那識人間悲。 인간 세상의 슬픔이야 어떻게 알리.
妾淚不可忍、 이내 몸의 눈물을 참을 수 없으니
此生長別離。 이 세상에서 오래 이별해서일세.

○ 鳳臺曲[6]

秦女侶簫史、 日夕吹參差。 崇臺騎彩鳳、 渺渺不可追。 天地以
永久、 那識人間悲。 妾淚不可忍、 此生長別離。

## 고별리(古別離)

轔轔雙車輪、 삐걱삐걱 두 개의 수레바퀴
一日千萬轉。 하루에도 천만번 돌아가누나.
同心不同車、 마음은 같건만 수레 같이 타지 못해
別離時屢變。 헤어지고 여러 세월 변하였네.
車輪尚有迹、 수레바퀴 자국이 아직 남아 있건만
相思獨不見。 그리운 님은 홀로 보이지 않네.

○ 古別離[7]

---

6) 1608년 목판본 『蘭雪軒詩』에는 이 시가 없다. 김종직의 『점필
　 재집(佔畢齋集)』 권11에 실린 「鳳臺曲」과 상당 부분이 겹친다.
7) 1608년 목판본 『蘭雪軒詩』에는 이 시가 없다. 최경창(崔慶昌)의
　 『고죽유고(孤竹遺稿)』에 실린 「고의(古意)」 제1수와 같은데, 제6

轔轔雙車輪、一日千萬轉。同心不同車、別離時屢變。車輪尙
有迹、相思獨不見。

## 감우(感遇)

1.

盈盈窓下蘭、하늘거리는 창가의 난초
枝葉何芬芳。가지와 잎 그리도 향그럽더니,
西風一夕起、하룻 밤 가을바람이 일어나자
零落悲秋霜。슬프게도 찬 서리에 다 시들었네.
秀色總消歇、빼어난 모습이 모두 시들어도
淸香終不歇。맑은 향기만은 끝내 죽지 않아,
感物傷我心。그 모습 보면서 내 마음이 아파져
流涕沾衣袂。눈물이 흘러 옷소매를 적시네.

○ 感遇8)

盈盈窓下蘭、枝葉何芬芳。西風一夕起、零落悲秋霜。秀色總
消歇、淸香終不死歇。感物傷我心。流涕沾衣袂。

2.

古屋晝無人、낡은 집이라 대낮에도 사람이 없고
桑樹鳴鵂鶹。부엉이만 혼자 뽕나무 위에서 우네.
蒼苔蔓玉砌、섬돌에는 푸른 이끼가 끼고
鳥雀巢空樓。빈 다락에는 새들만 깃들었구나.
向來車馬地、전에는 말들이 몰려들던 곳

---

　　구의 '獨'이 '人'으로 되어 있다.
8) 1608년 목판본 『蘭雪軒詩』에 같은 제목으로 4수가 실려 있는
　　데, 그 가운데 제1수이다.

今成狐兎丘。 이제는 여우 토끼의 굴이 되었네.

信哉達人言、 달관한 분의 말씀을 이제야 믿겠으니

慽慽復何求。 슬프구나! 다시 무엇을 구하랴.9)

○ 其二10)

古屋晝無人、 桑樹鳴鵂鶹。 蒼苔蔓玉砌、 鳥雀巢空樓。 向來車
來地、 今成狐兎丘。 信哉達人言、 慽慽復何求。

3.

鳳凰出丹穴、 봉황이 단혈에서 나니11)

九苞燦文章。 아홉 겹 깃무늬가 찬란해라.

覽德翔千仞、 덕을 보여주며 천길 높이 날고

嗟嗟鳴朝陽。 높은 소리로 산 동쪽12)에서 울어대네.

---

9) 원문의 달인(達人)은 진(晉)나라 시인 도잠(陶潛)을 가리킨다. 도
잠의 「귀거래사(歸去來辭)」에 "부귀는 내가 바라는 바 아니요, 제
향도 기약할 수 없는 일이라.[富貴非吾願, 帝鄕不可期.]"라고 하였
다.

10) 1608년 목판본 『蘭雪軒詩』「感遇」에 제2수로 실려 있다.

11) 『산해경(山海經)』「남산경(南山經)」에 "단혈의 산에… 새가 사는
데, 그 모양은 닭과 같고 오색 무늬가 있으니, 이름을 봉황이라
고 한다.[丹穴之山… 有鳥焉, 其狀如雞, 五采而文, 名曰鳳皇.]"라는 구
절이 보인다.

봉황은 성군이 세상에 나타나면 따라서 나타난다는 상상 속의
새인데, 봉은 암컷이고, 황은 수컷이다. 단혈산(丹穴山)에서 나와
대나무 열매를 먹고, 오동나무에 깃든다고 한다. 머리 무늬는 덕
(德)을, 등의 무늬는 예(禮)를, 가슴 무늬는 인(仁)을, 배의 무늬는
신(信)을 나타내는데, 이 새가 나타나면 천하가 태평해진다고 한
다.

12) 조양(朝陽)은 아침 햇빛을 먼저 보는 산의 동쪽이나 양지쪽을
가리킨다.

稻粱非所食、 벼나 조를 먹는 것이 아니라
竹實乃其湌。 대나무 열매만 먹는다네.
奈何梧桐枝、 어쩌다 저 오동나무 위에
栖彼鴟與鳶。 올빼미와 솔개만 깃들어 있단 말인가.
○ 其三13)
鳳凰出丹穴、九苞燦文章。覽德翔千仞、嗜嗜鳴朝陽。稻粱非
所食、竹實乃其湌。奈何梧桐枝、栖彼鴟與鳶。

## 잡시(雜詩)

1.
我有一端綺、 내게 아름다운 비단 한 필이 있어
采采光撩亂。 먼지를 털어내면 맑은 윤이 났었죠.
翩翩雙鳳凰、 봉황새 한 쌍이 너울거리니
文章何燦爛。 반짝이는 그 무늬가 정말 눈부셨지요.
幾年篋中藏、 여러 해 장농 속에 간직하다가
今朝持贈郎。 오늘 아침 님에게 정표로 드립니다.
不惜作君袴、 님의 바지 짓는거야 아깝지 않지만
莫作他人裳。 다른 여인 치맛감으론 주지 마세요.
○ 雜詩14)
我有一端綺、采采光撩亂。翩翩雙鳳凰、文章何燦爛。幾年篋
中藏、今朝持贈郎。不惜作君袴、莫作他人裳。

2.

---

13) 1608년 목판본 『蘭雪軒詩』에 「遣興」 제2수로 실려 있다.
14) 1608년 목판본 『蘭雪軒詩』에 「遣興」 제3수로 실려 있다.

仙人騎白鶴、 신선께서 백학을 타고
夕下朝元宮。 저녁에 조원궁15)에 내려오셨네.
絳幡拂海雲、 붉은 깃발은 바다 구름에 흩날리고
羽衣鳴春風。 「예상우의곡」이 봄바람에 울리네.
邀我瑤池潯、 요지16) 물가에서 나를 맞으며
飮我流霞鍾。 유하주17) 한 잔을 권하시더니,
借我綠玉杖、 푸른 옥지팡이를 빌려주시며
登我芙蓉峰。 부용봉에 오르자고 인도하시네.
○ 其二18)
仙人騎白鶴、 夕下朝元宮。 絳幡拂海雲、 羽衣鳴春風。 邀我瑤
池潯、 飮我流霞鍾。 借我綠玉杖、 登我芙蓉峰。

## 백씨 봉(鋒)께

暗窓銀燭低、 어두운 창가에 촛불 나직이 흔들리고
流螢度高閣。 반딧불은 높은 지붕을 날아서 넘네요.

---

15) 당나라 때에 노자(老子)를 제사하던 도관(道觀) 조원각(朝元閣)인
   데, 강성각(降聖閣)이라고도 했다. 이 시에서는 신선이 사는 궁전
   을 가리킨다.
16) 선녀 서왕모(西王母)가 거주하는 곤륜산(崑崙山)의 선경이다. 『열
   자』 「주목왕(周穆王)」에 "(목왕이) 마침내 서왕모의 빈객이 되어
   요지 가에서 연회를 가졌다.[遂賓于西王母, 觴于瑤池之上.]"라고 하
   였다.
17) 하늘나라 신선들이 마신다는 술인데, 주림과 목마름을 잊는다
   고 한다. 종(鍾)은 술잔이나 술병이다. 두보(杜甫)의 「종무생일(宗
   武生日)」에 "유하주를 조각조각 나누어서, 방울방울 천천히 기울
   이노라.[流霞分片片, 涓滴就徐傾.]"하였다.
18) 1608년 목판본 『蘭雪軒詩』에 「遣興」 제6수로 실려 있다.

悄悄深夜寒、 깊은 밤 시름겨워 더욱 쌀쌀한데

蕭蕭秋葉落。 나뭇잎은 우수수 떨어져 흩날리네요.

關河音信稀、 산과 물이 가로막혀 소식도 뜸하니

沈憂不可釋。 그지없는 이 시름을 풀 길이 없네요.

遙想靑蓮宮、 청련궁[19] 오라버니를 멀리서 그리노라니

山空蘿月白。 산속엔 담쟁이 사이로 달빛만 밝네요.

## ○ 寄伯氏篈[20]

暗窓銀燭低、 流螢度高閣。 悄悄深夜寒、 蕭蕭秋葉落。 關河音信稀、 沈憂不可釋。 遙想靑蓮宮、 山空蘿月白。

## 소년행(少年行)

少年重然諾、 젊은이는 신의를 소중히 여겨

結交遊俠人。 의협스런 사내들과 사귀어 노네.

腰間白轆轤、 허리에는 흰 녹로검을 차고

錦袍雙麒麟。 비단도포에는 쌍기린을 수놓았네.

朝辭明光宮、 조회를 마치자 명광궁[21]에서 나와

---

19) 허봉이 즐겨 읽던 시인 이백의 호가 청련거사였으므로, 시인 허봉이 귀양간 곳을 청련궁이라고 하였다. 사찰이나 승사(僧舍)를 가리키기도 한다.

20) 1608년 목판본 『蘭雪軒詩』에 「寄荷谷」이라는 제목으로 실린 시인데, 제목이 바뀌어 있다. 하곡(荷谷) 봉(篈)은 난설헌의 중씨(仲氏)인데, 편집자 반지항(潘之恒)이 혼동한 듯하다.

21) 한나라 무제(武帝)가 기원전 101년에 지은 대궐 이름이다. 미앙궁(未央宮) 서편에 있었는데, 주렴을 금과 옥, 진주 등으로 만들어 쳐서 밤낮없이 빛나고 밝기 때문에 붙여진 이름이다. 후대에는 대궐을 뜻하는 말로 쓰이었다.

馳馬長樂坂。 장락궁 언덕길로 말을 달리네.

沽得渭城酒、 위성의 좋은 술 사 가지고서

花間日將晩。 꽃 속에서 노닐다 해가 저무네.

金鞭宿倡家、 황금 채찍으로 기생집에서 자며

行樂事流連。 놀기에 정신 팔려 나날 지새네.

誰憐楊子雲、 그 누가 양웅22)을 가련타 하랴

閉門草太玄。 문 닫고 들어앉아 「태현경」이나 짓고 있으니.

○ 少年行

少年重然諾、結交遊俠人。腰間白轆轤、錦袍雙麒麟。朝辭明
光宮、馳馬長樂坂。沽得渭城酒、花間日將晩。金鞭宿倡家、
行樂事流連。誰憐楊子雲、閉門草太玄。

## 아들 죽음에 곡하다

去年喪愛女、 지난해에는 사랑하는 딸을 여의고

今年喪愛子。 올해에는 사랑하는 아들까지 잃었네.

哀哀廣陵土、 슬프디 슬픈 광릉 땅에

雙墳相對起。 두 무덤이 나란히 마주보고 서 있구나.

蕭蕭白楊風、 사시나무 가지에는 쓸쓸히 바람 불고

鬼火明松楸。 솔숲에선 도깨비불 반짝이는데,

紙錢招汝魄、 지전23)을 날리며 너의 혼을 부르고

---

22) 한나라 학자 양웅(楊雄, 기원전 53-서기 18)의 자가 자운(子雲)인
데, 『주역』을 모방하여 천지 만물의 기원을 논한 『태현경』 10권
과 『논어』를 모방한 『법언(法言)』을 지었다. 양(楊)자는 양(揚)자
로 더 많이 쓴다.

23) 지전은 동전처럼 동그랗게 오린 종이인데, 죽은 넋을 부를 때

玄酒奠汝丘。 네 무덤 앞에다 술잔을 붓는다.

應知弟兄魂、 너희들 남매의 가여운 혼은

夜夜相追游。 밤마다 서로 따르며 놀고 있을 테지.

縱有腹中兒、 비록 뱃속에 아이가 있다지만

安可冀長成。 어찌 제대로 자라나기를 바라랴.

浪吟黃臺詞、 하염없이 슬픈 노래를 부르며

血淚悲吞聲。 피눈물 슬픈 울음을 속으로 삼키네.

## 〇 哭子

去年喪愛女、今年喪愛子。哀哀廣陵土、雙墳相對起。蕭蕭白楊風、鬼火明松楸。紙錢招汝魄、玄酒奠汝丘。應知弟兄魂、夜夜相追游。縱有腹中兒、安可冀長成。浪吟黃臺詞、血淚悲吞聲。


## 견흥(遣興)

1.

有客自遠方、 멀리서 손님이 오시더니

遺我雙鯉魚。 님께서 보냈다고 잉어 한 쌍24)을 주셨어요.

剖之何所見、 무엇이 들었나 배를 갈라서 보았더니

中有尺素書。 그 속에 편지 한 장25)이 있었어요.

上言長相思、 첫마디에 늘 생각하노라 말씀하시곤

下問今何如。 요즘 어떻게 지내느냐 물으셨네요.

---

나 상여 앞에서 뿌린다.

24) 옛부터 잉어는 편지를 뜻하는 말로 쓰였으며, 배를 가른다는 말은 편지 봉투를 뜯는다는 뜻이다.

25) 척소서(尺素書)는 비단에 쓴 편지이다.

讀書知君意、편지를 읽어가며 님의 뜻 알고는

零淚沾衣裾。눈물이 흘러서 옷자락을 적셨어요.

○ **遣興**26)

有客自遠方、遺我雙鯉魚。剖之何所見、中有尺素書。上言長相思、下問今何如。讀書知君意、零淚沾衣裾。

2.

芳樹藹初綠、꽃다운 나무는 물이 올라 푸르고

蘼蕪葉已齊。궁궁이 싹도 가지런히 돋아났네.

春物自姸華、봄날이라 모두들 꽃 피고 아름다운데

我獨多悲悽。나만 홀로 자꾸만 서글퍼지네.

壁上五岳圖、벽에는 「오악도」를 걸고

牀頭參同契。책상 머리엔 「참동계」를 펼쳐 놓았으니,

煉丹倘有成、혹시라도 단사를 만들어내면

歸謁蒼梧帝。돌아오는 길에 순임금27)을 뵈오리라.

○ **其二**28)

芳樹藹初綠、蘼蕪葉已齊。春物自姸華、我獨多悲悽。壁上五岳圖、牀頭參同契。煉丹倘有成、歸謁蒼梧帝。

---

26) 1608년 목판본 『蘭雪軒詩』 「遣興」에 제7수로 실려 있다.

27) 순임금이 창오산에서 죽었으므로, 창오제라고도 한다. 순임금은 아황과 여영 두 왕비 사이에 금실이 좋았다. 그래서 두 왕비가 순임금을 찾으러 갔다가, 끝내 찾지 못하자 상수에 빠져 죽었다고 한다.

28) 1608년 목판본 『蘭雪軒詩』 「遣興」에 제8수로 실려 있다.

# 칠언고시(七言古詩)

## 망선요(望仙謠)

瓊花風細飛青鳥。　구슬꽃 산들바람 속에 파랑새가 날더니
王母麟車向蓬島。　서왕모는 기린 수레 타고 봉래섬으로 가네.
蘭旌蕊帔白雉裘、　난초 깃발 꽃배자에다 흰 꿩갖옷을 입고
笑倚紅欄拾瑤草。　웃으며 난간에 기대 요초를 뜯네.
天風吹破翠霞裳。　푸른 무지개 치마가 천풍에 날려 펼쳐지니
玉環瓊珮聲琅琅。　옥고리와 노리개가 소리를 내며 부딪치네.
素娥兩兩鼓瑤瑟、　달나라 선녀[29]들은 쌍쌍이 거문고를 뜯고
三花珠樹春雲香。　계수나무[30] 위에는 봄구름이 향그러워라.
平明宴罷芙蓉閣。　동틀 무렵에야 부용각 잔치가 끝나
碧海靑童乘白鶴。　벽해 청동은 흰 학을 타고 바다를 건너네.
紫簫聲繞彩霞飛、　붉은 퉁소 소리에 오색 노을이 날아가자
露濕銀河曉星落。　이슬에 젖은 은하수에 새벽별이 지네.

○ 望仙謠[31]

瓊花風細飛青鳥。王母麟車向蓬島。蘭旌蕊帔白雉裘、笑倚紅
欄拾瑤草。天風吹破翠霞裳。玉環瓊珮聲琅琅。素娥兩兩鼓瑤

---

29) 원문의 소아(素娥)는 달나라 선녀인데, 흰 옷을 입고 흰 난새를
　　탄다고 한다.
30) 삼화주수(三花珠樹)는 선궁에 있는 계수나무인데, 꽃이 일년에
　　세 번이나 피고, 오색 열매가 열린다고 한다.
31) 1608년 목판본 『蘭雪軒詩』에 같은 제목 시의 제1수로 실려
　　있다.

瑟、三花珠樹春雲香。平明宴罷芙蓉閣。碧海靑童乘白鶴。紫
簫聲繞彩霞飛、露濕銀河曉星落。

## 상현곡(湘絃曲)

蕉花泣露湘江曲。 파초꽃 이슬에 젖은 소상강 물굽이에
點點秋烟天外綠。 점점이 가을빛 짙어 하늘이 푸르네.
水府涼波龍夜吟、 수궁 찬 물결에 용은 밤마다 울고
蠻娘輕戞玲瓏玉。 남방 아가씨[32) 영롱한 구슬 구르듯 노래
하네.
離鸞別鳳隔蒼梧 짝 잃은 난새 봉새는 창오산이 가로막히고
雨氣浸江迷曉珠。 빗기운이 강에 스며 새벽달 희미하네.
神絃聲徹石苔泠、 거문고 소리 스러지자 돌이끼 차가운데
雲鬟霧鬢啼江姝。 구름머리 안개 살쩍의 강녀가 우는구나.
瑤空星漢高超忽。 하늘 은하수는 멀고도 높은데
羽盖金光五雲沒。 일산의 금빛에 오색 구름 스러지네.
門外漁郎唱竹枝、 문밖에서 어부들이 「죽지사」를 부르는데
銀潭半掛相思月。 은빛 호수에 님 그리는 달이 반쯤 걸렸네.
○ 湘絃曲[33)
蕉花泣露湘江曲。點點秋烟天外綠。水府涼波龍夜吟、蠻娘輕
戞玲瓏玉。離鸞別鳳隔蒼梧。雨氣浸江迷曉珠。神絃聲徹石苔
泠、雲鬟霧鬢啼江姝。瑤空星漢高超忽。羽盖金光五雲沒。門
外漁郎唱竹枝、銀潭半掛相思月。

---

32) 창오산 남쪽 호남성 일대 지역을 만(蠻)이라 하는데, 순임금의
　두 왕비인 아황과 여영이 만(蠻) 땅의 아가씨이다.
33) 1608년 목판본 『蘭雪軒詩』에 「湘絃謠」라는 제목으로 실려 있다.

## 동선요(洞仙謠)

紫簫聲裏彤雲散。 자줏빛 퉁소 소리에 구름이 흩어지자
簾外霜寒鸚鵡喚。 발 밖에 서리가 차가워 앵무새가 우짖네.
夜闌疎燭照羅帷、 밤 깊어 외로운 촛불이 비단 휘장을 비추고
時見疏星度河漢。 이따금 드뭇한 별이 은하수를 넘어가네.
丁東銀漏響西風。 똑똑 물시계 소리가 서풍에 메아리치고
露滴梧枝語夕虫。 이슬지는 오동나무 가지에 밤벌레가 우네.
鮫綃帕上三更淚、 교초 손수건에 밤새도록 눈물 적셨으니
明日應留點點紅。 내일 보면 점점이 붉은 자국이 남았으리.

○ 洞仙謠

紫簫聲裏彤雲散。 簾外霜寒鸚鵡喚。 夜闌孤燭照羅帷、 時見疎星度河漢。 丁東銀漏響西風。 露滴梧枝語夕虫。 絞34)綃帕上三更淚、 明日應留點點紅。

## 푸른 소매의 눈물 자국

輕籠雪腕裁靑練。 푸른 명주옷으로 흰 살결을 살포시 감싼 채
六曲紅欄閒倚遍。 여섯 굽이 붉은 난간에 한가로이 기댔다오
秋波不禁玉筯垂、 가을 물결도 떨어지는 옥저35) 막지 못하고

---

34) 1608년 목판본 『蘭雪軒詩』에 보이는 '鮫'자가 맞다. 전설에 의하면 교인(鮫人)은 몸의 반이 물고기를 닮았고 반은 사람을 닮은 인어를 말하는데, 인어가 짠 오색 비단을 교초(鮫綃)라고 한다. 『술이기(述異記)』에 "남해(南海)에 교초사(鮫綃紗)가 나는데, 인어가 물속에서 짠 것으로 일명 용사(龍紗)라고도 하며 그 값어치는 백여 금(金)이다. 그것으로 옷을 만들어 입고 물에 들어가면 물에 젖지 않는다."라고 하였다.
35) 옥저(玉筯)는 마치 옥 젓가락 모양으로 흘러내리는 눈물을 말한

擧袖暗拭殘粧面。소매로 남몰래 닦아도 단장한 얼굴에 남네
氤氳血淚膩纖羅、홍건한 피눈물은 아름다운 비단에 얼룩지고
惹粉沾紅春恨多。분내가 홍주를 사게 만드니 봄 시름이 많네
氷盆瓊液洗不去、얼음 동이의 옥 진액은 씻어도 사라지지 않는데
曉露半濕西池荷。새벽이슬이 서지의 연꽃을 반쯤 적시네.

○ **翠袖啼痕**36)

輕籠雪腕裁靑練。六曲紅欄閒倚遍。秋波不禁玉筯垂、擧袖暗拭殘粧面。氤氳血淚膩纖羅、惹粉沾紅春恨多。氷盆瓊液洗不去、曉露半濕西池荷。

## 사시가(四時歌)

**四時歌**37)

**봄노래**

院落深深杏花雨。그윽히 깊은 뜨락에 살구꽃 비가 내리고
鶯聲啼遍辛夷塢。목련 핀 언덕에선 꾀꼬리가 우네.
流蘇羅幙春尙寒、수실 늘어진 비단 휘장에 봄은 차가운데
博山輕飄香一縷。박산향로엔 한 줄기 향연기가 하늘거리네.
鸞鏡曉梳春雲長。거울 앞에서 빗질하니 봄 구름이 길고

---

다. 삼국 시대 위(魏) 나라 문제(文帝)의 왕후인 견후(甄后)의 얼굴이 희었는데, 그 위에 두 줄기 눈물이 흐르면 마치 옥저와 같았다고 한다.
36) 1608년 목판본 『蘭雪軒詩』에 없는 시이다.
37) 1608년 목판본 『蘭雪軒詩』에 「四時詞」라는 제목으로 4수가 실려 있다.

玉釵寶髻蟠鴛鴦。옥비녀에 트레머리 원앙이 수 놓였네.
斜捲重簾帖翡翠、겹발을 걷고서 비취이불도 개어 놓고
金勒雕鞍歡何處。금 굴레 아름다운 안장 님은 어디 가셨나.
誰家池館咽笙歌、누구네 집 못가에서 생황 소리 울리는지
月照淸尊金叵羅。맑은 술 금 술잔에 달빛이 비치는구나.
愁人獨夜不成寐、시름겨운 사람 홀로 한밤에 잠을 못 이루니
絞綃曉起看紅淚。새벽에 일어나면 집 수건에 눈물 자국 보
이리.

## ○ 春歌

院落深深杏花雨。鸎聲啼遍辛夷塢。流蘇羅幙春尙寒、博山輕
飄香一縷。鸞鏡曉梳春雲長。玉釵寶髻蟠鴛鴦。斜捲重簾帖翡
翠、金勒雕鞍歡何處。誰家池館咽笙歌、月照淸尊金叵羅。愁
人獨夜不成寐、絞綃曉起看紅淚。


## 여름노래

槐陰滿地花陰薄。느티나무 그늘 땅에 덮여 꽃 그림자 옅은데
玉簟銀牀敞朱閣。옥 대자리 은 침상 붉은 누각 탁 트였네.
白苧新裁染汗香、흰 모시옷 새로 지어 맑은 향기 물들이자
輕風洒洒搖羅幙。미풍이 솔솔 불어 비단 휘장을 흔드네.
瑤堦飛盡石榴花。계단의 석류꽃은 다 흩날리고
日轉晶簾影欲斜。햇살이 수정 주렴으로 옮겨 그림자 비꼈네.
雕梁晝永午眠重、대들보에 낮이 길어 낮잠을 실컷 자다가
錦茵扣落釵頭鳳。비단방석에 봉황비녀를 떨어뜨리니,
額上鵝黃膩曉粧、이마 위에 새벽 화장이 촉촉하고
鶯聲啼起江南夢。꾀꼬리 소리가 강남 꿈을 깨워 일으키네.

南塘女伴木蘭舟。 남쪽 연못의 벗들은 목란배를 타고
采蓮何處歸渡頭。 어디에선가 연을 따서 나룻터로 돌아오네.
輕橈漫唱橫塘曲、 천천히 노를 저으며 「횡당곡」을 부르자
波外夕陽山更綠。 물결 너머 석양빛에 산이 더욱 푸르구나.

○ **夏歌**

槐陰滿地花陰薄。 玉簟銀牀敞朱閣。 白苧新裁染汗香、 輕風洒
洒搖羅幙。 瑤堦飛盡石榴花、 日轉晶簾影欲斜。 雕梁畫永午眠
重、 錦茵扣落釵頭鳳。 額上鵝黃膩曉粧、 鶯聲啼起江南夢。 南
塘女兒木蘭舟。 采蓮何處歸渡頭。 輕橈漫唱橫塘曲。 波外夕陽
山更綠。


**가을노래**

紗廚爽氣殘宵迥。 비단 장막38)으로 추위가 스며들고 아직도
밤이 긴데
露滴虛庭玉屛冷。 빈 뜰에 이슬 내려 구슬 병풍 차가워라.
池蓮粉落夜有聲、 못의 연꽃 지는 소리 밤이라서 들리는데
井梧葉下秋無影。 우물가 오동잎 져서 가을 그림자가 없네.
金壺玉漏生西風。 물시계 소리만 똑똑 하늬바람에 들려오고
簾前喞喞鳴寒蛩。 발 앞에서는 찌륵찌륵 귀뚜라미 울어대네.
金刀剪取機上素、 베틀에 감긴 무명을 가위로 잘라낸 뒤에
玉關夢斷羅幃空。 옥문관님의 꿈 깨니 비단 장막이 쓸쓸해라.

---

38) "부엌 주(廚)"자로 되어 있는데, 뜻이 통하지 않는다. 한치윤(韓
致奫)의 『해동역사(海東繹史)』 권49 「예문지(藝文志) 8 본국시(本國
詩) 3」에 실린 난설헌의 「사시사(四時詞)」를 참조하여 "장막 주
(幬)"자로 고쳐 번역하였다.

縫作衣裳寄遠客。 님의 옷 지어 변방 길손 편에 부치려니
蘭燈熒熒明暗壁。 등잔불만 환하게 어둔 벽을 밝혀 주네.
含啼却寫別離輕、 울음 삼키며 이별이 가볍다고 편지 써서
驛使明朝發南陌。 날 밝으면 남으로 가는 역인에게 부치려네.

## ○ 秋歌

紗廚爽氣殘宵迥。露滴虛庭玉屛冷。池蓮粉落夜有聲、井梧葉
下秋無影。金壺玉漏生西風。簾前唧唧鳴寒蛩。金刀剪取機上
素、玉關夢斷羅幃空。縫作衣裳寄遠客。蘭燈熒熒明暗壁。含
啼却寫別離輕、驛使明朝發南陌。


## 겨울노래

銅壺一夜聞寒枕。 한밤이라 동호39) 소리 찬 침상에 들리는데
紗窓月落鴛鴦錦。 깁 창으로 스민 달빛 원앙금침을 비추네.
烏鴉驚飛轆轤長。 까막까치 녹로40) 도는 소리에 놀라 날고
樓前倏忽生曙光。 누각 앞엔 어느 새 새벽빛이 밝아 오네.
雙挽金瓶瀉鳴玉、 쌍으로 금병을 당겨 얼음을 쏟아 내니
曉簷水澁胭脂香。 새벽 처마에 성에 꼈고 연지는 향기롭네.
蛾眉欲描描不得、 눈썹을 그리려나 그려지지가 않아
欄干佇立寒霜白。 난간에 올라서니 찬 서리가 하얗네.
去年照鏡看花柳、 지난해엔 거울에 비친 꽃과 버들 보면서

---

39) 동호(銅壺)는 구리로 병을 만든 물시계이다. 구리병에 물을 채
   운 다음 아래 구멍을 열어 놓으면 양쪽 병으로 물이 떨어지는
   데, 오른쪽 병은 밤에 해당하고 왼쪽 병은 낮에 해당한다. 규룡
   이 동호에서 떨어진 물의 양에 따라 화살을 뽑아 시각을 알린
   다. 『초학기(初學記)』「누각(漏刻)」
40) 도르레로 물을 긷는 두레박.

琥珀光深傾夜酒。 호박빛 짙은 술을 한밤중에 기울였지.
羅帳重重圍鳳笙、 겹겹 비단 휘장을 생황 소리가 감싸는데
玉容忽爲相思瘦。 아름다운 얼굴 갑자기 그리움에 시들었네.
靑驄一別春復春、 말 타고 헤어진 뒤 봄 가고 또 봄 오건만
金戈鐵馬瀚海濱。 군마 타고 쇠창 잡고 한해[41]의 가에 있네.
驚沙吹雪冷黑貂、 모래 바람에 눈 날려 초피 갖옷 차가우니
香閨良夜何迢迢。 규방의 좋은 밤이 어찌 이다지 아득한가.

## ○ 冬歌[42]

銅壺一夜聞寒枕。紗窓月落鴛鴦錦。烏鴉驚飛轆轤長。樓前倏
忽生曙光。雙挽金瓶瀉鳴玉、曉簷水澁胭脂香。蛾眉欲描描不
得、欄干佇立寒霜白。去年照鏡看花柳、琥珀光深傾夜酒。羅
帳重重圍鳳笙、玉容忽爲相思瘦。靑驄一別春復春、金戈鐵馬
瀚海濱。驚沙吹雪冷黑貂、香閨良夜何迢迢。


## 농조곡(弄潮曲)

妾身嫁與弄潮兒。 내가 뱃사람에게 시집가서

---

41) 한해(瀚海)는 사막(沙漠), 또는 북해(北海)를 이르는 말로 북방을
   가리킨다. 시대마다 이설이 분분한 지명인데, 『동사강목(東史綱
   目)』에는 이렇게 설명하였다. "대방으로 해서 외국에 이르자면,
   바다를 따라가서 조선을 지나 남쪽으로 가다 동쪽으로 가다 하
   며 7천여 리를 지나서 한 바다를 건너고, 다시 남쪽으로 1천여
   리를 가 한 바다를 건너면 1천여 리나 되는 넓은 곳이 있는데
   이것이 한해(瀚海)이다."
42) 1608년 목판본 『蘭雪軒詩』에 실린 「四時詞 冬」과 많은 글자가
   겹치기는 하지만 시상(詩想)의 전개가 다르고 압운도 달라서, 다
   르게 실린 글자들을 일일이 대조하지 않는다.

妾夢依依江水湄。 아련한 강가에서 꿈을 꾸었지요.
南風北風吹五兩、 남풍과 북풍을 오량43)으로 점치고
上船下船齊盪槳。 배에 오르고 내리며 다들 노를 저었어요.
桃花高浪接烟空。 복사꽃 높은 물결이 하늘에 닿고
杳杳歸帆夕照中。 아득한 저녁노을 속으로 배가 돌아왔지요.
愼勿沙歸候風色。 백사장에 가서 바람 기색을 살피지 마세요
佳期不來愁殺儂。 좋은 기약 오지 않아 시름겨워 죽겠어요.

○ 弄潮曲44)

妾身嫁與弄潮兒。妾夢依依江水湄。南風北風吹五兩、上船下
船齊盪槳。桃花高浪接烟空。杳杳歸帆夕照中。愼勿沙頭45)候
風色。佳期不來愁殺儂。


## 산자고사(山鷓鴣詞)46)

山鷓鴣長太息。 산자고새가 길게 탄식하니
碧霄翠霧冷。 푸른 하늘에 푸른 안개가 차가워지고
綠蘿寒月黑。 푸른 등라에 차가운 달도 어두워지네.

---

43) 곽박(郭璞)의 「강부(江賦)」에 "5냥으로 동정을 점친다.[占五兩之
動靜]"이라 했는데, 그 주에 "닭깃으로 만들되 무게가 닷 냥이
되게 해서 돛대 끝에 달고 바람을 기다린다." 하였다.

44) 허균이 1605년 황해도 수안군에서 편집 간행한 『하곡선생시초
(荷谷先生詩鈔)』에는 「탕장사(盪槳詞)」라는 제목으로 실려 있다. 반
지항이 혼동한 듯하다.

45) 1605년 『하곡선생시초』에는 '歸'가 '頭'로 되어 있다.

46) 「자고사」는 당나라 기생학교인 교방(敎坊)에서 가르치던 가곡
이름이다. 이섭(李涉)의 「자고사」에 "자고새 이별을 슬퍼해 우는
곳에, 서로 마주하여 눈물로 옷깃을 적신다.[鷓鴣啼別處, 相對淚沾
衣.]" 하였다.

苦竹嶺上秋聲催。 고죽령 위에 가을 소리 재촉하니
苦竹嶺下行人稀。 고죽령 아래에 다니는 사람 드물구나.
蒼梧烟凝鴈門冷。 창오산에 안개 어리고 안문이 차가우니
南禽北禽相背飛。 남쪽 새와 북쪽 새가 등지고 날아가네.
關塞迢迢幾千里。 관새가 아득하니 몇천리던가
腸斷行人淚滿衣。 애끓는 나그네 눈물이 옷에 가득해라.
憑君莫問南與北。 그대여 남과 북을 묻지 마오
迢遞雲山行不得。 구름 덮힌 산 아득해서 갈 수가 없다오.

○ **山鷓鴣詞**[47]

山鷓鴣長太息。碧霄翠霧冷。綠蘿寒月黑。苦竹嶺上秋聲催。
苦竹嶺下行人稀。蒼梧烟凝鴈門冷。南禽北禽相背飛。關塞迢
迢幾千里。腸斷行人淚滿衣。憑君莫問南與北。迢遞雲山行不
得。

## 산람(山嵐)

暮雨侵江曉初闢。 저녁 비가 강에 내렸다가 새벽에야 개자
朝日染成嵐氣碧。 아침 햇살이 물을 들여 이내가 푸르구나.
經雲緯霧錦陸離、 구름과 안개로 얽으니 비단처럼 눈부신데
織破瀟湘秋水色。 다 짜고 나니 소상강의 가을 물빛 같구나.
隨風宛轉學佳人、 바람 따라 생긴 풍경이 미인을 닮아
畫出雙蛾半成蹙。 어여쁜 한 쌍 눈썹을 반쯤 찡그린 듯하네.
俄然散作雨霏霏、 갑자기 흩어져 비 되어 부슬부슬 내리니

---

47) 허균이 1605년 황해도 수안군에서 편집 간행한 『하곡선생시초
  (荷谷先生詩鈔)』에는 실린 「山鷓鴣詞」와 상당한 부분이 겹친다.
  편집자 반지항이 혼동한 듯하다.

靑山忽起如新沐。 홀연히 솟은 청산이 막 머리 감은 듯해라.

○ 山嵐[48]

暮雨侵江曉初闢。 朝日染成嵐氣碧。 經雲緯霧錦陸離、 織罷瀟
湘秋水色。 隨風宛轉學佳人、 畫出雙蛾半成蹙。 俄然散作雨霏
霏、 靑山忽起如新沐。

## 오언율시(五言律詩)

## 친구에게 부치다

結廬臨古道、 예 놀던 길가에 초가집 짓고서
日見大江流。 날마다 큰 강물을 바라만 본단다.
鏡匣鸞將老、 거울갑에는 난새가 혼자서 늙어가고
園花蝶已秋。 동산 꽃의 나비도 가을 신세란다.
寒山新過鴈、 쓸쓸한 산에 기러기 지나가고
暮雨獨歸舟。 저녁비에 조각배 홀로 돌아오는데,
寂寞窓紗掩、 비단 창문 닫혀져 적막한 신세이니
那堪憶舊遊。 어찌 옛적 놀이를 생각이나 하랴.

○ 寄女伴

結廬臨古道、 日見大江流。 鏡匣鸞將老、 園花蝶已秋。 寒山新
過鴈、 暮雨獨歸舟。 寂寞窓紗掩、 那堪憶舊遊。

---

# 갑산으로 유배가는 성(筬) 오라버니를 송별하며

遠謫甲山客、 멀리 갑산으로 귀양가는 나그네여

咸關別路長。 함경도로 헤어지는 길 멀기만 하네.

臣同賈太傅、 쫓겨나는 신하야 가태부[49]지만

主豈楚懷王。 임금이야 어찌 초나라 회왕이시랴.

河水平秋岸、 가을 비낀 언덕엔 강물이 찰랑이고

關山但夕陽。 관산에는 석양 빛만 비치는데,

霜風吹鴈翼、 기러기 날개에 서릿바람이 부니

中斷不成行。 걸음이 멎어진 채 차마 길을 못가시네.

○ 送兄筬謫甲山[50]

遠謫甲山客、咸關別路長。臣同賈太傅、主豈楚懷王。河水平秋岸、關山但夕陽。霜風吹鴈翼、中斷不成行。


# 이의산을 본받아

1.

鏡暗鸞休舞、 거울이 어두워 난새[51]도 춤추지 않고

樑空燕不歸。 빈 집이라서 제비도 돌아오지 않네.

香殘蜀錦被、 비단 이불[52]엔 아직도 향기가 스며 있건만

---

49) 『조선시선』 각주 77번 참고.

50) 같은 시가 1608년 목판본 『蘭雪軒詩』에는 「送荷谷謫甲山」이라는 제목으로 실려 있다. 맏오라버니 성(筬)은 유배간 적이 없으므로, 『취사원창(聚沙元倡)』의 제목이 틀렸다.

51) 거울에 난새를 새겼는데, 남녀 간의 사랑을 뜻한다. 님이 없어서 거울을 볼 필요가 없으므로 오랫동안 거울을 닦지 않았기 때문에, 난새의 모습이 먼지에 덮여 보이지 않은 것이다.

52) 원문 촉금피(蜀錦被)는 촉(蜀 사천성)에서 난 비단으로 만든 이불

淚濕越羅衣。 비단53) 옷자락에는 눈물 자국이 젖어 있네.

驚夢迷蘭渚、 물가54)에서 헤매다놀라서 꿈을 깨니

輕雲歇彩幃。 가벼운 구름이 채색 휘장에 스러지는데,

江南今夜月、 오늘 밤 강남의 저 달빛은

流影照金微。 그림자 흘러서 임 계신 금미산에 비치리.

## ○ 效李義山55)

鏡暗鸞休舞、梁空燕不歸。香殘蜀錦被、淚濕越羅衣。驚夢迷
蘭渚、輕雲歇彩幃。江南今夜月、流影照金微。

2.

月隱驂鸞扇、 달 같은 얼굴을 난새 가리개로 가렸는데

香生簇蝶裙。 향그런 분 내음이 나비 치마에서 나네.

多嬌秦氏女、 애교스런 진씨 여인56)에게

有淚衛將軍。 위장군57)인들 어찌 눈물이 없으랴.

---

이다. 촉에서 이름난 비단이 많이 만들어져서 『촉금보(蜀錦譜)』라
는 책까지 만들어졌다.

53) 원문 월라(越羅)는 월(越) 땅에서 만들어진 비단으로, 가볍고 부
드러우며 섬세한 것으로 유명하다. 화려한 무늬와 색감으로 이
름난 촉금(蜀錦)과 함께 귀하고 값비싼 보화이다.

54) 원문 난저(蘭渚)는 난초가 핀 물가이다. 이 시에서는 상강(湘江)
에 살다가 선녀가 되어 올라간 두난향(杜蘭香) 이야기인 듯하다.

55) 1608년 목판본 『蘭雪軒詩』에는 「效李義山體」라는 제목으로 2
수가 실려 있다.

56) 진씨 여인으로는 진라부(秦羅敷)가 유명하다.

57) 흉노를 일곱 번이나 토벌하여 큰 공을 세웠던 장군 위청(衛靑)
인데, 그도 출정할 때에는 미인과 헤어지기 아쉬워 눈물 흘린다
는 뜻이다. 위청의 열전은 『사기』 권111과 『전한서(前漢書)』 권
55에 실려 있다.

"위장군"은 한나라 시대 장군의 직함이기도 한데, 진(晉)나라 이

玉匣收殘粉、 옥갑에 연지분 거둬 치우니

金爐冷舊薰。 향로에 옛 향불이 싸늘하구나.

回頭巫峽外、 머리를 돌려 무협58) 밖을 바라다보니

行雨雜行雲。 지나가는 비와 떠가는 구름59)이 어울려 있네.

## ○ 其二

月隱驂鸞扇、 香生簇蝶裙。 多嬌秦氏女、 有淚衛將軍。 玉匣收
殘粉、 金爐冷舊薰。 回頭巫峽外、 行雨雜行雲。

## 출새곡(出塞曲)

나원유(羅遠遊)가 이르기를, "후수(後首)의 '久戍長征'은 전부 곽
대공(郭代公)의 구절60)을 가져다 쓴 것이다."라고 하였다.

### 1.

烽火照長河。 변방의 봉홧불이 황하에 비치니

天兵出漢家。 군사들이 서울 집을 떠나가네.

枕戈眠白雪、 창을 베고 흰 눈 위에서 자며

驅馬渡黃沙。 말을 몰아서 사막을 건너가네.

朔吹傳金鐸、 삭풍이 쇠방울소리61)을 전해 주고

---

후로도 계속되다가, 당나라 때에 없어졌다.

58) 사천성의 명승인 무산(巫山) 무협(巫峽)을 가리킨다. 초나라 회
왕이 무산의 선녀를 만난 곳이다.

59) 행우(行雨)와 행운(行雲)은 무산 선녀의 아침 모습과 저녁 모습
이다. 운우(雲雨)가 합쳐지면 남녀의 즐거움을 뜻한다.

60) 『전당시(全唐詩)』 권66에 실린 곽진(郭震)의 시 「새상(塞上)」의
제5구와 제6구이다.

61) 추를 나무로 만든 큰 방울. 고대(古代)에 문사(文事) 및 법령을
전달할 때에 나무 추가 달린 목탁(木鐸)을 흔들고 다녔으며, 무
사(武事)에 관한 것은 쇠 추가 달린 금탁(金鐸)을 썼다고 한다.

邊聲入塞笳。 오랑캐 소식은 호드기 소리에 들려오네.
年年長結束、 해마다 잘 지키건만
辛苦逐輕車。 전쟁에 끌려다니기 참으로 괴로워라.
○ **出塞曲**

　　羅遠遊云, 後首久戍長征, 全用郭代公句.
烽火照長河。 天兵出漢家。 枕戈眠白雪、 驅馬渡黃沙。 朔吹傳
金鐸、 邊聲入塞笳。 年年長結束、 辛苦逐輕車。

2.
昨夜羽書飛。 어제 밤에 급한 격문62)이 날아와
龍城報合圍。 용성63)이 포위되었다고 알렸네.
寒笳吹朔雪。 호적 소리가 눈보라에 울리더니
玉劍赴金微。 칼 차고 금미산64)에 내달리네.
久戍人偏老。 오랜 수자리에 몸은 어느새 늙었고
長征馬不肥。 오래 출정하느라 말도 살찌지 못했네.
男兒重義氣。 사나이는 의기를 소중히 여기니
會繫賀蘭歸。 부디 하란의 목을 매달고 개선하소서.
○ **其二**
昨夜羽書飛。 龍城報合圍。 寒笳吹朔雪。 玉劍赴金微。 久戍人

---

62) 원문의 우서(羽書)는 다급할 때에 병정을 소집하는 격문인데,
　　화살에다 깃을 달아서 보내기 때문에 우서라고 한다.
63) 흉노(匈奴) 추장이 하늘에 제사지내는 흉노족의 본거지로, 외몽
　　골에 있었다. 『한서(漢書)』 권94상 「흉노전(匈奴傳) 상」에 "1월에
　　는 대소의 추장들이 선우(單于)의 뜰에 모여서 제사를 지내고, 5
　　월에는 용성에 모여서 그들의 조상, 천지, 귀신에게 제사를 지낸
　　다."라고 하였다.
64) 외몽골에 있는 산인데, 흉노와 자주 싸우던 곳이다.

偏老。長征馬不肥。男兒重義氣。會繫賀蘭歸。


## 칠언율시(七言律詩)


## 백씨(伯氏)의 고원야망(高原野望) 시에 차운하여 짓다. 3수

層臺一柱壓嵯峨。 한 층대가 높은 산을 누르고 서니
西北浮雲接塞多。 서북 하늘 뜬구름이 변방에 일어나네.
鐵峽霸圖龍已去、 철원에서 나라 세웠던 궁예는 떠나가고
穆陵秋色鴈初過。 목릉관에 가을이 되자 기러기가 날아오네.
山廻大陸吞三郡、 산줄기가 대륙을 감돌며 세 고을을 삼키고
水割平原納九河。 강물은 벌판을 질러 아홉 물줄기 삼켰네.
萬里登臨日將暮、 만리 나그네가 망대에 오르자 날이 저물어
醉憑靑嶂獨悲歌。 취하여 푸른 산에 기대 홀로 슬픈 노래를
부르시네.

○ 次伯氏高原野望 三首

層臺一柱壓嵯峨。西北浮雲接塞多。鐵峽霸圖龍已去、穆陵秋
色鴈初過。山廻大陸吞三郡、水割平原納九河。萬里登臨日將
暮、醉憑靑嶂獨悲歌。[65]

2.

侵雲石磴馬蹄穿。 구름 서린 돌길에 말발굽 디디며

---

65) 1608년 목판본 『蘭雪軒詩』에는 「次仲氏高原望高臺韻」 4수 가
운데 제1수로 편집되었다.

陟盡重岡若上天。 겹겹이 둘린 산 오르니 하늘 오른 듯해라.
秋晚魚龍滙巨壑、 가을도 저물어 어룡이 큰 구렁을 감돌고
雨晴虹蜺落飛泉。 비 개자 폭포에 무지개 서네.
將軍鼓角行邊急、 장군의 북소리는 출정을 재촉하는데
公主琵琶說怨便。 공주의 비파 소리는 원망스럽게 호소하네.
日暮爲君歌出塞、 날 저물며 「출새곡」 부르노라니
劍花騰躍匣中蓮。 칼집에서 연화검이 춤을 추는구나.
○ 侵雲石磴馬蹄穿。陟盡重岡若上天。秋晚魚龍滙巨壑、雨晴
虹蜺落飛泉。將軍鼓角行邊急、公主琵琶說怨便。日暮爲君歌
出塞、劍花騰躍匣中蓮。 66)

3.
幾載行遊一劍光。 여러 해 출정길에 칼 한 자루 빛나는데
倚天危閣挂斜陽。 하늘 가까운 다락에 석양이 걸렸네.
河流西去廻雄郡、 강줄기는 서쪽으로 가며 큰 고을을 감싸고
山勢南來隔大荒。 산줄기는 남으로 오며 넓은 들판을 막았네.
脚下白雲飛冉冉、 발 아래는 흰 구름이 뭉게뭉게 날아가고
眼前靑海入茫茫。 눈앞에는 푸른 바다가 아득히 들어오는데,
碧空無際時回首、 푸른 하늘 끝없어 이따금 머리 돌리니
塞馬嘶風殺氣黃。 변방의 말 울음소리에 살기가 넘치네.
○ 幾載行遊一劍光。倚天危閣挂斜陽。河流西去廻雄郡、山勢
南來隔大荒。脚下白雲飛冉冉、眼前靑海入茫茫。碧空無際時
回首、塞馬嘶風殺氣黃。 67)

---

66) 1608년 목판본 『蘭雪軒詩』에는 「次仲氏高原望高臺韻」 제3수
로 편집되었다.
67) 1608년 목판본 『蘭雪軒詩』에는 「次仲氏高原望高臺韻」 제3수

## 견성암의 여관에게 지어 드리다

淨掃瑤壇揖上仙。 단을 맑게 쓸고 옥황님께 절하자

曉星微隔絳河邊。 희미한 새벽별이 은하수가에 반짝이네.

香生岳女春遊襪、 봄놀이하는 선녀들 버선에서 향내가 나고

水落湘娥夜雨絃。 흐르는 물소리는 상비[68]가 비오는 밤 뜯
는 거문고 소릴세.

松色冷侵虛殿夢、 솔빛 서늘해 빈 집의 외로운 꿈을 더하고

天香晴拂碧堦泉。 천향은 푸른 샘물을 맑게 흔드네.

玄心已悟三三境、 그윽한 마음이 삼매경을 깨치고도 남으니

玉塵何年駕紫煙。 옥진이 어느 해에야 자연을 타랴.

○ **贈見星庵女冠**[69]

淨掃瑤壇揖上仙。曉星微隔絳河邊。香生岳女春遊襪、水落湘
娥夜雨絃。松色冷侵虛殿夢、天香晴拂碧堦泉。玄心已悟三三
境、玉塵何年駕紫煙。

## 자수궁[70]에서 자며 여관에게 지어주다

燕舞鶯歌字莫愁。 제비처럼 춤추고 꾀꼬리처럼 노래하는데

---

로 편집되었는데, 여러 글자가 다르다.

68) 순(舜)임금의 두 왕비 아황과 여영이 상강(湘江)에 빠져 죽었으
므로, 흔히 상비(湘妃)라고 하였다.

69) 1608년 목판본 『蘭雪軒詩』에는 「次仲氏見星庵韻」 제2수로 편
집되었다.

70) 자수궁은 도가의 수도원이고, 여관은 여자 도사이다. 조선에서
는 후궁(後宮)들이 왕궁에서 물러난 뒤에 함께 머물던 궁으로,
옥인동과 효자동이 만나는 곳에 지금도 자수궁교(慈壽宮橋)가 남
아 있다.

이름은 막수라네.

十三嫁與富平侯。 나이 열셋에 부평후[71]에게 시집왔다네.

厭携寶瑟彈朱閣、 화려한 집에서 거문고 안고 실컷 타며

喜著花冠禮玉樓。 화관을 즐겨 쓰고 옥황께 예를 올렸네.

琳館月明簫鳳下、 구슬집에 달이 밝으면 퉁소 소리에 봉새가 내려오고[72]

綺窓雲散鏡鸞休。 창가에 구름이 흩어지면 거울에 새긴 난새도 쉬네.[73]

乘風早赴瑤壇會、 바람을 타고 이른 아침 요단 모임에 가니

鶴背冷冷一陣秋。 학 등이 차가워 어느덧 가을일세.

## ○ 宿慈壽宮贈女冠

燕舞鶯歌字莫愁。 十三嫁與富平侯。 厭携寶瑟彈朱閣[74]、 喜著花冠禮玉樓。 琳館月明簫鳳下、

綺窓雲散鏡鸞休。 乘風早赴瑤壇會、 鶴背冷冷一陣秋。


# 도 닦으러 가는 궁녀를 배웅하다

早辭淸禁出金鑾。 궁궐[75]에서 일찍 하직하고 금란전[76]에서

---

71) 한나라 장안세(張安世)인데, 산동성 부평의 후작에 봉해졌다.

72) 이백(李白)의 시 「궁중행락사(宮中行樂詞) 8수」에 "피리를 연주하니 물속의 용이 노래하고, 퉁소를 부니 공중의 봉황이 내려오네.[笛奏龙吟水, 簫鳴鳳下空.]라고 하였다.

73) 부부 사이가 좋지 않게 되었다는 뜻인데, 막수가 자수궁에 들어와 도를 닦게 된 사연을 밝힌 듯하다

74) 1608년 목판본 『蘭雪軒詩』에 같은 제목으로 실린 시에 '寶瑟彈朱閣'이 '瑤瑟彈珠閣'으로 되어 있다.

75) 원문의 청금(淸禁)은 궁궐로, 궁궐 안은 청정하고 엄숙하기 때문에 붙여진 이름이다.

물러나와

換却鴉鬢着玉冠。 나인의 큰머리를 옥관으로 바꿔 썼네.

滄海有期應駕鳳、 푸른 바다에 기약이 있어 봉황새를 타고

碧城無夢不驂鸞。 벽성에서 꿈꾸지 못해 난새를 못 탔네.[77]

瑤裾振雪春風煖、 옷자락으로 눈을 떨치니 봄바람이 따뜻한데

瓊珮鳴空夜月寒。 노리개 소리 하늘에 울려 달빛 싸늘해라.

幾度步虛霄漢上、 몇 번이나 은하수 허공을 거닐었던가[78]

御衣猶似奉宸歡。 주신 옷이 임금님 모신 것처럼 기뻐라.

○ 送宮人入道

早辭淸禁出金鑾。換却鴉鬢着玉冠。滄海有期應駕鳳、碧城無夢不驂鸞。瑤裾振雪春風煖、瓊珮鳴空夜月寒。幾度步虛霄漢上、御衣猶似奉宸歡。

## 손학사[79]의 「북리」[80] 시에 차운하다

---

76) 황궁(皇宮)의 정전(正殿)인데, 당나라 한림원(翰林院)이 그 곁에 있어 한림원의 별칭도 금란(金鑾)이라 하였다.

77) 꿈은 운우(雲雨)의 즐거움을 가리키니, 임금의 사랑을 잃어서 여도사가 되었다는 뜻이다.

78) 원문의 보허(步虛)는 신선이 허공을 걸어다닌다는 뜻이다. 도사를 보허인(步虛人), 또는 보허자(步虛子)라 하고, 도사가 경 읽는 소리를 보허성(步虛聲)이라고 한다.

79) 원문의 내한(內翰)은 한림학사인데, 손학사는 당나라 시인 손계(孫棨)이다. 그가 『북리지(北里志)』 1권을 지었는데, 당나라 때의 천자, 여러 기생, 사대부·서민들이 주색 즐기는 이야기들을 기록한 책이다.

80) 평강리(平康里)에서 북문으로 들어가 동쪽으로 세 구비를 돌아가면 여러 기생들이 모여서 사는 곳이 있다. (이 동네가) 평강리

初日紅欄上玉鉤。 붉은 난간 발 위로 해가 돋아 오르는데
丁香葉葉結春愁。 정향꽃같이 잎마다 봄 시름이 맺혔네.
新粧滿面貪看鏡、 새로 단장하고도 거울을 더 보려고
殘夢關心懶下樓。 깬 꿈이 걸려 다락에서 못 내려오네.
夜月雕床寒翡翠、 한밤의 달이 상을 비춰 비취가 차가운데
東風羅幌引箜篌。 봄바람 비단 휘장에서 공후를 타네.
嬌紅落水堪惆悵、 곱게 핀 붉은 꽃 물에 떨어져 서럽다고
莫把銀盆洗急流。 은대야를 급류에 씻지 마오.

## ○ 次孫內翰北里韻

初日紅欄上玉鉤。丁香葉葉結春愁。新粧滿面貪看鏡、殘夢關
心懶下樓。夜月雕床寒翡翠、東風羅幌引箜篌。嬌紅落水堪惆
悵、莫把銀盆洗急流。

## 백씨 봉의 시에 차운하다[次伯氏韻][81]

甲山東望鬱嵯峨。 갑산 동쪽을 바라보니 울창하고도 가팔라
遷客悲吟意若何。 유배되는 나그네 슬프게 읊조리시니 그 뜻
이 어떠하랴.
孤鴈忍分淸漢影、 외로운 기러기가 맑은 하늘 그림자와 차마
나뉘랴

---

의 북쪽에 있으므로 북리(北里)라고 한다. -『북리지(北里志)』
「북리(北里)」는 기생들이 모여 사는 중국 화류가의 풍정을 읊은
시이다.

81) 허봉의 『하곡선생시초(荷谷先生詩鈔)』에 실린 「次舍兄韻」에 차
운하며, 몇 글자를 가져다 지은 시이다. "夢闌姜被意如何。回望
巖城候曉過。孤鴈忍分淸渭影、朔風偏起漢江波。關河死棄情曾
任、稼圃生成寵已多。只恨庭闈無路入、淚痕和雨共滂沱。"

朔風偏起大江波。 겨울바람에 큰 강 파도가 유달리 일어나네.

關楡曉角征衣薄、관산 느릅나무[82]의 새벽 호각에 나그네 옷이 엷기만 한데

塞路驚心落葉多。 변방 길 놀란 마음에 낙엽이 많구나.

銀燭夜闌成悵立、은빛 촛불이 밤새도록 서글프게 서 있어

庭闈歸夢好經過。 부모님 집에 돌아가는 꿈을 꾸기 좋구나.

　이때 미숙(美叔, 篈)이 참언(讒言)으로 유배되어 있었으므로 말이 이와 같다. 대개 회포를 부쳐 지은 것이다.

## ○ 次伯氏篈[83]

甲山東望鬱嵯峨。 遷客悲吟意若何。 孤鴈忍分淸漢影、朔風偏起大江波。 關楡曉角征衣薄、塞路驚心落葉多。 銀燭夜闌成悵立、庭闈歸夢好經過。

　時美叔以讒居謫, 故其言若此, 盖寄懷之作也.


## 중국에 가는 백씨 봉(篈)을 송별하면서[84]

六年離思倦登樓。 육년 헤어져 그립기에 누각 오르기 게을러

---

82) 원문의 '관유(關楡)'는 관산의 느릅나무로, 북방 변경에 자라는 초목을 대표한다. 유관(楡關)이라고 하면 산해관(山海關)의 별칭이 된다.

83) 1608년 목판본으로 간행한 『蘭雪軒詩』에 없는 시이다.

84) 『하곡선생시초』에 실려 있는 「送舍兄朝天」 제1수에 차운하며 여러 글자들을 가져다 지은 시이다. "六年離合倦登樓. 誰料西風又別愁. 湘浦淚痕還入楚, 帝鄕行色後觀周. 銅壺暗促雞人曉, 玉塞驚飛鴈陣秋. 怊悵急難無伴侶, 幾回延佇立沙頭." 백씨(伯氏)는 성(筬)이고 봉(篈)은 중씨(仲氏)인데, 둘 다 중국에 사신으로 다녀왔기 때문에 누가 언제 떠날 때 지어준 시인지 알 수 없다.

落日凉風又別愁。 지는 해 찬바람에 또 이별일세.

湘浦淚痕還入楚、 상포의 눈물 자국은 초나라로 들어가고

帝鄕行色早觀周。 제향의 행색은 일찍이 주나라를 보네.

銅壺暗促鷄人曉、 구리 시계는 은근히 계인(鷄人)85)에게 새벽
이라 재촉하고

紫塞寒飛鶴夢秋。 자새86)에 나는 학은 가을을 꿈꾸네.

歸路正看萱草碧、 돌아가는 길에 원추리 푸르게 보이더니

畫欄西畔繫驊騮。 화각 난간 서쪽 두둑에 화류마가 묶여 있
구나.

## ○ 送伯氏篈朝天87)

六年離思倦登樓。落日凉風又別愁。湘浦淚痕還入楚、帝鄕行
色早觀周。銅壺暗促鷄人曉、紫塞寒飛鶴夢秋。歸路正看萱草
碧、畫欄西畔繫驊騮。

## 보허사(步虛詞)

橫海高峯壓巨鰲。 바다에 뻗은 높은 봉우리가 큰 자라88)를
누르고

六龍齊駕九河濤。 여섯 용이 구강89)의 파도를 함께 높였네.

---

85) 『주례』 춘관(春官)의 소속 벼슬인데, 새벽이 되면 백관을 일깨
   워 일어나게 하는 직을 맡았다. 왕유(王維)의 시에 "붉은 관 쓴
   계인이 새벽을 알린다.[絳幘鷄人報曉籌]" 하였다.
86) 원문의 '자새(紫塞)'는 북방 변경의 요새지를 가리킨다. 만리장
   성을 쌓을 때 그곳 흙 색깔이 자줏빛이었던 데서 유래하였다.
87) 1608년 목판본으로 간행한 『蘭雪軒詩』에 없는 시이다.
88) 상상 속의 큰 자라인데, 삼신산(三神山)을 지고 있다고 한다.
89) 하(夏)나라 우(禹)임금이 황하의 홍수를 막기 위하여 하류를 아

中天飛閣星辰逈。 하늘에 솟은 다락이라 별에 가깝고

下界烟霞歲月勞。 하계의 연하에 세월이 아득하구나.

金鼎曉炊涼露液。 맑은 이슬 부은 금솥에 새벽부터 불 지피고

玉壇夜動赤霜毫。 옥단에선 밤에 적상(赤霜)의 붓 움직이네.

蓬萊鶴駕歸何晚。 봉래에서 학 타고 돌아오기가 어찌 이리

더딘지

一曲鸞笙獻碧桃。 난생 한 곡조에 벽도를 바치네.

○ **步虛詞**[90]

橫海高峯壓巨鰲。 六龍齊駕九河濤。 中天飛閣星辰逈。 下界烟
霞歲月勞。 金鼎曉炊涼露液。 玉壇夜動赤霜毫。 蓬萊鶴駕歸何
晚。 一曲鸞笙獻碧桃。

## 봄날에 느낌이 있어

章臺迢遞斷腸人。 한양[91]이 까마득해 애타는 나에게

雙鯉傳書漢水濱。 쌍잉어에 편지를 넣어 한강 가에 전했네.

黃鳥曉啼愁裏夢。 꾀꼬리는 새벽에 울고 시름 속에 꿈꾸는데

---

홉 갈래로 나누었다.

90) 1608년 목판본 『蘭雪軒詩』에는 제목이 「夢作」으로 실리고, 제
    1구에서 '高'가 '靈'으로, 제2구에서 '齊嘉'가 '晨吸'으로, 제3구에
    서 '飛'가 '樓'로, '逈'이 '近'으로, 제4구에서 '下界流霞歲月遙'가
    '上界煙霞日月高'로, 제5구에서 '曉炊涼露液'이 '滿盛丹井水'로,
    제6구에서 '夜動'이 '晴晒'로, '毫'가 '袍'로, 제8구에서 '鸞'이 '吹'
    로 되어 있다.

91) 원문의 장대(章臺)는 전국시대 진왕(秦王)이 함양에 세운 궁전인
    데, 그 뒤부터 훌륭한 궁전이나 번화한 거리를 뜻하는 말로 쓰
    였다. 이 시에서는 남편이 공부하러 가 있는 한양을 뜻한다.

綠楊晴拂望中春。 푸른 버들은 봄볕 속에 맑게 흔들리네.
瑤堦羃歷生芳草。 층계에는 방초가 얽히고 설켜[92] 자라고
寶瑟凄涼暗素塵。 거문고는 처량하게 먼지에 덮였구나.
誰念木蘭舟上客。 그 누가 목란배 위의 나그네를 생각하랴
荇花開遍廣陵津。 광나루에는 마름꽃만 두루 피어 있구나.

○ 春日有懷

章臺迢遞斷腸人。 雙鯉傳書漢水濱。 黃鳥曉啼愁裏夢。 綠楊晴
拂望中春。 瑤堦羃歷生芳草。 寶瑟凄涼暗素塵。 誰念木蘭舟上
客。 荇花開遍廣陵津。


## 천단(天壇)

羽蓋徘徊駐碧壇。 일산 수레[93]가 배회하다 푸른 단에 머무니
壁階淸夜語和鑾。 맑은 밤 계단에 방울 소리 쩔렁거리네.
長生錦誥丁寧說、 불로장생하는 교서를 정중히 내리시고
延壽靈方仔細看。 장수하는 신령한 처방을 자세히 살피시네.
曉露濕花河影斷、 새벽이슬이 꽃 적시자 은하수도 끊어지고
天風吹月鶴聲寒。 하늘 바람이 달에 불자 학 울음 차가워라.
齋香燒罷敲鳴磬、 재 올리는 향이 다 타고 풍경 소리 울려
玉樹千章遶曲欄。 계수나무가 천겹 만겹 난간을 둘렀네.

○ 天壇[94]

---

92) 원문의 막력(幕歷)은 멱력(羃歷)으로 써야 뜻이 잘 통한다.
93) 원문의 우개(羽蓋)는 수레에 달린 일산인데, 왕이나 제후의 수
레는 푸른 깃털로 수레 위를 덮었다.
94) 1608년 목판본 『蘭雪軒詩』에는 「皇帝有事天壇」이라는 제목으
로 실렸다.

羽盖徘徊駐碧壇。壁階淸夜語和鸞。長生錦誥丁寧說、延壽靈
方仔細看。曉露濕花河影斷、天風吹月鶴聲寒。齋香燒罷敲鳴
磬、玉樹千章遶曲欄。

## 중씨(仲氏)의 고원 당대(堂臺) 시에 차운하다

龍嵸危棧接雲霄。 사다리길이 아스라하게 구름에 닿았고
峰勢侵天作漢標。 하늘에 솟은 봉우리는 국경의 이정표[95]가
되었네.
山脈北臨三水絕、 산맥은 북쪽으로 삼수[96]에서 끊어지고
地形西壓兩河遙。 지형은 서쪽으로 두 강을 눌러 아득하네.
烟塵暮捲孤城出、 짙은 안개 늦게 개어 외로운 성 나타나고
苜蓿秋肥萬馬驕。 가을이라 거여목 우거져 말들은 신났네.
東望塞垣鼙鼓急、 동쪽으로 국경을 바라보니 북소리 다급해
幾時重起霍嫖姚。 곽장군[97] 같은 분이 언제 다시 등용되랴.
○ 次仲氏高原堂臺韻[98]

龍嵸危棧接雲霄。峰勢侵天作漢標。山脈北臨三水絕、地形西
壓兩河遙。烟塵暮捲孤城出、苜蓿秋肥萬馬驕。東望塞垣鼙鼓
急、幾時重起霍嫖姚。

---

95) 원문의 한표(漢標)는 한나라 국경을 표시하던 구리기둥인데, 이
    시에서는 우리나라의 경계를 가리킨다.
96) 함경도 삼수군인데, 갑산과 함께 가장 험한 산골이다. 조선시
    대에 대표적인 유배지이다.
97) 『조선시선』 각주 228번 참고.
98) 1608년 목판본 『蘭雪軒詩』에 「次仲氏高原望高臺韻」 2수를 편
    집하였는데, 그 중 제2수이다. '堂臺'가 아니라 '望高臺'가 맞다.

## 중씨의 견성암 시에 차운하다[99]

雲生高嶂濕芙蓉。 높은 산마루에 구름 일어 연꽃 촉촉하고
琪樹丹崖露氣濃。 낭떠러지 나무에는 이슬 기운이 젖어 있네.
梵閣香殘僧入定、 불당 향 스러지자 스님은 선정에 들고[100]
講堂齋罷鶴歸松。 강당에 재가 끝나 학도 소나무로 돌아가네.
蘿懸古壁啼山鬼、 다래 덩굴 얽힌 낡은 집에는 도깨비가 울고
霧鎖深潭臥獨龍。 안개 자욱한 깊은 못에는 독룡이 누워 있네.
向夜香燈明石榻、 밤 깊어 향그런 등불이 돌의자에 밝은데
東林月黑有疎鍾。 동쪽 숲에 달 어둡고 쇠북소리만 울리네.

## ○ 次仲氏見星庵韻

雲生高嶂濕芙蓉。 琪樹丹崖露氣濃。 梵閣香殘僧入定、 講堂齋
罷鶴歸松。 蘿懸古壁啼山鬼、 霧鎖深潭臥獨龍。 向夜香燈明石
榻、 東林月黑有疎鍾。

<br>

## 오언절구(五言絶句)

<br>

## 최국보(崔國輔)를 본받아 짓다

1.

---

妾有黃金釵、 제게 금비녀 하나 있어요
嫁時爲首飾。 시집올 때 머리에다 꽂고 온 거죠.
今日贈君行、 오늘 님 가시는 길에 드리니
千里長相憶。 천리길 멀리서도 날 생각하세요.

○ 效崔國輔[101]
妾有黃金釵、 嫁時爲首飾。 今日贈君行、 千里長相憶。

2.
池頭楊柳疎、 못가의 버들잎은 몇 남지 않고
井上梧桐落。 오동 잎사귀도 우물에 떨어지네요.
簾外候蟲吟、 발 밖에 가을 벌레 우는 철 되었건만
天寒錦衾薄。 날씨가 쌀쌀한데다 이불까지도 얇네요.

○ 其二
池頭楊柳疎、 井上梧桐落。 簾外候蟲吟、 天寒錦衾薄。

3.
春雨暗西池、 봄비에 연못이 어두워지고
輕寒襲羅幕。 서늘한 기운이 비단 휘장에 스며드네요.
愁倚小屏風、 시름겹게 병풍에 기대 바라보니
墻頭杏花落。 담장 위에 살구꽃이 떨어지네요.

○ 其三
春雨暗西池、 輕寒襲羅幕。 愁倚小屏風、 墻頭杏花落。

---

101) 1608년 목판본 『蘭雪軒詩』에 「效崔國輔體」라는 제목으로 실렸다.

# 강남곡(江南曲)

1.

江南風日好、 강남의 날씨는 언제나 좋은데다

綺羅金翠翹。 비단옷에 머리꽂이까지 곱기도 해요.

相將採菱去、 서로들 어울리며 마름밥을 따러[102]

齊盪木蘭橈。 나란히 목란배[103]의 노를 저었죠.

○ 江南曲[104]

江南風日好、 綺羅金翠翹。 相將採菱去、 齊盪木蘭橈。

2.

紅藕當寶釵、 붉은 연꽃으로 비녀 만들고

白蘋爲雜珮。 새하얀 마름꽃으로 노리개를 만들었죠.

停舟下渚口、 배를 세우고 물가로 내려가

共待寒潮退。 둘이서 물[105] 빠지기를 기다렸었죠.

○ 其二[106]

紅藕當寶釵、 白蘋爲雜珮。 停舟下渚口、 共待寒潮退。

3.

人言江南好。 남들은 강남이 좋다지마는

我見江南愁。 나는야 강남이 서럽기만 해요.

年年沙浦口。 해마다 모래밭 포구에 나가

---

102) 『조선시선』 각주 147번 참고.

103) 강남의 심양강(潯陽江) 기슭에 교목인 목란이 많아, 그 나무로
배와 노를 만들었다.

104) 1608년 목판본 『蘭雪軒詩』에 「江南曲」 5수 가운데 제1수로
실렸다.

105) 새로 들어오는 바닷물이라 차가운 조수[寒潮]라고 하였다.

106) 1608년 목판본 『蘭雪軒詩』에 「江南曲」 제5수로 실렸다.

腸斷望歸舟。돌아오는 배가 있나 애타게 바라만 보니.

○ 其三107)

人言江南好、我見江南愁。年年沙浦口、腸斷望歸舟。

4.

生長江南村、강남 마을에서 낳고 자랐으니

何曾識別離。어찌 이별을 알았겠어요.

可憐年十五、가련하게도 열다섯 나이에

嫁與弄潮兒。뱃사람에게 시집갈 줄이야.

○ 其四108)

生長江南村、何曾識別離。可憐年十五、嫁與弄潮兒。


## 잡시(雜詩)

1.

梧桐生嶧陽、오동나무 한 그루가 역산 남쪽에서 자랐기에

斲取爲鳴琴。베어다가 거문고를 만들었네.

一彈再三歎、한번 타고 두세번 감탄했건만

擧世無知音。온 세상에 알아들을 사람이 없네.

○ 雜詩109)

梧桐生嶧陽、斲取爲鳴琴。一彈再三歎、擧世無知音。

---

107) 1608년 목판본 『蘭雪軒詩』에 「江南曲」 5수 가운데 제2수로
   실렸다.

108) 1608년 목판본 『蘭雪軒詩』에 「江南曲」 5수 가운데 제4수로
   실렸다.

109) 이 시의 제1수 가운데 제1구, 제2구, 제4구가 1608년 목판본
   『蘭雪軒詩』 오언고시 「遣興」 제1수에  제1구, 제4구, 제6구로
   실렸다.

2.

我有一端綺、 내게 아름다운 비단 한 필이 있어

今日持贈郎。 오늘 님에게 정표로 드립니다.

不惜作君袴、 님의 바지 짓는거야 아깝지 않지만

莫作他人裳。 다른 여인 치맛감으론 주지 마세요.

○ 其二[110]

我有一端綺、 今日持贈郎。 不惜作君袴、 莫作他人裳。

3.

精金明月光、 달같이 빛나는 정금을

贈君爲雜珮。 서방님 노리개로 정표 삼아 드립니다.

不惜棄道旁、 길가에 버리셔도 아깝지는 않지만

莫結新人帶。 새 여인 허리띠에만은 달아 주지 마셔요.

○ 其三[111]

精金明月光、 贈君爲雜珮。 不惜棄道旁、 莫結新人帶。


## 장간행(長干行)

昨夜南風興、 간밤에 남풍이 일어

船頭指巴水。 뱃머리가 파수[112]를 향했지요.

---

110) 이 시의 제2수가 1608년 목판본 『蘭雪軒詩』 오언고시 「遣興」
     제3수에 제1구, 제6구, 제7구, 제8구로 실렸다.
111) 이 시의 제3수가 1608년 목판본 『蘭雪軒詩』 오언고시 「遣興」
     제4수에 제1구, 제6구, 제7구, 제8구로 실렸다. 제1구의 '明月光'
     이 '凝寶氣'로 되어 있고, 제2구의 '贈'이 '願'으로 되어 있다.
112) 사천성 삼협(三峽) 일대의 양자강 상류를 가리키는데, 무산(巫
     山)이나 무협(巫峽)도 이곳이다. 강물이 파(巴)자로 굽이돌아 파수
     (巴水)라고 이름지었다.

道逢北來人、북에서 온 사람을 길에서 만나

知君在楊子。님이 양자강에 있다고 알게 되었어요.

○ 長干行113)

昨夜南風興、船頭指巴水。道逢北來人、知君在楊子。


## 고객사(賈客詞)

1.

朝發宜都渚、아침나절 의주성 물가를 떠나자

北風吹五兩。북풍이 맞바람114)으로 불어 왔지요.

船頭各澆酒、뱃전에서 저마다 술을 붓고115)

月下齊盪漿。달밤에 일제히 노 저어 왔지요.

○ 賈客詞116)

朝發宜都渚、北風吹五兩。船頭各澆酒、月下齊盪漿。

2.

挂席隨風去、돛 달고 바람 따라 잘 가다가

逢潮每滯留。밀물 만날 때마다 묶여 있었죠.

西江波浪惡、서강의 물결이 사납다 보니

幾日到荊州。며칠 걸려야 형주117)에 닿으려나.

---

113) 1608년 목판본 『蘭雪軒詩』에 「長于行」 제2수로 실려 있다.

114) 닭 털 5냥 혹은 8냥을 장대 위에 매달아 풍향(風向)과 풍력(風力)을 가늠했기에, 고대의 측풍기(測風器)를 오량(五兩)이라고 하였다.

115) 원문의 요주(澆酒)는 강신주(降神酒)를 붓는 것이다.

116) 1608년 목판본 『蘭雪軒詩』에 「賈客詞」 3수 가운데 제1수로 실려 있다.

117) 호북성 강릉(江陵)의 옛이름인데, 물산이 풍부한 고장이다.

○ 其二118)

挂席隨風去、逢潮每滯留。西江波浪惡、幾日到荊州。

## 상봉행(相逢行)

相逢靑樓下、 청루 아래에서 서로 만났죠.

繫馬門前柳。 문 앞 버들에다 말을 매었죠.

笑脫錦貂裘、 비단옷에다 가죽옷까지 웃으며 벗어

試取新豐酒。 그것들 잡히고서 신풍주를 마셔보았죠.

○ 相逢行119)

相逢靑樓下、繫馬門前柳。笑脫錦貂裘、試取新豐酒。

## 원정(怨情)

1.

夕殿下珠簾、 저녁 전각에 주렴을 내리자

流螢飛復沒。 반딧불이가 날아왔다가 사라지네.

寒夜縫征衣、 추운 밤에 나그네 옷을 바느질하노라니

殘燈映羅幌。 꺼져가는 등불만 비단 휘장을 비추네.

○ 怨情120)

夕殿下珠簾、流螢飛復沒。寒夜縫征衣、殘燈映羅幌。

---

118) 1608년 목판본 『蘭雪軒詩』에 「賈客詞」 3수 가운데 제3수로
   실려 있다.
119) 1608년 목판본 『蘭雪軒詩』에 「相逢行」 2수 가운데 제2수로
   실려 있다.
120) 1608년 목판본 『蘭雪軒詩』에 이런 제목이 없으며, 제1수와
   제2수도 없다.

2.

郎作千里行、 님께서 천리 길 떠나시건만

儂無千里送。 나는 천리 배웅을 못하네.

拔儂頭上釵、 머리 위의 비녀를 뽑아

與郎資路用。 노잣돈 쓰시라고 님에게 드렸네.

○ 其二

郎作千里行、儂無千里送。拔儂頭上釵、與郎資路用。


## 막수악(莫愁樂)

家住石城下。 우리 집은 석성[121] 아래에 있어

生長石城頭。 석성 바닥에서 낳아 자랐죠.

嫁得石城壻、 시집까지 석성 남정네에게 가고 보니

來往石城遊。 오가며 석성에서 놀게 되었지요.

○ 莫愁樂[122]

家住石城下。生長石城頭。嫁得石城壻、來往石城遊。


## 축성원(築城怨)

千人齊抱杵、 천 사람이 모두들 달공이 쳐들고

土底隆隆響。 지경을 다지니 땅 밑까지 쿵쿵거리네.

努力好操築、 애써 잘들 쌓긴 하지만

雲中無魏尚。 운중 땅의 위상[123] 같은 사또 없구나.

---

121) 호북성 종상현(鐘祥縣) 서쪽에 있던 마을이다. 막수가 노래를
잘 불러 「막수악」이 유명해졌으므로, 뒤에 막수촌이 생겼다.

122) 1608년 목판본 『蘭雪軒詩』에 「莫愁樂」 2수 가운데 제1수로
실려 있다.

○ 築城怨124)

千人齊抱杵、土底隆隆響。努力好操築、雲中無魏尙。

## 빈녀음(貧女吟)

1.

豈是無容色、　얼굴 맵시야 어찌 없으랴

工鍼復工織。　바느질에 길쌈 솜씨도 모두 좋건만,

少小生寒門、　가난한 집안에서 태어난 탓에

良媒不相識。　중매할미 모두 나를 몰라준다오.

○ 貧女吟125)

豈是無容色、工鍼復工織。少小生寒門、良媒不相識。

2.

夜久織未休、　밤 늦도록 쉬지 않고 명주를 짜노라니

戛戛鳴寒機。　베틀 소리만 삐걱삐걱 처량하게 울리네.

機中一疋練、　베틀에는 명주가 한 필 짜여 있지만

終作阿誰衣。　결국 누구의 옷감 되려나.

○ 其二

---

123) 한나라 문제(文帝) 때에 운중 태수를 지내면서 자기의 태수
　　녹봉을 내어서 닷새에 소 한 마리씩 잡아 군사들에게 먹였다.
　　군사들의 사기가 높아서, 흉노들이 운중에 가까이 오지 못했다.
　　운중은 산서성과 몽고의 일부인데, 흉노들과 맞닿아 있는 변방
　　이다. 『한서(漢書)』권50 「풍당전(馮唐傳)」

124) 1608년 목판본 『蘭雪軒詩』에 「築城怨」 2수 가운데 제1수로
　　실려 있다.

125) 1608년 목판본 『蘭雪軒詩』에 「貧女吟」 3수 가운데 제1수와
　　제2수로 실려 있다.

夜久織未休、戛戛鳴寒機。機中一疋練、終作阿誰衣。


## 칠언절구(七言絶句)


### 새상곡(塞上曲)

1.
都護防秋掛鐵衣。 도호사126)가 가을 침입을 막느라127) 갑옷을 걸치고서
城南初解十重圍。 성 남쪽 열겹 포위망을 풀어 버렸네.
金戈洗盡單于血、 창칼에 묻은 흉노128)의 피를 깨끗이 씻고
白馬天山踏雪歸。 백마가 천산129)의 눈을 밟으며 돌아오네.
○ 塞上曲130)
都護防秋掛鐵衣。 城南初解十重圍。 金戈洗盡單于血、 白馬天

---

126) 도호(都護)는 점령한 지역을 다스리는 행정관이자 지휘관인데, 이 시에서는 안서도호(安西都護)이다.
127) 흉노가 가을이 되면 겨울 날 준비를 하기 위하여 만리장성 안으로 쳐들어온다. 원문의 방추(防秋)는 흉노들의 가을 침입을 막는다는 뜻이다.
128) 원문의 선우(單于)는 흉노의 추장인데, 선우(鮮于)라고도 한다.
129) 천산은 신강성 남쪽에 있는 큰 산맥인데, 여름에도 늘 눈이 덮혀 있어서 설산(雪山)이라고도 한다. 이 산 줄기가 신강성을 둘로 나누는데, 산 북쪽을 천산북로, 산 남쪽을 천산남로라고 한다.
130) 1608년 목판본 『蘭雪軒詩』에는 「塞下曲」이라는 제목으로 5수가 실려 있는데, 그 가운데 제5수로 실려 있다.

山踏雪歸。

2.

彤弓白羽黑貂裘。붉은 활 흰 화살에 검은 갖옷 입었는데
綠眼胡鷹踏錦韝。눈이 파란 보라매 비단 토시131)에 앉았네.
腰下黃金印如斗、허리에 찬 황금 장군인이 말만큼 크니
將軍初拜北平侯。장군께서 방금 북평후132)에 제수되셨네.
○ 彤弓白羽黑貂裘。綠眼胡鷹踏錦韝。腰下黃金印如斗、將軍
初拜北平侯。133)

3.

新復山西十六州。화산 서쪽 열여섯 고을134) 새로 수복하고
馬鞍懸取月支頭。말안장에 월지135)의 목 매달고 돌아왔네.
河邊白骨無人葬、강가에 뒹구는 해골들 장사지낼 사람 없어
百里沙場戰血流。백리 모래밭136)에는 붉은 피만 흥건해라.

---

131) 금구(錦韝)는 비단 팔찌인데, 매사냥을 위해서 끼는 토시이다.
　　장군이 팔뚝에 보라매를 앉히고 사냥에 나선 모습이다.
132) 진나라 어사 장창(張蒼)이 한나라에 투항했다가, 관중(關中)을
　　평정하여 북평후에 봉작되었다.
133) 1608년 목판본 『蘭雪軒詩』에는 「入塞曲」 제4수로 실려 있다.
134) 산서(山西)는 만리장성 밖의 화산(華山) 서쪽을 가리키는데, 명
　　나라 때에 16주로 나누어 다스렸다.
135) 고대의 부족 이름인데, 일찍이 서역에 월지국(月氏國)을 세웠
　　다. 한 문제(漢文帝) 전원(前元) 3, 4년 무렵에 그 부족이 먼저 돈
　　황(敦煌)과 기련(祁連) 사이에서 유목을 하다가 흉노의 공격을 받
　　아 서쪽 색종(塞種)의 옛날 땅으로 이동하였다. 서쪽으로 이동한
　　월지는 대월지(大月氏)라 하고, 소수는 서쪽으로 이동하지 않고
　　남산(南山)으로 들어가 강인(姜人)과 섞여 사는데 소월지(小月氏)라
　　고 한다.
136) 몽고의 고비사막을 뜻한다.

○ 新復山西十六州。馬鞍懸取月支頭。河邊白骨無人葬、百里
沙場戰血流。 137)

4.
漢家征旆滿陰山。 한나라 군기가 음산에 뒤덮이니
不遣胡兒匹馬還。 오랑캐 필마가 살아가지 못하네.
辛苦總戎班定遠、 국경을 평정하느라 애쓰신 반초 장군138)
一生猶望玉門關。 한평생 옥문관만 바라보았다네.
○ 漢家征旆滿陰山。不遣胡兒匹馬還。辛苦總戎班定遠、一生
猶望玉門關。 139)

5.
前軍吹角出轅門。 선봉이 나팔 불며 원문을 나서는데
雪撲紅旗凍不飜。 눈보라에 얼어붙어 깃발이 펄럭이지 않네.
雲暗磧西看候火、 구름 자욱한 사막 서쪽에 봉화 보고는
夜深遊騎獵平原。 밤 깊었는데도 기병들이 평원으로 달리네.
○ 前軍吹角出轅門。雪撲紅旗凍不飜。雲暗磧西看候火、夜深
遊騎獵平原。 140)


## 궁사(宮詞) 18수

1.

---

137) 1608년 목판본 『蘭雪軒詩』에는 「入塞曲」 제2수로 실려 있다.
138) 한나라 장군 반초(班超)가 서역(西域) 50여 나라를 평정한 공
    으로 정원후(定遠侯)에 봉작되었다.
139) 1608년 목판본 『蘭雪軒詩』에는 「入塞曲」의 제5수로 편집되
    어 있다.
140) 1608년 목판본 『蘭雪軒詩』에는 「塞下曲」 5수 가운데 제1수
    로 실려 있다.

千牛閣下放朝初。 천우각[141] 대궐 아래 아침해가 비치면
擁箒宮人掃玉除。 궁녀들이 비를 들고 층계를 쓰네.
日午殿頭宣詔語、 한낮에 대전에서 조서를 내리신다고
隔簾催喚女尙書。 발 너머로 글 쓰는 여상서[142]를 부르시네.

## ○ 宮詞 十八首

千牛閣下放朝初。擁箒宮人掃玉除。日午殿頭宣詔語、隔簾催
喚女尙書。 [143]

2.

寶爐新落水沈灰。 향로에다 물 부어 재를 적시고는
愁對紅妝掩鏡臺。 시름겹게 단장 마치고 경대를 덮네.
西苑近來巡幸少、 서원에는 요즘 임금님의 순행이 드물어
玉簫金瑟半塵埃。 퉁소와 비파에 먼지가 쌓였네.

○ 寶爐新落水沈灰。愁對紅妝掩鏡臺。西苑近來巡幸少、玉簫
金瑟半塵埃。 [144]

3.

碧紗梅蘂欲回春。 푸른 비단 매화꽃 봄이 온 듯 따뜻하건만

---

141) 천우(千牛)는 임금을 지키는 벼슬인데, 당나라 때에 천우부(千
牛府)를 두고 대장군을 임명했다. 천우부가 있던 건물이 천우각
인 듯하지만, 확실치 않다. 천우각(天牛閣)이라는 궁전도 있었다.
142) 후한(後漢), 삼국시대 위(魏), 후조(後趙) 등에서 문자를 잘 아
는 여인을 선발하여 장주(章奏) 등을 검열하게 했던 궁내관(宮內
官)이다.
143) 1608년 목판본 『蘭雪軒詩』에도 「宮詞」 20수 가운데 제1수로
실려 있다. 그러나 제2수부터는 실리지 않은 시도 있고, 순서도
바뀌었으며, 다른 시들도 섞여 있다.
144) 1608년 목판본 『蘭雪軒詩』에는 「宮詞」 20수 가운데 제6수로
실려 있고, 글자도 다르다.

遠黛輕蛾澁未勻。 팔자 눈썹 맘에 안들고 분도 고루 안받네.
共怪滿身珠翠暖、 몸을 꾸민 구슬 비취가 이상하게 따뜻하니
君王新賜辟寒珍。 군왕께서 추위 막는 보배[145]를 내리셨네.
○ 碧紗梅藥欲回春。 遠黛輕蛾澁未勻。 共怪滿身珠翠暖、 君王
新賜辟寒珍。 [146]

4.

宮墻處處落花飛。 궁궐 뜨락 여기저기 꽃잎이 흩날리는데
侍女燒香對夕暉。 시녀는 향 사르며 저녁 노을을 바라보네.
過盡春風人不見、 봄바람이 다 지나가도록 사람은 뵈지 않고
殿門深鎖綠生衣。 굳게 잠긴 대문 자물쇠에 푸른 녹 슬었네.
○ 宮墻處處落花飛。 侍女燒香對夕暉。 過盡春風人不見、 殿門
深鎖綠生衣。 [147]

5.

龍輿初下建章臺。 임금의 행차가 건장대[148]로 납시자
六部笙歌出院來。 육부 풍악소리 장악원[149]에서 나오네.
試向曲闌催羯鼓、 굽은 난간 향해서 북[150]을 치게 하자

---

145) 숯이 추위를 막는 보배라고 하여, 벽한진(辟寒珍)이라고도 하
    였다.
146) 1608년 목판본 『蘭雪軒詩』에는 「宮詞」 20수 가운데 제7수로
    실려 있다.
147) 허균이 1618년에 편집하여 목판본으로 간행한 『손곡시집(蓀
    谷詩集)』에 실린 「宮詞」 3수 가운데 제2수이다.
148) (한나라 무제 때에 백량대가 불타자) 건장궁을 지었다. 그 규모가
    천문만호(千門萬戶)였고, 전전(前殿)이 미앙궁보다도 높았다. -『사
    기』 권12 「효무본기(孝武本紀)」
    건장궁은 장안현 서쪽 20여 리에 있었다.
149) 원(院)은 춤과 노래를 맡은 관서이다.

殿頭宮女報花開。 궁녀들이 대궐에 꽃 피었다고 아뢰네.

○ 龍輿初下建章臺。 六部笙歌出院來。 試向曲闌催羯鼓、 殿頭宮女報花開。[151]

6.

紅羅袱裏建溪茶。 다홍 보자기에다 건계산[152] 차를 싸서
侍女封緘結作花。 시녀가 봉함하여 꽃으로 맺음하네.
斜扣紫泥書勅字、 비스듬히 인주를 찍어 칙(勅)자를 누르고
內官分送大臣家。 내관들이 대신 댁으로 나누어 보내네.

○ 紅羅袱裏建溪茶。 侍女封緘結作花。 斜扣紫泥書勅字、 內官分送大臣家。[153]

7.

鸚鵡新詞羽未齊。 새로 기르는 앵무새가 아직도 길들지 않아
金籠鎖向玉樓低。 새장을 잠근 채 옥루 낮은 곳에 두었네.
閑回翠首依簾立、 이따금 파란 고개를 돌려 주렴을 향해
却對君王說隴西。 농서지방[154] 사투리로 임금께 우짖네.

---

150) 갈고(羯鼓)는 장고처럼 생긴 작은 북이다.

151) 1608년 목판본 『蘭雪軒詩』에는 「宮詞」 20수 가운데 제2수로 실려 있다.

152) 복건성 건계(建溪)에서 나는 차가 유명했다. 소식(蘇軾)의 「화전안도기혜건다(和錢安道寄惠建茶)」 시에, "설화차와 우각차를 어찌 족히 말하랴? 건다를 마시니 진미가 무궁함을 알겠네.[雪花雨脚何足道, 啜過始知眞味永.]"라고 하였다.

153) 1608년 목판본 『蘭雪軒詩』에는 「宮詞」 20수 가운데 제3수로 실려 있다.

154) 『금경(禽經)』에 이르기를, "앵무새는 농서 지방에서 나오는데, 능히 말을 할 수 있다.[鸚鵡出隴西, 能言鳥也.]"라고 하였다. 농서(隴西)는 감숙성의 서쪽 일대인데, 앵무새가 처음 길들여졌던 곳

○ 鸚鵡新詞羽未齊。金籠鎖向玉樓低。閑回翠首依簾立、却對
君王說隴西。 155)

8.

黃昏金鎖鎖千門。 날 저문 뒤 자물쇠로 대궐문 잠그면
一面紅妝侍至尊。 얼굴 단장하고 임금님을 모시네.
阿監殿前持密詔、 아감156)이 침전 앞에서 비밀쪽지 가지고
問誰還是最承恩。 누가 임금님 은총을 많이 받았느냐 묻네.
○ 黃昏金鎖鎖千門。一面紅妝侍至尊。阿監殿前持密詔、問誰
還是最承恩。 157)

9.

清齋秋殿夜初長。 청재하는 가을 대궐은 초저녁이 길어
不放宮人近御牀。 궁인이 다가와 임금님을 못 모시게 하네.
時把剪刀裁越錦、 이따금 가위 잡고 월 땅의 비단을 잘라
燈前閒繡紫鴛鴦。 등불 앞에서 한가롭게 원앙새를 수놓네.
○ 清齋秋殿夜初長。不放宮人近御牀。時把剪刀裁越錦、燈前
閒繡紫鴛鴦。 158)

10.

長信宮門待曉開。 새벽부터 장신궁159) 문 열리길 기다렸네.
內官金鎖鎖門廻。 내관은 자물쇠로 궁궐 문 잠그고 가네.

---

에서 그곳 사투리를 먼저 배운 것이다.
155) 1608년 목판본『蘭雪軒詩』에는 「宮詞」 20수 가운데 제4수로
    실려 있다.
156) 나인을 감독하던 내시인데, 태감(太監)이라고도 한다.
157) 1608년 목판본『蘭雪軒詩』에 「宮詞」 제6수로 실려 있다.
158) 1608년 목판본『蘭雪軒詩』에 「宮詞」 제8수로 실려 있다.
159) 한나라 때에 황태후가 있던 궁궐이다.

當時曾笑他人到、 예전엔 남들이 입궁한다 비웃었건만
豈識今朝自入來。 오늘 아침 내가 들 줄이야 어찌 알았으랴.
○ 長信宮門待曉開。內官金鎖鎖門廻。當時曾笑他人到、豈識
今朝自入來。 160)

11.

披香殿裏會宮粧。 피향전161) 안에 단장한 궁녀를 만나보니
新得承恩別作行。 은총을 새로 받아 자리가 높아졌네.162)
當座繡琴彈一曲、 임금 모시고 거문고 한가락 타고 났더니
內家令賜綵羅裳。 나인을 부르셔서 오색 치맛감 내리셨네.
○ 披香殿裏會宮粧。新得承恩別作行。當座繡琴彈一曲、內家
令賜綵羅裳。 163)

12.

避暑西宮不受朝。 더위 피해 서궁에서 조회도 받지 않고
曲欄初展碧芭蕉。 난간에는 파초 새싹이 새파랗게 퍼졌네.
閑隨尙藥圍棋局、 한가롭게 태의164)를 따라 바둑을 두고는
賭得珠鈿綠玉翹。 구슬 새긴 옥비녀를 내기해서 얻었네.
○ 避暑西宮不受朝。曲欄初展碧芭蕉。閑隨尙藥圍棋局、賭得

---

160) 1608년 목판본 『蘭雪軒詩』에 「宮詞」 제9수로 실려 있다.
161) 한나라 때에 장안에 있던 궁전이다. 허균이 난설헌의 시집을
    다 편집한 뒤에 발문을 썼던 곳도 피향당(披香堂)이다.
162) 작항(作行)은 항렬, 또는 높은 반열에 오르는 것이다.
163) 1608년 목판본 『蘭雪軒詩』에 「宮詞」 제10수로 실려 있다.
164) 송나라 때에 황제가 쓰는 일체의 일용품을 제공하는 여섯 가
    지 부서로 상식(尙食), 상약(尙藥), 상의(尙衣), 상사(尙舍), 상온(尙
    醞), 상연(尙輦)을 두었다. 이 시에서 상약(尙藥)은 임금이나 왕자
    의 치료를 맡은 의원이다.

珠鈿綠玉翹。 <sup>165)</sup>

13.

天廚進食簇金盤。 부엌에서 수라상을 차려 올리자

香果魚羹下筯難。 과일과 어죽 사이에 머뭇거리시네.<sup>166)</sup>

徐喚六宮分退膳、 천천히 육궁 불러 물림상을 나눠 주시자

旋推當直女先湌。 되물려서 당직 나인에게 먼저 먹게 하네.

○ 天廚進食簇金盤。 香果魚羹下筯難。 徐喚六宮分退膳、 旋推
當直女先湌。 <sup>167)</sup>

14.

氷簟寒多夢不成。 싸늘한 대자리 너무 차가워 꿈도 못꾸고

手揮羅扇撲流螢。 비단 부채 부치며 날아가는 반딧불을 쫓네.

長門夜永空明月、 장문궁<sup>168)</sup>은 밤도 길어 달빛만 밝은데

風送西宮笑語聲。 서궁의 웃음소리가 바람결에 실려오네.

○ 氷簟寒多夢不成。 手揮羅扇撲流螢。 長門夜永空明月、 風送

---

165) 1608년 목판본 『蘭雪軒詩』에 「宮詞」 제11수로 실려 있다.
166) 하저난(下筯難)은 어느 반찬에 먼저 젓가락이 가야 할지 몰라
  서 머뭇거린다는 뜻이다.
167) 1608년 목판본 『蘭雪軒詩』에 「宮詞」 제12수로 실려 있다.
168) (한나라) 효무황제의 진황후가 당시 은총을 입다가 질투를 받
  아, 따로 장문궁에 있게 되었다. 시름과 번민 속에 슬피 지내다
  가 촉군 성도의 사마상여가 천하에서 가장 글을 잘 짓는다는 말
  을 듣고서, 황금 백근을 바치고 상여와 문군을 위해 술을 보내
  며, 슬픔과 시름을 풀어줄 글을 구하였다. 상여가 이 글을 지어
  임금을 깨우치자, 진황후가 다시 은총을 입었다. ─사마상여(司馬
  相如)「장문부(長門賦) 서(序)」
  장문궁은 한나라 때에 황후가 머물던 궁전인데, 사랑을 잃은
  왕후의 궁전이라는 뜻으로 많이 쓰였다.

西宮笑語聲。 169)

15.

看修水殿種芙蓉。 수전170) 손질하고 연꽃 심으라 분부하셔
舁下羅函出九重。 비단상자에 받들고 대궐을 나왔네.
試着綵衫迎詔語、 채색 적삼 입고서 조서를 맞으려니
翠眉猶帶睡痕濃。 눈썹에는 아직도 졸던 자국이 짙구나.
○ 看修水殿種芙蓉。舁下羅函出九重。試着綵衫迎詔語、翠眉
猶帶睡痕濃。 171)

16.

新擇宮人直御牀。 새로 간택된 궁녀가 임금님을 모시니
錦屛初賜合歡香。 병풍 둘러치고 합환172)의 은총 내리셨네.
明朝阿監來相問、 날이 밝아 아감님이 어찌 되었냐 물으니
笑指胸前一珮囊。 가슴 앞 노리개 주머니를 웃으며 가리키네.
○ 新擇宮人直御牀。錦屛初賜合歡香。明朝阿監來相問、笑指
胸前一珮囊。 173)

17.

金鞍玉勒紫遊韁。 금안장에 옥굴레 붉은 고삐 느슨히 잡고
跨出西宮入未央。 서궁에서 타고 나와 미앙궁으로 들어가네.
遙望午門開稚扇、 멀리서 남문 바라보니 치미선174) 비껴져

169) 1608년 목판본 『蘭雪軒詩』에 「宮詞」 제13수로 실려 있다.
170) 물가에 있는 전각인데, 수각(水閣)이라고도 한다. 황제가 타고
     다니던 유람선을 가리키기도 한다.
171) 1608년 목판본 『蘭雪軒詩』에 「宮詞」 제15수로 실려 있다.
172) 신랑과 신부가 함께 즐거움을 누리는 것인데, 혼례 때에 합환
     주를 마셨다.
173) 1608년 목판본 『蘭雪軒詩』에 「宮詞」 제17수로 실려 있다.

日華初上赭袍光。 햇살이 비치자 곤룡포가 붉게 비치네.

○　金鞍玉勒紫遊韁。 跨出西宮入未央。 遙望午門開稚扇、日華初上赭袍光。 175)

18.

西宮近日萬機煩。 서궁은 요즘 정사176)가 번잡해져

催喚昭容啓殿門。 자주 소용177)을 불러 궁전 문 열게 하네.

爲報榻前持燭女、 임금님 앞에서 촛불 받든 여관이

漏聲三下紫薇垣。 자미원178)에서 물시계가 세 번 울렸다네.

○　西宮近日萬機煩。 催喚昭容啓殿門。 爲報榻前持燭女、 漏聲三下紫薇垣。 179)

---

174) 치선(稚扇)은 장끼의 꼬리로 만든 부채 치미선(稚尾扇)인데, 이 시에서는 임금이 얼굴을 가리느라 들고 있었다.

175) 1608년 목판본 『蘭雪軒詩』에 「宮詞」 제18수로 실려 있다.

176) 만기(萬機)는 많은 일인데, 임금의 온갖 정무(政務)를 이르는 말이다. 『서경』 「고요모(皐陶謨)」에 "안일과 욕심으로 제후들을 다스리지 마시어 경계하고 두려워하소서. 하루 이틀에 기무가 만 가지나 되나이다.[無教逸欲有邦, 兢兢業業. 一日二日, 萬幾.]"라고 한 구절에서 유래하였다.

177) 궁녀 가운데 임금과 가까운 여인들에게는 빈(嬪, 정1품)·귀인(貴人, 종1품)·소의(昭儀, 정2품)·숙의(淑儀, 종2품)·소용(昭容, 정3품)·숙용(淑容, 종3품)·소원(昭媛, 정4품)·숙원(淑媛, 종4품) 등의 품계를 주었는데, 직무는 없었다. 정5품 상궁(尙宮)부터 종9품 주변궁(奏變宮)까지는 궁녀로서의 자기 직무가 있었다.

178) 북두(北斗)의 북쪽에 있는 별이 자미(紫微)인데, 중국 천문학에서는 이곳에 천제가 있다고 하였다. 자미성의 별자리를 임금의 자리로 삼아, 자미궁을 왕궁이라는 뜻으로도 썼다. 임금이 거처하는 궁궐을 자미원이라고도 한다.

179) 1608년 목판본 『蘭雪軒詩』에 「宮詞」 제19수로 실려 있다.

## 유선곡(遊仙曲)

남만리(藍萬里)가 '유선곡(遊仙曲)이 모두 300수'라고 하는데, 내가 그의 수서(手書) 51수를 얻었다.

### 1.

催呼滕六出天關。 서둘러 등륙[180]을 불러 하늘문 나오는데
脚踏風龍徹骨寒。 풍룡을 밟고 가려니 추위가 뼈에 스미네.
袖裏玉塵三百斛、 소매 속에 들었던 옥티끌 삼백 섬[181]이
散爲飛雪向人間。 흩날리는 눈 되어 인간 세상에 떨어지네.

### ○ 遊仙曲

藍萬里云, 遊仙曲凡三百首, 余得其手書五十一首.

催呼滕六出天關。 脚踏風龍徹骨寒。 袖裏玉塵三百斛、 散爲飛雪向人間。[182]

---

180) 눈의 신이다. 『고금사문유취(古今事文類聚)』 전집(前集) 권4 「등
   육강설(滕六降雪)」 조에 "진주자사(晉州刺史) 소지충(蕭至忠)이 납
   일(臘日)에 사냥하려고 하였다. 그 전날 한 나무꾼이 곽산(霍山)에
   서 보니, 늙은 사슴 한 마리가 황관(黃冠)을 쓴 사람에게 애걸하
   자 그가 말하기를 '만약 등륙을 시켜 눈을 내리게 하고 손이(巽
   二)를 시켜 바람을 일으키면, 소군(蕭君)이 다시 사냥하지 않을
   것이다.' 하였다. 나뭇꾼은 집으로 돌아왔는데, 다음 날 새벽부터
   종일토록 눈보라가 쳤으므로 소자사(蕭刺史)는 사냥하러 가지 못
   하였다.[晉州蕭刺史至忠, 將以臘日畋遊, 有樵者於霍山, 見一老麋哀請黃
   冠者, 黃冠曰, 若令滕六降雪, 巽二起風, 即蕭君不復獵矣. 薪者回, 未明風
   雪竟日, 蕭刺史竟不出.]"라고 하였다.
181) 하늘에서 흩날리는 눈을 가리킨다. 당(唐)나라 우승유(牛僧孺)
   의 『현괴록(玄怪錄)』 권3에, 귤(橘) 속의 두 신선이 바둑을 두며
   내기한 물건 가운데에 '영주(瀛洲)의 옥가루 아홉 섬[玉塵九斛]'이
   라는 말이 나온다.
182) 1608년 목판본 『蘭雪軒詩』에는 「遊仙詞」 제27수로 실려 있다.

2.

簾玲無語閉珠宮。 주렴 구슬은 고요하고 대궐문은 닫혔는데

紫閣凉生玉簟風。 돗자리에 바람 이니 다락이 서늘하네.

獨鶴夜驚滄海月、 외로운 학은 바다에 뜬 달 보고 놀라는데

仙人歸去綠雲中。 선인이 푸른 구름 속으로 돌아오네.

○　簾玲無語閉珠宮。紫閣凉生玉簟風。獨鶴夜驚滄海月、仙人歸去綠雲中。183)

3.

閑隨弄玉步天街。 한가롭게 농옥184) 따라 하늘 길을 걷는데

脚下香塵不染鞋。 발 아래 향그런 티끌이 신에 묻지 않네.

前導白麟三十六、 앞 길잡이하는 서른여섯 마리 흰 기린들이

角端都掛小金牌。 뿔 끝에 모두들 조그만 금패를 달았네.

○　閑隨弄玉步天街。脚下香塵不染鞋。前導白麟三十六、角端都掛小金牌。185)

---

183) 1608년 목판본 『蘭雪軒詩』에는 「遊仙詞」 제65수로 실려 있다.

184) 소사(蕭史)는 진나라 목공(穆公) 때 사람이다. 퉁소를 잘 불어 공작과 백학을 뜰에 불러들일 수 있었다. 목공에게는 자를 농옥(弄玉)이라고 하는 딸이 있었는데, 그녀가 그를 좋아하자 목공이 마침내 딸을 소사에게 시집보냈다. (소사는) 날마다 농옥에게 (퉁소로) 봉황의 울음소리 내는 법을 가르쳤다. 몇 년이 지난 뒤에 (농옥이) 봉황 소리와 비슷하게 (퉁소를) 불었더니, 봉황이 그 집 지붕에 날아와 머물렀다. 목공이 (그들에게) 봉대(鳳臺)를 지어 주자, 부부는 그 위에 머물면서 몇 년 동안 내려오지 않았다. 그러다가 어느날 봉황을 따라서 함께 날아가 버렸다. 그래서 진나라 사람들이 옹궁(雍宮) 안에 봉녀사(鳳女祠)를 지었는데, 때때로 퉁소 소리가 들리곤 했다. -유향 『열선전』

185) 1608년 목판본 『蘭雪軒詩』에는 「遊仙詞」 제67수로 실려 있다.

4.

騎鯨學士禮瑤京。 고래 탄 학사[186]가 백옥경에 예를 올리니
王母相留宴碧城。 서왕모 반겨하며 벽성에서 잔치 벌렸네.
手握彩毫揮玉字、 무지개붓을 손에 쥐고 옥(玉)자를 쓰니
醉顔猶似賦清平。 취한 얼굴이 「청평조」[187] 지을 때 같아라.
○ 騎鯨學士禮瑤京。 王母相留宴碧城。 手握彩毫揮玉字、 醉顔
猶似賦清平。[188]

5.

玉帝初成白玉樓。 옥황께서 처음 백옥루[189]를 지으실 제
瑤階琁柱曉雲浮。 구슬계단 옥기둥에 새벽 구름 떠 있었지.
却傳長吉書天篆、 장길에게 전하여[190] 하늘 전자를 쓰게 해

---

186) 학사는 이백(李白)을 가리킨다. 이태백이 채석강에서 뱃놀이를
하다가 술에 취해, 강에 비친 달을 잡으려다가 빠졌다는 전설이
있다. 그래서 고래를 타고 하늘에 올라가 신선이 되었다고 한다.
그러나 실제로는 61세 되던 해에 안휘성(安徽省) 당도(當塗)의 현
령(縣令)이었던 종숙 이양빙(李陽冰)의 집에서 죽었으며, 일설에는
이양빙이 보내준 고기를 먹고 식중독으로 죽었다고 한다.
187) 당나라 현종이 침향정에서 양귀비와 함께 모란을 구경하며
즐기다가 이태백에게 명령하여 시를 짓게 하였는데, 그가 악부
체 「청평조」 3수를 지어 올렸다.
188) 1608년 목판본 『蘭雪軒詩』에는 「遊仙詞」 제44수로 실려 있다.
189) 백옥경 광한전에 있다는 다락이다. 난설헌이 「광한전 백옥루
상량문」을 지어 일시에 유명해졌지만, 8세에 지었다는 설화는
중국에서 만들어진 것이다. 아우 허균이 황해도 요산군수로 있
던 1605년에 당대의 명필 한석봉을 불러다 이 글을 쓰게 해, 목
판본으로 널리 퍼뜨렸다.
190) 당나라 시인 이하(李賀)의 자이다. 선시(仙詩)를 많이 지었으
며, 헌종 때에 협률랑(協律郎) 벼슬을 했다. 어느날 낮에 붉은 옷

掛向瓊楣最上頭。 구슬문 상인방에 가장 높이 거셨지.

○ 玉帝初成白玉樓。瑤階琁柱曉雲浮。却傳長吉書天篆、掛向瓊楣最上頭。 191)

6.

琴高昨夜寄書來。 어젯밤 금고192)가 편지를 보내왔어요.
爲報瓊潭玉藥開。 연못에 구슬꽃이 피었다고요.
却寫尺書憑赤鯉、 답장을 써서 붉은 잉어에게 주었지요.
蜀天明月約登臺。 촉천에 달 밝으면 다락오르자고 했지요.

○ 琴高昨夜寄書來。爲報瓊潭玉藥開。却寫尺書憑赤鯉、蜀天明月約登臺。 193)

7.

寒月泠泠訪述郎。 겨울 달이 말끔한데 술랑을 찾아가느라
紫鸞萬里到扶桑。 붉은 난새 만리 길에 부상에 이르렀네.
花前一別三千歲、 벽도화 앞에서 헤어진 지 삼천년194) 되니
惆悵仙家日月長。 신선세상의 해와 달 긴 것이 서글프구나.

○ 寒月泠泠訪述郎。紫鸞萬里到扶桑。花前一別三千歲、惆悵

---

입은 사람이 나타났는데, 판(板) 하나를 가지고 왔다. 그 판에는 "옥황상제가 백옥루를 다 짓고, 그대를 불러 기(記)를 짓게 하셨다"라고 쓰여 있었다. 그는 곧 죽었는데, 겨우 27세였다.

191) 1608년 목판본『蘭雪軒詩』에는「遊仙詞」제45수로 실려 있다.
192) 금고는 주나라 말기의 사람인데, 거문고를 잘 탔다. 제자들에게 용 새끼를 잡아 오겠다고 약속한 뒤 탁수(涿水)에 들어갔는데, 과연 붉은 잉어를 타고 나왔다. 그래서 "금고"를 잉어의 뜻으로 쓰기도 한다. 잉어에는 편지라는 뜻도 있다.
193) 1608년 목판본『蘭雪軒詩』에는「遊仙詞」제50수로 실려 있다.
194) 신선세계의 벽도화는 삼천년 만에 한 번 꽃이 피어 열매를 연다고 한다.

仙家日月長。[195]

8.

水屋秋回桂有花。 수옥에 가을이 오니 계수나무에 꽃이 피어
却驂白鳳出靑霞。 흰 봉새를 타고 푸른 노을에 나섰네.
山前更過安期子、 산 앞을 다시 지나던 안기자
袖裏携來棗似瓜。 소매 속에 오이만한 대추를 가져왔네.[196]
　○ 水屋秋回桂有花。 却驂白鳳出靑霞。 山前更過安期子、 袖裏
携來棗似瓜。[197]

9.

未央宮闕已黃花。 미앙궁에 이미 국화가 피었고
靑鳥歸飛日欲斜。 파랑새가 날아오니 해도 지려 하는구나.
漢武不知仙吏隱、 한무제가 선리은(仙吏隱)을 알지 못해
武陵松栢冷秋霞。 무릉의 송백이 가을 노을을 추워하네.[198]
　○ 未央宮闕已黃花。 靑鳥歸飛日欲斜。 漢武不知仙吏隱、 武陵

---

195) 1608년 목판본 『蘭雪軒詩』에는 「遊仙詞」 제13수로 실려 있
　　는데, 제3구만 제외하고 글자가 많이 다르다.
196) 안기자(安期子)는 전설상의 신선이다. 방사(方士) 소군(少君)이
　　한 무제(漢武帝)에게 말하기를 "신이 일찍이 해상(海上)에 노닐면
　　서 신선 안기생을 만나 보았는데, 그는 오이만큼 큰 대추를 먹
　　고 있었습니다.[臣嘗游海上, 見安期生, 食巨棗, 大如瓜.]"라고 하였다.
　　-『사기』 권28 「봉선서(封禪書)」
197) 1608년 목판본 『蘭雪軒詩』에 없는 시이다.
198) 한나라 무제(武帝)가 신선이 되기를 바랐지만 결국 신선이 되
　　지 못한 채 죽어, 그의 능에 소나무와 잣나무만 무성히 자랐다
　　는 말이다. 당(唐)나라 이상은(李商隱)의 「무릉(茂陵)」시에 "누가
　　소무가 늙어서 귀국할 줄 알았겠는가, 무릉의 송백에 비가 쓸쓸
　　히 내리네.[誰料蘇卿老歸國, 茂陵松柏雨蕭蕭.]"라고 하였다.

松栢冷秋霞。 199)

10.

彩雲夜入紫微城。 채운이 한밤중 자미성에 들어가니
桂月光搖白玉京。 계수나무 달빛이 백옥경을 흔드네.
兩袖天風清徹骨、 두 소매에 천풍이 뼛속 깊이 상쾌한데
泠泠時下步虛聲。 때때로 경 읽는 소리200) 시원하게 들리네.
○ 彩雲夜入紫微城。桂月光搖白玉京。兩袖天風清徹骨、泠泠
時下步虛聲。 201)

11.

瑞風吹破翠霞裙。 상서로운 바람 불어와 푸른 치마를 날리며
手把天花倚五雲。 손에 천화를 잡고 오색 구름에 비껴 있네.
雲外玉童鞭白虎、 구름 너머 동자는 백호를 채찍질하며
碧城邀取小茅君。 벽성에서 소모군202)을 맞아들이네.
○ 瑞風吹破翠霞裙。手把天花倚五雲。雲外玉童鞭白虎、碧城
邀取小茅君。 203)

12.

氷屋珠扉鎖一春。 얼음집 구슬문은 봄 내내 닫혀 있는데
落花烟露滿綸巾。 지는 꽃 이슬이 비단 수건에 가득하구나.

---

199) 1608년 목판본 『蘭雪軒詩』에는 실려 있지 않다.
200) 보허성(步虛聲)은 「보허사」 소리, 또는 선경(仙經)을 읽는 소리
이다.
201) 1608년 목판본 『蘭雪軒詩』에 실린 「遊仙詞」 제85수와 몇 글
자가 겹친다.
202) 『조선시선』 각주 158번 참고.
203) 1608년 목판본 『蘭雪軒詩』에는 「遊仙詞」라는 제목으로 87수
가 실려 있는데, 이 시는 그 가운데 제4수이다.

東皇近日無巡幸、동황님204)께선 요즘 순행이 없으시어
閑殺瑤池五色麟。요지의 오색 기린이 한가하기 그지없네.
○ 氷屋珠扉鎖一春。落花烟露滿綸巾。東皇近日無巡幸、閒殺
瑤池五色麟。205)

13.
靑苑紅堂閉寂寥。푸른 동산에 붉은 집들이 닫혀 맑고 고즈
넉한데
鶴眠丹竈夜迢迢。학은 단약을 굽는 화덕206)에서 졸고 밤은
아득하구나.
仙翁曉起喚明月、늙은 신선 새벽에 일어나 밝은 달 부르자
疑隔海天聞洞簫。바다와 하늘 건너편에서 퉁소 소리 들리네.
○ 靑苑紅堂閉寂寥。鶴眠丹竈夜迢迢。仙翁曉起喚明月、疑隔
海天聞洞簫。207)

14.
烟淨遙空鶴未歸。하늘엔 안개 맑고 학은 돌아오지 않는데
白楡陰裏閉朱扉。흰 느릅나무 그늘 속에 붉은 문 닫혔구나.
溪頭盡日神靈雨、시냇가엔 하루 종일 신령스런 비가 내려
滿地靑雲濕不飛。땅에 뒤덮인 푸른 구름 날아가질 못하네.
○ 烟淨遙空鶴未歸。白楡陰裏閉朱扉。溪頭盡日神靈雨、滿地
靑雲濕不飛。208)

---

204) 하늘의 신인데, 사당이 초나라 동쪽에 있어 동제(東帝), 또는
    동황(東皇)이라고 한다. 불을 맡은 신도 동황인데, 청제(靑帝)라고
    도 한다.
205) 1608년 목판본『蘭雪軒詩』에는「遊仙詞」제7수로 실려 있다.
206) 단조(丹竈)는 단사(丹砂)를 달여서 선약을 만드는 화로이다.
207) 1608년 목판본『蘭雪軒詩』에는「遊仙詞」제11수로 실려 있다.

15.

閑住瑤池吸彩霞。 한가롭게 요지에 살며 노을을 마시는데

瑞風吹折碧桃花。 상서로운 바람 불어 벽도화 가지를 꺾네.

東皇長女時相訪、 동황의 맏따님을 이따금 찾아뵙느라

盡日簾前卓鳳車。 주렴 앞에 하루 종일 봉황 수레를 세웠네.

○ 閑住瑤池吸彩霞。 瑞風吹折碧桃花。 東皇長女時相訪、 盡日簾前卓鳳車。 209)

16.

花冠藥帔九霞裙。 꽃배자 걸치고 아홉폭 무지개 치마 입으니

一曲笙歌響碧雲。 한 가락 피리 소리 푸른 구름에 울리네.

龍馬忽嘶滄海月、 창해에 달이 뜨자 용마가 갑자기 울고

十洲還訪上陽君。 신선이 사는 십주로 상양군210) 찾아가네.

○ 花冠藥帔九霞裙。 一曲笙歌響碧雲。 龍馬忽嘶滄海月、 十洲還訪上陽君。 211)

17.

千載瑤池別穆王。 천년 고인 요지에서 목왕212)과 헤어져

暫敎靑鳥訪劉郎。 파랑새213)에게 유랑214)을 찾게 하였네.

---

208) 1608년 목판본 『蘭雪軒詩』에는 「遊仙詞」 제10수로 실려 있다.

209) 1608년 목판본 『蘭雪軒詩』에는 「遊仙詞」 제18수로 실려 있다.

210) 천상(天上)의 양기(陽氣)를 상양(上陽)이라고 한다. 상양군은 천상의 신선이다.

211) 1608년 목판본 『蘭雪軒詩』에는 「遊仙詞」 제22수로 실려 있다.

212) 『조선시선』 각주 190번 참고.

213) 서왕모가 책상에 기대어 있는데, 머리꾸미개를 꽂고 있다. 그 남쪽에 파랑새 세 마리가 있는데, 서왕모를 위해서 음식을 날라 주었다. 곤륜허(昆侖虛)의 북쪽에 있다. -『산해경(山海經)』「해내북경(海內北經)」

平明上界笙簫返, 밝아오는 하늘에서 피리 소리 들려오니
侍女皆騎白鳳皇。 시녀들이 모두 흰 봉황을 탔구나.

○ 千載瑤池別穆王。暫敎靑鳥訪劉郞。平明上界笙簫返, 侍女
皆騎白鳳皇。 215)

18.
瓊洞珠潭貯九龍。 골짜기와 연못에 아홉 용216)이 잠겨 있고
彩雲寒濕碧芙蓉。 서늘한 오색 구름이 부용봉을 물들이네.
乘鸞使者西歸路、 난새 탄 동자를 따라 서쪽으로 오는 길에
立在花前禮赤松。 꽃 앞에 선 적송자217)에게 예를 올렸네.

---

청조(靑鳥)는 발이 셋 달린 새인데, 서왕모의 사자이다. 요지에
잔치가 열리면 파랑새가 다니면서 연락하였다. 그 뒤부터는 사
자(使者)를 청조(靑鳥)라고도 하였다.

214) 유씨 성의 사내라는 뜻인데, 이 시에서는 한나라 무제(武帝)
유철(劉徹)을 가리킨다. 신선을 좋아하여 칠석날 큰 잔치를 벌였
는데, 서왕모의 시녀인 청조가 날아온 뒤에 서왕모가 찾아왔다
고 한다. 서왕모가 무제에게 신선세계 이야기를 들려주었다.

215) 1608년 목판본 『蘭雪軒詩』에 「遊仙詞」 87수 가운데 제1수로
실려 있다.

216) 물을 맡은 용은 새끼를 아홉 마리 낳는데, 각기 소임이 다르
다고 한다. 명나라 하경명(何景明)이 지은 「구천행(九川行)」 시에
"상제가 구룡을 내려보내 이 강한을 다스려 안정시켰네.[帝遣九
龍下, 治此江漢安.]"라고 하였다.

217) 전설시대 신농씨(神農氏) 때에 비를 맡았던 신선인데, 곤륜산
에 들어가서 수옥(水玉)을 먹고 신선이 되었다고 한다. 한(漢)나
라의 개국공신 장량(張良)이 고조(高祖)를 도와 천하를 평정한 뒤
에 유후(留侯)의 봉작을 받고 나서, "바라건대 인간 세상의 일을
버리고 적송자를 따라 노닐고 싶다.[願棄人間事, 欲從赤松子遊耳.]"
라고 하고는 벽곡(辟穀)과 도인(導引) 등의 신선술을 닦았다고 한
다. -『사기(史記)』 권55 「유후세가(留侯世家)」

○ 瓊洞珠潭貯九龍。彩雲寒濕碧芙蓉。乘鸞使者西歸路、立在花前禮赤松。 218)

19.

露濕瑤空桂月明。 하늘에 이슬 촉촉하고 계수나무엔 달빛 밝은데

九天花落紫簫聲。 꽃 지는 하늘에선 퉁소 소리만 들려오네.

朝元使者騎金虎、 금호랑이 탄 동자는 옥황님께 조회 가느라

赤羽麾幢上玉淸。 붉은 깃발 앞세우고 옥청궁219) 올라가네.

○ 露濕瑤空桂月明。九天花落紫簫聲。朝元使者騎金虎、赤羽麾幢上玉淸。 220)

20.

焚香遙夜禮天壇。 긴 밤에 향불 피우고 천단에 예를 올리는데

羽駕翻風鶴氅寒。 수레 깃발 바람에 펄럭이고 학창의는 싸늘하네.

淸磬響沈星月冷、 맑은 풍경 소리 은은하고 달빛 차가운데

桂花烟露濕紅鸞。 계수나무 꽃 이슬이 붉은 난새를 적시네.

○ 焚香遙夜禮天壇。羽駕翻風鶴氅寒。淸磬響沈星月冷、桂花烟露濕紅鸞。 221)

21.

宴罷西壇星斗稀。 서단 잔치 끝나자 북두칠성도 희미해져

---

218) 1608년 목판본 『蘭雪軒詩』에 「遊仙詞」 제2수로 실려 있다.
219) 옥황상제가 있는 삼청궁의 하나이다. 옥청·상청(上淸)·태청(太淸)을 삼청(三淸)이라고 한다.
220) 1608년 목판본 『蘭雪軒詩』에 「遊仙詞」 제3수로 실려 있다.
221) 1608년 목판본 『蘭雪軒詩』에 「遊仙詞」 제5수로 실려 있다.

赤龍南去鶴東飛。 붉은 용은 남으로 학은 동으로 날아가네.
丹房玉女春眠重、 단방222)의 선녀는 봄 졸음에 겨워
倦倚紅闌曉未歸。 난간에 기댄 채 날 밝도록 못 돌아가네.
○ 宴罷西壇星斗稀。 赤龍南去鶴東飛。 丹房玉女春眠重、 倦倚
紅闌曉未歸。 223)

22.

瓊樹玲瓏壓瑞烟。 영롱한 나무가 상서로운 안개 누르고
玉鞭龍駕去朝天。 채찍 든 신선이 용을 타고 조회하러 가네.
紅雲塞路無人到、 붉은 구름길 막아 찾아오는 사람 없으니
短尾靈厖籍草眠。 꼬리 짧은 삽살개224) 풀밭에 앉아 조네.
○ 瓊樹玲瓏壓瑞烟。 玉鞭龍駕去朝天。 紅雲塞路無人到、 短尾
靈厖籍草眠。 225)

23.

香寒月冷夜沈沈。 날 싸늘하고 달빛 차가운데 밤도 캄캄해져
笑別嬌妃脫玉簪。 웃으며 교비226)에게 하직하니 옥비녀를
뽑아 주시네.
更把金鞭指歸路、 다시금 금채찍 잡아 돌아갈 길을 가리키자
碧城西畔五雲深。 벽성227) 서쪽 언덕에 오색 구름 자욱하네.
○ 香寒月冷夜沈沈。 笑別嬌妃脫玉簪。 更把金鞭指歸路、 碧城

---

222) 단약(丹藥)을 굽는 방이다.
223) 1608년 목판본 『蘭雪軒詩』에 「遊仙詞」 제6수로 실려 있다.
224) 원문의 "방(厖)"자는 "삽살개 방(狵)", 또는 이와 통용되는
"방(尨)"자로 써야 한다.
225) 1608년 목판본 『蘭雪軒詩』에 「遊仙詞」 제9수로 실려 있다.
226) 아리따운 왕비, 또는 여신이다.
227) 신선이 사는 푸른 아지랑이 집이다.

西畔五雲深。 <sup>228)</sup>

24.

閑携姉妹禮玄都。 한가롭게 자매를 데리고 현도관229)에 예를 올리니

三洞眞人各見呼。 삼신산 신선230)들이 저마다 보자시네.

分付赤龍花下立、 적룡에게 분부하여 벽도화 아래 세우고

紫皇宮裏看投壺。 자황궁 안에서 투호231)를 구경하였네.

○ 閑携姉妹禮玄都。 三洞眞人各見呼。 分付赤龍花下立、 紫皇宮裏看投壺。 232)

25.

滿酌瓊醪綠玉巵。 비취 옥잔233)에 술을 가득 따라

月明花下勸東妃。 달 밝은 꽃 아래서 동황비에게 권하네.

丹陵宮主休相妬、 단릉궁주님234)이여 질투하지 마오

一萬年來會面稀。 일만년이 지나도 서로 만나기 드무니.

○ 滿酌瓊醪綠玉巵。 月明花下勸東妃。 丹陵宮主休相妬、 一萬年來會面稀。 235)

26.

---

228) 1608년 목판본 『蘭雪軒詩』에 「遊仙詞」 제12수로 실려 있다.
229) 신선들의 거처인데, 백옥경 칠보산(七寶山)에 있다고 한다.
230) 삼동진인(三洞眞人)은 삼신산에 사는 신선들이다.
231) 화살을 던져서 병에다 넣는 내기인데, 지는 사람이 벌주를 마신다. 우리나라에서도 여자들이 많이 하였다.
232) 1608년 목판본 『蘭雪軒詩』에 「遊仙詞」 제14수로 실려 있다.
233) 치(巵)는 술잔인데, 4되 들이 술그릇도 치(巵)라고 한다.
234) 단릉은 요임금이 태어난 곳이다. 단릉공주는 요임금의 딸이니, 순임금에게 시집간 아황과 여영을 가리키는 듯하다.
235) 1608년 목판본 『蘭雪軒詩』에 「遊仙詞」 제19수로 실려 있다.

樓鎖彤霞地絕塵。 다락은 붉은 노을에 잠기고 땅에는 먼지
걷혔는데
玉妃春淚濕羅巾。 옥비의 눈물이 비단 수건을 적시네.
瑤空月浸星河影、 하늘의 달은 은하수 그림자에 잠기고
鸚鵡驚寒夜喚人。 추위에 놀란 앵무새는 밤에 사람 부르네.
○ 樓鎖彤霞地絕塵。 玉妃春淚濕羅巾。 瑤空月浸星河影、 鸚鵡
驚寒夜喚人。 236)

27.

新拜眞官上玉都。 새로 진관237)에 제수되어 옥황궁 올라가니
紫皇親授九靈符。 옥황상제께서 친히 구령부238)를 내리시네.
歸來桂樹宮中宿、 계수나무 궁전으로 돌아와 잠을 자려니
白鶴閑眠太乙爐。 흰 학이 한가롭게 태을로239) 앞에서 조네.
○ 新拜眞官上玉都。 紫皇親授九靈符。 歸來桂樹宮中宿、 白鶴
閑眠太乙爐。 240)

28.

烟盖飄飖向碧空。 꽃구름 흩날리며 푸른 하늘에 올라갔다가
翠幢歸去玉壇中。 옥단 속 푸른 깃대로 돌아왔네.
靑鸞一隻西飛去、 푸른 난새 한 마리가 서쪽으로 날아가자
露壓桃花月滿宮。 이슬이 벽도화 적시고 달빛 궁에 가득하네.

---

236) 1608년 목판본 『蘭雪軒詩』에 「遊仙詞」 제23수로 실려 있다.
237) 벼슬 맡은 신선이다.
238) 구령은 도가의 관 이름이며, 구령부는 신선세계의 증표인 부
    적이다.
239) 태을(太乙)은 만물을 총괄하는 신, 즉 천제인데, 태일(太一)이
    라고도 한다. 태을로는 단약을 조제하는 선궁의 향로이다.
240) 1608년 목판본 『蘭雪軒詩』에 「遊仙詞」 제24수로 실려 있다.

○ 烟盖飄飆向碧空。翠幢歸去玉壇中。靑鸞一隻西飛去、露壓
桃花月滿宮。[241]

29.

瓊海漫漫浸碧空。구슬 바다는 아득해 푸른 하늘에 잠겼는데
玉妃無語倚東風。옥비께서 말씀 없이 동풍에 몸을 실으시네.
蓬萊夢覺三千里、봉래산 삼천리의 꿈을 깨고 났더니
滿袖啼痕一抹紅。소매 적신 울음 자국에 연지가 묻어났네.
○ 瓊海漫漫浸碧空。玉妃無語倚東風。蓬萊夢覺三千里、滿袖
啼痕一抹紅。[242]

30.

華表眞人昨夜歸。화표주[243] 신선이 어제 밤에 돌아왔는데
桂香吹滿六銖衣。계수나무 향기가 옷자락에 가득하네.
閑回鶴馭瑤壇上、한가롭게 학을 타고서 단 위로 돌아오니
日出瓊林露未晞。해가 숲에 떠오르는데 이슬이 안 말랐네.
○ 華表眞人昨夜歸。桂香吹滿六銖衣。閑回鶴馭瑤壇上、日出
瓊林露未晞。[244]

31.

---

241) 1608년 목판본 『蘭雪軒詩』에 「遊仙詞」 제25수로 실려 있다.
242) 1608년 목판본 『蘭雪軒詩』에 「遊仙詞」 제28수로 실려 있다.
243) 정령위(丁令威)가 신선이 되어 고향을 떠났다가 천년 뒤에 학
을 타고 요동으로 돌아와 보니, 성곽과 사람들이 모두 바뀌어
있었다. 그래서 화표주(華表柱) 위에 앉아서 슬피 울며 노래 불렀
다고 한다. 이 시에서 말하는 화표주 신선은 정령위를 가리킨다.
화표(華表)는 성문이나 큰길가에 세운 팻말인데, 백성들이 진정
할 내용을 쓰면 수령이 들어주었다.
244) 1608년 목판본 『蘭雪軒詩』에 「遊仙詞」 제30수로 실려 있다.

管石金華四十年。 금화산[245] 석실에 사십년 있노라니
老兄相訪蔚藍天。 노형이 검푸른 하늘[246]로 찾아왔네.
烟簑月簓人間事、 아지랑이 속에 사립 쓰고 달 아래서 피리
불던 인간세상 이야기하다
笑指溪南白玉田。 웃으며 시내 남쪽 백옥전[247]을 가리켰네.
○ 管石金華四十年。 老兄相訪蔚藍天。 烟簑月簓人間事、 笑指
溪南白玉田。[248]

32.

乘鸞來下九重城。 난새 타고 아홉겹 성[249]을 내려와
絳節霓旌別太淸。 붉은 깃발[250] 오색 깃발로 태청궁 떠나네.
逢着周靈王太子、 주나라 영왕의 태자를 만나
碧桃花下夜吹笙。 벽도화 아래에서 한밤중 생황을 부네.
○ 乘鸞來下九重城。 絳節霓旌別太淸。 逢着周靈王太子、 碧桃
花下夜吹笙。[251]

---

245) 황초평(黃初平)은 단계(丹溪) 사람으로, 나이 열다섯에 양을 치
다가 도사(道士)를 따라 금화산(金華山) 석실(石室)로 가서 수도(修
道)하였다. 그 후 40년 만에 그의 형 황초기(黃初起)가 수소문 끝
에 그를 찾아가 만났더니 양은 보이지 않고 흰 돌들만 있었다.
황초평이 "양들은 일어나라."라고 소리치자, 흰 돌들이 모두 수
만 마리의 양으로 변했다 한다. 『신선전(神仙傳) 황초평(黃初平)』
246) 울남(蔚藍)은 검푸른 하늘빛인데, 옥황상제가 있는 곳이 울람
천(蔚藍天)이다.
247) 하늘나라 백옥경에 있는 밭이다.
248) 1608년 목판본 『蘭雪軒詩』에는 「遊仙詞」 제31수로 실려 있다.
249) 궁성(宮城)은 문이 아홉겹으로 되어 구중궁궐이라고 한다.
250) 절(節)은 임금이 사신에게 하사하는 깃발인데, 신임(信任)을 나
타낸다.
251) 1608년 목판본 『蘭雪軒詩』에 「遊仙詞」 제33수로 실려 있다.

33.

海畔紅桑幾度開。 바닷가 붉은 뽕나무252) 몇 번이나 열렸나.

羽衣零落暫歸來。 깃옷253)이 다 떨어져 잠시 돌아왔네.

東窓玉樹三枝長、 구슬나무 세 그루가 동쪽 창가에 자랐는데

知是眞皇別後栽。 진황254)과 헤어진 뒤에 심은 나무라네.

○ 海畔紅桑幾度開。 羽衣零落暫歸來。 東窓玉樹三枝長、 知是
眞皇別後栽。255)

34.

催龍促鳳去朝元。 용과 봉새를 타고 조원궁을 떠나256)

路入瑤空敞八門。 하늘로 들어가니 여덟 문257) 활짝 열렸네.

仙史殿頭宣詔語、 사관이 옥황 앞에서 조서를 선포하는데

九華王子上崑崙。 구화궁258) 왕자에게 곤륜산259)에 오르게
했네.

○ 催龍促鳳去朝元。 路入瑤空敞八門。 仙史殿頭宣詔語、 九華

---

252) 동해에 있는 신목(神木)인데, 해가 그 나무에서 돋는다고 한다. 흔히 부상(扶桑)이라고 한다.

253) 우의(羽衣)는 신선이 입는 옷인데, 새의 깃으로 만들었다.

254) 천지의 조화를 맡아 주재하는 신인데, 진군(眞君)이라고도 한다.

255) 1608년 목판본 『蘭雪軒詩』에 「遊仙詞」제34수로 실려 있다.

256) 조원(朝元)은 원군(元君)인 옥황상제를 뵙는 것이다. 당나라 때에 노자(老子)를 모시던 도관을 조원각(朝元閣)이라 했으니, 조원궁에 올라갔다고 볼 수도 있다.

257) 하늘에 여덟 문이 있다고 한다.

258) 하남성 임장현 서쪽에 있던 궁전 이름인데, 후조(後趙) 석호(石虎)가 지었다. 예전에 기물이나 궁전의 장식이 화려할 때에 "구화(九華)"라고 표현하였다. 구(九)는 많다는 뜻이다.

259) 중국 서북쪽 서장(西藏)에 있는 산인데, 옥의 산지로 유명하다. 신선이 산다고 한다.

王子上崑崙。260)

35.

東宮女伴罷朝回。 동궁의 선녀들이 조회를 마치고 나오는데
花下相邀入洞來。 꽃 아래서 만나 골짜기로 들어오네.
閒倚玉峰吹鐵笛、 한가롭게 봉우리에 의지해 피리261)를 불자
碧雲飛遠望天臺。 파란 구름 일어나며 망천대262)에워싸네.
○ 東宮女伴罷朝回。花下相邀入洞來。閒倚玉峰吹鐵笛、碧雲
飛遠望天臺。263)

36.

烟盖歸來小有天。 구름 타고서 소유천으로 돌아오자
紫芝初長水邊田。 새로 돋은 난초가 물가에서 자라네.
瓊筐採得英英實、 구슬 바구니에 꽃다운 열매를 따서 담느라
遺却紅綃制鶴鞭。 붉은 보자기로 싸다가 학 다룰 채찍을 잊
었네.
○ 烟盖歸來小有天。紫芝初長水邊田。瓊筐採得英英實、遺却
紅綃制鶴鞭。264)

37.

---

260) 1608년 목판본 『蘭雪軒詩』에 「遊仙詞」 제35수로 실려 있다.
261) 철적(鐵笛)은 신선이 주고 갔다는 쇠피리이다. 주희(朱熹)의 「철
   적정서(鐵笛亭序)」에서 "무이산에 사는 은자 유군은… 철적을 잘
   불어서, 구름을 뚫고 돌을 찢는 소리가 난다.[武夷山中隱者劉君… 善
   吹鐵笛, 有穿雲裂石之聲.]"라고 하였다. 『주자대전(朱子大全)』 권9 「철
   적정서(鐵笛亭序)」 은자 유군의 이름은 유겸도(劉兼道)이다.
262) 신선세계의 망대인데, 옥황상제를 바라보며 절하는 곳이다.
263) 1608년 목판본 『蘭雪軒詩』에 「遊仙詞」 제39수로 실려 있다.
264) 1608년 목판본 『蘭雪軒詩』에 「遊仙詞」 제40수로 실려 있다.

羣仙相引陟芝田。 신선들을 이끌고 불로초 밭265)으로 건너가

暫向珠潭學採蓮。 잠시 연못으로 가서 연밥을 따게 하였네.

斜日照花瓊戶閉、 지는 해가 꽃에 비끼자 구슬문이 닫겨

碧深深鎖大羅天。 푸른 노을이 대라천266)에 짙게 깔렸네.

○ 羣仙相引陟芝田。 暫向珠潭學採蓮。 斜日照花瓊戶閉、 碧深
深鎖大羅天。 267)

38.

瓊海茫茫月露摶。 넓은 구슬 바다에 달빛과 이슬 엉겼는데

十千宮女駕靑鸞。 일만 궁녀들이 푸른 난새를 탔네.

平明去赴瑤池宴、 날이 밝자 요지 잔치로 날아가는데

一曲笙歌碧落寒。 한 가락 피리 소리에 푸른 하늘 추워지네.

○ 瓊海茫茫月露摶。 十千宮女駕靑鸞。 平明去赴瑤池宴、 一曲
笙歌碧落寒。 268)

39.

瓊樹扶疎露氣濃。 구슬나무 우거진 잎새에 이슬이 짙은데

月明簾室影玲瓏。 달빛이 발 사이로 방안에 드니 그림자 영
롱해라.

閒催白兎敲靈藥、 한가롭게 흰 토끼에게 시켜 선약을 찧으니

滿臼天香玉屑紅。 천향의 붉은 옥가루269) 절구에 가득해라.

---

265) 지전(芝田)은 영지(靈芝)밭인데, 신선세계의 지전은 불로장생의
약초밭이다.

266) 도가에서 가장 높은 하늘을 대라천(大羅天)이라고 하는데, 도
교의 최고 신선인 원시천존(元始天尊)이 있는 곳이다. 그 아래에
옥청(玉淸), 상청(上淸), 태청(太淸)의 삼청(三淸)이 있다.

267) 1608년 목판본 『蘭雪軒詩』에 「遊仙詞」 제41수로 실려 있다.

268) 1608년 목판본 『蘭雪軒詩』에 「遊仙詞」 제59수로 실려 있다.

○ 瓊樹扶疎露氣濃。月明簾室影玲瓏。閒催白兎敲靈藥、滿臼
天香玉屑紅。270)

40.

露盤花影浸三星。이슬 받는 쟁반271) 꽃 그림자가 별에 잠
겼고

斜漢初低白玉屛。기울어진 은하수 백옥 병풍에 나직해지네.

孤鶴未回人不寐、학이 돌아오지 않아 신선도 자지 못하고

一條銀浪落珠庭。한 가닥 하얀 물방울만 뜨락에 떨어지네.

○ 露盤花影浸三星。斜漢初低白玉屛。孤鶴未回人不寐、一條
銀浪落珠庭。272)

41.

俊土夫人住馬都。후토부인273)이 백옥경 궁궐에 살아

---

269) 장생불사의 선약이다.
270) 1608년 목판본 『蘭雪軒詩』에 「遊仙詞」 제60수로 실려 있다.
271) 한나라 무제(武帝)가 불로장생하기 위해서 이슬을 받았던 승
로반(承露盤)이다. 옥가루를 이슬로 개어 선약을 만들었다. 건장
궁(建章宮)에 동(銅)으로 선인장(仙人掌)을 만들어 세워서 이슬을
받게 하여 그 이슬을 마시고 수명을 늘려 보려고 했던 일이 『한
서(漢書)』권25 「교사지 상(郊祀志上)」에 보인다.
272) 1608년 목판본 『蘭雪軒詩』에 「遊仙詞」 제62수로 실려 있다.
273) 당나라 시대에 「후토부인전(后土夫人傳)」이라는 소설이 있었는
데, 고병(高騈)이 말년에 신선에 미혹된 이야기를 기록하였다. 여
용지(呂用之)·장수일(張守一)·제갈은(諸葛殷) 등이 모두 귀신을
부리고 연단술을 써서 황금과 백은을 변화시킬 수 있다고 했는
데, 그들이 이런 이야기를 했다.
"후토부인 영우(靈佑)가 사람을 아무개에게 보내어 병마(兵馬)를
빌리고, 아울러 이전(李筌)이 지은 「태백음경(太白陰經)」을 빌렸다.
그런데 고병이 갑자기 두 고을로 내려와 백성들로 하여금 부들

日中笙笛宴麻姑。 한낮에 피리 불며 마고에게 잔치 베푸네.
韋郎年少心慵甚、 위랑은 젊은데도 유난히 게을러서
不寫紅綃五岳圖。 붉은 비단에 오악 모습을 그리다 말았네.
○  俊土夫人[274]住馬都。 日中笙笛宴麻姑。 韋郎年少心慵甚、
不寫紅綃五岳圖。 [275]

42.
朱幡絳節曉霞中。 붉은 깃발이 새벽노을 속에서 나부끼는데
別殿淸齋侍五翁。 별전에서 청재하고 오방 신선[276]을 모셨네.
秋水一絃輕戛玉、 가을물 한 줄기 맑게 흐르고[277]
碧桃花滿紫陽宮。 푸른 복숭아꽃이 자양궁에 가득 피었네.
○  朱幡絳節曉霞中。 別殿淸齋侍五翁。 秋水一絃輕戛玉、 碧桃
花滿紫陽宮。 [278]

43.
忘却敎人鎖後宮。 사람으로 하여금 후궁 닫는 것을 잊게 하여

---

자리 1,000장에다 갑마(甲馬)의 모습을 그리게 하고는 불태워 버
렸다. 또 오색 종이에다 도가의 경전을 열 가지나 베끼게 하여
신(神) 옆에 두었다. 또 후토부인의 장막 안에다 푸른 옷 입은 젊
은이의 모습을 흙으로 만들어 세웠는데, 그를 위랑(韋郎)이라고
하였다.”
당나라 때에 후토부인을 모신 사당이 많았는데, 양주(揚州)에 특
히 많았다. 부인의 모습을 흙으로 만들어 세웠다.
274) 뜻이 통하지 않는다. 제3구의 위랑(韋郎)을 참조하여, 1608년
목판본 『蘭雪軒詩』「遊仙詞」 제66수에 보이는 후토부인(后土夫
人)으로 번역하였다.
275) 1608년 목판본 『蘭雪軒詩』에 「遊仙詞」 제66수로 실려 있다.
276) 오옹(五翁)은 오방의 신선이다.
277) 경알옥(輕戛玉)은 옥이 가볍게 맞부딪치는 소리이다.
278) 1608년 목판본 『蘭雪軒詩』에 「遊仙詞」 제75수로 실려 있다.

還舟失盡玉壺空。 배로 돌아와 다 잃어버리고 옥병은 비었네.

嫦娥若不偸靈藥、 항아가 영약을 훔치지 않았더라면

爭得長生在月宮。 다투어 장생을 얻어 월궁에 있었으리.

○ 忘却敎人鎖後宮。還舟失盡玉壺空。嫦娥若不偸靈藥、爭得長生在月宮。[279]

44.

絳闕夫人別玉皇。 붉은 대궐에서 부인이 옥황을 하직하고

洞天深閉紫霞房。 동천의 자하방[280]을 굳게 닫았지요.

桃花落盡溪頭樹、 시냇가 복사꽃이 다 떨어졌으니

流水無情賺阮郎。 흐르는 물이 완랑을 속일 뜻은 없었지요.

○ 絳闕夫人別玉皇。洞天深閉紫霞房。桃花落盡溪頭樹、流水無情賺阮郎。[281]

45.

乘龍長伴九眞遊。 용을 타고 늘 아홉 선녀[282] 벗삼아 노니

八島朝行夕已週。 아침에 팔도[283]를 떠나 저녁까지 두루 돌

---

279) 1608년 목판본 『蘭雪軒詩』에 없는 시이다. 다른 문헌에도 보이지 않는다.

280) 신선의 고장이다.

281) 1608년 목판본 『蘭雪軒詩』에 「遊仙詞」 제51수로 실려 있다.

282) 구진산(九眞山)은 호북성 한양현 서남쪽에 있는 산인데, 아홉 봉우리가 마주 바라보아서 "아홉 선녀가 이곳에서 단사(丹砂)를 만든다"는 전설이 있다. 그래서 세상 사람들이 구진산(九眞山)이라고 했는데, 당나라 때에 선잠산(仙潛山)이라고 이름을 고쳤다. 원문의 구진(九眞)은 구진산인 동시에, 구진산에 살고 있던 아홉 선녀를 가리킨다.

283) 신선이 사는 여덟 섬이다.

아다니네.

深夜講壇風雨定、밤이 깊어 강단에 비바람 멎자

小仙歸去策靑牛。작은 신선 돌아가려 푸른 소를 채찍질하네.

○ 乘龍長伴九眞遊。八島朝行夕已週。深夜講壇風雨定、小仙歸去策靑牛。284)

46.

去住樓臺一任風。누대를 떠나고 머무는 것을 바람에 맡기니

十三天洞暗相通。십삼 동천이 서로 통하네.

行雲侍女炊何物、시녀가 무슨 음식을 하는지

滿竈無烟玉炭紅。부엌에 연기도 없이 옥탄이 붉게 타네.

○ 去住樓臺一任風。十三天洞暗相通。行雲侍女炊何物、滿竈無烟玉炭紅。285)

47.

八馬乘風去不歸。말 여덟 마리286)가 바람 타고 가서는 돌아오지 않으니

桂枝黃竹怨瑤池。계수나무 가지와 황죽의 노래287)로 요지를 원망하네.

昆庭玉瑟雲中響、곤륜산 뜰 비파 소리가 구름 속에 울리며

---

284) 1608년 목판본 『蘭雪軒詩』에 「遊仙詞」 제52수로 실려 있다.

285) 1608년 목판본 『蘭雪軒詩』에 없는 시이다. 다른 문헌에도 근거가 보이지 않는다.

286) 『조선시선전집』 각주 239번 참고.

287) 목천자가 황대(黃臺) 언덕에서 사냥하다가 큰 비가 내려 멈췄는데, 갑자기 추위가 닥쳐 많은 백성들이 얼어 죽었다. 이때 목천자가 애도하며 지은 노래가 「황죽」인데, 후세 사람들이 그의 이름을 빌려서 지어 넣었다고도 한다.

傳語凌華罷畫眉。 꽃에 치여서 눈썹 그리기를 그만 두었네.

○ 八馬乘風去不歸。桂枝黃竹怨瑤池。昆庭玉瑟雲中響、傳語凌華罷畫眉。288)

48.

榆葉飄零碧漢流。 느릅나무잎 지고 푸른 은하수 흐르는데

金蟾玉露不勝秋。 달빛289)에 옥로가 가을을 견디지 못하네.

靈橋鵲散無消息、 신령스런 다리290)에 까치도 흩어져 소식 없기에

隔岸空看飮渚牛。 건너편에서 물 마시는 소만 바라보네.

○ 榆葉飄零碧漢流。金蟾玉露不勝秋。靈橋鵲散無消息、隔岸空看飮渚牛。291)

49.

珠露金颮上界秋。 이슬에 바람 불어 상계에 가을이 되자

紫皇高宴五雲樓。 옥황님이 오운루에서 큰 잔치를 벌이시네.

霓裳一曲天風起、 예상우의곡292) 한 곡조에 바람이 일어나니

吹散仙香滿十洲。 신선의 향기 흩어져 온 세상에 가득해지네.

---

288) 1608년 목판본 『蘭雪軒詩』에 「遊仙詞」 제82수로 실려 있다.
289) 원문의 '금섬(金蟾)'은 달의 별칭이다. 상고시대 후예(后羿)의 아내인 항아(姮娥)가 서왕모(西王母)의 선약(仙藥)을 훔쳐가지고 월궁(月宮)에 달아나 두꺼비[蟾]가 되었다는 전설에 의하여 달을 섬여(蟾蜍)·항아·금섬(金蟾)이라고 부른 데서 유래한 것이다.
290) 칠석날마다 까치와 까마귀들이 은하수에 모여 견우와 직녀가 만날 수 있도록 놓아주는 다리를 가리킨다.
291) 1608년 목판본 『蘭雪軒詩』에 「遊仙詞」 제83수로 실려 있다.
292) 당나라 현종이 꿈에 월궁(月宮)에서 노는데, 선녀들이 춤을 즐기면서 이 노래를 불렀다고 한다. 그 뒤에 양귀비와 사랑을 나눌 때에는 이 노래를 연주시켰다.

○ 珠露金颸上界秋。紫皇高宴五雲樓。霓裳一曲天風起、吹散仙香滿十洲。293)

50.

六葉羅裙色曳烟。 여섯 폭 비단치마를 노을에 끌면서

阮郎相喚上芝田。 완랑294)을 불러 영지밭295)으로 올라가네.

笙歌暫向花間歇、 피리 소리가 홀연히 꽃 사이에 스러지니

便是人間一萬年。 그 사이 인간세상에선 일만년이 흘렀네.

○ 六葉羅裙色曳烟。阮郎相喚上芝田。笙歌暫向花間歇、便是人間一萬年。296)

51.

獨夜瑤池憶上仙。 한밤중 홀로 요지의 옥황님을 그리워하는데

月明三十六峰前。 서른여섯 봉우리297) 위에 달만 밝아라.

鸞笙響絕碧空靜、 난새의 피리 소리도 끊어지고 푸른 하늘

---

293) 1608년 목판본 『蘭雪軒詩』에 「遊仙詞」 제84수로 실려 있다.

294) 유신(劉晨)과 완조(阮肇)가 천태산에 들어가 약초를 캐다가 복숭아를 먹고 선녀를 만나 반년이나 머물다가 고향 집으로 돌아왔는데, 이미 7대나 지나 있었다고 한다. 완조를 완랑(阮郎)이라고 하였다. 이 시에서는 난설헌이 신선세계에서 노닐며 「유선사」 87수를 짓는 동안, 인간 세상에서는 오랜 세월이 흘렀을 것이라는 뜻으로 썼다.

295) 원문의 '지전(芝田)'은 선인(仙人)이 가꾸는 영지(靈芝) 밭과 향초 밭인데, 진(晉)나라 왕가(王嘉)의 『습유기(拾遺記)』「곤륜산(崑崙山)」에 보인다. "제9층은 산의 형태가 점점 협소해진다. 그 아래에 영지 밭과 향초 밭이 모두 수백 경 있는데, 신선들이 씨 뿌리고 가꾼 것이다.[第九層, 山形漸小狹, 下有芝田蕙圃, 皆數百頃, 群仙種耨焉.]"

296) 1608년 목판본 『蘭雪軒詩』에 「遊仙詞」 제87수로 실려 있다.

297) 오악(五岳)의 하나인 숭산의 봉우리가 서른여섯이다.

고요한데

人在玉淸眠不眠。 님은 옥청궁에 있어 잠 못 이루네.

○ 獨夜瑤池憶上仙。月明三十六峰前。鸞笙響絕碧空靜、人在
玉淸眠不眠。[298]

## 보허사(步虛詞)

1.

天花一朶錦屛西。 하늘꽃 한 송이 벼랑[299] 서쪽에 피니

路入藍橋匹馬嘶。 길이 남교로 들어서자 말이 우는구나.

珍重仙郞留玉杵、 진중한 선랑이 옥절구를 남겨 두어서

桂香烟月合刀圭。 계향 어스름 달밤에 선약[300] 넣고서 찧네.

○ **步虛詞**[301]

天花一朶錦屛西。路入藍橋匹馬嘶。珍重仙郞留玉杵、桂香煙
月合刀圭。

2.

紫陽宮女捧丹砂。 자양궁[302] 궁녀가 단사를 받들고

---

298) 1608년 목판본 『蘭雪軒詩』에 「遊仙詞」 제69수로 실려 있다.

299) 금병(錦屛)은 아름다운 벼랑이다.

300) 도규(刀圭)는 약숟가락인데, 이 시에서는 토끼가 계수나무 밑
에서 절구를 찧는다는 전설에 따라 선약을 가리킨다.

301) 1608년 목판본 『蘭雪軒詩』에 「遊仙詞」 제38수로 실려 있다.
여기 「步虛詞」로 편집된 7수 가운데 마지막 2수만 1608년 목판
본 『蘭雪軒詩』에 「步虛詞」로 되어 있다.

302) 신농씨가 약을 가려내던 곳이 함양산(咸陽山)에 있는데, 후세
에 자양관(紫陽觀)을 지었다. 자양은 신선들이 즐겨 쓰던 칭호이
다.

王母新過漢帝家。 서왕모가 새로 무제의 집에 찾아갔네.

窓下偶逢方叔笑、 창 밑에서 우연히 방숙을 만나 웃었는데

別來琪樹六開花。 헤어진 뒤 기수가 여섯 번이나 피었다네.

○　紫陽宮女捧丹砂。王母新<sup>303)</sup>過漢帝家。窓下偶逢方叔<sup>304)</sup>笑、別來琪樹六開花。<sup>305)</sup>

3.

一春閒伴玉眞遊。 봄 한 철 한가롭게 옥진과 놀았는데

倏忽西風已報秋。 어느새 서풍이 부니 벌써 가을이구나.

仙子不歸花落盡、 선자<sup>306)</sup>는 오지 않고 꽃도 다 져버려

滿天煙霧月當樓。 하늘에는 연무 가득하고 달이 다락에 다가오네.

○　一春閒伴玉眞遊。倏忽西風已報秋。仙子不歸花落盡、滿天煙霧月當樓。<sup>307)</sup>

4.

鼻伯常乘白鹿遊。 부백<sup>308)</sup>이 항상 흰 사슴을 타고 노닐다가

---

303) 원문의 '新'을 '親'으로 쓰는 것이 맞다. 서왕모가 궁녀에게 시키지 않고 직접 찾아갔다는 뜻이 된다.

304) 1608년 목판본 『蘭雪軒詩』「遊仙詞」의 제68수에는 '方朔'으로 되어 있다. 그러면 제4구의 '琪樹'가 복숭아나무가 되어, 동방삭(東方朔)이 서왕모의 복숭아를 세 번이나 훔쳐 먹고 장수하였다는 설화와 이어진다.

305) 1608년 목판본 『蘭雪軒詩』「遊仙詞」의 제68수인데, 제3구의 '仙郞'이 '玉工'으로 실려 있다.

306) 마고선자(麻姑仙子)나 물 위를 걷는다는 아름다운 수신(水神) 능파선자(凌波仙子)같이 선녀를 가리킨다.

307) 1608년 목판본 『蘭雪軒詩』「遊仙詞」의 제76수와 몇 글자만 다르다.

相携還上五雲樓。 서로 붙들고 다시 오운루309)에 오르네.

丹經堆案藥堆鼎、 「단경」310)이 책상에 가득하고 탕관에 약
도 쌓였는데

何事仙郎霜滿頭。 무슨 일로 선랑께선 서리가 머리에 가득하
신가.

○ 鳧伯常乘白鹿遊。相携還上五雲樓。丹經堆案藥堆鼎、何事
仙郎霜滿頭。311)

5.

廣寒宮裡玉爲梁。 광한궁312) 속은 옥으로 대들보 만들었는데

---

308) 한나라 명제(明帝) 때에 상서랑(尙書郎)인 하동의 왕교(王喬)가
업현령(鄴縣令)이 되었다. 그는 신기한 술법을 부릴 줄 알아, 매
월 삭일(朔日)마다 업현에서 조정으로 보고하러 다녔다. 황제는
그가 자주 오면서도 타고 온 수레나 말이 보이지 않는 것을 이
상히 여겨, 태사에게 명하여 몰래 살펴보도록 하였다. 그러자 태
사가, "그가 궁중에 올 때마다 오리 두 마리가 동남쪽으로부터
날아온다"고 하였다. 그래서 몰래 엎드려 있다가 오리가 보이자
그물을 쳐서 잡았는데, 신발 한 켤레뿐이었다. -간보(干寶) 『수신
기(搜神記)』

    왕교가 오리를 타고 다닌 수령이었으므로 부백(鳧伯)이라고 불렀
다.

309) 오색 영롱한 구름이 누각에서 이는데
    그 안에 아름다운 선녀들이 많이 있구나.
    樓閣玲瓏五雲紀、其中婥約多仙子。 -백거이 「장한가(長恨歌)」
    오운루는 신선세계에 있다는 다락인데, 오색 찬란하다.

310) 『조선시선전집』 각주 132번 참고.

311) 1608년 목판본 『蘭雪軒詩』 「遊仙詞」의 제53수와 몇 글자만
    다르다.

312) 달나라 백옥경에 있다는 옥황상제의 궁전이다. 난설헌이 여덟
    살 때에 「광한전 백옥루 상량문」을 지어 일시에 이름이 널리 알

銀燭金屛夜正長。 은촛대 금병풍에 밤이 참으로 길어라.

欄外桂花凉露濕、 난간 밖 계수나무 꽃은 차가운 이슬에 젖고

步虛聲裏五雲香。 보허사 소리에 오색 구름 향기로워라.

○ 廣寒宮裡王[313]爲梁。 銀燭金屛夜正長。 欄外桂花凉露濕、
步虛聲裏五雲香。 [314]

6.

乘鸞夜下蓬萊島。 난새를 타고 한밤중 봉래도에 내려서

閒輾麟車踏瑤草。 기린수레 한가롭게 타고 향그런 풀잎 밟네.

海風吹綻碧桃花、 바닷바람이 불어와 벽도화가 피었는데

玉盤滿摘安期棗。 옥소반에 안기의 대추[315]를 가득 담았네.

○ 乘鸞夜下蓬萊島。 閒輾麟車踏瑤草。 海風吹綻碧桃花、 玉盤
滿摘安期棗。 [316]

7.

九霞裙襯六銖衣。 아홉 폭 무지개 치마[317]에 가벼운 저고
리[318]로

---

려졌다지만, 중국에서 지어낸 이야기이다.

313) '王'으로 되어 있지만, '玉'이 맞다.

314) 1608년 목판본 『蘭雪軒詩』 「遊仙詞」의 제26수와 몇 글자만
다르다.

315) 신선 안기(安期)가 대추를 먹고 천년을 살았다고 한다. 한 무
제(漢武帝) 때 방사(方士) 소군(少君)이 무제에게 말하기를 "신이
일찍이 해상(海上)에 노닐면서 신선 안기생을 만나 보았는데, 그
는 크기가 오이만 한 대추를 먹고 있었습니다.[臣嘗游海上, 見安期
生, 食巨棗, 大如瓜.]"라고 했던 데서 온 말이다. 『사기』 권28 「봉
선서(封禪書)」

316) 1608년 목판본 『蘭雪軒詩』 칠언절구 「步虛詞」의 제1수이다.

317) 구하군(九霞裙)은 선녀가 입는 아름다운 아홉 폭 치마이다.

鶴背乘風紫府歸。 학을 타고 찬바람 내며 하늘로 돌아오네.

瑤海月明銀漢落、 요해엔 달빛이 밝고 은하수도 스러졌는데

玉簫聲裏霱雲飛。 옥퉁소 소리에 삼색 구름[319] 날아오르네.

○ 九霞裙襯六銖衣。鶴背乘風紫府歸。瑤海月明銀漢落、玉簫
聲裏霱雲飛。 [320]


## 죽지사(竹枝詞)

1.

空舲灘口雨初晴。 공령[321] 여울 어구에 비가 막 개고

巫峽蒼蒼烟霧平。 무협에 어스름 안개가 깔렸네.

相憶郎心似潮水、 그리운 님의 마음도 저 밀물처럼

早時纔退暮時生。 아침엔 나가더라도 저녁엔 돌아왔으면.

○ 竹枝詞[322]

空舲灘口雨初晴。巫峽蒼蒼烟霧平。相憶郎心似潮水、早時纔
退暮時生。

2.

永安宮外是層灘。 영안궁[323] 밖에 험한 여울 층층이 굽이쳐

---

318) 원문의 수(銖)는 1냥의 24분의 1인데, 가벼움을 뜻한다. 육수
의(六銖衣)는 신선들이 입는 가벼운 저고리이다.

319) 오색구름을 경(慶)이라 하고, 삼색구름을 휼(霱)이라고 하였다.

320) 1608년 목판본 『蘭雪軒詩』 칠언절구 「步虛詞」의 제2수이다.

321) 공령탄은 호남성 북쪽에 있는 여울이다. 무협은 사천성과 호
남성 사이에 있는 무산 골짜기이다.

322) 1608년 목판본 『蘭雪軒詩』에 「竹枝詞」 4수 가운데 제1수로
편집하였다.

323) 사천성 기주 어복현에 있는 궁궐이다. 촉나라 유비(劉備)가 오

灘上舟行多少難。 물결 위에 조각배를 노 젓기 어려워요.

潮信有期應自至、 밀물도 기약이 있어 절로 오건만

郎舟一去幾時還。 님 실은 배 한 번 떠난 뒤 언제 오려나.

○ 永安宮外是層灘。 灘上舟行多少難。 潮信有期應自至、 郎舟
一去幾時還。 324)

3.

瀼東瀼西春水長。 양동과 양서325)의 봄 물결이 출렁이는데

郎舟去歲向瞿塘。 님 실은 배는 지난해 구당326)으로 떠났네.

巴江峽裏猿啼苦、 파강 골짜기엔 잔나비 울음만 구슬퍼

不到三聲已斷腸。 세 마디도 채 못 듣고 간장이 끊어져요.

○ 瀼東瀼西春水長。 郎舟去歲向瞿塘。 巴江峽裏猿啼苦、 不到
三聲已斷腸。 327)

4.

家住江南積石磯。 우리 집은 강남땅 강가328)에 있어

門前流水浣羅衣。 문 앞 흐르는 물에서 비단옷을 빨았지요.

朝來閑繫木蘭棹、 아침에 목란배를 한가히 매어 두고는

---

나라를 정벌할 때에 지었던 행궁인데, 그는 결국 이곳에서 죽었다.

324) 1608년 목판본 『蘭雪軒詩』에 「竹枝詞」 4수 가운데 제4수로
편집하였다.

325) 양자강 상류의 사천성 기주에 양동이 있고, 그 맞은편에 양서
가 있다.

326) 물살이 거센 골짜기인데, 기주에 있다. 무협의 상류이다.

327) 1608년 목판본 『蘭雪軒詩』에 「竹枝詞」 4수 가운데 제2수로
편집하였다.

328) 적석기(積石磯)는 강가에 돌이 무더기로 쌓인 곳인데, 강물이
들이쳐서 저절로 쌓이기도 했고, 빨래터를 만들려고 일부러 쌓
기도 했다.

貪看鴛鴦作對飛。 짝 지어 나는 원앙새를 부럽게 보았어요.
○ 家住江南積石磯。 門前流水浣羅衣。 朝來閑繫木蘭棹、貪看
鴛鴦作對飛。 329)

## 양류지사(楊柳枝詞)

1.
楊柳靑靑谷岸春。 버들가지 푸르니 언덕에 봄이 왔구나.
年年攀折贈行人。 길 떠나는 님에게 해마다 꺾어 드리네.
東風不解傷離別、 헤어지는 쓰라림을 봄바람은 모르는지
吹却低枝掃路塵。 늘어진 가지에 불어 길바닥 먼지를 쓰네.
○ 楊柳枝詞330)
楊柳靑靑谷岸春。 年年攀折贈行人。 東風不解傷離別、吹却低
枝掃路塵。

2.
靑樓西畔絮飛楊。 청루 서쪽 언덕에 버들꽃 흩어지자
烟鎖柔條拂檻長。 아지랑이 낀 가지가 난간을 스치네.
何處少年鞭白馬、 어느 집 청년이 백마를 채찍질하며 와서
綠陰來繫紫遊韁。 버드나무 그늘에다 붉은 고삐를 매나.
○ 靑樓西畔絮飛楊。 烟鎖柔條拂檻長。 何處少年鞭白馬、綠陰
來繫紫遊韁。 331)

---

329) 1608년 목판본 『蘭雪軒詩』에 「竹枝詞」 4수 가운데 제3수로
편집하였다.
330) 1608년 목판본 『蘭雪軒詩』에 「楊柳枝詞」 5수 가운데 제1수
로 편집하였다.
331) 1608년 목판본 『蘭雪軒詩』에 「楊柳枝詞」 5수 가운데 제2수

3.

灞陵橋畔渭城西。 파릉332) 다리에서 위성 서쪽까지

雨鎖烟籠十里堤。 빗속에 잠긴 긴 둑이 안개 자욱하네.

繫得王孫歸意切、 버들가지에 말 매었던 왕손 돌아오지 않아

不同芳草綠萋萋。 방초 푸르게 우거진 것만 같지 못하네.

○ 灞陵橋畔渭城西。 雨鎖烟籠十里堤。 繫得王孫歸意切、 不同
芳草綠萋萋。 333)

4.

按轡營中次第新。 안비영334) 성안에는 새 계절이 찾아와

藏鴉門外幾翻春。 장아문335) 밖에 몇 번이나 봄이던가.

生憎灞水橋邊樹、 밉기도 해라, 파수 다릿가의 버드나무는

不解迎人解送人。 맞을 줄도 모르고 배웅할 줄도 모르네.

○ 按轡營中次第新。 藏鴉門外幾翻春。 生憎灞水橋邊樹、 不解
迎人解送人。 336)


## 규정(閨情)

燕掠斜陽兩兩飛。 제비들은 석양에 짝지어 날고

落花撩亂撲羅衣。 지는 꽃은 어지러이 비단 옷에 스치누나.

---

로 편집되었다.

332) 파수 가에 한나라 문제(文帝)의 능이 있다.

333) 1608년 목판본 『蘭雪軒詩』에 「楊柳枝詞」 5수를 편집하였는
데, 그 가운데 제3수이다.

334) 역마를 다스리는 관서이다.

335) 만리장성 성문 가운데 하나이다. 이 문밖 버드나무에 까마귀
가 깃들어 살기 때문에 장아문(藏鴉門)이라고 했다.

336) 1608년 목판본 『蘭雪軒詩』에 「楊柳枝詞」 제5수로 실려 있다.

洞房無限傷春思、 동방에서 기다리는 마음 아프기만 한데
草綠江南人未歸。 풀은 푸르러도 강남 가신 님 안 돌아오네.
○ 閨情337)
燕掠斜陽兩兩飛。落花撩亂撲羅衣。洞房無限傷春思、草綠江
南人未歸。


## 영월루(映月樓)

玉檻秋風露葉淸。 옥난간 가을바람에 이슬 내린 잎 맑아지자
水晶簾冷桂花明。 수정 주렴 차갑고 계수나무 꽃 환해졌네.
鸞驂不返銀橋斷。 난새 수레 돌아오지 않고 은빛 다리338)는
끊어져
惆悵仙郞白髮生。 서글픈 신선 낭군은 흰머리가 생겼구나.
○ 映月樓339)
玉檻秋風露葉淸。水晶簾冷桂花明。鸞驂不返銀橋斷。 惆悵仙

---

337) 1608년 목판본 『蘭雪軒詩』에는 실려 있지 않고, 이수광(李睟
光)의 『지봉유설(芝峯類說)』 권14 「문장부 7 규수(閨秀)」에 제목
없이 실려 전하는 시이다.
338) 원문의 '은교(銀橋)'는 당나라 도사(道士) 나공원(羅公遠)의 고사
이다. 나공원이 중추절에 계수나무 석장을 공중에 던져 은빛 다
리를 만들고, 현종(玄宗)과 함께 이 다리를 타고 월궁(月宮)에 올
라 선녀들의 춤을 구경하고 「예상우의곡(霓裳羽衣曲)」을 들었다.
음률에 밝은 현종이 이 곡조를 몰래 기억하였다가 뒤에 「예상우
의곡」을 지었다고 한다. 『설부(說郛)』
339) 이 시는 1608년 목판본 『蘭雪軒詩』에 없다. 1683년에 목판
본으로 간행된 최경창(崔慶昌)의 『고죽유고(孤竹遺稿)』에 「映月樓」
제4수로 실렸으며, 제1구의 '風'이 '來'로, '葉'이 '氣'로, '제3구
의 '返'이 '至'로 되어 있다.

郎白髮生。

## 피리소리를 듣다

明月關山萬里秋。 달 밝은 관산 만리가 가을인데
玉人橫笛倚高樓。 옥인이 횡적 들고 높은 다락에 기대었네.
一聲吹入廣寒殿、 한 가락 불자 광한전에 들려
自有知音在上頭。 높은 곳에 절로 지음이 있구나.
○ 聞笛340)
明月關山萬里秋。 玉人橫笛倚高樓。 一聲吹入廣寒殿、 自有知
音在上頭。

## 횡당곡(橫塘曲)

菱刺牽衣菱角大。 연밥과 가시가 커서 옷을 잡아끄는데
日落渚田潮未退。 해 지는 물가에 조수는 빠지지 않네.
蓮葉盖頭當花冠、 연잎으로 머리를 덮어 화관을 하고
藕花結帶爲雜珮。 연꽃으로 띠 둘러 노리개 삼네.
○ 橫塘曲341)
菱刺牽衣菱角大。 日落渚田潮未退。 蓮葉盖頭當花冠、 藕花結
帶爲雜珮。

## 추천사(鞦韆詞)

1.

---

340) 이 시는 1608년 목판본 『蘭雪軒詩』에 없다.
341) 1608년에 간행한 목판본 『蘭雪軒詩』에 「橫塘曲」 2수 가운데
    제1수로 실렸다.

蹴罷鞦韆整繡鞋。그네 뛰기 마치고는 꽃신을 신었지요.
下來無語立瑤堦。숨가빠 말도 못하고 층계에 섰어요.
侍兒便促看花去、시녀가 꽃구경 가자고 재촉하는 바람에
忘却敎人拾墮釵。떨어진 비녀 주워 달라고 말도 못했어요.
○ 鞦韆詞342)
蹴罷鞦韆整繡鞋。下來無語立瑤堦。侍兒便促看花去、忘却敎
人拾墮釵。

2.
隣家女伴競鞦韆。이웃집 벗들과 내기 그네를 뛰었지요.
結帶蟠巾學半仙。띠 매고 수건 쓰니 신선놀음343) 같았어요.
風送綵繩天上去、바람 차며 오색 그네줄 하늘로 굴러 오르자
珮聲時落綠楊烟。노리개 소리 나며 버들에 먼지가 일었지요.
○ 隣家女伴競鞦韆。結帶蟠巾學半仙。風送綵繩天上去、珮聲
時落綠楊烟。 344)

---

342) 1608년 목판본 『蘭雪軒詩』에 「鞦韆詞」 2수 가운데 제2수로
    실렸는데, 제3구의 "侍兒便促看花去"가 "蟬衫細濕輕輕汗"로 되
    어 있다.
343) 신선은 하늘 높은 곳에 산다는 관념에 따라, 공중으로 높이
    도약하는 그네뛰기를 '절반은 신선이 되는 놀이[半仙戱]'라고 한
    다. 당나라 천보(天寶) 연간에 궁중에서 한식날에 그네를 매어
    궁녀들에게 타고 즐기게 하였는데, 현종(玄宗)이 이를 반선지희
    (半仙之戱)라고 불렀다. 『개원유사(開元遺事)』
344) 1608년 목판본 『蘭雪軒詩』에 「鞦韆詞」 2수 가운데 제1수로
    실려 있다.

## 규원(閨怨)

1.

錦帶羅衫積淚痕。 비단 띠 비단 적삼에 눈물자국 겹쳤으니
年年芳草恨王孫。 해마다 봄풀 보며 왕손을 원망해서지요.[345]
瑤箏彈盡江南曲、 아쟁을 끌어다 강남곡을 끝까지 타고나자
雨打梨花晝掩門。 비가 배꽃을 쳐서 낮에도 문 닫았답니다.

○ 閨怨

錦帶羅衫積淚痕。 年年芳草恨王孫。 瑤箏彈盡江南曲、 雨打梨
花晝掩門。

2.

月樓秋盡玉屛空。 가을 지난 다락에 옥병풍 쓸쓸하고
霜打蘆洲下暮鴻。 갈대밭 서리 치자 저녁 기러기 내리네요.
瑤瑟一彈人不見、 거문고 다 타도록 님은 보이지 않고
藕花零落野塘中。 들판 연못에는 연꽃만 떨어지네요.

○ 月樓秋盡玉屛空。 霜打蘆洲下暮鴻。 瑤瑟一彈人不見、 藕花
零落野塘中。

## 추한(秋恨)

絳紗遙隔夜燈紅。 붉은 비단 가린 창에 등잔불 붉게 타는데

---

345) 王孫遊兮不歸, 왕손은 가서 돌아오지 않고
　　春草生兮萋萋. 봄풀만 무성하게 자랐네. -『초사』 회남소산왕
(淮南小山王)「초은사(招隱士)」
왕손은 귀공자를 가리키는데, 반드시 귀공자가 아니더라도 한
번 떠났다가 돌아오지 않는 님을 가리키는 관용어로 많이 쓰였
다.

夢覺羅衾一半空。 꿈 깨니 비단 이불이 절반 비어 있네요.
霜冷玉籠鸚鵡語、 서리 차가운 새장에선 앵무새가 지저귀고
滿階梧葉落西風。 섬돌에 오동잎이 서풍에 가득 떨어졌네요.
○ 秋恨

絳紗遙隔夜燈紅。 夢覺羅衾一半空。 霜冷玉籠鸚鵡語、 滿階梧
葉落西風。


## 새하곡(塞下曲)

### 1.

隴戍悲笳咽不通。 수자리의 서글픈 호적 소리 들리지 않고
黃雲萬里塞天空。 황사346)가 만리에 뒤덮여 하늘이 막혔네.
明朝蕃帳收殘卒、 내일 아침 오랑캐 군막에 패잔병이 모인
다고
探馬歸來試臂弓。 정탐군이 돌아와서 활을 당겨보네.
○ 塞下曲347)

隴戍悲笳咽不通。 黃雲萬里塞天空。 明朝蕃帳收殘卒、 探馬歸
來試臂弓。

### 2.

虜馬千群下磧西。 오랑캐 천여 무리 사막 서쪽으로 내려와
孤山烽火入銅鞮。 고산348)의 봉화 동제349)로 들어가네.

---

346) 황운(黃雲)은 고비사막의 모래가 바람에 불려와 하늘을 누렇
　　게 뒤덮은 현상을 가리킨다.
347) 1608년 목판본 『蘭雪軒詩』에 「塞下曲」 5수를 편집하였는데,
　　그 가운데 제2수로 실려 있다.
348) 산서성 만천현(萬泉縣) 서남쪽에 있는 산인데, 다른 산들과 이

將軍夜發龍城北、 장군은 밤새 용성으로 떠나고

戰士連營擊鼓鼙。 군사들은 군영에서 북350)을 둥둥 울리네.

○ 虜馬千群下磧西。孤山烽火入銅鞮。將軍夜發龍城北、戰士

連營擊鼓鼙。351)


## 입새곡(入塞曲)

落日狼烟度磧來。 해 지자 사막 서쪽에서 봉화352)가 건너와

塞門吹角探旗開。 요새에 호적 불며 탐정 깃발 펼치네.

傳聲漠北單于破、 사막 북쪽의 선우 부쉈다고 소식 들리더니

白馬將軍入塞廻。 백마 탄 장군이 요새로 돌아오네.

○ 入塞曲353)

落日狼烟度磧來。塞門吹角探旗開。傳聲漠北單于破、白馬將

軍入塞廻。


## 청루곡(靑樓曲)

夾道靑樓十萬家。 좁은 길에 청루 십만호가 잇달아

---

어져 있지 않고 이 산만 우뚝 서 있어 고산(孤山)이라고 한다.
다른 이름으로는 개산(介山)이라고도 불린다.

349) 역시 산서성에 있는 요새이다.

350) 원문의 비(鼙)는 말 위에서 치는 작은 북이다.『예기(禮記)』「악
기(樂記)」에 "군자가 고비 소리를 들으면 장수의 신하를 생각한
다.[君子聽鼓鼙之聲, 則思將帥之臣.]"라고 하였다.

351) 1608년 목판본『蘭雪軒詩』「塞下曲」에 제3수로 실려 있다.

352) 사막에서는 말이나 승냥이의 똥을 말려서 연기를 냈으므로
낭연(狼煙)이라고 하였다.

353) 1608년 목판본『蘭雪軒詩』에 「入塞曲」 5수를 편집하였는데,
그 가운데 제3수로 실려 있다.

家家門巷七香車。 집집마다 골목에 칠향거354) 늘어서 있네.
東風吹折相思柳、 봄바람이 불어와 님 그리는 버들 꺾고
白馬驕行踏落花。 말 타고 온 손님은 낙화 밟고 돌아가네.
○ 靑樓曲

夾道靑樓十萬家。 家家門巷七香車。 東風吹折相思柳、 白馬驕
行踏落花。


## 성상행(城上行)

長堤十里柳絲垂。 십리 긴 둑에 실버들가지 늘어졌고
隔水荷香滿客衣。 물 건너 연꽃 향이 나그네 옷에 가득하네.
向夜南湖明月白、 남쪽 호수에 밤새도록 달이 밝아서
女郎爭唱竹枝詞。 아낙네들 다투어 「죽지사」를 부르네.
○ 城上行355)

長堤十里柳絲垂。 隔水荷香滿客衣。 向夜南湖明月白、 女郎爭
唱竹枝詞。


## 광한전 백옥루 상량문(廣寒殿白玉樓上樑文)

述夫、 서술한다.
寶蓋懸空、 보배로운 일산(日傘)이 하늘에 드리워지니
雲軿超色相之界、 구름 수레가 색상의 경계를 넘었고,
銀樓耀日、 은빛 누각이 햇빛에 빛나니

---

354) 칠향거(七香車)는 각종의 향나무로 만든 화려한 수레로, 여기
서는 미인이 탄 수레를 가리킨다.
355) 1608년 목판본 『蘭雪軒詩』에 「堤上行」이라는 제목으로 실렸
는데, 제1구를 보더라도 「堤上行」이라는 제목이 맞다.

霞楹出廣漠之墟。 노을 기둥이 광막한 터를 벗어났다.

雖復仙螺運機[356]、 신선의 소라로 베틀을 움직여서

玉帳之術斯殫、 옥 휘장[357]의 기술을 다하고,

翠蜃吹霧、 신기루가 안개를 불어

金櫝之方畢施。 금궤짝의 묘방을 다 베풀었다.

自天作之、 이는 하늘이 지은 것이지,

非人力也。 사람의 힘이 아니다.

主人名編瑤籍、 (광한전) 주인의 이름은 신선 명부에 오르고,

職綴瓊班、 벼슬도 신선 반열에 들어 있어서,

乘龍太淸、 태청궁[358]에서 용을 타고

朝宿崑崙、 아침에 곤륜산에서 자고

暮歸方丈。 저녁에 방장산으로 돌아갔다.

駕鶴三島、 학을 타고 삼신산을 향할 때에는

左挹浮丘、 왼쪽에 신선 부구(浮丘)[359]를 잡고,

右拍洪厓、 오른쪽에 신선 홍애(洪崖)[360]를 잡아

---

356) 1608년 목판본 『蘭雪軒詩』에 실린 상량문에는 이 구절 뒤에
"幻作璧瓦之殿, 翠蜃吹霧, 噓成玉樹之宮, 靑城丈人."이라는 구절
이 더 있다.

357) 옥장(玉帳)은 옥으로 아름답게 꾸민 휘장으로 미인의 장막을
말한다. 서왕모(西王母)가 목천자(穆天子)를 만날 때에 옥장을 설
치하고, 한번 먹으면 만세(萬歲)를 누릴 수 있는 빙도(冰桃)를 올
렸다고 한다.

358) 태청은 도가(道家)에서 말하는 신선세계로 삼청(三淸) 가운데
하나이다.

359) 생황을 잘 불었던 신선인데, 천태산의 도사이다. 부구공(浮邱
公)이라고도 한다.

360) 악박(樂拍)으로 이름난 신선이다. 곽박(郭璞)의 「유선시」에서도

千年玄圃之棲遲、 천년 동안 현포(玄圃)[361]에서 살다가

一夢人間之塵土。 한 번 인간의 티끌 세상을 꿈꾼다.

黃庭誤讀、 『황정경(黃庭經)』을 잘못 읽어

謫下無央之宮、 무앙궁[362]으로 귀양왔다가

赤繩結緣、 적승(赤繩) 노파가[363] 인연을 맺어주어

愧入有窮之室。 유궁[364]의 방에 들어온 것을 부끄러워 했다.

壺中靈藥、 병 속의 신령스러운 약을

纔下指於玄砂、 잠시 현사(玄砂)에 내리자,

脚底銀蟾、 발 아래의 은두꺼비[365]가

遽逃形於桂宇。 문득 계수나무 궁전으로 몸을 숨겼다.

笑脫紅埃赤日、 웃으면서 붉은 티끌과 붉은 해를 벗어나

重披紫府丹霞、 자부궁[366]의 붉은 노을을 거듭 헤치며,

---

왼쪽에 신선 부구를, 오른쪽에는 신선 홍애를 노래하였다.

361) 옥황상제가 사는 선부(仙府)인데, 곤륜산에 있다고 한다.

362) 무앙(無央)은 도가의 언어로 끝이 없다는 뜻인데, 불가의 무량
(無量)과 같이 쓰인다.

363) 부부의 인연을 맺어주는 신인(神人)인데, 월하노인(月下老人)이
라고도 한다. 붉은 줄로 두 남녀의 발을 묶어주면 부부가 된다
고 하였다.

364) 유궁(有窮) 후예(后羿)의 아내가 불사약(不死藥)을 먹고 선녀가
되어 달 속으로 달아났다고 한다. 무앙궁이 "다함이 없는 궁"이
란 뜻이므로, 대구를 이루기 위해서 "다함이 있는 집[有窮之室]"
이라고 한 것이다.

365) 달을 가리킨다. 한유(韓愈)의 「모영전(毛穎傳)」에서 "세상에 전
하는 말에 의하면, 중산(中山)의 토끼가 신선술(神仙術)을 얻어서
항아(姮娥)를 훔쳐 가지고 두꺼비[蟾蜍]를 타고 달 속으로 들어갔
다." 하였다.

366) 도가(道家)에서 신선이 사는 곳이다. 갈홍(葛洪)의 『포박자(抱朴

鸞笙鳳管之神遊、 난새 봉황이 피리 부는 신령스러운 놀이를
喜續舊會、 예전처럼 즐겁게 계속하였다.
錦幕銀屛之孀宿、 비단 장막과 은병풍에 홀로 자는 과부는
悔過今宵、 오늘 밤이 지나가는 것을 아쉬워하니,
何意日宮之銀綸、 어찌 일궁(日宮)의 은혜로운 명령을
俾掌月殿之賤奏。 월전(月殿)에까지 아뢰게 할 수 있으랴.
官曹淸切、 관조(官曹)367)가 몹시 깨끗해서
足攝八霞之司、 발로 팔방 노을의 관청을 밟으며,
地望崇高、 지위와 명망이 숭고하니
明368)壓五雲之閣。 그 이름이 오색 구름의 전각을 짓눌렀다.
香凝玉斧、 옥도끼에 향이 엉기니
手下之吳質無眠、 수하의 오질(吳質)이 잠을 못 자고
樂奏霓裳、 예상(霓裳)의 음악을 연주하자,
欄邊之素蛾不寐。 난간에 있던 소아(素娥)가 잠 못 이루네.
玲瓏霞珮、 영롱한 노을빛 노리개와
振霞錦於仙衣、 노을빛 비단이 신선의 옷자락에서 떨쳐지고,

---

子)』「거혹(祛惑)」에 "천상(天上)에 도착하여 먼저 자부에 들렀는
데, 금상(金床)과 옥궤(玉几)가 휘황찬란하였으니 정말로 귀한 곳
이었다.[及至天上, 先過紫府, 金床玉几, 晃晃昱昱, 眞貴處也.]"라고 하
였다.
367)『사기』권27「천관서(天官書)」의 사마정(司馬貞) 주석에 "천문
에 다섯 등급의 관이 있으니, 관은 곧 성관이다. 별자리에도 존
비가 있는 것이 마치 인간 세상의 관원의 위차와 같으므로 천관
이라 한다.[天文有五官, 官者, 星官也. 星座有尊卑, 若人之官曹列位, 故
曰天官.]"라고 하였다.
368) 문맥이 통하지 않으니, 난설헌시에 실린 상량문에 따라 '名'
으로 번역한다.

熠燿星冠、 반짝이는 성관(星冠)은

點星珠於寶勝。 별빛 구슬로 머리꾸미개를 꾸몄다.

爰思列眞之來會、 여러 신선들이 모여들 것을 생각해보니,

尙乏上界之樓居。 상계에 거처할 누각이 아직도 없었다.369)

靑鸞外玉妃之車、 푸른 난새가 옥비(玉妃)의 수레를 끄는데

羽葆前路、 깃으로 만든 일산이 앞서고,

白虎駕朝元之使、 백호가 조회에 참석하는 사신을 태우니

金綬後塵。 황금 수실370)이 그 뒤의 따랐다.

劉安傳經、 유안(劉安)이 경전을 전하자

拔雙龍於案上、 쌍용을 책상 위에서 빼어내고,

姬滿逐日、 희만(姬滿)371)이 해를 쫓아가며372)

驅八風於山阿。 팔방의 바람을 산비탈로 몰아내네.

宵迎上元、 밤에 상원부인을 맞아들이니

綠髮散三角之髻、 푸른 머리는 세 갈래 쪽이 흩어졌고,

晝接帝女、 낮에 상제의 손녀373)를 만났더니

---

369) 그래서 백옥루를 새로 지을 생각을 하게 된 것이다. 이뒤부터
는 광한전으로 모여드는 신선들을 소개한 글이다.

370) 관원들의 인수(印綬)를 가리킨다. 관원들이 늘어섰다는 뜻이다.

371) 주나라 목왕(穆王)의 이름인데, 왕실의 성이 희씨(姬氏)였으므
로 희만(姬滿)이라고 하였다. 소왕(昭王)의 아들인데, 55년 동안
임금으로 있으면서 태평성대를 누렸다. 서쪽으로는 견융(犬戎)을
치고, 동쪽으로는 서이(徐夷)를 정벌하였다. 후세에 지어진 『목천
자전(穆天子傳)』에 의하면 조보(造父)를 마부로 삼아 팔준마(八駿
馬)를 타고 서쪽으로 여행하면서 여러 나라를 거치며 이상한 동
식물들을 구경하고, 서왕모와 인연을 맺었다고 한다.

372) 주나라 목왕이 해가 지는 서쪽으로 여행하였으므로 "해를 쫓
아갔다"고 표현한 것이다.

金梭織九紋之綃。 황금 북으로 아홉 무늬 비단을 짰다.

瑤池列聖會南峯、 요지의 신선들은 남쪽 봉우리에 모였고,

玉京羣帝集北斗。 백옥경의 임금들은 북두칠성에 모였다.

唐宗踏公遠之杖、 당종은 공원(公遠)374)의 지팡이를 밟아

得羽衣於三章、 삼장(三章)의 우의(羽衣)375)를 얻었고,

水帝對火仙之碁、 수제(水帝)는376) 화선(火仙)과 바둑을 두며

賭寰宇於一局。 온 누리를 한 판에 걸었다.

不有紅樓之高構、 붉은 누각이 높게 지어지지 않았더라면

何安絳節之來朝。 어찌 편하게 붉은 깃발377)을 세우고 조회에 갈 수 있었으랴.

於是移章十洲、 이에 십주(十洲)378)에 통문을 보내고

放檄九海、 구해(九海)379)에 격문을 보내어,

---

373) 직녀성(織女星)을 가리킨다. 『사기(史記)』 권27 「천관서(天官書)」에 "무녀성 북쪽이 직녀성이니, 직녀는 천제의 여손이다.[婺女其北織女, 織女天帝女孫也.]"라고 하였다.

374) 당나라 현종이 나공원과 함께 월궁(月宮)에 이르러 「예상우의곡」을 얻은 이야기는 앞에 나온다.

375) 우의는 신선이나 도사가 입는 옷이고, 삼장은 세 가지 무늬이다. 왕세자가 착용하는 면복(冕服)이 칠장(七章)이고, 삼장(三章)은 윗옷에 분미를 수놓고 치마에 보와 불을 수놓은 것으로 고(孤)가 입었다. 『주례(周禮)』 「춘관종백(春官宗伯) 사복(司服)」

376) 오신(五神)의 하나이다.

377) 원문의 강절(絳節)은 전설 속에 나오는 상제(上帝)나 선군(仙君)이 가지고 다니는 일종의 의장(儀仗)을 가리킨다. 여기서는 신선의 뜻으로 쓰였다.

378) 서왕모가 한나라 무제에게 이야기해준 신선세계인데, 열 개의 섬이다.

379) 구영(九瀛)과 같은 말이다. 전국시대 제(齊)나라 추연(鄒衍)이

囚匠星於屋底、집 속에 장성(匠星)을 가두어 두니380)

木宿掄材、목수381)가 재목을 가려 쓰고,

壓鐵山於楹間、철산(鐵山)을 기둥 사이에 눌러 놓으니

金精動色。황금의 정기가 빛을 낸다.

坤靈揮斧、땅의 신령이 도끼를 휘둘러

馳妙思於天開、천개에 교묘한 생각을 내고,

大冶鎔鑪、큰 대장장이가 용광로를 써서382)

運巧智於眞境。교지(巧智)를 진경에 부렸다.

靑霞垂尾、푸른 노을이 꼬리를 드리우자

雙虹飮星宿之河、쌍무지개가 은하수 강물을 들이마시고,

赤霓昂頭、붉은 무지개가 머리를 들자

六鼇戴蓬萊之島。여섯 마리 자라가 봉래섬을 머리에 이었다.

璇題燭日、구슬 추녀가 햇빛에 비추니

出彤閣於烟中、붉은 누각이 아지랑이 속에 우뚝하고,

綺綴流星、비단 창가에 유성이 이어지니

---

중국을 적현신주(赤縣神州)고 하고, 중국 밖에 적현신주와 같은 것이 아홉 개 있으니 그것을 구주(九州)라고 하며, 구주와 그 바깥을 둘러싸고 있는 바다를 영해(瀛海)라고 한다고 하였다. 『사기(史記)』 권74 「맹자순경열전(孟子荀卿列傳)」

380) 여기부터는 백옥루를 짓는 모습을 표현하였다.

381) 장성은 장인(匠人)을 맡은 별이고, 목수(木宿)는 나무를 관장하는 별이다.

382) 천지의 조화를 비유하는 말이다. 『장자』 「대종사(大宗師)」에 "이제 한번 하늘과 땅을 커다란 용광로라 생각하고 조물주를 큰 대장장이라고 생각한다면 어디로 간들 문제될 것이 있겠는가.[今一以天地爲大鑪, 以造化爲大冶, 惡乎往而不可哉?]"라고 하였다.

駕廻廊於雲表。 회랑을 구름 너머에 꾸몄다.

魚緝鱗於玉瓦、 옥기와는 물고기 비늘같이 이어졌고,

鴈列齒[383])於瑤堦。 구슬계단은 기러기같이 줄을 지었다.[384])

微連捧旗、 미련(微連)이 깃대를 잡아

下月節於重霧、 월절(月節)[385])을 자욱한 안개 속에 내리고,

鳧泊[386])樹纛、 부백(鳧伯)이[387]) 독(纛)을 세워

設蘭幄於三辰。 난초 장막을 삼신(三辰)[388])에 펼쳤다.

金繩結綺戶之流蘇、 비단 창문의 수술을 황금 노끈으로 묶고

珠網護雕欄之阿閣。 아로새긴  난간의  아름다운  누각[389])을

---

383) 1608년 목판본 『난설헌시』에 실린 상량문같이 '齒'로 써야
    뜻이 통한다.
384) 원문의 안치(雁齒)는 기러기 이빨인데, 계단 주위에 정연하게
    배열한 장식품을 말한다. 북주(北周) 유신(庾信)의 글에 "진시황이
    쓰고 남은 석재로 안치의 계단을 만들었다.[秦皇餘石, 仍爲雁齒之
    階.]"라고 하였다. 『유자산집(庾子山集)』 권13 「온탕비(溫湯碑)」
385) 달을 그린 깃발인 듯하다.
386) 1608년 목판본 『난설헌시』에 실린 상량문같이 '伯'으로 써야
    뜻이 통한다.
387) 한나라 현종 때에 왕교(王喬)가 섭(葉) 현령이 되었는데, 왕교
    는 신기한 기술이 있어 매달 삭망 때마다 조회에 참석하였다.
    그가 자주 오는데도 수레가 보이지 않자, 황제가 몰래 태사를
    시켜 그가 오는 것을 엿보게 하였다. 그랬더니 그가 동남쪽으로
    부터 한 쌍의 오리를 타고 오는 것이 보였다. 그러나 그가 온
    뒤에 보니, 한 쌍의 신발만 있었다고 한다. 그뒤로 왕교를 부백
    (鳧伯)이라고 하였다.
388) 『춘추좌전(春秋左傳)』 「소공(昭公) 32년」에 "하늘에는 삼신이
    있고 땅에는 오행이 있다[天有三辰, 地有五行.]"고 하였는데, 삼신
    은 해와 달과 별이고, 오행은 금(金), 목(木), 수(水), 화(火), 토(土)
    이다.

구슬 그물로 보호하였다.

仙人在棟、신선이 마룻대에 있어

氣吹彩鳳之香臺、오색 봉황의 향기로운 누대에 기운을 불고

玉女臨窓、선녀가 창가에 있어

水溢雙鸞之鏡匣。쌍 난새의 거울 갑에 물이 넘친다.

翡翠簾雲母屛靑玉案、비취 발과 운모 병풍과 청옥 책상에는

瑞靄宵凝、상서로운 아지랑이가 밤에 서리고,

芙蓉帳孔雀扇白銀牀、부용 휘장 공작 부채 백은 평상에는

祥霓晝鎖。대낮에도 상서로운 무지개가 둘러쌌다.

雲流蘭浦、구름이 난포로 흐르고

寒生玉簟之秋、옥자리가 차가워지는 가을에

露滴桂花、이슬이 계화에 떨어지니

香澁瑤衾之夢390)。향이 요금의 꿈에 스며드네.

爰設鳳儀之宴、이에 봉황이 춤추는 잔치를 베풀어

冀展燕賀之誠、제비가 하례하는 정성을 펼치게 하였으며,

旁招百靈、두루 백여 신령을 초대하고,

廣迎千聖。널리 천여 성인을 맞이하였다.

邀王母於北海、서왕모를 북해에서 맞아들이자

斑麟踏花、얼룩무늬 기린이 꽃을 밟았고,

---

389) 원문의 아각(阿閣)은 사면에 모두 차양이 있는 누각이다. "옛
날 황제 헌원씨 때에 봉황이 아각에 둥지를 틀었다.[昔黃帝軒轅,
鳳凰巢阿閣.]"하였다. 『문선(文選)』「서북유고루(西北有古樓)」이선
(李善) 주(注)

390) "雲流蘭浦, 寒生玉簟之秋, 露滴桂花, 香澁瑤衾之夢." 구절은
한석봉이 1605년에 쓴 상량문이나 1608년 목판본 『蘭雪軒詩』
상량문에 없던 구절이다.

接老子於西關、노자를 함곡관에서 영접하자

靑牛臥草。푸른 소가 풀밭에 누웠다.

瑤軒張錦紋之席、구슬 난간에는 비단무늬 자리를 펼쳤고,

寶簷垂霞色之帷。보배로운 처마에는 노을빛 휘장 드리웠다.

獻蜜蜂王、꿀을 바치는 왕벌은

來棲炊玉之室、옥으로 밥을 짓는 방에 와서 머물고,

含梁391)鴈帝、기장을 머금은 안제(鴈帝)는

頻入薦瓊之廚。경옥을 바치는 부엌에 자주 드나들었다.

雙成細管晏香銀箏、쌍성의 세관과 안향의 은쟁은

合鈞天之雅曲、균천(鈞天)392)의 우아한 곡조에 맞추고,

婉華淸歌飛瓊巧舞、완화의 청아한 노래와 비경의 춤은

雜駭空之靈音。하늘의 신령스런 소리와 어울려졌다.

龍頭瀉鳳髓之醪、용머리 주전자로 봉황의 골수 술을 따르고

鶴背奉麟脯之饌。학 등에 탄 신선은 기린의 육포를 바쳤다.

瑤筵玉席、구슬 자리와 옥방석은

光耀九枝之燈、아홉 갈래393)의 등불에 빛나고,

碧藕氷桃、벽우(碧藕)394)와 빙도(氷桃)395)는

---

391) 뜻이 통하지 않아, '梁'으로 번역하였다.

392) 균천(鈞天)은 구천(九天)의 한가운데 있는 하늘인데, 상제(上帝)가 있는 곳이다.

393) 원문의 구지(九枝)는 옛 등(燈)의 이름으로, 등잔대 하나에 여러 개의 등불을 매단 것을 말한다.

394) 벽우는 신선이 먹는다는 전설상의 연근(蓮根)으로 길이가 7자라고 한다. 『비아(埤雅)』권17 「석초(釋草) 우(藕)」에 "우는 자라나는 것이 달에 응하여, 달마다 한 마디가 나고 윤달마다 한 마디가 더 난다.[藕生應月, 月生一節, 閏輒益一.]"라고 하였다.

395) 벽우(碧藕)와 빙도(氷桃)는 모두 도교(道敎)에서 말하는 선과(仙

盤盛八海之影。여덟 바다의 그림자396)를 소반에 담았다.

獨恨瓊楣之乏句397)、구슬 상인방에 상량문 없음이 한스러워

緊致上仙之興嗟。상선들의 탄식을 일으켰다.

淸平進詞太白、청평조(淸平調)를 지어 올렸던 이백은

醉鯨背之已久、술에 취해서 고래 등을 탄 지 오래이고,

玉臺摛藻長吉、옥대(玉臺)에서 글을 짓던 장길398)은

笑蛇神之何多。사신(蛇神)이 너무 많다고 웃었다.399)

新宮勒銘、새로운 궁전에 새길 명(銘)을

寧用山玄卿之筆、어찌 산현경(山玄卿)의 붓을 쓰랴.

上界鐫璧、상계의 아로새긴 벽옥에

---

果)이다.

396) 원문의 팔해(八海)는 사방(四方)과 사우(四隅)의 바다로 천하를 뜻한다. 팔해의 그림자는 한석봉 필사본에도 '영(影)'으로 썼는데, 미상이다.

397) 원문에는 "尙恨瓊姬之乏句"라는 구절이 "碧藕氷桃" 위에 있는데, 뜻이 통하지 않아 1608년 목판본 『蘭雪軒詩』에 실린 상량문 순서와 글자에 따라 번역하였다.

398) 옥대는 백옥루이고, 장길(長吉)은 당나라 시인 이하의 자이다. 이하가 낮에 졸다가 보니 붉은 관복을 입은 도인이 옥판(玉板)을 들고 있었는데, "상제가 백옥루를 짓고 그대를 불러 기문(記文)을 짓게 하려 한다.[上帝作白玉樓, 召君作記.]"라고 쓰여 있었다. 이것을 보고는 병이 들어 27세에 요절했다.

399) 당(唐)나라 시인 두목(杜牧)이 이하 문집의 서문에서 그의 시를 소개하면서 "큰 입을 벌리는 고래와 뛰어오르는 자라, 소머리를 한 귀신과 뱀의 몸을 한 귀신으로도 그의 시의 허황하고 환상적인 면을 형용하기에는 부족하다.[鯨呿鼇擲, 牛鬼蛇神, 不足爲其虛誕幻也.]"라고 하였다. 『번천집(樊川集)』 권7 「이하집서(李賀集序)」

不數蔡眞人之詞400)。 채진인(蔡眞人)의 글은 쳐주지 않네.

江郎才健久、 강랑(江郎)의401) 재주가 오래 굳세다가

夢退402)五色之花、 꿈에 오색 찬란한 꽃403)이 시들었고,

梁客詩成、 양객(梁客)404)의 시가 이뤄지자

莫摧三生之鉢。 삼생의 바리를 꺾지 못했다.

徐援彤管、 붉은 붓대를 천천히 잡고

笑展紅牋。 웃으며 붉은 종이를 펼쳤다.

河懸泉湧、 황하수가 쏟아지듯 샘물이 솟아나듯 지으니

不必覆子安之衾、 자안(子安)의 이불을 덮을 필요가 없고405)

句麗文遒、 구절이 아름다운데다 문장도 굳세니

未應頹謫仙之面。 이백의 얼굴을 대해도 부끄러울 게 없었다.

立進錦囊之神語、 그 자리에서 비단 주머니 속에 있던 신령

---

400) 1608년 목판본 『蘭雪軒詩』에 실린 상량문에는 이 구절 뒤에
"自慙三生之墮塵, 誤登九皇之辟剗."라는 구절이 더 있다.

401) 양나라 천재 문장가인 강엄(江淹)인데, 말년에 재주가 다하자
더 이상 아름다운 글을 짓지 못했다고 한다.

402) 원문에 '退'가 없지만, 1608년 목판본 『蘭雪軒詩』에 실린 상
량문에 따라 넣어야 뜻이 통한다.

403) 원문의 '오색지화(五色之花)'은 두 가지 고사가 합쳐진 것이다.
강엄이 야정(冶亭)에서 잠을 자다가 꿈을 꾸니 곽박(郭璞)이라는
노인이 와서 말하기를, "내 붓이 그대에게 가 있은 지 여러 해이
니, 이제는 나에게 돌려다오." 하므로 품속에서 오색필(五色筆)을
꺼내어 주었는데, 그 후로는 좋은 시문을 전혀 짓지 못하였다고
한다. 이백이 어릴 적 붓 끝에 꽃이 피는 꿈을 꾼 뒤에 시가 세
상에 유명해졌다는 '몽필생화(夢筆生花)'의 고사가 덧붙었다.

404) 한석봉필사본 『광한전백옥루상량문』 각주 55번 참조.

405) 자안은 언제나 이불 속에서 문장을 구상하던 당나라 시인 왕
발(王勃)의 자인데, 난설헌 자신은 그럴 필요가 없다는 뜻이다.

스러운 글을 지어 올리고,

置諸雙樑、두 대들보에 걸어 두고서

留作瑤宮之盛觀406)、선궁(仙宮)의 장관을 이루게 하여,

資於六偉。육위(六偉)407)의 자료로 삼는다.


梁之東408)。들보 동쪽으로

曉騎仙鳳入瑤宮。새벽에 봉황을 타고 요궁에 들어갔더니

平明日出扶桑底、날이 밝으며 해가 부상 밑에서 솟아올라

萬縷丹霞射海紅。붉은 노을 일만 올이 바다를 붉게 비추네.


梁之西。들보 서쪽에

碧花零落彩鸞啼。푸른 꽃이 떨어지고 오색 난새가 우니

靑羅書字邀王母、푸른 비단에 글자를 써서 서왕모를 맞고

鶴馭催歸日已低。학어(鶴馭)409)가 돌아가길 재촉하니 날이
이미 저물었네.


梁之南。들보 남쪽에

---

406) 1608년 목판본 『蘭雪軒詩』에 실린 상량문에는 이 구절이
    "置諸雙樑" 위에 있었다.
407) 상량식을 마친 뒤에 떡을 던질 동서남북 상하 여섯 방향이
    육위이다. 이 글에서는 여섯 방향을 노래한 시이다.
408) 1608년 목판본 『蘭雪軒詩』에 실린 상량문은 동(東), 남(南),
    서(西), 북(北) 순으로 시가 편집되었는데, 『취사원창(聚沙元傖)』에
    는 동서남북 순으로 편집되어 있다.
409) 학어(鶴馭)는 학가(鶴駕)와 같은 말로, 흔히 왕세자(王世子)가
    타는 수레를 가리킨다.

玉龍無事臥珠潭。 옥룡이 아무 일 없어 연못에 누워 있고
銀床午罷遊仙夢、 은평상에서 낮에 유선의 꿈을 깨고는
笑喚瑤姬脫碧衫。 웃으며 요희를 불러 푸른 적삼을 벗기네.

梁之北。 들보 북쪽으로
鯨海溟洋浸斗極。 큰 바다가 아득해서 북극성이 잠기고
大鵬翼擊碧天風、 붕새의 날개가 푸른 하늘 바람을 치니
九霄雲散雨氣黑。 구천에 구름 흩어져 빗기운이 어둡구나.

梁之上。 들보 위로
曙色微明雲錦帳。 새벽빛이 희미하게 비단 장막을 밝히고
遊夢初回白玉床、 신선의 꿈이 백옥 평상에 처음 감도는데
臥聽北斗廻杓響。 북두칠성 자루 돌아가는 소리 누워서 듣네.

梁之下。 들보 아래로
九埃雲黑疑昏夜。 팔방에 구름이 어두우니 날이 저물었는지
侍兒報道水晶寒、 시녀들이 수정궁이 춥다고 아뢰니
曉色已結鴛鴦瓦。 새벽 빛이 이미 원앙 기와에 맺혔네.

伏願上梁之後、 엎드려 바라오니 들보를 올린 뒤에
琪花不老、 기화(琪花)는 시들지 말고
瑤草長春、 아름다운 풀도 길이 봄날이어서
羲舒凋光、 희서410)가 빛을 잃어도

---

410) 원문의 '희서(羲舒)'는 해를 몬다고 하는 신인 희화(羲和)와 달
을 몬다고 하는 신인 망서(望舒)로, 전하여 세월을 뜻하는 말로

御鸞轡而猶戲、난새 수레를 몰아 더욱 즐거움 누리시고,

陸海變色、땅과 바다의 빛이 바뀌어도

駕飋輪⁴¹¹⁾而尙存。회오리 수레를 타고 더욱 길이 사소서.

銀窓壓霞、은빛 창문이 노을을 누르면

下視九萬里依稀世界、구만리 희미한 세계를 내려다 보시고,

璧戶臨海、구슬문이 바다에 다다르면

笑看三千年淸淺桑田、삼천년 맑고 얕아진 뽕나무밭⁴¹²⁾을 웃으며 바라보아

手揮三霄日星、손으로 세 하늘⁴¹³⁾의 해와 별을 지휘하시고

身遊九天風露。몸으로는 구천의 바람과 이슬 속에 노니소서.


○ 방윤곡(方胤轂)이 다음과 같이 평하였다. "손으로 표격(標格)을 만들어 곧바로 성당(盛唐)에 닿았고 절대로 저들의 경색(景色)을 말하지 않았으니, (조선의) 땅이 치우치고 말이 비루하다 여겨서 부끄러워하지 않은 듯하다. 홀로 중화(中華)의 정맥(正脉)을 종주로 삼았으니, 이 때문에 여러 영재 가

---

쓰인다.

411) 원문의 '伸虹王'은 전혀 뜻이 통하지 않아 1608년 목판본 『蘭雪軒詩』에 실린 상량문의 글자를 따랐다.

412) 선녀 마고(麻姑)가 왕방평(王方平)에게 이르기를 "만나 뵌 이래로 벌써 동해가 세 차례 상전으로 변하는 것을 보았는데, 지난번에 봉래산에 이르자 물이 또 지난번 만났을 때보다 절반쯤 얕아졌으니, 어찌 장차 다시 육지로 변하지 않겠습니까.[接侍以來, 已見東海三爲桑田, 向到蓬萊, 水又淺于往者會時略半也. 豈將復還爲陵陸乎?]"라고 말하였다. 『神仙傳 卷7 麻姑』

413) 삼소(三霄)는 신선이 산다는 삼청(三淸), 즉 옥청(玉淸)·상청(上淸)·태청(太淸)을 가리킨다.

운데 빼어나 마침내 성세(聖世)의 명가들과 환하게 서로 비추는 경지에 이르렀다. 남편이 순국함에 이르자 남편을 따라 순절하였다. 절개를 지키고 충을 행하였으며, 인걸(人傑)이 되었고 귀웅(鬼雄)이 되었다. 옥이 부서졌으나 벽옥에 합한 것이 되었고, 사람은 시들었으나 도가 풍성하게 되었다. 이는 또 이이안(李易安, 이청조)도 하지 못하였던 것이다. 나는 이에 이로써 은주(殷周) 풍류가 아직 없어지지 않은 것에 이유가 있음을 보노라.

○ 方胤穀評, 手裁標格, 直接盛唐, 絶不道彼中景色, 若以爲地偏辭鄙有羞不爲. 獨宗中華正脉, 以是挺秀羣英之中, 遂至與聖世諸名家, 炳然相照映也. 至於夫狗國, 身狗夫, 爲節爲忠爲人傑爲鬼雄, 玉碎而爲璧合, 人萎而爲道豊. 此又李易安未能矣, 余於是以觀殷周風流未盡煙滅有以也.


○ 『긍사(亘史)』에 이르기를, "나와 동류가 허혜희(許慧姬)를 방문한 일은 매우 자세하다. (그의 남편이) 순절하였다는 설을 들었으나 어디로부터 나온 말인지 알지 못하겠으므로 보존하여 자문을 기다린다."고 하였다.

○ 亘史云, 余與同流, 訪許慧姬事甚悉, 夫聞狗說不知似之從何處得來, 存之以俟咨訪.

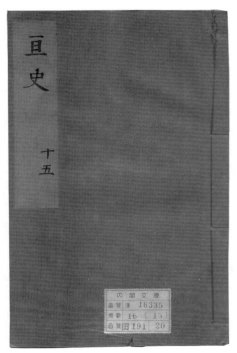

출전 : 일본 국립공문서관 소장(日本国立公文書館所藏).『취사원창』

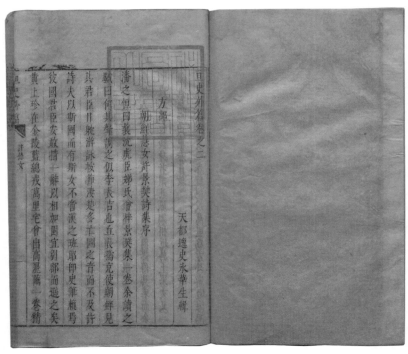

為自玉機上梁文詫客稱景樊少時作蓋悔李賀將
疑姜天帝召記曰玉樓此上梁文中陰身所撰
論朝鮮君臣即域中部人士女就得與之杭衛哉余
故曰許景樊匪直懸女抑天人也曰懸女盖微於詩
文曰天人固不得以朝鮮裁圖之圖而限之夫長矚
麻城人止珍海陽人皆博雅君子因謠傳其集而余
斷以為李賀後身者聞其風調相近於上梁文又一
証也萬曆戊申春蘭總兵萬里為方外游適海陽

據於屯山之邊梅圖首出朝鮮卷觀予印玉珍
為予言者乃彼國老青州子李盤七十五歲時
其字道翅無一敗筆所選多與子合丑云嘗戎朝
蘭二年間許慧女事甚悉兄弟均皆登狀首而慧
女發居門閭悟真養住已齋文字緣指龍沙期至
當為五百大仙敕主其自玉樓上梁文七歲時作
非夙慧能然哉名曰景樊壺其剏絪妻樊夫人乎

聚沙元倡　　　　　　朝鮮仕女許景樊著

五言古詩

望仙謠
王喬呼我游期我崑崙墟朝奉玉皇案
紫雲何處塵玉蒲正弄琫蓉忽凌天漢翔向扶桑
扶桑幾千里鳳波阻且長我欲舍此去佳期安可忘
若心知何許戀戀徒悲傷

有所思
朝亦有所思慕亦有所思所思在何處萬里路無涯
鳳波苦難越雲雁杳何期素書不可託中情亂若絲

鳳臺曲
泰女侶簫史日夕吹參差紫臺駒彩鳳渺渺不可追
天地以永久郊識人間悲妾淚不可忍此生長別離

古離別
驊驎雙車輪一日千萬情同心不同車別離時屢變
車輪尚有迹相思獨不見

感遇
盈盈窓下蘭枝葉何芬芳西風一夕起零落悲秋霜
秀色消歇盡香烜不敢感物傷我心流淙淙衣秧

古屋晝無人桑付鳥鶴著苦蔓玉初多雀巢空樓
向來車馬地今成狐兔丘信哉達人言懺復何求
　其三
鳳皇出丹穴九苞爛文章覽德翔千仞帶嗈鳴朝陽
稻粱非所食竹實乃其飡梧桐枝栖彼鳥與鳶
　雜詩
我有一端綺采采光翻翩雙鳳皇文章何燦爛
幾年篋中藏今日持贈郎不惜作君裳莫作他人裳
　其二
仙人騎白鵞夕下朝元宮絳幡拂海雲羽衣鳴春風

遷我瑤池涔欲我流霞鍾借我綠玉杖拲我芙蓉裳
　甯伯氏對
暗窻銀燭低流螢度高閣惰惰深夜寒蕭蕭秋葉落
開河音信稀沉憂不可釋遙想青蓮宮山空蘿月白
　少年行
少年然諾結交遊俠人腰間白韔韔錦韜雙麒麟
朝辭明光宮馳馬長坂沽得渭城酒花間日將脫
金鞭宿倡家行樂事流連誰憐楊子雲閉門草太玄
　哭子
去年襄愛女今年襄愛子哀哀麓陵土雙橔相對起

蕭蕭白楊貳鬼火明松楸紙錢都汝幌气酒奠汝丘
應知弟兄遅夜相追游縱有腹中兒安可冀長成
浪吟黃臺詞血淚悲吞聲
　遣典
有客自遠方遺我雙鯉魚剖之何所見中有尺素書
上言長相思下問今何如讀書如君意零淚沾衣裳
　其二
芳樹蒨初綠雕雕蕪葉已齋春物自妍華我獨多悲樓
壁上五岳圖狀頭恭同契煉丹倘有成歸謁蒼梧帝
　七言古詩

　聲仙謠
瑤花鳳綃飛青鳥王母麟車向蓬島蘭旌藥帔白維裳
裹笑倚紅欄拾瑤草天風吹破翠霞裳玉珮瓊瑤聲
琅琅素娥兩前鼓徹瑤瑟三花珠樹春雲杏平明笑麗
芙蓉闊碧海青童乘白鶴紫簫聲龍彩霞飛露濕銀
河曉星落
　湘慈曲
吟鸞娘輕玲瓏玉離鴦別鳳閒蒼梧雨氣凌江迷
蕉花泣露湘江曲點點秋煙天外綠水府深波龍夜
曉珠神絃聲徹石苔冷雲纛霧賓啼江妹瑤空星濛

高超忽羽蓋金光五雲没門外漁郎唱竹枝銀潭半

掛相思月

洞仙謠

紫簫聲裏雲彤散簾外霜寒鷓鴣喚夜闌孤燭照羅

幃時見疎星度河漢丁東銀海響西風露滴梧枝語

夕重綵絹帕上三更淚明月應留點點紅

翠鈿帝痕

輕龍雪腕裁青練六曲紅欄閒倚遍秋波不禁玉筋

垂泉神暗狀殘粧面氤氳膩纈羅悲粉沾紅春

恨多氷盆瀲瀲洗不去曉露半濕西池荷

五

起看紅淚

啁啾歌月照清尊金匜羅愁人燭夜晓

鴛鴦斜卷重簾帖薄鈒欹欹何處誰家池館

寒博山輕飄香一縷鸞鏡曉梳春雲長玉釵寶髻鬢

院落深深杏花雨鶯聲啼過辛夷鳥流蘇羅幔春尚

春歌

四時歌

槐陰潑地花陰薄酒搖瑀瑀揩飛塵石榴花日轉晶簾影

香輕鳳酒酒銀牀散朱顆自擘新裁染汗

夏歌

---

虛欲斜雁架梁永牛眠重錦茵扣落鈒頭鳳額上鵝黄

膩曉壯嚲聲噚起江清夢南塘女伴木蘭舟采蓮何

香井梧紫下秋無影金堂玉漏生西風鷟臑前卿卿鳶

寒蛩金刀朝取機上素玉開夢斷羅幃空絟作衣裳

鶯遠渡頭燈燄熒明暗壁合啼却寫別離輕驛使明

朝歸南陌

秋歌

銅壺一夜閒寒挑紗窗月落鴛鴦錦烏鴉飛嬈嬈

長樓前倏忽生璀光雙挽金篦瀉鳴玉曉管水溢脚

楷香蛺眉歛摘摘不得欄干佇立裴霜臼去年照鏡

看花柳疏珀光深傾夜酒羅帳重圍鳳笙玉容忽

爲相思瘦青驄一別春復金戈鐵馬瀚海潚鳶沙

吹雪冷黑貂香閨良夜何迢迢

弄潮曲

朝發南陌

冬歌

照中船下慎勿沙頭候風色佳期不來愁殺儂

兩上慎勿沙頭盡盧瀁築桃花高浪接煙空杳歸帆夕

妾身嫁與弄潮兒妾夢依依江水湄南風北風吹

五

六

## 山鷓鴣詞

山鷓鴣長太息碧霄翠露浮綠蕪難寒月黑苦竹嶺上
秋聲催苦竹嶺下行人稀蒼梧烟疑鵑門冷南禽北
會拂背飛關塞迢迢幾千里腸斷行人淚滿衣憶君
莫問南與北迢迢雲山行不得

## 山嵐

暮雨侵江曉初開朝日杂成嵐氣碧經雲綠靄錦陸
離綃破蕭湘秋水色隨風婉轉學佳人畫出雙蛾牛
成霓俄然散作雨霏霏青山忽起如新沐

### 五言律詩

#### 寄女伴

結廬臨古道日見火江流鏡匣鶯將老園花蝶已秋
寒山新過馬慕雨獨歸舟寂寞愁紅捲那堪憶舊遊

#### 送兒箴謫甲山

遠謫甲山客咸關別路長臣同賈太傅主豈懷王
河水平秋關山但夕陽霜風吹馬黃中斷不成行

#### 效孝義山　其二

鏡暗鸞休舞梁空燕不歸香殘蜀錦被淚濕羅衣
驚鵲夢迷蘭濟輕雲歌彩樽江南今夜月流影照金微

---

月隱朧朧鷺扇香生簇蝶多嬌秦氏女有淚衛將軍
主屈收幾粉余鑑卷舊薰回頭巫峽外行雨推行雲
出塞曲羅遮遮雲後首尖成長征全用耶代
烽火照長河天兵出漢家扶戈眠白雪驅馬渡黃沙
朔吹傳金柝邊聲入塞笳年年長結束辛苦逐輕車

#### 其二

昨夜羽書飛龍城報合圍塞笳吹朔雪玉劍赴金微
久戍人偏老長征馬不肥男兒重義氣會覽蘭歸

### 七言律詩

#### 天伯氏高原野望三首

屏臺一柱壓嶶峨西北浮雲接塞多鐵嶺霸圖流巴
去穆陵秋色鴈初過山迴大陸吞三郡水割平原納
九河萬里登臨目將盡蓬萊醉憑青嶂哳悲歌

侵雲石磴馬蹄穿豁盡重闉若上天秋峴魚龍涸
壁雨孤城鈍落飛泉遶君歌出塞劍花驛壁中遷
悉便日暮為君歌出塞劍花驛壁中遷
幾載行遊一劍天危闉挂斜陽河流西去廻雄
郡山勢南永隔大荒脚下白雲飛卅卅眼荊青海人
燕荻君塋無隴時回首寒馬嘶風殺氣黃
瓣見星庵女冠

淨掃瑤壇拜上仙　曉星微隔絳河邊　香生岳女春遊
薇水瀟湘減夜雨　紈松色冷侵虛鼓夢天香晴拂碧
塔泉玄心巳悟三三境　玉塵何年駕紫煙
宿慈壽宮賦女冠
燕舞鶯歌字莫愁　十三嫁與富平侯獻媚嬌實悲彈朱
開喜者花冠禮玉樓琳館月明蕭鳳下綺窗雲敞鏡
鷰休乘風早趁瑤壇愈　鶖背泠泠一庫秋
送宮人入道
早辭清禁出金鑾　卻鴉鬢着玉冠滄海有期應駕
臥碧城無夢不驕鸞　瑤裾振雪春風腰嫋珮鳴鑾夜

九

月寒幾度乘虛驟漢上御衣猶似奉宸歡
次孫內翰北里韻
初日紅欄上玉鈎　丁香葉結春愁新粧滿面貪看
鏡裏多嬌心愜下樓夜月雕林寒翡翠東鳳羅幙引
次伯氏封
甲山東望蹙蛾眉　送客悲吟意苦何孤鴈忍分清漢
影朔風偏起大江開稍晚角征衣海寒路鷖心落
葉多銀燭夜闌成悵歸夢好經過時美叔以
邊右論故其言者此盖帝懷之作也

送伯氏封朝天
六年離思卷登樓落日涼風又別愁湘浦淚痕還入
楚帝鄉行色早觀周銅壺賒促難人晼紫塞寒飛鶴
夢秋歸路正看萱草碧畫欄西畔繫驊騮
步虛詞
橫海高峰壓巨鰲　六龍齋駕九河濤中天飛閣星辰
迥下界煙霞歲月勞金門曉吹涼霽液玉壇夜動赤
霜毫迷來鶴駕歸何晼一曲鸞笙獻碧桃
春日有懷

十

素塵諳念木蘭舟上客行花開遍廣陵津
夢絲楊驕拂輦中春瑞搨暴歷生芳草寶瑟妻涼
羽蓋俳徊駐碧壇階清夜語和鸞長苦丁寧
就延青靈力仔細喬暁露濕花河影斷天鳳吹月鶴
天壇
聲寒齋香燒罷鼓鳴葛玉樹千章遶曲欄
馬驕東堂塞垣聲鼓急幾時重起霍嫖姚

雲生高嶂溫芙蓉其樹丹崖露氣濃烟閣香殘僧入
定講堂齋罷鶴歸松蘿懸古壁山鬼霧鎖深潭队
獨龍何夜香塞明石塔東林月黑有疎鐘

五言絕句

效崔國輔

妾有黃金釵嫁時爲首飾今日贈君行千里長相憶
　其二
池頭楊柳疎井上梧桐落簾外候蟲吟天寒錦衾薄
　其三

次仲氏見星庵韻

人言江南好我見江南愁年年沙浦口腸斷望歸舟
　其四
江南風日好綺羅金翠翹相將採菱去齊蕩木蘭橈
　其三
紅藕當實叙白蘋爲雜佩停舟下渚口共待寒潮退
　其二
春兩暗西池輕寒襲羅幕愁倚小屏風牆頭杏花落

江南曲

生長江南村何曾識別離可憐年十五嫁與弄潮兒

雜詩

梧桐生嶧陽陽斷賜爲鳴琴一彈再三歎慨世無知音
　其二
我有一端綺今日持贈郎不惜作君裳莫作他人裳
　其三
精金明月光贈君爲雜佩不惜棄道旁莫綰新人帶

長干行

昨夜南興船頭搐已水道逢北來人卻君在楊子

買客詞

朝發空都渚北風吹五兩船頭各澆酒月下齊盈樂

挂席隨風去逢潮每滯留西江波浪惡幾月到刜州
　其二

相逢行

相逢青樓下繫馬門前柳笑脫錦貂裘武取新豐酒

怨情

夕殿下珠簾流螢飛復沒寒夜縫征衣殘燈映羅幔
　其二
郎作千里行儂無千里送扳儂頭上釵與郎資路用
　其三
家住石城下生長石城頭嫁得石城壻來往石城遊

樂城怨

千人齊抱杵土底隆隆聲努力好梆築雲中無飛尚

貧女吟

登是無容色工鍼復工織少小生桑門長媒不相識

其二

夜久織未休憂受嗚寒機中一疋練終作阿誰衣

七言絕句

塞上曲

血白馬羽黑貂裘絲眼胡鷹踏錦韂腰下黃金印千

都護防秋搏鐵衣城南初解十重圍金戈滿盡單于

---

斗將軍初拜北平侯

新復山西十六州馬歡戀取月交頭河邊白骨無人

蕎百里沙場戰血流

漢家征茄滿陰山不遣胡兒匹馬還辛苦總戎定

遠一生猶蓬玉門關

前軍吹角出贛門雲撲紅旗凍不飜雲暗積西看候

火夜深遊騎獵平原

宮詞十八首

千牛閤于放朝初攜常宮人掃玉除日午殿前宜鳳

節臨篆催與女尚書

---

少玉簫金瑟牛座坡

實爐新溶水沉灰懸對紅妝掩鏡臺西苑近來趨幸

碧秋悔蔡欷可春遠篤輕蛾澀未勻邪怪瀟身珠翠

服君王新賜辟寒珍

宮靈庭蔗蔷花飛侍女燒香剪夕暉邊盡春風人不

見殿門深鎖綠生衣

龍興初下建章臺六部笙歌出曉來柴賦嗣曲闌催羯

鼓殿頭宮女報花開

紅羅獄哀衰溪茶侍女書賤嬌作花斜卸紫泥書動

宇內宮分送大臣家

---

鸚鵡新詞未齊金龍鎖向玉樓低閉翠首微

立却對君王兌朧西

黃香金鎖鎖千門一面紅妝侍至尊阿監殿前持密

節問誰還是最承恩

清露秋殿夜初長不放宮人近御牀時把剪刀裁越

錦登前閒繡紫鴛鴦

長信宮門待晚開內宮金鎖鎖門迴常將曾笑他人

到憂識今朝首入來

披香殿裏會宮妝新得承恩別作行當座牀琴彈一

曲內家令賜綠羅裳

避暑西宮不受朝　慵倚碧芭蕉閒展　尚藥圍棋

為睹天廚進食簇金盤　奇果美下筯難徐與六宮分退

曉妝推當直女先矣

水晶寒夢不成手揮羅扇撲流螢長門夜永空明

月鳳送西宮笑語聲

看修水殿種芙蓉異下羅幃出九重試看綵迎節

語翠昌猶帶睡痕濃

新擇宮人直御林錦屏初賜合歡香明朝阿監來相

同笑指胸前一珮璫

---

扇日華初上蓱袍光

金鞍玉勒紫遊韁跨出西宮入未央達半門開

西宮近日萬機頻催與耶容落嚴門為報榻前持賜

女漏聲三下紫微宮

遊仙曲舊題雲遊仙曲凡三百首余得共

催呼勝六出天開脚踏鳳龍徹骨寒袖裏玉塵三百

胡散烏飛霧向人間

廉於無語閒珠宮紫闈凉生玉簟鳳獨鶴夜驚滄海

月仙人歸去綠雲中

閒道弄弄玉兹天街脚下香塵不染鞋前導白麟三十

---

六角端都揖小金鈿

霸鯨學士禮瑤京王母相留宴翠城手握彩毫揮玉

字醉顏猶似賦清平

玉帝初成白玉樓瓊階藥柱蜕雲浮却傳長吉書天

篆掛咸陽相最上頭

寒蜀昨夜寄書來爲報瓊津玉蒜閒却寫尺書憑

鯉侗悵仙家日月長

琴掛高枝夜明月

歲侗悵仙家日月長

水屋秋回桂有花都縣白鳳出青霞山前更過安期

---

子袖裏携來棗似瓜

未央宮闕已黃花青鳥歸飛日欲斜漢武不知仙吏

隱茂陵松柏冷秋霞

彩雲夜入紫微城月光搖白玉京兩袖天風清散

骨冷泠泠鞋下步虛聲

瑞鳳吹破翠霞裾手把天花倚五雲雲外玉童騎白

虎碧城邀取小茅君

水屋珠扉鎖一春落花烟霧滿綸巾東皇近日無遊

幸閒殺瑤池五色麟

青苑紅堂閒寂寞鶴眠丹竈夜迢迢仙翁曉起嘆明

月

月疑編海天開洞簫

烟淨遙空鶴未歸白榆陰裏開珠扉

雨滿地青雲濕不飛

開住瑤池㪅彩霞瑤風吹折碧桃花東皇長女時相

訪盡日簾前卓鳳車

花冠蔽彼九霞裾一曲笙歌響碧雲龍馬忽斯澄海

訪侍女皆騎白鳳皇

月十洲還訪上陽君

干載瑤池別穆王覔教青鳥訪劉郎平明上界笙簫

瓊洞珠渾貯九龍彩雲樂濕碧芙蓉乘鸞使者西飯

路獨立花前禮赤松

露濕瑤空桂月九天花落紫簫聲朝元使者齊金

虎赤羽尨幢上玉清

炊香遙夜嬝天壇羽駕翶風嬝寒清磬響沈星月

今桂花烟露濕紅鸞

宴龍酉壇斗稀赤龍南去朝天紅雲塞路無人

重倦倚紅闌姥未歸

瓊樹玲瓏聚瑞烟玉鞭鴉去朝天紅雲塞路無人

到怨尾靈厖衝草眼

香寒月冷夜沈沈笑別嬌妃脫玉鞶更把金鞭指歸

路碧城西畔五雲深

開携姊妹禮玄都三洞真人各見呼分付赤龍花下

立紫皇宮裏香投壺

滿韵曈曈絲玉扄月明花下勒東妃丹陵宮主休相

如一萬年來會面稀

樓鎖彤雲絕塵地玉妃春淚濕羅巾瑤窓月沒星河

影鷄鵑驚寒夜喚人

新拜真官上玉都紫皇親授九靈待歸來桂樹宮車

荷白鶴閑眠太乙爐

兩蓋飄颻何碧空翠瞳歸去玉壇中青鸞一隻酉飛

去露壓桃花月滿宮

瓊海湯湯漫碧空玉妃無語倚東風蓬萊夢覺三千

里滿袖啼痕一抹紅

華表真人昨夜歸桂香吹滿六銖衣開回鶴馭瑤壇

上日出瓊林露未晞

管石金華四十年老兒相訪蔚藍天烟篆月遙人間

事笑指溪南白玉田

乘鸞來卜九重城絳節霓旌別大清逢着周靈王太

子碧桃花下夜吹笙

海畔扶桑幾度開羽衣零落暫歸來東窓玉樹三枝

長知是真皇別後栽
催龍促鳳去朝元路入瑤空敞八門仙史殿頭宣詔
東宮女伴罷朝回花下相邀入洞來闢倚玉峰吹鐵
笛碧雲飛遠空天臺
語九華玉子上崑崙
實遣却紅綃制鶴鞭
草仙相引陝芝田豐何珠渾學採蓮斜日照花邊尸
烟碧深深鎖大羅天
壖海茫茫月露溥十千宮女青鸞平明去赴瑤池
宴一曲笙歌碧落寒

環橋扶疎露氣濃月明廉室影玲瓏催白兔擣雲
藥滿臼天香玉屑紅
露盤花影浸三星斜漢初低白玉屏孤鶴未回人不
寐一條銀浪落珠庭
俊土夫人佳馬都日中笙衛宴麻章郎年少心懂
甚不寫紅綃五岳圖
朱蟠絳節曉震中刜殿清齋侍五翁秋水一絃輕戞
忘却敕人鎖後宮還丹失盡玉壺空嫦娥若不偷靈
玉碧桃花滿紫陽宮

十九

藥爭得長生在月宮
絳闕夫人別玉皇洞天深閉紫霞房桃花落盡溪頭
樹流水無情賺阮郎
乘龍佳伴九真遊八島朝行夕巳迴深夜蕭壇風雨
定小仙歸去篸青牛
去住樓臺一任風十三天洞睹相通行雲侍女炊何
勿潷竈無烟玉炭紅
八馬乘風去不歸桂樓黃竹怨瑤池崑庭玉蕊雲中
爵傳語華罷盡月
偷葉飄零碧漢流金塘玉露不勝秋靈橋鵲散無消

息隔岸空看飲滄牛
珠露金盤上界秋紫皇高宴五雲橫霓裳一曲天風
起吹散仙香滿十洲
六葉羅裙色惠烟阮郎相與上芝田笙歌蔥向花間
歌便是人間一萬年
獨夜瑤池憶上仙月明三十六峰前鸞笙啊絕碧空
靜人在玉清眠未眠
步虛詞
天花一朵錦軿西路入藍橋匹馬嘶珍重重仙郎留玉
杵桂香煙月合刀圭

二十

紫陽宮女擘丹破
王母新過漢帝家愍下偶逢方叔
笑別來琪樹六開花

一春閒伴玉真遊忽酉風巳報秋
仙子不歸花落
是偽常乘白鹿遊柑鬢還土五雲樓丹經堆案雅
豈何事仙郎霜滿頭
廣寒宮裡玉為梁銀燭金屏夜正長擱外桂花涼露
濕步虛聲裏五雲春
乘鸞夜下逢萊島閒餞蟠車踏瑤草海風吹綻碧桃
花玉鹽瀟摘安期東

九霞裙觀六銖衣鶴背乘風紫府歸瑤海月開照
落玉簫聲徹彩雲乘
竹枝詞
空餘灘口雨初晴亞峽蒼蒼烟霧平閒憶郎心似
水旱將幾遏臺情生
至郎舟一去歲時還
永安宮外是層巒離上行舟多少難潮信有時應自
苦不到三聲巳斷腸
瀼東瀼西春水長郎舟去歲同瞿塘巳江峽裏猿嘃
家住江南積石磯門前流水浣羅衣朝來閒繫木蘭

棹食看鴛鴦作對飛
楊柳枝詞
楊柳青青曲岸春年年藥折贈行人東風不解傷離
別吹却低枝掃路塵
青樓西畔絮飛揚烟鎖崇條拂檻長何處少年翻白
馬綠陰来繫紫遊韁
灞陵橋畔渭城酉雨鎖烟籠十里堤縈綠得王孫歸意
切不同芳草綠萋萋
樓臺營中次第新藏楊門外幾翻春生憎灞水橋邊
樹不解迎人解送人

閨情
燕掠斜陽雨雨飛落花撩亂搵羅衣洞房無限傷春
思草綠江南人未歸
映月樓
玉檻秋風露葉清水晶簾冷桝花明鴛鴦東返銀橋
斷惆悵仙郎白髮生
閒箔
明月關山萬里秋玉人橫笛荷高樓一聲吹入廣寒
戲目有知音在上頭
橫塘曲

546

（上右半葉）

菱刺牽衣菱角大日落渚田潮未退蓮葉蓋頭當花
冠蓮花帶帶雜珮

　　鞦韆詞

競罷鞦韆整繡鞋下來無語立瑤堦侍兒便促看花
去忘郤殺人惱
隣家女伴競鞦韆结帶蜻蜓巾學半仙鳳送綠繩天上
去珮聲時落綠楊州

　　閨怨

錦帶羅衫積淚痕年年芳草恨王孫猺筝罷盡江南
曲雨打梨花晝掩門

（上左半葉）

月樓秋盡玉屏空霜打蘆洲下幕鴻瑤瑟一彈人不
見藕花零落野塘中

　　秋恨

終紗過雁夜燈紅夢覺羅衾一半空霜冷玉龍鸚鵡
語滿階梧葉落西風

　　塞下曲

龍戍悲笳咽不通黃雲萬里寒天空明朝番帳收笈
辛探馬歸來試臂弓
虜馬千聲下磧西孤山烽火入銅鞮將軍夜發龍城
北戰士連當擊鼓鼙

（下右半葉）

落目狼磹度憒來塞門吹角探旗開傳檄漢北單于
破白馬將軍入塞迴

　　青樓曲

夾道青樓十里家家門巷七香車東風吹折相思
柳白馬驕行踏落花

　　城上行

長堤十里柳綠垂隔水荷香滿岸來向夜南湖明月
白女郎爭唱竹枝詞

　　　廣寒宮殿白玉樓上梁文

述夫寶蓋懸空雲縹緲色聚之界銀被灑月霓衣
廣漢之墟離復仙螺運櫳玉帳之衡瀟灑翠賢吹雲

（下左半葉）

金牘之方畦施乘龍太清朝宿崑崙墓歸方丈駕鶴三島
職絕瓊臺乘龍太清朝宿崑崙墓歸方丈駕鶴三島
布杷澤丘左拍洪崖千年玄圖之快進一夢八問之
塵土黃庭誤讀謫下無央之宮赤繩結綠愧人有窮
宇笑脫紅染赤目重披紫府丹霞彎窒鳳管之神
遊嘉續舊會銷幕銀屏之孏宿悔過今宵何意日宮
之銀綸偉掌月殿之咸秦官曹清切足攝六霞之司

地望崇高明壓五雲之閣香凝玉斧手下之吳質無
眠樂奏霓裳關邊之素娥不寐玲瓏霞珮振霞錦於
仙衣熠燿星冠點星珠於寶勝爰思列真之來會尚
乏上界之樓居青鸞外玉妃之車羽葆前路白虎駕
朝元之使金縷後塵劉安傳經拔雙龍於案上姬蕭
逐日驅八風於山阿宵迎上元綠髮散三角之髻晝
接帝女金梭織九紋之綃瑤池列聖會南峰玉京羣
帝集北斗唐宗踏公遠之杖得羽衣於三章水帝對
火仙之碁賭寰宇於一局不有紅樓之高搆何安絳
節之來朝於是移章十洲放榭九海四匠星於屋底
木宿掄材壓鐵山於搵開金精動色坤靈揮斧馳妙
思於天關大冶鑄爐運巧智於真境青雯垂尾雙虹
飲星宿之河赤霓昂頭六鼇戴蓬萊之島旋題燭日
出彤闕於烟中綺綴流星鴛廻廊於雲表魚鱗鱗於
玉甍鴈列翥於瑤堦徽連捧旗下月節於重霧晃泊
樹藕設蘭幄於三辰金繩結綺戶之流蘇琳綱薇雕
闌之河閣仙人在棟氣吹彩鳳之香臺玉女臨窓水
濫雙鸞之奩鏡翡翠簾雲母屏青玉案瑠璃霄凝芙
蓉帳孔雀扇白銀牀祥霓晝鎖雲流蘭浦寒生玉簟
之秋露滴桂花香溜瑤衾之夢爰設鳳儀之宴奠展





燕賀之誠旁招百靈廣迎千聖邀王母於北海班麟
踏花接老子於西關青牛臥草瑤軒張錦紋之席寶
簷垂霞色之帷獻蜜蜂王來棲炊玉之室含梁鴈帝
頻入薦瓊之廚雙成細管爰香銀箏合鈞天之雅曲
婉華清歌飛瓊巧舞雜駭空之靈音龍頭瀉鳳髓之
醪鶴背奉麟脯之饌瑤筵玉席光耀九枝之燈尚恨
瓊姬之乏句碧藕氷桃盤盛入海之影而致上仙之
真嗟清平進詞太白醉鯨背之已久玉臺摛藻長吉
笑蛇神之何多新宮勒銘寧用山玄卿之筆上界鑄
璧不數蔡真人之詞江郎才從又夢五色之花梁客
詩成莫摧三生之鉢徐援彤管笑展紅箋河懸泉涌
不必覆子安之衾句麗文道未應頳謫仙之面立進
錦囊之神語置諸雙梁留作瓊宮之盛觀賓於六偉
梁之東曉騎仙鳳入瑤宮平明月出扶桑底萬縷
丹霞射海紅 梁之西碧花零落彩鸞啼青羅書字
邀王母鶴馭催歸日已低 梁之南玉龍無事臥珠
潭銀床午罷遊仙夢笑喚瑤姬脫碧衫 梁之北縹
海溟洋浸斗極大鵬翼擊碧天風九霄雲散雨氣黑
梁之上曉色微明雲錦帳遊夢初回白玉床臥聽
北斗回杓響 梁之下九垓雲黑疑昏夜侍兒報道

水晶寒暖色已結鴛鴦尤伏類上梁之後蛀花不老
瑤草長春義舜炳光御鸞聲而循戲陸游變色仲虹
王而尚存銀窓壓河下觀九萬里依稀世界壺戶臨
海笑看三十年清淺桑田手捫三臺月星身遊九天

風霖

方凰敩齊丰裁標格直接盤再範不道彼中景色若
以爲地偏鄰有差而爲道豐此正華正脈以是挺秀
草莽之中遂至與　聖世前名家炳然相照映也至
於夫狗圈身狗夫爲節爲忠爲人傑爲鬼雄玉碎而
爲壁合人羨而爲道豐此又李易安未能矢余於是

以觀履周鳳流未盡煙滅有以也

亙史云余與同流訪許惠嬈事甚悉未開鄉説不
知似之從何處得來存之以俟智訪

蜘蛛